粗缯大布裹生涯
腹有诗书气自华

诗歌
创作与欣赏

李桂春　著

中国书籍出版社
China Book Press

图书在版编目（CIP）数据

诗歌创作与欣赏 / 李桂春著. -- 北京 ：中国书籍
出版社，2023.6
ISBN 978-7-5068-9432-6

Ⅰ．①诗… Ⅱ．①李… Ⅲ．①诗歌创作－中国②诗歌
欣赏－中国 Ⅳ．①I217.2②I207.2

中国国家版本馆CIP数据核字(2023)第097623号

诗歌创作与欣赏

李桂春　著

策　　划	毕　磊	
责任编辑	毕　磊	
责任印制	孙马飞　马　芝	
封面设计	魏大庆	
出版发行	中国书籍出版社	
社　　址	北京市丰台区三路居路97号（邮编：100073）	
电　　话	（010）52257143（总编室）　（010）52257153（发行部）	
电子信箱	chinabp@vip.sina.com	
经　　销	全国新华书店	
印　　刷	三河市富华印刷包装有限公司	
开　　本	787×1092毫米　1/16	
字　　数	751千字	
印　　张	34.75	
版　　次	2024年1月第1版　2024年1月第1次印刷	
印　　数	1~1000 册	
书　　号	ISBN 978-7-5068-9432-6	
定　　价	119.00 元	

目　录

第 2 章　诗的分类

第 3 章　诗的艺术特性

目

录

第5章 诗的语言结构方式

第6章 诗的风格

目

录

第 1 章　诗歌概述

诗是什么？为什么要提这个问题？因为要学习写诗，要表达一个科学技术工作者内心的激动的思想感情。在结束科学人生的时候，要实现中学时代的文学梦想，让余生在文学欣赏、诗歌写作中有意义地愉快地度过。写作，是把思想转化为感受，创造文学的花朵；欣赏，是享受花朵的秀美。诗词是德育、美学的一种载体，写诗是一种抒情写意的创作。

"诗言志，歌咏言。"要享受诗歌的美，要获得写作诗歌的快乐，一定要了解诗歌的特性和写作的规律（技法）；知其然，还要知其所以然。才能深刻体会到一首诗的内涵，享受到赏心悦目的美感，进而产生淋漓尽致的爽快感。一般的阅读是想知道诗传达了什么情感或其他什么；深一层的阅读是追寻诗人创造了什么，是如何创造的。诗歌是从人的内心发出的咏叹和歌唱，诗歌让人敞开视野，享受阅读的惊喜。

通常认为，诗的精致的写作和享受，其奥妙只能意会而不能言传，似乎是一汪绿野的综合直觉，似乎没有垄坎和田塍落脚，没有阡陌和垄沟可循。依笔者的认识，这实质上是缺乏某些逻辑思考。用科学精神和方法研究诗歌的本质、特征和形式，严谨地分析和逻辑归纳，不失为一种言传诗歌原理的科学方法。诗的语言艺术方法是一门科学，对诗的语言进行科学研究是有必要的，有助于诗歌的欣赏和写作。工欲善其事，必先利其器。

作为一个科技工作者的我，试图用科学的眼光和方法，分析诗歌的艺术性和诗歌写作的技术性，实现从科学人生到文学人生的自学自助的快乐转身。读书做笔记是一种好方法，深刻、全面而且有序有效。在新诗诞生百周年之前，我的读书笔记送给你，与感同身受的你共同分享。

1.1 诗的文学特性

中国文学源远流长，在数千年的发展进程中，取得了光辉灿烂的成就。文学的魅力在于语言和形象，尤其是诗歌。诗歌是用凝练的语言，塑造出最鲜明生动的艺术形

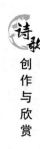

象。在接受我国的汉语文学教育中，众所周知的唐诗、宋词、元曲以及小说中的四大名著，这些经典之作让读者记忆深刻。还清楚地记得我的中学时代，把语文课分为文学和汉语两门课，还学习了初创的汉语拼音。以凝练、含蓄，形象生动，情感丰富，意境深远，音韵优美为主要特点的诗歌，让我十分喜爱。半个多世纪过去了，文学欣赏仍然是生活的一个园地，深感语言文学是人生历练的一个重要的基础。

在远古时代，人们早就流传着许多引人入胜的神话和传说，以及朗朗上口、广为传播的歌谣。我国第一部诗歌总集《诗经》，是古代文学史上的一座高峰。如果说诗是文学园地播撒的种子，那么《诗经》包含着民族的基因。《诗经》反映了自公元前一千多年的西周初至春秋中叶的五百多年的时代感悟，收录诗305篇，分为"风""雅""颂"三部分，分别代表地域或风格等方面的特点。"风"是代表地方民歌的山野之风，又称国风；"雅"是反映西周王朝殿堂记事和乐歌的庄重霸气和贵族情调；"颂"是歌颂祖先，表达宗庙祭祀的虔诚之情。赋、兴、比是诗的写作手法，合在一起称为诗的六义。

在战国后期，楚国产生了具有楚文化光彩的民间乐诗——楚辞，以六言、七言为主，长短参差，灵活多变，句尾多用语气词"兮"字。伟大的诗人屈原，运用这种诗歌形式创作了《离骚》，它是文学史上最宏伟壮丽的长篇抒情诗。

在中国文学史上，《诗经》和《楚辞》并称为"风骚"，开创了古代诗歌现实主义和浪漫主义并驾齐驱、融会发展的先河，垂范于后世。古诗收藏了东方古国的灵魂。

在西方文学史上，希腊史诗《伊利亚特》和《奥德赛》是现存的精品。反映了公元前1200多年前古希腊的规模宏大的特洛伊战争。这两部史诗的作者是西方文艺史上第一位有作品传世、饮誉全球的古希腊天才诗人荷马。远古的史诗沉积了一个西方民族的灵魂。

1.1.1 诗的重要特征

诗是心灵的歌声、情感的火焰、思想的光芒。诗的重要特征是抒情，同时又有节奏、韵律以及语句凝练、分行排列的形式，语短意长，可以陶冶性情。自由诗也需要形式，没有分行就没有形式上的诗。诗体的文学形式的外部特征是分行和押韵（声音的外在表现）。不能散漫自由到毫无形式感，眼下只是尚未创出具有时代共识的形式而已（当然不是唯一的），只要是类，必定有其特定的形式。形式会产生整体的美感，否则是散落零乱。

当然，抒情是列在首位的，不仅抒情诗要抒情，叙事诗也要抒情，在强烈的抒情中蕴含着思想的启迪。诗所表达的感情也是丰富多彩的，喜悦、悲伤、愁怨、愤怒、遗憾、旷达、豪迈等等。意境和音韵是诗意飞跃的两个翅膀。

抒情的方法主要有直抒胸臆和借物抒怀，其表现形态包括：时间与空间、意象与意境、韵律与节奏以及意趣与神韵等四个方面。

1.1.1.1 时间和空间

诗的第一个重要特征是撷取最为动人的瞬间截面或空间。例如："归巢的大雁驮着斜阳，回飞的双翼一翻，把斜阳抖落在江上。"三句诗表现了"江上、夕阳"的傍晚时光和动静相伴的迷人空间。

又例如，徐志摩的《沙扬娜拉十八首（之十八）》：（用斜杠示意分行）

最是那一低头的温柔，/ 像一朵水莲花不胜凉风的娇羞，/

道一声珍重，道一声珍重 / 那一声珍重里有蜜甜的忧愁——/ 沙扬娜拉！//

这是一个与恋人再见的朦胧时刻，蕴含高浓度的依依难舍之情。她的娇羞之状、欲言又止的神情，让他内心颤动、经久难忘。

再看两首描写华清宫的诗，在同一个题材中，看如何分别用空间和时间两个侧面描写西安临潼华清宫：

华清宫	过华清宫
吴融	李约
四郊飞雪暗云端，	君王游乐万机轻，
惟此宫中落便干。	一曲霓裳四海兵。
绿树碧檐相掩映，	玉辇升天人已尽，
无人知道外边寒。	故宫犹有树长生。

吴融的诗用了宫内宫外的空间对比，宫外飞雪压低空，分外寒冷，宫内亭台绿树掩映，不见残雪，突出空间特点。而李约的诗运用今昔对比，昔日霓裳羽衣，歌舞升平，突出时间特征。这两首诗的比较阅读欣赏，曾经是 2003 年湖北省的高考试题。

诗以简练的语言、美妙的形式制作一个意蕴的空间，让读者去想象，而不是一种存在状态的结论。诗意是想象的延伸。

1.1.1.2 意象和意境

诗的第二个重要特征是展现抒情的意象，给予不同年龄、不同层次读者的想象空间，即诗的内涵、暗示、隐喻所指。诗作的过程是大米酿成醇香美酒的工艺，而不是大米煮成白米饭的炊事。好诗不仅在于结构的工巧，更在于有浓郁的诗意。诗意就是意象、意境和意义。诗歌欣赏是进入诗的意境，同呼吸，共感受。例如，唐代王之涣的诗《登鹳雀楼》：白日依山尽，黄河入海流。欲穷千里目，更上一层楼。

五言绝句，脍炙人口。描绘了浩瀚壮阔的场景，抒发了豪迈奔放的情感，寄寓了登高望远、催人奋进的哲理。又例如，明代杨慎的词《临江仙·浪花淘尽》：

滚滚长江东逝水，浪花淘尽英雄。是非成败转头空。

青山依旧在，几度夕阳红。//

白发渔樵江渚上，惯看秋月春风。

一壶浊酒喜相逢。古今多少事，都付笑谈中。//

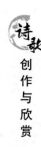

这首词被引用在《三国演义》的卷首，怀古述志，意象深邃。开首两句化用了杜甫的"无边落木萧萧下，不尽长江滚滚来"，以及苏轼的"大江东去，浪淘尽千古风流人物"的不朽诗句。以一去不复还的江水比喻历史的洪流，尽管历代兴亡盛衰、循环往复，青山、夕阳依然不变，何不淡泊名利、笑对易逝的人生。

诗的思想内涵是通过完美的艺术形象才能充分表达出来。既要有深度，又要传神，才能感动读者。"太阳下山了！"是日常生活的口语，而上述两例中的"白日依山尽"和"几度夕阳红"是诗的语言，形象生动，展现的是魅力无穷的画面。

1.1.1.3 韵律和节奏

诗的第三个重要特征是具有丰富的韵律和节奏。诗体形式上的分行排列，某种程度上突出了诗的节奏特征。诗是文学中的一种韵文，韵文的结构形式上有节奏和韵律的存在，而诗的生命存在于节奏，如同人的生命在于呼吸和脉搏一样。一般而言，没有节奏与韵律，就不成其为诗。诗的节奏是适应吟诵、歌唱的需要而形成的。情感的跌宕起伏或死水微澜，以及情绪的紧张、松弛决定了诗的节奏。因此诗文中的轻快、沉滞、激越、昂扬、舒缓等节奏，使情感变化更具表现力。韵律主要表现在汉字的声调搭配，形成音顿和韵味，感受到声韵上的抑扬顿挫、起伏跌宕、疾徐有致的节奏，节奏就是起伏交替，在于韵式、句式（音顿）和段式的应用上。丰富优美的旋律是生活的旋律，节奏是生活的节奏。

例如，王维的《山居秋暝》中的五言句的三音顿（~）：

空山新雨后，天气晚来秋。明月~松间~照~，清泉~石上~流~。

竹喧归浣女，莲动下渔舟。随意春芳歇，王孙自可留。

又例如，杜牧的《山行》中的七言句的四音顿： （坐，因为）

远上~寒山~石径~斜~，白云~生处~有~人家~。

停车坐爱枫林晚，霜叶红于二月花。

诗的韵脚存在，让人强烈地感受到一种韵味产生的美。当然也不是绝对的，诗也可以不押韵，但是一定有内在的节奏。例如，陈子昂的诗《登幽州台歌》：

前不见古人，后不见来者。／念天地之悠悠，独怆然而涕下。／／

全诗短小精悍，既不押韵，也不整齐，没有更多的语言技巧，但是具有强大的艺术冲击力。（者，下，古代是押韵的）

诗体的分行是空间上的隔断和上下、前后的排列，形成心理上和形式上的间断和停顿。在形式上产生一种多样化的相互关系，有可能表达一种包括节奏在内的情感（如，句子的跳跃性）或美感；在间断的时间范围内，会增加更多的思维活动，产生意象或意境美。

1.1.1.4 意趣和神韵

诗的第四个重要特征是洋溢意趣和奇妙神韵。诗的意趣和神韵在于用词的活泼和绝妙，散发一种意会的魅力。诗的魅力是无穷的，也就是说诗的语言在感受的瞬间，有无限的弹性或张力。诗的鲜明形象是浮现于诗的字里行间，以致不用多加思索而能呼之欲出。而神韵是精神上的写真，是虚的感悟，萦绕于读者的心头。例如，孟浩然的《宿建德江》：移舟泊烟渚，日暮客愁新。野旷天低树，江清月近人。

其中用"愁新"二字，微妙地表达思乡之情。表面看来有悖于常态，实际上形新意深。用极度的夸张——天把树压低的忧闷，烘托黯然的意境；用化静为动的拟人手法——江月陪人，更增添旅人夜行的孤寂。又例如，戴望舒 1944 年的《萧红墓畔口占》：走六小时寂寞的长途，/ 到你头边放一束红山茶，/ 我等待着，长夜漫漫，/ 你却卧听着海涛闲话。//

用不顾长途劳顿，用一束红山茶表达对死者的怀念，等待灵魂的回升。漫长的等待，也没有得到一丝的交流，唯有岸边的海浪伴他话家常。"闲话"的意象是灵魂的象征，包含了说不尽的思念。长夜漫长，留下的只是一份眷念。

又例如，孟郊的《登科后》：

昔日龌龊不足夸，今朝放荡思无涯。春风得意马蹄疾，一日看尽长安花。

注：龌龊：本意是不干净，此处指窝囊的意思。放荡：本意是放纵，此处指无拘无束，自由自在。

当他在四十六岁那年金榜题名时，扬眉吐气，说不尽的畅快，写下精彩的诗句，表达了神采飞扬、心花怒放的心态。连自己的坐骑也四蹄生风了，产生酣畅淋漓的情韵。萦绕在心头的是神情兴奋，表露于脸上的是得意洋洋。由此有了两个流传后世的成语："春风得意""走马看花"。再例如，李白的即景抒情的传神之作《夜宿山寺》：危楼高百尺，手可摘星辰。不敢高声语，恐惊天上人。诗句的传神与绘画的传神是相通的，关键是抓住人或物的显著特点，不仅抓住人物的内心思绪，而且要抓住外在的表现性格特征的行为和动作。在绘画的评论中，常用的一句话叫"既要形似，更要神似"，在诗歌中也同样适用。传神之作表现为自然真朴，因而富有艺术表现力和感染力。

1.1.2 抒情和立意

诗歌的基本出发点是抒情言志。志是心志，是意愿。诗歌的典型形象侧重于精神层面的情感，而在小说中强调的是典型形象的性格特征。要抒发感情，必须要立意，才能准确、形象地传达一种思想感情。抒情的主要方法可分为直抒胸臆与借物抒怀。

例如，陈子昂的《登幽州台歌》，直抒胸臆，具有极强的感染力：

前不见古人，后不见来者。念天地之悠悠，独怆然而涕下。

又例如，刘禹锡的《乌衣巷》：

朱雀桥边野草花，乌衣巷口夕阳斜。旧时王谢堂前燕，飞入寻常百姓家。

巧妙地用燕子的形象，借物抒怀，表达了世事的沧桑变化。感受到极强的艺术感染力。

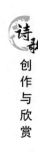

1.1.2.1 抒情

抒情是诗歌艺术的特点之一，通过意象以及音韵的旋律和节奏抒情。例如，"太阳揉着惺松的睡眼，懒洋洋地起来了。"抒发了清晨起来惺忪朦胧，望见太阳时，打个呵欠伸伸懒腰时的心情。这样的诗句与生活经验密切相关，更重要的是有深刻的主观体验、想象或者说感悟。生活体验是想象的重要起点。诗的"意"和"象"是一种有机的构成，是诗人的一种喜怒哀乐的感受和思索。

1. 意象

意象是整体的象征性，是指融入了作者主观情感的客观物象。是审美意识与客观事物特征的情趣结合，在诗词中赋予了特定的意义。例如：杨柳、长亭、南浦、寒蝉、阳关、古道、夕阳、西风等，是抒发离别情绪的意象。

例如，李叔同《送别》诗十分典型，意象多多："长亭外，古道边，芳草碧连天。晚风拂柳笛声残，夕阳山外山"。有些诗主要侧重于意象的新颖深厚，依赖于诗句的音顿节奏和情感节奏，而缺少音韵节奏。例如，北岛的诗《岸》，一首同时通过意象和音韵节奏来抒发人文关怀的诗：

陪伴着现在和以往 / 岸，举着一根高高的芦苇 / 四下眺望 /

是你 / 守护着每一个波浪 / 守护着迷人的泡沫和星光 /

当呜咽的月亮 / 吹起古老的船歌 / 多么忧伤 //

我是岸 / 我是渔港 / 我伸展着手臂 /

等待着穷孩子的小船 / 载回一盏盏灯光 //

这首诗的意象的核心是"岸"，象征着守护。衍生的一群意象是芦苇、渔港、手臂、小船……。除了意象之外，诗的音韵节奏也起着非常重要的作用。拟人方法体现了人格化的温情，排比的应用增加了节奏感。

2. 音韵的旋律和节奏

周恩来总理逝世后，全国人民饱含热泪，写下了一首首音韵深沉、旋律优美、节奏十分强烈的诗章，表达了人民热爱总理的深情。

例如，柯岩的诗《周总理，你在哪里？》，这首诗通过强烈的节奏，表现对总理的想念、崇敬之情；用微弱级的"衣、欺"韵脚，营造一种深沉、痛惜的气氛；在诗的句式和章节形式上，采用相似、又不断重复的手法，呼叫式的感叹句，加强了领袖与人民群众永不分离的情感。更强烈地表现了对总理无法抑制的想念。每一节中建立的意象使整体气势更加广阔。

总之，意象与音韵、节奏是诗飞扬的一双翅膀。当然，并不是说在任何一首诗中两者所产生的作用都一样，平分秋色。实际上，有的诗是音韵节奏起着重要作用，而另一些诗中，意象又起着更重要的作用，还是要根据情感抒发的特点而定。诗的意象和节奏的综合是绘画美和音乐美的交相辉映。

附注：抒发思乡或相思之意的物象，如月亮、大雁、紫燕、杜鹃、芭蕉、梧桐、红豆、红杏、流水等。用松、竹、梅、兰、菊抒发刚毅坚强、孤高刚劲的品质。而荷花、兰花则成为卓尔不群的高雅形象。当然还有更多的事物都可以由作者的想象而成为意象。

1.1.2.2 立意

立意包括意象和意境。意象是建立意境的基础，构思是完成立意的过程。

例如，闻一多的诗《也许 ——葬歌》，为纪念离去的小女儿，表达内心的沉痛和悲哀，用睡着的她作为意象，以场所的不同（在庭院、在大树下、在泥土里、在天堂里），展开情感的抒发和具体化：

> 也许你真是哭得太累，/ 也许，也许你要睡一睡，/
>
> 那么叫夜鹰不要咳嗽，/ 蛙不要号，蝙蝠不要飞；//
>
> 不许阳光拨你的眼帘，/ 不许清风刷上你的眉，/
>
> 无论谁都不能惊醒你，/ 撑一伞松荫庇护你睡。//
>
> 也许你听这蚯蚓翻泥，/ 听这小草的根须吸水，/
>
> 也许你听这般的音乐，/ 比那咒骂的人声更美；//
>
> 那么你先把眼皮闭紧，/ 我就让你睡，我让你睡，/
>
> 我把黄土轻轻盖着你，/ 我叫纸钱儿缓缓的飞。//

开头两句，有了立意：小女儿真的像平常那般，哭累了，玩累了，睡着了一样。不相信她已离去。随后的"不许"和"也许"，将不相信的似真似幻的情感进一步展开、联想，不断深化。

立意是从生活感受产生的诗性体验或经验。立意的内容可分两类：立"情"的意和立"志"的意。"情意"是随生活感受而来的独特体验，即抒情的表现。

例如，蔡其矫的《船家女儿》：

> 诞生在透明的柔软的 / 水波上面，/
>
> 发育成长在无遮无盖的 / 最开阔的天空下；/
>
> 她是大自然的女儿，/ 太阳和风给她金色的肌肤，/ 劳动塑造她健美的形体，/
>
> 那圆润的双肩从布衣下透露，/ 那赤裸的双脚如水珠般晶莹，/
>
> 那闪亮的眼睛留住了粼粼波涛。/
>
> 最灿烂的 / 是那飞舞着轻发的额头 / 和放在桨上的手；/
>
> 当她在笑，/ 人感到是风在水上跑，/ 浪在水面跳。//

诗篇给人留下一个健美、温柔、活泼机灵的船家女孩形象，有神采飞扬的美感。

"志意"是受生活感触的影响表达的意志、决心和理想，是一种思想经验的显露。即诗言志的表现。现代诗歌中淡化了立情意，而强化了立志意。诗歌的美感少了些，而更多的是披露思想理念（受制于理性分析推演的"道理"）。例如，艾青的《煤的对话》，梁小斌的《中国，我的钥匙丢了》，是这类作品的典型。

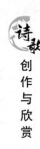

1.1.3 形象和含蓄

诗的良莠之分，在于是否把不容易描写的景象形象生动地表达，犹如读者目睹一般；在于作者抒发的情感和表达的意义，是否含蓄在形象里，让读者通过形象去领会。文学需要的是表现，而不是说明。通常，诗歌用形象比、兴的手法开头，即物起兴。

1.1.3.1 形象

诗语言的形象化尤其注重生动传神，与诗的整体形象密切相关。诗离不开形象，包括事象、物象和意象（即想象的形象）。围绕一个主题构思的过程就是寻觅具有表现力和独到的鲜明特征形象的过程。例如，红色樱桃、黄色枇杷、翠绿西瓜等都是形象。而水果就是综合的概念，概念往往是抽象的，甚至是无形的，例如，憎恨、热爱、坚强、柔弱等等。诗应该将抽象的东西隐含在生动的形象中。例如，凄愁，在南唐后主李煜的《相见欢》"无言独上西楼，月如钩，寂寞梧桐、深院锁清秋"的诗句中，形象地描绘出一片凄清苦哀的景象。紧接着点明了这是"剪不断，理还乱，是离愁"的心情。

文学是通过形象思维，用生动、可感的形象构成丰富的画面；而理学是运用逻辑思维，通过概念、推理、判断等抽象手段，呈现出某一种客观的观念。例如，古战场形象的描述是"落日照大旗，马鸣风萧萧"，而感受到的意境（观念）是"雄浑、悲凉"。当然描述形象的语言应自然真切，常言道"清水出芙蓉，天然去雕饰"是一种最好的感受。

用诗句构成的形象，是作者以知觉、直觉或诗性智慧去观察社会人生和自然万物产生的。诗的感觉不是通常人的一般感觉，而是拟人化了的或人格化的感觉。例如，冯至的诗句"我的寂寞是一条长蛇，冰冷得没有语言"。作者经过形象化的想象，产生了冰凉而寂寞的真切感觉，有一种点石成金的奇妙和新颖感。

诗的形象具有概括性和具体性。形象的概括性是截取最有典型意义的局部片断来反映整体形象。例如，"雨中黄叶树，灯下白头人"，"乡音未改鬓毛衰"等来表现老年人。同时用体态、头发、口音等具体的特征表现老人的整体形象。另一方面，诗的形象具有间接性和多义性。例如，陆游的《梅花》：

幽谷那堪更北枝，年年自分著花迟。高标逸韵君知否？正在层冰积雪时。

诗句的基本情怀是：幽谷北面的梅树，年年迟开花，在冰雪天地中怎么能看到腊梅高傲纯洁的姿态呢？但是，围绕着"高标逸韵"四个字，对于每一个读者会有不同的感受和理解。

同样对于柳宗元的《江雪》：

千山鸟飞绝，万径人踪灭。孤舟蓑笠翁，独钓寒江雪。

不同的生活状态和思想意识，会抒发不同的感情，不仅仅是一幅画的写照。

为什么一看到惊人的诗句所建立的绝妙形象，会扪心自问："我怎么想不到呢？"

这是因为包括科学原理在内的文化知识，赋予人们头脑中既定框架的束缚（大多是在动物园建立的概念），以及日常生活对语言规范的认可而导致的固执。因此，写诗应该换一副脑筋，"人"成为自然的一部分，而自然又成为人的一部分。由此出发，才有敏锐的奇异的感觉，对事物才有独到的睿智理解。这种感觉往往被一般日常生活中的思维看成错觉和变幻。其本质却似漫画，将主要特征加以夸张，这是一种高度概括的艺术。也可称为"想象的形象"，例如，"一指尖微量的挑剔"，"月光划着小舟，粼粼波涛映出所有的要求"，"咀嚼着受寒的哆嗦"，"阳光炒热空气"等等。

写诗应该感觉（考察）生活，撷取相关的形象，编织成一个综合的新的诗的意象。夸张地说，应该脱离地球的重力作用，腾飞无限的太空，像云一样柔，像风一样轻，……美不胜收的诗的形象也就能自由飞翔了。例如，杜甫的《绝句》（其三）：

两个黄鹂鸣翠柳，一行白鹭上青天。窗含西岭千秋雪，门泊东吴万里船。

在这四句诗中，通过巧妙排列组合，有十个形象。每句一景，其中动景、静景，近景、远景的交错映辉，构成了一幅有声有色、绚丽多彩的画卷。展现在眼前的是一个新的综合形象。

关于形象的运用上，可以围绕一个主体形象展开，也可以由多个形象交织，围绕一个中心来写。可以是纵向深入开掘，也可以横向开阔张扬。例如，李绅的《悯农》：

锄禾日当午，汗滴禾下土。谁知盘中餐，粒粒皆辛苦。

又例如，贺知章的《回乡偶书》：

少小离家老大回，乡音无改鬓毛衰。儿童相见不相识，笑问客从何处来。

再例如，汪静之的《能变什么呢》（节选）：

倘若你是皎洁的月光／住在蔚蓝的天空很伶仃，／

我就变许多星星围着你，／歌舞着使你高兴；／／

倘若你是伶仃的鱼儿／被关在污浊的池塘里，／

我就变一湖清澈的水，／凭你如意地游戏；／／

1.1.3.2 含蓄

诗是讲究含蓄的，含蓄意味着语言的浓缩、凝练和精粹。其主要特征是通过暗示、比喻、启发等，向读者展现一个有深刻意义的境界，含滋蓄味，含而不露。言尽处意不尽。例如，胡适在提倡新文学运动时说的：

开的花还不多，／且把这一树嫩黄的新叶／当作花看吧。／

表面上产生一种是花非花、是叶非叶的感觉。实质上是诗的内在结构用了象征手法，以致产生这样的效果。在"花"和"叶"的形象背后，隐含着丰富的思想意义，拓展了想象空间。辞浅而义深，言短而意长。含蓄的艺术境界是悠悠空尘，忽忽海沤。意思不明说，而需要细细体察。某种意义上说，诗是隐含艺术。当然需要意象的真切、情感的真挚，才能在隐含中感受到思想的真谛。含蓄的表现手法可愁、可喜，可怨、可兴。

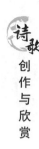

诗的语言表达，往往具有任意性和随心所欲的放浪形骸。对于时空的认识以及词语的选用搭接，经常带有非逻辑（非科学）的特征。很多语句只能靠无拘束的通感才能与诗的读者沟通。含蓄是一种美学形态。例如，杨万里的"小荷才露尖尖角，早有蜻蜓立上头"，韩愈的"天街小雨润如酥，草色遥看近却无"，形成了一种蕴含妙趣的象外之韵。趣尽而味不尽。

再如，徐志摩的《再别康桥》中的第四、五节：

那榆荫下的一潭，／不是清泉，是天上虹／揉碎在浮藻间，／沉淀着彩虹似的梦。／／

寻梦？撑一支长篙，／向青草更青处漫溯，／满载一船星辉，／在星辉斑斓里放歌。／／

梦是不期而遇的，何谈寻呢？诗中的梦是美丽的彩虹，却被浮藻间的水波揉碎了，成了一潭破碎的梦。星辉在天空闪耀，又如何能满载于一叶轻舟之中？这些描述只能穿越当下具体的时空，进入作者想象的多维空间，才得于让读者接受和享受，并且产生共振和共鸣。

含蓄不是腾云驾雾晦涩难懂，而是说出全部真相，但不能赤裸裸地言说。含蓄的同时还需用暗示、典故、感慨的语气等透露出一些寄托的信息。否则，就会产生牵强附会的解读。

诗人舒婷的《诗与诗人》中，说得惟妙惟肖：

第一节　　那远了又远的，是他／那近了又近的，是他；／／

　　　　　　……

结尾一节　　借我的唇发出他的声音又阻止／我泄露他的真名／

　　　　　　把人们召集在周围又从不让人走近／是他，是他／

　　　　　　诗是他／诗人，也是他／／

诗人不仅要有哲人的深刻和犀利，还要有孩童的天真和童趣。有时候，诗句似乎明白如话，却蕴含了深层次高密度的意义。例如，李白的《黄鹤楼送孟浩然之广陵》：

故人西辞黄鹤楼，烟花三月下扬州。孤帆远影碧空尽，唯见长江天际流。

诗的含蓄，表现为景尽情不尽，语尽意不尽。

含蓄必须通向领悟、甚至顿悟。其目的是获得一个理性认识。"含蓄"中如何安排启示的开关，让诗的读者领悟呢？必须有意念、意象的内在结构布局。也就是诗意逻辑的展开。"含蓄"的最高境界是"不着一字，尽得风流"。

1.1.3.3 悖逆

悖逆是背离逻辑的变形景象或意象。这种变形是歪曲的知觉，与实际不相符合。犹如极幻、极真的梦境使艺术的蝴蝶自由地翻飞穿梭。它是最具有艺术表演潜力的魔杖。看这样一段梦境："绿依依墙高柳半遮，静悄悄门掩清秋夜，疏刺刺林梢落叶风，昏惨惨云际穿窗月。"初秋夜，风吹树梢飘落叶，哪里有绿柳依依呢？季节的叠加是违反常理的，只有梦中才有的跳跃和并存，实际上是绿稀稀、绿黄黄的初秋。可是，在诗句中却是艺术的真实，营造一种春与秋的对比氛围。烘托出一种梦醒时分的恍惚迷离的情态，更饱满地抒发了内心的渴望，形成一种日思夜梦的潜在意识流，梦想在春意盎然的季节里，相依恋人身旁。

歌词作家叶佳修的《山水寄情》中，变形的语句说得浓缩、精练，颇有新鲜感而且耐人寻味："唇上我的笑意已飘零，心田里已荒草满地。枕边独自痛饮着回忆，醉倒在茫茫的夜里。"

通过偏离日常规范的语言，成为诗的语言，既形象又深刻地表达情感，具有丰富的想象力和创新意识。再例如，顾城的《眨眼》中：

> 彩虹，……，我一眨眼——就变成了一团蛇影。
>
> 时钟，……，我一眨眼——就变成了一口深井。
>
> 红花，……，我一眨眼——就变成了一片血腥。

悖逆的意象在瞬间直接转变。按照常理的规矩，这种"变成"是胡话，是错乱，如醉汉看到了"杯弓蛇影"。用诗的语言表达的是在黑白颠倒的荒谬年代里，一部分人的心理变态，创造出新的意境，形成强烈的情绪冲击，令人心灵震颤。

1.1.3.4 荒诞

此处的荒诞并非极不真实，荒诞是清醒者的梦话。荒诞离不开真实的影子，离不开滚滚红尘的必然。表面上看荒诞的作品，充满不相称、不搭调、不搭界的形象组合，但是常常闪烁着作者无穷的想象力与睿智的目光。意在尘外，笔端生怪，荒诞是厌弃现实的表现手法。例如："把你的影子加点盐 / 腌起来，风干，老的时候 / 下酒。"从"盐腌影子、风干，下酒"这样不着边际的荒诞，表现出既爱又恨的刻骨铭心的爱情，对于有体验的人来说，确实有想不到的奇特效果。

荒诞是用逻辑之间的相互消长和逆反，造成一种似真似假、怪异奇特的艺术境界。读者可透过表象，看到真假倒置、乾坤扭转的生活真谛。借荒诞为喻体，写现实和历史，虚构将来。荒诞中有真实、也存在虚无，还有二者的转换。

尽管诗需要丰富的想象力，可以朦胧、悖逆和荒诞，但是也应该延伸有度，不至于越过崩溃瓦解的临界点，这个临界点是浮动的，是隐约的虚点，因人而异，因诗而异。目的是让读者实现诗歌生命的跃动。

1.1.3.5 荒谬

此处的荒谬并非是极端错误。荒谬是文学之神的巧妙思考，"是"与"不是"，"真"与"假"的倒转。也称为"否定诗学"。用台湾诗人白灵的《真假之间》可以理解"不是"的美学：

> 只有云是真的，天空是假的 / 落日是假的，只有晚霞是真的 /
>
> 只有灰烬是真的，燃烧是假的 / 永恒是假的，只有瞬间是真的 /
>
> 只有谎言是真的，真话皆是假的 / 爱是假的，恨，只有恨偏偏是真的 /
>
> 只有假的是真的，如果真的，皆是假的 //

诗句中的意象或意念，在常理逻辑里被肯定的都判定成假的，而被否定的都是真

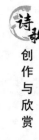
的。当然这些是永恒与瞬间的反转，真理与谎言的倒置。这样以倒立姿态看世界，表面上是荒谬，从诗学角度看，是充满了严肃的意涵。从二元的对立到二元的转化是一种圆通的哲学。

1.1.4 诗的本质

1.1.4.1 诗是什么

诗的本质很难用理论表达清楚，而形象地描述不失为诗本身的原始。一首言简意赅的小诗也许让你眼前一亮，让你茅塞顿开，"诗是什么"的大问题总算有了一个富有诗意的答案。

例如，中国台湾诗人洛夫的《谈诗》：

你们问什么是诗 / 我把桃花说成夕阳 //

如果你们再问 / 到底诗是何物 / 我突然感到一阵寒颤 /

居然有人 / 把我呕出的血 / 说成了桃花 //

第一节这样的答案让我满意，让我叫绝，因为写诗、读诗是艺术上美的享受。从第二节的表述中，又看到了诗人理性的一面，进一步告诫"你们"，凡事要有度，物极必反，真理逾越一步就是谬误。深刻的哲理巧妙地隐藏在两组意象的对比之中。诗是人性的情感以及意识的抒发，但不是唯一。诗是一种情趣，诗也是一种人生体验和感悟，是对人类心灵状态的洞察。

诗的本质即性质，简称为诗性，它是非理性的时空体验（也就是即时性和即兴性）。诗的意象是诗人灵魂的具象化，即灵魂的记忆或憧憬。诗不是科学，因而不受科学的检验；诗不是理性探索的产物，因而也不受理性的制约，不需要判断，不需要论证。诗的源泉是诗人灵魂诱发的灵感，诗是生命本真的显露。法国伟大的浪漫主义诗人雨果说过："比海洋广阔的是天空，比天空广阔的是心灵"，心灵的感应是极具穿透力的，因而灵感的神奇和色彩是无限的。

诗是作者独特的个性化的感受，体现他的心灵和气质。如同大众的每一张脸都有特点一样，不会重样的，除非是同胞的兄弟姐妹。诗是一束光，一束追光，在场景中形成特写，光彩夺目，眼前一亮。哲理的思考，艺术的表现。

诗歌是一种生命体，因为它将千百年前的生命冻结，让千百年后的人类感受到历史的时空不断发出光亮的信息。纵然诗是思想的火花，混沌的沉淀，观念的结晶，都会随大气的压力、温度、湿度等发生变化，但它是人生的精粹，是情感的升华，是人性的电磁场。诗歌有显著的生命特征，是种子，会生发。不仅能含苞，还会芬芳。

1.1.4.2 诗是文学艺术

诗歌是一种语言优美、形象丰富的文学体裁。用最简洁、凝练的语言和新颖、生动的形象来描摹社会生活的各个方面，抒发丰富的思想感情。诗，一向具有崇高的地位，常被称为文学艺术之冠，历来都是文艺理论研究的重要对象。诗，是一种语言艺术。

例如，余光中的《等你，在雨中》（第一、二两节）：

> 等你，在雨中，在造虹的雨中／蝉声沉落，蛙声升起／
>
> 一池的红莲如红焰，在雨中／／
>
> 你来不来都一样，竟感觉／每朵莲都像你／
>
> 尤其隔着黄昏，隔着这样的细雨／／……

通篇语言朴实、自然，充满诗意。"蝉声沉落，蛙声升起"富于诗意；"隔着黄昏，隔着这样的细雨"同样富于诗意。如果用"蝉在叫，蛙在鸣"，只是一种状态，缺少"等你"的情意；如果用"隔着暮色，隔着篱笆"，仅表示一种距离，缺少"相思"的意境。同样的环境和情感，却用不一样的语言表达，这就是诗的意义。诗意是诗歌的灵魂。

诗，是形象的艺术，更是抒情的艺术。写诗需要思想的智慧、艺术的灵感和语言的技巧。诗是一种独特的言说，是一种纯粹，更是一种胸怀。诗是精神的探寻，用深邃眼光去开掘。

词类的活用是诗的又一个文学语言特征。名词可以转化为形容词或动词等（见1.3.2.3），而且还可以改变时态和情态。诗是一种跳跃式、非线性逻辑的文句，存在于自由空间，有一种驰骋其中的想象乐趣。诗的魅力所在是耐人寻味的。

初学者的前途在于他的语言技巧之中（包括语音、修辞、结构、意象和意境等等），要高度重视"怎么写"；而具有写作基本功的诗人应更多地重视"写什么"，需要观念的独创和情绪的力量，这样，诗篇才具有强大的生命力。

一首好诗是经典。那什么是经典的评价标准呢？其特征为"情真、格高、语美"。应该具有心与心相通的"灵犀"，读的时候"爱不释手"，读过了以后"重读不厌"。苏东坡有诗曰："旧书不厌百回读，熟读深思子自知。"其中的"旧书"自然是经典了。它是古往今来人们共同的财富。无论是大自然的描绘，还是对人生感喟，都是一种美的发现。读完一首好诗后，令人陶醉，荡气回肠，更有拍案叫绝。没有美学的诗不是好诗。经过语言艺术的门槛，才有美学的殿堂。形象思维是美学的表达，把人与物的距离缩短，将"物"生命化；把人与神的距离拉近，将"神"人性化。

从诗的内容、语言特点分析，似乎可以将诗歌分为艺术类诗歌和应用类诗歌，也可以称为美学诗歌和史学诗歌。当然，将"美"和"史"融会一体的诗也是不胜枚举的，但总是各有偏重的。诗意的读解不是唯一的，是仁者见仁，智者见智。但是须言之有据，自圆其说才是。

诗是声调、情调优美的音乐。诗也是呼唤和见证，是一种历史和人生的知识，当你认真阅读时会有所体会。无论是作者还是读者，走进艺术可以走出人生，诗海泛舟是一种唤醒。

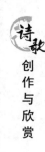

1.2 诗的艺术特性

1.2.1 诗的艺术美

音乐可以听到美，绘画、图片可以看到美，而诗的美需要努力用心体会。音乐、绘画都是诗的姊妹艺术，是相通的。音乐欣赏和绘画欣赏的基础知识也是诗歌欣赏不可缺少的基础内容。美是将主客观统一的思想，用心灵借助物的形象来表现情感。读诗似赏花，是美的享受，是要用心去体会的。

诗歌的美包含着作者的审美情趣和能力，以及语言表达的独具匠心。是一种陶冶情操、激发感情、引人入胜的艺术美。诗的美是一种感动，诗的遐想和神奇使读者动情、兴奋和入迷。诗歌艺术的美学很丰富，但是从一般意义上看，可将诗的艺术美归纳为音乐美、绘画美、语句结构形式美和意趣美等。阅读诗篇时，除了得到直观的外形结构的形态美之外，能享受到心领神会的声乐韵味之美，感受到色彩斑斓的绘画艺术传神之美，同时还能体味到一种心旷神怡的意义之美。艺术美具有永久的魅力。

充分地利用文学语言的特点，在诗行的排列上，节奏的编排上，韵脚的选择上，合理地运用修辞手法，达到句法波澜起伏、音节铿锵和谐的境地，既是有声有色，又是有形有趣，可以极大地增强诗歌的艺术表现力。

诗的艺术美是一首诗的整体感觉，用典型环境、典型情绪建立的一种思想感情的境界。是一种笼罩着特定氛围的形神兼备的艺术境界。艺术境界是不可能由语文课上的"主题思想"便能全部涵盖的。

1.2.1.1 音乐美

诗是具有音乐性的语言艺术。诗的节奏与韵律构成了诗的音乐美，就是常说的诗中带有强烈的乐感。听诗歌朗诵时，抑扬悦耳，声调悠扬，余音不绝，进入佳境。节奏和韵律是诗歌语言的重要特征，在多种形式上体现其声音之美。例如，五言、七言等齐言的句式上，佳句脍炙人口，音美意美而流行广远。又例如，在杂言体中，为适应情绪的激越起伏，诗句随之放长或缩短、参差不齐，形成磊落高低、节奏快慢的变化。

1. 节奏美

节奏是诗的生命，没有节奏便不称其为诗。诗的音乐性是诗歌写作中一个不可缺失的要素。用词语可以撞击出钟声，用韵脚可以敲出鼓声，用语句的抑扬顿挫可以吹奏出清脆悦耳的笛声，诗就是一支协奏曲。除了语言的韵律节奏外，还有诗的情绪起伏、强弱变化、高低迂回所产生的节奏，节奏存在于诗的整体结构中。

从理论上，首推诗的音乐美的诗人是闻一多，在他的诗集《红烛》和《死水》中洋溢着巧妙的音乐之美。节奏匀称妙合自然，音韵巧妙和谐天成。这一切都对应着心灵的律动，因为节奏也是生命内在的存在方式。

历史上，诗与音乐之间的关系密不可分，相互渗透，最早二者是合一的。诗是运用文字的声母、韵母、声律产生乐感，像音乐一样表现音调的高低、音符的长短和节奏的快慢。音乐美是超越了语言的一种心灵愉悦和体察回味。借助语言的抑扬顿挫达到精神上的律动。在白居易的《琵琶行》中所表现的"大弦嘈嘈如急雨，小弦切切如私语。嘈嘈切切错杂弹，大珠小珠落玉盘"，更具有无比美妙的音乐境界。

古典诗歌中，单字、单音较多，一行诗一句话，字数与音节数相同，一句话通常不会分割成几行；而现代汉语中词语多、单字用得少，同时，在组成句子时还有量词、助词等虚词的引入。因此在现代诗歌中，诗句中的基本单元是词或词组，要保持这种基本单元的完整，则相互间要有停顿（相比句子之间的标点符号的停顿要短），而且是一种动态中的节奏，在朗诵或歌唱中可以体会到这种停顿。

在诗歌的格律研究中，将这个基本单元称为音顿，简称顿（也称其为音步、音组）。在这种基本单元中，由两个字和三个字组成一顿的居多，分别称为"两字顿"和"三字顿"。用音乐的术语来表述这种基本单元，那就是基于时间长短的"节拍"，节拍体现出节奏感。

诗歌的音乐美，总是与自然的韵律、生命的跳动相吻合的（还包含一种流动美）。在长吟短咏之间，不失生活真切的现实美。短促有力或舒缓悠远的节奏，反映事物变化的速度或者清新灿烂的状态，或者惊涛拍岸的形势等。

用急促的鼓点和喇叭声、清脆响亮的笛声、悠扬的琴声等组成美妙动听的乐章。

例如，毛泽东《如梦令·元旦》：

> 宁化、清流、归化，路临林深苔滑。
>
> 今日向何方，直至武夷山下。山下、山下，风展红旗如画。

前两句，每句三顿。六个音节（音节是用声母、韵母或声韵母组合的发音单元），急促而轻快，一气直下的律动描述了红军在深山密林中神速挺进的情势。三、四两句，节奏一变，由短促、顿挫、跳动，转为舒展与平稳。紧接着一个叠句短诵（山下、山下），最后一句长咏结束，把坚实有力与气势昂扬有机地结合为一体。展示了充满自信，铿锵有力量。韵律安排清晰，符合所表达的思想和情感。富有强烈节奏感和音乐表现力。

又例如，郭小川《月下》中的"河边"一节，用八个短句描写了轻快敏捷的动作和情态：　　……，脚步儿，/静悄悄。/兴头儿，/万丈高。/

> 穿过树林，/一阵小跑。/箭一般，/到了河套。//

这三字句的短俏节奏，竹笛般清脆明快的声韵，给人一种满心喜乐的精神气息。符合了在战斗间隙中的豪情逸致。巧妙地运用节奏和音韵的手段，反映了月光下小分队的身影在林间穿插行进。这首诗如一首歌，充满了真挚的乐感，情真意切。

又例如，穆木天的《落花》，舒缓的长句，轻柔和谐的韵律，体现一种灵魂深处

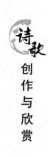
的音乐美：　我愿透着寂静的朦胧／淡薄的轻纱／

细听着渐渐的细雨寂寂在檐上激打／

遥对着远远吹来的空虚中嘘叹的声浪／

意识到一片一片坠下的轻轻的白色的落花／／

落花掩住了藓苔／幽径／石块／沉沙／

落花吹送来白色的幽梦到寂静的人家／

落花倚着细雨的纤纤的柔婉／虚虚的落下／

落下印在我们唇上接吻的余香／啊／不要惊醒了她／／……

同样，还有戴望舒的轻歌曼舞的《雨巷》，透着细雨绵绵期盼见到情投意合的情人，委婉、惆怅，悠扬缠绵的琴声从小巷的窗口播扬。伴着音乐节拍，正飘来一把小小的油纸伞，一位忧愁的姑娘：

撑着油纸伞，独自／彷徨在悠长、悠长／又寂寥的雨巷，／

我希望逢着／一个丁香一样地／结着愁怨的姑娘。／／

她是有／

丁香一样的颜色，／丁香一样的芬芳，／丁香一样的忧愁，／

在雨中哀怨，／哀怨又彷徨；／／

她彷徨在这寂寥的雨巷，／撑着油纸伞／像我一样，／

像我一样地／默默彳亍着，／冷漠，凄清，又惆怅。／／

她静默地走近／走近，又投出／太息一般的眼光，／

她飘过／像梦一般地，／像梦一般地凄婉迷茫。／／

像梦中飘过／一枝丁香地，／我身旁飘过这女郎；／

她静默地远了，远了，／到了颓圮的篱墙，／走尽这雨巷。／

在雨的哀曲里，／消了她的颜色，／散了她的芬芳，／

消散了，甚至她的／太息般的眼光，／她丁香般的惆怅。／／

撑着油纸伞，独自／彷徨在悠长、悠长／又寂寥的雨巷，／

我希望飘过／一个丁香一样地／结着愁怨的姑娘。／／

注：彳亍：走走停停。太息：叹气。颓圮：破败倒塌。

2.声律和韵律美

声律和韵律就是诗句中声调和韵调的运用规律。声调轻重的搭配交错、音韵差别的流转协调，使诗歌语音上产生了乐音荡漾的艺术美。例如，诗经的《关雎》第一节："关关雎鸠，在河之洲；窈窕淑女，君子好逑。"这四句诗，朗诵时相当流畅而且和谐动听，是由于诗句的押韵以及韵脚的平仄安排达到了和谐状态。一、二、四句押韵，在结构上使诗句的每一行有机地结合在一起，在音响上构成声音的回环呼应与和谐共鸣，而第三句的"女"字是仄声，形成声调的错落抑扬变化，呈现缤纷之美。由于声律和韵律的应用，增强了诗的音乐感，读起来声韵铿锵、朗朗上口，给人以更深刻的印象。诗歌中的声律之美体现了语言艺术的文采。

诗的音乐美，讲究的是韵律细密、平仄相间、四声轮用。关于音节的形式可分为：同音相成的"重叠"、异音相续的"错综"和同韵相协的"呼应"三类。

同音"重叠"包括双声叠韵与平平仄仄的联用等。异音"错综"包括平仄交替和上声、去声的轮替等。同韵"呼应"包括选韵、转韵、逗韵等。（见 4.3.2.5 节）

（1）同音重叠的形式中，双声音节的美。例如，"几家村草里，吹唱隔江闻"。（几家、村草、吹唱，均为双声）叠韵音节的美。又例如，"月影侵簪冷，江光逼屐清。"（侵簪，逼屐均为叠韵）双声叠韵音节的美。又例如，"为人性僻耽佳句，语不惊人死不休"。（佳、句为双声，惊、人为叠韵）再例如，"怅望千秋一洒泪，萧条异代不同时"。（怅望、萧条均为叠韵，千秋，条、代为双声）除音乐美之外，诗人借双声叠韵字的声音用于强化效果，使声与情、与物、与事产生重要的模拟情态的作用。

（2）异音错综的形式中，律诗的句式尤为典型，无论是五言，还是七言；无论是仄起，还是平起，都有一个定式，那是经过诗人千锤百炼反复吟咏所得到的最美声调。是诗歌艺术的瑰宝（见 4.2.1 节）。以下举例高适的异音错综的优美诗篇《夜别韦司士》：

高馆张灯酒复清，夜钟残月雁归声。只言啼鸟堪求侣，无那春风欲送行。

黄河曲里沙为岸，白马津边柳向城。莫怨他乡暂离别，知君到处有逢迎。

在出句句末的"清""侣""岸""别"分别用的是阴平、上声、去声和阳平，四声相间。在每一句中也顾及四声轮用。每联韵脚用"庚"韵。

（3）对于韵脚的呼应方面，格律诗的规定最严格，一律押平声韵，是那个年代的苛求；古体诗反而更自由，四声均可用。自由诗根据情感的要求选择。情节紧张时，宜句句押韵；气氛舒坦时，宜隔句用韵。韵的响亮级或柔和级，韵的宽或窄各有不同的美。押韵做到新巧妥帖，疏密有致，才会产生动听的美感。

1.2.1.2 绘画美

画家和诗人有相同的眼睛，通过眼睛这个心灵的窗户，寻觅浓郁的诗情画意。中国的诗歌中，丰富的题画诗是一个缩影。自古以来，有大量的诗句富于强烈的色彩感。"千里莺啼绿映红"，"陌上青青柳色新"，这样的诗句生动地描绘了春天的到来，一幅幅充满春天气息的画面跃在眼前。既有意味，更有情趣。

大自然闪烁着太阳的七彩光芒，生活也是丰富多彩的，诗歌反映生活，也布满了重重的色彩，因为色彩可以有力地表现情感。诗的辞藻构成了形象、意境、画面等，产生了绘画美，就是常说的诗中有画。诗句表达的安静、柔和、向往等，洋溢着蓝色的美。表达跃动、高亢、激越的诗句，则烘托出热烈的红色的美等等。诗的绘画美中还包含着雕塑感。从不同角度、方位和距离，对主人公反复、多重的美学塑造，使诗的艺术形象具有很强的形态感。

例如，张若虚的《春江花月夜》，以优美的语言，精细地描绘了春江花月夜的绮

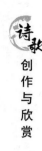

丽景色，抒发了游子的离别愁绪，表达了对江月长存、人生短暂的感慨。其中第一部分绘景的有：

　　　　春江潮水连海平，海上明月共潮生。

　　　　滟滟随波千万里，何处春江无月明。

　　　　江流宛转绕芳甸，月照花林皆似霰。

　　　　空里流霜不觉飞，汀上白沙看不见。……

用春、江、花、月、夜，这五种景物描述了动人的良辰美景，构成了绮丽的自然景观。对月光的观察极为精细，大千世界被浸染成梦幻般的银灰色，使花月夜显得格外恬静幽美。以五种时空元素构图，以月亮为核心、运用时空交叉的手法构成众多意象。绘景丰富细腻，月光成为全诗之魂，充分体现了诗篇的绘画美。

1. 诗的画面感

诗是无形的画，画是有形的诗。一句诗可以构成一幅画。

例如，杜甫《绝句》：

　　　　两个黄鹂鸣翠柳，一行白鹭上青天。窗含西岭千秋雪，门泊东吴万里船。

这四句诗可看作春、夏、秋、冬四时的典型画面。色彩明丽，意境高远。前一联视听并举；后一联，山以雪明，船以水映，山水牵于门窗之内。用"窗含"两个字把一幅幅美景跃在纸上，展现的有黄色的莺和白色的鹭、绿色的树、青色的天。在临水的小屋内，一个人透过窗户远望西边堆积白雪的山林；近看街河中停泊着远道而来航船。河堤上、翠柳间，传来清脆悦耳的莺莺啼啭，赏心悦目，映衬鲜明和谐的图画接二连三地铺展在眼前。四句诗，一句一景，相映生辉，形神兼备。共同组成生机勃勃、情味隽永的连环图景。

再例如，王维的诗《鸟鸣涧》：

　　　　人闲桂花落，夜静春山空。月出惊山鸟，时鸣春涧中。

简短的四句诗，让人走进月色朦胧的幽静清凉的山庄，在万籁俱寂的月夜，闲步在山径，桂花的清香沁人心脾。一轮明月徐徐升起，小鸟在林间跳转、轻声细语地鸣叫。构成了一幅清幽的休闲山庄图。

内蒙古的一首北朝民歌《敕勒歌》，是古代少数民族敕勒人在 1500 多年前（429—443 年）描绘草原的诗歌，被认为描写草原风光的绝唱，千古传诵：

敕勒川，阴山下，天似穹庐，笼盖四野。天苍苍，野茫茫，风吹草低见牛羊。

诗篇凭着有限的 27 个字，展现了生机勃勃、无限壮阔的大草原图景。

上面的例子是极致的风景诗，理所当然的是一幅画。下面再看纪弦的《江南》，洋溢着画意之美的"江南小镇一瞥"：

　　　　江南的水城多窈窕之姿／一街吴女／

　　　　如细腰蜂营营然踏着暮色归去／馥郁的影子飘过银窗／／

寥寥四句，远视近观、有声有色，动静相生、浓淡适度，一窗水粉画的写真。有杜甫"窗含西岭"的异曲同工之妙。画面感让人过目不忘的例句还有：

"马 / 在风里 / 跑"。

"翻开瓦顶，下面的尘埃升起 / 像复活的虫——"。

"我在房间里，点燃了海洋"。

这些都是最具美感的视觉语言。

再例如，李季的诗《正是杏花二月天》（节录前三节）：

正是杏花二月天，/ 遍地麦苗像绿毡。/ 汽车走在公路上，/ 姑娘们锄草麦地边。//
汽车停在公路旁，/ 姑娘们上前围着看。/ 司机同志修车忙，/ 两手油腻汗满脸。//
汽车修好把路赶，/ 司机搬动方向盘。/ 一个姑娘走过来，/ 手扒车窗红着脸。//

朴素的语言描绘出 20 世纪 50 年代农业合作化的场面，讲述一个田边地头的小故事，绿色的田野上，麦苗青青，姑娘们集体劳动，欢声笑语，围着出了故障的汽车看热闹，汽车修好后还看不够，……。这首诗在叙事过程中体现出画面感。

2. 诗的色彩和线条

诗与画两种艺术形式彼此交融、相互渗透而呈现出别样的艺术美。绘画是以线条、色彩、构图等手段创造具有意境的平面视觉形象。而诗歌中的色彩词语也是传达情思的重要元素。骆宾王的《咏鹅》中"白毛浮绿水，红掌拨清波"充满色彩的对比。又例如对四季状景的描写，也离不开大自然的色彩，有：

春景：雾锁长空，烟雨楼台，水如蓝染，山色渐青；

夏景：古木蔽天，绿水无波，远云变幻，近水幽亭；

秋景：天高云淡，层林尽染，雁钩秋水，芦岛黄青；

冬景：借地为雪，冰面如镜，渔舟依岸，彩衣走冰。

此类词字明丽，熠熠生辉，在作品中造成一种活泼、新鲜、悠扬动人的色彩美。

一条直线和一个圆，在工诗善画的唐代诗人王维笔下，就有"大漠孤烟直，长河落日圆"这样的佳句。而白居易的"日出江花红胜火，春来江水绿如蓝"的名句中，红、绿、蓝的彩色应用，突显春意盎然的美景。画家笔下的诗句所特有的色彩、形体、用光等手段，使景观意象清晰生动，产生很强的空间层次感。

据统计，唐诗中彩色纷呈。有红橙黄绿青蓝紫，黑白素丹绯粉朱，翠黛皓褐灰绛墨，金灿银辉皎黛彤，竞相争艳。更有深浅重淡和干湿之分，以及复色、同类色、类似色的交迭，确实丰富多彩，变幻无穷，目不暇接。例如，"晓看红湿处"，"红鲜任霞飞"，"翠深开断壁，红远结飞楼"等，不胜枚举。

在不同的物件上用同一种色彩，可以产生不同的相应的心理感受，这种感觉对心灵发生强烈的冲击。红色代表炽烈、激奋、温暖、欣喜；但见到飞溅的鲜红的血液，就会产生痛苦和恐惧。黑色是无望的永恒的静寂，白色是无声的，但并非死寂，而是有梦想的；黑白之间的灰色是缺乏活力的忧伤，深灰可以使忧伤发展到窒息。

此外，为了突出色彩的魅力，常常把具有色彩的字放在句首。彩色容易吸引人的视觉，突显艺术感染力。例如，"青惜峰峦过，黄知橘柚来"，"碧知湖外草，红见海

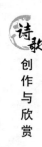

东云", "绿垂风折笋，红绽雨肥梅", "红浸珊瑚短，青悬薜荔长"等等。（薜荔是茎蔓生木本植物。若是"薜荔"，则是两类植物的合称，蔓草之意。荔是薜荔，草本植物。）

绘画和诗歌在技巧上也是相通的，除了用色彩外，其中用线条或轮廓等直觉思维的方法表现诗意也是常见的，形成了一个比较鲜明的特征。例如："白日依山尽，黄河入海流"，可简约为一个圆圈（代表太阳），几条斜线和水平线（代表山廓和河流）；同样也可以用几何线条描述出"星垂平野阔，月涌大江流"的景象。

又例如，李白写庐山瀑布有："飞流直下三千尺，疑是银河落九天""挂流三百丈，喷壑数十里"。

再例如描写悲愁的有："白发三千丈，缘愁似个长"。突出线条的表现力，语出惊人。

用丝状线条表现物体轻盈柔媚的，当以贺知章的《咏柳》最具代表性：

碧玉妆成一树高，万条垂下绿丝绦。不知细叶谁裁出，二月春风似剪刀。

春风吹拂下的细柳，婷婷袅袅，婀娜多姿。

3.诗的画景和情意

(1)诗中画景。例如，元代戏剧家白朴的一首写景散曲《天净沙》：

孤村落日残霞，轻烟老树寒鸦，一点飞鸿影下。

青山绿水，白草红叶黄花。

散曲不散，集合了十多个景物，诗句构成了一幅静物写生画。由于没有情感线的串联，是断线之珠，散乱一片，黯然失色。纷纭杂陈的物象并不能组织成一首优秀诗篇，仅仅是死板的堆砌，不能成为活生生的艺术形象。

当然，单纯的画景也是一种情趣。例如，骆宾王的《鹅》，是一幅很有生气的彩粉画：鹅，鹅，鹅，曲项向天歌；白毛浮绿水，红掌拨清波。

(2)景中有情。再例如，元代戏剧家马致远，写的同样一首《天净沙·秋思》，久享盛名：

枯藤老树昏鸦，小桥流水人家，古道西风瘦马。

夕阳西下，断肠人在天涯。

前四句侧重写景，把十种平淡的客观景物巧妙地连缀起来，组成一系列场景。通过"枯""老""昏""古""西""瘦"六个具有悲凉色彩的字，把无限愁思寄于图景中，具有极强的感染力。用"小桥流水人家"的景致与其前后两句形成鲜明对照，有力地烘托旅人凄苦、孤寂的情态。最后的"断肠人在天涯"是点睛之笔，强烈的情感跃然纸上，勾勒出一位"断肠人"的鲜明形象，是贯穿全篇的一条悲情线。实现了景中有情的精巧构思，意境丰富。

(3)景中有意。在一首写景诗中，要写出意来，相比于景中有情更难些。

例如，唐代诗人张籍的《夜到渔家》：

渔家在江口，潮水入柴扉。行客欲投宿，主人犹未归。

竹深村路远，月出钓船稀。遥见寻沙岸，春风动草衣。

这首诗通过叙事表现出画意。前面五句叙事和写景，后面三句中，"月出钓船稀"

表达了夜晚才到渡口，暗示投宿人的急切心情。而"遥见寻沙岸，春风动草衣"，恰逢此时，远处有见主人已在寻找岸边的泊位，内心欢快有盼，渔家的"草衣"在江风中飘动，"春风"是双关语，既是江风又是渔家和行客的愉快心情。末句生出的神韵悠悠，意味绵长。

1.2.1.3 结构美

诗篇的艺术美，须凭借美的结构形式作为载体来激发美感，结构形式产生结构美（有时也称为建筑美、形体美）。结构包括外形结构和内在结构两类，例如，诗体和句子结构、内容构思的条理特性（或称情态旋律）等。诗体方面有五言、七言及杂言诗，有长短句构成的词、曲、赋，还有近代的自由体等。在诗句排列形式方面具有多变的格式，诸如，岸柳倒影式、阶梯式等。诗篇内在结构方面又可分为格式结构和情态结构。例如，"音顿"的匀称和诗句、段落的字数及空间布置（包括断行、空格的应用）等格式结构。情态结构很复杂，概略地说，有词语的承接、对比、反复、递进等形式。对比方面又包括句型上和词藻上的对比。由于内在结构美的内容广泛，形态复杂，其主要特点是"因事之宜"和"层出不穷"，不可能千篇一律而一概而论。将其安排在第四章和第五章以及1.4节中详细分析。此节仅将几种典型的外形结构形式作逐一分析。

1. 岸柳倒影式

例如，戴望舒的诗《烦忧》充分体现了建筑美。应用了匀称的"九言四顿"的基本格式，中间又安排了错落有致的"十一言五顿"的句型，整篇的两节诗段利用了语句的反复循环，并形成了岸柳倒影式的对称结构。

烦 忧

说是寂寞的秋的悒郁，

说是辽远的海的怀念。

假如有人问我烦忧的原故，

我不敢说出你的名字。

我不敢说出你的名字，

假如有人问我烦忧的原故：

说是辽远的海的怀念，

说是寂寞的秋的悒郁。

这首诗除了在外形结构方面诗节对等、外形整齐外，韵律优美、节拍分明。诗句反向循环造就的旋律感，表达了内在的悠长情感的流淌。

此外，宋词的上下片语序倒置也形成了对称，例如，苏轼《西江月·咏梅》：

马趁香微路远，沙笼月淡烟斜。渡波清彻映妍华，倒绿枝寒凤挂。

挂凤寒枝绿倒，华妍映彻清波渡。斜烟淡月笼沙，远路微香趁马。

读来有些拗口，却带来一种朦胧神秘的感觉。

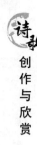

2. 阶梯式

阶梯形式的诗句布置，不仅体现错落有致的建筑美，更适合表达燃烧的激情。例如，郭小川在 1940 年创作的朗诵诗《我们歌唱黄河》，节录以下一小节：

　　　　　唱吧，
　　　　　　你敲家伙，
　　　　　　　我道白，
　　　　　　扬起你的歌喉，兄弟，
　　　　　　　泛起你的酒窝呀，朋友！
　　　　　我们唱出黄河的愤怒，
　　　　　　唱出黄河的悲哀，
　　　　　让我们集体的歌声
　　　　　　和黄河融和起来！

　　　　　唱吧，
　　　　　　我们的歌声
　　　　　　　不叫敌人过黄河！

　　　　　唱吧，
　　　　　　我们的歌声
　　　　　　　不许我们周围有破坏者！……

又例如，徐志摩在 20 世纪 30 年代创作的抒情诗《雁儿们》，节录前三节：

　　　　　雁儿们在云空里飞，
　　　　　　看她们的翅膀，
　　　　　　看她们的翅膀，
　　　　　有时候迂回，
　　　　　　有时候匆忙。

　　　　　雁儿们在云空里飞，
　　　　　　晚霞在她们身上，
　　　　　　晚霞在她们身上，
　　　　　有时候银辉，
　　　　　　有时候金芒。

　　　　　雁儿们在云空里飞，
　　　　　　听她们的歌唱！

$$\text{听她们的歌唱！}$$

$$\text{有时候伤悲，}$$

$$\text{有时候欢畅。……}$$

用阶梯式的结构，形成一种正在飞翔的动态画面，重复回旋，抒发温婉柔美的情感。

3. 断行、空格的应用

断行、空格的应用是使全篇不用标点符号，如一幅泼墨山水画，留有空白，在空白处得到山水画留白的想象空间，在视觉上产生一种清秀利落的协调美感。

例如，方文山的素颜韵脚诗《诗的语言》：

午后的风声　怎么能被形容成一轮皎洁

花的颜色　又怎么会带着　淡淡的离别

所谓　忧郁的空气　落笔后要怎么写

最后　一直到你的微笑　在我的面前　满山遍野

亲爱的　我这才开始对诗的语言　有些　了解

注：素颜韵脚诗：素颜，其原意为干净而没有化妆的脸，也可说是清秀的脸庞。此处解读为，在诗文中除中文汉字以外不添加任何其他元素，如西文、日文、数字、图像以及标点符号等。

4. 雕塑形体投影

除了结构形体美之外，还有一种雕塑形体美。即根据诗意将诗句组排成相应的形体，通常称为异体诗。例如，钟形、心形、树叶形、器形等。是一种具有漫画式表达意义特点的图形。为表达方便，暂且称为异体或形体，实际上是立体的投影。（见2.1.3 节和 4.4.4.3 节）

1.2.1.4 意趣美

意趣，表现为思想的轻松，文字的天真、通俗，内容的大众化等，读来有浓厚的意味，例如，机敏、幽趣、睿智等，并且有所感悟，与常说的神韵、意境等大致相通。当然意趣是一种审美观念，它与读者的社会地位、生活阅历、性格特征、文化修养、道德情操等相关，随之产生审美情趣的差异性。

意趣的展现有不同的方式。例如，含蓄、实感、联想、感悟，扩展、新奇无限等。与构成神韵的条件相关，其中最主要的方法是含蓄和实感，即含而不露或点明内涵，也有的是似露非露。有"诗从对面飘来"的美感。例如，陶渊明的《饮酒（其二）》。

结庐在人境，而无车马喧。问君何能尔，心远地自偏。

采菊东篱下，悠然见南山。山气日夕佳，飞鸟相与还。

此中有真意，欲辨已忘言。

意趣范围广泛，大致可归纳为情趣、理趣、志（意）趣和风趣等几个方面。

1. 情趣

诗的情趣，通过比喻，使呆板枯燥的景物栩栩如生，在酣畅的兴味中获得美的享

第 1 章　诗歌概述

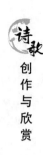

受。例如，南宋诗人杨万里的《小池》：

泉眼无声惜细流，树荫照水爱晴柔。小荷才露尖尖角，早有蜻蜓立上头。

用丰富的想象和拟人手法，展现了小池泉水轻轻流，蜻蜓玉立荷花尖尖头的美景。语言朴实细腻，生动地展示了明媚的风光。是那么细，那么柔。字字是情，句句是画，妙生情趣。

注：惜：珍惜、舍不得。照水：倒映在水面。晴柔：晴天里柔和的春光。尖尖角：新长荷叶的叶鞘，尖尖的，还没有伸展成荷叶。

又例如，金昌绪仅存录在《全唐诗》中的一首诗《春怨》：

打起黄莺儿，莫教枝上啼。啼时惊妾梦，不得到辽西。

诗人摄取了一位少妇日常生活中一个饶有趣味的细节，莺鸟啼叫惊醒美梦，反映一段情思。以小见大，构思精妙，角度新颖，独有情趣。

注：不得到辽西：黄莺啼叫，吵醒了这位女子与在辽西的丈夫团聚的美梦。

又例如，白居易的一首邀人共酌的代柬诗《问刘十九》：

绿蚁新醅酒，红泥小火炉。晚来天欲雪，能饮一杯无。

呼朋共聚，天寒酒暖。绿蚁红泥，着意渲染。未饮先醉，情趣盎然。

注：绿蚁：新酿就而未过滤的米酒，略呈淡绿色，浮起的渣沫如蚁。无：疑问语气词，相当于"么""否"。

再例如，孟浩然田园诗的代表作《过故人庄》。在王维的田园组诗《辋川集》中，有不少五言绝句，体现了人在场景中的幽趣（淡泊情怀）。如《鹿柴》《辛夷坞》《鸟鸣涧》《竹里馆》《山居秋暝》等。

情趣美也是一种自然美，例如，诗词中的一些千古名句："云破月来花弄影"，"红杏枝头春意闹"，"杨柳岸，晓风残月"，"问君能有几多愁，恰似一江春水向东流"等等。层出不穷，美妙奇异。

2. 理趣

诗的理趣，是通过诗的生动形象表达一个深刻的道理，将这个深刻道理变得浅显通俗，丝毫没有领受说教的厌烦。例如，杜甫的《后游》中："江山如有待，花柳自无私。"讲出了无私心的大自然等待人们去欣赏。在《秋野》中有："水深鱼极乐，林茂鸟知归。"说明了绿色环境对生命的重要性。

又例如，苏轼的诗《题西林壁》：

横看成岭侧成峰，远近高低各不同。不识庐山真面目，只缘身在此山中。

诗句表达了要全面地看问题，必须从多角度、多层面去认识。否则就会陷入其中而看不清事件的真相，形象地表现了一个深刻的道理。再例如，欧阳修的诗《画眉鸟》：

百啭千声随意移，山花红紫树高低。始知锁向金笼听，不及林间自在啼。

用画眉鸟在林间千啼百啭的自由，与陷入牢笼、失去自由的苦闷对比，表达对自由生活的向往。不仅形象生动而且富有理趣，诗句含蓄而耐人寻味。

又例如，陆游的诗《冬夜读书示子聿（其三）》：

  古人学问无遗力，少壮功夫老始成。纸上得来终觉浅，绝知此事要躬行。

注：子聿：陆游的小儿子。无遗力：竭尽全力。始：才。绝知：彻底了解。躬行：亲身实践。

古人刻苦学习做学问，只有少年养成良好的学习习惯，竭尽全力夯实基础，将来才能成就事业。强调只有经过亲身实践，才能把书本上的知识变成自己的实际本领。理性的思辨，蕴含深刻的哲理，意境深远。

又例如，南宋诗人卢梅坡的《雪梅》：

  梅雪争春未肯降，骚人搁笔费评章。梅须逊雪三分白，雪却输梅一段香。

注：降：让步。骚人：指诗人。

梅雪争春，谁也不肯相让，诗人搁下笔来也颇费心思难评判。梅花有三分不如雪花的晶莹洁白，而雪花却缺少梅花的一段清香。说句公道话，梅不如雪那样白；雪没有梅那般香。告诫人们自身各有所长，也各有所短，要有自知之明。取人之长，补己之短才是正理。用拟人化手法，比喻形象生动，既有情趣，也有理趣，发人深思。因此人说"诗不能离理，贵有理趣"。

诗词中的佳句甚多："山重水复疑无路，柳暗花明又一村。"（陆游）、"野火烧不尽，春风吹又生。"（白居易）、"沉舟侧畔千帆过，病树前头万木春。"（刘禹锡）、"长风破浪会有时，直挂云帆济沧海。"（李白）、"问渠哪得清如许，为有源头活水来。"（朱熹）

3. 志趣

诗的志趣是用朴素而生动的语言，塑造鲜明的艺术形象，表达生活的志向、态度和环境，以及要从事的事业等等。例如，陶渊明的田园诗《归园田居（其一）》：

  少无适俗韵，性本爱丘山。误落尘网中，一去三十年。

  羁鸟恋旧林，池鱼思故渊。开荒南野际，守拙归田园。

  方宅十余亩，草屋八九间。榆柳荫后檐，桃李罗堂前。

  暧暧远人村，依依墟里烟。狗吠深巷中，鸡鸣桑树颠。

  户庭无尘杂，虚室有余闲。久在樊笼里，复得返自然。

注：适俗韵：适合世俗的性格。尘网：红尘、官场。守拙：本性愚直，不善八面玲珑。方宅：住宅及四周。虚室：空寂的居室。

此篇叙述平生志趣，追求自由，崇尚自然，喜欢田园环境，厌恶官场生活。语言朴素，寓深于浅，淡中见味，充分体现作者的清新淡远的审美情趣和诗歌风格。

又例如，郑燮（板桥）的题画诗《竹石》：

  咬定青山不放松，立根原在破岩中。千磨万击还坚劲，任尔东西南北风。

通过赞美竹子的根须深深扎在岩石缝隙中，不管有多大狂风的摧残打击，仍然坚

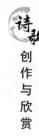
定强劲矗立的品格，表现刚直不阿、面对困难不低头的志气。

注：还坚劲：更坚强有力。任尔：任凭你。

再例如，刘禹锡的"千淘万漉虽辛苦，吹尽狂沙始到金"。表明了只有经过千辛万苦的努力，才能获得成功的哲理。

4. 风趣

有人说"诗庄词媚""诗庄曲俗"之类的话，实际上是"庄"见得较多而已，而风趣的诗往往被冠名为"打油诗"罢了。无论大事小情，只要具有生动形象、诙谐幽默的语言，有的风趣倒更深切动人。而油腔滑调、插科打诨的诙实至名归打油诗了。

例如，唐代末年罗隐的一首《感弄猴人赐朱绂》：

十二三年就试期，五湖烟月奈相违。何如学取孙供奉，一笑君王便着绯。

第一、二两句表述了屡试不能及第的无可奈何，第三句的笔锋一转，"何如学取"和"一笑"表现出激越的情感，还带着滑稽、嘲讽的风趣味道。

注：就试期：应举赴考。孙供奉：唐朝末年，唐昭宗见耍猴的艺人，艺人带着的猴子竟然也能与大臣们一起站班觐见。君王一阵高兴，就此赐给耍猴人以绯袍，又称他为"孙供奉"。

又例如，明代梅之焕的《题李太白墓》：

采石江边一堆土，李白之名高千古。来来往往一首诗，鲁班门前弄大斧。

直白的语句，富有幽默情趣。

注：采石江边：李白墓在长江边采石矶上。一首诗：不少自命不凡的人在墓上题的一首又一首诗，低劣糟糕，作者用班门弄斧来讥讽自不量力者。"班门弄斧"的成语来源于此诗。

1.2.2 诗的艺术感染力

诗的美是与"真"紧密相连的，"真"就是真实的思想。每一行诗句是诗人脉搏的一次跳动，是表达思想情感的窗口。诗人写诗是写真实，唯其真实，才能感人。要让人感动得流泪，你自己必须感动到先流泪。

诗是诗人对外部事物的思考，经过凝练的语言，形成一幅幅充注情感的图画。见气势，如同一挂千丈瀑布；感温柔，如春风绿杨柳；遇委婉，如山涧泉水叮咚，……至于诗与小说、散文不同，是因为诗是唱出来的歌，如同音乐一样，有异曲同工之美，是一种模仿艺术；而散文是散步说话，是随笔，有时也充满舞蹈般的诗意，因此，就出现了散文诗这样一种过渡文体。诗不仅具有美的特质，还要有魅力，能牵动读者的思绪。能带来美妙的乐趣或者快感。

1.2.2.1 诗情的基础——生活真实

诗是表达现实生活、抒发情感的文学艺术形式。以激情感动人，抒情诗自不待言，即便叙事诗也离不开情感，无情感的叙事，也感觉乏味，缺少艺术感染力。一首好诗能让你的眼泪夺眶而出，或者开怀大笑，或者拍案叫绝，因为说出了你的心里感受，得到了某种满足感。诗是心灵的诗，是灵魂的歌。

大凡富有深刻的艺术概括力和巨大的艺术感染力的好诗，总是有其丰厚、坚实的生活基础。离开了社会生活，只能是无源之水，诗句变得空洞浮泛，流于失去艺术真实的夸张和脱离生活的幻想。歌德在1823年曾经说过："我的诗全部来自现实生活，从生活中获得坚实的基础。我一向瞧不起空中楼阁的诗。"每一个时代的诗都是那个时代的反映。每一首诗又是作者个人思想的反映，反映人生的态度和主张。

诗的旋律，充满生活的旋律；诗的节奏，跟随生活的节拍。写诗需要深厚的生活体验或者是深入了解以及对别人生活的深刻体味。体验者的诗歌创作犹如矿产的勘探和挖掘，体味者的诗歌写作就是矿石的冶炼或化工提炼。例如，"江水啊，你汇聚了多少悲伤，我哭了，我把眼泪交给你深藏。"把心间的痛苦和情意，表达如江水一样的翻涌，流淌。

诗歌是时代的声音，诗中一个个形象都是作者生活年代的清晰投影。在阅读的时候，能感觉到那个时代生活的精神面貌。对生活的关切，对事业的热爱，对人生的追求，才能有独具慧眼的发现，独特感受的思考，才能有脍炙人口、称赞传诵的优秀诗篇。时代和生活是诗外功夫，是基础。

1.2.2.2 感人亮点——艺术真实

诗是诗人用独特的眼光观察周围事物，揭示出熟悉而又陌生的世界，是超经验的感悟，这种感悟是经过作者酿造而成的。诗的语言充满激情，具有张力。有别于日常语言。通过作者感情的投入，作"反常化"或"陌生化"处理，创造出新的意境。以不同的视角、不同的高度、不同的截面审视周围的世界。

诗是对生活态度的集中概括的文学表现。形成一种极富感染力的境界，语言凝练而富于生动的形象性。通过对篇章、字句的锤炼或推敲，达到表达更深更广的思想感情。例如，王安石《泊船瓜洲》诗：

京口瓜洲一水间，钟山只隔数重山。春风又绿江南岸，明月何时照我还。

其中的名句，"春风又绿江南岸"中的"绿"字，可以用"到""过""入""满"等动词，诗中将形容词"绿"转用为动词，可谓用心良苦，比其他几个动词更具体、更生动。充分调动了作者深层次的感情。让人仿佛看到碧绿的大地，一片生机勃勃的动人景象。

情感出自作者的内心，是诗的生命。每一行诗句既是生活空间的云彩或流星，也是扎根于生活土壤的禾苗或大树。例如，"手抓黄土我不放，紧紧儿贴在我的心窝上。"充满了真挚的思念之情，让人感受到率直而热烈、生动而纯朴的韵味。对于抒情诗，以情动人是其主要特征，感情是有感而生，将喜、怒、哀、乐的真实感受赋予诗句，情真意切，才有感人的力量。诗句的情，应该比生活中的情更纯粹，因为它是经过诗人精心提炼的，源于生活，高于生活。

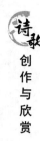

又例如，由动词与某种抽象的概念搭配，构成一种散发浓郁诗味的"虚实句"，用"移山填海"的想象，打破了固有的原始状态，形成了有诗意的组合：

"我希望逢着／一个丁香一样的／结着愁怨的姑娘。"（结着愁怨）

"火车的呼啸声，撕碎了荒山野岭的一切沉寂。"（撕碎沉寂）

"像一群归鸟驮着一身困倦，忽扇着沉重的翅膀追赶白天。"（驮着困倦、追赶白天）

"打开鼓囊囊的行李箱，／是层层叠好的离愁，／件件熨平的吉祥祝福，／

还有密密匝匝包藏的憧憬。//"（叠好的离愁，熨平的祝福，包藏的憧憬）

这类动宾结构或动作性定语的新组合是有别于现实的世界的。是一种艺术真实，它比"生活的真实"更真、更典型。只有个性化的真切"感受"，才能构成感人的艺术世界。

1.2.2.3 诗的魅力——来自对立统一

诗的魅力是一种意识，来自诗作的内涵和向外延伸的扩展强度，同时也随着读者的思维能力而变化（包含出身、经历、文化修养、心理素质等因素）。因为诗歌的魅力是心理上的一种情绪反映。诗的魅力也可看作生命力的表现。诗人时刻酝酿着改变语言的基本义，构筑新颖别致的诗意，追求美与崇高的旋律。例如，舒婷的《神女峰》：

> 在向你挥舞的各色手帕中／
>
> 是谁的手突然收回／紧紧捂住自己的眼睛／
>
> 当人们四散离去，谁／
>
> 还站在船尾／衣裙漫飞，如翻涌不息的云／
>
> 江涛／高一声／低一声／
>
> 美丽的梦留下美丽的忧伤／人间天上，代代相传／
>
> 但是，心／真能变成石头吗／
>
> 为眺望远天的杳鸿／而错过无数次春江月明//
>
> 沿着江岸／金光菊和女贞子的洪流／正煽动新的背叛／
>
> 与其在悬崖上展览千年／不如在爱人肩头痛哭一晚//

诗人将神女峰人格化，诉说妇女被剥夺爱情权利的万分痛苦，无数的美丽的谎言，让她变成了石头。尽管在长期的爱的追求中充满了血和泪，未能如愿有春光花月夜，但是并未因此而却步。而在旋涡里煎熬、翻滚，最后发出了响彻天地的呐喊："与其在悬崖上展览千年／不如在爱人肩头痛哭一晚。"巨大的张力释放了。

这张力是石头的坚强，是洪流的冲击，是云涌的煽动。只有作者的心移植到神女的胸腔，作者的血注入到神女的脚底，才能用手帕牵着她的手，引发出神弓的张力。你想，有多少人畅游长江时，看到的只是一块奇石，而不是她。诗意的想象需要特殊的审美体验。

魅力存在于事物从对立开始，经过转化、合二为一的过程中，存在于最终获得释放的张力。最具张力的诗句是将具体的生动的形象置于对立之后的动态中，例如，动与静，虚与实，远与近，明与暗，阴与阳，充盈与飘渺，节奏的流动与休止，旋律的高与低，等等。例如：

> 羁鸟恋旧林，池鱼思故渊。（陶渊明《归园田居，其一》）
>
> 蝉噪林愈静，鸟鸣山更幽。（王籍《入若耶溪》）
>
> 天街小雨润如酥，草色遥看近却无。（韩愈《早春呈水部张十八员外》）
>
> 细雨鱼儿出，微风燕子斜。（杜甫《水槛遣心》）
>
> 会当凌绝顶，一览众山小。（杜甫《望岳》）

这些例句，将相对立的关系的相互转化写得细致入微，就会产生强烈的感染力。

1. 动与静

动与静是对立的，但又是合一的。"静"是需要"动"来衬托的，夜雨击打芭蕉的声音更显出夜的宁静，深山寺院的夜半钟声，沉沉远扬更感到静谧和孤寂之感。这是以动写静。另一种是以静写动、化静为动。静中见动。静立在岩石上的秃鹫更显它的威猛是一种静中极动的转化。"群山万壑赴荆门"，"空山疑云额不流"等给人一种连绵起伏的流动感，静态中蓄满了动感。

2. 大与小

大与小是相对的，即小无定小，大无定大，小中可以见大。比如，"戎马关山北，凭轩涕泗流"。一滴水可以见大海，有举重若轻之妙。另一种是大小相形作比较，比如，"乾坤一腐儒"，"天地一沙鸥"。在大社会中的个体是何等渺小。

3. 虚与实

虚与实也是相对的，对于情与景而言，情是虚、景是实。比如，"昔闻洞庭水，今上岳阳楼"中，前句写虚，后句写实。又比如，"来是空言去绝踪，月斜楼上五更钟"，前句写实，后句写虚，表达相思无眠之情。如果用"醒来却听五更钟"的实写，意思相同，却缺少诗味。

对立是事物的两极，对立的两极发生冲突，是一种巨大的张力，其深厚的底蕴产生极强的感染力。例如，看到或听到痛苦甚至悲惨的诉说，瞬间会不可抑止地满脸泪潸潸。

1.2.2.4 亦此亦彼——模糊的多义性

1. 象征性

诗歌中，有的诗句是双关隐语，隐含丰富的意蕴，言有尽而意无穷，具有象征性和扩展性。不同的读者可以有不同的理解，仁者见仁，智者见智。此类含意模糊的诗句暂且称为诗的模糊性。例如，刘禹锡的《竹枝词》：

杨柳青青江水平，闻郎江上唱歌声。东边日出西边雨，道是无晴却有晴。

东边日出是"有晴"，西边雨是"无晴"。"晴"与"情"同音，实际上是"有情""无情"的比喻。戏说晴雨，实质上从歌声中听出了是"有情"的。有与无，模糊与清晰是对立又统一的，统一就产生了和谐美。

2. 扩展性

模糊性诗歌往往采用象征、比喻、烘托、暗示或大幅度跳跃等表现手法，给人以

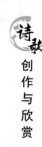

雾中看花、婉曲深微的审美感受。诗句中的数量词,千里、一层、九霄等都是具有象征性的,表面上是精确的数字,实际上是远、高、广等的象征性,深层含义是模糊的。

诗歌的阅读使诗歌流传,也把读者自己的个性、时代性的体验赋予了诗作,成为一种主动的再创造,即有了新的解读。在作出新的释义过程中,增加了新鲜的艺术形象和意境。诗作也由此获得新的艺术生命力。例如,叶绍翁的《游园不值》:

> 应怜屐齿印苍苔,小扣柴门久不开。春色满园关不住,一枝红杏出墙来。

注:不值:不遇。没有碰见主人。屐:用麻、葛等编制的鞋。"应怜"二字包含的情感是复杂的,远道而来拜访友人,有所期盼。但是,在门外久等不见友人,心情焦虑不安,来回踱步,将门口的青苔踩出很多鞋印。"应怜……"句本应接在"……久不开"句的后面,倒置后,作为首句更突出体现一种焦虑的心情。而第三句的"关不住"是起到前后关联的作用,回应前句的"久不开",又是呼出后句的"出墙来"。产生了特殊的艺术效果。

诗作本身是去朋友家走访,遇上大门紧闭,见不到朋友,却看到了园内春意盎然。因为一枝红杏探出墙外,迎接客人。但是后来在很多小说、戏剧中,用"红杏出墙"暗示女子不守本分,移情别恋。在社会关系中,用来比喻墙内开花墙外香,名声在外。又有更大的比喻是新生事物的发展气势蓬勃,无法抑制,等等。

1.3 诗的语言、语法应用特性

文学与科学相比,常听到"文学艺术"或"科学技术"这样的习惯说法,的确,在文学中的艺术思想远比科学中的艺术思想多,而科学中的技术远比文学中的技术多。艺术思想广阔无边,如同宇宙一样没有束缚,可以用江水比拟为母亲等等,而科学中的思想受到自然逻辑的束缚,属于方法论的技术成了思想的核心,其实,挣脱了某种成见的束缚,产生的科学思想就是新理论、新应用、新技术。反之,诗歌艺术中的思想意象经过抽象思考,就看到了技术方法(或称技巧),如同欣赏一幅画,不仅看画面的意境,懂行的人透过画面看到技法,俗称内行看门道。

摆脱束缚,如同咬穿了数学形式的茧壳,意象飞舞在我们周围,变成为诗歌,是那样的轻盈曼妙,那样的飘逸自如,呈现诗歌语言的独特魅力。

写诗的艺术技巧是诗内功夫,包括灵感的捕捉,诗的题材、构思、意境的形成,诗的语言形象化手段和语言的精练,诗意的跳跃、凝聚,以及诗的风格、气势、韵味等。有人说写诗的最高技巧是无技巧,那是通晓了众多技巧之后的诗歌大师达到的境界。

诗内功夫和诗外功夫是诗篇腾飞的一对翅膀,缺一不可。没有技巧的写作者就如同没有刚劲翅膀的小鸟,只能用无奈的目光透出忧虑、扫视天空。

读书是一门重要的功课。其目的，有的是为了学习，为了研究，有的是为了工作，为了创作，等等，我做科学研究工作几十年，有关于课题研究的书籍以及文献资料，尽可能多地收集，读破重点，便对问题有了充分的认识，然而吸收成功的经验和失败的教训，在研究工作上就能发挥创造性，从而取得成功。

读书是借助别人的眼光。平时的读书不仅是享受、欣赏，也是一种积累。现时流行的说法称"充电"。高水平的作品是因为它具体地体现了一些可供人分析、总结、参考和借鉴的东西。随之被誉为杰作。其成功在于诗人遵从了某些写诗的原则和规律。也就是了解做诗的目的，谙熟写诗的诀窍。

诗歌佳作能传承千年不朽，说明写诗是有章可循的，通过学习不断提高自己的写作技巧，注重写诗的方法和程序。通常，粗劣的诗作是没有多少技术性可言的。

对于以创作诗歌（包括其他文学作品）为目的阅读，也称为观摩。是一种写作的准备步骤。例如，要写诗，先把著名作家（包括诗人、散文家、歌词作者等）的作品读几种，针对有关类似题材的作品读一两篇，有时候仅仅读几行或几页，便可得到一些暗示（启发），而不可遏止地闪出灵感，产生思绪和写作激情，形成一种表现形式，因为诗是灵感的产物。

阅读既是诗外功夫，但也可以看成是诗内功夫，有其双重特性。

1.3.1 诗的语言应用特性

诗歌是语言的艺术，诗歌语言不但艺术美，而且具有形象性和抒情性的特点。人们的情思在表达中有显性的、也有隐性的；有指陈清晰的、也有朦胧的；更有心照不宣或言外之意的。诗歌语言更趋含蓄、凝练和精美。

一首诗创造一种意境或者产生一种意趣，它的基础是诗人的智慧。落实到每一行诗句，就是语言应用能力。例如，"红杏枝头春意闹"，一个"闹"字的应用，将春天的烂熳景象写活了，在生动的形象中，充满抒情的神韵。

从中可以发现用诗句描写静物时，一个重要语言特点是"化静为动"。从时间上有一个承续，在空间中有一种绵延。如"莲动""竹喧""鸟雀噪""莺啼""挂帆""插桨""池塘生春草""翠竹压湖边""星影摇摇欲坠"等等。创造了一种动态的美（beauty in motion）。

诗应该具有内在的节律、形象，而其语言应富于质感。通过比喻、夸张、拟人、化物、象征等一系列手段，把浸透心灵的独特感受表达出来。诗的最基本的语言特征是凝练、含蓄和出新。一个人物可以象征一个民族，一条河流可以概括几千年的历史，对于一个民族都有一个母亲河之说。语言精炼、以结晶状态集中表达情感，极富感染力，蕴含着思绪的奔放和思想的启迪。诗的语言应该是有着深厚底蕴的语言，是代为读者表达真实而难于言表的心理状态。诗的表现力是生活感受产生的诗意，是对语言表达的一种超越，不仅具有改变正常规范语言结构的功能，还可以颠覆原有的语言逻辑。

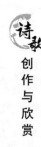

就诗的语言来说，杜甫的经验之谈："为人性僻耽佳句，语不惊人死不休。"（耽，即迷恋，沉湎）表现了对诗歌语言的特殊高要求，非达到眼前一亮的惊人程度不可。显示出诗人对艺术最高境界的执著追求。对待诗句大都不随便下一个字，也不轻易漏一个字，必须斟酌妥善，达到无可增减而颇多寓意。企图通过语言新、形象新的应用，获得新的意境。实质上是用普通的词语作出令人惊异的组合，带来震撼灵魂的感受。新奇别致、拍案叫绝，显示出极大的艺术魅力。正如苏联伟大的诗人马雅可夫斯基说：

诗歌的写作……

如同镭的开采一样。

开采一克镭

需终年劳动。

你想把

一个字安排得停当，

那么，就需要几千吨

语言的矿藏。

而这些恰当的字句

在几千年间

都能使

亿万人的心灵激荡。

写诗所选择的形象要恰如其分，要有美感的力量，所表达的感情具有审美情趣，所表现的思想具有美的撼动力和征服力。例如，"我用彩云的襁褓裹着你，我用霞光的嘴唇吻着你，我用河流的手臂抱着你，我用山峦的肩背驮着你……"。诗句将初升的太阳比拟为初生的婴儿，用动态的类比赋予太阳一个可爱的生命。把山野观日出的景象转化为艺术形象，把对初升太阳热爱的生活真实升华为艺术真实。诗的语言充满了诗性、诗兴的智慧。写诗也必须重视诗歌语言的音律以及形式技巧。

1.3.1.1 语言简洁凝练

诗的语言应该是凝练的，也可以说是醇酿的，是粮食自身生成的精华。酒带给人们一种超越的沉醉，而诗有一种牵魂夺魄的精神感悟。诗歌语言的凝练、和谐是对词句、声韵及节奏的把握和提炼。诗歌语言的精彩表现在两方面：一是意境新，二是语言精。意境新美、形象生动的例子，例如，杜甫的《江畔独步寻花（其六）》：

黄四娘家花满蹊，千朵万朵压枝低。留连戏蝶时时舞，自在娇莺恰恰啼。

其中"留连戏蝶时时舞，自在娇莺恰恰啼"这两句用移情于物的拟人手法，物我交融，景情相生，意境优美出新。

语言精练包括句法和用词，又例如，王维的《山居秋暝》：

空山新雨后，天气晚来秋。明月松间照，清泉石上流。

竹喧归浣女，莲动下渔舟。随意春芳歇，王孙自可留。

再例如，王之涣的《登鹳雀楼》，更是尺幅千里，冠绝万代：

> 白日依山尽，黄河入海流。欲穷千里目，更上一层楼。

出语精炼自然，境界千古传诵。

诗歌语言通常有些规范，尤其是律诗，要求语言既简洁又和谐。包括用词语造句和谐以及语句与意念、情绪之间的协调配合。诗歌语言的"和谐"体现在声调和节奏，节奏犹比生命的呼吸，呼吸的平稳、急促和微弱体现生命特征，对于诗而言，则是情感的波动，也是诗人的脉搏。例如，杜甫的《绝句（其三）》：

> 两个黄鹂鸣翠柳，一行白鹭上青天。窗含西岭千秋雪，门泊东吴万里船。

这是一首如画的诗，动景、静景，近景、远景交错映现，用简洁的词句构成多姿多彩、生动和谐的广阔天地。令人心旷神怡，具有浓郁的生活情趣。每一句是一幅画，语言本色、简朴和透明，不加修饰和比喻，是一种洗练的高妙。是一种炉火纯青的境界。

又例如，陈子昂的《登幽州台歌》：

> 前不见古人，后不见来者。念天地之悠悠，独怆然而涕下。

两个"不见"产生了空幻的力量，开启了极大的想象空间。短短四句，纵贯古今，俯仰天地，视野开阔，托意深远，直抒胸臆，简洁明朗。集中抒发个人的失意和感伤，体现出深通古今之变、阅尽人世沧桑的厚重见识，给人以雄浑博大、苍凉激越的艺术美感。

注1：幽州：今北京市大兴区。幽州台，即蓟北楼，又称燕台。

注2：诗意：古代的英雄豪杰我见不到，今后的贤才精英也来不及见到。看茫茫苍天是那样广阔无垠，止不住独自落下忧伤的眼泪。

上述这些优美经典的诗句，蕴藏着巨大的核能，辐射几千年也不衰减，永远散发着灿烂光辉。

诗的凝练，是提炼"事实的精髓"。例如，裴多菲的《你吃的是什么，大地》：

> 你吃的是什么，大地，你为什么这样渴？ /
>
> 你为什么要喝这样多的眼泪，这样多的鲜血？ //

诗异常凝练，只有两个疑问句。仅这两行中，包括了掠夺、残杀和争斗，以及带来的痛苦和不幸。没有具体地描写战争和搏斗。诗中没有具象的"叙述"情节，也不是外在的描摹，只是对意境的追寻，是情绪、感觉和理解。语言精炼就是用很少词语，表现出丰富的思想感情。

又例如，郭沫若的《南水泉》：

> 晨来南水泉，泉水清且涟。人影在水，鱼影在天。

语言简洁至极，比五绝还省了两个字。用"鱼影"十分巧妙地描写天的倒影，诗意浓浓，令人遐想，一种美的享受。

1.3.1.2 形象丰富生动

形象需要有变幻的视角，丰富的通感，产生一种新的面貌。新面貌也是具有特定

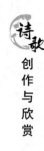

情感关联的现实的表现。这种关联是从审美经验获得的，是艺术层面的阐释和理解。例如，以下三句诗用原生态的"蜗牛"生成了不同的感性形象：

"人像一只蜗牛"，"柔软的躯体，需要一个坚硬的洞窟"，"直至死亡，还留下一只生命的耳朵。"这些语句不仅是方式的变化，有着诗人透彻的生命体验。既有感性的表露，又有知性的深度。

丰富的形象往往用比喻、比拟、夸张等炼字、炼句的手法表现深切的情感。

例如，王安石的《书湖阴先生壁》：

茅檐常扫净无苔，花木成畦手自栽。一水护田将绿绕，两山排闼送青来。

诗中三、四两句采用拟人手法，写绿水为保护田园而环流田边，青山知道主人热爱大自然的美，特地推开他家大门送来青翠的山色。类似的诗句有"开门山色都争入，只放青苍一册方""千里莺歌绿映红，水村山郭酒旗风"。都是用拟人或夸张的手法刻画生动的形象。从"千里……"句中可以听到百鸟齐鸣的和声，见到万紫千红的春色。

又例如，李白的"孤帆远影碧空尽，唯见长江天际流"，用碧空、江水和孤帆表现一种抽象的惜别怅惘情绪，比直抒胸臆更有艺术感染力。

再例如，李煜的名句"问君能有几多愁？恰似一江春水向东流"，把"愁"比喻成一江春水之多，这样的深愁是永远无法终了的。

夸张也是诗语形象化的手段。从事物性质、状态、数量或程度等方面成功的夸张往往使形象鲜活，增添光辉。例如："君不见黄河之水天上来，奔流到海不复回""危乎高哉！蜀道之难难于上青天""飞流直下三千尺"等，都是极度的夸张，让人身临其境地感受到水之远、山之高、瀑之猛的神奇魅力。夸张可以创造出惊人的意境和阔大的气势，只要抓住事物的某个特征，竭力夸大，不仅语言形象化，更重要的是能表达特定的思想感情。更富有艺术感染力，源于生活的诗歌语言应该高于生活，比生活更美。诗歌语言有别于日常语言的另一个方面是"陌生化"。需要创造新的词语、新的形象，用一个新的想法描述世界，会有独特的新发现，会产生闪光点。

1.3.1.3 象征耐人寻味

象征是捕捉感觉，激发情绪。象征需要借物移情，潜意识地发现内在的关联，深层次充满暗示。情绪是一种精神状态，需要一种载体来表达，各类事物和事件的多重性象征就是载体。也可以说象征是借助一种形式或模式，将不愿意直接告诉别人的内心想法激情倾诉。象征需要猜测，诗篇产生的意境也是需要想象。象征性的语言也是形象化的语言。它不仅能表现其本身的意义，同时又能表现又深又远的某种精神层面的意义。

例如，杜甫的《曲江二首（其二）》：

朝回日日典春衣，每日江头尽醉归。酒债寻常行处有，人生七十古来稀。

穿花蛱蝶深深见，点水蜻蜓款款飞。传语风光共流转，暂时相赏莫相违。

用"蛱蝶""蜻蜓"象征一群人，但更深层处的缘由不能得知，只能在自由思考中得到一种享受。诗的价值不只是情感丰富（抒情），更在于艺术性的高度和强度及其精神内涵的丰厚。看下面一节诗：

在湖心亭与对岸之间 / 有一片倒伏的芦苇湿地 /

一只大雁 / 受惊而飞 / 对岸那人不见了 //

诗句描述了一个场景，没有明确的意义，这样的象征也没有多少可以想象的余地，但是通过上下文可以猜测作者表达的意义，是一种社会现象的象征。象征具有多义的内涵（读者也可以根据自己的经验，选择所要表达意义，发出你不想直说的心声，见仁见智）。诗的语言是有生命力的，从根本上说是永恒的，不是吗！千年以前的佳作流传至今，脍炙人口，魅力无穷。

例如，贺铸的"试问闲愁都几许？一川烟草，满城风絮，梅子黄时雨"，挖掘出"烟、草、风、絮、黄梅、雨"等诸如此类物态所包含的象征意义，把风雨、草木当作思想的客观对应物，表现复杂而又丰富的情感。用"一川（满地），满城，梅雨（满天）"比喻闲愁无处不在。

又例如，李商隐的"春蚕到死丝方尽，蜡炬成灰泪始干"，你能说仅仅是表现"春蚕"和"蜡烛"吗？它至少象征着一种执着的爱情或对某种理想的至死不渝的追求精神。"夕阳无限好，只是近黄昏。"也绝非仅仅写景，也有"普遍性"意义的象征。

再例如，郭沫若1956年9月17日的诗《骆驼》，一共五节，看第一节和第五节：

骆驼，你沙漠的船， / 你，有生命的山！ /

在黑暗中， / 你昂头天外， /

导引着旅行者 / 走向黎明的地平线。//

……//

骆驼，你星际火箭， / 你，有生命的导弹！ /

你给予了旅行者 / 以天样的大胆。 /

你请导引着向前。 / 永远，永远！ //

诗句中用"船""山""星际火箭"和"导弹"作为象征，是由浅入深而达到了常人难以探底的深度。后者的星际火箭、导弹在当年只是一个概念，在中学物理课本中，寥寥数行讲述宇宙速度时提及的，苏联发射人造卫星是1957年的事。一般看来这样的象征是风马牛不相及的。

现今回头看，在1956年9月，正是中国的航天事业秘密起步之时，时任中国科学院院长的作者已经知道钱学森的报告，正调兵遣将着手组建国防部五院（导弹研究院）。这样的象征就有了核心的特征和本质的联系。一旦解密开放，人们细读诗篇时会有奇崛闪光的感受。

火箭和导弹给航天旅行者包天的大胆，在秘密旅行，在黑暗中摸索，骆驼是航天事业的脊梁，将事业的发展与有使命感的（"有生命的"）航天人紧紧捆绑在一起，只有这种奉献精神才能"导引"航天人迎来黎明曙光。（"导引"是科学名词，用得巧妙，

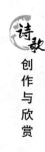

用得时尚）用第二人称"你"是戏剧化的独白形式，是对航天事业、航天人的敬佩，充满同心合力成就大业的决心和信心。

1.3.1.4 词语共生张力

原本毫不相干的词语被搭接在一起，有牵拉、借势、扭曲等形式，在句子内形成情感的贯通，产生了张力，即一种能量场，可视为一种气势。张力使诗的语言表现出模糊性和伸缩性。模糊是亦此亦彼，没有明确的边界，与清晰相映，模糊也是一种美。

1. 动词对名词的驱使

例如，将春天的到来描写为："在土地与天空之间，灌注着春的气息。"用"灌注"这个动词，仿佛让人在眼前有了春风拂柳、春雨润物细无声的景象，形成一种生命力。这是诗特有的语言结构。这类需要读者完成的想象也是诗歌欣赏过程中的再创作。

又例如："神秘的生命，/在绿嫩的树皮里膨胀着，/快要送出带鞘的/翡翠的芽儿来了"。其中"膨胀"一词用得生动，意味着生命的孕育。

又例如："呼吸被捆住，/受伤的气息溜进肺腑。"其中"捆住，溜进"两个词用得生动。

2. 词语的并用借力

利用词语的并用，互相授受，产生含义的折射或反射。例如："大眼睛悄悄地对我张望，/为什么那样温柔钟情，/黑眼睛和星星一样明亮"。将眼光和星光互相映射，产生一种吸引力，想象力。

3. 空间形象的横陈并列

这是一种数说事物形象的手法，也即枚举的方法。例如：

"大漠孤烟直，长河落日圆"（唐代王维《使至塞上》）、"一川烟草，满城风絮，梅子黄时雨"（北宋贺铸《青玉案·凌波不过横路》）、"疏影横斜水清浅，暗香浮动月黄昏"（北宋林逋《山园小梅》）、"枯藤老树昏鸦，小桥流水人家，古道西风瘦马，夕阳西下，断肠人在天涯"（元代马致远《天净沙·秋思》）、"碧云天，黄叶地，秋色连波，波上寒烟翠。山映斜阳天接水。芳草无情，更在斜阳外"（北宋范仲淹《苏幕遮·碧云天》）。

这些诗句没有化静为动，也没有更多的描写，而是直白、平淡的铺陈，当然也有其巧妙之处，才能在读者心中引起美感，成为千年传诵的好诗句。技法和特点的分析本来就限于事物的局部或某个侧面，因为艺术本来就是变化无穷的。诗的创作也是千变万化的。

4. 背离本义的冲击

例如："在脆薄的寂静里"，"美丽的忧愁"，"荒凉的壮美"，等等，都背离了原本的修辞意义，如果存在于通常的文句中，就变得荒唐而不可接受。但在诗句中会产生极大的冲击力，有利于情感的抒发。又例如："树身被解成宽阔的木板/一圈圈年轮/涌出了一圈圈的/凝固的泪珠//泪珠/也发着芬芳//"。

36

再例如："逝去的钟声 / 结成蛛网，在柱子的裂缝里 / 扩散成一圈圈年轮 / "其中将生命赋予钟声，是张网的蜘蛛，然而又魔术般钻进树缝里变成树木成长的记忆，即年轮。按常理是头足异处，八竿子打不着。这类诗歌语言，将"意象"幻化转变，产生巨大的张力。不禁要问，古刹的历史钟声果真是如此突变，为什么呀？！

1.3.1.5 省略——深意尽在不言中

在律诗中为了符合七言的要求，往往省略某个字，例如，将"横看成岭侧看成峰"一句中省略了第二个"看"字，炼就了名句"横看成岭侧成峰，远近高低各不同"的光辉。

诗句中的省略常常用省略号表示，在行与行之间或段落之间，在不规则的情感驱使下，自由、多变的安排，变幻出不同的行进姿态，产生感情起伏。省略，可使诗意有转折、延伸和深化，出现节奏、语感、想象等方面的多重美感。

在强烈的情绪表达后，将感情的深入、迟疑或延扩，浓缩在六个黑点的省略号中。在一个特定的语言环境中，可以表示激动的情绪和难于言说的内心感受。体现于无声处有惊雷，无言胜有言的境况。会产生一种无形的力量，留下无穷的回味。

翻开艾青的作品集，例如，《火把》《旷野》《向太阳》《雪落在中国的大地上》等等诗篇中，用了不少省略号，隐含着不同的思想感情。

下面节选《解冻》的第一节，读一读，体味一下省略号的特点及蕴藏的情感：

> 多少日子被严寒窒息着，/ 多少残留的生命，/
> 在凝固着的地层里，/ 发出了微弱的喘吁……/
> 今天，接受了这温暖的抚慰，/ 一切冻结着的都苏醒了——/
> 深山里的积雪呀，/ 溪涧里的冰层呀，/
> 在这久别的阳光下 / 融化着，解裂着……/
> 到处都润湿了，/ 到处都淋着水柱；/
> 在这晴朗的早晨，/ 每一滴水 /
> 都得到了光明的召唤，/ 欣欣地潜入低洼处，/
> 转过阴暗的角落，/ 沿着山脚 / 向平野奔流……//

1.3.1.6 外语诗的汉译

对于外语诗的阅读，很大一个问题是直译还是的意译的选择。即使翻译的诗句都较为流畅，音韵和谐，且多彩而达意，读者收到的信息也还是存在很大的差异。因为译诗不仅要表达原诗的形象（包含内容和意义），还要表现诗的形式和音乐性，例如，节奏（每行的字数、顿数或称为步数）、旋律（音韵、情感气势）。直译失去一部分情感，缺少了语言的文化背景；意译获得了汉语的文化内涵，却失去了外语的语言节奏和语言韵味。无论是直译还是意译，都免不了走样，但是好的译诗能超越原作，在汉语译本中产生了原著中所没有的汉语词汇的魅力，呈现一种增辉添彩的再创造。诗是一种文学艺术，应该用诗的语言翻译外文诗。外文诗歌的优秀译本，像牧羊人带领羊群进入丰满的草场。拙劣的译本像一头狼，在背后追赶，让羊群迷失方向。

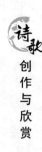

翻译诗歌，需要认真揣摩原作的诗行的音步、韵脚、韵式、诗节旋律，欣赏原作的感觉、情绪、意象和语言魅力，在"读懂"诗人的智性、体验和发现的基础上，才能准确地富有诗意地用汉语表达。（以下均以英语译成汉语为例）

例如，匈牙利诗人裴多菲（1823—1849 年）在 1847 年写的诗《自由与爱情》，中译本有两种版本。一种是直译，一种是意译。

自由，爱情	自由，爱情
孙用（直译）	殷夫（意译）
自由，爱情！	
我要的就是这两样。	生命诚可贵，
为了爱情，	爱情价更高；
我牺牲我的生命；	若为自由故，
为了自由，	两者皆可抛。
我将爱情牺牲。	

显然，意译充满汉语表达的激情，同样包含了"自由、爱情、生命、两者"等词语，却经过了译者的再创作，以律诗的节奏和气韵表达原著的灵魂，发出了对自由追求的铿锵呼声。因此，诗歌在英译汉时，诗体和语言的选择是一种审美标准。关键是把原诗的意境和情怀正确地、恰如其分地表现出来。

为什么殷夫的译本能广为流传，而孙用以自由诗格式的译本不能被人们记住呢？因为孙用的自由诗缺乏诗律、不够精炼，而殷夫的译本语言精练且意义指向准确，充满激情。尤其它是我国古代五言绝句的形式，朗朗上口，便于记诵。优秀的译诗可以使原作产生新的生命力。

因此，有的评论家说，外语诗作的翻译要保留原作的思想情感和艺术特点是困难的，要慎重。当然，像上述诗篇的意译让人感动，没有杰出的语言能力是达不到的。诗歌的翻译实质上是一种艺术再创造。出版外文诗作时，能将原文同时对照刊印，让有能力阅读外文的人，得到一种情感上的满足。2006 年海南出版社的《泰戈尔的诗》是中英文对照刊印的，不失为一种好的读本。例如，印度诗人泰戈尔的《飞鸟集》开头：

Stray birds of summer come to my window to sing and fly away.

And yellow of leaves of autumn.

Which have no songs, flutter and fall there with a sign.

O troupe of little vagrants of the world, leave your footprints in my words.

夏天的飞鸟，来到我窗前，歌唱，又飞走了。

秋天的黄叶，

它们没有什么曲子可唱，一声叹息，飘落在地上。

呵，世界上一小群流浪者啊，在我的字里行间留下你们的足迹吧！

译文不应该从表面上与原文相吻合，然而意味平平，要有汉语的风采。既不违原意，又富有汉语特点的诗意。例如，"我为你在山上采了这束花"，改为"为了你，我在山上采了这束花"。前者是散文化的对应，后者诗的情感更为浓烈一些。又例如，"慈善的义举纷纷涌现"，改为"慈善之花到处绽放"诗味仿佛更浓。译诗的语言必须用具有汉语特点的诗的语言。即心存汉语的思维和心理（自然而不生硬）、采用中国化的语言表达方式，再现原诗的风格和意蕴。做到形式与内容的有机统一，形式配合情感的表达。

如果译者不推敲译诗的语言而只顾翻译意义，不能再现原有的魅力，就会大大降低译文的可读性、失去欣赏性，味同嚼蜡。一种两全俱美的思路是，在把握住情感起伏形成的内在节奏的同时，也不放弃对传统诗歌形式审美观念的追求。

例如，美国前总统尼克松在 1972 年访华时说的"parallel"，中国译员翻译成（我认为我们两国之间的利益是）"平行的"。但是美国译员弗里曼突然说："总理阁下，我能不能做一点评论？……刚才贵方的翻译不够确切，我们总统的意思是（我们两国之间的利益是）殊途同归的。"当然，"parallel"这个词的中文基本意思为"平行"。当然，在几何学、物理学上，"平行"没有错，是不相交的。但是在两国外交关系上，弗里曼的技高一筹在于领悟了一个"同"字，是朝一个方向同行。用这个小插曲，是想说明语言的内涵是丰富多彩的，要深刻体会、用得恰到好处是最美的。

下面体会一下英国诗人拜伦 1813 年的《当我们两人分别时》的不同译本：

> When we two parted, In silence and tears,
> Half broken—hearted, To sever for years,
> Pale grew thy cheek and cold, Colder thy kiss !
> Truly that hour foretold, Sorrow to this !

章士钊 1941 年的五言律诗译本（韵律也很相似）：

> 别时惨无言，相望泪阑干。
> 再见是何年，心碎千万端。
> 双颧一何紫，接唇唇转寒。
> 回忆定情夕，早知摧肺肝。

再看看白话文翻译本（缺少诗意）：

> 当初我们俩分别，只有沉默和眼泪。
> 心儿几乎要破裂，得分隔多少年岁！
> 你的脸发白发冷，你的吻更是冰凉；
> 确实啊，那个时辰，预告了今日的悲伤！

此译文只是淡淡的描述，没有抒情诗的深情和激荡。

对于西方一种特殊的格律诗体——典型的十四行诗体，个人认为，在翻译时应保持原诗的结构美和音韵美。尽可能合理地处理两种语言的差异性，保持原有的格律和

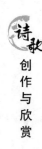
整体的匀称。例如，梁宗岱翻译的《莎士比亚十四行诗》的第一首前四行：

> 对天生的尤物我们要求蕃盛，
>
> 以便美的玫瑰永远不会枯死，
>
> 但开透的花朵既要及时凋零，
>
> 就应把记忆交给娇嫩的后嗣。

它具备了十四行诗的形式要素，形式整齐，保持了韵式，语言风格典雅、流畅。稍有遗憾的是句子有些冗赘，读来有散文的味道。如果减少音步和少用虚字，诗句就会出落得亭亭玉立。笔者不揣冒昧试着拟译为：

> 天生尤物长蕃盛，唯有玫瑰不鳞皴。
>
> 浓花会有凋零时，却把记忆传新嫩。

意大利十四行诗的韵式原型为 ABBA，ABBA，CDE，CDE，前八行的韵式基本上是固定的，后六行的韵式还可采用 CDC，DCD 的形式。

英国诗人怀亚特（Wyatt）引进意大利十四行诗体后，对后六行作了变动，分为两节，韵式为 EFEF 和 GG。后经多位诗人的改进，发展成为英国的十四行诗。将十四行分为四节，前三节每节四行，多为陈述；第四节为两行，作为结语。每行五个抑扬音步。韵式为 ABAB，CDCD，EFEF，GG，在节奏上有了更多的回旋余地。

例如，英国诗人莎士比亚十四行诗第 130 首：

> My Mistress" eyes are nothing like the sun ;
>
> Coral is far more red than her lips" red ;
>
> If snow be white，why then her breasts are dun ;
>
> If hairs be wires，black wires grow on her head.
>
>
> I have seen roses damadked，red and white,
>
> But no such roses see I in her cheeks ;
>
> And in some perfumes is there more delight
>
> Than in the breath that from my mistress reeks.
>
>
> I love to hear her speak，yet well I know
>
> That music hath a far more pleasing sound ;
>
> I grant I never saw a goddess go,
>
> My mistress，when she walks，treads on the ground.
>
>
> And yet，by heaven，I think my love as rare
>
> As any she belied with false compare.

飞白的译文有：

> 我情人的眼睛不像太阳那么光明，
> 她的嘴唇不像珊瑚那么红艳，
> 她棕色的胸脯哪能比白雪晶莹，
> 她头上的发丝黑得像铁丝一般。
>
> 我见过锦缎般的玫瑰，柔红嫩白，
> 在她双颊上我却不见这样的玫瑰；
> 比起我情人吐出的气息来，
> 有些香料的香气更加熏人欲醉。
>
> 我爱听她的说话，可是我很懂得：
> 音乐的声音更加悦耳，悠扬；
> 我承认我从未见过女神飘然走过，
> 我情人走路时，脚踩在土地上。
>
> 可是我敢对天起誓；我情人绝不亚于
> 那些被比喻得天花乱坠的美女。

十四行诗中用三行构成一节，突破十四行诗的传统段式，分为五节，形成 3+3+3+3+2 结构。在韵式上，采用三行套韵的方式，最后两行为同韵，即 ABA、BCB、CDC、DED、EE。

例如，英国诗人雪莱的名篇《西风颂》中的最后一首：

> Make me thy lyre，even as the forest is；
> What if my leaves are falling like its own！
> The tumult of thy mighty harmonies，
>
> Will take from both a deep，autumnal tone，
> Sweet thought in sadness.Be thou，Spirit fierce，
> My spirit！ Be thou me，impetuous one！
>
> Driven my dead thoughts over the universe
> Like withered leaves to quicken a new birth！
> And，by the incantation of this verse，
>
> Scatter，as from an unextinguish h"ed.hearth

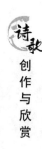

Ashes and sparks，my words among mankind！

Be through my lips to unawakened earth

The trumpet of prophecy！ O，Wind,

If Winter comes， can Spring be far behind ?

杨熙龄的汉语译文为：

        把我当作你的琴，当作那树丛，

        纵使我的叶子凋落又有何妨？

        你怒吼咆哮的雄浑交响乐中，

        将有树林和我的深沉的歌唱，

        我们将唱出秋声，婉转而忧愁。

        精灵呀，让我变成你，猛烈、刚强！

        把我僵死的思想驱散在宇宙，

        像一片片的枯叶，以鼓舞新生；

        请听从我这个诗篇中的符咒，

        把我的话传播给全世界的人，

        犹如从不灭的炉中吹出火花！

        请向未醒的大地，借我的嘴唇，

        像号角一样吹出一声声预言吧！

        如果冬天来了，春天还会远吗？

    尽管译者翻译了不少雪莱的诗，笔者认为上述译文太没有诗意了，不揣冒昧试着拟译为：

            让我是你的竖琴，像树林一样发声，

            树叶哗哗响，即使落地销声也无妨，

            因为那是送给你的刚强雄壮的和声。

            和声，无碍于你忧虑中的好理想，

            风呵，萧瑟秋风，气势旺盛的你，

            猛烈地吹吧！是你我灵魂的猖狂。

            要把僵化的想法抛向那无涯天际，

要想枯叶碾泥、枝头发芽出新青，
务必听信诗篇中野蛮西风的咒语。

把我的话语传遍寰宇，如西风狂鸣，
燎原之势源于一星半点不灭的火花，
用我嘴唇吹拂，将沉睡的大地觉醒。

呵，风啊，吹响未来新的号角吧！
要是冬天来了，春天还离得远吗？

注：野蛮西风:《西风颂》的起句是 "O wild west wind"。

在中国的十四行诗体的发展中，有不少突破十四行诗的传统段式，主要体现在对称美的基础上分节方式的花样翻新，以及在中国传统押韵方式上的回环交叉。因此将意体、英体基本体式以外的十四行体段式（无论奇偶）归结为花环体。

1.3.1.7 汉语诗的英译

关于汉语诗翻译成英语时，对于翻译的方法有多种主张，包括直译、意译、改译（或仿译，是按英诗诗体译出，非一句对一句）以及诗化译等，各抒己见。但基本原则是达意和传神。首先要表达原诗的意义和意境，然后斟字酌句，体现英诗的韵律和节奏。个人还是赞成诗化翻译，将汉语诗歌转化为真正的英语诗歌，不能囿于一般文章翻译的信、达、切三原则。否则就失去诗歌的味道了。

下面摘录了卞之琳 1935 年的诗《断章》以及他自译的英语版本，供参考体会。

断章	Fragment
你站在桥上看风景，	You take in the view from the bridge,
看风景的人在楼上看你。	And the sightseer watches you from the balcony,
明月装饰了你的窗子，	The gracious moon adorns your window,
你装饰了别人的梦。	And you adorn another''s dream.

这首诗表现了相通相应的人际关系，也流露出惆怅的情调。第一节的诗眼是"看风景"，第二节的诗眼是"装饰"，两两对称，十分符合诗的内涵。自由诗的翻译在情感的抒发上还是能获得读者的认可，但是律诗的翻译却往往不尽人意。

例如，柳宗元的《江雪》:

千山鸟飞绝，万径人踪灭。孤舟蓑笠翁，独钓寒江雪。

有人用"高级的直译"得到的英文版《RIVER——SNOW》为:

A hundred mountains and no bird,

A thousand paths without a footprint;

A little boat, a bamboo cloak,

An old man in the cold river—snow.

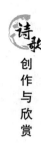

对译文有评论说：工整忠实，诗意甚浓。本人对此不敢苟同。因为这是对字面的最简单的解释，失去了诗味、神韵，也没有风景画的美感，看到的只是一幅幼童的简笔画。个人的拙见：

第一句应包含"深山、空寂，没有鸟的叫声，也没有鸟的飞影"。

第二句应体现"清寒、幽静，林间弯弯的山道上，不见游人或樵夫的身影"这两句是远景，用"a footprint"表示踪影是不妥的，"踪灭"应该是虚写，远景中怎么能分辨脚印呢。

第三句近景描写应突出头戴竹笠、身披蓑衣的渔翁，在江面的一叶孤舟上垂钓的形象。

第四句是总结性的抒情，展现了一个极静、极冷、极孤的空间，表达对雪野、寒江、幽林的美景的享受，对凛然不惧、傲视一切的渔翁独自在江上垂钓的感慨。

翻译家许渊冲（1921—2021.6.17）创造了韵体译诗的方法和理论，值得学习。

他翻译的《江雪》，十分精彩：

> From hill to hill no bird fight. From path to path no man sight.
>
> A lonely fisherman a float.   In fishing snow in lonely boat.

总之译诗时，要吃透、消化原作的特点，总体上考虑形式安排，局部调整词序和诗行；对遣词、造句实施转移、活用、变通或增删（包括断句、加词和词类转换）。甚至牺牲局部细节换取整体和谐。需要对语言有较高的悟性及驾驭能力，更符合英语诗歌语言的表达习惯，例如，音节的重读，音步的分辨，英诗的头韵（单词的开头音）和尾韵（单词的最后一个音节），等。只有按照英语诗歌法则诗化翻译，才能达到既有形式美，又有鲜明的意象，准确地传达原诗的内涵和意蕴。

欣赏一首杨宪益的英译诗，是王维的《山居秋暝》：

An Autumn Evening in the Hills

Through empty hills new washed by rain,	空山新雨后，
As dusk descends the autumn comes.	天气晚来秋。
Bright moonlight falls through pines,	明月松间照，
Clear springs flow over stones.	清泉石上流。
The bamboos rustle as girls return from washing,	竹喧归浣女，
Lotus stir as a fishing boat casts off.	莲动下渔舟。
Faded the fragrance of spring,	随意春芳歇，
Yet，friend，there is enough to keep you here.	王孙自可留。

开阔的视野，深厚的艺术素养，才能把原诗的内涵理解得更透彻，表达得更加充分，更加富有诗意。译诗的优劣如果可以分为切、好、优、妙四个层次的话，最起码的是准确，应该切中求好，好中求优，优中求妙。绝妙的是少数。殷夫意译的《自由，爱情》应该算是高妙的。

1.3.2 诗的语法应用特点

1.3.2.1 句法的结构变异

1. 句子成分的省略

因为诗、词是最精炼的语言，所以诗句中有些成分常常省略。贾岛的《题诗后》曰："二句三年得，一吟双泪流。知音如不赏，归卧故山秋。"表达了炼字（推敲）、炼句的艰辛。这种苦吟精神对后人颇有影响。曾有"吟成五字句，用破一生心""吟安一个字，捻断数茎须"等名言佳句。通常，在一个完整的文句中，有各种成分，最起码要有主语和谓语，才能完整地表达一个意思。在诗歌中，却经常出现不完全句子。句子的结构非压缩不可，每一种成分（主、谓、宾、状等）都有省略的可能。

（1）省略主语。例如，王勃的《送杜少府》中："与君离别意，同是宦游人。"前一句省略了主语"我"，后一句省略了主语"我们"。在阅读诗句时，稍作体察就会发现省主语是常有的。被省略的人称主语有的是一致，有的却不一致。可以从上、下句的跳跃中理解其所指。

（2）省略谓语。最明显的不完全句要算名词性诗句。一个名词性词组就是一句诗。诗的语言往往突破语法束缚，而是以名词作为着力点，谓语常常被省略，违反相对固定的语义系统。

例如，温庭筠的《商山早行》中："鸡声茅店月，人迹板桥霜。"实际上是闻鸡声，出茅店，犹见残月；踏晨霜，过板桥，留下足迹。又例如，刘禹锡的《秋日送客至潜水驿》：

候吏立沙际，田家连竹溪。枫林社日鼓，茅屋午时鸡。

鹊噪晚禾地，蝶飞秋草畦。驿楼宫树近，疲马再三嘶。

"枫林"两句中省略了谓语，没有"鼓"和"鸡"的动作；而"鹊噪"两句中有完整的主谓结构，即"鹊噪"和"蝶飞"，随后又紧跟着表示地点和时间的状语。一个"鼓"字，表达了社戏日，枫林里响起了鼓乐声；一个"鸡"字，表达了中午时分，茅屋旁的鸡群在啼叫。

再例如，岑参的《白雪歌》中："中军置酒饮归客，胡琴琵琶与羌笛。"后一句省略了谓语"拉、弹、吹"的动作，但是可以根据前一句体会出来。在合成谓语（用联系动词"是"或比喻词"似""如"等）构成的句子中，省略合成谓语的一部分。

例如，杜甫的《社日》中："今日江南老，他时渭北童。……"省略了联系动词"是"。这两句的意思是，当年是渭北的儿童，现在是江南的老翁。在副词合成谓语中省略动词。又例如，杜甫《蜀相》中："映阶碧草自春色，隔叶黄鹂空好音。"其中省略了动词"生"和"有"。

（3）省略宾语。宾语的省略，是承前省后。例如，白居易的《赋得古原草送别》：

离离原上草，一岁一枯荣。野火烧不尽，春风吹又生。……

其中，"烧不尽"的宾语、"吹"的宾语、"又生"的主语，都是草，却被省略了。

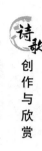

又例如，唐代李颀《送魏万之京》：（之京：往京城长安）

朝闻游子唱离歌，昨夜微霜初渡河。鸿雁不堪愁里听，云山况是客中过。

关城曙色催寒近，御苑砧声向晚多。莫是长安行乐处，空令岁月易蹉跎。

其中"鸿雁不堪愁里听，云山况是客中过"，不仅宾语提前，而且省略了复合宾语"声"和"路"。此联实为："愁里不堪听鸿雁声，客中况是过云山路。"

（4）省略介词。介词常常也被省略。例如，王维的《山居秋暝》：

空山新雨后，天气晚来秋。明月照松间，清泉石上流。

竹喧归浣女，莲动下渔舟。随意春芳歇，王孙自可留。

其中，第二、三两句的介词结构中省略了介词"于"或"在"，只用了"松间"和"石上"。又例如，苏轼的《新城道中》："岭上晴云披絮帽，树头初日挂铜钲。"其中"云"并不是"披"的主语；"日"也不是"挂"的主语。诗句的意思是：岭上积聚了晴云，好像披上了絮帽；大树的枝头上有了初升的太阳，好像挂上了铜钲。只因为诗句中省略了介词"好像"。

注：钲：古代行军时的打击乐器，狭长有柄，形如钟，用铜制成。

再看杜甫《登高》的首联两句："风急天高猿啸哀，渚清沙白鸟飞回。"六组主谓结构简洁顺序排列，省去了关联词的逻辑表示。用"急、高、哀、清、白、飞"等词的修饰，渲染了浓郁的秋意，空旷寂寥，气势深沉苍茫。

2．句子由名词性词组构成

通常，用一两个或几个名词性词组就构成一个完整的文句。例如，马致远《天净沙·秋思》：枯藤老树昏鸦，小桥流水人家，古道西风瘦马。夕阳西下，断肠人在天涯。前三句中，分别由三个名词性词组构成，没有用动词谓语。构思精巧，意境和谐，极富诗意。用凝练的语句展现出深秋苍凉景状，刻画出游子思乡的感情，增强了语言的魅力。还有唐代温庭筠的五律《商山早行》中的"鸡声茅店月，人迹板桥霜"；宋代黄庭坚的七律《寄黄几复》中"桃李春风一杯酒，江湖夜雨十年灯"。

又例如，孟郊的《游子吟》：慈母手中线，游子身上衣，临行密密缝，意恐迟迟归。谁言寸草心，报得三春晖？前两句中，由两个名词性词组构成，没有用动词或形容词作为谓语。

再例如，司空曙的《喜外弟卢纶见宿》中："雨中黄叶树，灯下白头人。"用雨、灯、黄叶、白头的形象，构成对偶，前后作对比，表达年老衰落的凄楚之情。其中用"树"对"人"，更隐含具深刻含意是"十年树木，百年树人"。

当然，名词性词组构成的句子也是由于省略某些成分而形成的。例如，张祜的《宫词》："故国三千里，深宫二十年。……"其中，前句省略了谓语动词"距"，后句省略了谓语动词"住"。有时，前后呼应相连的两句诗，前一句是设问句，后一句是名词性词组构成的句子。

例如，杜甫的《旅夜书怀》：

细草微风岸，危樯独夜舟。星垂平野阔，月涌大江流。

名岂文章著？官应老病休。飘飘何所似？天地一沙鸥。

每一句中的形象之间没有明确的逻辑关系，是因果关系或是并列关系？最后一句"天地一沙鸥"中，省略了前一个问句中的"似"，语不接而意相连。

另一种情况是，在前后相关联的两句诗中，前句是一个名词性词组构成的句子，作为后一句的主语而存在。例如，柳宗元的《江雪》：千山鸟飞绝，万径人踪灭。孤舟蓑笠翁，独钓寒江雪。其中第三句作为第四句的主语而存在的。

此外，还有一种情况是，前句是将"把"字结构中的"把"字省略，例如，白居易的《卖炭翁》中："半匹红绡一丈绫，系向牛头充炭直。"前句是用来修饰谓语动词"系"的，原本是"把半匹红绡和一丈绫罗系在牛头上"。

3. 双重否定句

双重否定句式表示肯定和强调的语气，产生更强烈的效果。

例如，唐代韩翃的《寒食》：

春城无处不飞花，寒食东风御柳斜。日暮汉宫传蜡烛，轻烟散入五侯家。

注：寒食节是在清明节前两天，相传春秋时代形成的风俗。这一天不能用火，只能吃冷食。

"无处不飞花"这类双重否定句子富于美感，虽然不说出处处飞花，却写出了万紫千红、五彩缤纷的春景。把春日的长安称为"春城"，造语新颖，更是相得益彰。

4. 句子语序的变换

通常，句子的各类成分都是有一定顺序的，但是，为了适应声律的要求或者增加诗意，可以对语序作适当的变换，例如倒装、横插、交互、明呼暗应、藏头歇后等方法的应用，使普通的叙述句变为诗的语言。其因有二，一是满足格律的需要，二是符合声、韵的和谐。

（1）谓语动词的前置。例如，李白《听蜀僧浚弹琴》中"客心洗流水，余响入霜钟"，客心洗流水，其意是高山流水（乐曲的琴声）使心情变化，即"流水洗客心"的双重倒置。而对句应该是"霜钟有余响"，补语"余响"前置成主语，用动词"入"构成对偶句。用动词"洗"和"入"表达无形的琴声，形象生动，极富诗意。

又例如，王维《山居秋暝》中"竹喧归浣女，莲动下渔舟"，诗中将动词"归"和"下"置于主语之前，本应是"浣女归"和"渔舟下"。"竹喧"和"莲动"是同时发生的景象。

又例如，刘长卿《逢雪》中"风雪夜归人"，"归人"实际上实为"人归"，将谓语动词"归"前置。又例如，杜牧《旅宿》中的"家书到隔年"，实际是"家书隔年到"的动词"到"提前。

再例如，贾岛的《题李凝幽居》：

闲居少邻并，草径入荒园。鸟宿池边树，僧敲月下门。

过桥分野色，移石动云根。暂去还来此，幽期不负言。

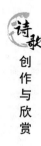

　　其中"僧敲月下门"，意为僧在月下敲门，动词"敲"前置在状语（月下）前面。这个"敲"字是在推、敲二字中经过仔细斟酌得来的，从此"推敲"就成了斟字酌句的代词。僧是作者的代词，因为他多次应举不中，一度出家为僧。云根意为云触石而出，古人说，石为云根。

　　再例如，欧阳修的《采桑子》中"双燕归来细雨中"，意为细雨中归来，动词"归来"前置在状语（细雨中）前面了。

　　再例如，崔护的"人面不知何处去，桃花依旧笑春风"，后句的"笑春风"实为"在春风中笑"的动词前置。

　　这类句式的结构与英语陈述句的语序颇有些相似，把主要的结构放在前面，次要的地点、状态等成分补充说明于后。

　　例如，毛泽东的《忆秦娥·娄山关》中"西风烈，长空雁叫霜晨月"，其中"月"不是"叫"的宾语。长空雁是在霜晨月的环境下叫的。用猛烈的西风、满地秋霜、西边的天空还挂着月亮的清晨，形成浓重的环境气氛，天空中传来阵阵悲壮的雁声。

　　（2）宾语的前置。例如，岑参的《走马川行》中的"将军金甲夜不脱"，句中"金甲"是"脱"的宾语，提前了。又例如，苏轼的《蝶恋花》中的"燕子飞时，绿水人家绕"，句中"人家"是"绕"的宾语，作了前置处理。

　　王维的"柳色春山映，梨花夕鸟藏"，意为：柳色映春山，梨花藏夕鸟。钱起的"竹怜新雨后，山爱夕阳时"，意为：新雨后怜竹，夕阳时爱山。杜牧的《齐山登高》中的"菊花须插满头归"，意为插着满头菊花归来。主语是省略人称的句子，"插"的宾语"满头菊花"中的主要部分，即中心词"菊花"提前了，而其修饰词"满头"的顺序也随之变化。

　　又例如，叶绍翁的《游园不值》，其中"春色满园关不住"一句中，"关不住"的宾语应该是"满园春色"，将其提前。而在宾语前置时又将其中的核心词"春色"再提前，更有助于突出主题。

　　又例如，王安石的《示长安君》中的"欲问后期何日是？寄书应见雁南征"。疑问句中"后期"的宾语（表语）"何日"提到"是"的前面了。后期，即后会的日期。

　　有时，宾语提前到介词之前。例如，杜甫的《江汉》中"片云天共远，永夜月同孤"，"远天"和"孤月"分别是介词"共"和"同"的宾语，将"天"和"月"前置了。

　　（3）状语、补语的前置。例如，张碧的《农父》中的"到头禾黍属他人"，句中"到头"是动词"属"的时间状语，提前了。又例如，杨万里的"毕竟西湖六月中，风光不与四时同"，将状语"毕竟"提前到前一句的句首，且用前句的中心语"风光"作了调换。（西湖风光六月中，毕竟不与四时同）

　　又例如，苏轼的"簌簌衣巾落枣花，村南村北响缫车"，将状语"簌簌"提前到句首。且把"衣巾"提前在主语和谓语（枣花、落）之前。（枣花簌簌落衣巾）

　　再例如，苏轼《念奴娇》中的"多情应笑我，早生华发"。句中"多情"是"笑"的

48

补语，提前到句首（应笑我多情）。对于其他成分（如谓语、宾语、状语等）有时置于主语之前，也可看作主语后置。

（4）定语置于中心词之后。通常定语在中心词之前，构成偏正结构。而诗句中可用"正偏"结构，突出主要词语。例如，辛弃疾的《清平乐》中的"破纸窗间自语"，"破纸"本是用"窗间"作定语的，句中提前了。

此外，定语还可以脱离中心词往前挪，既成平仄律句，又使诗句更为奇崛。如"横笛闻声不见人"，实是"闻横笛声不见人"。又如"云边雁断胡天月"，实是"胡天云边月下望断雁"。

除了上述典型的语序变换外，还有更复杂的错综句法。例如，"酿泉为酒，泉香而酒洌"，按理是泉洌酒香，但"错接"后，美酒与清泉意象重叠，泉与酒交合为一体，好酒不仅有酒的醇香，还有泉的清洌，正是醉翁享用美酒的感受。

以下用更多的诗句，说明此类句法的魅力所在。

例如，杜甫的《秋兴（第八首）》中，"香稻啄余鹦鹉粒，碧梧栖老凤凰枝""香稻""碧梧"放在句子的前面，着重描述秋天的稻子和梧桐。如果将"鹦鹉""凤凰"挪到句首，"鹦鹉啄余香稻粒，凤凰栖老碧梧枝"则描述重点是"鹦鹉"和"凤凰"，不合"秋兴"的主题了。

又例如，李洞的《赠曹郎中崇贤所居》中，"药杵声中捣残梦，茶铛影里煮孤灯"，意为梦中听到捣药杵的声音，灯影里看到用茶铛煮茶。省略"用"字，加深了"捣杵"和"煮茶"的印象。

又例如，杜甫的《曲江（第一首）》：

一片飞花减却春，风飘万点正愁人。且看欲尽花经眼，莫厌伤多酒入唇。

江上小堂巢翡翠，苑边高冢卧麒麟。细推物理须行乐，何用浮名绊此身！

其中颔联中"经眼""伤多"似乎应该放在句首，实际上，语序变换后才更显浓烈的诗情。其可谓古人说的"蹊径绝而风云通"。

又例如，李贺的《昌谷北园新笋》中的"露压烟啼千万枝"，不仅有顺序的变换，还有省略。若是正常的叙述，应为"露压千万枝，枝枝烟中啼"，"千万枝"该是动词"压"的宾语，又是"啼"的主语，而"啼"作为谓语却提到主语"千万枝"的前面。将不同事物重叠在一起使之融合无间，别致新颖。

类似的有"插秧收麦喜村村"。如果按语意应为"村村插秧喜收麦"，就显得平淡无味了。又如"一枝春雪冻梅花"，似乎看到了腊梅枝上堆积了一层厚厚的白雪，生动形象。按本意应该是：一枝梅花冻（于）春雪（中）。笔者认为改成"雪冻梅花一枝春"更有深意，更有美感。

又例如在自由诗中多个语句的倒装："终于熬过去了／无奈的哭泣的日子，垂头伤气的日子，最黑暗的日子。"正常情况下，"终于熬过去了"应该放在最后。倒装手法增加了感染力。

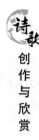

以上这些例子，打破了常规语法，张扬诗性的潜在美感。用个性化勾勒描绘，强化了意象的多重视觉。摆脱语序的束缚，灵活多变的倒装方式丰富了诗的内涵。诗句的顿挫、回旋，产生曲径通幽、别有洞天的美的享受。

5. 句子的灵活间断

最初的（宋）词是根据乐曲填写的，称为填词。由于词牌的规定，用多少句、多少字，一般是不能多也不能少，要不然就不能配合这首曲子演唱了。但是在句子与句子间，为了词意的完整表达，在保持字数不增不减的前提下，上句的字位可以移到下一句，也可以将下一句的字位移到上一句。有时把长句一分为二，或把两个短句合为一句，总的字数不变。这种句子的灵活间断的处理方式称为参差句。

在词与乐曲分离以后，词成为一种独立的文学体裁，这种随文意的参差灵活处理便沿用下来。句子的长短交织，错落有致，形成不同的节奏，产生不同的张力。分析一下宋词《水调歌头》下片的第二句的十一字，有不同的断法。

例如，苏轼的《水调歌头·中秋》下片：

转朱阁，低绮户，照无眠。

不应有恨，何事长向别时圆？

人有悲欢离合，月有阴晴圆缺，此事古难全。

但愿人长久，千里共婵娟。

其中"不应有恨，何事长向别时圆？"十一字分成上四下七。

又例如，毛泽东1965的《水调歌头·游泳》下片：

风樯动，龟蛇静，起宏图。

一桥飞架南北，天堑变通途。

更立西江石壁，截断巫山云雨，高峡出平湖。

神女应无恙，当惊世界殊。

其中第二句，"一桥飞架南北，天堑变通途。"十一字分成上六下五两句。由于句子作了灵活断句的改动，句中的平仄安排就得随句式的变化作相应的更改。

作为读者的我建议：（宋）词可按韵脚结尾的复合句分行［大部分出版的（宋）词选采用分阕不分行的形式，影响阅读情绪］，体现句韵与自然停顿结合的特点，便于阅读和理解，体味诗词上下句呼应的美感。自由诗的非整齐分行也可遵循这样形式，更体现诗意的局部完整性。

再看《水龙吟》词末的"九加四"两句，在不同句式中有不同的平仄安排：

辛弃疾的"倩何人唤取红巾翠袖，揾英雄泪"。

秦观的"念多情，但有当时皓月，向人依旧"。

朱敦儒的"但愁敲桂棹，悲吟《梁父》，泪流如雨"。

苏轼的"细看来，不是杨花，点点是离人泪"。

再看《八声甘州》词起首"八加五"的两句，不同作者不同句式的安排：

柳永的"对潇潇暮雨洒江天，一番洗清秋"。

张炎的"记玉关踏雪事清游，寒气脆貂裘"。

苏轼的"有情风，万里卷潮来，无情送潮归"。

吴文英的"渺空烟四起，是何年青天坠长星？"

柳永，张炎采用一字逗引领七言句，下接五字句。苏轼将首句分为上三下五式，为的是与后面的五字子句相呼应。而吴文英却在起句中用独立五字句，下接一字逗引领的八言句。

在自由体诗行中，也采用灵活的无标点断行方式，满足情感抒发的要求或者达到押韵的要求（见 4.3.3 节）。例如，何其芳的《莺莺》（其中一节）：

> 春风一年年吹拂桃林，
> 桃花一年年带走了青春，
> 莺莺已满了十九的年龄，
> 　　那是少年需要
> 　　男子来求爱的时辰，
> 但她还未见着一个可爱的人。

将第四句无标点断行，同时又起一个阶梯，用来突出少女等待爱情快快来临的急迫心情。（全篇的每一节中都作了同样的结构安排）

又例如：

> 用怎样的姿态去看？一个人
> 放低了他的声音，努力
> 去眺望大海，但远方如镜

其中"一个人"上下句共用，而又为了突出行为动作，而把主语或副词分离了。

再例如：

> 所有的树，都
> 亮出了它的果实。
> 秋天来了，我要沿着这条铺满黄叶的
> 小路跑上三圈。我要将一粒芝麻
> 高举过头顶。我要把春天绽放的拳头握紧

诗篇中，一个句子分跨两行的形式称为跨行，诗句的跨行（或跨多行）写法是符合作者内在情调的需要，有时也为了突出重点或满足押韵的需要。

6. 诗行的时空跳跃

例如，徐志摩的《再别康桥》的开头和结尾小节：

> 轻轻的我走了，正如我轻轻的来；
> 我轻轻的招手，作别西天的云彩。

用"来"的状态衬托"走"的心情，用三个副词状语"轻轻的"串联在一起，产生一种情感的缠绵意境。

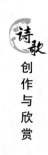

再例如，余光中的《乡愁》：（无标点分句、分段）

小时候／乡愁是一枚小小的邮票／我在这头／母亲在那头／／

长大后／乡愁是一张窄窄的船票／我在这头／母亲在那头／／

后来啊／乡愁是一方矮矮的坟墓／我在外头／母亲在里头／／

而现在／乡愁是一湾浅浅的海峡／我在这头／大陆在那头／／

用四小节表现同一个主题——乡愁，分别是"小时候""长大后"，"后来啊""而现在"，这四个时期的内容，体现了跳跃的结构安排。形成一种起伏节奏。

1.3.2.2 词语选用的特点

词语是结构形式和意义的结合体，选用时，要适合于"看、读、听"。"看"起来通顺醒目，"读"起来朗朗上口，"听"起来优美悦耳。因此，用词要准确、明晰、动听。在词语达意的基础上，重视节奏、韵脚的安排，讲究声律的配合也至关重要。要考虑句数、字数、音节数，考虑音的强弱和长短，考虑平声、仄声、双声、叠韵等等。

1. 声音和谐

声音和谐是指组词中的字发声配合适当。恰当地安排双声词、叠韵词，可营造音律的和谐以及优美的气氛。例如，"春花怒放有芬芳"，"闪闪灯光夜宁静"。"怅寥廓，问苍茫大地，谁主沉浮？"（芬芳，宁静，苍茫）

以重叠音节形式构成的叠音词，读起来朗朗上口，和谐悦耳，有很强的音乐性。例如："茫茫似海的柴达木大盆地，笼罩着一层薄薄的雾，像羽绒般轻轻地飘动着。""荷塘四周，大树参天，郁郁苍苍的。"（茫茫，薄薄，轻轻，郁郁苍苍）

2. 声韵回环

押韵可以使篇章中产生回环的韵味，可以感受一种韵律美。例如，陈梦家的《一朵野花》：

一朵野花在荒原里开了又落了，／不想到这小生命，向着太阳发笑，／
上帝给他的聪明他自己知道，／他的喜欢，他的诗，在风前轻摇。／／

一朵野花在荒原里开了又落了，／他看见青天，看不见自己的渺小，／
听惯风的温柔，听惯风的怒号，／就连他自己的梦也容易忘掉。／／

韵是一种复沓，帮助情感的强调和意义的凝聚。韵脚会形成声音的回环，形成一个节拍点，增强语言的音乐美。

3. 声调抑扬

声调是指每个音节的语音高低、升降的变化。将汉语拼音的四声分成平、仄两类。平声字的特点是上扬的，读起来声音能够拉长，气势强烈而洪亮。例如"高山、昂扬、蓝天、奔腾"等。仄声字的特点是抑止的，读起来声音短促，脆快利落。如"创业、虎豹、水利、飒爽"等。平仄交替配合，声音上会形成高低、长短、轻重、缓急的变化，在词语音节的接续中有抑扬顿挫的音乐节奏，感受到语句的优美动听。

律诗和（宋）词中的平仄格律准则，充分说明千年之前的人们早已找到了语言优美的缘由。请朗诵毛泽东 1935 年冬的《沁园春·雪》（上片）：

北国风光，千里冰封，万里雪飘。

仄仄平平，仄仄平平，仄仄仄平。

望长城内外，惟余莽莽；大河上下，顿失滔滔。

仄平平仄仄，平平仄仄；平平仄仄，仄仄平平。

山舞银蛇，原驰蜡象，欲与天公试比高。

仄仄平平，平平仄仄，仄仄平平仄仄平。

须晴日，看红装素裹，分外妖娆。

平平仄，仄平平仄仄，仄仄平平。

这首词气魄雄伟，情调豪迈，意境高妙。一气呵成的优美声调，如行云流水，给读者唤起一种雄壮激越的情感。现代诗歌的创作中也一定要注意声调的平仄配合。

4. 音节协调

汉语的一个字就是一个音节，有单音节词、双音节词，还有多音节词，其中双音节的词占多数。双音节可改变音节的长度，如"天 ___ 天空，夜 ___ 黑夜，亮 ___ 亮堂堂"等。诗句中音节配合的重要性是很明显的，例如，说"准备读"，在单音节的"读"的前面配置双音节的"准备"，特别拗口。如果后面用双音节词"朗读"配合，说"准备朗读"，这样就变得匀称和谐。在句子与句子之间也讲究音节的对应。例如：

望着天空浓密的乌云，他皱起了双眉，／过了发射窗口，怎么办！／

焦急的等待，迎来了难得的一线天，／云开雾散，他又笑得那样甜蜜。／／

单音节和双音节词的配合和句子的长短都与节奏有密切的关系。

诗歌中，常用衬词、儿化音增强语句的节奏感。例如"花篮的花儿香，听我来唱一唱"，其中的"儿、来"就是为了音节配合匀称而增补的。这种协调音节的方法，常用在民歌、曲艺和戏曲中。

1.3.2.3 句子中用词的变化

1. 修饰作用的词语取代中心词

通常，由于句子成分的省略，将中心词语省略了，形成了修饰词语取代中心词的结构。

（1）修饰词取代主语中心词。例如，杜甫《羌村三首》中的"四座泪纵横"。原本是作为定语的"四座"代替了中心词，由"四座的人们"所缩略形成的结果。

又例如，杜甫的《月夜忆舍弟》，其中"露从今夜白，月是故乡明"，把原本"今夜露白"和"故乡月明"的意思表达得分外富有诗意，读起来顺畅而节奏鲜明，印象深刻。

（2）修饰词取代宾语中心词。例如，虞似良的《横溪堂春晓》中，"东风染尽三千顷"。原本是作为定语的"三千顷"代替了宾语中心词"田"，由"三千顷田"的缩略形成的结果

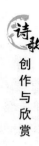

（3）谓语动词作为中心词语被状语所取代。例如，李贺《雁门太守行》中的"角声满天秋色里"。本来是"角声回荡在满天秋色里"，省略了介词结构中的介词"在"，而谓语中心词"回荡"又被状语取而代之。

2. 词类的活用

词类的活用，变化较多，包括名词用作动词或形容词；动词用作形容词或副词；形容词用作名词或动词，等等。

（1）名词

①名词用作动词。例如，刘禹锡《乌衣巷》中的"朱雀桥边野草花，乌衣巷口夕阳斜"，其中的"花"代替了野草开花中的动词。

②名词用作形容词。通常用名词所代表的事物特征体现形容词的修饰作用。

例如，刘禹锡的《酬乐天》中的"沉舟侧畔千帆过，病树前头万木春"后一句中的"春"，就是名词用作形容词。

又例如，"树蜜早峰乱，江泥轻燕斜"，树像蜜一样甜，江如泥一样浊。"蜜"和"泥"都作形容词用了。再例如，"孤云独鸟千山暮，万井千山海色秋"，后句中的"秋"，是名词用作形容词，而前句中的"暮"，是名词作动词。

在现代汉语中有的名词活用已经格式化了，例如，"铁人""泪人"等。

③名词用作量词。例如，"残月一城鸡""踏翻松顶一巢云""月影一墙梅""暮雨一庭叶、秋声四壁虫""波起一滩雷"等都是非同寻常的幽思妙句，让人耳目一新，新鲜有趣。

（2）动词

①动词用作形容词。例如，杜甫的《泛江送客》中的"泪逐劝杯下，愁连吹笛生"两句诗中"逐"和"连"是动词谓语，而动词"劝"和"吹"已活用为形容词了，其后的名词"杯"和"笛"不再是宾语，而成为被修饰的对象。"劝杯"意为劝人多饮的酒杯，"吹笛"意为吹响怨曲的笛子。

②动词用作副词。例如，杜甫的《喜达行在》中的"喜遇武功天"，句中的"喜"，就是动词起了副词的作用，修饰动词"遇"。此外，名词和形容词也如动词那样可用作副词。

（3）形容词

①形容词用作名词。例如，白居易的《买花》中的"灼灼百朵红"，句中的"红"，就是形容词当作名词"红花"用了。

②形容词用作动词。例如，王安石的《泊船瓜洲》中的"春风又绿江南岸"，句中的"绿"，就是形容词起了谓语动词的作用，使形容词的色彩、状态、强度等特点转化为"使动"或"意动"的变化。

又例如，"雨肥梅子"中的"肥"字，生动地描述了雨水的浇淋，使梅子的个儿大了一圈。再例如，"高峰寒上日，叠岭宿霾云"，形容词"寒"字作"使它冷"的解释。

（4）名词和形容词用作副词

如同动词作副词一样，因为修饰了动词而具有副词性质。例如，杜甫的"安得广厦千万间，大庇天下寒士俱欢颜"。"大"本是形容词，而这里修饰动词"庇（护）"，如同副词。

又例如，用形容词"香喷喷"错格为副词修饰动词："采摘节，远离果园，有时也能香喷喷地碰见／一位双手整日与脆枝打交道的小妹。"不仅写出了人的芬芳美丽，也映示了空气中弥漫着果香。丰富了空间层次。

再例如，用形容词"清脆"活用为副词修饰动词："美美地呷了一口酒，把酒杯清脆地放到托盘上。唱起了祝酒歌。"此类活用（清脆），初看会误解是病句。当你认识到诗歌语言是系统地偏离日常语言时，这类"出格""错格"就是独具匠心。

（5）副词不是用来修饰动词　例如，毛泽东的《沁园春·长沙》："恰同学少年，风华正茂；书生意气，挥斥方遒。"其中，"恰"字是副词，后面并不是用来修饰动词，而是作为领句字头。又例如，毛泽东的《菩萨蛮·大柏地》："雨后复斜阳，关山阵阵苍。"其中，"复"字是副词，后面并不是用来修饰动词，而是作为动词用。雨后又出太阳了，关山分外青翠。

3. 领句字的运用

句子中的领句字，是以句首的第一字或前二字、前三字引领后面的数个字，或兼领后续的句子。读领字的时候，须稍有停顿，以示带动下文。

（1）一字领，或一字逗

以一字领两字句："须～晴日，看…红装素裹，分外妖娆"。"须晴日"的后面又是紧接着一领四的句子。因为有两个四言句，故称为领双句。

以一字领三字句："似…黄粱梦，辞丹凤，明月共，漾孤蓬。"除了领本句外，又领了后面的三个三言句。明显是排句，又例如"有桃花红、李花白、菜花黄"。故称为领排句。

以一字领四字句的："恰～同学少年，风华正茂。"领句有三拍节奏。除了引领本句外，又领了后一句。有时可以领四个四字句："看…万山红遍，层林尽染；漫江碧透，百舸争流。"

以一字领五字句："桥上酸风射眸子，立多时，看…黄昏灯火市。""拟…把醉同春住，又醒来岑寂。"

以一字领六字句："怕……南楼吹断晓笛。""恨……春去不与人期，弄夜色，空余满地梨花雪。""念……柳外青骢别后，水边红袂分时，怆然暗惊。"

以一字领七字句"但……屈指西风几时来""但……长江无语东流去。"（领单句）

以一字领八字句："怅……空山岁晚窈窕谁来。"（领单句）

（2）以两个字作领字的

例如，李商隐《夜雨寄北》中："何当……共剪西窗烛，却话……巴山夜雨时。"其

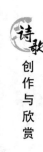

中领字"何当""却话"用得很妙,产生了思念和期盼的情感高峰,也带来强烈的节奏感,时空感。

（3）以三个字作领字的

例如,秦观的《八六子》:"怎奈向……欢娱渐随流水,素弦声断,翠绡香减;那堪…片片飞花弄晚,濛濛残月笼晴。"(向:助词)李白的《将进酒》:"君不见……黄河之水天上来,奔流到海不复回。"李清照的《永遇乐》:"不如向…帘儿底下,听人笑语。"等等。

4）综合领字句

例如,赵师侠的《行香子》:"春日迟迟,春景熙熙,渐郊原、芳草萋萋,天桃灼灼,杨柳依依。见燕喃喃,蜂簇簇,蝶飞飞。……"其中"渐郊原"和"见"分别是三字领句和一字逗引领三联对偶句。且整篇均采用叠词组句的形式,风格独特。

通常,用一个字作为领字的较多。且以虚词为多,实字用得很少;多为去声字,平声字很少。为便于应用,以下列出若干:任、又、正、待、爱,乍、怕、定、总、问、奈、似、料、想、更、但、早、算、尽、况、快,怅、凭、嗟、方、叹,怎、未、应、已、对,若、莫、念、聚、甚、看,将、这、须、渐 等等。

4．人称代词的使用

（1）第一人称。在抒情诗中,使用人称代词较为普遍。尤其是第一人称,在抒情小诗中比比皆是,但用第一人称"我"的场合并不是作者本人,而是代言人。可以是动物,也可以是植物,等等。例如:"假如我是一只鸟,我也应该用嘶哑的喉咙歌唱。""为什么我的眼里常含泪水?因为我对这土地爱得深沉……"

又例如,郭沫若的《天狗》中运用"天狗吃月亮"的传说,塑造一个代表宇宙的"我",天狗是"我"的代言人:

我是一条天狗呀! / 我把月来吞了, / 我把日来吞了,

我把一切的星球来吞了, / 我把全宇宙来吞了。 / 我便是我了! //

整首诗二十九句,每一句开头都是"我"。

再例如,艾青的《煤的对话》,通过问答的对话的形式,更强烈深刻地发出内心的呐喊:

你住在那里? // 我住在万年的深山里 / 我住在万年的岩石里 //

你的年纪—— // 我的年纪比山的更大 / 比岩石的更大 //

你从什么时候沉默的? // 从恐龙统治了森林的年代 / 从地壳第一次震动的年代 /

你已死在过深的怨愤里了么? 死? 不, 不, 我还活着—— / 请给我以火, 给我以火。 //

（2）第二人称。以第二人称"你"为对象的抒情诗,其中的"你",可以是人,也可以是物,而物是"你"的代言人。通过想象,展现一个戏剧化场景,形成一个诗歌的叙事结构,并且具有深层次的意蕴。

这类抒情诗近似于小说中人物的对话,也许有时候是独白。戏剧化程度越高,诗

的人物或角色也越复杂，随即就成了诗剧。人物的身份是通过对话形式显露出来，随之诗的深刻含意也表现出来。例如：

> 你站在桥上看风景，/ 看风景的人在楼上看你。//
>
> 明月装饰了你的窗子，/ 你装饰了别人的梦。//

又例如：郊原的青草呵，你是理想的典型！/ 你是生命，你是和平，你是坚忍。/ 任人们怎样烧毁你，剪伐你，/ 你总是生生不息，青了又青。// ……

（3）第三人称。同样，第三人称也是抒发情感的对象。

例如，著名诗人闻一多的《忘掉她》，是专门为他的女儿写的：

> 忘掉她，像一朵忘掉的花，/ 那朝霞在花瓣上，/ ……
>
> 那花心的一缕香——/ 忘掉她，像一朵忘掉的花！//
>
> 忘掉她，像一朵忘掉的花，/ 像春风里一出梦，/
>
> 像梦里的一声钟，/ 忘掉她，像一朵忘掉的花！//

第三人称大多是代言人的"他"或"她"。例如，彭燕郊的《家》：

> 小小的蜗牛 / 带着它小小的家 / 世界是这样广大 / 而他没有占有一寸土地 //
>
> 除了这小小的家 / 他再设有什么了——/ 这小小的家 / 他自己血肉的一部分 //

又例如，绿原的《诗人》：

> 有奴隶诗人 / 他唱苦难的秘密 / 他用歌叹息 / 他的诗是荆棘 / 不能插在花瓶里 //
>
> 有战士诗人 / 他唱真理的胜利 / 他用歌射击 / 他的诗是血液 / 不能倒在酒杯里 //

再例如，用第一人称的作者，跟第二人称的读者倾诉，诉说第三人称的拟人的"向日葵"的意念。芒克的《阳光中的向日葵》：

> 你看到了吗 / 你看到阳光中的那棵向日葵了吗 / 你看它，它没有低下头 /
>
> 而是把头转向身后 / 就好像是为了一口咬断 / 那套在它脖子上的 /
>
> 那牵在太阳手中的绳索 //
>
> 你看到它了吗 / 你看到那颗 昂着头 / 怒视着太阳的向日葵了吗 /
>
> 它的头几乎把太阳遮住 / 它的头 即使是在没有太阳的时候 /
>
> 也依然在闪耀着光芒 //
>
> 你看到那棵向日葵了吗 / 你应该走近它 / 你走近它便会发现 /
>
> 它脚下那片泥土 / 每抓起一把 / 都一定会攥出血来 //

诗人曾经是朵朵葵花中的一朵，所以才有深切的体验、才有激愤之情、才有饱受愚弄后的觉醒。他的头及他脚下的泥土，依然闪耀着光芒下，泥土中且渗透着泪和血。表现了它曾经有过的生命历程，为了咬一口而扭头转向身后，也许，有的早已把脖子扭断了，它们的血渗入了泥土中。诗作的构思巧妙、立意大胆而新颖，具有独到的艺术魅力。

在郭沫若的诗集《瓶》中，频繁地使用人称代词，你、我、她，你们、他们、我们，形象纷繁多变。值得仔细阅读。

5. 虚词的活用

虚词包括介词、连词、助词和叹词等，也可由虚变实地活用。

（1）介词活用作动词。通常，介词只起牵引作用，组成介词短语，表示时间、方向、地点、对象、目的、范围、根据等。除了一般情况下介词与其他词构成短语结构外，有少数介词，例如，"被、于、给、到、以"等。可以直接附在动词的前后，与动词构成一个整体，不再组成介词短语结构。

例如："人群被冲散。勇于实践，善于斗争。一生献给人民。看到新气象。出以公心，报以掌声"等。这样，省略了拖沓的介词短语结构，使得语句变得精练。

由于介词中多数是从占汉语动词演变而来的，介词兼有动词的语法特点。例如，"在、比、到、让、像、为……"等。因此某些介词可用作动词。

例如："人在阵地在。比贡献比干劲。飞雪迎春到。设备到了，人也到了。让我们一起干吧！"使语句增加了张力和节奏感。

（注：如果用作介词就有不一样的感觉：战士坚守在阵地上。他们比我们贡献大。全班人马都集合到试验场了。这辆车让他用吧！）

（2）连接词的省略或巧用。连词常常用在句子开首，表示并列、选择、递进、转折、假设、条件、因果、目的、让步等各种关系，用于连接相关的词组或句子。连接词很多，枚不胜举，只说说在诗篇中常用的，例如，"跟、而、但是、不管、只是、为有、只要"等。

在诗词中，为了语句的精练，常常省略各种连词，但有时也用得恰到好处，例如："无可奈何花落去，似曾相识燕归来。""鸿雁不堪愁里听，云山况是客中过。"其中"无可""似曾""不堪""况是"等虚词的巧妙运用更有助于诗句的回环起伏、抑扬顿挫的语气得以加强，更具艺术感染力。又例如，鲁迅的《答客诮》：

> 无情未必真豪杰，怜子如何不丈夫？
> 知否兴风狂啸者，回眸时看小於菟！

注：诮：责备。於菟：古代楚地，俗称虎为於菟。

其中"未必""如何"的运用，产生强烈节奏，表达了英雄好汉有刚强、也有柔情的两面性。

又例如"若非群玉山头见，会向瑶台月下逢"，其中"若非""会向"的连用，是故作选择，"如果不是……，也一定会……"语气加强，十分精妙。通常，连词成对使用，但有时候在诗句中也只用一半，而另一半则省略了。例如："但使龙城飞将在，不教胡马度阴山。""相见无杂言，但道桑麻长。""曾经沧海难为水，除却巫山不是云。""夕阳无限好，只是近黄昏。""他年我若为青帝，报与桃花一处开。"（注：青帝：掌管春天的神。）"问渠那得清如许？为有源头活水来。""不要人夸颜色好，只留清气满乾坤。"

其中，"与"既是连接词，又是介词，还可以作动词。例如，"与人为善。""谁人曾与评说？"

（3）助词表现时空状态。例如，"夕鸟已西渡，残霞亦半消""入春才七日，离家已二年"。"我把月来吞了""萧瑟秋风今又是""含着眼泪长出一口气""穿过树林，一阵小跑。"等。其中，已、亦、才、了、是、着、过、等，加强了时空状态的表现。

（4）语气助词的运用。语气助词常常趋附在句子末尾，表示各种句型的语气。

①"嘛、的、了、罢了"通常用在陈述句中，"了"表示变化。

例如，"看到剑匣抖动了，模糊了，更模糊了，一个烟雾弥漫的虚空了，……。""朔风呼呼地吹着，月光忧忧地照着。"

表面上随意、散漫，实则蕴藏深层诗意。在降调中包含着坚韧和执着的情绪。有时，用虚词将多字音组或多音顿数构成长句，富有节奏感。

②"呢、吗、了、吧、啊、啦"语气助词通常用在疑问句、祈使句和感叹句中，其中"啦"是"了"和"啊"的复合形式，可表示各种语气。例如，"河水又涨啦。""唱吧、跳吧！"

6. 感叹词的运用

在古代诗词中常用感叹词"兮"，尤其是楚辞，"兮"字成了楚辞的一个标志。"兮"字与现代的"啊"字相似。此外还有一些语气词，例如，"也、耳、哉"等。

在现代诗歌中，用感叹词抒发一种发自肺腑的激昂感情。感叹词可分为感叹和应答两类：

表示感叹的："啊、呀、哟、哦、呵、噢、哎哟……"；

表示应答的："哎、嗯、喂、唔、唉、哎呀……"

感叹词的应用，表达惊讶、祝愿、欣慰、急迫可待的感情，例如，"心口呀莫要这么厉害的跳，灰尘呀莫把我的眼睛迷糊了。"用一个"呀"字，加快了思念会见的急需程度，增强了心跳或迷糊的力度。

1.4 诗的阅读与写作

1.4.1 阅读与写作的一般见识

诗歌写作者将个人的人生感悟以诗歌的形式传达给读者，形成一种社会影响力，但不是布道。无论是流传千年的名篇，还是近代或现代的佳作，对于读者，是一种文学欣赏，是一种情绪的追忆，是一种审美情趣。至于在阅读过程中，被感染、被熏陶、被影响……，从而产生思想上的启发和情感上的共鸣，那是属于第二个层面，这是读者的主观随意性被感染而产生的结果。对一首诗的直觉领悟仅仅是欣赏一首诗的开始。如果直觉中不喜欢，则不可能继续阅读和欣赏。读者是分类型与分层次的，其

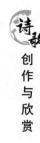

型、其层也是变化和转换的。

对诗歌的评论体现了百家争鸣、百花齐放的学术自由。至于依据各种"理由"对诗作的批判（采取非艺术视角的歪曲和非诗性的艺术指责），那只是别有用心，另当别论。例如，李白的"今人不见古时月，今月曾经照古人"这样哲理的诗句，表达了普遍而具广义的思想情感，脍炙人口，千年流传。历史的经验值得注意。

诗，对于作者，有表达不尽的意思或感情；诗，对于读者，有体察不全的本真和感受。诗表达的也是一种心态，有虚静、有激荡，有焦虑、有快乐等等。诗歌欣赏也是诗创作的还原，读者的感受成为诗的回响。读诗与写诗都是人生的一种境界，需要激情，情深之极，才能写出"记得绿罗裙，处处怜芳草"的痴迷诗句。

1.4.1.1 价值取向

诗歌不只是表达作者的心声，发表之后便具有社会功能。首先是作者抒发的意志会感染、影响读者。如果引发脉搏的共振，就会使读者产生满足感。其二是反映社会现实生活的某些方面，引发读者的思考。其三是思想意识的沟通，产生时代的凝聚力。其四是对某些事物、状态抒发怨愤等。对于不同的功能都有不同的价值取向。

无论是阅读还是写作，对作品有所选择，或称之为"有的放矢"，即每个个体有一个价值取向。诗歌永远闪动着个性化的火花，即个体性（社会角色，生活经历，文化修养等）的喜好和厌烦。表现在性情、志向、是非认同等方面。对诗歌的感受往往存在时代的或个性的差异性，在认识上不仅抹上了主观色彩，而且还会有几分创造性思考。个性取决于观察生活的态度、思维方式、气质等方面，是各种心理特征的综合。诗是生命激奋状态的凝结，诗不是诗人的今天，而是昨天的沉积。读者通过阅读获得的是一种享受，如同进步后的长久回味。作者手中的笔杆固然千斤重，但读者眼前的诗篇当是两面看。

一般认为诗作应该语言含蓄，意义清晰，气度宏大，意志坚定，体现作者的真心和真诚。体裁宜从简洁的五言诗入手阅读和写作，以便产生浓厚的兴趣，共同享受诗歌的美学。以名家选本为首选，不好高骛远，而后读著名诗人的精品，最后读其全集以扩大视野。

在初读选本时，还要在不同特色的选本中，选择与自己气质相近的选本，这样会有精读的信心，所谓气质，表现为知觉的敏锐性，情绪的兴奋状态，思维的灵活性和行为的独立性等等。俗话说使力有巧劲，读诗得讲究方法，才能收到事半功倍之效果。读诗分泛读和精读，在泛读的基础上挑选出需要精读的篇章，"旧书"百读不厌，常读常新。

1.4.1.2 诗法的欣赏

诗歌欣赏来自诗的形象，被形象吸引。随着思想感情的相通而被感染，爱其所爱，乐其所乐。深感诗句说出了读者的心里话。读者也有机会扩展诗的意境，产生更深刻、宽阔的想象。有诗曰："藏得好书勤细读，忽逢知己乐同游。"意境通常是静伏的、暗蓄和潜在的，只有在创作和阅读过程中"浮现"在脑海中。

欣赏诗歌，首先是从诗题入手，粗略纵观全篇，认识主题或旨意，读懂内容。其次则细读，细细品味诗的语言、节奏、情趣和意趣。随之找出意象、诗眼，感受流淌的情感和享受优美的意境。第三是分析表现方式和结构特点。第四是体会语言特点和艺术风格，读诗不仅知其意思，还要看门道，门道即诀窍，即写诗的方法。总结古往今来众多的"名篇赏析"中的解读，在不同程度上都提及了命题、立意、形象、造句、炼字、用词、用韵、开首、结尾等等写诗的方式方法。

例如，立意深刻，形象鲜明，造句凝练，用韵有益于振奋精神，用字谨防酸腐或生僻，开首和结尾不落平俗等等。这些原则说来容易，揣摩佳作时大呼高妙，而自己要掌握个中真经，非经一番寒彻骨不可。写诗如同歌唱，不只是需要激情，还需要技法。否则，只有激情便无从下手，只有技法则索然无味。

在一些诗论中，包含有诗的"内容要素""表现形式""创作手法"等章节，大致要点有：要用形象表达，用比兴说话，语言精练，情感充沛，含蓄有意境，构思、选题要精巧，言尽意无穷……。面对这些概念化的条框要求，读者很难在个人的习作中应用自如。

就语言表达内容而言，描写性的语句可以产生形象和景象，而陈述、议论和抒情的语句则主要表达意和情。有一种更鲜明的说法，是将描写性语句称为"境句"，而将陈述表意语句称为"意句"。"意句"可以直接说明或含蓄表达情思，而"境句"通常由物象、事象和意象构成。例如，王之涣《登鹳雀楼》，前联"白日依山尽"是境句，后联"欲穷千里目"是意句。

再例如，贺铸《青玉案》的结尾段："试问闲愁都几许？一川烟草，满城风絮，梅子黄时雨。""试问……"句是意句，后三句是境句。

一首诗篇中如果全是境句，则只有形象美感，而意向模糊；反之全是意句，则抽象、呆板滞重。通常情况下景语易得，情语难制。大多数诗句是境、意相结合，即创造艺术境界的同时也表达出诗人主观性的情意。例如"春风桃李""江湖夜雨"是境语（也可称为景语），但是诗句"春风桃李一杯酒""江湖夜雨十年灯"就成为意句，意从境中脱颖而出。

又例如"秋风卷岸沙"是境语，但加入带有主观情意倾向的"几见"二字，则诗句"几见秋风卷岸沙"就成了境中带意的"意境句"了。再例如："松树倒影半溪寒，数个沙鸥似水安。曾买千本江南画，归来一笔不中看"。其中出句"松树倒影半溪寒""曾买江南千本画"是境句，但"数个沙鸥似水安"中加入含有主观评价的"似水安"，成为境中带意的结合句型。而"归来一笔不中看"则是直接评述的意句（也可称为情语）。而"曾买千本江南画"是给"意句"作具体情由的铺叙。结尾的陈述意句往往照应前面

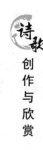

的境句，点明题旨。

诗是一门形象思维的艺术，抽象的解说是不能深刻理解的，这些技巧只能由具体的诗篇来承载的。因此必须寻找某些典型的代表诗作，在揣摩中深化理解、学习运用这些认识。这些代表作必须兼顾技法和审美两方面的要求。要达到理论与实例相互印证，既有技法的触类旁通，又有名篇佳作的欣赏，一举两得。

当然，诗的欣赏基于整体性原则，切忌片面。阅读诗歌要顾及全篇，顾及全景整体（非"特写"镜头），顾及所处的社会状态，才能免于说梦或误解。从主体经验、情感抒发、艺术手段等方面享受诗歌的艺术美。

诗的欣赏还需要按诗歌语言的原则，切忌执着。诗的语言具有多义性（象征、暗示、双关、含蓄婉转）、跳跃性、可感性（形象、色彩、空间上的多层面、时间上的变节奏，音调上的旋律应万变）等特点。诗和历史不同，所以不能用读历史的眼光读诗歌。如果历史语言记载某个事件比作生米做成熟饭，那么诗歌语言好比将生米酿成醇香美酒，米的"形"和"质"都变得无影无踪。切忌执着，也就是不必当真（逻辑思维），百里、千里的意思应该是遥远。

1.4.1.3 辞藻美的欣赏

诗的阅读过程中，还有一种辞藻美的欣赏。从修辞到锻句、炼字，都体现一种美的存在。品类繁多，包括巧拙、平奇、浓淡、雅俗、刚柔等，都有不同的美感。

1. 巧与拙各有其美

通常说"巧夺天工""弄巧成拙"，这类"褒巧贬拙"的词语是常态下的一种认识。其实不然，在诗歌中词语的精巧和"平拙"各有一种胜境的美感。用巧能见工，巧有巧的美。用"拙"也有胜，"拙"有浑然天成无雕琢的美，即辞拙而意工。

巧美的词语，例如："仰蜂黏落絮，行蚁上枯梨。""芹泥随燕嘴，花粉上蜂须。"写物细腻，细入毫芒，极为工巧。又例如："白发无心镊，青山去意多。"一情一景，一细一巨，对偶宽远，也极为工巧。

拙美的词语，例如："老母别爱子，少妻送征郎。血流既四面，乃一断二肠。不愁寒无衣，不怕饥无粮。惟恐征战不还乡，母化为鬼妻为孀。"前四句不够细巧，后四句更显粗拙，市井口气，化鬼化孀，直率无顾忌。拙朴的句子，颇似古谣，别有一种古拙真切的美。战争带来的妻离子散的现实，让人感到有一种呼唤和平的声音喷薄而出。

2. 奇与平 各有其美

常说平淡无奇，是乐于欣赏奇美，但不避俚俗也可能营造一种美感。平直的语句有时也会产生特殊的美，但是要达到平白词语出境界却并非易事，也需苦心锤炼而成。奇美能感动人心、发出惊喜的赞叹。

例如"星垂平野阔，月涌大江流"。月涌是"涌着月光"，月光似水又随水流淌。"涌"字用得奇特，有一种飘逸的美感。

又例如："三更风作切梦刀，万转愁成系肠线。"将无形的风比作寒光闪亮的切梦刀，无形的愁比作根根可捆扎断肠的线。意象在虚实之间转换，构思别出心裁，形象生动奇美。

又例如，李贺的《苏小小墓》，诗篇的构思和造句用字都很奇妙：

> 幽兰露，如啼眼。无物结同心，烟花不堪剪。
>
> 草如茵，松如盖，风为裳，水为佩。
>
> 油壁车，久相待。冷翠烛，劳光彩。
>
> 西陵下、风雨吹。

一位唐代名妓的墓竟然坐落在杭州西湖西泠桥的桥堍，本身是一件奇事。在凄凉楚惋之中，其妖艳幽奇的色彩也很奇。语句中用的比喻、比拟极奇：兰露比作啼眼，愁到眼睛也悲啼。无情化有情，人生如花又如烟，悠悠飘忽不堪摧折。墓地的描述也似为双关，将虚冥者幻化出生前的形象，风比拟为飘飘衣裙，水比拟为叮当佩饰，还有车马接送。墓前即便有冷烛青光，也是陡有光而无风采，雨淋风吹任凭冷落。诗篇中的"剪""佩""待""彩""吹"以及"劳"等字用得也不寻常。

与奇妙相对的是平常，平易直语也有其特殊的美妙。例如"前日寄书曾达否？近来好事又如何？"两个普通问候句，成了绝妙的流水对。

又例如，王维的《杂诗》：君自故乡来，应知故乡事。来日绮窗前，寒梅着花未？

通篇都是问句语气，一问之后、紧接着二问，直至结束也未获回答，倒是让读者心里着急听结果，在平直后面产生了奇崛之美。

用一首模仿诗作比较，就会有深入的体会。"道人北山来，问松我东冈，举手指屋脊，云今如许长。"告诉你，松树已长到屋脊那样高了。显然，还不如没有说明答案更为有意趣。"举手指屋脊"这平直的语言后面便真的是平淡无奇了。

3. 浓与淡 各有其美

浓，通常称为浓妆艳抹；淡，通常说轻描淡写。用宋代诗人苏东坡的《饮湖上初晴后雨》诗句，说明浓淡之美是十分贴切的。

> 水光潋滟晴方好，山色空蒙雨亦奇。欲把西湖比西子，浓妆淡抹总相宜。

天刚放晴，水面荡漾，波光粼粼，风光明丽秀美；后来下雨了，毛毛细雨烟蒙蒙，也还有那种朦胧奇幻美。好比西子（美女西施）浓妆、淡妆都同样美。从此"西子湖"成了杭州西湖的美称。辞采的浓淡通常与诗境的气氛相协调，富丽堂皇的诗境需要浓墨重彩，而幽静逸致的诗境要淡写。

唐代诗人李贺力求在诗歌上别开生面，因而诗句色彩缤纷，雕琢涂饰，把意思遮盖在层层的典故和华丽词藻之中，使读者往往捉摸不透。

例如，李贺《李凭箜篌引》：

> 吴丝蜀桐张高秋，空山凝云颓不流。
>
> 江娥啼竹素女愁，李凭中国弹箜篌。
>
> 昆山玉碎凤凰叫，芙蓉泣露香兰笑。

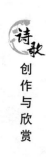

　　　　　十二门前融冷光，二十三丝动紫皇。

　　　　　女娲炼石补天处，石破天惊逗秋雨。

　　　　　梦入神山教神妪，老鱼跳波瘦蛟舞。

　　　　　吴质不眠倚桂树，露脚斜飞湿寒兔。

　　在人民文学出版社 1984 年出版的《唐诗选》中用了十二个注释，将众多典故和专用名称一一说明。足以说明其诗篇句句皆浓，泛读之时感到繁缛叠嶂，力不从心。细读之后才感到瑰奇艳丽，丰富多彩。将琴声写得出神入化，诸如，"昆山玉碎凤凰叫，芙蓉泣露秀兰笑。""女娲炼石补天处，石破天惊逗秋雨。"从此类诗句中体味到浓笔的华美。

　　而唐代诗人贾岛作诗用典较少，不喜欢华丽的词藻，用平常语句抒写眼前的情景。如此的"平淡"似乎是贾岛所追求的一种艺术境界。与同时代的李贺浓艳幽奇的诗风相比，更显得清淡朴素。例如，贾岛《寻隐者不遇》：

　　　　　松下问童子，言师采药去。只在此山中，云深不知处。

　　清幽恬静，不用华丽词藻，声响飘远，与山居气氛特别符合。

　　再例如，孟浩然的《西山寻辛谔》：

　　　　　漾舟乘水便，因访故人居。落日清川里，谁言独羡鱼。

　　　　　石潭窥洞彻，沙岸历纡余。竹屿见垂钓，茅斋闻读书。

　　　　　款言忘景夕，清兴属凉初。回也一瓢饮，贤者常晏如。

　　这首排律沉浸在轻描淡写之中，全诗不用形容词雕饰，应了李白所说"清水出芙蓉，天然去雕饰"的至理名言。从荡舟访友说起，一路清水，致远宁静，场景与心境一样平和（从"落日"到"读书"的六句）。具有清、轻、淡的特点，读来心旷神怡。质朴的平淡境界要比绚烂的更胜一筹，平淡中藏着神韵。辞采的浓淡是作者个性的自然流露。当然辞藻的浓淡还是要与诗情配合，各有特色，各有胜境。

　　4. 雅与俗，各有其美

　　对于文艺作品的评论，常说雅俗共赏。雅与俗可谓兰有秀，菊有芳，各有其美。诗的语言最忌讳浅俗，"浅"，是人人能说道的话语；"俗"，是大众都常用的词语。此处说的"俗"并不是粗俗、庸俗、陋俗。诗篇中的"俗"包括俗体、俗意、俗句、俗字和俗韵。诗句不仅可以趋雅避俗，还可以在浅俗与高雅之间转化。例如，桃红、柳绿、梨花白等，通俗常见的或俚俗的词语，稍作修饰就富有诗意。

　　例如，李白的"柳色黄金嫩，梨花白雪香"杜甫的"红入桃花嫩，青归柳叶新"这些词语的俗雅转化，产生脱俗生新的美感，是由诗人用诗的语言实现的。

　　再例如，白居易的《问刘十九》：

　　　　　绿蚁新醅酒，红泥小火炉。晚来天欲雪，能饮一杯无？

　　注：醅：没有滤过的酒。

　　这是一首带着浓厚乡土气息的小诗。按土话说，漂浮在未经漉制的浊酒面上的汛齐，叫作"绿蚂蚁"，形象生动。紧接着用了老乡口吻的"红泥小火炉"，用一绿一红的"乡气"颜色，更显一派乡村的风情。诗人意兴所至，闲淡之水也充满浓郁之香，凡俗之语也可化为雅致之诗。

又例如，张璨的《手书单幅》：

> 书画琴棋诗酒花，当年件件不离他。而今七事多更变，柴米油盐酱醋茶。

琴棋书画可算得上是雅事，柴米油盐可算得上是俗事，往昔抚琴吟诗，今朝买米沽油，多少梦牵魂绕的理想被眼下的现实吞没了。这样一种人生情感的浸入，使琐碎的家务事也产生了情趣和韵味。随使开门七件事成为广泛流行的口头语。化俗为雅也是一种创新。

雅诗的内容多为反映贵族、白领阶层的生活和思想情感，词语雍容典雅。

例如，李白的乐府诗《长相思（其一）》：

> 长相思，在长安。
> 络纬秋啼金井阑，微霜凄凄簟色寒。
> 孤灯不明思欲绝，卷帷望月空长叹。
> 美人如花隔云端！
> 上有青冥之高天，下有渌水之波澜。
> 天长路远魂飞苦，梦魂不到关山难。
> 长相思。摧心肝。

长安这个特定地点有暗示意义，寄寓政治理想的追求。意旨深含于"美人"的形象中，隐而不露，隐约委婉是一种美，蕴籍风格不淋漓却也尽致。

注：第一首以象征手法，描写秋夜凄清状景，抒发"美人"远隔云天，梦魂难达的悲苦心情，从而寄托对理想的希望和追求。思念之深已达"想长安、伤心肝"的程度。而第二首是以比喻、联想的手法，抒写妻子在月夜对出征在外的丈夫的深切思念。

在长安：思念的人在长安。络纬：鸣叫如啼的昆虫，又名莎鸡，俗称纺织娘。金井阑：装饰精美的井栏。微霜：薄霜。簟色寒：竹席已透凉意。卷帷：卷起帘子。美人……句：美人代指所思念的人。化用"美人在云端，天路隔无期"。此句是点明题意的独立句，是前后句型对称的中线。首尾呼应，突出全诗的形象。青冥：极远极高的天。渌水：清水。摧：伤。

《长相思（其二）》：

> 日色欲尽花含烟，月明如素愁不眠。
> 赵瑟初停凤凰柱，蜀琴欲奏鸳鸯弦。
> 此曲有意无人传。
> 愿随春风寄燕然，忆君迢迢隔青天。
> 昔时横波目，今作流泪泉。
> 不信妾肠断，归来看取明镜前。

注：月明如素：月光皎洁、如白色的绢。赵瑟：弦乐器，相传战国时代赵国人善

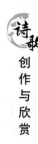

鼓瑟，故称赵瑟。凤凰柱：有凤凰状雕刻的瑟柱。蜀琴：蜀中桐木宜制琴，称蜀琴。鸳鸯弦：琴弦平行如鸳鸯并行，故称鸳鸯。"凤凰""鸳鸯"均比喻夫妇在一起不分离。燕然：山名，即蒙古国境内的杭爱山，因东汉远征匈奴时，登此山刻石记功而著名，此处泛指边塞地区。横波目：眼神中秋波迭送。看取：试看。"取"为助词。

乐府诗有古诗的乐府（句式有长短不等、句数有多少不等，韵脚鲜明）。如李白的《蜀道难》《将进酒》，杜甫的《兵车行》，孟郊的《游子吟》等。乐府也有五言、七言的乐府（类似律诗），如崔颢的《长干行》，王维的《渭城曲》等。诗篇题名有的是乐府旧题（类似词牌），有的是自创的即事名篇。

5. 刚与柔各有其美

成语有说"刚柔相济"，意思是刚强与柔和二者互相制约、补充、促成。刚与柔各有其美。阳刚之美如风云凛冽、大河喧腾、骏马奔驰，充满遒劲和壮美；而阴柔之美如青天云霞、幽林细涧、珠玉淡辉，散发温顺和秀美。

例如，读到"骏马秋风塞北"诗句，使人想到雄浑劲健的阳刚，是一种气概；读到"杏花春雨江南"诗句，可联想到秀丽典雅的阴柔，是一种神韵。

刚是豪放，柔是婉约。刚是精神振荡，是气势喷薄。柔是含蓄之神韵，是摇曳之风致。然而，刚有各种各样的刚美，例如，刚烈、刚健、刚毅、刚劲等；柔有各种各样的柔美，例如，温柔、忧柔、恋柔、悲柔等。

最著名的"刚烈"之词要数岳飞的《满江红·怒发冲冠》：

怒发冲冠，凭栏处、潇潇雨歇。

抬望眼、仰天长啸，壮怀激烈。

三十功名尘与土，八千里路云和月。

莫等闲、白了少年头，空悲切！//

靖康耻，犹未雪；臣子恨，何时灭？

驾长车，踏破贺兰山缺。

壮志饥餐胡虏肉，笑谈渴饮匈奴血。

待从头、收拾旧山河，朝天阙。//

注：靖康耻：靖康是北宋钦宗的年号（1126—1127）。耻，是指宋徽宗、宋钦宗二帝被掳的奇耻大辱。山缺：山口。胡虏：对敌人的蔑称。匈奴：借指金兵。天阙：皇帝的官殿。

最著名的"忧柔"之曲要数马致远的《天净沙（越调）·秋思》：

枯藤老树昏鸦，小桥流水人家，古道西风瘦马。

夕阳西下，断肠人在天下。

通篇用"柔"笔的诗，例如，李群玉的《新荷》：

田田八九叶，散点绿池初。嫩碧才平水，圆阴已蔽鱼。

浮萍遮不合，弱荇绕犹疏。半在春波底，芳心卷未舒。

新荷绿叶还未铺满池塘，却刚好与水面齐齐，遮蔽了水中的游鱼，周边还有其他稀疏的浮萍、浮荇。展现一幅闲情逸致的新荷图。最后两句才抒发了春波芳心如含苞欲放的粉红荷花、素白萍花、鹅黄荇花，荡漾着那种未曾舒放的迫切心情。

注：田田：荷叶鲜碧秀挺状态。萍：叶呈椭圆形状的浮水草本植物，开白花。荇：叶呈圆形状的浮水草本植物，开黄花。

刚柔不同的句子，产生不同的刚性美、柔性美。"刚"笔则见魄力，使警觉；"柔"笔则出神韵，使秀润。对象不一样，情调大不同。在刚笔中，除了题材本身外，阳刚响亮的词汇、尤其是动词起决定性作用，实字多，读来有壮健、跳跃的感觉，情绪振奋。在柔笔中，阴柔性的字起重要作用，且多用虚字（如《新荷》中每句只有一个虚字或词），容易产生轻弱优柔的效果。《秋思》也许是个例外，连篇实字，可能是形容词起了关键的作用。

1.4.1.4 诗的品位和品味

诗是一种雅文化，绝不是一种概念性的理论意识。无品位的诗只能是雅得那么俗，这个俗并非风俗、习俗，而是庸俗、低俗。品位是正常的文化生态。情真意切、交融传神、生气跃动、本色感人等，可称为高品位。优秀的诗篇应该有：意象灵动的状态美，巧妙构思的意义美，情趣盎然的神韵美。

品位的欣赏需要静静地用心品味，像品茶一样，需要进入良好的精神状态。心境浮躁，大块吃肉，大碗喝茶，只能满足咽喉和胃肠的迫切需求，而忽略了舌尖的品味作用。既要如饥如渴的热情，又要细嚼慢咽的功夫。

品位与风格是统一的，诗篇的风格展示了诗人的灵魂，是诗人心灵的外化，是一种审美取向。应该注重情感真切、文句精美和思想新善，即达到真、美、善的崇高境界。品位也体现出诗人的素质，展露其思想发现的才能和语言文字的表现才能。随着社会的发展和流变，不同时代的读者有不同的体察和感悟。仔细阅读不同时代的评论文章就可认识到差异。在潮起潮落时，在周而复始中，无论是和风微澜还是惊涛骇浪，优秀的篇章总是具有强大的生命力。

诗的内容应该以人为本，表现人与时代之间的内在关系，传递一种精神能量，具有思想冲击力。从中感受到诗人内心的生命节奏，或开阔浓烈，或宁静幽远，它映射了某一个时空的情境，诗意在流动中给读者一种旋律美，那就是感悟。例如，"白日依山尽，黄河入海流"，读着这精致的对偶句，顿时产生一个高亢的嘹亮的旋律，有一种壮阔而雄浑的美感。当然形式服务于内容，具有文学艺术的品位，语言生动、形象、凝练，给人一种阅读的魅力。无形之中就会得到熏陶。

一首好诗就像一幅让人动心的画。有的离你越近，留下的印象越深；有的要从远一点的距离看，才有意境。有的要放在灰暗的阴影里欣赏，有的要在光亮的厅堂上观赏；有的只能看一遍，有的千年百看不厌。经典的作品经得住时间眼睛的全方位审视。笋尖与竹根有不同的形态，就有不一样的象征和意象，也就有不同的美感。

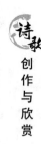

阅读可以分为泛读（或称粗读）和精读（或称细读）。泛读是一般性阅读，依作者的视角、轻松地浏览，得到美的享受；而精读更多的是追求理解，似乎解一道数学题、建立一个物理模型，即抓住核心意象，追求揭示其蕴含的感染力（形象的表现性）和生命力（意义的丰富性）；同时调动感性的直觉与理性的思辨。

一般读者的阅读欣赏，是以个体经验产生的视野为基础，对作品进行富于个性色彩的读解、填空，获得一种精神上的满足（例如，正中下怀，说出了读者想说的话、展示出读者要表达的情感等）；或者展现了一个新的视野，揭示一种新的理趣。欣赏之中要寓有创造。同一个读者随着年岁增长、阅历增加，在不同心态、境遇时，从同一首诗中会得到不同的感受，这就是好诗不厌百回读的意思。

1.4.1.5 诗的点评

诗歌文学的发展，需要文学批评，包括欣赏解读、鼓励和批评等。评点家除了具备深厚的文学、历史的修养外，还要直率、诚恳、公正等方面的人格，贵在独立见解，不趋炎附势。有观点的碰撞，学问的交流，不是宣判，也不是裁定。

点评能明经析理，启发智慧，活跃创造性思维，有利于入门起步或者成就诗业。要体会优秀诗篇的艺术成就，包括艺术技巧，例如，笔有刀锋、墨有烟云、纸有香泽、砚有波涛，赋予文房四宝所具有的艺术生命力。诗歌创作中的裁剪是智慧、是真诚，并非刀尺。法国诗人、著名文艺理论家布瓦洛在《诗的艺术》中说："还要十遍，二十遍修改你的作品。"

点评也能认识什么是思想的平庸，语言的吆喝叫卖。例如，虚伪的深刻，谄媚的夸张，感情的戏剧表现，虚张声势，脱离生活的真实基础。点评的真伪需要时间检验，历史的沉淀才是最深刻的标准。经过几十年、几百年甚至几千年时间的评判，才能认定优劣。诗评者首先应该问问自己，是否对语言有足够的敏感性，是否能在诗意的弦外之音中分辨出人生的深邃回响。

点评是一种批判，其立足之处应该是一个时代的艺术观念和语言方式。其表现方面有：敏感的智性、生动的语言、巧妙的表达、智慧的意趣、丰美的音韵以及想象力、创新力和穿透力（由寻常的浅显到深入的意会和通透的理解）等。从这一连串晶莹的水滴中，可以反映诗篇的魅力辉光。这都是好诗的基本的共同特征。

诗的意境是诗人心理的反应、情感的表露。要认识、欣赏和点评它，需要知道诗作的时代背景（包括历史三要素的时间、地点和人物）以及作者的生活境遇，例如，对同一时代的不同诗人有关类似题材作品的比较（包括语言、风格等），对同一作者不同时期作品的比较（包括题材、语言和风格），等等。赏评不能单凭主观的审美经验，否则有可能导致误解，甚至以讹传讹，贻误后学。

总之，点评的内容很广泛，包括字义的诠释，考据故实，比较品味，结构判析，艺术成就，思想哲理，时代背景，等等。随着视界的日益宽阔，诗歌点评的学术领域不断扩大，开拓新境。逐步形成一个多学说的诗歌审美乐园。

1.4.2 阅读与写作的能力培养

对于诗的欣赏和写作必须具备诗的思维方式，即阅读准备。不要用日常的逻辑思维读诗、写诗。例如，看到一句话，就问：是什么？对不对？合理吗？等等，这是日常判断的逻辑思维。而诗的思维是形象思维。因此需要突破固有的思维模式，打开自由转换的大门，才能获取更奇妙的灵感和诗意。阅读也是一种文化旅游。离开熟悉的环境，看到了新奇。例如，离开水乡的西湖看长城，享受庄重雄浑的美。离开了峨眉看大海，享受开阔豪放的美。

写作需要凝聚思想感情，捕捉灵感、树立形象，斟酌字句、锤炼语言。诗句要能引起读者的共鸣，要具有极强的艺术感染力。诗人应该有一种"发现"的热情，保持一份洞察的警觉，热衷于对语言的创新，对问题的不懈探查。创新即原创性，语言生动，耳目一新。这个"新"就是新鲜，来自潜在的陌生，不落窠臼。优秀的诗篇是千百万读者读出来的，百读不厌而代代相传的诗才是好诗。创作离不开阅读欣赏，欣赏离不开创作。

阅读诗歌首先得了解诗句的文义，不能了解文义，说不上深入欣赏。有人说，欣赏诗歌要知人论世，即了解作者生平与诗作年代的社会背景，要明了引用的典故、神话传说等。但是在知识急剧膨胀的时代，对于这些显得力不从心，很难做到全面掌握。阅读时往往被典故难住，一回、二回不懂，便望而生畏，心生厌烦而合上书本。所以，为读者着想需要注释。将有关背景资料提供在诗作之后，对读者更为有利。这应该是研究诗歌的任务，也是对编辑诗集的一种要求，以期轻松地获得诗歌美的享受。

典故多半是历史人物、陈年旧事的比喻或是神仙的比喻，而一般的比喻是取材于眼前的人和事，容易了解罢了。暂取将包括典故在内的比喻称为广义的比喻，那么，广义的比喻是诗的一种生命元素。诗的含蓄，诗的多义，诗的暗示力，主要是存在于广义的比喻中。有时，全诗包含着一连串的比喻（包括暗喻、借喻、古语的引用或化用等）。

例如，孟浩然的五律《临洞庭上张丞相》（张丞相即张九龄。诗的意旨是欲求丞相帮助）：

八月湖水平，涵虚混太清。气蒸云梦泽，波撼岳阳城。

欲济无舟楫，端居耻圣明。坐观垂钓者，徒有羡鱼情。

享受诗歌应该像享受魔术表现那样，是一种美、奇、神的感受，不必追问为什么。诗也是一种精神食粮。在灯前，读读诗；在途中，背背词；他忧我忧、他乐我乐，人生一大幸事。诗不仅包含着生活的微妙而又深厚的"意味"，同时又存在着生命的节奏。当然享受诗歌也必须熟悉诗歌的一些基本原理。一旦有好的学识，就能看到更深的一层，就能产生触类旁通，左右逢源的愉悦。多读、熟读，细水长流，兴趣可以培养良好的阅读习惯。熟能生巧，化难为易，更上一层楼。

1.4.2.1 亲和力

诗是用饱含情感的语言，用内在的节奏和形象、独特地表达或抒发现实生活的情

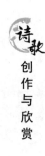

感，富有极强的感染力。也是优秀诗篇对读者的亲和力。

例如，《歌声与微笑》中的头两句："请把我的歌带回你的家，请把你的微笑留下。"既简明地展示两个主题词，又十分亲切。

诗，犹如润物细无声的蒙蒙雨，浸透大地，沁人心脾，不会流失。诗，也是民族基因的千年传承，那是一种坚不可摧的信念。

诗，要适应和满足读者的生活经验、情绪记忆、审美情趣和陶冶性灵的需要。在阅读中被感动、被影响，引起进一步思考或者情感上的共鸣等。欣赏的前提是接受，诗篇起码要让人有一种阅读的欲望，首先是题目，然后是开头一节，是否有亲和力是关键。

例如，余光中的《乡愁》，就主题而言，乡恋是人类生活中一种普遍的情绪。而诗篇不仅写了母子情，又强烈地抒写了民族分裂、家破人亡的忧国情怀。第一眼就喜爱上这首小诗。因为被感动了。

此间可以看到对前人经验的继承和发展是何等重要。对于读者，接受诗歌文化的传统教育也是必不可少的，有了基础的欣赏能力和习惯，才能形成有效的亲和力。当然对于人生经验和当下的生活情绪也是形成亲和力的重要因素。

诗歌的创作应该对任何年代的读者有亲和力，即具有人性的美和力量，如果仅限于一个短暂的作者时代，即便是一阵热烈的拥抱，但很快被湮灭。诗篇不仅要有表达作者内心的个性化波动，而且要有冲击人类灵魂的共性。诗歌的这种内在的紧密关系，表现为诗歌情感的纯厚和久远。千年流传的佳作会产生巨大的吸引力和推动力。

写作不是挖井见泉水，流得那么轻松，而是时空隧道的掘进，更要把握方向。诗所表现的情绪是有对象的，是有具体内容和意义的。

1.4.2.2 想象力

什么是想象力？想象力是形象思维，艺术感觉，是感知、觉悟、思绪的转化，是要在阅读中磨砺的艺术感觉。例如，山涧，水流中的旋涡是一首好诗；海边，巨浪撞击巉岩的浪花是一首好诗；寒冬，皑皑雪野上鲜红的柿子挂满枝头是一首好诗。……

想象是一种艺术气质，想象力也是一种创造力，来自于真诚自信的追求。相反，理智是一种哲学气质。想象是诗人写诗作词的才能，也是诗歌欣赏者的能力。想象是一种感动，是一种美的审视目光，也是一种智慧的获得。在细雨中，你能从雨滴声中感慨什么？在微风里，你能从飘来的气味中回味什么？是点点亲人泪，还是绿肥红瘦的乡土气息？

作者在表达某种诗意时，首要的是搜寻相关的形象，然而投入情感，用丰富的想象升华为诗的意象，选择最出彩的意象开拓意境，逐渐趋近完美的地步。这种想象能力是在实践过程中培养的。要善于感发、善于想象，善于将抽象的思想情感转化为形象的奇思妙想。将现实的感发与艺术的象征相结合。

想象对于诗歌而言，是一个具有决定性意义的内在因素。想象能升华感情、扩展思路和深化认识，涌现新的意象、开拓更高的意境。想象需要激情澎湃，也需要沉醉的心境，后者更能唤起心灵深处的层层涟漪。在诗篇中应该有丰富的、生动活泼的形象，成为想象的线索或依据。例如，艾青的《镜子》：

仅只是一个平面 / 却又是深不可测 //

它是最真实 / 决不隐瞒缺点 //

它忠于寻找它的人 / 谁都从它发现自己 //

或是醉后酡颜 / 或是鬓如霜雪 //

有人喜欢它 / 因为自己美 //

有人躲避它 / 因为它直率 //

甚至会有人 / 恨不得把它打碎 //

诗篇中借助镜子，含蓄地刻画了几种持不同态度的人，留在想象中去寻找。在欣赏时总是充满着联想和想象，且具有独特的思想倾向和评价。

1.4.2.3 审美思考力

生活的美和大自然的美是需要去发现和欣赏的。作者和读者的思考能力是一面光学镜子（包括平面反射镜，照相物镜、望远镜、显微镜等），镜子模糊，则视场也模糊；镜子明净，则视场也清晰。这与诗句传达的感情与人的思想面貌密切相关。包括个性、品格、价值观、能力、审美情趣、艺术追求的态度等。美是相对的，是由内心发出的感慨，美蕴藏在诗人和读者的灵魂深处。审美包括创造诗歌美和感受诗歌美两方面。两者的结合才是接受意境美的最佳途径。即主观参与（情感投入）的欣赏。例如，你能找出两个字去替换"大漠孤烟直，长河落日圆"中的"直"和"圆"吗！（请阅读《红楼梦》第四十八回。）

古今传诵的诗歌名篇都是经过千锤百炼的，一是经过时间长河的千淘万漉，二是经过百代千人的"必然"和"或然"的解读。"必然"是作者的原意，"或然"是读者的种种联想。这些经典诗篇，有的不了解其作者的境遇和时代背景，有的语言、词汇随着时代发生了变化，有的表现手法也不甚了解（例如，倒装），而对诗句的本意也未能有深入准确的体会，等等，提高阅读欣赏能力是十分重要的。

诗是语言的艺术，通过形象领会其蕴含的意义。首先是感觉，有一种知觉形象，是"见到"和"听到"的感觉。其次是感染，引发相同的思想感情，爱其所爱，愤其所愤，即产生共鸣。第三是领悟，在前述两个层面上的发展，有了感知和感慨后，产生情趣和联想，扩展诗的意境，自由地享受诗歌的美感。审美思考也需要层层深入，从最初的诠释语义到语言结构、风格情调、思想感情和精神意境等等。对于经典佳作的美学开掘是无限的。

诗歌作品的欣赏，从某种意义上说，内容重于形式（形式的享受略少于内容的享受，尽管两者是不可分的，同时印入你的脑海），对于同样的语言形象，理解的天地是无限宽广的，可以有无穷的魅力，可以展现出令人眼花缭乱的丰富性。诗歌评论家

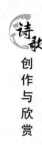

不仅表达个人的见解，也必须注意到文本的客观性，让各阶层读者去发现作者的"不言之意"，发挥审美思考力，给予读者心灵难于名状的愉悦和满足。

因为不同阶层、不同文化立场，不同的知识积累和不同的审美情趣，诗歌欣赏表现出最大程度的灵活性，可以充分发挥主观想象和创造性。优秀的诗篇往往是经典的传承和发展。在厚实的美学基础上推陈出新，才会有既"眼熟"而又"新颖"的审美感受。在阅读中发现有些诗作其主题和意象十分类同，体现了意境和写法的继承和发展，从中可归纳为仿效和点化两类。通过艺术上的比较会有更多的收获。例如，对"夕阳"的表现：

（1）"夕阳无限好，只是近黄昏"，是感慨生命即将离去的悲哀。

（2）"夕阳西下，断肠人在天涯"，是表现远在异乡的游子的寂寞乡愁。

（3）"从头越，苍山如海，残阳如血"，是表现战斗的悲壮。

（4）"最美不过夕阳红，温馨又从容。夕阳是晚开的花，夕阳是陈年的酒，夕阳是迟到的爱，夕阳是未了的情。多少情爱，化作一片夕阳红"，是表现人生晚年的温暖和幸福。

（5）"哦，一轮橙红的落日／正挂在屋角西檐。／留送她临别的眼波，／好像在向我赠言：／我要到地球那边，／恐怕我的爱人们，／已经望穿双眼。／朋友呀！我们明天再见。∥"

其中例（4）和（5）是对于例（1）的点化。诗句里，太阳已成为光明和温暖的象征，即便是夕阳，也蕴含着对于未来的美好向往。委婉地展示太阳给人类的博爱，人类相互间也应该充满博爱。语言清新、节奏明快，诗句给人以轻松欢愉、恬淡的美感，而例（2）和（3）是对于例（1）的仿效。象征的思路有了新的扩展。

对前人的意境的点化，是创造出更具体、丰富、动人的新的意境来。仿效可以层出不穷，有的用别人描绘的景物丰富自己的初步意境；有的借用前人的诗句结构、内容、风格和个别词语，创造出全新的意境。总之，学习前人的艺术成就，加以集中概括或扩展延伸，有可能因材制宜创造出一方角度新、韵味足、情感真、能激动人心的意境。

1.4.2.4 从"摊破"说起

在宋词中，"摊破"是原词牌在句法结构上的突破。分句的字数因抒情需要而稍作变化，有增加、有减少，或用移位、分拆等的手段实现突破，从而改变了句法节奏。例如，常见的《摊破浣溪沙》《减字木兰花》。以下用原来的句式结构作对比：

例如，薛昭蕴的《浣溪沙·春柳嫩黄》：

   握手河桥柳似金，蜂须轻惹百花心。蕙风兰思寄清琴。

   意满便同春水满，情深还似酒杯深。楚烟湘月两沉沉。

李璟的《摊破浣溪沙》：

   手卷珠帘上玉钩，依前春恨锁重楼。风里落花谁是主？思悠悠。

   青鸟不传云外信，丁香空结雨中愁。回首绿波三峡暮，接天流。

片尾增加了一个三言句"思悠悠""接天流"。扩展了前意，又留有余味。下片三言句"接天流"起到前后呼应的作用，使"思悠悠"更显形象生动。

又例如，晏殊的《木兰花》：

> 池塘水绿风微暖，记得玉真初见面。
>
> 重头歌韵响铮琮，人破舞腰红乱旋。
>
> 玉钩阑下香阶畔，醉后不知斜日晚。
>
> 当时共我赏花人，点检如今无一半。

蒋氏女的《减字木兰花·题雄州驿》：

> 朝云横度，辘辘车声如水去。
>
> 白草黄沙，月照孤村三两家。
>
> 飞鸿过也，万结愁肠无昼夜。
>
> 渐近燕山，回首乡关归路难。

每一联的出句都减少了三个字。

《南乡子》是从别的结构通过移位、分拆发展而来。再例如，苏轼《南乡子·送述古》：

> 回首乱山横，不见居人只见城。
>
> 谁似临平山上塔，亭亭。迎客西来送客行。
>
> 归路晚风清，一枕初寒梦不成。
>
> 今夜残灯斜照处，荧荧。秋雨晴时泪不晴。

注：述古：陈襄，字述古。时为杭州太守。

从上面的"摊破"叙说，可启发我们不能墨守成规，要发展，就要有突破。要根据具体要求，无论在内容上或形式上都应当有创新思维。

在诗歌的编辑、排版方面，尽可能将句子完整展现。例如，四个七言句，用33字一行的规格，如果行首退后两字排行，则最后多一个字排不下，需要转入下一行，给读者带来不便。转行后失去了整齐美，有零落的感觉。不如在行首往前提一个字位，得以成全之美；或者将第三句开始换行，保持一个完整的感觉。不必拘泥于统一版式，有一个突破更显合理顺章。

对于宋词，大多数出版的词集，按一般文档顺序排版，让人感觉十分零乱，编辑守规矩，不敢突破，却苦了读者。何不按句段（句号为标记）排行，规整而明了，韵脚显著，符合阅读节奏。况且在形式上也有一种美感。

在诗歌编辑时，一首诗的行数超过一个版页时（尤其是在奇数页），需要将余下的一、二行转到背面的偶数页，在阅读时就会因翻页而中断，产生一种不顺畅和不完整的感觉。可是在诗题的前面却有意空了三行，在题后又空了两行，让人感觉有些失衡。何不打破版式规矩，题头前后可减少空行，将余下的一、二行排在同一页面，更完整些，有顾及全篇的美感。

在一首诗的每一行中，有需要表明注释时，其注释编号不要紧跟其词，造成破裂

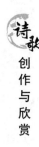

感觉，不利于阅读欣赏。应该将"编号"附在句末（句号后面），其解释语依次在注释中一一标明内容，读者会自己寻觅的。

例如，杜甫的《蜀相》：

> 丞相祠堂①何处寻？锦官城②外柏森森。
>
> 映阶碧草自春色，隔叶黄鹂空好音。
>
> 三顾频频③天下计，两朝④开济⑤老臣心。
>
> 出师未捷身先死⑥，长使英雄泪满襟。

注：①祠堂：诸葛武侯祠……②锦官城：成都，因城外有锦江而别称……③频频：三顾于草庐……④两朝：辅佐刘备、刘禅两朝……⑤开济：开创大业，匡济危困……⑥身先死：诸葛亮率大军出师，占据武功五丈原与司马懿对峙于渭南，相持百余日，病疾卒于军中。

此诗可编辑改排为：

> 丞相祠堂何处寻？锦官城外柏森森。①②
>
> 映阶碧草自春色，隔叶黄鹂空好音。
>
> 三顾频频天下计，两朝开济老臣心。③④⑤
>
> 出师未捷身先死，长使英雄泪满襟。⑥

注：①祠堂：……，②……，③三顾句：……，

或编辑改排为：

> 丞相祠堂何处寻？锦官城外柏森森。
>
> 映阶碧草自春色，隔叶黄鹂空好音。
>
> 三顾频频天下计，两朝开济老臣心。
>
> 出师未捷身先死，长使英雄泪满襟。

注：①……，②……，

用以上三种方式作一比较，版面的整体性和美感就一目了然。

对于超过一页的较长的诗，尽可能安排在偶数页起首，在奇数页结束，让读者一览无遗。若是版式宽，诗句短，则可以集中在一页上分栏排版，不仅可以纵观全诗，而且在单调的版式上更显多样化的精彩。有时也可用改变字体、字号、行距等方法，在编辑排版上有所突破，使诗体在形式上有比较完美的呈现。

1.4.2.5 诗歌的比较欣赏

诗篇或歌词的比较欣赏也别有一番情趣。诗人的眼睛具有独特的视觉感受，有一种独特的发现力和情怀，即诗的发现。对于同一题材，例如，树叶、梅花等，尽管前人写过多少遍，仍然能独辟蹊径写出新的意境。在表现方式上，有的以哲理取胜，作用于逻辑思维，突显理性特征；有的以形象取胜，作用于形象思维，表达情感为主。不同时代的作者，由于社会地位和思想境界的差别。对于同一个意象会有截然不同的认识。

例如，刘半农与傅天琳相隔半个世纪出生的不同时代的人，看秋风落叶，发出不同慨叹。

刘诗《落叶秋风》的悲叹：

　　秋风把树叶吹落在地上，／它只能悉悉索索，／发几阵悲凉的声响。／

　　它不久就要化作泥，／但它留得一刻，／还要发一刻声响，

　　虽然这已是它最后的声响了。／／

傅诗《秋风落叶》的赞叹：

　　秋天，当最后一朵晚霞飘过，／树上，当最后一个果子收获；／

　　叶子也跳起了旋转的舞蹈，／一片一片从枝梢飞落。／

　　落叶死了吗？不能那么说，／不要再唱秋风落叶悲凉的歌；／

　　此刻，它又听见春的召唤；／要紧的，是赶快与泥土汇合……／／

刘诗将落叶作为生命衰落的象征，发出最后的无奈悲鸣。而傅诗中，落叶象征生命的轮回，将走上新的征程，前进的目标是"春泥"。充满新鲜的审美情趣，具有独特的艺术魅力。也许受清代诗人龚自珍的"落红不是无情物，化作春泥更护花"的启发，听到了春的召唤、闻到了泥土的气息，发出了赶快与泥土汇合的富有生命力的号召。

1.5 诗体形态的发展

1.5.1 诗体形态发展的轨迹

1.5.1.1 从《诗经》说起

诗歌是伴随劳动而产生的一种有韵律的歌，抒发喜怒哀乐的情感，用于英雄颂扬、欢聚、祭祖、祀神等场合。从口头文学自然发展成为笔记文学，随之广泛流传，深得大众的欣赏。诗歌的美在于意象鲜明，意境动人，用丰富的想象力，拨动读者的心弦，引起读者的共鸣。

从公元前六世纪春秋时代出现第一部诗歌总集《诗经》开始，由吟唱语言演变成为诗歌语言，发展到古诗的阶段，出现了一些诗的普适性规律。例如，每句大多由四个字组成，句式整齐，基本押韵，韵式多样，关注声调，称之为四言体诗歌。它是奴隶制时代的诗歌，是民间传统文学中最精粹的形式，展现汉字的音、形、义合一的优势，这是总结了西周初（公元前十世纪）之后约五百多年的诗歌创作成就。富有声韵上的音乐美，篇章上的结构美，意象中的图画美。《诗经》成为中华民族祖先的基因，成为人类灵魂的记忆。

《诗经》共305首，按其内容，分为《风》《雅》《颂》三大部分。《风》即民间歌谣，

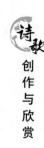

大多是平民抒情和恋歌等；《雅》为朝廷之乐，又有抒情又有纪事，多为官吏所作；而《颂》为庙堂之音，多为祭祀或典礼乐歌、文学叙事等。《诗经》生动地展现了中国周代的社会生活，真实地反映了奴隶社会从兴盛到衰落的历史面貌。

例如，《诗经》的首篇情歌《关雎》中"窈窕淑女，君子好逑"；更有《子衿》中的名句"青青子衿，悠悠我心""一日不见，如三月兮"。四言诗一直沿用至汉魏，曹操的《观沧海》《龟虽寿》传为经典，其中"老骥伏枥，志在千里；烈士暮年，壮心不已"更是光彩夺目。

注：逑：佳偶。子衿：男子的衣领、衣襟。烈士：有志向要建功立业的人。

随着周民族的逐渐衰落，公元前四世纪的战国时代，在长江中下游楚民歌的基础上兴起了一种新诗体——骚体。多用语气词"兮"，句子长短参差，甚至还用九言长句，形式比较自由，后由屈原（公元前 339—前 278 年）所作《离骚》而得名。汉代的文学家将这类形式的作品选编成集，因为它在楚地产生，故名为《楚辞》。现存的《楚辞》包括：《离骚》《天问》《远游》《渔父》《九歌》《九章》《卜居》《九辩》《九怀》《九叹》《九思》等十七篇。据传至《卜居》前七篇为屈原所作。

屈原是我国历史上第一位伟大的爱国诗人，他的崇高精神和伟大人格，惊天地、泣鬼神。1953 年，被世界和平理事会列为世界四大文化名人之一。

屈原的《橘颂》中"深固难徙，廓其无求兮。苏世独立，横而不流兮。闭心自慎，终不失过兮。秉德无私，参天地兮"，借助橘树的形象，充分抒发个人的志向，虚怀若谷、心胸开阔，从不苛求过高的待遇。清醒地独立处世，不随波逐流。自觉谨慎，任何时候都不违情悖理。怀美德无私心，人格高尚可与天地并立。

《诗经》的代表作是国风一类，《楚辞》的代表作是《离骚》，从此，"风""骚"并峙，成为古典诗歌的两个里程碑。《诗经》和《楚辞》成为中国诗歌乃至中国文化的源头之一，因而词组"风骚"成为文学的雅称。先秦时代（公元前 221—前 206）荆轲的《易水歌》就是楚辞体：风萧萧兮易水寒，壮士一去兮不复还！

《楚辞》这种诗体一直到汉代（公元前 206—公元 220）还比较盛行。作为汉朝开国君主的汉高祖刘邦，追忆戎马生涯所作的《大风歌》也是楚辞体，气势雄健：

大风起兮云飞扬，威加海内兮归故乡。安得猛士兮守四方？

一句一意。显露了他击败项羽的英雄本色，表达了对胜利后荣归故里的无限感慨，转而又将一代雄主创业后既得志又不安的心态跃然纸上。兵败垓下的项羽，也用《垓下歌》抒发英雄末路的悲壮情怀。起句气魄甚大，结句浩叹哀婉，无可奈何：

力拔山兮气盖世，时不利兮骓不逝。骓不逝兮可奈何，虞兮虞兮奈若何？

1.5.1.2《古诗三百首》中的桃花源

西汉、东汉时期的诗歌成就集中在乐府民歌上，"乐府"之名，始于汉武帝时代。原始的乐府诗是民间歌曲，称民间乐府，是用来合乐的，后来发展为贵族乐府。《汉乐府》直接继承了《诗经》的传统，叙事性很强。例如，完美绝伦的长篇叙事诗《焦仲卿妻》，用"孔雀东南飞，五里一徘徊"的诗句起兴，演绎出流传千古，令人刻骨铭心的爱情悲剧。再例如，南北朝的《子夜四时歌》《木兰诗》《敕勒歌》等都是乐府诗名篇。为区别隋、唐时代的新乐府，将汉代乐府称为古乐府。李白、杜甫、白居易是三位唐代著名的新乐府作者。李白的《将进酒》《长干行》；杜甫的《石壕吏》《无家别》；白居易的《卖炭翁》《杜陵叟》等都是典型的新乐府例子。

　　乐府民歌的诗句大多是五言句。在汉代乐府民歌的影响下，出现了以《古诗十九首》为代表的五言诗（南北朝时期选编而成），语言朴素自然，描写生动真切，抒发了人生最基本、最普遍的情感和思绪。那时整齐的五言体，除了每句五个字之外，每首诗的句数多寡不一，韵脚、声调自由，逐步取代了四言体的地位。诗句深刻再现了汉末文人的心灵痛苦和觉醒，具有真切自然、浑然天成的艺术风格。《古诗十九首》辑录于《古诗三百首》中，此古诗集以清代张玉毂的《古诗赏析》为蓝本选编而成。可谓诗之本源。为区别于唐诗中的五言律诗，常称为五言古诗，在五言诗的发展上具有重要地位，堪称"千古五言之祖"。例如，十九首中的《青青河畔草》：

> 青青河畔草，郁郁园中柳。
>
> 盈盈楼上女，皎皎当窗牖。
>
> 娥娥红粉妆，纤纤出素手。
>
> 昔为倡家女，今为荡子妇。
>
> 荡子行不归，空床难独守。

　　注：倡：歌舞女艺人。荡子：外出的游子。

　　晋代五言古诗以田园诗著称，东晋（317—420）著名诗人陶渊明，留下了很多"田园诗"佳作，成为千古流传的名句。例如，《饮酒（其二）》：

> 结庐在人境，而无车马喧。
>
> 问君何能尔，心远地自偏。
>
> 采菊东篱下，悠然见南山。
>
> 山气日夕佳，飞鸟相与还。
>
> 此中有真意，欲辨已忘言。

《归园田居（其三）》：

> 种豆南山下，草盛豆苗稀。
>
> 晨兴理荒秽，带月荷锄归。
>
> 道狭草木长，夕露沾我衣。
>
> 衣沾不足惜，但使愿无违。

　　尽管在汉代已有七言诗句出现，但尚不流行。直至南朝梁代，诗人鲍照在七言诗方面奋力发展，取得相当成就，著有十八首《拟行路难》，诸如其二：

> 泻水置平地，各自东西南北流。
>
> 人生亦有命，安能行叹复坐愁？

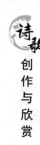

酌酒以自宽，举杯断绝歌路难。

心非木石岂无感？吞声踯躅不敢言。

注：拟行路难：模仿汉乐府的古题《行路难》，表达人生路的艰难及离别的悲伤。歌路难：歌唱《行路难》。踯躅：徘徊。

鲍照的诗篇采用五言句和七言句混合结构，句式错落有致，音节抑扬顿挫，气势激越奔放。尤其是开首起句，展现了"不尽长江滚滚来"，"奔流到海不复回"的气势和激情，转而抒写人生如江水一泻，一去不复返，时而压抑、时而奔放，心路历程的表达曲折婉转。

北朝的《木兰诗》，更是民间叙事诗中的杰作。描述了一个善良、机智，勇敢、刚强的女子形象。在篇章结构方面，前后两头详述，简略中间，别具一格。体现作者良苦用心地追求详略得当、繁简互映的艺术结构特点，诗篇生动、朴实、感人，洋溢着木兰的豪迈英气。

1.5.1.3《唐诗三百首》精彩纷呈

五言、七言诗体出现以后，在诗坛很快取得了主导地位。因其结构比较符合汉语的语言特点，具有强大的生命力。也就在南朝梁代，一个叫沈约的文人正式发现了语音的"四声"声调规律，此后百年内，逐步形成了诗词讲平仄、重韵律的要求，充分显示汉语语言形式美的格律诗体。经过后人的不懈努力，在唐初正式定型为五言、七言诗体。其中包括五言、七言律诗，绝句，排律等数种形式。这些平仄合律的句子，不仅体现了流动和起伏，又体现了自然生命力的统一，也体现了语言本身内涵的优美旋律。由于格律诗的节奏鲜明，声调优美，注重排偶对仗，蕴含抑扬顿挫，音乐性强，一千多年来盛行不衰。不断完善发展的格律诗，至今仍为大众喜闻乐用，成为汉语中最流行的诗体之一。

格律诗体的规矩很多、很严，表面看来是一种限制，是一种束缚。但是这些规矩是在追求精致、完美的过程中产生的，有利于文学艺术表现技巧的发展。应该继承发扬，同时也应有所创新发展，适应时代发展的需要。

在唐代近300年间（初唐：618—712年；盛唐：712—766年；中唐：766—835年；晚唐：836—906年）诗人特别多，除李白、杜甫、白居易等大诗人外，知名的诗人有2300多人，在《全唐诗》中传世之作近五万首。格律诗的迅猛发展，为后人留下了众多优秀诗篇，成为中华文化的象征之一。文学欣赏离不开唐诗，多少佳作成为老幼皆知、乐于欣赏的经典。

在初唐，有骆宾王的《鹅》：

鹅，鹅，鹅，曲颈向天歌。

白毛浮绿水，红掌拨清波。

有陈子昂的名篇《登幽州台歌》：

前不见古人，后不见来者。

念天地之悠悠，独怆然而涕下。

在盛唐，有李白的《下江陵》：

朝辞白帝彩云间，千里江陵一日还。

两岸猿声啼不住，轻舟已过万重山。

有王之涣的《登鹳雀楼》：

白日依山尽，黄河入海流。

欲穷千里目，更上一层楼。

有杜甫的《登高》：

风急天高猿啸哀，渚清沙白鸟飞回。

无边落木萧萧下，不尽长江滚滚来。

万里悲秋常作客，百年多病独登台。

艰难苦恨繁霜鬓，潦倒新停浊酒杯。

全诗八句皆对，流畅自然，雄浑壮阔。被誉为"古今七言律诗第一"。

注：新停：因肺病而新近戒酒。

在中唐，有白居易的《赋得古原草送别》：

离离原上草，一岁一枯荣。

野火烧不尽，春风吹又生。

远芳侵古道，晴翠接荒城。

又送王孙去，萋萋满别情。

有刘禹锡的七绝《乌衣巷》：

朱雀桥边野草花，乌衣巷口夕阳斜。

旧时王谢堂前燕，飞入寻常百姓家。

注：王谢：东晋的豪族王导和谢安皆住（南京）秦淮河南岸的乌衣巷。

还有李益的七绝《夜上受降城闻笛》：

回乐烽前沙似雪，受降城下月如霜。

不知何处吹芦管，一夜征人尽望乡。

在晚唐，有现实主义风格诗人杜牧的七绝名篇《泊秦淮》：

烟笼寒水月笼沙，夜泊秦淮近酒家。

商女不知亡国恨，隔江犹唱《后庭花》！

注：商女：卖唱歌女。后庭花：原为乐曲名"玉树后庭花"，喻为亡国之音。

唐诗的形式和风格丰富多彩、推陈出新。不仅继承了汉魏民歌、乐府的传统，还发展了风格特别优美整齐的格律诗。把我国古典诗歌的音节和谐、文字精练的艺术特色推向前所未有的高度。千年之后的今天还被人们所喜闻乐见，永远荡漾着智慧与情感的涟漪。明、清两代论诗家推举唐人七绝压卷之作共十一首，是：

贺知章的《回乡偶书》。　　　　王翰的《凉州词》。

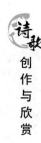

王之涣的《凉州词》(出塞)。　　王昌龄的《芙蓉楼送辛渐》和《出塞》等。

王维的《渭城曲》(送元二使安西)。张继的《枫桥夜泊》。

李白的《白帝下江陵》(早发白帝城)和《黄鹤楼送孟浩然之广陵》等。

李益的《夜上受降城闻笛》。　　杜牧的《泊秦淮》。

1.5.1.4 "长短句"展现律诗的新面貌

由于西域的音乐文化传入大唐,唐代民间兴起了一种新诗体——曲子词,是配乐歌唱的歌辞,句子长短不一,所以又称为"长短句"。《敦煌曲子词》的手抄本出于民间词人之手。

例如,《望江南·天上月》:

> 天上月,遥望似团银。
>
> 夜久更阑风渐紧,为奴吹散月边云。
>
> 照见负心人。

注:望:词眼。将"月"与"我(奴)"联系起来。团银:象征团圆,银是"人"的谐音。更:一夜分五更。

由于中唐诗人白居易、刘禹锡的推波助澜,"长短句"的影响越来越大。此后,这类诗体逐渐跻身于"大雅之堂",直到宋代盛极一时。

例如,白居易的《忆江南·江南好》:

> 江南好,风景旧曾谙。
>
> 日出江花红胜火,春来江水绿如蓝。
>
> 能不忆江南。

注:谙:熟悉。

又例如,刘禹锡的词《渔歌子·观潮》:

> 八月涛声吼地来,头高数丈触山回。
>
> 须臾却入海门去,卷起沙堆似雪堆。

注:山:钱塘江潮水应时暴涨骤落,浪高数丈,冲向两岸的龛山和赭山(今杭州萧山江段)。

又例如,温庭筠是第一个专注于词创作的诗人,有其代表作《更漏子·柳丝长,春雨细》:

> 柳丝长,春雨细,花外漏声迢递。
>
> 惊塞雁,起城乌,画屏金鹧鸪。
>
> 香雾薄,透帘幕,惆怅谢家池阁。
>
> 红烛背,绣帘垂,梦长君不知。

又例如,南唐后主李煜的绝命词《虞美人·何时了》抒发其从皇帝变成阶下囚的感慨:

> 春花秋月何时了?往事知多少。
>
> 小楼昨夜又东风,故国不堪回首月明中。
>
> 雕栏玉砌应犹在,只是朱颜改。
>
> 问君能有几多愁?恰似一江春水向东流。

词尾的"恰似一江春水向东流"这一名句流传千年，震撼心灵，奉为经典。

到了宋代，词的创作达到全盛时期，名家辈出、流派各异。晏殊、欧阳修、苏轼、秦观、周邦彦等人，创造了词史上一道道喜人的风景。名篇佳作层出不穷，出现了各种风格和流派，历史上有词作流传到今天的有1330多位词人。更有独树一帜、风格迥异的词人李清照，其《声声慢》的语言生动、声情并茂，堪为传世妙笔。宋词与唐诗交相辉映，此后，文坛便有"诗词"并称之说。《全宋词》作为传统词作的代表，存有上千个长短词调，节奏优美、多变，收录近两万首词作。

词的出现是诗体的一次改革发展。长短句的应用，产生参差变化的曲调，打破了句式（四言、五言、七言）整齐划一的局面，增加了适应各种情感表达的可能性，体现出篇章句式的长短，字声轻重、韵位疏密有致等方面的特点。而宋词诗体的完全确立，似乎给五言、七言诗体带来冲击，实际上词是律诗的变体，长短句的搭配，是增加了（短促、长缓）节奏变化的一种创新的方式。比如，在原有齐整句前面增加字、短句，起到引导和造势作用；在齐整句后面增添字、句，以达到加强情感、延伸意境的目的；又可将原有的长句拆分成短句改变节奏；等等。况且有不少词牌也是整齐的五言、六言、七言句的结构（词牌《玉楼春》就是七言八句）。

例如，宋祁的《玉楼春·春景》（相当两首七绝）：

　　东城渐觉风光好，縠皱波纹迎客棹。绿杨烟外晓寒轻，红杏枝头春意闹。//

　　浮生长恨欢娱少，肯爱千金轻一笑？为君持酒劝斜阳，且向花间留晚照。//

注：縠：有皱纹的纱。

又例如，苏轼的《鹧鸪天·转斜阳》（下片的第一句拆分为两个三字句）：

　　林断山明竹隐墙，乱蝉衰草小池塘。翻空白鸟时时见，照水红蕖细细香。//

　　村舍外，古城旁，杖藜徐步转斜阳。殷勤昨夜三更雨，又得浮生一日凉。//

注：红蕖：红色荷花。

又例如，张孝祥的词《柳梢青·重阳》，源于四言诗，将四言句增字、分拆成六言、三言句：重阳时节。满城风雨，更催行色。陇树寒轻，海山秋老，清愁如织。

　　　　　　一杯莫惜留连，我亦是、天涯倦客。后夜相思，水长山远，东西南北。

总之，长短句诗体给诗坛带来了自由活跃的新鲜气息。大大丰富了诗歌的体裁。宋词是在唐诗基础上的推陈出新，因此也少不了声律和韵律的要求。宋代是词的黄金时代。

唐诗与宋词之比，唐诗如高峰远望，意气浩然。用韵精美、浑雅、蕴藉空灵，美在情辞丰腴；秋实繁华，甘芳盈颊。而宋词如曲槛寻幽，情境冷峭。含意精纯，深析透辟，美在气骨，瘦劲。幽韵冷香，回味隽永。词的风格大致可分婉约和豪放两大类。

宋以后，词与音乐分离，成为单独一类诗体，在元、明两代曾一度沉寂，直到清代再度盛行，一直延续至今。辛亥革命后，意境高妙、气派雄浑、情调豪迈的诗作，数毛泽东的《沁园春·雪》，诗意充沛，有声有色，是一幅绮丽的风景画，是一首雄壮

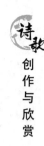

的抒情诗。与苏轼的以豪放雄壮著称的《念奴娇·赤壁怀古》相比，更有博古通今、略高一筹的感觉。

到了金、元时代（1115—1368年），新的乐曲兴起，随之又产生了一种新的配乐诗体，称为"元曲"。元曲包括散曲和杂剧两种不同样式，都讲究节奏和用韵。其中作为清唱的歌词称为"散曲"，从形式上看，与词很相近，在格律上更自由些，在韵律上允许平仄通押。散曲从体式上分为"小令"和"散套"（或称套数）。小令是短小的一支独立曲子；散套则由多个曲牌组成的套曲。由此而来，散曲又成为诗的一个发展方向，语言比较通俗，且可以加入"衬字"（在曲律规定的字数之外所增加的字），显得更加口语化，句式结构更加灵活。元曲中的杂剧或称"剧曲"，是用于表演的剧本，即各种角色的唱词、道白等。也许是后来曲艺、小调成长的先驱。

元曲既承袭了诗词的对仗齐整，又包容了长短句的参差错落，而且韵脚绵密，平仄可以通押，格律充分自由。具有口语入曲、清丽婉转，有韵有白、可代可寓、诙谐活泼、雅俗共赏等特点。体现诙谐幽默，夸张生动，可咏志抒怀，又反映社会生活。元曲与唐诗宋词相比，具有体式新、语言新、修辞手法新等特点。最突出的是着意使用叠词、重句、象声、模形、拟态等形容词语，以及对仗形式的多样化。有三句对、四句对、多句对、首尾对、叠句对等多种对仗形式，堪称是集各式对仗之大成。

王实甫的元曲杂剧《西厢记》是讴歌青年男女为争取婚姻自主而进行的反对封建礼教的故事，堪称与《红楼梦》相提并论的古典文学的两座高峰。关汉卿的《窦娥冤》是控诉黑暗社会，表现强烈反抗精神的经典之作。关汉卿、王实甫、白朴和马致远并称为"元曲四大家"。

例如，马致远的一曲《天净沙·秋思》，成为千古绝唱：

> 枯藤老树昏鸦，小桥流水人家，古道西风瘦马。
>
> 夕阳西下，断肠人在天涯。

这首小令短短28个字，展示了一幅真实生动的秋阳夕照图。构思精巧，意境和谐；言近旨远，余味绵长。在艺术上达到很高的成就，被称为"秋思之祖"，是元曲乃至中华古典文学遗产中一颗耀眼的明珠。再看"夕阳西下"的短句，插在四句六言诗的结句前，给前三句加强了情感，给结尾句积蓄了情感抒发的空间和力量。

又例如，白朴的《阳春曲·知几》，有异曲同工之美：

> 知荣知辱牢缄口，谁是谁非暗点头。
>
> 诗书丛里且淹留。闲袖手，贫煞也风流。

四句七言诗的结句（第四句）分拆成两个短句，加强了语气，点明了安贫乐道也风流的心态。从这些例子说明，元曲在唐诗宋词的基础上又开辟了一个创造空间，以满足抒发情感的需要。

1.5.1.5 白话文兴起，自由诗应运而生

经过千百年锤炼的格律诗体，有其美的一面，但又有复杂性的一面。但是，每当这些程式被看成是一种羁绊时，本是一种方法的格律便变得多余，让人感到厌倦，就会向往一种自由化诗体的未来。然而，在 20 世纪 20 年代白话文兴起，文言文被取而代之时，自由诗便应运而生了。西方诗歌的汉译，给自由诗的发展也起到了推波助澜的作用。徐志摩和闻一多是其中的佼佼者。

例如，徐志摩的《山中》：

> 庭院是一片静，/ 听市谣围抱；/ 织成一片松影——/ 看当头月好！//
>
> 不知今夜山中 / 是何等光景：/ 想也有月，有松，/ 有更深的静。//
>
> 我想攀附月色，/ 化一阵清风，/ 吹醒群松春醉，/ 去山中浮动；//
>
> 吹下一针新碧，/ 掉在你窗前；/ 轻柔如同叹息——/ 不惊你安眠！//

仔细一想，这与王维的《山居秋暝》中"空山新雨后""明月松间照"，如出一辙，可谓是一千二百年以后的新版本。

又例如，闻一多的名篇《红烛》，精辟地诠释了唐代李商隐《无题》中的"蜡炬成灰泪始干"。诗的第二节：

> 红烛啊！/
>
> 是谁制的蜡——给你躯体？/ 是谁点的火——点着灵魂？/
>
> 为何更须烧蜡成灰，/ 然后才放出光？……//

结尾两节：

> 红烛啊！/
>
> 你流一滴泪，灰一分心。/
>
> 灰心流泪你的果，/ 创造光明你的因。//
>
> 红烛啊！/
>
> "莫问收获，但问耕耘。"//

分析诗歌体裁的发展过程，可以看出每一阶段都是由稚嫩到成熟，由兴旺到冷落，由上扬到波峰而后跌入低谷，再谋求一个创新的发展，出现一种新的体裁。这样的程式形成了一个又一个波动的新周期。每一类诗歌体的推陈出新，都是一次新的突破和新的进步。

在众多的自由诗中，值得分析的是 1962 年郭小川的《甘蔗林——青纱帐》和《青纱帐——甘蔗林》。句式相同，长短不一，每行为复合句结构，似乎有七律的节奏影子。四行一节，一、三行和二、四行大致对称。各选两节为例，体会其韵律之美：

> 南方的甘蔗林哪，南方的甘蔗林！
>
> 你为什么这样香甜，又为什么那样严峻？
>
> 北方的青纱帐啊，北方的青纱帐！
>
> 你为什么那样遥远，又为什么这样亲近？//

我们的青纱帐哟，跟甘蔗林一样地布满浓荫，

那随风摆动的长叶啊，也一样地鸣奏嘹亮的琴音；

我们的青纱帐哟，跟甘蔗林一样地脉脉情深，

那载着阳光的露珠啊，也一样地照亮大地的清晨。//

（以上摘自《甘蔗林——青纱帐》1、2两节）

北方的青纱帐哟，常常满怀凛冽的白霜；

南方的甘蔗林呢，只有大气的芬芳！

北方的青纱帐哟，常常充溢炮火的寒光；

南方的甘蔗林呢，只有朝雾的苍茫！//

北方的青纱帐哟，平时只听见心跳的声响；

南方的甘蔗林呢，处处有欢欣的吟唱！

北方的青纱帐哟，长年只看到破烂的衣裳；

南方的甘蔗林呢，时时有节日的盛装！//

（以上摘自《青纱帐——甘蔗林》5、6两节）

　　这类诗体在句式自由的前提下，吸收了古诗词的一些格律元素，采用了铺陈、复迭、对偶等手法。顿数整齐，跌宕起伏，符合内容陈述和情感抒发的要求。将古典诗词的严谨、民歌的粗犷、朴实的时代语言融合在一起，体现了一种创新精神。

　　诗的存在以及诗体形式的发展变化是适应社会活动的需要。由于时代的发展，人类认识的深化，必然有适应新时代的诗体形式产生。人类的情感千古不变，变化的是思想；智慧的内涵不会变，变化的是方式。20世纪20年代，大力提倡自由诗体是一个突出的例证。它追求自由，摆脱了各种规范模式。可是近百年来的自由，又伴随着困惑或危机感：原本以河流的方式运作的诗歌，失去了河堤，失去了峡谷，失去了雪山，失去了支流汊港，失去了相通的湖泊……

　　诗歌的困惑是边缘化，失去了对于诗歌特点的认识、对诗歌美学的热爱以及对诗歌语言的敬畏。表现为诗句随心所欲的口语化，缺乏韵味，缺少语句的节奏美感，只是表达一种情感。有的诗篇边缘到一片茫茫，读后不知所云。有的以为诗歌语言可以无限地脱离或违背汉语语法，语句构造磕磕绊绊，如裂石满道，无法迈开行走的脚步，缺少对诗歌语言的爱心。

　　因为诗歌的美感少了，缺少了诗歌的体积感……它失去了多彩多姿的云朵的美，似乎像钟罩一样的灰色天穹，不漏一隙空、不透一束光；它变成了横溢无边的泱泱漫水，没有鱼、也没有舟，失去了激流涌进的船工号子，也失去了清脆响亮的泉水叮咚……眼前一片茫茫。为了适应两点论的习惯，还得附带说一下：闪光、霞光还是有的；水声、浪花也是有的。在此只是讨论一个问题，并非对一个事物的面面观。

　　创新是时代的要求。诗体应该多样的，满足不同读者的欣赏需求，绝对不能顾此

失彼。历史的经验值得注意，百花满园才是春。

1.5.2 诗体形态创新的展望

时代在变迁，社会在进步，人类的思潮也在求新求变，人们的文化心理也在变化，不同的时代有不一样的希望，有不一样的憧憬和激情，也有不一样的孤独、感慨和伤恨。对于诗的语言、句式和篇章等方面都有变革的要求。

例如，当今篇章长度（除叙事诗外）应该简短，十行、二十行，一般不超过一页，因为生活节奏的加快，各种电子媒体层出不穷，对长篇失去应有的耐心，要不是具有出色的神韵和意境，不可能花较长时间去阅读的。

格律是诗歌的一种严谨的规则。是在声律及隋唐口语的基础上发展起来的，五言、七言是那个时代的新腔，对称整齐，声韵快调。而宋词、元曲是在律诗的基础上，另辟蹊径，形成另一种新腔、新的诗体。

20世纪30年代完全放弃律诗的优美特点，创造了自由诗体。这是20年代"五四"精神的浪漫余响。只凭语句流畅的语言本能，省去了平仄、字数、韵脚、对偶等费心的辛苦工夫，随心所欲遣词造句。似乎断绝了律诗的传承关系。而后的半个世纪中，律诗长期处于被冷落弃置的境地。这种对"要与不要"的对立的二元论是不可取的，诗歌文体的结构形态应该是多元的。

各类人群对诗歌的形态各有各的爱好，四言诗，五言、七言律诗，甚至九言的十四行诗都有存在的理由，不受格律（严格的声调平仄、韵律）限制的自由体也应发展。研究的重点是如何体现诗歌体裁的文学特点，即什么样的语言结构和形态才能称为诗。人们关注这个问题的原因是：格律诗写成无节奏感、无文字美感、无意境的顺口溜（也称为歌诀，具有诗的形式，却不是诗），或应景的哼哼、哈哈和嗯哟、唉哟。而自由诗又变得无色、无味、无形，散漫无边的空气，没有维持阅读生命的吸引力，也没有拍案呼绝的冲击力，更没有沁人肺腑的感染力。（当然，现今的格律诗或自由诗也有一部分是相当优美的，此处为研究问题而作一个极端处理。）

本人感慨，当代格律诗的文学成就比不上流传千年的唐诗、宋词。当然，近代毛泽东的《长征》《送瘟神二首》《登庐山》《仙人洞题照》等七律、七绝；《沁园春·雪》《水调歌头·游泳》《蝶恋花·答李淑一》等词都是脍炙之人口的佳作。再有奉和其他诗人的诗和词，两相比较也技高一筹，情感充沛、意境高远。（中国青年出版社1957年出版的《毛主席诗词讲解》一书深受欢迎，至1963年8月北京第三版第12次印刷，印数达到933500册。1963年笔者欣喜购得一本，爱不释手，而后补充十二首剪报，一直阅读保存至今。）对于传统诗词的研究和发展应该有广阔的前景，发展是在传统基础上的与时俱进，是推陈出新。

自由诗发展到今天，众说纷纭，千姿百态，给人们留下的一个印象是失去了很

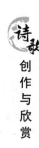

多诗歌美的表现，即缺少诗味、神韵。当然，优美的自由诗也不少。例如，臧克家的《三代人》《有的人》，艾青的《礁石》，卞之琳的《断章》，顾城的《一代人》，等等不胜枚举。彭燕郊主编的《中国现当代抒情诗》是一本"教我如何不想她？"的好诗集。（2008年湖南少儿出版社出版）。自由诗应该有本身的天地，要努力发展。不要认为谈自由诗的规律就是束缚手脚的清规戒律，是回到唐宋格律诗词的老调上，而是继承发扬前辈们创造的优秀成果，吸取重要的历史经验，寻找现代自由诗最佳的表现形态，符合当代人的语言习惯、生活节奏、审美情趣等等。

事物是相比较而存在，相转化而发展的。事物的发展是波浪式的，从律诗发展到自由诗，是个突破。社会和科学的发展也遵循了否定之否定、对立统一的哲学原理，汉语的新诗（白话文自由体）诞生近百年，自由诗的发展取得了世界瞩目的成就。但是在自由诗的发展中也存在良莠不齐的现象，失去了一些必要的程式，混淆了诗与散文的界限，忽视了诗的含蓄特征，诗的"散化"发展到散漫无序，缺少节奏和起伏，有诗形而无诗意，缺少了美的享受，导致大量的诗作不屑一顾，自生自灭。诗歌的发展应该是承前启后、继往开来，应该提出一个具有文学界共识的发展方向，在发展中成熟，在成熟中收获。

1.5.2.1 自由诗体中的格律模式

回顾历史，唐诗宋词的经典能流传千年是有道理的。佳作应该深受千秋万代的人们欣赏，分享那种历史性回顾的人生情感。（大量优秀的格律诗也并非是陌生难懂的文言文）从这个意义上说，诗不仅是情感，也是个人的独立体验。诗也是人类历史的经验，我们应在继承中发展。诗歌美学的发展至关重要，只有美的诗句才能让人享受诗的美感。

历史上，诗的发展总是波浪式的，"散"过头以后就会向"聚"的方向发展。例如，楚辞之后乃有五律和七律。因此，自由诗从散漫文化的处境中解救出来的方法是建立新的符合现代口味的节奏单位和韵律。因此在自由诗体的发展中也十分看重格律的存在。大量散曲式的自由诗，汲取散曲、小令等某些体式，创造了诗节数目不拘，节无定句，句无定言，长短相间，形成了自由明快的多元化的自由体诗。且具有节奏跌宕、韵律铿锵、抑扬顿挫、张弛有度、参差有别等特点。

同时，在发展进程中也出现了齐顿式或齐顿又齐言式、参差对称式等自由诗体。齐顿又齐言式的诗体给现代汉语的抒情带来较大的约束，其结果会带来断裂、生硬的感觉，缺少荡漾的舒畅。笔者个人认为基本齐顿，言数可以稍有参差不齐，行间、节间互相对称（无论是形式上还是内容上），节奏鲜明等，这样读着有美感。以下用几首诗作一比较。

例如，朱湘《八百罗汉》中的一节：

善男信女不再磕头烧香，/都学时髦进了天主教堂。/

素鸡素鸭不见供上神案，/这可慌了八百肥胖罗汉。/

他们平日只知坐享干薪，/一切苦差皆让土地担承。/

高兴之时听听签响堂下，/富求子嗣穷求财宝八卦；/

回家以后他们或买彩票，/或买窑子，终于再来佛庙。//

诗行都用二字音组构成五顿体，虽然音节调和，字句整齐。但是读来节奏十分单调，缺少旋律的高低波动。远离了诗的境界。

齐顿式的诗体重点在于音组（顿）的组接配合。尽管节奏单调，能否做到和谐，关键是一字、三字音组和二字音组或多字音组的协调搭配。

例如，何其芳《听歌》的前两节：

我听见了迷人的歌声，/它那样快活，那样年轻，/

就像我们年轻的共和国，/在歌唱她不朽的青春。//

就像早晨的金色的阳光，/因为快乐而颤抖在水波上，/

春天突然回到了园子里，/花朵都带着露珠开放。//

这两节诗，每一行都是四顿体，充分做到了顿的均齐和节奏的匀称。语气自然而自由流转，每一节换一个韵，节奏鲜明。读着，似乎带来一种勃勃生机。

至于参差对称式诗体，参差中保留了长短句的特点，对称中保留了对偶、排比、相衬之美，韵脚赋予鲜明的节奏感。是通俗与典雅、散漫与格律的交融浑成。

再例如，刘半农的《教我如何不想她》，有七言句、八言句，还有叹词，煞尾音组分别有单字、二字和三字音组，由于四个诗节结构相似，结尾句的重复，有排律的影子，节奏鲜明，通篇洋溢着轻盈的气氛：

天上飘着些微云，/地上吹着些微风。/

啊！/微风吹动了我头发，/教我如何不想她？//

月光爱恋着海洋，/海洋爱恋着月光。/

啊！/这般蜜也似的银夜，/教我如何不想她？//

水面落花慢慢流，/水底鱼儿徐徐游。/

啊！/燕子你说些什么话？/教我如何不想她？//

枯树在冷风里摇。/野火在暮色中烧。/

啊！/西天还有些儿残霞，/教我如何不想她？//

这一类以自由诗为基础，传承格律诗词节奏的诗体，也是有发展前途的。

1.5.2.2 诗体发展的理念

近百年的时间过去了，面对自由诗发展的多元、无定型状态，写作无章（形式或结构）可循的处境，确实有些茫然。当今的时代应该是一个创新诗体的时代。因为语

言有了发展变化，从以古代的单音节词为主，已演变为双音节和多音节词，声调的平仄变化也较大，韵律规范也相应有所变化，诗歌的体式应该随之而变。

每当朗读某些与名篇佳句内容相近的自由体诗句时感到乏味，没有美感。这是因为所用词语没有相关意念的联想，只有肤浅的表层意义，也没有蕴涵被沉淀的历史文化。诗味不浓是缺乏意念的向外延伸。当今的状态是站在十年林木旁，还是站在千年古树下，感觉是有较大差别的。

什么是感性的联想呢？用一个比喻来说明。例如，一个汉字"雨"，当你看到这个字，在脑海中立刻浮现一窗雨景，象形字有一种形象美。如果用汉语拼音"yǔ"或英语字母拼写"Rain"，则不会有形象的联想，因为拼音文字只是某一事物（雨）的符号或代号。而汉字的象形特点，会让你有联想，领略天地之间的自然魅力，有沉思，更有领悟。

例如，"雨"的感悟可以产生"泪飞顿作倾盆雨"这样一种情感抒发的想象。这句诗用"飞"和"顿作"两组动词产生了激情，将人的泪水与自然的雨生动形象地通连在一起，产生了语言的节奏和情感的抒发，"倾盆"体现的不仅是雨的强度，更是泪滴的苦涩程度和心胸悲痛的深度。

如果用"泪流满面"或者"苦泪如雨"这样的口语，就显得十分平淡，缺少激情和诗意。前者只是表述了脸上挂着泪珠的状态，缺少节奏和旋律，情感是喜还是悲，还得看上下文。后者用"苦"字说明是悲痛的感情，有了节奏，但缺少旋律，体现不出强度和激情，因为缺少对雨的形象描述。若用这样描述状态的句子构成一首自由体诗，就缺乏诗意，如果改成"苦泪如雨滚落"，就能表达出生动的情感。

时代和诗歌艺术都呼唤一种更有诗味的诗体规范出现（因为有大量的自由诗没有美感、没有诗意。此处并非否定自由体的存在）。因为在刊物上满目是天马行空式的梦幻诗篇，缺乏意象，更少思想，绞尽脑汁读、想，还是不认识它是什么。天空飘落一片片，是树叶？是雪花？还是潜藏着咒符的白纸？不但不能得到诗歌美感的享受，反而带来了混沌的烦忧。原有的光彩、权威被潮流淹没，潮流确实不可阻挡，时而可以横溢，时而可以称雄。

写诗也一定要创造现代的韵律、现代感觉、现代的诗歌美。对于"美"，除了一般意义上的美，更重要的是深层次的美，即称为"妙！"，就是别出心裁的意境。这种美妙，是心领神会，往往会拍案叫绝。

自由体诗句句式多变，其核心是节奏和旋律。诗篇中可应用整齐的对句，也可应用长短句穿插。节奏兼顾舒缓和强烈，旋律优美，波澜起伏中有巨浪击岸，也有微波荡漾等等。在掌握以往各种诗体的韵律精髓的基础上，在音韵、节奏和体式上探索，发掘新词汇、新句法、新韵律，以期诗句和篇章的创新。

从许多现代词作名篇佳作来看，如果对宋词的结构、节奏、音韵以及抒发情感特征等方面作深入全面的研究，可以发现一些方向、找到一些根据，创建一种应和双重呼唤的程式诗体。另一方面，犹如很多戏剧中的唱腔曲调，能满足主题发展的各种情感的表达。对这些腔调（包括唱词）的分析可以得到启发和借鉴。以下用几首词作分析比较。

例如，北宋林逋的《长相思》：

> 吴山青，越山青，两岸青山相送迎。谁知离别情？
>
> 君泪盈，妾泪盈，罗带同心结未成。江头潮已平。

又例如，北宋范仲淹的《苏幕遮》：

> 碧云天，黄叶地，秋色连波，波上寒烟翠。
>
> 山映斜阳天接水，芳草无情，更在斜阳外。
>
>
> 黯乡魂，追旅思，夜夜除非，好梦留人睡。
>
> 明月楼高休独倚。酒入愁肠，化作相思泪。

对比李叔同的自由诗《送别》：

> 长亭外，古道边，芳草碧连天。
>
> 晚风拂柳笛声残，夕阳山外山。
>
> 天之涯，地之角，知交半零落，
>
> 一瓢浊酒尽余欢，今宵别梦寒。

《送别》运用三、五、七字句的长短句结构，节奏鲜明。似乎看到前两例宋词句式结构的影子。相比《长相思》的结构，增加了一个五言句；相比《苏幕遮》的结构，减少了二个四言句。由句式结构的改变带来更丰富的节奏变化，更舒展流畅，蕴涵有五言和七言诗的节奏韵味。意象丰富，意境阔远和深沉。这是一首美而有味的自由诗。

在诗体的创新过程中最难突破的是审美意识的更新，这是发展的基础。如果有人说当今的自由诗体足以表现当代人的诗化情感，那就无需发展了，何况又是希望向程式化发展，这不会产生倒退到千年之前格律诗的老调老路上去吗？我想，此类问题的顾虑大可不必，此一时非彼一时，更新不是重蹈覆辙，是发展中的提高。清代史学家、文学家赵翼的《论诗》说得精辟，诗贵创新：李杜文章万口传，至今已觉不新鲜。江山代有才人出，各领风骚数百年。强调了诗歌应随着时代的不断发展而有所创新。

从内容方面看，诗歌可分为人性化美学诗歌和时代性史学诗歌两大类。（当然也有二者兼顾的佳作名篇）

（1）人性化美学诗歌。这一类诗歌是有关人性美学的唯美论。例如，对一处瀑布，东方人说美，西方人也说美。例如，青花瓷和玉石，一千年前的人赞美，一千年后的人也赞美。

例如，王安石《南浦》：

> 南浦东冈二月时，物华撩我有新诗。
>
> 含风鸭绿鳞鳞起，弄日鹅黄袅袅垂。

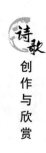

又例如，杜甫《绝句》：

> 迟日江山丽，春风花草香。
>
> 泥融飞燕子，沙暖睡鸳鸯。

《春夜喜雨》：

> 好雨知时节，当春乃发生。
>
> 随风潜入夜，润物细无声。
>
> ……

再例如，李白的《望庐山瀑布》：

> 日照香炉生紫烟，遥看瀑布挂前川。
>
> 飞流直下三千尺，疑是银河落九天。

《庐山谣》（节选）：

> 香炉瀑布遥相望，回崖沓嶂凌苍苍。
>
> 翠影红霞映朝日，鸟飞不到吴天长。
>
> 登高壮观天地间，大江茫茫去不还。
>
> 黄云万里动风色，白波九道流雪山。

再例如，毛泽东的《庐山仙人洞题照》：

> 暮色苍茫看劲松，乱云飞渡仍从容。
>
> 天生一个仙人洞，无限风光在险峰。

《登庐山》：

> 一山飞峙大江边，跃上葱茏四百旋。
>
> 冷眼向洋看世界，热风吹雨洒江天。
>
> 云横九派浮黄鹤，浪下三吴起白烟。
>
> 陶令不知何处去，桃花源里可耕田？

一样的沐浴春风，不一样的诗情画意；一样的登临庐山望庐山，不一样的视角不一样的诗句。

（2）时代性史学诗歌。这一类诗歌其重点是关乎社会，有歌功颂德、歌舞升平，也有针砭时弊、针锋相对、唇枪舌剑，甚至刀光剑影、枪林弹雨。

例如，闻一多在 1948 年发表在丛刊"牢狱篇"上的《八教授颂》。其中的序诗：

> 新中国的 / 学者，/ 文人，/ 思想界，/
>
> 一切最可敬佩的二十世纪的经师和人师！/
>
> 为你们的固执，/ 为你们的愚昧，/ 为你们的 snobberry，/
>
> 为你替"死的拉住活的"挽救了五千年文化遗产的丰功伟烈，/
>
> 请接受我这只海贝，/
>
> 听！/ 这里 / 通过辽远的未来的历史长廊，/ 大海的波涛在赞美你。//

注：八教授：张奚若、潘光旦、冯友兰、钱穆、梁宗岱、沈从文、卞之琳和闻一

多。Snobbery 英语意为假绅士派头。

又例如，舒婷的《风暴过去之后》，是为纪念"渤海 2 号"钻井平台七十二名遇难者而写的悼诗，共七节。(以下摘录第一、四、六节)：

一、在渤海湾 / 铅云低垂着挽联的地方 / 有我七十二名兄弟 //

　　在春天每年必经的路上 / 波涛和残冬合谋 / 阻断了七十二个人的呼吸 //

　　……

四、台风早早已经登陆 / 可是，七十二个人被淹灭的呼吁 / 在铅字之间 /

　　曲曲折折地穿行 / 终于通过麦克风 / 撞响了正义的回音壁 //

　　……

六、谁说生命是一片树叶 / 凋谢了，树林依然充满生机 /

　　谁说生命是一朵浪花 / 消失了，大海照样奔流不息 /

　　谁说英雄难已被追认 / 死亡可以被忘记 /

　　谁说人类现代化的未来 / 必须以生命做这样血淋淋的祭礼 //

　　……

诗人怀着沉痛的心情，忆叙了一些人企图封锁消息而没有得逞，终于有了社会正义舆论的伸张，百感交集。

1.5.2.3 诗的语言节奏结构

语言表现形式的重点，在于诗句的语言节奏结构和行进的步调和旋律。步调的含意是舞蹈之步，音乐之调。从节奏和旋律出发，从句子的字数上可分为奇数言句和偶数言句。从传统的古诗、律诗和(宋)词的句型看，主要是五言句和七言句，当然也有其他奇数言句，直至 13 个字的长句；在古诗、(宋)词以及对联方面，用四言、六言和八言句，或者用更多言数。奇数言句节奏鲜明，有向前跃动的旋律。偶数言句的节奏有跨一步收一步的瞬间暂停感，奇偶言数的核心是不同字数音组的协调配合。适宜的搭配会产生和谐而鲜明的节奏。

例如，白居易的《长相思》：

　　　　　汴水流，泗水流，流到瓜洲古渡头，吴山点点愁。

　　　　　思悠悠，恨悠悠，恨到归时方始休，月明人倚楼。

又例如，王建的《调笑令》：

　　　　　杨柳，杨柳，日暮白沙渡口。

　　　　　船头江水茫茫，商人少妇断肠。

　　　　　肠断，肠断，鹧鸪夜飞失伴。

奇偶言数的优化选择是：宜用二字音组、三字音组，控制使用单字音组和四字音组，尽可能避免五字音组。单字音组宜用在诗行开头或煞尾处(继承宋词中的领字句以及五言、七言句中的某种结构)。奇偶言数的混合使用适用于表达跌宕起伏的情感。

搭配的原则应该是，随音组的字数多少作循序升降或循环处理，在两个少字音组

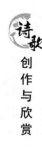

之间或在两个多字音组之间，不宜设置字数相对悬殊的音组。确保语势流畅和节奏鲜明。最基本的如四行诗体或更多行诗体，当然两行也可构成一首诗。

构成诗句的单元是字、词，从古代以单音节词为主，已演变为双音节和多音节词，因此七言句的字数略少，诗句应创新，每行以节奏自然的五言、七言为基础，扩展成九言或更长的句子等等。外形完整、有美感，如阅兵队列、似雁阵飞归，不仅具有与情感相对应的音乐感，也贯穿着格律诗的韵律，更适合于表现深厚的意蕴。粗选一些长句子举例如下：

吹过草根　吹过了年轮	（9 言）
灿烂的人间　酿出芬芳	（9 言）
花的梦　鸟的梦　月的梦	（9 言）
浮想联翩　红花绿叶摇眼前	（11 言）
虚幻的童话　是比拟　是象征？	（11 言）
落日的霞光　吹照着青稞雪山	（12 言）
虫声阵阵消逝　留下沉重余响	（12 言）
我愿透着　寂静的朦胧　薄淡的轻纱	（14 言）
细听着　渐渐的细雨　在檐上激打	（13 言）
落花掩住　藓苔　幽径　石块　沉沙	（12 言）
一丝丝　一丝丝地　随着西风消逝	（13 言）
总愿你　实破一时的眩惑，返朴归真	（14 言）
走近你，才发现比例尺　表达的实际距离	（16 言）
落花　送来白色的幽梦　留在寂静的人家	（16 言）
吹不走的乡愁　吹不尽的旅思　吹遍了人家	（17 言）

在用韵方面，基本思路是放宽，以整个篇章的和谐为基础，以满足节奏和旋律的效果为准则。声调的平仄似乎不必强求安排，凡是上口念得顺畅和谐，节奏感好的句子大部分都能符合平仄要求，何况平仄安排中还有"拗救"一说呢。

1.5.2.4 篇章模式

参考宋词的词牌，研究其内涵，它的节奏和旋律显得稳重而有台阶。最初产生一首新的词，是为表达某一种感情，后来有了一种共识——"好"，以此为开端，就方便地采用这种程式——称为填词。有时候，歌曲也是先有曲调、后填词的。这似乎制定了一种情感表达的语言模式，其实模式是可以突破的，句子分列的位置可以提前或推后，如果这类微调还不能满足抒情的要求，那可以自度新的词牌，现存百千种词牌的由来也可能缘于此吧。因此模式的规律不可能成为抒情的约束，而是创作的工具。

数百、上千种词牌，代表不同的情调，是群体的人性体现。而每个人表达的情感也只是其中的极少部分。翻开一本本词集，名家采用的词牌有某种倾向性，集中在某些词牌上，这也充分显示作者的阅历、经历、性情风格等方面的差异。

由中国青年出版社出版的《毛主席诗词讲解》中，发表 25 首诗词，基本上都是白话文（除《沁园春·雪》中"俱往矣"和《水调歌头·游泳》中"子在川上曰：逝者如斯夫！"之外），朗读顺畅，节奏鲜明，感情丰富，韵味浓烈。其中有四首是七律，其余均为不同词牌的词作，表达了不同的情感。

试问，他为什么选用《沁园春》《水调歌头》《西江月》《浣溪沙》《蝶恋花》《浪淘沙》《清平乐》等词牌呢？这些名称上传达了一种情感信息，有助于作者表达情感的联想。犹比音乐创作中，什么题材用大调，什么题材用小调；什么情况出独奏，什么情况加合奏，什么情况配交响；等等，其道理是一样的。

如果我们深入研究现存的数百上千种词牌的语言结构、感情抒发等艺术特点，认真筛选，适当放宽平仄、韵律和字数的约束，就会形成数百种情调的程式，豁然境界开阔。那才是跨出了发展的一步，不是宋词，胜似宋词。

诗应该有篇章模式，具备若干种美的特点。自由散漫的精美语句，即便是慷慨陈词、直抒胸臆，气象万千，淋漓尽致或含蓄妙藏，如果没有一种形态美感，那只能归纳到散文诗或散文的行列中。

创造新诗体是一个漫长的过程，因为以往的诗歌语言体系具有强大的惯性，需要研究发掘、创作实践、不断修正，才能赢得读者，形成气候。关键是找出自由诗缺乏诗味和美感的结症所在，然后提出对策，对古今中外的传统研究，有一个入乎其内、超乎其外的创造性转换，推动诗体的演变，促进新诗体的萌芽。

经过在前面的分析，新诗体应该是自由诗与格律诗双向交流，自由中见规范和规范中见自由。（宋）词的句型句式，句子的言数、顿数，句与句之间、上片下片或多片之间，情调的抑扬和节奏的推进等方面都是值得研究和借鉴的。（宋）词是由律诗演变而来，是自由体的前辈。

在研究成功作品的过程中，可归纳出一些类别。篇章模式千差万别，为了分析而列举一二。（当然，研究达到相当丰富的程度，也可以适当归纳出类似宋词那样，以初始表达的情感为类别而分列出来。）

1. 回环迭进

诗的组行成节，是根据情绪波动的内在节奏选择长短句结构和节奏；而在组节成篇时，按前一节形成的模式填入，形成节奏的复沓回环。（其骨架的原形是按照宋词的句式结构，上下片成章，相同节奏，但每片的行数、字数不限定）。具备了诗的美学特征。

例如，时湛的《浪与沙》（为有别于词牌"浪淘沙"，将篇名更名为"浪与沙"）：

　　　我已迷上旷放的中亚，／唐古拉满天流霞，／

　　　风急天高的万里漂，／雁唳越天涯。／

　　　啊，帆影星影，三峡三巴，／历史呼唤着生命，／浪淘尽黄沙。／／

　　　我更耽爱奔逝的汉唐，／神女峰漫空飞霜，／

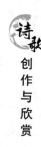

月白枫丹的千秋情，／枕梦到海疆。

呵，草萌草凋，秋阳春阳，／生命演译成历史——／沙激起白浪。∥

每节前四句为一个单元（以4332顿安排），显示为"抑—次抑—次抑—次扬"的节奏进程。每节后三句为第二个单元（以532顿安排），显示为"抑—次抑—次扬"的节奏进程。前后合起来总体显示为"抑—扬"的节奏趋势。外在形式上明显的复沓回环的节奏，更深入地对生命历程中的周期性转化发出感慨。艾青的《手推车》和《给乌兰诺娃》等作品也采用了这类程式。

2. 层层推进

诗可以根据情绪波动的内在需要，以层层推宕的节奏，选择长短句结构，以对称、排比、重复等手法组节成篇。例如，田汉的《夜半歌声》（原诗是不分节的，为说明方便而分五节引用），分层抒情，一气呵成，以"升升—降降—升升—降降"的节奏进程表达生的痛苦，对光明的爱得无奈。激情洋溢，具备了诗的美学特征。

空庭飞着流萤，／高台走着狸鼪，／
人儿伴着孤灯，／梆儿敲着三更。／
风凄凄，雨淋淋，／花乱落，叶飘零。∥

在这漫漫的黑夜里，／谁与我等待着天明？
我形同鬼似的狰狞，／我心同铁样的坚贞，／
我只要有一息长存，／誓与封建的魔王抗争。∥

啊！姑娘，／
只有你的眼／能看破我的生命，／
只有你的心／能理解我的衷情。／
你是天上的月，／我是那月边的寒星；／
你是山上的树，／我是那树上的枯藤；／
你是池中的水，／我是那水上的浮萍！∥

不！姑娘，／
我愿意永做坟墓里的人，／埋掉世上的浮名，／
我愿意学那刑余的史臣，／尽写出人间的不平。∥

哦！姑娘啊！／天昏昏，地冥冥，／
用什么来表达我的愤怒？／唯有那江涛的奔腾！／
用什么来安慰你的寂寞？／唯有这夜半歌声，／
唯有这夜半歌声。∥

第一节，用六言、三言句构成排句，描述半夜三更的景象。第二节，急切盼望光明，嫌憎黑暗的折磨，誓与魔王般的黑暗抗争，争取自由光明。第三节，用姑娘喻为光明，表达作者与光明同命运共呼吸的生死相依。第四节，表达为捍卫光明而勇于献身的决心。第五节诉说：看得到曙光的前路还很长，愤慨、激昂之余，唯有歌声可以缓解黑夜中内心的寂寞惆怅。

诗行之间或复合句之间的顿数相同或对应均齐，体现了律诗的节奏和韵味。最后的重复句不仅是哀叹的递进，更是期盼光明过程中的愤慨和无奈的责问。

3. 多方位旋进

由诗行组成诗节时，既有回环又有推进。根据情绪流动的曲折委婉需要，诗的节奏回环起伏地推进。选择长短句结构，峰回路转，自由地组节成篇，同样具备诗的美学特征。例如，时湛的《隋梅》：（为分析说明方便，增加标点，稍作变动。）

> 十四个世纪晨钟暮鼓，/ 生命归何处？/
> 只有你，依然疏影横斜花如珠，/ 暗香古刹山坞。/
> 犹见得，杨广荡舟于运河，/ 瓦岗起烽火，
> 满江红，仰天长啸，/ 南渡……。/
> 呵，依一方净土，/
> 梅诗啊，像你一样青春长驻、/ 沉沦又超越。/
> 古与今，历史的记忆永不荒芜。//

全篇分三个旋律进程，前四句，表现千年变故，物是人非，梅花依然飘香的景象。中四句，怀旧思故，回述历史。后四句进入了深刻的反思和联想，在净土中产生的诗文，经过风雨千年后并不荒芜，依然花如珠，香如故，同样具有强大的生命力。

诗的节奏安排抑扬相间，将短句、长行直接组合，产生悬殊的转折旋进行程，具有宋词的节律感，也应合诗篇内在的情绪起伏。

注1：隋梅：浙江天台山国清寺内的一株古树，相传这株梅树植于隋文帝（杨坚）时期，至今一千四百多年，花开花落，香飘古刹。故有诗篇开头的"十四个世纪"之说。

注2：杨广：隋炀帝。在电视剧《隋唐演义》中，用了杨广的一首诗《春江花月夜》："暮江平不动，春花满正开。流波将月去，潮水带星来。"瓦岗：瓦岗寨。灭陈后统一全国，开凿南北大运河。

1.5.2.5 篇章长度

自由诗本质上属于词、曲的同一个体系，是弱格律的散句。按宋词的体制，有小曲、大曲之分，还有小令、中调、长调的归类。清代人确定了一个区分范围：58个字以内为小令，59—90字为中调，91字以上为长调。如果碰到优秀的60字的《蝶恋花》或62字的《渔家傲》，或者93字的《满江红》或95字的《水调歌头》等，前两个词牌在印象中还是靠小令的边，后两个词牌却也有中调感觉，这样在查找阅读时会带来不便。对这样的精确规定便显得局限性太大了。但是从总体上说这种分类是有益的。

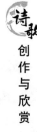
小令短小精悍、凝练，易懂易记，方便阅读，令人沉浸在优美的旋律和意境中，得到美学的享受和艺术熏陶。而中调以近百字的篇幅，更深更广范围抒发情感。那些豪情壮阔、深情婉转、意境深远的情怀大都用中调格式表现，具有真挚动人的艺术魅力。

现代的生活秩序是多元化、快节奏，在一般情况下，很难有耐心花较多时间来阅读长篇大论或大部头著作，因此，诗作的篇幅也应该有所限制。可以根据内容多少和情感特点的需求，不妨按小说那样，宜将诗分为：微章、短篇、短中篇、中篇和长篇等五类。不是依字数，而是按句数或行数归类：

微　　章：三句、五句，10 行以下，

短　　篇：20 行上下，30 行以下

短中篇：60 行上下，80 行以下

中　　篇：100 行上下，120 行以下

长　　篇：120 行以上，用于叙事和史诗等内容。

总之，每首诗应该有行数大致相等的分节、分段。每行的分句数，长的一、两句，短的三、四句。每一节都按多变的方式押韵。必须讲究节奏和韵律，这是诗形式的核心特点。没有诗的形式，不能称为诗。

注：关于诗歌原理。

在邵洵美（1906—1968 年）在 1938 年发表在上海《中美日报》专栏《金曜诗话》中，关于《新的诗评与诗评家》一文说："诗的原理，从古到今，只有三两句泛论。"（见《诗探学》2010 第一辑理论卷，邵洵美研究。）看来很少有系统全面的评述。当然，清代的袁枚和王国维的"诗话"和"词话"都有精辟的见解。诗评是对诗作的比较和综合分析，从个性中发现优良的共性，供欣赏和学习。不需要"高人"裁定和判决。仁者见仁，智者见智，无能者武断。邵又说："要做真的诗，你先得是个真的诗人。"

直到 1943 年，才有朱光潜（1897—1986 年）研究教学十年后的《诗论》，由国民图书出版社出版。在初版序言中说："中国向来只有诗话而无诗学，……诗话大半是偶感随笔，……简练亲切，是其所长；但是它的短处在零乱琐碎，不成系统，有时偏重主观，有时过信传统，缺乏科学的精神和方法。""重综合而不喜分析，长于直觉而短于逻辑的思考。谨严的分析与逻辑的归纳恰是治诗学者所需要的方法。"四十年后的 1984 年，三联书店重版时，作者增补了新的内容，使其更完善。

同在 1943 年，徐英（1902—1980 年）所著《诗法通微》，在正中书局出版，以多角度、多层次分析诗体和技法。也是一部诗学入门著作。于 2011 年由安徽合肥黄山书社点校（繁体）再版发行。清代诗论名著要数袁枚的《随园诗话》和王国维《人间词话》。民国时代也还有其他一些诗论，大多是一般性论述。

20 世纪末至 21 世纪，有关诗歌原理或称诗学的版本不胜枚举，五彩缤纷。

第 2 章　诗的分类

2.1 按诗的自由度分类

诗的自由度是就其格律规定之严宽程度而言。律诗有声、韵的要求，有对仗、句式、句法、字数的要求。律诗的一个明显特点是凝练。对于词、曲等还有篇章容量的约束。而自由诗不受字数和句、行、节的结构额定，也不受韵部、声调平仄和对仗等方面的限制。因此，从诗的形式、体制结构上可分为格律诗词和自由诗两大类。（为叙述简便，暂且将乐府诗、古诗等作为格律诗体研究。）

2.1.1 格律诗词

格律指的是诗句的句式排偶、声调和谐等法则以及齐整性和音乐美的规格。例如常见的有四言、五言、七言、长短句等。包括五言句的五律、七言句的七律、长律以及长短句构成的对联等。五律和七律由首联、颔联、颈联和尾联组成，长律的句数不限定。词和曲也是格律体的一种。宋词和元曲也是唐诗之后的格律体裁。

律诗的音韵、平仄、对仗等都有严格的要求，所以称为律诗。格律诗有如下的特点，每首律诗限定八句，五律共四十个字，七律共五十六个字，押平声韵；每句的平仄声都有规定；每篇必须有对仗。首联的对仗可用可不用。一般在颔联和颈联用对仗句，内容多为写景、写情，或者景中有情、情中有景，情景交融以适应情感变化要求。尾联中一般不用对仗，因为对仗结构不宜作为结束语。超过八句的律诗称为长律。长律中，除了尾联或者首、尾联以外，一律要求用对仗，因此又叫排律。

绝句比律诗的字数少一半。分别称为五绝和七绝。

例如，王之涣的《登鹳雀楼》：

白日依山尽，黄河入海流。欲穷千里目，更上一层楼。

又例如，杜甫的《绝句》：

两个黄鹂鸣翠柳，一行白露上青天。窗含两岭千秋雪，门泊东吴万里船。

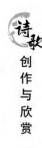
五言律诗亦见有不拘对偶，散行一体，妙合自然。例如，李白的《夜泊牛渚怀古》：

> 牛渚西江夜，青天无片云。登舟望秋月，空忆谢将军。
>
> 余亦能高咏，斯人不可闻。明早挂帆去，枫叶落纷纷。

此外，还有很少采用的六言绝句，类似词牌《清平乐》下片的六言四句。例如，王维的《田园乐》七首中第四首：

> 萋萋春草秋绿，落落长松夏寒。牛羊自归村巷，童稚不识衣冠。

相对于律诗（近体诗）而言，还有早于南朝之前汉魏六朝的古体诗。形式上比较自由，不需要遵守平仄格式，也没有声律与对仗方面的固定要求。到了南朝，齐梁之际，由沈约、谢朓等人提出分四声的"永明体"，讲究平仄的要求更普遍了。

古体诗的篇章不尽相同，有两句或三句或四句构成，还有长篇的七言古诗，句句用韵的柏梁体。此体源自汉武帝时代，在柏梁台上多人联句。

例如，先秦荆轲的《易水歌》：

> 风萧萧兮易水寒，壮士一去兮不复还！

又例如，汉代刘邦的《大风歌》：

> 大风起兮云飞扬，威加海内兮归故乡，安得猛士兮守四方？

又例如，汉代项羽的《垓下歌》：

> 力拔山兮气盖世，时不利兮骓不逝。　骓不逝兮可奈何，虞兮虞兮奈若何？

又例如，唐代陈子昂的《登幽州台歌》：

> 前不见古人，后不见来者。念天地之悠悠，独怆然而涕下。

又例如，唐代杜甫746年的《饮中八仙歌》：

> 知章骑马似乘船，眼花落井水底眠。　　　　　　　　（知章，贺知章）
>
> 汝阳三斗始朝天，道逢麹车口流涎，恨不移封向酒泉。　（汝阳，汝阳王）
>
> 左相日兴费万钱，饮如长鲸吸百川，衔杯乐圣称世贤。　（左相，李适之）
>
> 宗之潇洒美少年，举觞白眼望青天，皎如玉树临风前。　（宗之，崔宗之）
>
> 苏晋长斋绣佛前，醉中往往爱逃禅。　　　　　　　（苏晋，苏珦之子）
>
> 李白一斗诗百篇，长安市上酒家眠。天子呼来不上船，自称臣是酒中仙。（酒仙李白）
>
> 张旭三杯草圣传，脱帽露顶王公前，挥毫落纸如云烟。　（张旭，善草书）
>
> 焦遂五斗方卓然，高谈雄辩惊四筵。　　　　　　　（焦遂，布衣，甘泽谣）

此诗洋溢着时代的浪漫情怀。

在阅读古体诗时，发现古诗题名中对诗篇有不同的别称，有"歌、辞、行、引"，"谣、思、弄、乐"，"吟、咏、唱、叹"，"篇、调、曲、操"，"哀、愁、怨"，等。这些歌行体的别名都是用来表达古诗情态的。例如：

> 击壤歌（歌，合乐吟咏）；　　　　白云谣（谣，词语通俗、浅近）；
>
> 游子吟（吟，吟叹或吟哦）；　　　明妃叹（叹，悲愤与赞扬）；
>
> 昭君怨（怨，恨而不怨）；　　　　静夜思（思，心有所思）；

江南弄（弄，玩弄乐器而和）；水仙操（操，操琴而歌）；

兵车行（行，步骤驰骋）；古离别（别，惜别、离别情）；

五君咏（咏，风韵悠扬）；明妃曲（曲，委曲、离别情）；

气出唱（唱，直言其事）；箜篌引（引，引伸，以说明原委）等等。

这类古体诗在结构形式上比较自由，句子长短不一，用韵不拘平仄，自由换韵。到了唐代，唐诗有了继承和发展，风格题材有所突破，加强叙事功能。例如，白居易的《长恨歌》《琵琶行》，李白的《蜀道难》，杜甫的《兵车行》，崔颢的《长干行》，等，都是歌行体的名篇佳作。长短不一的句型各有千秋。篇短者，有其深蕴的意境；篇长者，有其绵长的情意。

2.1.1.1 齐言诗

齐言指每句字数相等，包括古体诗，四言古诗，五言、七言律诗，等。所谓"言"，指一个字，一言一字。五律、七律的诗篇截为一半，称为绝句或称为截句、断句。长律又称为排律，是五、七律的铺排延伸，句数不等，有数十句到百余句的，根据内容要求而定。

1. 四言古诗

四言句是以《诗经》为代表的诗歌源头，是在公元前六世纪，约春秋中期成书的，是我国第一部诗歌总集，包括了从西周初年（公元前11世纪）到东周中期（公元前6世纪），约500年间留存的305首诗歌。以内容、形式和风格的不同分为《风》《雅》《颂》三大部分。《诗经》表现形式以四言为主，语言朴素优美，韵律和谐，也是当时的审美意识的体现。民歌类多用重章叠句，一唱三叹，韵式多样，极富艺术感染力。采用赋、比、兴的手法，生动而形象。可谓中国诗歌之鼻祖。例如，《诗经》的第一篇《关雎》，是一首情歌：

关关雎鸠，在河之洲。窈窕淑女，君子好逑。　　　　　　　　（押平声）

参差荇菜，左右流之。窈窕淑女，寤寐求之。　　　　　　　　（押平声）

求之不得，寤寐思服。悠哉悠哉，辗转反侧。　　　　　　　　（押入声）

参差荇菜，左右采之。窈窕淑女，琴瑟友之。

参差荇菜，左右芼之。窈窕淑女，钟鼓乐之。

注：关关雎鸠：发出关关叫声的水鸟。荇菜：浮在水面的圆叶菜。流：顺流采摘。芼：择取。寤寐思服：日夜思念和怀想。

助释：

水鸟相对关关地唱，在那河边的小洲上，美丽温柔的好姑娘，你就是我的好对象。

水中的荇菜有长短，姑娘她双手采摘忙。美丽温柔的好姑娘，日夜在我的心窝上。

苦苦追你啊追不上，你让我日思又夜想。思也悠悠恨也悠悠，翻来覆去我睡不香。

水中的荇菜有长短，姑娘她双手采摘忙。美丽温柔的好姑娘，我弹琴与你来做伴。

水中的荇菜有长短，姑娘她双手采摘忙。美丽温柔的好姑娘，钟鼓声中一起欢唱。

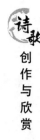

四言诗体,一直沿用,直至汉魏六朝。近代和现代虽然呈衰落之势,但只要将此形式用得巧妙,依旧光彩夺目。为人称道的有曹操的振聋发聩之作《观沧海》和《龟虽寿》。曹操的《龟虽寿》是《步出夏门行》的末章:

　　　　神龟虽寿,犹有竟时;腾蛇乘雾,终为土灰。

　　　　老骥伏枥,志在千里;烈士暮年,壮心不已。

　　　　盈缩之期,不但在天;养怡之福,可得永年。幸甚至哉,歌以咏志。

诗篇充满哲理,表达对生命的独特理解。比喻贴切,说理中肯,哲理与诗情通过艺术形象表达,以理服人,以情感人。其中"老骥伏枥,志在千里;烈士暮年,壮心不已"是全篇的点题之笔,充满强烈的生机与活力,表达了对人生和事业的奋进情感。

周恩来在1942年为皖南事变写的名篇:

　　　　千古奇冤、江南一叶;同室操戈,相煎何急!

更是久远流传。

2.五言诗(古体、律体)

从汉代(公元纪年前后)开始出现了五言诗,其中有流传较广的《古诗十九首》以及特别优秀的长篇叙事诗《孔雀东南飞》(焦仲卿妻)。后有魏国曹植的著名的《七步诗》等等。这也许体现汉代创造了很多单音节动词所具有的特点。五言比四言的语气更缓慢拖声,音节更安闲平和,句法舒缓,因而平淡天真,宜于表现温雅的山水和恬适的心情。为了区别于唐代形成的格律严谨的五言体,称唐代以前的句数不一、声韵自由的五言体为五言古诗。

例如,曹植的《七步诗》:

　　　　煮豆持作羹,漉豉以为汁。

　　　　萁在釜下燃,豆在釜中泣。

　　　　本是同根生,相煎何太急。

注:漉豉:过滤渣滓。萁:秸,非箕。现今流传的"煮豆燃豆萁,豆在釜中泣。本是同根生,相煎何太急"是改编后的四句。

五言古诗、五律、五绝等都是五言句。通常,最基本的结构是以四句成一章。

(1)基本句型:是上二下三(二言、三言构成两顿)。

例如,王之涣《登鹳雀楼》:

　　　　白日依山尽,黄河入海流。欲穷千里目,更上一层楼。

又例如,杜甫《绝句》:

　　　　迟日江山丽,春风花草香。泥融飞燕子,沙暖睡鸳鸯。

(2)一般句型:是(二、一、二)言构成三顿以及(二、二、一)言构成三顿。

例如,唐太宗赐社稷臣萧瑀诗曰:

　　　　疾风知劲草,板荡识诚臣。勇夫安知义,智者必怀仁。

注:板荡:诗经中有两篇《板》和《荡》,分别写上帝的残暴无道和社会的黑暗动

荡。后人用"板荡"来比喻政局混乱，社会动荡不安。安：未必。

又例如："明月松间照，清泉石上流。""红叶晚萧萧，长亭酒一瓢。"

"大漠孤烟直，长河落日圆。""春风骑马醉，江月钓鱼歌。"

（3）特殊句型：有（一、四）言构成两顿和（四、一）言构成两顿。

例如："青惜峰峦过，黄知橘柚来。""露从今夜白，月是故乡明"

"昔闻洞庭水，今上岳阳楼。""吴楚东南坼，乾坤日夜浮。"

"亲朋无一字，老病有孤舟。""戎马关山北，凭轩涕泗流。"

注：岳阳楼：岳阳的西门城楼。吴楚：春秋时代两个国名，泛指长江中下游地区。坼：分裂，天寒地坼。老病：杜甫57岁，多病，出蜀后未曾定居，全家过着船居生活。戎马关山北：北方吐蕃入侵，战争未平息。凭轩涕泗流：倚靠着楼窗满脸眼泪鼻涕的哭泣。

此外还有（三、二）言，（一、二、二）言，（一、三、一）言和（一、一、三）言等句型结构。

五绝字句短促，用字严谨，意义圆活，含蕴倍深。小中见大，促处求宽，如尺幅有千里之势。例如，李白的"床前明月光，……"，王之涣的"白日依山尽，……"，柳宗元的"千山鸟飞绝，……"等都是千古绝唱。五言绝句只有四句，但也符合起承转合的构思，有时也用来构成流水对句。

3. 七言诗（古体、律体）

七言诗出现在汉代，也由于句数有不同，声韵自由，常常将唐代以前的七言诗称为七言古诗。现存最早的七言古诗以魏文帝曹丕的《燕歌行》为代表，诗篇句句用韵：

> 秋风萧瑟天气凉，草木摇落露为霜。
>
> 群燕辞归鹄南翔，念君客游思断肠。
>
> 慊慊思归恋故乡，君何淹留寄他方？
>
> 贱妾茕茕守空房，忧来思君不敢忘，不觉泪下沾衣裳。
>
> 援琴鸣弦发清商，短歌微吟不能长。
>
> 明月皎皎照我床，星汉西流夜未央。
>
> 牵牛织女遥相望，尔独何辜限河梁？

注：鹄：天鹅。慊慊：憾恨。淹留：久留。茕茕：孤独。清商：曲调名，音节急促，不能长讴曼咏。星汉：银河。央：尽。牵牛、织女：星座名，神话中的分居夫妻。尔：你、你们。尔独何辜限河梁：有什么罪过而被银河相隔，不能从鹊桥上相会。

七言古诗、长律、七律、七绝等都是七言句。通常最基本的结构是以四句成一章。最早的一首七言律诗是王勃的《滕王阁诗》，写于676年（唐高宗上元三年）。是著名的骈文《滕王阁序》的附诗，概括了全序的内容，是一首凝练、含蓄的诗篇：

> 滕王高阁临江渚，佩玉鸣鸾罢歌舞。
>
> 画栋朝飞南浦云，珠帘暮卷西山雨。
>
> 闲云潭影日悠悠，物换星移几度秋。
>
> 阁中帝子今何在？槛外长江空自流。

全诗八句，豪荡感激，都属于典型句型。七言诗的句型大致可分为三类：

(1) 基本句型：是七言两顿，上四下三言句式，例如，

> "晴川历历汉阳树，芳草萋萋鹦鹉洲。"
>
> "少小离家老大回，乡音无改鬓毛衰。"

(2) 一般句型：是七言三顿，上四、中一、下二言句式，例如，

> "年年喜见山长在，日日悲看水独流。"
>
> "细雨湿衣看不见，闲花落地听无声。"

以及由上一、中三、下三言句式构成的三顿，例如，

> "鱼吹细浪摇歌扇，燕 蹴飞花落舞筵。"
>
> "门通小径连芳草，马饮春泉踏浅沙。"

(3) 特殊句型：是七言两顿，上二、下五言句式，例如，

> "独怜一雁飞南海，却羡 双溪解北流。"
>
> "鸿雁 不堪愁里听，云山 况是客中过。"

以及还有由上五、下二言句式构成的两顿，例如，

> "永夜角声悲自语，中天月色好谁看？"
>
> "不见定王城旧处，空怀贾傅井依然。"

特殊句型中还有，上四、中二、下一言句式构成三顿。

例如，白居易《琵琶行》中：

> 寻声暗问弹者谁？琵琶声停欲语迟。
>
> 移船相近邀相见，添酒回灯重开宴。
>
> 千呼万唤始出来，犹抱琵琶半遮面。

此外还有（上三、中一、下三）言，（上三、下四）言，（上二、中四、下一）言，（上一、中四、下二）言，（上六、下一）言和（上一、下六）言等七言句式。总之，在形式和意义的双重审美效果上形成了律诗的节奏和表达特征。

七言绝句与五言绝句相比每句多了二言，节奏上增加了一波，有了宛曲回环的余地，整篇诗的宛转变化落在第三句。造句成篇时，大都采用前后呼应的章法，字巧意深，含蓄不露，余音不尽，百读不厌。例如李白的"朝辞白帝彩云间，……"，王之涣的"黄河远上白云间，……"，杜牧的"烟笼寒水月笼沙，……"等都是千古绝唱。

4. 六言诗

六言诗较少见，但也有名篇，例如，王维的《田园乐七首》：

萋萋春草秋绿，落落长松夏寒。

牛羊自归村巷，童稚不识衣冠。

青草湖边草色，飞猿岑上猿声。

万里三湘客到，有风有雨人行。

尽管六言绝句未能流行，但值得注意的是在词、曲中却有不少应用，发挥其短促有力的节奏。例如，马致远著名的曲《天净沙·秋思》以六言句为主。由此可见六言句也是有生命力的，只要符合抒发感情需要时，就显出其用武之地。

2.1.1.2 长短句

长短句是指词、曲、赋以及有格律要求的长短不一的对仗句等。在律诗盛行年代，由于受西域的"胡乐"影响，产生了音乐歌唱，兴起了一种新的歌诗——曲子词，是配合音乐歌唱的。曾经别称为歌词、乐章等。晚唐的温庭筠是第一个专攻词的文人。词的句子长短不一，有格律要求。词的篇章结构一般分为两段，称为上下片或上下阕。到了宋代，词的创作达到全盛时期，取得了与唐诗交相辉映的灿烂成就。此后诗词并称，成为我国传统诗歌的代表。

长短句结构的出现，打破了律诗整齐划一的框框，是诗体的一次不完全的解放。只是丰富了诗歌的体裁，因为只是在句式的字数上突破了四、五、七言的束缚，在声调、韵脚等方面还是有严格的限制，实际上是格律诗的变体。

1. 对联

对联，是从律诗的对偶句演化出来的，雅称"楹联"，俗称"对子"。文体对仗工整，平仄协调，言简意深，雅俗共赏，是一种独特的文学形式。"对联"之称始于明代，有"诗中之诗"的美称。对联的语句凝练，与书法珠联璧合，构成绚丽多彩的独特画卷。

对联的文句长短不一，短的仅一两个字，长的有数十字或上百字。不论何种形式，必须符合以下几个特点。

（1）上联与下联要求字数相等，断句一致，平仄相对，音调和谐。传统习惯是"仄起平落"，即上联尾字用仄声，下联尾字用平声。

（2）上联与下联要求词性成对，位置相同，一般称为"虚对虚，实对实"，在相同的位置上词性相同，例如，名词对名词，动词对动词，其他类同。

（3）上联与下联要内容相关，上下衔接。即上下联的含义必须相互衔接，但语句又不能重复。

（4）对联的书写符合传统习惯，直写竖贴，由上而下；对联的张挂，自右向左，不能颠倒。贴挂的位置通常是门框、中堂、堂柱，分别称为门联、中堂联和楹柱联。此外，与对联紧密相关的横批，是对联的题目和对联的中心思想，起到画龙点睛、相得益彰的作用。

例1：上联："闭门推出窗前月"，下联："投石冲开水底天"

例2：上联："一代风流九州摧雅"，下联："八方锦绣四季呈祥"

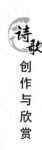

例3：复合句对联："墙上芦苇，头重脚轻根底浅；山间竹笋，嘴尖皮厚腹中空。"

其中，出句和对句的字不相重复，其平仄声是相对立的。词性上对得很工整。"墙上"对"山间"，"根底"对"腹中"，是名词带方位词成对；"芦苇"对"竹笋"，"头"对"嘴"，"脚"对"皮"，是名词成对；其余是三组形容词成对。"头重"对"脚轻"，"嘴尖"对"皮厚"，都是句中自对。这种既有句中自对又有两句相对的对联，显得特别工整，也更有魅力。

对联的种类繁杂，按使用场合可分为春联、喜联、寿联、挽联、装饰联、行业联、谜语联等。按修辞结构可分为叠字复字联、回文倒顺联、拆字合字联、隐字联、顶真联、同偏旁部首联、谐音双关联等等。

例4："爱国尽忠，武穆英灵长在，奇祸陷风波，南宋山河才半壁；

旧容新貌，西湖美景增辉，精忠贯日月，西湖俎豆足千秋。"

例5："烟锁池塘柳，炮镇海城楼。"

此外，明、清章回小说的题目大都也用精彩概括的对联，一目了然。

例6："宴桃园豪杰三结义，斩黄巾英雄首立功。"

对联的长度差别很大，排列次序不同，长联字数也在一二百或更多，根据需要酌定。大多数悬挂在著名的楼、阁、塔、宫、寺、庙等处。数百字的长联在某种程度上类似于骈文。骈文是用词句整齐对偶的文体写的文章。

2. 词、曲及其他

词和曲也是格律体的一种。宋词和元曲是唐诗之后的时代诗歌体裁。唐诗表现雅正，描影绘声，酣畅淋漓，脍炙人口。用字选词几经推敲，词外求词，让人拍案叫绝。宋词善于抒情，别具风神韵致，墨浓意酣，性灵流露；元曲则庄谐并存，包含更广。

词和曲本是按乐谱填写的句式不齐整的诗，由于乐谱优美，喜闻乐见，尚能广泛流传。根据词的抒情需求形成了句式结构变化多样的词调，最终成为一种固定套路的文学形式。

(1)（宋）词。词，最初称为"曲词"，是配合音乐的词，如同现在的歌词一般。词起源于隋、唐，最兴盛的是宋代，故有"唐诗宋词"之说。词的押韵与诗相比显得更加灵活多变。长于比、兴，注重寄托，显得含蓄深远，声情并茂。大多由律诗缩减或发展而成。其中最短是十六字的小令。例如，毛泽东的《十六字令·山》（三首其一）：

山！快马加鞭未下鞍。惊回首，离天三尺三。

诗句分别由一、三、五、七言句式（奇数）构成。

按其篇幅长短，词调又可分为小令、中调和长调三类。五十八字以内称为小令，九十字以上称长调，其间的称为中调。例如，《浣溪沙》《卜算子》等属小令，《渔家傲》《蝶恋花》等是中调，《满江红》《沁园春》《水调歌头》等归于长调。

在宋代，词的发展达到了一个高峰，脱离音乐，成为单纯的一种文学体裁，句式和字数的约束放宽。在律诗发展的道路上跨出了重大的一步，成为诗的别体。唐宋两代形成了众多词牌，每一个词牌都规定了字数、句数、韵数、平仄及其格式。依照词谱所规定的格式写作称为填词。

词牌是词的格式名称，有一千多种，其来源有三：用的原本是乐曲名称，或者用一首词中的几个字作为词牌，或者本来就是词的题目。因此，词的内容和美感往往反映在词牌上，因为它不仅包含节奏，在某种程度上也体现情感。词牌是最早词调的标志。所以选用词牌写作也是一种构思，即填词之前先要根据词作的内容，选择符合表达特定情意的词调。绝大多数的词牌都成为一种套用格式，并不是词的题目，词的题目往往是在词牌后面用小号字注出。（有的不用词题，有的是后人为阅读方便而注明的）

如《满江红》《水调歌头》等一类词牌，声情激越雄放，不宜用它的格式表达婉约柔情。《一剪梅》《蝶恋花》等一类表现细腻轻扬，不宜抒发豪放感情。填词时，要选择声情相吻合的词牌，使长短句式更贴近原本词调的情感格调，以使声情得到充分表现。这种构思的路数需要学习唐、宋名家的词调，琢磨仿效。可阅读参考《豪放词》和《婉约词》两本小集子。经过深厚的积累过程，才能有所感悟。

通常见到的词分两段，称双调，也有不分段的，称单调。也有三段、四段的称三叠、四叠。

双调的词往往分上下阕。阕，本意是"终了"，就是段落。有时也称一段为一片，即词的上片或下片。仔细区分可理解为：片，具有上下次序的概念，而阕，强调的是共时性和对等的概念。词的上、下片讲究变化。上片写景或事、下片写情；上片写往昔、下片写眼前；上片写室内、下片写室外等等。下片的"换头"句应该做到意脉相连。"换"即更换内容或意境，但也有打破常规的，例如，辛弃疾的《破阵子·为陈同甫赋壮词以寄之》：

醉里挑灯看剑，梦回吹角连营。八百里分麾下炙，五十弦翻塞外声。沙场点秋兵。// 马作的卢飞快，弓如霹雳弦惊。了却君王天下事，赢得生前身后名。可怜白发生！//

上片的全部和下片的大部分都是一个内容——"豪壮词"，只有最后一句表现了年华已逝、壮志未酬的悲愤。意义上的下片只剩下最后一句了。这也是艺术结构上的独创。

注：八百里分麾下炙：意为部下兵士分吃烤牛肉，"八百里"指黄牛名。五十弦翻塞外声：意为乐器合奏军乐，以瑟的五十弦代表乐器。的卢：刘备的座骑马名，一跃三丈跑得快。弓如霹雳弦惊：意为拉弓射箭时的响声如霹雳。

（2）（元）曲。曲，兴盛于元代，故称元曲，有固定曲牌，是与音乐密切相关的诗体。有散曲和剧（戏、歌）曲之分。散曲是用于清唱的歌词。剧曲是表演的剧本，包含唱词和道白。与诗剧类同。具有叙事功能而使其逐渐脱离韵文的局限。对元曲的形成作出了开创性贡献的是元代的元好问。将元曲推崇为新文体的是清代的王国维。

从形式上看，散曲和词相近。在语言上，散曲通俗活泼，而词则典雅含蓄；在格律上，散曲与词相比更自由些。曲与词相比的明显差别在于体式新、语言新、风格新。

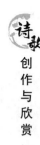

①在体式上具有"格律与自由"相统一的新特点。

②散曲要求通首同韵，几乎不能换韵，平、上、去三声（平仄）通押。

③同一曲调中可以增加衬字，增加语言的生动性，着意使用叠词和重句，增强语言效果，更自由充分地表达情感。

区分曲与词的最显著的特点是有无衬字。衬字是为了歌唱需要而增加的字（相对于曲律规定的正字而言），有衬字的是曲，没有衬字的是词。它不受音韵、平仄、句式、曲律的限制。例如，"北风（那个）吹，雪花（那个）飘"，其中的"那个"被称为衬字。在句式上更加灵活，语言通俗、更口语化。

（3）（汉）赋。赋是介于诗、文之间过渡文体。具有似诗似文的特征。因而大致可分为诗体赋和散体赋两大类。诗体赋与现代文学中的散文诗有些相像，以抒发情感为重。语句上以四、六言为主，并追求骈偶，语音上要求声律和谐等。而散体赋比较接近于散文，以叙事状物为主。例如，曹植的《洛神赋》，杜牧的《阿房宫赋》，司马迁的《悲士不遇赋》，苏轼的《赤壁赋》等都是名篇。

骈偶是对偶的句法。骈文是用词句整齐的对偶文体写的文章，也是一种韵文的体裁。起初主要强调对偶，到了南北朝，吸收了汉赋的特点，开始注重用韵。

2.1.2 自由诗

诗是由歌吟蜕变而成的，是有高度的音乐性，无论中外诗歌均注重音节和自然节奏。律诗的音律限制很严。1919 年"五四"新文化运动兴起，推行白话文，提倡新诗。沿着历史发展的轨迹，融会律诗、词、曲于一炉，不遵循平仄的旧规，不拘束于严格的韵脚。但仍须着意于字音的清浊轻重，韵脚的和谐协调。在朗诵之际，有抑扬顿挫、悦耳动听之美，言之有物、抒之有情，充满神韵，余味无穷。随着 20 世纪 30 年代新文化运动推进，应运而生的自由诗进入了诗歌体裁发展的新阶段。

2.1.2.1 随意自由体

自由体打破了格律诗体所要求的限制和束缚，最充分地体现了篇无定句（行）、句无定言的特点，字数（言）和句数的多少及段落的长短都随抒发情感意义的需要而定。也即随情感的起伏形成自然的节奏。表现为没有固定形式的随意自由体，实际上是随意没有体。五四新文化运动领导者胡适的《依旧明月时》，是诗体改革的一个缩影：

依旧是明月时，依旧是空山夜，这凄寂如何能解？

翠微山上的一阵松涛，惊破了空山的寂静；

山风吹乱了纸窗上的松痕，吹不散我心头上的人影。

诗句突破了传统句式的框框、平仄的限制以及韵脚的严格要求。依旧有悦耳的旋律，有韵味，有深远的意境。

再例如，叶挺将军的《囚歌》：

为人进出的门紧锁着，/ 为狗爬出的洞敞开着，/

一个声音高叫着，/——爬出来吧，给你自由！//

我渴望自由，但我深深地知道——/ 人的身躯怎能从狗洞子里爬出！//

我希望有一天，/ 地下的烈火，/ 将我连这活棺材一起烧掉，/

我应该在烈火与热血中得到永生！//

抬起高昂的头颅，发出愤怒的呼声，字字句句铿锵有力，喷出的是火、也是炽烈的熔岩，要把牢狱摧毁。

随着诗体改革的深入，有的诗篇发展成既无标点，也不押韵的无边无框的自由状态。

例如，艾青 1937 年的《太阳》：

从远古的墓茔 / 从黑暗的年代 / 从人类死亡之流的那边 /

震惊沉睡的山脉 / 若火轮飞旋于沙丘之上 / 太阳向我滚来…… //

它以难遮掩的光芒 / 使生命呼吸 /

使高树繁枝向它舞蹈 / 使江流带着狂歌奔向它去 //

当它来时，我听见 / 冬蛰的虫蛹蠕动于地下 / 群众在广场上高声说话 /

城市从远方 / 用电力与钢铁召唤它 /

于是我的心胸 / 被火焰之手撕开 / 陈腐的灵魂 / 搁弃在河畔 /

我乃有对于人类再生之确信 //

自由体不拘一格，分行排列，有两行一节的民歌体式和四行一节叙事、抒情体，此外还有三行、五行、七行一节的，或者更多行的体式（欧洲的十四行诗），或不分段的一气呵成的整体式。诗的分行是对应情感的波浪而形成的，是情感节奏的形式化。诗句可长可短，段落可疏可密。自由体富于变化的句式、结构，更适于表达丰富复杂的思想情感。自由意味着开放、创新和包容。自由体在发展中也应该建立一种不是固定而是宽松的范式。即整齐中有变化，错综中有规律。在自由体中以梯形排行为特点的梯型诗，是自由诗发展中的一朵奇葩。

阶梯型诗是将行与行之间的排列错位，呈阶梯形状，用对称与不对称的对立统一组织节奏，即对称、平衡与参差、跌宕相互结合，有效地加强了形象的密度分布，便于抒发复杂的思想感情。

例如，苏联诗人马雅可夫斯基的长诗《列宁》，是典型的阶梯型诗，节录如下：

……

伊里奇的话——

　　　得到最好的土壤

他的话落到土上，

　　　立刻

　　　生长起我们的事业

……

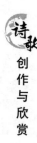

将人物或事件交叉对比的手法（比兴），语言形象突出，感染力增强。利用阶梯结构使形象更加突出、而且体现了层层深入的特点，情感更加强烈。隐喻技巧和虚实交织手法的应用更显得恰到好处。例如，中国式的阶梯型诗的代表要数贺敬之的《放声歌唱》，节录如下：

> 无边的大海波涛汹涌
> 　　啊，无边的
> 　　大海
> 　　　　波涛
> 　　　　　汹涌
> 生活的浪花在滚滚沸腾
> 　　那生活
> 　　　浪花
> 　　　　在滚滚
> 　　　　　沸腾
> 啊，啊，是何等壮丽的景象
> 　　我们的祖国
> 　　　万花盛开的
> 　　　　大地
> 　　　　　光华灿烂的
> 　　　　　　天空
> 　　　……

诗篇热情奔放，具有极强的艺术感染力。

阶梯的形式可广义地定义为句首不齐整的形式，参差不齐是情感的追求，是美的追求。例如，朱湘的名作《采莲曲》充分体现了阶梯建行的美学追求，节录第一节如下：

> 小船啊轻飘，
> 　杨柳啊风里颠摇，
> 　　荷叶啊翠盖，
> 　　　荷花呀人样妖艳。
> 日落，
> 　　微波，
> 　　　金线闪动过小河。
> 左行，
> 　　右撑，
> 　　　莲舟上扬起歌声。
> 　　……

诗篇中，两个二字句，前一句是促拍，发声短促；后一句是曼声，声音悠长，大大增强了富有动感的表现力。

2.1.2.2 拟律自由体

中国传统的诗歌创作注重形式技巧，尤其是严整的语意对称和形式对称。20 世纪30 年代，闻一多在自由与格律之间的抉择中，推陈出新，走出一条可行的发展之路，姑且称它为拟律自由体，也被称为现代格律诗。例如，闻一多的《死水》：

> 这是一沟绝望的死水，清风吹不起半点漪沦。
>
> 不如多扔些破铜烂铁，爽性泼你的剩茶残羹。//
>
> 也许铜的要绿成翡翠，铁罐上锈出几瓣桃花；
>
> 再让油腻织一层罗绮，霉菌给他蒸出些云霞。//
>
> 让死水酵成一沟绿酒，飘满了珍珠似的白沫；
>
> 小珠们笑声变成大珠，又被偷酒的花蚊咬破。//
>
> 那么一沟绝望的死水，也就夸得上几分鲜明。
>
> 如果青蛙耐不住寂寞，又算死水叫出了歌声。//
>
> 这是一沟绝望的死水，这里断不是美的所在，
>
> 不如让给丑恶来开垦，看他造出个什么世界。//

《死水》堪称拟律自由体诗的"典范"之作。是有律诗影子的自由诗，基本格式是由两字音节或三字音节组成，每行诗的音节数相等，这样既保持了诗行的均齐，又有鲜明的节奏。比如，段落整齐，音节对等，节奏明显，适当押偶韵，等。这体现从对立走向融合，从趋异直至趋同，体现了既开放又包容。在各自发展中又达到互补的一种发展模式。

随着诗体的发展，其形式有了多种变化，例如，章节、行数、音节数、韵脚等，根据情感抒发而定，没有硬性的限制，基本保持对等、匀称。例如，现代胡宏伟的《长江之歌》：

> 啊，长江！
>
> 你从雪山走来，春潮是你的风采；
>
> 你向东海奔去，惊涛是你的气概。
>
> 你用甘甜的乳汁哺育各族儿女，
>
> 你用健美的臂膀挽起高山大海。//
>
> 我们赞美长江，你是无穷的源泉；
>
> 我们依恋长江，你有母亲的情怀。//
>
> 啊，长江！
>
> 你从远古走来，巨浪荡涤着尘埃；
>
> 你向未来奔去，涛声回荡在天外。
>
> 你用纯洁的清流灌溉花的国土，

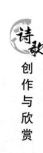

你用磅礴的力量推动新的时代。//

我们赞美长江，你是无穷的源泉；

我们依恋长江，你有母亲的情怀。

啊，长江！//

这样的自由诗用了多种句型（感叹句、六音节的长句和复合句）的自由变化，但还是有对等、均齐的规律，可以被认为是现代格律诗。第一节用拟人化手法，体现母亲河的情感，深切赞美。第二节用时空对比，表现长江的象征意义，充满活力。

注：1982 年，中央电视台电视记录片《话说长江》播出时，有一段由王世光写的主题音乐作为开篇曲（时长 50 秒），深受广大观众欢迎，1983 年向全国征选主题歌词《长江之歌》，直至 1984 年元旦，共收到 4583 件征稿，经过两个多月的评选，其中胡宏伟的作品脱颖而出，荣获最佳创作奖。

2.1.2.3 歌谣体

民歌、牧歌、民谣，都是最早的诗歌形式，也称为民间诗。语言真率，情感自然流露，蕴含一种未加雕琢的天然美感。歌谣常常用地方特色的比喻构造形象，烘托气氛。形象的交织，情景的交融，织出新的意境。

远古的歌谣产生于集体生活和劳动的过程中。上古歌谣中，最短的诗歌仅有八个字。例如《弹歌》："断竹，续竹，飞土，逐肉。"这首歌谣反映了远古渔猎时代人们的劳动生活，描写了他们砍竹、接竹、制作弹弓，发射弹丸的捕猎禽兽的全过程。

在《古诗三百首》中有很多经典的民歌。例如《敕勒歌》：

敕勒川，阴山下。天似穹庐，笼盖四野。

天苍苍，野茫茫，风吹草低见牛羊。

这是一首"牧歌"，语言浅显，粗犷豪迈，唱出了古代敕勒族人民对千里大草原的热爱和赞美。阴山即现今内蒙古的大青山，穹庐即用毡布搭成的帐篷。

民歌体的叙事长诗在 20 世纪 40 年代十分繁荣。李季 1946 年的长诗《王贵与李香香》是最典型的民歌体，吸收了陕北"信天游"的艺术营养，用"比兴"的手法，创作了生动形象的诗句，其例句节选如下：

山丹丹开花红姣姣，/ 香香人材长得好。//

一对大眼水汪汪，/ 就象那露水珠在草上淌。//

……

一个算盘九十一颗珠，/ 崔二爷牛羊没有数数。//

长诗从青年男女恋爱的视角，传奇性地展现陕北土地革命的历史风暴，揭示了农民翻身闹革命的主题。用表述其他人物或事件作为辅衬、然后引出需要表现的对象（人或事）的手法（比兴），情节的跳跃发展，展现了丰富动人的生活画卷；不仅使语言形象化，形象密度加大，而且大大增强了感染力。例如"千里的雷声万里的闪，陕北红了半边天"，洋溢浓郁的时代气息，使需要表现的本体形象更加突出、鲜明，情感更加强烈、饱满。例如"针眼大的窟窿斗大的风"这样的对比十分夸张，形象鲜活。"太阳尽向西边落，不知落了几大堆"，朴素的想象更奇特。"宁隔千里远呵，不隔一层板呀"这类强烈的对比更使人震惊。

纵观文学史，文学的新体裁都来自民间，经过发展，浅薄的内容变丰富了，写作的手法更完善了，平凡的境界美妙了。四言诗、楚辞、乐府诗、律诗、词等体裁的发展历史都是如此。具有生命活力的文学总是向民间寻找发展的新方向。

2.1.2.4 歌词

歌词是能唱的诗，凝练、概括，情结（情节）感人，节奏感鲜明，要充分体现诗的音乐美。诗歌可理解为诗和歌，自由诗和歌词是新诗发展的两个支脉。歌词是生活在大众口头的新诗。例如，《义勇军进行曲》《黄河大合唱》等这样的歌词气势磅礴、震撼人心，体现了 20 世纪 20 年代"五四"新文化运动中，诗歌在歌词方面发展的突出典范。还有一些经典的抒情诗也被谱曲而成为优美的情歌。例如，1920 年刘半农的诗《教我如何不想她》，有赵元任谱曲传唱。当今有个电视剧也配有此诗的插曲，曲调的情感与歌词内容相依相从，优美传情，起到了推波助澜的作用。通常歌词要朗朗上口，一部分使用浅白直接的口语，也偏重情绪流畅，不苛求更多深入的含义。

歌词构思精巧、语言简约、篇章精短，形象生动，鲜明显豁，激动人心。通常安排特点鲜明的易流行的语句，借题发挥（或称为"兴、比"）成为歌曲的记忆点。歌词中情感的表现有较多的情绪性和意向性，具有强烈的诉求倾向，通常运用包含"你、我、他（她、它）"的抒情格局。歌词语句表现主体与客体之间的交流，不避浅俗，有的是明白的诉求，有的是隐含的呼应。如同戏曲唱段一样，充满角色之间的情感交流。例如，乔羽作词、刘炽作曲的《我的祖国》中："姑娘好像花儿一样，小伙儿心胸多宽广。""朋友来了有好酒，若是那豺狼来了，迎接它的有猎枪。"

如果作为阅读的诗句，就显得浅薄和拖沓无力。却在演唱中拉长腔调后，对朋友，听起来亲切悦耳，对敌人却是击发前沉住气的瞄准，充满信心和力量。

再看一首从唐诗衍生而来的《涛声依旧》，唱的是现代青年的情思，而唐诗《枫桥夜泊》描述旅途的感受。歌曲的作者陈小奇将诗中旅客的秋夜思乡的意境，转移到现代恋情缠绵的歌唱，充分表明诗与歌的交融特性。现将诗与歌词作对比：

张继著名的诗《枫桥夜泊》：

> 月落乌啼霜满天，江枫渔火对愁眠。
>
> 姑苏城外寒山寺，夜半钟声到客船。

诗写出了静谧的秋夜，萦绕心头的缕缕情思，有声有色。耳闻乌啼声、钟声的忧愁和孤寂；眼看破晓前的落月、乌啼、秋霜、枫江、渔火的凄凉和茫然，抒发对家乡亲人的愁思。完美的情景交融。

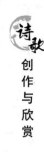

注：《全唐诗》中原诗题名"夜泊枫江"，流传甚广。后人因张继之诗说"江枫……"，将寒山寺前的"封桥"改名为"枫桥"。而诗题名也相应更改为"枫桥夜泊"。将苏州城远郊的一座山改名为"愁眠山"。由此可见诗歌的魅力非同一般。

陈小奇的歌《涛声依旧》：带走一盏渔火，让它温暖我们的双眼，留下一段真情让它停泊在枫桥边。……。月落乌啼总是千年的风霜，涛声依旧，不见当初的夜晚。……

同样用了落月、乌啼、秋霜、枫叶、渔火、钟声、客船等客观场景，抒发的是男女情爱的凄凉和茫然，也是完美的情景交融。

无论是诗，还是歌，随着时代的发展，情感的主题总是可以不断地开掘的，继往开来，不落俗套。文辞美的歌词容量不断扩展，更具体地展示强烈的感觉、宽泛的意境和充分的韵律。歌词可视为歌唱诗。它具有穿透心灵的震撼力。这不禁联想到宋词，它原本也是配乐的唱词。

再例如，李商隐《登乐游原》抒发的"夕阳无限好"感慨：

> 向晚意不适，驱车登古原。夕阳无限好，只是近黄昏。

面对夕阳西下，不由得为之陶醉和感叹，但紧接着发出深深的叹息，只是近黄昏，青春不再来，抒发悲叹的人生情怀。

相反，乔羽的歌词《夕阳红》对夕阳西下抒发的感慨，唱的是老年人的温暖情怀：

> 最美不过夕阳红，温馨又从容。
> 夕阳是晚开的花，夕阳是陈年的酒，
> 夕阳是迟到的爱，夕阳是未了的情。
> 多少情爱，化作一片夕阳红。

用夕阳的直接比喻，真切地抒发了夕阳无限好，充满生活情趣，充满温馨的情意和人文关怀。

注：可将八句话想象为八个七言句诗，符合起承转合章法，形成鲜明的结构节奏。只是将第二句改成了五言句、第七句改成了四言句，形成了贯注深情的起伏。一、二句和第八句以抱韵的方式，押"东"韵。

歌词是听觉语言，具有瞬时性，需要真诚简单、形象生动，具有让人内心冲动的想象空间。歌词的意象美和语言的诗化特征，让人反复歌咏和念念不忘。一首好的歌词一定是一首好诗。写出一首节奏鲜明、音韵和谐、能够激起人们灵魂共鸣的诗句，这本身就需要有坚实的诗学功底。

2.1.2.5 散文诗

散文诗可看成诗与散文之间一种过渡形式的文体，是感发与文采的结合。具有诗歌意象和散文形态的双重特点。诗是最早出现的文学体裁，具有雍容、高雅、凝练、细腻的特点。讲究心灵感发，两句一意或一联一境，简短明了，便于记忆。例如，医方口诀、儿童歌谣、识字课本、劳动号子等等。散文是后来逐渐演变出来的，讲究谋篇结构，段落层次。宜用来状物、叙事和说理，给读者一个明了的状态或明白事理的回答。诗宜于抒情遣兴，给读者一种感受或意会。诗的一个重要特征应该是简练有韵律，而散文娓娓动听、从容自如。

例如，《诗经·采薇》中最后一节：

昔我往矣，杨柳依依；今我来思，雨雪霏霏。

行道迟迟，载渴载饥。我心伤悲，莫知我哀。

如果写成现代散文，则为："从前我走的时候，杨柳还在春风中摇曳；如今我回来，已是雨雪连绵的冬天。"原诗的表面词义大致还有留存，可诗的情韵却荡然无存。失去了浓郁的人情和诗的韵律。散文留给读者的是前后两幅呆板的状景，"摇曳"不能表达"依依"之情；"连绵"不能表现"霏霏"之意。

诗像一条被堤岸夹住的小河，岸上有树林、乡村。船在水上走，风景在岸上流，走得曲折、流得滟美，丰富多彩。诗歌的特点就像观赏堤岸上的风景，取景有韵致，看景有眼前一亮的光彩。散文不是因为它"散"而叫作为散文，不能像河流涨大水时，两岸被淹了，一片汪汪。从形式上看，散文既不是韵文，又不是骈文（对句形式）。之所以称它为散文，是因为写散文可以不拘形式，随意发挥。像一袋沙子，能收拢、提起来，握在手里又可以泼洒成栩栩如生的沙画，有模有样，精彩纷呈。散文要有中心，要剪裁，不至以真的"散漫"到漫无边际。

散文诗则处于诗与散文这两者的轨道交叉处，一方面有散文形态的自由铺垫发挥和诗性提炼上的运用自如，短小精悍，优美自然。另一方面又有诗的韵致，有一个很宽泛的叠合范围。散文诗不仅具有散文的自由和从容，又有诗歌的意象和象征。

散文诗，仍有散文的特征，散文语言的表达具有表意逻辑的连贯性和完整性。句子或段落本身具有完整意义。在你眼前展开一幅幅精致的图画，启示你对生活的深思默想。论事、入木三分，论理、雄辩深邃，抒情、自然淳朴。其思想内涵，发人深思，让你心地猛然一震。文句精美，独具匠心，可得到一种精美的享受。

散文诗的写景状物，通常用拟人、移情的象征性艺术手段。大致有三种情况：直观景物，写所见所闻；主观景物，写意传神；个性化景物，写个人坎坷人生的悲喜。以下选一些较短的段落，举例说明。

（1）《晌午》：

入秋的晌午，云朵平淡而沉重。那沉重，多数人沿路咳嗽；那平淡，许多山羊在路边凹处徘徊。

明天是否有雨？我的云朵是否还会轻盈地高枕在屋顶？

这样的一段文字，发人深思，对于不同的读者会有不同的理解。

（2）《篱笆》：

我不能给予这些篱笆任何新鲜的批语。

尘世间，在房前屋后的菜园，或者在场院的空间范围，某家用竹片、秸杆，抑或

蒺藜此类活的灌木，围成一个方的、圆的、或者不规矩的块块，也有大块的，也许叫庄园了。

在本本上常见，这种方法称为圈地，更贬低的说法是画地为牢。有时，确是名符其实，有时，却是虚拟的。

这些真实的、虚拟的篱笆能圈住些什么呢？风可以透过，地老鼠、赤链蛇可以穿过，要是有人不顾一切，也可以轻易越过。事实上，这样的穿越是办得到的。有时只因某种精神或信仰之故而收住了脚，同时也规避了某些风险。

篱笆只是一个设定的公约。过与不过，钻过还跨过！不在于是实栏、还是一套咒语、一道界线，在于篱笆内外的不一样的诱惑和一闪念的决定。

当然，也有的是经过周密谋划的，只不过是一场钻进钻出的游戏罢了。

在这篱笆上攀蔓有多少深而广的哲理呢？不用侃侃而谈，可以细细品味。

(3)《棉的两色花》：

　　棉，有两色花，一是粉色的开放花，二是白色的结籽花。

　　一枝棉，一身轻，却能开出两种颜色的花，庆幸。

　　一头美，一头暖，既有彩蝶纷飞，又能挡风御寒，荣幸。

粉色的开放花，短暂的争艳却比不过芊芊绿叶，让人忽视、埋没，因为憧憬着铃儿响叮当的棉桃快快出现；当棉桃随风像铃铛一样唱响，列开了大嘴欢笑时，一切绿叶泱泱地回落黑色的土地。藏着生命种子的白絮花放出炫耀的亮光，惊讶地发现，一片厚爱的雪白。

　　棉，绿肥红瘦的千枝花，它带着淡雅的青草香气，扶摇直上。

　　棉，白亮絮柔的雪绒花，它绽放的是纯洁和温暖。

这一段散文诗，描绘这样一个意境：时过境迁。先前，绿叶扶疏，粉色的花枝在春风中摇曳；后来，棉花如大雪覆盖一片，少许褐色的枝条，静静地、满满地伫立。两色花，两重天。人生，何不也是多姿多彩的嘛。

2.1.3 异体诗

诗歌是语言的艺术，除了齐言型、多言型和自由诗诗体外，还有一种被称为异体诗。异体诗也是特定语言文字的艺术应用。异体诗与一般所指的诗相对而言有一些特别之处，也称为别体诗。主要是用语言文字的词汇、语法、修辞、音韵等各种特点写成的诗句，具有一种特别的情趣和美感。

(1)与字形、字序、字数有关的构成几何图形的异体诗。如，塔形的、环形的、方形的以及其他形状的图案。也称为图像诗。

(2)与篇章用词有关的异体诗。如，打油诗、藏头诗、谜语诗、名称诗等等。

(3)与修辞方法有关的异体诗。如，回文、回环诗、顶真诗、排比诗、仿拟诗等等。

（4）与音韵用词有关的异体诗。如，双声诗（或称吃语诗、绕口令）、叠字诗、双声叠韵诗、全平全仄诗、四声诗、独韵诗等等。

其中第（1）类在第4章4.4.4.3节中介绍；第（3）、（4）类分别在第4章和第5章中介绍；以下只介绍第（2）类的异体诗。此外，一些很少见的五花八门的异体诗不一一列举。

2.1.3.1 口语诗和口号诗

1. 口语诗（打油诗）

口语诗的声调朗朗上口，语句自然流畅，节奏顺溜荡漾。口语诗俗称打油诗，打油诗又称顺口溜，其内容和语句通俗诙谐，不拘于平仄格律，诵读时有"滑稽浅俗、油腔滑调"之感觉。不失为针砭时弊的讽刺手段。当然，由于口语诗往往缺少意象和内涵，而滑入口水诗的黑龙潭，使人产生了"不是"诗的强烈厌烦感觉，喟叹这只是夸口说白话。其实也不尽然。一首表达谦让的打油诗《六尺巷》，足以表明其境界之高：

千里家书只为墙，让他三尺又何妨。万里长城今犹在，不见当年秦始皇。

又例如，唐人张打油的打油诗《咏雪》：

江山一笼统，井上黑窟窿。黄狗身上白，白狗身上肿。

唐代曹邺的《官仓鼠》：

官仓老鼠大如斗，见人开仓也不走。健儿无粮百姓饥，谁遣朝朝入君口。

注：健儿：士兵。君：官仓鼠。讽刺和诅咒贪腐作恶的官吏。

又例如，杜甫的口语诗：

田翁逼社日，邀我尝春酒。叫妇开大瓶，盆中为我取。

回头指大男，渠是弓弩手。……

再例如，扬州大明寺僧人平山的《咏猫诗》：

春叫猫儿猫叫春，看他越叫越精神。老僧也有猫儿意，争敢人前叫一声。

注：争：通为"怎、怎么"。

再例如，胡适的两首词《如梦令》：

如梦令·相亲

几次曾看小像，几度传书来往。

见见又何妨？休做女孩儿相。

凝想，凝想：想是这般模样。

如梦令·见面

天上风吹云破，照见我们两个。

问你去年时，为甚闭门深躲？

谁躲，谁躲？那是去年的我。

文学家胡适是"五四"新文化运动著名人物。主张文学革命，反对文言文，提倡白话文。此两首白话词发表在1917、1918年的《新青年》杂志上。

2. 口号诗

口号诗，通常的意义是起鼓动作用，缺少形象，没有含蓄寄意，没有间接传神，只有直白地呼喊。通常表现为一种时代的浪潮。

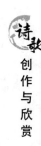

2.1.3.2 语态诗

语态诗，纯口语化创作，不讲究音韵和节奏，基本上不考虑句子结构、押韵、对称、回环等诗的特点，只表述了单纯的意义。

例如，说评书，语句结构犹如"语气"说话和"语感"说话。语感是体现各色人等的语言特点，在日常口语中极富表现力和感染力，具有身份识别的语言感受。语感也需要适当的语境，即相应的情景（或称氛围）。

再例如，情景剧中角色的台词，真实自然，极富表现力，让观众记忆深刻。当然戏剧台词在语气、语调等方面有相当程度的夸张。

语态诗的语句脱口而出，自然、流畅、动听。例如，优美的流行歌词，信手拈来，通俗、畅美又深情。它却与散文诗截然不同，语态诗的诗体已经失去了原本"诗"的血和肉，留下的只是称为诗的骨骼形式——分行排列。

例如，戴望舒的《单恋者》《印象》；艾青的《乞丐》；顾城的《生日》；于坚的《作品第 39 号》；等等。要体会什么是语态诗，不妨朗读一下戴望舒的《单恋者》：

> 我觉得我是在单恋着，/ 但是我不知道是恋着谁：/
> 是一个在迷茫的烟水中的国土吗？/
> 是一支在静默中零落的花吗？/
> 是一位我记不起的陌路丽人吗？/
> 我不知道。/ 我知道的是我的胸膛胀着，/
> 而我的心悸动着，像在初恋中。//
>
> 在烦倦的时候，/ 我常是暗黑的街头的踯躅者，/
> 我走遍了嚣嚷的酒场，/ 我不想回去，好像在寻找什么。/
> 飘来一丝媚眼或是塞满一耳腻语，/ 那是常有的事。//
>
> 但是我会低声说：/ "不是你！"然后踉跄地又走向他处。/
> 人们称我为"夜行人"，/ 尽便吧，这在我是一样的；/
> 真的，我是一个寂寞的夜行人，/ 而且又是一个可怜的单恋者。//

在二十行诗中，只表达了作者对人与社会的深刻关系的认识和无奈，缺乏一般意义上的节奏感，不押韵；只有随情感行进的自然流动的说话语气和语感。感受不到通常意义上的诗歌美感。（当然，作品的意义各抒己见，随心而定。）与名篇《雨巷》相比，真是大相径庭。

2.1.3.3 谜语诗

谜语诗的内容广泛，种类繁多。包括字谜、物谜、药名谜等。有的是全篇一个谜底；有的是一句诗一个谜底，合起来组成一句隐语。中国的谜语不但是描写诗的始祖，而且也是"比喻"修辞手法的基础。

字谜诗是以字为谜底的诗，诗句着眼于字形或字义。物谜诗是着眼于物的形象，从诗句中猜详出物名；而药名谜语诗是着眼于药名的意义，从诗句的字面意义猜详出药名。

（1）字谜。

　　东海有一鱼，无头也无尾。更除脊梁骨，便是这个谜。

注：鱼字是上中下结构，去除上、下部位（即头、尾），再去除中间结构田字的一竖（即脊梁），留下来就是日字或曰字。

（2）物谜。

　　远看山有色，近听水无声。春去花尚在，人来鸟不惊。

打一物：一幅（山水花鸟）画。

（3）药名谜。

江上乘骑赴早朝，不胜将军弃甲逃。	（海马，败酱：败将的谐音）
赤壁滩前栖过夜，晓来乘露披霜袍。	（宿砂，砒霜：披霜的谐音）
医生铺里尽皆空，修寄家书无笔踪。	（没药，白芷：白纸的谐音）
航行水急帆休挂，雨过街头跌老翁。	（防风，滑石）

2.1.3.4 藏头诗

藏头诗是利用汉字的拆卸组合功能，巧妙地安排诗行，产生一种美感。

（1）句首嵌字诗。

将特定的语句，包括诗句、成语、祝辞、名称等，分别用于每句的句首，摘取句首字就可组成一个完整意义的语句。

例如，唐代诗人孔平仲用曹植的《七步诗》中的后两句"本是同根生，相煎何太急"为友人所作藏头诗：

> 本末已倒置，相约老不衰。
> 是否当告谁。煎烹虽炎炎，
> 同为天涯客，何损百炼姿。
> 根冷聊相依。太过空自反，
> 生平尚气节，急鞭尤恐迟。

（2）拆字藏头诗。

拆字藏头诗是将前一句诗的末尾字的偏傍部首，作为后一句诗的开头的第一个字。唐代诗人孔平仲所作《七律·寄江西同官》：

> 心欲从容且再期，月余聚散忽参差。
> 工于酬唱皆词客，各有输赢屡弈棋。
> 木荫坐时班细草，早凉行处各红葵。
> 天涯回首思高会，日落烟昏今自悲。

诗篇内容是描写与朋友相聚又离别的情意。相聚时唱诗、弈棋，树下藉草细语；

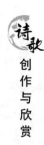

分手时看看红葵（一种蔬菜名），期望再相会，解除心中的悲寂。尽管看起来藏头诗是一种文字游戏，但也充满智慧，饶有趣味。

2.1.3.5 名称诗

1. 物名诗

（1）酒名诗：

> 酒仙酒鬼聚茅台，竹叶青花斟满杯。
>
> 古井五粮赢大曲，杏花汾酒醉归来。

注：酒鬼，贵州茅台，山西竹叶青、汾酒，安徽古井贡酒，四川五粮液等名酒。

（2）鸟名诗：

> 游子归心浓，提壶看落红，
>
> 告天天不知，愁煞白头翁。

注：子归：杜鹃鸟的别名。提壶：也称提葫芦鸟。告天：云雀鸟，也称告天知鸟。杜鹃鸟、提壶鸟、云雀鸟、白头翁，四个鸟名，语意双关。游子思乡，饮酒赏花，无奈春花落下，只有天知道，家乡的老人格外忧愁。

（3）药名诗：

> 丈夫怀远志，儿女苦参商。
>
> 过海防风浪，何当归故乡。

注：四个药名：远志、苦参、防风、当归。

又例如，北宋陈亚的《生查子·药名闺情》：

> 相思意已深，白纸书难足。
>
> 字字苦参商，故要檀郎读。
>
> 分明记得约当归，远至樱桃熟。
>
> 何事菊花时，犹未回乡曲？

注：上片五个药名：相思、薏苡（意已）、白芷（白纸）、苦参、狼毒（郎读）。下片五个药名：当归、远志（远至）、樱桃、菊花、茴香。参商：指参、商二星。一个在西，一个在东，一出一没，难于相见。"苦参商"三字用得妙高超然，贴切苦和离双重含义。

2. 人名诗

> 地灵西子美，丹桂间青莲。
>
> 卜宅临东野，藏书拟小山。
>
> 学勤为博物，性旷以乐天。
>
> 处世先端己，立身在雅言。
>
> 有道居长吉，无求心易安。
>
> 同气达夫至，殊途俗子迁。
>
> 秃毫绘岩壑，瓦钵植蕙兰。
>
> 晚来清梦得，狂歌胜阆仙。

注：十六个唐宋诗人的字号名：

子美、青莲、东野、小山，分别为杜甫、李白、孟郊、晏几道等人的字号。

博物、乐天、端己、雅言，分别为张九龄、白居易、韦庄、万俟咏等人的字号。

长吉、易安、达夫、子迁，分别为李贺、李清照、高适、项斯等人的字号。

岩壑、蕙兰、梦得、阆仙，分别为朱敦儒、鱼玄机、刘禹锡、贾岛等人的字号。

3. 数名诗

数名诗是将从一至十以内的数目字顺序用于诗句中，连贯成诗。有的冠于句首，有的嵌于句中。例如，明代唐世济的《浪淘沙·春暮早行》：

> 辜负一年春，两鬓风尘。花当三月正精神。
>
> 身是四方奔走客，五夜辛勤。
>
> 六曲远山屏，七步诗停。朝酣已有八分醒。
>
> 此际愁肠应九转，十里长亭。

注：五夜：古语"六日不辩，五夜不分"，五夜分为甲、乙、丙、丁、戊五个区段，戊夜即为五更。六曲远山屏：画有山水的六折屏风。七步诗停：谓曹植的七步成诗。朝酣：早晨睡得香，昨夜的醉酒未醒。愁肠应九转：古词中有"我终日里愁肠九转，到如今只索空传，越教人心中惨然。"

2.2 按诗的主题内容分类

中国诗歌的发展历史悠久，内容五彩斑斓，名句佳作千年流传。曾获得 1946 年诺贝尔文学奖的瑞士作家黑塞 (Hermann Hesse)，也为中国的诗篇感慨万千，写下一首赞美诗《中国的诗翁》：

> 月光透过白云，将一杆杆竹梢辉映，
>
> 波光粼粼的水面，印着古桥的倒影。//
>
> 景致幽雅，愉悦人心；夜色苍茫，万物欣欣，
>
> 景如梦，笔传神，莫道明月不等人。//
>
> 诗翁醉倚桑树下，狂书不羁，把盏唱吟，
>
> 倩影舞动迷夜色，月光更醉人。//
>
> 明月皎洁，诗翁眼前一泻如银；
>
> 行云如水，诗翁笔下水起风生。//
>
> 这画赋予了柔情，这诗赋予了生命和灵魂；
>
> 这诗情画意，千古流传以至永恒。//

这就是千年中国诗歌给西方人留下的深刻印象。

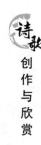
本节按主题内容分类，确实有些牵强，因为自由诗的本质是发扬自由精神，不受拘囿或束缚。诗人心灵应该是自由的，对生活的解释是自由的，想象是自由的，声音是自由的。诗应该都是抒情的。用物理化学的说法，诗是意境的凝聚，情感的结晶，思想的升华。为了梳理出一个宽阔的阅读思绪，按内容的侧重面和目的性归类。一览多方面的主题内容，形成一个总体认识。按主题内容粗略地分为四大类：抒情诗、咏事诗、说理诗和儿童诗。在每一类中分若干项，并作简要说明。此处主题内容侧重于表现格式，而不是"战斗号角""温柔梦想""厚重历史""家庭琐细"等题材内容。

2.2.1 抒情诗

抒情诗以较短的篇幅（相对于史诗等长篇叙事诗而言），以真挚的情感打动人心。诗句形象生动，情感强烈。例如："没有双脚，我依然能够到你的身旁，折断我的双臂，我仍将拥抱你——，用我的心，像用我的手一样。"这样的诗句具有震撼力。抒情诗大多是趋于正面的情感，例如：喜悦、欣赏、盼望、信心、欢乐、友好、旷达、豪迈、怜悯等；但也有相当多的负面情绪（或称低落的思潮），例如：悲伤、愁怨、愤怒、惊惧、遗憾、仇恨、妒忌、悔恨、惜别、寂寥、悲悯、恻隐等复杂的心理表现。例如，朱湘的《葬我》：

> 葬我在荷花池内，／耳边有水蚓拖声，／
> 葬我在绿荷叶的灯上／萤火虫时暗时明——／／
> 葬我在马樱花下，／永做着芬芳的梦——／
> 葬我在泰山之巅，／风声鸣咽过孤松——／
> 不然，就烧我成灰，／投入泛滥的春江，／
> 与落花一同飘去／无人知道的地方。／／

2.2.1.1 爱情诗

抒情诗题材广泛，包括风景、情意、言志、社会状态等主题。但是爱情是文学艺术表现的永恒主题。爱情，是男女两性之间相互爱慕依恋的情感，表现这种情感关系的诗歌称为爱情诗。爱情诗在古今中外诗歌中占有引人注目的地位。爱情诗最早的源头应该是《诗经》中的《蒹葭》。充分表达了离别带来的痛苦和思念。一共三节，抄录其一：

> 蒹葭苍苍，白露为霜。所谓伊人，在水一方。
> 溯洄从之，道阻且长。溯游从之，宛在水中央。

注：蒹葭：芦荻、芦苇。

助释：河边的芦花啊，密密茫茫，露水已结成白霜。我思念的人，就在河的那一边。我逆流而上去寻她吧，河道险阻路又长。顺流而下去找她吧，她仿佛飘忽在水中央。

独特的意象是秋水，恋人是朦胧的。采用比兴、烘托、回环、反复的写法抒发了主人公对恋人的思念和追求。（每一节内容、结构基本相同，其二是：蒹葭凄凄，白露未晞。其三是：蒹葭采采，白露未已。只是更换个别词语。）既表现了时间和空间的推移和变化，又表达追寻过程的飘忽难觅，诗的节奏和韵律使情感的表达更加浓烈。

国内现代的爱情诗是在20世纪30年代起步，意象传情，含蓄委婉。

例如，冯至的《我是一条小河》：

> 我是一条小河，／我无心从你的身边流过，／
> 你无心把你彩霞般的影儿／投入河水的柔波。／／
> 我流过一座森林，／柔波便荡荡地／
> 把那些碧绿的影儿／裁剪成你的衣裳。／／
> 我流过一座花丛，／柔波便粼粼地／
> 把那些彩色的花影儿／编织成你的花冠。／／
> 最后我终于／流入无情的大海，／
> 海上的风又厉，浪又狂，／吹折了花冠，击碎了衣裳！／／
> 我也随着海潮漂漾，／漂漾到无边的地方；／
> 你那彩霞般的影儿／也和幻散了的彩霞一样！／／

抒情诗也可以是情绪的直写，或抑或扬的情绪形成波动节奏，这情绪是空气，在流动中形成风，产生荡漾的涟漪或耸动的波澜。

又例如，舒婷的《雨别》：

> 我真想摔开车门，向你奔去，／在你的宽肩上失声痛哭，／
> "我忍不住，我真忍不住。"／／
> 我真想拉起你的手，／逃向初晴的天空和田野，／
> 不畏缩、也不回顾。／／
> 我真想聚集全部柔情，／以一个无法申诉的眼神，／
> 使你终于醒悟。／／
> 我真想，真想……／我的痛苦变为忧伤，／
> 想也想不够，说也说不出。／／

这首抒情诗强烈又含蓄地表现爱的相思。用欲说还休、口不应心、藕断丝连的方式表现缠绵的情感。第一节表现爱的强烈迸发，压抑不住内心的爱的渴望，呼告着。第二节深深地进入爱的遐想，默默地梦想未来的二人世界。第三节用一个含蓄又深沉的眼神，渴望得到爱。第四节留下了想不够、说不出的无尽忧伤。全篇流淌的爱，形成了情感起伏的悠长的波动。

又例如，北宋诗人林逋的词《长相思》：

> 吴山青，越山青，两岸青山相送迎，谁知离别情？
> 君泪盈，妾泪盈，罗带同心结未成，江头潮已平。

这首词，采用民歌中常见的复沓形式，回旋往复、一唱三叹的节奏和清新优美的

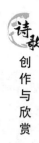
语言，以一个女子的口吻，抒发与情人离别的悲伤情怀，情深韵美。青山和泪水远近相扣，前后呼应。最后一句，江潮涨平，船要起航，无奈的感伤，具有很强的艺术感染力。

又例如，郑愁予的《错误》：

> 我打江南走过／那等在季节里的容颜如莲花的开落／
>
> 三月不来／柳絮不飞／你的心如小小的寂寞的城／
>
> 恰如青石的街道向晚／跫音不响／
>
> 三月的春帏不揭／你的心如小小的窗扉紧掩／
>
> 我达达的马蹄是美丽的错误／我不是归人，我是过客／／

注：跫音：足音，脚步声。同音字"蛩"，意为蟋蟀。春帏：春天的帷幕。

诗人假托一个出落成莲花般的情人，夜以继日地思念在江南远游的心上人，盼望他早日归来，然而她的愿望一再落空。正如最后两句诗的戏剧冲突，入木三分地刻画了她的内心遗憾："呀！原来不是心上人，而是素不相识的过路人。"无声胜有声，极富感染力。

一个女子叫石评梅，曾被高君宇所爱慕，并收到高写在红叶上的诗行："满山秋色关不住，一片红叶寄相思。"石却婉言谢绝。高君宇英年早逝后，石感其所诚，乃终生未嫁，在冥冥的思念中，写下《雁儿呵，永不衔一片红叶再飞来！》。

> 秋深了，／我倚着门儿盼望，／盼望天空，／
>
> 有雁儿衔一片红叶飞来！／／
>
> 黄昏了，／我点起灯来等待，／等待檐前，／
>
> 有雁儿衔一片红叶飞来！／／
>
> 夜静了，／我对着白菊默想，／默想月下，／
>
> 有雁儿衔一片红叶飞来！／／
>
> 秋已深，／盼黄昏又到夜静；／
>
> 今年呵！／为什么雁影红叶都这般消沉！／／
>
> 今年，雁儿未衔红叶来，／为了遍山红叶莫人采！／
>
> 遍山红叶莫人采，／雁儿呵，永不衔一片红叶再飞来！／／

注：高君宇、石评梅墓葬于北京市西城区陶然亭公园。

此诗是一首托物寄相思的爱情诗。语言朴实无华，怀思饱满奔放，表现人之常有的情感体验。运用了顶真、回环的方法，不断推进相思的历程和强度。从早到晚的一天中，从年复一年的秋天中，期盼着雁儿衔来一片相思的红叶。与王维的最《相思》中的红豆以及闻一多《红豆》中的最相思相比较，堪有异曲同工之妙。

爱情词的名篇是南宋陆游的《钗头凤·红酥手》以及原妻唐婉的《钗头凤·世情薄》，表现了一个由于母亲反对而被迫离婚的爱情悲剧。在离异数年后的春游时节，两人偶遇于禹迹寺的沈园（现浙江绍兴）。唐婉遣人送酒肴给陆游，陆游非常伤感，而赋词题于园壁上。

钗头凤·红酥手》

陆游

红酥手，黄藤酒，满城春色宫墙柳。

东风恶，欢情薄，一怀愁绪，几年离索。

错，错，错！

春如旧，人空瘦。泪痕红浥鲛绡透。

桃花落，闲池阁。山盟虽在，锦书难托。

莫，莫，莫！

钗头凤·世情薄

（唐婉的和词）

世情薄，人情恶。雨送黄昏花易落。

晓风干，泪痕残。欲笺心事，独语斜阑。

难，难，难！

人成各，今非昨。病魂常似秋千索。

角声寒，夜阑珊。怕人寻问，咽泪装欢。

瞒，瞒，瞒！

注1：红浥：泪水沾湿了脸上的胭脂。鲛绡：称作鲛人的美人鱼所织的丝绢（手帕）。莫：无可奈何。

注2：角声：更鼓声。夜阑珊：夜色衰残。

爱情是一个永恒的主题，不同时代有不同方式，而爱情诗也因个性而有不同的情调。有炽烈奇幻，细腻典雅，活泼率真，沉郁幽婉，痴情苦恋，空灵飘逸，谨严诚挚，自然朦胧，柔媚婉约，精明洒脱，温馨甜美，等等。古往今来，爱情是最感人的情感，美丽又甜蜜。爱情诗如一条灿烂的星河，放射出应接不暇的熠熠光芒。给读者带来永不过时的审美乐趣。

2.2.1.2 人情诗（友情、亲情、乡情）

1. 友情

友情是社交场合人与人之间的亲密感情。例如，白居易的《赋得古原草送别》：

离离原上草，一岁一枯荣。野火烧不尽，春风吹又生。

远芳侵古道，晴翠接荒城。又送王孙去，萋萋满别情。

从描述原上草的欣欣向荣、无限生机作为铺垫，表达送别的情意，如同绿草一样深、一样浓。相聚与离别，如同"一岁一枯荣"的小草一样的情态和规律，也如同萋萋小草一样具有顽强的生命力。这一类诗也称送别诗。送别诗的格调和情感多种多样。又例如，王勃的《杜少府之任蜀州》：

城阙辅三秦，风烟望五津。与君离别意，同是宦游人。

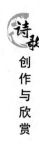

> 海内存知己，天涯若比邻。无为在歧路，儿女共沾巾。

这首赠别名篇，格调高昂，气象壮阔。充满一种大有作为的进取精神，也表达了以事业为重的美好情意。

又例如，王维的《送元二使安西》，是悲怆凄婉的送别诗（又称《渭城曲》）：

> 渭城朝雨浥轻尘，客舍青青柳色新。
>
> 劝君更尽一杯酒，西出阳关无故人。

又例如，高适的《别董大二首（其二）》，是昂扬豪放的送别诗：

> 十里黄云白日曛，北风吹雁雪纷纷。莫愁前路无知己，天下谁人不识君？

再例如，李白的《将进酒》，在酬谢其好友岑勋和元丹丘喝酒的过程中，满腔的怨愤牢骚借酒助兴发诗情，淋漓尽致地抒发，成为千古传诵的名篇：

> 君不见黄河之水天上来，奔流到海不复回。
>
> 君不见高堂明镜悲白发，朝如青丝暮成雪。
>
> 人生得意须尽欢，莫使金樽空对月。
>
> 天生我材必有用，千金散尽还复来。……

2．亲情

亲情是有血缘关系的感情，其中母爱是伟大无私的爱，也是最伟大的亲情。

例如，孟郊的《游子吟》：

> 慈母手中线，游子身上衣。
>
> 临行密密缝，意恐迟迟归。
>
> 谁言寸草心，报得三春晖。

这首诗用朴实真切的语言，歌颂了普天下平凡而伟大的母爱，表达了游子对慈母的思念之情。"谁言"的发问，有震撼力（子女对伟大的母爱的报答是很微小），令人深思。

又例如，李琦寄寓母爱的诗句：

> 枣树下／
>
> 陌不相识的村妇撩起衣襟／给那个赤裸的棕色婴儿哺乳／
>
> 倦慵平和的姿态／放松如一只母牛……／
>
> 两个乳丘间埋着一条路／那路通向世界所有的功德／
>
> 每个人最初的天空／都是母亲一片奶香的前胸／／……

人类是沿着母亲胸口的小路走向未知的远方，无论平庸还是辉煌，都隐伏着母亲多少疲倦、酸楚与怅然。诗句中，直观的形象和情感含蓄的底蕴，无不闪现着迷人的感性光彩。

又例如，何其芳的《花环——放在一个小墓上》：

> 开落在幽谷的花最香，／无人记忆的朝露最有光，／
>
> 我说你是幸福的，小铃铃，／没有照过影子的小溪最清亮。／／
>
> 你梦过绿藤延进你的窗里，／金色的小花坠落在你发上，／

你为檐雨说出的故事感动，/你爱寂寞，寂寞的星光。//

你有珍珠似的少女的泪，/常流着没有名字的悲伤，/

你有美丽得使你忧愁的日子，/你有更美丽的夭亡。//

3. 乡情

故乡是一个人出生与生长的地方，对家乡的山山水水、一草一木，街坊邻里有着深厚的感情。抒发故乡情的诗也可称为乡土诗，乡土诗以家乡为空间、以土地为特色，以记忆为起点。晋代陶渊明的田园诗堪称楷模。更有家喻户晓的李绅的《悯农诗》：

锄禾日当午，汗滴禾下土。谁知盘中餐，粒粒皆辛苦。

烈日当空，热浪逼人，衣背湿透，豆大的汗珠洒在灼热的土地上，几乎达到晕厥的程度。短短的四句诗，凝聚了诗人真挚的感情。只要你在夏天的田垄里用镰刀去收割过麦子，一定会有深切的体会。诗篇不用"热爱劳动、爱惜粮食"的说教，而成为意蕴深远的格言，流传千年，老幼皆知。如今真要问一声"谁知？"，"谁知呀！"。

更经典乡情诗篇，是李白的《静夜思》：

床前明月光，疑是地上霜。举头望明月，低头思故乡。

贺知章的《回乡偶书》：

少小离家老大回，乡音无改鬓毛衰。儿童相见不相识，笑问客从何处来。

现代的著名诗人艾青，臧克家，郭小川等在众多诗篇中，容纳着乡土心灵的渴望和呼求，意象鲜活，情调质朴，洋溢泥土的气息。

例如，臧克家在1940年写的《三代》，堪称平中见奇：

孩子在土里洗澡/爸爸在土里流汗/爷爷在土里葬埋。//

对人与土地关系的变化，形成命运旋律的思考。写出了人对土地的依恋和依赖。人与土地交融的生存方式，闪烁出现代意识与历史感的光彩，揭示了乡土情的本质意蕴。

再例如，余光中的《乡愁》：

小时候/乡愁是一枚小小的邮票/我在这头/母亲在那头//

长大后/乡愁是一张窄窄的船票/我在这头/新娘在那头//

后来啊/乡愁是一方矮矮的坟墓/我在外头/母亲在里头//

而现在/乡愁是一湾浅浅的海峡/我在这头/大陆在那头//

用小时候到眼前的时间序列为主线，用邮票、船票、坟墓和海峡的意象，生动形象地表达了海峡两岸的中华儿女思乡、思亲的强烈感情。朴实、深情，真切、自然。

祖国是游子们心中梦牵魂绕的永恒主题，故乡更是生活在异乡客地的诗人日思夜想的美丽寄托。祖国似母亲，故乡如妈妈，因而常常以幼儿渴盼乳母的呼唤，传达出绵绵的乡思乡愁，寻找精神的家园。

4. 大众情、爱国情

曾经有一首歌，听着、听着，让我流下感动的眼泪，她是一位绿色家园的守护者。那首歌就是陈雷、陈哲作词作曲，朱哲琴演唱的《一个真实的故事》：

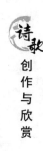

走过那条小河，你可曾听说？有一位女孩，她曾经来过。

走过那片芦苇坡，你可曾听说？有一位女孩，她留下一首歌。

为何片片白云悄悄落泪，为何阵阵风儿为她诉说，呜！啊！

还有一只丹顶鹤轻轻地、轻轻地飞过。//

走过那条小河，你可曾听说？有一位女孩，她曾经来过。

走过那片芦苇坡，你可曾听说？有一位女孩，她再也没来过。

只有片片白云为她落泪，只有阵阵风儿为她诉说，呜！啊！

还有一只丹顶鹤轻轻地、轻轻地飞过，啊！啊！啊！啊！啊！//

这个故事写的是一个黑龙江省的女孩，从小爱养丹顶鹤，寒窗苦读，大学毕业后，为了地球的绿色生态，仍回到她养鹤的地方，保护丹顶鹤野生种群的苏北湿地，为了救一只受伤的丹顶鹤，在沼泽地英勇献身。这首哀颂之歌，唱出了对她的深情，对她的眷恋。感动了热爱自然、热爱生命的每一个人。

又例如，何其芳的《我为少男少女们歌唱》：

我为少男少女们歌唱。/我歌唱早晨，/我歌唱希望，/

我歌唱那些属于未来的事物，/我歌唱那些正在生长的力量。//

我的歌呵，/你飞吧，/飞到那些年轻人的心中/

去找你停留的地方。//

所有使我像小草一样颤抖过的/快乐或者好的思想，/

都变成声音/飞到四面八方去吧，/

不管它像一阵微风/或者一片阳光。//

轻轻地从我琴弦上/失掉了成年的忧伤，/

我重新变得年轻了，/我的血流得很快，/

对于生活我又充满了梦想，充满了渴望。//

又例如，陆游临终前写的《示儿》：

死去元知万事空，但悲不见九州同。王师北定中原日，家祭无忘告乃翁。

表达了作者一生中最大的遗憾是未能见到祖国的统一，传递了祖国一定能统一的信念。这个心愿是崇高的，具有普遍意义。

2.2.1.3 景情诗

1. 风景诗（生态诗、山水田园诗）

风景诗充满景物自身美的画意，抒发的是赞美、热爱大自然的山水情。人在缤纷中梦游，花在五彩中芬芳，动静兼备，疏密有致，浓淡相宜，情趣和意境俱佳。例如，宗白华的《流云小诗》中说：

啊，诗从何处寻？/在细雨下，点碎落花声，/

在微风里，飘来流水音，/

在蓝空天末，摇摇欲坠的孤星！//

古往今来，多少山水诗美不胜收，都是从大自然中获得灵感，通过心灵感受大自然的美。人与景的相处形成一种谐波，山光水色，人文景观，将一丘一壑写得风韵万千。山水诗是自然之美和艺术美的结合。历史悠久，源远流长。

你看，晨景的千山欲晓、雾霭微微，则有孟浩然的《春晓》。

你看，晚景的山衔红日、帆卷江渚，则有王之涣的《登鹳雀楼》。

你看，春景的雾锁烟笼，水如蓝染，则有"微雨霭芳原，采桑绿水边"。

你看，夏景的蓝天白云、凉风习习，则有"荷风送香气，竹露滴清响"。

你看，秋天的簇簇幽林，鸿雁秋水，则有"寒山转苍翠，秋水日潺湲"。

你看，冬天的冰塞河川，雪压青松，则有"路出寒云外，人归暮雪时"。

从古到今，层出不穷的别出心裁，举不胜举。不限于视觉产生的物理空间，更奇妙的是透视出美不胜收的心理空间。写景的诗句大多数是借景抒情。

例如，毛泽东的词《沁园春·长沙》中的秋色和《沁园春·雪》中的冬景：

长沙

独立寒秋，湘江北去，橘子洲头。

看万山红遍，层林尽染；漫江碧透，百舸争流。

鹰击长空，鱼翔浅底，万类霜天竞自由。

怅寥廓，问苍茫大地，谁主沉浮？……

雪

北国风光，千里冰封，万里雪飘。

望长城内外，惟余莽莽；大河上下，顿失滔滔。

山舞银蛇，原驰蜡象，欲与天公试比高。

须晴日，看红装素裹，分外妖娆。……

"长沙"的上半阕，借景抒情，写的是秋景，却没有过去一般旧诗中感伤的悲秋情调，而是爽朗、活泼，生机勃勃，充满活力，鲜明的乐观情绪。

"咏雪"这首词的上半阕，意境高妙，气派雄浑。是风景画、又是抒情诗。上半阕写景，下半阕抒情。即景生情，一气呵成。由河山的壮美，联想到英雄人物为之献身，对古今英雄人物的缅怀、评价和期望。

再例如，一首歌行体唐诗，岑参的《白雪歌·送武判官归京》：

北风卷地白草折，胡天八月即飞雪。

忽如一夜春风来，千树万树梨花开。

散入珠帘湿罗幕，狐裘不暖锦衾薄。

将军角弓不得控，都护铁衣冷难着。

瀚海阑干百丈冰，愁云惨淡万里凝。

中军置酒饮归客，胡琴琵琶与羌笛。

纷纷暮雪下辕门，风掣红旗冻不翻。

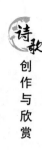

轮台东门送君去，去时雪满天山路。

山回路转不见君，雪上空留马行处。

这是著名的咏雪抒情诗。诗的前四句写边塞风狂雪早的景象：风卷草折，八月飞雪，一夜间，大雪满地，如梨花挂满枝头。随后是纵横交错地写景抒情，用冬景渲染忧伤气氛，感情色彩浓烈。最后四句写别后的茫茫景象，词尽意不尽，意味深长。所写冬景，既有大处落笔，又从细处着墨，层次递进，脉络清晰。"愁云"这一句情景交融，起到承上启下的过渡作用。也是诗眼。这类诗也称边塞诗。

纯粹写景的，又例如，唐代诗人王维的《新晴野望》：

新晴原野旷，极目无氛垢。郭门临渡头，村树连溪口。

白水明田外，碧峰出山后。农月无闲人，倾家事南亩。

这是一首享受美感的山水诗。用"明"和"出"两个动词精练传神地写出了"雨后新晴"的氛围。由野外河水上涨，初阳照得如镜面一样光亮夺目，雨水洗刷群山，清新的峰峦更显秀美，无限生机。

再例如，一首唐代诗人常建的山水诗《题破山寺后禅院》，与题画诗有异曲同工之妙。它以独特的构思，传神的笔墨，描绘了一幅超凡脱俗、心旷神怡的画卷：

清晨入古寺，初日照高林。曲径通幽处，禅房花木深。

山光悦鸟性，潭影空人心。万籁此俱寂，但余钟磬音。

保护生态，草之枯荣关乎环境，洋溢着惜草爱草之情的诗歌，不胜枚举，摇曳生情，诗味无穷。例如，宋代曾巩的《城南》：

雨过横塘水满堤，乱山高下路东西。一番桃李花开尽，唯有青青草色齐。

再例如，韩愈的《早春呈水部张十八员外》更是绝妙地描写"小草初生"：

天街小雨润如酥，草色遥看近却无。最是一年春好处，绝胜烟柳满皇都。

注：天街：皇城街道。酥：酥油等乳汁。绝胜：远远超过。

遥看一片绿蒙蒙的草色有一种清新的美，"小雨润如酥"有温柔缥缈的感觉。

2. 咏物诗

咏物诗是指以客观"物"为描写对象的诗歌。在写物的基础上紧扣特点，写人的情思，抒发情感。除了自然的天空星月、大地山水、历史遗存外，咏物的诗歌中大致有植物、动物和矿物等。

植物，如一草一木、一瓜一果。其中有性情四君子的"梅兰竹菊"；岁寒三友的"松竹梅"；轻薄逐流的桃花；人丁兴旺的石榴；心向太阳的向日葵；等等。动物，如狮虎鹿豹，豺狼狐兔，啼血杜鹃，鹤鸣猿哀，彩蝶蜻蜓，蜂蝶雀鸟，蚊蝇蟋蟀，春燕夏蝉，家畜家禽，等等。矿物，如金银玉石、珍珠翡翠等。这些"物"的身上都可以寄托不同的情感。

咏物诗不只是停留在景物上，而要有所寄寓，这样的咏物就有含义。就是"不即不离"，形成一种意趣美。咏物诗的构思写作，通常用正面描写结合反衬的写法或者用侧面气氛烘托伴有反衬的写法。

例如，骆宾王七岁时写的《咏鹅》诗。白居易十六岁时写的《赋得古原草送别》诗，形象生动，简洁明快，朗朗上口，千古传诵。

又例如，唐代诗人贺知章的诗《咏柳》，通过赞美柳树，表达诗人对春天的热爱，讴歌春天的无限创造力。比喻生动，想象新奇，成为用"比"手法的名句。

再例如，早春腊梅的神韵和香色，有王安石的《梅花》：

　　　墙角数枝梅，凌寒独自开。遥知不是雪，为有暗香来。

短短四句诗，写出了梅花的色彩、香气和姿态，赞美了梅花高洁孤傲的品格。视觉独特新颖，语言简洁生动，含意耐人寻味。

再例如，北宋诗人林逋的《山园小梅》，别具一格：

　　　众芳摇落独暄妍，占尽风情向小园。

　　　疏影横斜水清浅，暗香浮动月黄昏。

　　　霜禽欲下先偷眼，粉蝶如知合断魂。

　　　幸有微吟可相狎，不须檀板共金樽。

咏梅不写梅，梅在月光下的疏影是很难用画表示出来，因为其形过于微妙，很难表达，作者却用其背景"水清浅"相衬，比喻风姿绰约的梅；在空灵如水的"月光"下，飘来阵阵幽香。刻画细腻，风格淡远。而"暗香"一句，更是超拔的感觉，似有似无的飘渺。使用形象化的拟人手法，将梅花写得超凡脱俗、俏丽可人，写照传神、言近旨远。

咏物如漫画，善于抓住物的特点、习性、功用等，形似更要神似。善于联想、挖掘，寻找切入点，产生新颖的构思。以小见大，由物及人，情趣丰富。较典型的出境界的咏物词是苏轼的《水龙吟·杨花》（次韵章质夫《杨花词》）："似花还似非花，也无人惜从教坠。……，细看来，不是杨花，点点是离人泪。"把杨花与泪水结合起来，又写杨花又写人。

咏物佳作还有陆游的《卜算子·咏梅》，既写了风雨中的梅，又把作者的特殊人格在梅的"无意苦争春、一任群芳妒"的品格上体现出来。类似这些作品都是很好的抒情诗。因此，将风景诗、咏物诗归纳在抒情诗之列也还是在理的。

3. 题画诗

题画诗是画作或相片的题诗，起到诗画交融的效果。诗情画意是一种美学追求，诗画各具面貌，各相应和，别有风采。具有独特的艺术品格的题画诗，源于魏晋南北朝时期。题画诗是对画的点化、感应、品评和寄托等等。异曲同工的诗和画可以合为一体，诗是无形的画，画是有形的诗。题画诗，是以画为对象，予以介绍、描述、抒情、议论等，作一个点睛的提示。

例如，宋代诗人俞桂在《过湖》中说：

　　　舟到岸边水纹开，日暖风香正落梅。山色蒙蒙横画轴，白鸥飞处带诗来。

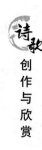
诗与画有一种明显的优势互补，画面虽然显眼却无法直接传达情愫，诗可以娓娓道来。诗与画同光相照，相映成趣。

例如，苏轼的题画诗《惠崇春江晚景》：

竹外桃花三两枝，春江水暖鸭先知。蒌蒿满地芦芽短，正是河豚欲上时。

用"鸭先知、河豚欲上"的描述，把静态的画，点化为动态的春景。有情趣，有意境。

又例如，杜甫的题画诗《画鹰》：

素练风霜起，苍鹰画作殊。㧐身思狡兔，侧目似愁胡。

绦镟光堪摘，轩楹势可呼。何当击凡鸟，毛血洒平芜。

注：㧐：通耸。揂。耸。

雪白的画绢上，飞起一只有肃杀之气的鹰，活灵活现。它耸起身想去抓住狡猾的野兔，两颗眼珠发出凶猛的贼光，像猴子一样。这只鹰虽然被牵搭在楹栏上，依然气势汹汹，要是放飞出去，那更显神威。多么希望画中的鹰是一只真鹰，博击平庸的凡鸟。英雄有用武之地。

再例如，郑燮（板桥）的《竹石》：

咬定青山不放松，立根原在破岩中。千磨万击还坚劲，任尔东西南北风。

这首题画诗也是咏物诗，既写竹，又写人。通过赞美竹石的坚定强劲，表现人的坚贞刚强的品格特征。

又例如，王士祯的《题秋江独钓图》：

一蓑一笠一扁舟，一丈丝纶一寸钩。一曲高歌一樽酒，一人独钓一江秋。

这首诗本身就是一幅画，用数字"一"表现事物的素描，看到了秋江钓鱼的清秀澄淡，充分体现诗的神韵，孤独与豪放。

又例如，柯岩的《题汪芜生黄山摄影》：

不知是云，不知是雾／哪里是山，哪里是谷／

好像云在漫步／又似山在漂浮／

啊，黄山／你——／梦里的去处／／

又例如，元末明初诗人王冕的《墨梅》：

我家洗砚池头树，朵朵花开淡墨痕。不要夸人颜色好，只留清气满乾坤。

这首题画诗用淡墨画成的梅花比喻高洁超逸的气质，不求人夸，只留清香的美德。诗人将画格、诗格和人格融会在一起，最后一句是画龙点睛，一语双关。

注：洗砚池：因与王羲之同姓，所以说"我家"。相传晋代大书法家王羲之在池边练习书法，在水池里洗笔，池水变成了黑色，随之称为洗砚池。树：小池边的梅树。

诗人的题画诗，并不局限于画面，而有更深刻的心理意识。例如北宋诗人邵雍的《画与诗》：

画笔善状物，长于运丹青。丹青入巧思，万物无遁形。

诗笔善状物，长于运丹诚。丹诚入绣句，万物无遁情。

4. 绘声诗

通常说，绘声绘说；音乐画面的描绘就是绘声诗。音乐的听觉转为视觉感受，迅速将音乐转换成画面，音乐旋律的表现产生意象，用意象语言写成的诗体现了音乐的诗性。能否听懂音乐的关键在于能否将听觉转换为视觉。其中也需要视觉记忆的积累和悟性。

例如，岑参的《秋夕听罗山人弹"峡谷流泉"》：

> 此曲弹未半，高堂如空山。
> 石林何飕飕，忽在窗户间。
> 绕指弄鸣咽，青丝激潺湲。
> 演漾怨楚云，虚徐韵秋烟。
> 疑兼阳台雨，似杂巫山猿。
> ……

诗人从音乐声中"看"到了幽深的画面。

又例如，李颀的《听董大弹胡笳声弄寄语房给事》：

> 蔡女昔造胡笳声，一弹一十有八拍。
> 胡人落泪沾边草，汉使断肠对归客。
> 古戍苍苍烽火寒，大荒阴沉飞雪白。
> 先拂商弦后角羽，四郊秋叶惊摵摵。
> 董夫子，通神明，深山窃听来妖精。
> 言迟更速皆应手，将往复旋如有情。
> 空山百鸟散还合，万里浮云阴且晴。
> 嘶酸雏雁失群夜，断绝胡儿恋母声。
> 川为静其波，鸟亦罢其鸣。
> 乌孙部落家乡远，逻娑沙尘哀怨生。
> 幽音变调忽飘洒，长风吹林雨堕瓦。
> 迸泉飒飒飞木末，野鹿呦呦走堂下。
> 长安城连东掖垣，凤凰池对青琐门。
> 高才脱略名与利，日夕望君抱琴至。

用"空山百鸟散还合，万里浮云阴且晴"这种鸟群聚散、天气阴晴骤变来形容忽而清脆忽而低沉的乐曲变化。用"嘶酸雏雁失群夜，断绝胡儿恋母声"的动作情态形容凄怆的音乐境界。用"长风吹林雨堕瓦"比喻曲调由舒缓突然变得急促有力；再用"迸泉飒飒飞木末，野鹿呦呦走堂下"对乐曲的意境进一步烘托和渲染。这首著名的音乐画面诗，用了许多具有美感的鲜明形象和生动的象声词，表达音乐的情感。

又例如，白居易的《琵琶行》中，第二节：

> 转轴拨弦三两声，未成曲调先有情。

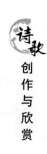

弦弦掩抑声声思，似诉平生不得意。

低眉信手续续弹，说尽心中无限事。

轻拢慢捻抹复挑，初为霓裳后六幺。

大弦嘈嘈如急雨，小弦切切如私语。

嘈嘈切切错杂弹，大珠小珠落玉盘。

间关莺语花底滑，幽咽泉流冰下难。

冰泉冷涩弦凝绝，凝绝不通声暂歇。

别有幽愁暗恨生，此时无声胜有声。

银瓶乍破水浆迸，铁骑突出刀枪鸣。

曲终收拨当心画，四弦一声如裂帛。

东船西舫悄无言，唯见江心秋月白。

在动态行进中，将听觉幻化为强烈的视觉、触觉冲击。"大弦嘈嘈如急雨，小弦切切如私语。"句中将粗弦声响喻为暴雨，细弦为私语。交错弹奏的音乐声如"大珠小珠落玉盘"。再用"间关莺语花底滑"比喻流畅的乐感，用"幽咽泉流冰下难"比喻冷涩的乐感，最后用"冰泉冷涩弦凝绝，凝绝不通声暂歇"形容断续有序的乐章间歇，给人有鲜明的视觉形象。

诗中对琵琶乐声的描写，形象生动。将乐曲的听觉感知形象用比喻模拟为视觉形象，比喻手法匠心独运，无与伦比、余音袅袅，余味无穷。

这一段《琵琶行》描写与韩愈的《听颖师弹琴》、李贺的《李凭箜篌引》和李颀的《听董大弹胡笳声弄寄语房给事》并列为古典音乐欣赏的四篇妙文。

5. 说舞诗

舞蹈是表现动作的艺术，舞蹈的语汇表现生命情调，咏舞诗呈现的是舞蹈的诗性。舞蹈是动态艺术，在诗句中通常用最简练的词语，勾勒出生动鲜明的舞者形象，犹如绘画技法中的素描。例如，"霞衣席上转，花袖雪前明"，用动词"转"和"明"写出了动感，传神中闪烁着亮光。这样的动词如"举、起、扬、倒、拂"等，不胜枚举。

既然舞蹈有诗性，对美丽的手舞足蹈就可采用夸张的比喻。例如，"轻云岭上乍摇风，嫩柳池边初拂水""观者如山色沮丧，天地为之久低昂"将舞者比做轻云，依着山势随风起伏，轻盈、荡漾，又将舞者比做柳枝，温婉柔软、摇曳多姿；将舞者跌宕起伏的舞姿描述得惊动天地，与天地一起晃动。从举过头的指尖、手臂，昂扬的头颅，多情的面容，挺拔的胸襟，柔美的腹怀，充满活力的腿肌、脚尖，身躯的任何构件，都能生动形象地创造美的意境。让观众为之目瞪口呆。

例如，在新诗中，伊蕾的《独舞者》，将舞姿表达的痛苦在他的笔下流淌：

……

一枝疯了的玫瑰/在狂舞/

把鲜血的颜色涂满空中／涂在我滚烫的心潮上／涂在我洁白的手上／

青春的颜色啊／生命的颜色啊／在暗淡的光雾中／枝叶飘零。／／

诗人被赤裸灵魂的舞蹈所感动，一切痛苦的象征让人揪心。

2.2.1.4 民歌、民谣

民间歌谣是劳动人民集体的口头诗歌创作，属于民间文学中可以吟诵和歌唱的韵文。它具有特殊的节奏、音韵、叠句和曲调等特征。按固定曲调来唱的称民歌，随口吟诵的称民谣。

歌谣的内容与劳动、生活联系密切，反映社会风貌、民众思想感情和审美情趣。对于山歌，因问而作答，常采用复沓的方式应答，增强唱和的气氛以及强调核心内容。对于儿歌，利用复沓的方法有利于儿童的说话练习、事物的记忆。从词语的意义和声音产生一种欢快的趣味。例如："玲珑塔，塔玲珑，玲珑宝塔十三层……"。主要用"玲珑"一个词，采用颠倒式重叠或变化句子的长短方式重叠，不仅强调了"玲珑"的记忆，而且产生了一种趣味。

民歌和民谣篇幅短小，多为抒情性质。与民间叙事诗、民间说唱有所不同。根据题材内容，可分为劳动歌（各行各业的号子）、仪式歌（婚丧嫁娶，红白喜事）、时政歌、生活歌、情歌和儿歌等。

1. 劳动歌

例如，四川的民歌《太阳出来喜洋洋》（节选）：

太阳出来（啰儿）喜洋洋（呕—啷啰），

挑起扁担（啷啷扯—光扯）上山岗（欧—啰啰）。

2. 仪式歌

例如，新疆的定婚仪式歌（节选）：

为了像巍峨的群山峰连峰，为了像挺拔的青松根连根，

为了像天地间的气息相通，为了像锅碗里的水乳交融，

我们满怀真挚的情谊，来拜见你们——父老弟兄，

请你们接受我们洁白的哈达，这哈达表示我们的心意真诚。

3. 时政歌

时政歌大多是民谣。秦朝民众对秦始皇抓男丁修长城的血泪控诉，有：

生男慎勿举，生女哺用脯，不见长城下，尸骸相支柱。

汉朝民众对统治阶级的腐朽表达愤慨，有：

举秀才，不知书；察孝廉，父别居。

寒素清白浊如泥，高第良将怯如鸡。

明朝民众对社会的怨声载道，有：

奉使来时，惊天动地。奉使去时，乌天黑地。

官吏都欢天喜地，百姓却啼天哭地。

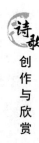
4. 生活歌

生活歌是反映百姓日常生活状况的民歌。例如,对于流浪者的漂泊,有:

月儿弯弯照九州,几家欢乐几家愁。几家夫妇同罗帐,多少漂族在外头。

带有生活幽默的民谣,如:

买梨莫买蜂咬梨,有痛有病藏心里。若为分梨盼亲切,谁知亲切转分离。

又例如:人穷讲话话声低,凤凰落毛不如鸡,龙游浅水遭虾戏,虎落平阳被犬欺。

5. 情歌

情歌是劳动人民爱情生活的真实写照,充分表达青年男女之间对爱情的追求和向往。比喻巧妙,语言幽默,情感真挚,思念深切。传统的情歌是民歌中最引人注目的部分,广泛传唱。例如,

云南情歌:哥是天上一条龙,妹是地上花一蓬;龙不翻身不下雨,雨不洒花花不红。

广西情歌:妹是桂花千里香,哥是蜜蜂万里来。蜜蜂见花团团转,花见蜜蜂朵朵开。

湖南情歌:哥在桥头把歌唱,妹妹无心洗衣裳。棒槌打着妹的手,只怪棒槌不怪郎。

陕北情歌:一把抓住妹妹手,两句话儿难开口。抱住妹妹亲了个嘴,肚里的疙瘩化成水。

民歌的风格早在千年前已被引入诗歌的创作中,北宋词人李之仪的《卜算子·共饮长江水》就是生动的一例:

我住长江头,君住长江尾。日日思君不见君,共饮长江水。

此水几时休,此恨何时已。只愿君心似我心,定/不负相思意。

注:长江头:指长江上游,四川一带。下游称其尾,指江苏一带。休:枯竭。已:停息。定:领字

全篇围绕长江水,表达相爱的思念和分离的怨愁。两人各在一方,相隔千里,相逢之难,相思之深。"共饮"句用水沟通两颗心。虚实结合,朴实深刻。重叠句式,层层递进又回环往复,更见情感的强烈真挚。语言清新通俗,含蓄深沉,饮水引相思,一水牵连两地心。明显地有一种融情于水的神韵,突显浓厚的民歌风格。

2.2.1.5 无题诗

无题诗是因不便明言,或因难于用一个恰当的题目表现,所以命为"无题"。这是一种模糊手法的应用。是情感的复杂而交织,令人无法为之命题,并不是真的不清晰、不清醒的胡里胡涂。因为无法超越语言的局限,无法将层出不穷、万花筒般的现象以类型化概括,左右为难,才无名为题,实为多题,实为有意营建的诗体。

诗以"无题"命篇,这是晚唐独树一帜的名家李商隐的创造。其内容,或写爱情,或别有寄托,大多含蓄而多有比兴,诗意较隐晦。李商隐有十多首"无题"诗,大多以爱情相思为题材,构思新颖,诗意浓郁。其中最有名的一首"无题"是:

相见时难别亦难,东风无力百花残。

春蚕到死丝方尽,蜡炬成灰泪始干。

晓镜但愁云鬓改，夜吟应觉月光寒。

蓬山此去无多路，青鸟殷勤为探看。

诗以极富表现力的语言描写了爱情的珍贵和坚贞不渝。首联写暮春伤别，以两个"难"字突出表现离别后的惆怅伤感，相见无期的凄凉，透着相思之苦和执著追求的深情。千古名句"春蚕到死丝方尽，蜡炬成灰泪始干"生动贴切，形神兼备。体现了睿智的语言创造能力。

注：丝：语意双关，蚕丝的"丝"与情思的"思"谐音。泪：也是双关语，烛泪和眼泪。蓬山：即海上三座仙山之一的蓬莱山。青鸟：指传说中西王母身边的报信使者。

在现代诗中，无题诗较少，有一首 1959 年邵燕祥的《无题》诗，把错综复杂的无法点明主题的思绪，寄托在空中的一片云彩上，寄托在一个澎湃的大海里，是一种不可表白的言说：

真的，这不算异想天开，/ 海上生出了一片云彩。/

把千言万语交付它，/ 借一阵风把它吹向西北。//

西北有高楼，楼上有人在等待，/ 不要说人家都在我不在；/

你没有白白地眺望海角，/ 我给你寄来一片云 --- 一个大海。//

它挟着白热的闪电、迅猛的风雷，/ 激荡着所有善感的胸怀。/

有一天夜雨拍打着你的窗扉，/ 让你想象着海涛澎湃。//

让你想起海边的潮水，/ 每逢初一、十五准要高涨一回。/

而我将做一个不速之客，/ 突然在你的意外归来。//

读者可以听到他的心跳，看到他满脸的忧愁和惆怅。

2.2.1.6 印象诗 和 朦胧诗

1. 印象诗

印象诗（也称为意象诗），是从直接性较强的抒情诗发展而来的，背离了事物的原生态，由于感悟，构成了诗人情绪的心灵图形。

例如，顾城的《一代人》：

黑夜给了我黑色的眼睛，我却用它寻找光明。

其中的黑夜、光明和黑色的眼睛等自然物像的地位，已不再那么抢眼，取而代之的是飘荡在脑海中的丰富的文化印象。文化印象需要享受文化的能力，如同品茶的分辨本领一样。

又例如，梁谢成的《人生》：

人生 / 是一册 / 厚厚的图书，/ 每个人 / 都必须 / 把它阅读。//

时间 / 是无形的手指 / 匆匆翻着书页，/ 并不理会——/

谁读懂了，/ 谁还在糊涂……//

又例如，陈子昂的《登幽州台歌》：

前不见古人，后不见来者。/ 念天地之悠悠，独怆然而涕下。//

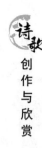
积数十年人生阅历，沉淀于灵魂深处，登上天津蓟县盘山（幽州台）的时刻，瞻前顾后，瞬间激发了生命的感悟，发出了激荡心灵的感叹。这首响彻千古的著名诗篇，既不整齐，也不押韵，更没有任何比兴，短小精悍，却意境广阔。

再例如，北岛的《触电》，用触电的感觉，表达了心灵创伤的焦灼印象：

> 我曾和一个无形的人 / 握手，一声惨叫 /
>
> 我的手被烫伤 / 留下了烙印 /
>
> 当我和那些有形的人 / 握手，一声惨叫 /
>
> 他们的手被烫伤 / 留下了烙印 /
>
> 我不敢再和别人握手 / 总是把手藏在背后 /
>
> 可当我祈祷 / 上苍，双手合十 / 一声惨叫 /
>
> 在我的内心深处 / 留下了烙印 //

2. 朦胧诗

如果诗人在表达内在思想时不愿明说，而强化自身的内在感受，诗的意境就每每显得朦胧。朦胧是对现实的合理扩张与融化，以非现实的模糊手法传达现实的内涵，又触摸到了时代精神的核心，表现为丰富的意蕴。朦胧诗不用直陈其事与浪漫抒情，而是借助客观对应的事物，强调象征与暗示的方式，处理意绪和瞬间的感觉。应用时空跳跃、断句破行、意象虚化、移情入景、语言通感等手段，取得艺术陌生感和形式美感。往往呈现出"金碧山水，一片空濛"的意象。

诗篇通过形象表达内心的意念或情感时，其表达的内容、条理及表现方法等是一种非常形态，即所谓反常出牌，从而产生视觉模糊，称朦胧。

例如，北岛的《恶梦》：

> 在方向不定的风上 / 我画了一只眼睛 / 于是凝滞的时刻过去了 / 却没有人醒来 /
>
> 恶梦依旧在阳光下泛滥 / 漫过河床，在鹅卵石上爬行 / 催动着新的摩擦和角逐 /
>
> 在枝头，在房檐上 / 鸟儿惊恐的目光凝成了冰 / 垂向大地 /
>
> 道路上的车辙 / 结起一层霜 / 没有人醒来 //

这样一首诗是一种超常的感悟。目光像冰一样凝滞，恶梦像洪水一样爬行，梦却一直在继续，没有人醒来，无论在那个位置上。朦胧诗并非现代才有，唐诗宋词中早就有了。例如，李商隐的《锦瑟》：

> 锦瑟无端五十弦，一弦一柱思华年。
>
> 庄生晓梦迷蝴蝶，望帝春心托杜鹃。
>
> 沧海月明珠有泪，蓝田日暖玉生烟。
>
> 此情可待成追忆，只是当时已惘然。

即便将此诗中的典故、词语全搞清楚（包括时代背景和诗人生平），也难明白诗句抒发的情意。朦胧诗的审美情趣并非一定要充分理解诗意，关键在于作者表达出来的情思能否激发出读者的想象和联想。诗句的朦胧性引发解读的多义性，才是朦胧诗的特长。朦胧状态不是混沌昏乱。朦胧是可以想象的，是一种梦境状态。回首往事，如烟似梦。即便在当时已是迷惘，还是可以感受到意境悲凉沉郁，情致深切委婉。

2.2.2 咏事诗

常说"叙事"是记述事件、人物故事的来龙去脉，是记叙，是散文；而诗歌是有节奏或格律的韵文，蕴含浓厚的歌咏情绪。如果将表达同一事件的叙事文与诗歌作比较，就可看到诗歌是有精心剪裁和粗枝细叶的取舍，即凝练和传神。例如，《木兰诗》中只表现木兰代父从军的英雄行为，而不是战争本身。着重抒写出征前和胜利归来两部分，淋漓尽致。在实战生活方面，用六句诗极其精炼概括叙述征途遥远、生活艰苦和壮烈牺牲的场面：

万里赴戎机，关山度若飞。朔气传金柝，寒光照铁衣。将军百战死，壮士十年归。

注：戎机：战役。金柝：三足铜锅，白天做饭，夜晚用作打更的梆子。

叙事诗突出主线，结构单纯，字里行间需要有一定程度的抒情，以便烘托渲染情感的多层次变化。叙事本身就充注了诗人浓烈的感情。（例如白居易的《长恨歌》和《琵琶行》中用抒情来推动情节的发展。）因此，为了有所区别，将通常称为"叙事诗"的诗歌体裁改称为"咏事诗"。应该说，叙事文是在讲一个故事，展现多组人物、多条情节线的复杂关系，而咏事诗是在歌唱一个故事。常常运用工整的排句、自然的声韵、拈连的转接等方法，为诗篇增加叙事的音乐节奏美。例如《木兰诗》更为突出，整篇都是在歌唱一个故事。

虽然，咏事诗也着重事件的展开描述，但它不局限于事物的本身，而要反映具有共性的广泛现象，或借以表达特定的思想情绪。叙事与抒情融为一体是最基本特征。通过叙事来抒情，是心灵与外界事物的契合，在内容完整的基础上，精心裁剪，取舍得当，具有多视角观察、多层面思维的特点。同时也需要跳跃，压缩关于过程的内容，体现艺术的概括力。

围绕集中的一条线索是咏事诗的另一个特征。有一类是着重典型侧面的细节描述，作者以讲述者的身份所作的描述。还有一类是以事件中的人物身份表演故事，即主体的表述、表白和对话等。例如古诗《焦仲卿妻》或自由诗《王贵与李香香》，无论是描述，还是表演，都具有特征性，洋溢着特定的情感。当直接引语（人物对白）占有相当篇幅时，就成为剧诗了。

咏事诗不应该成为分行排列的报告文学。要精选典型的生活情节或细节，用语言、动作、心理状态等来揭示人物的性格特征（不是塑造人物形象和叙述引人入胜的故事情节），是一种情感的显露，具有强烈的诗意，遵从事件发展的逻辑顺序，精练而有层次，真实而又传神。

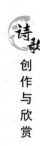

咏事诗的特定型式可分为故事诗、史诗、英雄歌谣、冒险记和剧诗等。诗体的长短视内容而定，长篇叙事可表现细腻、复杂、完整的对象；短篇可突出核心内容，更具有其感染力。作为诗的体裁，不仅有凝练含蓄美，意境美；应该利用反复咏叹，排句、对偶，借韵律铺陈等手段创造节奏韵律美、音乐旋律美。融情入景，有情景交融之美。

2.2.2.1 故事诗

故事诗是用诗歌体裁，有头有尾地带有强烈情感唱出一个故事（包括民歌、民谣），即融会抒情因素和叙事因素。对环境、人物、事件等的叙说，不同于以铺陈为主的小说叙事。情节只是一副"骨架"，需要用抒情的"血肉"包容。曲折的轨迹比平直的坦途更为引人入胜。故事有大有少，包括事件的简单和复杂、时间跨度长短、人物的多少等。在自由体故事诗方面，李季的《王贵与李香香》，郭小川的《将军三部曲》等都是优秀的长篇。通常先详细写出故事梗概，布置全篇，然后根据情节分篇、章、节，一气呵成。往后再斟酌字句的推敲定稿。

1. 歌行体叙事

歌行体故事诗，大多口语化，可以歌唱，短句或长短句搭配，体现了歌行体的动感，极富表现力。例如，崔颢的《长干行三首》：

> 君家何处住？妾住在横塘。停船暂借问，或恐是同乡。（一）
> 家临九江水，来去九江侧。同是长干人，自小不相识。（二）
> 下渚多风浪，莲舟渐觉稀。那能不相待，独自逆潮归？（三）

第一首，情网凭虚而下。第二首，停舟相问，惜非青梅竹马，相逢恨晚。第三首，临别余情，相送殷勤。用口语写人物、写生活，具有民歌情。长干，横塘，均在当今南京的秦淮河南。长干行属乐府杂曲，原为长江下游一带民歌。九江泛指长江下游，如同"茫茫九派流中国"句中的"九派"也是泛指。

七言律诗中也有不少优秀的歌行体故事诗，例如，杜甫的《兵车行》：

车辚辚，马萧萧，行人弓箭各在腰，爷娘妻子走相送，尘埃不见咸阳桥。

牵衣顿足拦道哭，哭声直上干云霄。//

道旁过者问行人，行人但云点行频。或从十五北防河，便至四十西营田。

去时里正与裹头，归来头白还戍边。边庭流血成海水，武皇开边意未已。

君不闻汉家山东二百州，千村万落生荆杞。纵有健妇把锄犁，禾生陇亩无东西。

况复秦兵耐苦战，被驱不异犬与鸡。//

长者虽有问，役夫敢申恨？且如今年冬，未休关西卒。

县官急索租，租税从何出。信知生男恶，反是生女好。

生女犹得嫁比邻，生男埋没随百草。

君不见，青海头，古来白骨无人收。新鬼烦冤旧鬼哭，天阴雨湿声啾啾。//

这首歌行体的故事诗，是杜诗的名篇。叙事变化有序，前后呼应，严谨缜密。既井井有条，又曲折多变。现用"//"符号示意分为三段说明。第一段，叙述家人送丈夫、儿子出征情景。第二段，通过设问手法，细说调兵出征后一连串的社会万象。第三段写了征夫久不得息，战场上尸骨遍野，令人不寒而栗。

注：辚辚：车轮滚动声。马萧萧：马的嘶鸣声。行人：行役之人，被征出发的士兵。妻子：妻子和子女。咸阳桥：西安西北咸阳的渭水之上，也称渭桥。干云霄：冲犯云霄。过者：过路人，诗人自指。点行：点兵出征打仗。或从十五北防河：有的人十五岁被调到北边驻防。西营田：也有的四十岁调到西边去屯田。里正与裹头：百户设为一里，设"里正"职位一人。里正帮助年少出征的人包裹头巾。边亭：边疆。武皇开边：汉武帝，此处意指唐玄宗开拓边陲。汉家山东：指唐家，华山以东的州郡。生荆杞：荆棘丛生，村落荒凉。陇亩无东西：禾苗长得杂乱不成行列。秦兵：秦岭关中的兵丁。被驱不异犬与鸡：役夫们常被驱赶得像鸡狗一样四处逃跑。未休关西卒：驻守关西的兵一直在征战。信知生男恶：才知道生了男孩不是好事。青海头：青海湖边。唐玄宗时常与吐蕃交战，唐兵死伤惨重。声啾啾：鬼的呜咽抽泣声音。

歌行体，语言上韵脚平仄互换，声调抑扬顿挫，情意低昂起伏。多处使用了民歌的"顶真"修辞方法。杜甫的《茅屋为秋风所破歌》也是历来为人们所称道的歌行体叙事诗，以七言为主，长短句搭配，极富表现力。

在故事长诗方面，白居易的《琵琶行》，是古代故事诗中的精品。结构严谨缜密，错落有致，明暗有序，虚实相间，情节曲折，波澜起伏。同样，白居易的《长恨歌》，是一首抒情色彩浓郁的故事长诗，以安史之乱为背景，叙述了唐玄宗李隆基和贵妃杨玉环的爱情悲剧故事，被誉为"古今长歌第一"。将叙事、写景及抒情和谐地结合在一起。层层渲染，反复抒情，回环往复，使诗歌更富有艺术感染力。

2. 民歌体叙事

民歌体叙事，借用民歌的特点，具有完整的故事情节和人物形象，形式上灵活自由，读起来也有韵律感。在古诗中，民歌体叙事的千古绝唱，有《孔雀东南飞》《木兰诗》等。早期的叙事自由诗中，最著名的有李季的《王贵与李香香》。较好地融合抒情因素和叙事因素，具有壮阔的波澜和浩荡的气魄。借鉴民歌的技术技巧，例如简练、诙谐、善于应用比兴、善于以叙事包含抒情等。民歌艺术给叙事诗增添更强的艺术魅力。

3. 人情世故叙事

杜甫的《茅屋为秋风所破歌》《石壕吏》，白居易的《长恨歌》都是人情世故的叙事诗。千古长篇纪事诗之宗则要数汉乐府中的《焦仲卿妻》，俗称《孔雀东南飞》。通过铺叙汉代末年（约公元 200 年）庐江郡小吏焦仲卿和刘兰芝婚姻的不幸遭遇，描述了一个哀艳动人的故事。（刘兰芝被焦母驱逐，遣归刘母家，自誓不嫁。刘家的兄、母逼嫁，兰芝投水自尽；焦仲卿闻之，自缢于庭树）。诗篇结构完整，首尾呼应，详略裁剪得当。运用传统的比兴手法，演绎了一个令人刻骨铭心的爱情悲剧故事。

2.2.2.2 史诗

史诗（Epic Poetry）是特殊的故事诗，是讲一个大故事，故事包含的内容是在较长

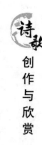
历史时段内发生的社会生活中重大历史事件。史诗不是对历史存在的档案式记录，而是有起始、发展和结尾的行动，是集中在一个独立的行为上，是一个完整的有机体，使读者对一个生活空间有所感知和体验，蕴含着某种永恒的意志和信念，展示人和时代、内心和现实、个体灵魂和时代精神的相互关系，带着强烈情绪和情感的叙事。

史诗是一个民族在其社会发展进程中浩大活动的形象化历史，是民族精神的文学结晶，是民族精神传承的载体。由于大多数史诗是以民族英雄斗争故事为主要题材的史诗，故又称英雄史诗。史诗可分为大史诗和正史诗。大史诗是叙述复杂的大事件、大活动，其人是精英人物，其事是非凡的事实。而正史诗是有韵的民族历史，也称民族的史诗，往往也是民族精神的载体。其中也包括英雄传说。例如希腊的《依利亚特》（*Hiad*）与《奥德赛》（*Odyssey*），中国的藏民族史诗《格萨尔王传》，蒙民族史诗《江格尔》，柯尔克孜族史诗《玛纳斯》等（被誉为世界的"中国三大英雄史诗"）。众多民族的英雄史诗已汇聚成一座璀璨的民间文学宝库。此外，唐代玄奘西天取经，将印度的史诗《罗摩衍那》引入中国，并以佛经"大藏经"译出，绝大部分是四言句。

史诗是采用叙述体韵文形式表达的文学艺术。史诗虽以客观历史事迹相关的意象为主，但也不能离开抒情。艺术都应该是抒情的。情景相融才具有生命力。史诗应逼近历史的纵深，探寻心灵深处的情感，用豪情叙述历史的辉煌，用沉重的笔墨描绘人物内心的挣扎，袒露历史的苦难。

史诗有简单结构史诗和复杂结构史诗，诗里应该有"性格的反思、意境的发现"和"悲剧"事件，有高水平的思想和语言。

史诗的结构应该是包容多个情节的结构，容量大，有气势。史诗从结构形式上可分为主次结构和均等结构两大类。大多是主次结构，主题明确、衔接巧妙、自然流畅，读起来给人一种一气呵成的感觉。从内容筛选上看，有的撷取事件的局部，称为单一型史诗；有的关注事件的全部，称为综合型史诗。

史诗有性格史诗和苦难史诗。例如，荷马史诗，鸿篇巨著，跨时十年的历史背景（公元前 1250 年前后），一部跌宕起伏的征战史，充满神话和传奇的历史故事，内容丰富，五彩缤纷。其中《伊利亚特（*Iliad*）》是一部简单结构的单一型史诗，表现征战和苦难；《奥德赛（*Odyssey*）》属于复杂结构的综合型史诗，一个角色及其家人的经历贯穿始终，同时也展现人物性格，是一部性格史诗。

又例如，孙毓棠的史诗《宝马》，在史诗中堪称佳作。既是史诗，也是故事诗，两者高度融合。《宝马》取材于历史上一个真实事件：为平定外族侵扰，汉武帝出兵讨伐，出师不利，惨败退回玉门关。两年养精蓄锐，再次出征，经过围城激战，攻下大宛国，国王被杀。汉军获良马几十匹，中马数千，班师回朝。

时间跨度大，简化为数个相关的事件展开：大宛国有宝马，汉武帝遣使求宝马，大宛国拒献宝马，汉武帝被激怒下令出兵讨伐，汉军初战失利退回玉门关，后又再次出征取得胜利。

以下节选史诗《宝马》大漠行军若干节，描述士兵历尽艰险，英勇顽强的豪迈气概：

向西去！向西去！一天天／头顶着寒空，脚踏着漠野，冷冰冰／

叫你记不清北风已吹成什么日子，／只知道月已圆两回又残缺两回，／

漏了破皮靴，羊皮袋也补过三五次洞。／顶着冷风一步步迎来更冷的风，／

风似矛尖刺进了连环锁子甲，／甲下襦裳加汗凝成了冰；一步步／

高了黄沙，少了衰草。鞲囊和水袋／都是冰坨，马背上结起梅花霜点；／／……

诗作展示了两千多年前战场的恢宏气势，大漠行的悲壮和惨烈，读后有荡气回肠、惊心动魄的感受。在叙述中，"赋"是大派用场。与岑参的《白雪歌……》相比，同为西域，情景类似，区别在于《宝马》为想象的，《白雪歌……》为亲历的，但是却有异曲同工之美。

史诗的韵律常采用五、六音顿的沉稳格律，表现深沉、悠长节奏；而三、四音顿的长短格（一个短音节之后跟一个长音节）适合表现动态节奏。用词沉稳，有利于性格和思想的表现。史诗的当代性是以史为鉴，所有与史实相关的问答尽在不言之中。留给人们有更多的思索。

2.2.2.3 咏史诗（怀古诗）

咏史诗是对历史人物、历史事件的追溯，寄托个人的情怀和情感的诗歌。咏史诗有别于史诗，是一种怀古的感慨，思古的幽情。有时，也是一种对历史人物和事件的评述。将流传下来的历史资料，以独创性的加工，艺术性再现。大致可分三类，即单纯怀古咏史、咏怀古迹和借古咏怀。例如，宋代苏轼的豪放词的代表作《念奴娇·赤壁怀古》：

大江东去，浪淘尽，千古风流人物。

故垒西边，人道是，三国周郎赤壁。

乱石穿空，惊涛拍岸，卷起千堆雪。

江山如画，一时多少豪杰。

遥想公瑾当年，小乔初嫁了，雄姿英发。

羽扇纶巾，谈笑间，樯橹灰飞烟灭。

故国神游，多情应笑我，早生华发。

人生如梦，一尊还酹江月。

词的上片以写景为主，用远景、近景、特写等不同镜头描写赤壁环境，同时兼怀古人。英雄豪杰代出不穷，大浪淘沙，送走多少风流人物，感叹不已。下片塑造年轻有为的周瑜的英雄形象，手执羽毛扇，头戴青丝头巾，英俊潇洒，倜傥风流。谈笑间，曹军被打得落花流水，立赫赫战功。神游三国古战场，该笑我多愁善感（"多情应笑我"中"多情"是倒装），白发早生，功业无成，伤感之余，不免产生人生如梦的感慨，献给江上明月一杯酒，共饮同醉解愁绪。

全词运用联想、衬托、对照等手法，将写景、抒情、咏史、议论高度融合，和谐

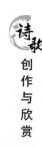

一体。写景雄浑大气，波澜壮阔；抒情气势磅礴，豪迈奔放，让读者进入大江东去的历史沉思中。境界壮阔，堪称历代咏史怀古诗词之绝唱。

注：东汉末年（208年）的赤壁之战是（魏、蜀汉和吴）三国鼎立的决定性战役。东吴统帅周瑜联合刘备，借东风火攻曹操水军，孙权、刘备联军打败百万曹军。故垒：古代的营垒。周郎：指周瑜，字公瑾，为赤壁之战吴军统帅。吴国的乔玄有二女，大乔嫁孙策，小乔嫁周瑜。羽扇纶巾：羽毛扇和配有青丝带的头巾，代表便服，而非戎装。樯橹：曹操的水军。

故国：周瑜用火攻，大破曹军的旧战场。多情应笑我，早生华发：笑自己多愁善感，头发早斑白。

尊：通"樽"。酹：洒。洒一杯酒，酹江上明月。

又例如，唐代杜牧怀古咏史的代表作《赤壁》，同样的题材，却别具一格：

　折戟沉沙铁未销，自将磨洗认前朝。东风不与周郎便，铜雀春深锁二乔。

以赤壁之战的遗物、出自东汉末年的"戟"入手，感叹国家的兴亡，在时局的必然发展中存有偶然的机遇。抓住周郎取胜的因素——东风，反向落笔，假设没有东风借用之机，胜败双方就要易位，从而提出赤壁之战中周郎取得胜利，完全出于偶发的"东风"，传达出深厚的历史意蕴。写法巧妙，立意奇特，用生动、简洁的语言"东风不与周郎便"，表达了一个观点，同时用历史素材编造了一个"铜雀春深锁二乔"的历史故事，蕴含着深远的历史意义。你想，在历朝历代的分分合合中，有多少必然和偶然！

再例如，著名怀古诗，杜甫的《蜀相》：

　蜀相祠堂何处寻，锦官城外柏森森。映阶碧草自春色，隔叶黄鹂空好音。

　三顾频烦天下计，两朝开济老臣心。出师未捷身先死，长使英雄泪满襟。

前四句写景，用"自"和"空"营造一个孤寂凄凉的氛围。后四句写诸葛亮的功业，辅佐两朝国君刘备、刘禅，定三分天下，但一统天下的宏志却未能如愿，溘然去世，怎能不使后世的英雄泪流满襟呢！多么渴望有诸葛亮那样的人才来安邦定国呀。

再例如，唐代罗隐的《西施》：

　家国兴亡自有时，吴人何苦怨西施。　西施若解倾吴国，越国亡来又是谁？

把历史上认为女人是祸水的观点推翻了。国家的兴亡原因在君王，不在西施之类。但是，依我看来，枕边扇的大都为阴风，金屋点的是鬼火。历史确实是一面镜子，经验值得重视。通常要精选意象，融合对自然、社会、历史的感触，情以景生，由议论引发各种不同的感慨。

2.2.2.4 诗剧

剧是在舞台上表现一个故事的艺术。诗剧是以诗为主体脚本的舞台表演艺术，如同歌剧用歌唱、话剧用对话、戏剧用戏曲一样。很多诗剧会带你进入一个梦幻的世界，有一种极强的模拟性。从自觉的陈述，转换到飞跃的想象。

1. 诗剧

诗剧是剧中人的对白表现为诗化的对话，成为戏剧化的诗，其中包含角色和动作或场景。例如，郭沫若的诗剧《女神之再生》（节选）：

（序幕，不周山的中断处场景，……）

开幕，女神各持乐器、自壁龛中走下，……

女神一：　自从炼就五色彩石／曾把天穹补全，／

　　　　　把"黑暗"驱逐了一半／向那天球外边；／

　　　　　在这优美的世界当中，／奏起无声的音乐雍融。／　　　（雍：和谐）

　　　　　不知道月儿圆了多少回，／照着这生命的音波吹送。／／

女神二：　可是，我们今天的音调，／为什么总是不能和谐？／

……

二幕：山后争帝（略）。

过场：农叟一人（荷耕具穿场而过）：

　　　　　我心血都已熬干，／麦田中又见有人宣战。／

　　　　　黄河之水几时清？／人的生命几时完？／

牧童一人（牵羊群穿场而过）：

　　　　　啊，我不该喂了两条斗狗，／时常只解争吃馒头；／

　　　　　馒头尽了吃羊头，／我只好牵着羊儿逃走。／

野人之群（执武器从相对方向穿场而过）：

　　　　　得欢乐时且乐欢，／我们要往山后去参战。／

　　　　　毛头随着风头倒，／两头利禄好均沾！／

（山后闻"颛顼万岁！皇帝万岁"之声，……）

共工，颛顼，先后出场〈略〉

女神幕后合唱。……〈略〉。

此外，郭沫若还有颂扬屈原的诗剧《湘累》以及抒发亲情的《棠棣之花》等。

2. 元曲（散曲和杂剧）

元曲中的散曲总体上属诗歌范围，有集本《元曲三百首》。散曲也是长短句，类似宋词的结构，但常常可加衬字或领字，甚至增字添句，具有格律与自由体相结合的新特点。元杂剧的体制有剧的节奏安排，个人以为可归入诗剧一类。

在结构上通常每本戏四折和一个楔子。"折"相当于现代的"幕"，剧情的一个段落。"折"是以一种套曲构成一折，是剧情发展的自然段落，一折戏中可以包括很多场。在演唱上，每一折戏是用同一种宫调的曲牌组成一种套曲子，唱词一韵到底，文笔华美，音律优妙。

在内容上，剧本包括唱词与"宾白"两大部分，宾白即说辞，分为两类，有韵的诗白和无韵的散白，广泛地采用诗的语言以及充分地运用各类修辞手法。比喻典雅通

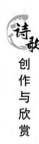

俗，夸张眼前一亮，拟人情深意切，排比情绪激扬，重叠独具风韵，语势步步增强。唱词和"诗白"华丽典雅，情景交融，意境美轮美奂。

例如，元代王实甫的《西厢记》，描写书生张珙在蒲郡（山西永济县）普救寺遇见崔相国之女莺莺，两人发生的爱情故事。其中第一本第一折中的两段唱词：

【油葫芦】：九曲风涛何处显，则除是地处偏。

这河带齐梁，分秦晋，隘幽燕。

雪浪拍长空，天际秋云卷。

竹索缆浮桥，水上苍龙偃。

东西溃九州，南北串百川。

归舟紧不紧如何见？却便似弩箭乍离弦。

【天下乐】：只疑是银河落九天。渊泉、云外悬，入东洋不离此径穿。

滋洛阳千种花，润梁园万顷田，也曾泛浮槎到日月边。

注1："九曲"句：黄河的波涛哪里最惊险？也就是以这为最了。"这河"句：黄河啊，连接山东、河南，分出陕西、山西，扼守河北大地。偃：横卧。溃：流过。串：汇集。"归舟"句：黄河中的归舟速度快不快，快如飞箭猛然离弦。

注2："只疑"句：河流疑是银河从天降，河水源头悬挂在云外的天上。流入大海必经此地（蒲津关）。泛浮槎到日月边：传说汉武帝曾下令张骞寻找河的源头，张骞泛木筏逆流而上，到了牛星和斗星。

《西厢记》剧中的台词如诗如词，生动传神。写景抒情，情景交融。例如：

"玉宇无尘，银河泻影，月色横空，花阴满庭。"

"月色溶溶夜，花阴寂寂春。如何临皓魄，不见月中人？"　　　　（引自一本三折）

"泪添九曲黄河溢，恨压三峰华岳低。"

"青山隔送行，疏林不做美，淡烟暮霭相遮蔽。

夕阳古道无人语，禾黍秋风听马嘶。"　　　　　　　　　　　（引自四本三折）

《西厢记》剧中写琴声，抑扬婉转，声情显茂。可与白居易的《琵琶行》媲美。例如：

"莫不是步摇得宝髻玲珑？莫不是裙拖得环珮叮咚？"　　　　（引自二本四折）

莫不是马儿檐前骤风？莫不是金钩双控吉里丁当敲响帘栊？"

"莫不是梵王宫，夜撞钟？莫不是疏竹潇潇曲槛中？　　　　　　（梵王宫：佛寺）

莫不是牙尺剪刀声相送？莫不是漏声长滴响壶铜？　　　　（牙尺剪刀：裁衣工具）

潜身再听在墙角东，原来是近西厢理结丝桐。"　　　（理结：弹拨；丝桐：琴弦）

"其声壮，似铁骑力枪冗冗；其声幽，似落花流水溶溶；

其声高，似清风朗鹤唳空；其声低，似听儿女语，小窗中，喁喁。"

"他那里思不穷，我这里意已通，娇鸾雏凤失雌雄。

他曲未终，我意转浓，争奈百劳飞燕各西东：尽在不言中。"

《西厢记》中用叠词，环环相扣，情深意浓。例如：

"……，不由人熬熬煎煎的气"，

"……，打扮得娇娇滴滴的媚"，

"……，（迷入我）昏昏沉沉的睡"，

"……，都揾做重重叠叠的泪"，

"……，索与我凄凄惶惶的寄"。

3. 朗诵诗

朗诵诗是群众的诗，是集体的诗，是大众听赏的诗。表达群众的喜爱、憎恨、需要和愿望，其内容特点应该是群众性；呈现出诗人拥抱时代、体察现实的热诚，发挥现实主义的雄健笔力，具有时代性。朗诵诗是听觉的艺术，注重直观的艺术表现。朗诵诗具有行动的力量，激情四溢，具有强大的感染力，适宜舞台或广场表演。朗诵者通过富于激情的声音与动作表情，在现场激发起广大观众的心灵呼唤和强烈的反响，产生一种感应力或关注力。使现场听众一起同步心跳，同步呼吸，达到群情激昂的状态。诗朗诵是诗作的再燃烧，是嘹亮的乐章，让听众一起欢呼或者一起流泪。

朗诵诗应该有磅礴的气势，激发群情的动力，具有注入听众心胸的热血精神。要求意象生动鲜明，情感发展由浅入深、由内向外。语言流畅，节奏明快。音韵和谐，朗朗上口。

朗诵诗的诗歌语言形象直观常见，切实可感；比喻简明，信息和情感传递直接，不必经过复杂联想转换。视野开阔，意象丰富。为了加深听觉印象，强化诗作的艺术感染力，常常运用排比句式，具有"诗眼"性质的诗句在诗篇反复出现。

朗诵诗的语言特点是直抒胸臆、直接传播，要求诗句的节奏和语调具有表演性。节奏的快、稍快、短促、慢、缓慢等都影响朗诵诗的效果；而语调的高强、低强、高弱、低弱表达不一样的情感。因此在创作朗诵诗的时候，要考虑音步的安排，用词的声韵平仄和韵辙的配合。韵律匀称严整，有时韵脚绵密，一韵到底。

朗诵诗不仅有形象，而且结构严谨，自然而完整。朗诵诗在题材、语汇、声调等方面都要经过一番特别的选择。直接、干脆，但又给朗诵者留有余地，在顿挫的时间里，发挥那一词一语里蕴含的吸引力。让他用声调和表情，与听众面对面的交流与相互感应，完善手头的诗稿，实现第二次创作，架起一座心灵的桥梁。剧本是在剧场的演出中才完成，而朗诵诗是在朗诵的铿锵声中最后完成的。

1933 年艾青写的《大堰河——我的保姆》，采用了长的句子和长的篇幅，用了你、我、她的人称，用了小说、戏剧的技巧，塑造了一个伟大母亲的形象，获得了广大读者的欣赏赞许。

1945 年在昆明西南联大的朗诵晚会上，闻一多先生戏剧化的抑扬顿挫的朗诵，上千听众都体会到了那深刻的情感，洋溢着一种对于不幸的母性的爱的感激。他的朗诵才让这首诗更完整，更有震撼力和生命力。

1937 年 10 月，高兰的《我们的祭礼》，在鲁迅周年祭辰纪念会上作为代祭文，发

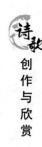

出了抗战的激昂呼声：

> 然而——今年，/ 距你死去的二百三十天，/
> 卢沟桥的烽火，/ 燃起了整个中国的狼烟！/ 这狼烟使我们毫不犹豫，/
> 一切不愿作亡国奴的人们 / 都走上了抗敌救亡的前线。//
>
> 你"旷野上呐喊者的声音"，/ 换来了万千的怒吼和同声呐喊，/
> 旷野沸腾起来了！/ 悲壮的呼号 / 充塞了宇宙之间。/
> 你"与热泪俱下的皮鞭"，/ 感动了无数的 / 醉生梦死的冥顽，/
> 觉醒了怯懦无耻的人 / 万万千千。//……

1940 年 5 月，郭小川发出了抗战的呼声，其作品《我们歌唱黄河》，是为绥德二百余人的"黄河大合唱"演出而创作的。也是一首激发抗日热情，激励民众投身抗日救亡运动的朗诵诗。唱出黄河的愤怒，唱出黄河的悲哀。（以下是尾声的节选）：

> 唱吧，/ 我们的歌声，/ 不叫敌人过黄河！/
> 唱吧，/ 我们的歌声，/ 不许我们周围有破坏者！//
>
> 我们不停息地唱，/ 我们不停息地歌，/ 直到这北方的巨流——/
> 属于工人的河，/ 属于农民的河，/ 属于学生旅行的河，/
> 属于青年人唱情歌的河，/ 属于将士胜利归来饮马的河，……/
> 那时候，我们站在河岸上 /
> 静静地听 / 黄河给我们唱 / 最动人 / 最快乐 / 最幸福的歌。//

2.2.3 说理诗

说理诗是对人生、对社会的深刻体察和思索，常常把发人深省的哲理融入富有特色的艺术形象中。诗不仅要表现天地之美，还要揭示万物之灵（天理）。最简单的说理诗似乎是纯粹讲道理的格言，例如，"难道把头仰起来，就以为比别人高了吗？"。通常采用问答、因果、判断、劝告等方法直接表达哲理。

通常的哲理诗往往具有间接表达的特点，借助象征、比喻，从一个特有的视角或想象方式表达一个道理，给人以智慧和灵性的启发。例如："记忆的筛子 / 盛着痛苦与欢乐 / 而漏掉了太多的平淡 /"。

说理诗可以将抽象的概念通俗化，将命题戏剧化，且隐含一个深刻的哲理；也可以从一般现象描述，或形象刻画中，抽取引人深思的哲理。这两种思路都要从意趣开始，通过智慧的转折，从中得到一个明晰的思想观念。通过诗的形象来表现哲理的艺术趣味。诗的理趣，其最高境界是理融于形象中而浑然不觉。其实，哲理诗还是要抒情的，毕竟它仍然是诗。

有的抒情诗流行"超越"，实质是变脸的"说理"诗，每一个诗节大都在兜风和转圈，为一个论点摆出若干个论据，失去了诗的美感或诗的魅力。

2.2.3.1 哲理诗

哲理诗是对人生、对社会的睿智思索和深刻体察，把发人深省的哲理同富有特色的生活情趣或鲜明的意象融会在一起，动人于情，以理服人。哲理诗本质上是以诗意为前提的，通过智性的写作而使被称为经典的哲理得到呈现。最深沉的哲理与最有冲击力的生动形象交融在一起，借景达理，创造一个完美的意境。理性具有哲学思辨的穿透力，又展现精警夺人的智慧风采。内容上阐述的是哲理、是逻辑思维，而在形式上必须充分地形象化、诗化。这也取决于诗人的创作实力和思维潜能。

例如，苏轼的《题西林壁》：

横看成岭侧成峰，远近高低各不同。不识庐山真面目，只缘身在此山中。

描写庐山多姿的胜境，所处的位置不同，景致也各不相同。身在其中，反为所迷。诗句有着丰富的内涵，寓含一个哲理，地位不同，视角不同，看问题会有片面性。要认识事物的真相和全貌，必须超越狭小的范围。写庐山却写出了人生哲理。把感情融入事理，意味无穷。这种将形象思维与逻辑思维巧妙结合的诗，生动有趣，因此也称为"理趣诗"。

同类名句还有王安石的《登飞来峰》：

飞来峰上千寻塔，闻说鸡鸣见日升。不畏浮云遮望眼，自缘身在最高层。

注：寻：古代长度单位，一寻等于八尺。（仞，一仞等于七尺，如万仞山）。

又例如，朱熹的《观书有感（其一）》：

半亩方塘一鉴开，天光云影共徘徊。问渠那得清如许，为有源头活水来。

开头描绘了一个清澈明净的池塘，最后揭示有活水不断从源头流来的原因。形象化地告诉读者，只有不断地博览群书，用知识丰富自己的头脑。形象的观书感，是用"方塘"喻为头脑，"活水"喻为读书获得的知识。笔调清新，比喻巧妙，形象生动，富于理趣，耐人寻味。

在抒情诗中包含说理的诗句，常称为警句，概括力强，深刻揭示事物的本质。

例如，刘禹锡《酬乐天 扬州初逢席上见赠》中的"沉舟侧畔千帆过，病树前头万木春"，陆游《游山西村》中的"山重水复疑无路，柳暗花明又一村"，不胜枚举。（曲折过后是美好前景）

哲理诗中常有议论，即除了形象思维之外，还有逻辑推理。这不仅不破坏诗情，还会增强艺术之美。例如，《古诗三百首》中汉乐府《长歌行》：

青青园中葵，朝露待日晞。阳春布德泽，万物生光晖。

常恐秋节至，焜黄华叶衰。百川东到海，何时复西归？

少壮不努力，老大徒伤悲。

《长歌行》用托物起兴手法，用春阳给植物的雨露滋润和秋霜对枝叶的摧枯拉朽，

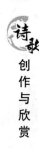

比喻人都是经历从风华少年到衰老暮年的人生历程。像江流入海，一去不复还，只有年轻力壮时努力奋斗，才不至于老年时伤心后悔。"少壮不努力，老大徒伤悲"是千古名句，诗中的"徒"（徒，徒然，白白地）字是催人奋进的警钟。

哲理诗的作者，总是用他们独特的宇宙观和方法论来透视社会、透视人生。将哲学的无情出落为亭亭玉立的诗意美人。

黑格尔说："在纯粹的光明中，就像在纯粹的黑暗中一样，什么也看不见。"

英国诗人雪莱说："如果冬天来了，春天还会远吗？"

德国诗人歌德说："人的灵魂，你多么像是水！人的命运，你多么像是风！"

俄国诗人普希金说："假如生活欺骗了你，你不要悲伤，不要生气！

熬过这忧伤的一天，请相信，欢乐之日将来临。……"

顾城说："黑夜给了我黑色的眼睛，我却用它寻找光明。"

江河说："只要有深渊、黑暗和天空，我的思想就会痛苦地升起，飘扬在山巅。"

再例如，明代杨慎的《临江仙·浪花淘尽》：

滚滚长江东逝水，浪花淘尽英雄。

是非成败转头空。青山依旧在，几度夕阳红。//

白发渔樵江渚上，惯看秋月春风。

一壶浊酒喜相逢。古今多少事，都付笑谈中。//

注：本篇是杨慎作的《二十一史弹词》中《说秦汉》的开场词，后由毛宗岗父子评刻《三国演义》时将其放在卷首。渔樵：渔夫和樵夫。渚：江边长草长树的小洲。

开首两句以一去不复还的江水比喻为滚滚的历史长河，代代英雄的丰功伟绩也随历史而远去。尽管历代兴盛衰亡，而大自然却亘古悠长。景物的描写中富含哲理，意境深邃。

从语言上看，融合了杜甫的"无边落木萧萧下，不尽长江滚滚来"和苏轼的"大江东去，浪淘尽千古风流人物"的名句。这是诗歌学习中有创新的极佳例子。

下片的头两句是借景寄情。托白发渔夫、樵夫在沙洲上捕鱼砍柴的田园生活，看惯了春去秋来的风云变幻的场景，抒发个人固守的一份宁静与淡泊。在与友人把盏谈论古今趣事时，只是一笑而已。表达一种与世无争、豁达超脱的襟怀。

2.2.3.2 咏志诗、表意诗

古人言："诗言志，歌永言"，"在心为志，发言为诗。"无论言志还是表意都是由感情激动而产生的。因此，广义地说抒情和表意是紧密相连的，故有"情意绵绵"之说。但是仔细地推敲一下，"情"和"意"总还是有所差别：情，以感情为主，是心理层面的较为感性的描述（除了情境、情况、情形等表达事情之外）；意，则是意思、意义、用意，是表明意见的一种理性陈述，相对较为"实"一些。

因此，沿用前人的做法将抒情和表意分为两类叙述。事实上往往是激情出诗篇，情与志是融会在一起的。

1. 咏志诗

历史上有多少激情澎湃的诗篇，例如，南宋岳飞《满江红》中的"壮志饥餐胡虏肉，笑谈渴饮匈奴血。"南宋文天祥的《过零丁洋》中的"人生自古谁无死，留取丹心照汗青。"清代谭嗣同的《狱中题壁》中的"我自横刀向天笑，去留肝胆两昆仑。"等等。

气壮山河的诗句无一不是直抒胸臆，感情强烈，抒发豪情。当然，每个人各有各的志向，有胸怀天下的鸿鹄之志；有英雄气概的壮志凌云等等。

在咏志、表意过程中要求立意深刻，形象生动，节奏强烈、音韵和谐。

例如，曹操抒发壮志豪情的著名的咏志诗《步出夏门行·末章：龟虽寿》：

神龟虽寿，犹有竟时；腾蛇乘雾，终为土灰。

老骥伏枥，志在千里；烈士暮年，壮心不已。

盈缩之期，不但在天；养怡之福，可得永年。

幸甚至哉，歌以咏志。

纵然通神的龟能高寿，但毕竟总有一死；能腾云驾雾的神蛇，最终也总是烟飞灰灭。虽然千里马会衰老卧在马槽，但是它的志向依旧高远；有志向的人即使年老了，其雄心壮志仍然没有改变。一个人的寿命或长或短（盈缩），不一定由上天安排；只要坚持修身养性，也可做到延年益寿。用这首歌表达心愿，为生命的有限而感慨，高兴至极啊。正反面说理，形象地说明生死规律，诗情与哲理密切结合，给人以深刻的思考，深邃的魅力。

又例如，刘禹锡的《浪淘沙（九首）》其八：

莫道谗言如浪深，莫言迁客似沙沉。千淘万漉虽辛苦，吹尽狂沙始到金。

作者将生活体验凝成警句，读了让人心领神会，狂沙最终埋不住真金。

又例如，臧克家的《有的人》，用分类对比的手法生动形出地说明一个道理：

有的人活着／他已经死了；／

有的人死了／他还活着。／／

有的人／骑在人民头上："呵，我多伟大！"／

有的人／俯下身子给人民当牛马。／／

有的人／把名字刻入石头想"不朽"；／

有的人／情愿作野草，等着地下的火烧。／／

有的人／他活着，别人就不能活；／

有的人／他活着，为了多数人更好地活。／／

骑在人民头上的，／人民把他摔垮；／

给人民作牛马的，／人民永远记住他！／

把名字刻入石头的，／名字比尸首烂得更早；／

只要春风吹到的地方，／到处是青青的野草。／／

他活着，别人就不能活的人／他的下场可以看到；／

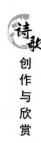

他活着，为了多数人更好活的人，/ 群众把他托举得很高，很高。//

再例如，郭小川 1975 年 9 月的《团泊洼的秋天》，抒发逆境中的情怀（节选后半部分）：……至于战士的情怀，你小小的团泊洼怎能包容得下！/

不能用声音，只能用没有声音的"声音"加以表达。//

战士自有战士的性格：不怕污蔑，不怕洞吓；/

一切无情的打击，只会使人腰杆挺直，青春焕发。//

战士自有战士的抱负：永远改造，从零出发；/

一切可耻的衰退，只能使人视若仇敌，踏成泥沙。//

战士自有战士的胆识：不信流言，不受欺诈；/

一切无稽的罪名，只会使人神志清醒，大脑发达。//

战士自有战士的爱情：忠贞不渝，新美如画；/

一切额外的贪欲，只能使人感到厌烦，感到肉麻。//

战士的歌声，可以休止一时，却永远不会沙哑；/

战士的明眼，可以关闭一时，却永远不会昏瞎。//

请听听吧，这就是战士一句句从心中掏出的话。/

团泊洼，团泊洼，你真是那样静静的吗？//

是的，团泊洼是静静的，但那里时刻都会轰轰爆炸！/

不，团泊洼是喧腾的，这首诗篇里就充满着嘈杂。//

不管怎样，且把这矛盾重重的诗篇埋在坝下，/

它也许不合你秋天的季节，但到明春准会生根发芽。……//

2. 表意诗

表意即表述思想和发表议论。诗中的议论通常通过形象描写来表达，透过比喻来说明。例如，唐代陈文思的《朝元阁》诗：

朝元高阁回，秋毫无隐情。浮云忽一蔽，不见渔阳城。

四句诗含蓄地说明：唐明皇站得高、看得远，明察秋毫，下臣不能隐瞒社情民意。到晚年追求享乐，受到蒙蔽，随即酿成安禄山的谋叛祸乱。"浮云"代指嘉平帝、勾曲天等人。

又例如，杜甫的《蜀相》，此诗表露了诗人对诸葛亮仰慕的心情。前四句描写心态。用"何处寻"表达迫切的心情，在（成都）城外松柏常青处找到了，用"自春色""空好音"流露出不可追攀的感慨。后四句是紧相呼应的情感强烈的议论。高度概括为：三顾茅庐、隆中决策、辅佐阿斗、六出祁山，直到五丈原积劳病死。

又例如，唐代韩愈的《早春张十八员外》：天街小雨润如酥，草色遥看近却无。最是一年春好处，绝胜烟柳满皇都。前两句写景，早春微雨青草萌芽。后两句议论，春色胜过皇都的烟柳，情景交融。

又例如，宋代王安石的《乌江亭》：

百战疲劳壮士哀，中原一败势难回。　江东子弟今虽在，肯为君王卷土来?

王安石认为西楚霸王项羽刚愎自用，必然失败，即使江东家乡子弟尚在，也不会再为他效力。王诗后两句议论发人深省。否定唐代杜牧《题乌江亭》诗中的观点："胜败兵家事不期，包羞忍耻是男儿。江东子弟多才俊，卷土重来未可知。"诗中适当地加以议论，增强诗的张力与深度。当然，过多的议论也会失去诗的韵味。

再例如，杜甫在 755 年作的《自京赴奉先县咏怀五百字》(节选第一段的后半节)：

> 当今廊庙具，构厦岂云缺? 葵藿倾太阳，物性固莫夺。
> 顾惟蝼蚁辈，但自求其穴。胡为慕大鲸，辄拟偃溟渤。
> 以兹悟生理，独耻事干谒。兀兀遂至今，忍为尘埃没。
> 终愧巢与由，未能易其节。沉饮聊自适，放歌破愁绝。

杜甫由长安 (今西安) 回奉先 (今陕西蒲城) 探亲，就旅途及到家后的见闻、遭遇和感想而作，表达对国家前途的深刻忧虑。这是一首具有划时代意义的长篇杰作。还有他的《北征》也是长篇议论诗。

2.2.3.3 讽刺诗、幽默诗

讽刺与赞美是互相干扰、冲突、排斥……，但是在相对关系中构成一个稳定的平衡状态。缺失任何一面都会失去稳定。讽刺的表现形式可分为语调反讽，语义反讽和意蕴反讽。

尽管大多数诗词写得端庄，但也有诙谐、嘲讽、讥讽、讽刺、嘲弄、调侃、揶揄等。令人回味，笑而过瘾。通过字面上的诙谐，可以见到隐藏着庄重及其深刻的含意。寓庄于谐的诗句，常含有讽刺意味。这种讽刺，看似不辛辣，有点儿幽默。例如："枕着枯树根睡得沉沉地发出鼾声，难道你还要为寻觅夭桃秾李而愁眠吗"。

例如，北宋黄庭坚著名的六言讽刺诗《蚁蝶图》：

> 蝴蝶双飞得意，偶然毕命网罗。群蚁争收坠翼，策勋归去南柯。

诗中前两句以蝴蝶喻人，尽管春风得意，却也有被网罗丢命的时候。把人世间的纷纷扰扰概括喻为坠落的毫无重量的蝶翼，本是"无"的东西都被人们视为"功勋"来对待。原来都是南柯一梦。借用典故含蓄地表达对激烈党争的讽刺和不满。

在唐诗中，杜甫的《新安吏》《石壕吏》是其讽刺诗的代表作。更有白居易继承前人的艺术手法，写下许多讽刺诗。最集中的如《秦中吟》十首和《新乐府》五十首。谴责官员腐败，危害人民和国家。其中名篇《卖炭翁》流传较广。他在《新乐府》自序中说："其辞质而径，欲见之者易刺也。其言直而切，欲闻之者深诫也。其事核而实，使采之者传信也。其体顺而肆，可以播于乐章歌曲也。总而言之，为君为臣为民为物为事而作，不为文而作也。"此话总结了讽刺诗的特点，强调了诗的社会性功能。精辟又诚恳。

讽刺是刺激麻痹的心理，是对被否定的事物的冲击。往往用夸张手法深刻揭示矛盾，即讽刺的夸张性。尖刻、犀利的锋芒，面对虚伪者是一根针，而不是一把刀。当讽刺跨上一个台阶，口中的语言变成一把匕首，那就是杂文了。讽刺艺术的基本特点

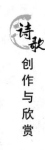

是通过人物自身行为的矛盾揭示其本质，有直抒义愤、曲隐讽喻、含蓄讥讽等风致，需要真实性和严肃性的夸张手法，否则只是油腔滑调。

又例如，明代梅之涣的《题李太白墓》：

采石江边一堆土，李白之名高千古。来来往往一首诗，鲁班门前弄大斧。

注：采石江边：唐代大诗人李白的墓，在安徽当涂县长江边的采石矶。鲁班：传说春秋时的一名能工巧匠，鲁国人。"鲁班门前弄大斧"意为在鲁班家门口摆弄斧子，比喻在专家面前献丑。后人将其简化为"班门弄斧"的成语，比喻毫无自知之明的行为。

开头两句用"一堆土"和"高千古"作强烈的对比叙事。不仅肃然起敬，又为后文的讽刺作了铺垫。有一些自命不凡的人在墓地题下低劣的诗，实在太遗憾了，用"班门弄斧"来辛辣地讽刺那些自不量力者。

再例如，宋代诗人林升的《题临安邸》：

山外青山楼外楼，西湖歌舞几时休？暖风熏得游人醉，直把杭州作汴州。

后两句辛辣的讽刺警语，构思巧妙，一语双关，既指自然之春风，又指南宋社会奢靡之风。措词精当，热闹场面中用的是冷言冷语的讽刺。

2.2.3.4 禅理诗

禅宗与中国文化有密切的关系，是一种具有人文气息的中国化的哲学。其核心是以"自我解脱"为精神归宿的理想人格，企望人们树立一种任运随缘、宁静淡泊的人生态度，以及不求"有为"的"无心"自然精神。

诗经中的"颂"有很强的祭祀性质，因此，有人认为诗歌源于宗教祭祀仪式的偈（jì）语，即佛经中的唱词。禅宗的影响，致使产生淡泊宁静又达观的人生态度，抵达禅机解悟、找到超凡脱俗的清净的神奇意境——禅境。也是一种超悲哀、亲自然、乐人生的超然洒脱、天地万物容于我心的精神境界。

禅宗中的"坐禅"是修身养生之术。调息静坐，冥思入定，静静地呼吸，将目光散视、或者集中于某物；排除一切杂虑，默思冥想，以达到清净平和的心境。心境空明，无欲无求。灯影是惟怜，万里眼中明。

禅的心物合一的空灵境界，将所学所悟的禅理自然地融入诗中，称为禅理诗，或称禅诗。（2009 年大众文艺出版社出版《禅诗精选》，分居士篇和高僧篇，近 200 首）诗作不仅是写实、传神，而且更具妙悟，超以象外。逸韵的诗句蕴藏看不尽的禅意，可以领悟到超越时空的永恒的艺术魅力。其语言结构常常是随物应机、从中截流，以宇宙空茫结尾。使儒家诗风逐渐向空灵莹彻的方向转化与净化，由物及心。

1. 禅宗悟道诗

禅诗具有闲逸、清净、空明、婉约的特点，创造出神奇的意境，充满空灵无邪的深邃意蕴。例如，南北朝时代契此和尚的《插秧诗》：

手把青秧插满田，低头便见水中天。心地清净方为道，退步原来是向前。

唐代诗僧寒山的《一住寒山》：

　　一住寒山万事休，更无杂念挂心头。闲书石壁题诗句，任运还同不系舟。

此后才有苏州名刹得名"寒山寺"，又例如，寒山的诗《吾心如秋月》：

　　　吾心如秋月，碧潭清皎洁。无物堪比论，教我如何说？

把心比秋月而不是秋月，作碧水而不是碧水，无物可比拟，是佛家空、无的"不可说"境界。

再例如，唐代灵澈和尚的《东林寺酬韦丹刺史》：

　　年老心闲无外事，麻衣草坐亦容身。相逢尽道休官去，林下何曾见一人。

宋代王安石的《留题僧假山》：

　　　　物理有真伪，僧言无是非。但知名尽假，不必故山归。

宋代此庵守净的《流水下山》：

　　流水下山非有意，片云归洞本无心。人生若得如云水，铁树开花遍界春。

清代王国维《采桑子·风前絮》：

　　　人生只似风前絮，欢也零星，悲也零星。都作连江点点萍。

2. 禅宗偈语诗

偈语为佛经中颂词，表达一种虚空、心源、觉悟、随缘、轮回等禅的境界。

例如，唐代白居易的《花非花》：

　　花非花，雾非雾，夜半来，天明去。来如春梦几多时，去似朝云无觅处。

又例如，唐代刘禹锡的《陋室铭》：

　　　　山不在高，有仙则名。水不在深，有龙则灵。

又例如，南北朝善慧大士的《空手把锄头》：

　　　空手把锄头，行步骑水牛。人在桥上过，桥流水不流。

3. 禅宗山水寄情诗

禅诗从静境中生。由于自然景物的幽静，禅诗中景物大都是山、水、松、石，雪、竹、苔、萝、星、月、云、鹤，等等。这些景物与诗僧朝夕相伴，终身为侣。进入"高、逸"的境界，表现为脱俗、虚静、空灵的心境。

例如，唐代常建的《题破山寺后禅院》：

　　　清晨入古寺，初日照高林。曲径通幽处，禅房花木深。

　　　山光悦鸟性，潭影空人心。万籁此俱寂，但余钟磬音。

用"清、古、高"三个字传神地勾勒出寺院的清境，引出"曲径通幽"，"万籁俱寂"的传世绝唱。感悟禅的境界，放下执着、不起波浪，空性自得，清净立现，能照万物。

又例如，刘长卿《送灵澈上人》：

　　　苍苍竹林寺，杳杳钟声晚。荷笠带斜阳，青山独归远。

全诗即景抒情，山水蕴情怀。简约精炼，朴素秀美。送客之词，蕴含禅心妙趣。

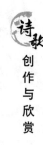

类似诗作《寻南溪常道士》，情致自然，物象清新，淡泊情怀。

又例如，王维《辋川集》中的两首短诗，《鹿柴》和《辛夷坞》：

鹿柴

空山不见人，但闻人语响。返景入深林，复照青苔上。

辛夷坞

木末芙蓉花，山中发红萼。涧户寂无人，纷纷开且落。

晶莹淡雅的诗句似乎是描绘自然景象，实际是暗含着佛教的空寂，当佛光照在渺小的生命形态的代表——青苔上，让人觉得生命的短暂和渺小，生命的自生自灭。是何等空灵的境界。

又例如，刘禹锡的《石头城》：

山围故国周遭在，潮打空城寂寞回。淮水东边旧时月，夜深还过女墙来。

通过描述自然景物的永恒，反衬人世繁华易逝，物是人非。

又例如，杜牧的《登乐游原》：

长空澹澹孤鸟没，万古销沉向此中。看取汉家何事业，五陵无树起秋风。

诗中二、四两句直接表现人生短暂悲哀、空虚的观念。

2.2.4 儿童诗

儿童诗要反映儿童的心灵，体现儿童的思维，投合儿童的情趣，传达儿童的愿望，激发情感上的共鸣。儿童诗应该有童心、童趣、童韵。将平凡的生活现象幻化为一种儿童式的神奇和美丽，应具有新颖、奇妙的构思，富有奇特幽默的想象力。人说"读诗的孩子聪明，聪明的孩子读诗"，一点也不为过。

儿童诗是适合儿童欣赏的诗，是儿童歌谣的提升。早在汉代就有歌谣体。

例如，汉乐府《江南》：

江南可采莲，莲叶何田田！／鱼戏莲叶间：／

鱼戏莲叶东，鱼戏莲叶西，鱼戏莲叶南，鱼戏莲叶北。//

注：何：多么。田田：鲜碧秀挺。

儿童诗的语言要通畅，词语平白易懂，意象跳跃，句式短小而生动，声韵自然活泼，情意俏皮有趣。例如，叶圣陶的《萤火虫》：

萤火虫，点灯笼，／飞到西，飞到东。／

飞到河边上，小鱼在做梦。／飞到树林里，小鸟睡正浓。／

飞过张家墙，张家姊妹忙裁缝。／飞过李家墙，李家哥哥做夜工。／

萤火虫，萤火虫，／何不飞上天，做个星星挂天空。//

2.2.4.1 儿童歌谣

儿歌是小孩们口头吟诵的一种歌谣，曾经称为"童谣"，20世纪20年代"五四"

新文化运动以后，称"童谣"为"儿歌"。一般而言，大多数儿歌是针对儿童的理解能力、心理特点、趣味爱好，用通俗易懂、明快简洁、形象生动的语言编成。内容丰富多彩、篇幅短小、句式灵活、音韵和谐、朗朗上口，记忆方便。有助于增长知识、启迪智慧、增添乐趣。儿歌是儿童自娱自歌的一种形式，例如《门前有只鹅》：

> 门前有只鹅，见了山羊叫哥哥，见了蚂蚁叫哥哥；
>
> 蝴蝶、火鸡、黄牛、蚱蜢，通通是哥哥；
>
> 大笨鹅——，只要为我唱首歌，不要老是叫哥哥。

又例如，《弟弟》："鱼儿在水中，鸟儿在空中，弟弟在用功。"

又例如，《问答儿歌》，可以激发孩子的思维和联想能力：

> 问：啥个虫飞来像盏灯？啥个虫飞来像只钉？
>
> 啥个虫飞来人人怕？啥个虫飞来要叮人？
>
> 答：萤火虫飞来像盏灯？蜻蜓飞来像只钉？
>
> 黄蜂飞来人人怕？蚊子飞来要叮人？

儿童歌谣形式众多，有摇篮曲、数数歌、游戏歌、谜语歌、绕口令等等。

1. 摇篮曲

> 娃娃、娃娃睡觉觉，山上来了个老道道，
>
> 头上戴得个草帽帽，手里荷得个布条条。
>
> 拴住娃娃兜肚肚，拉住娃娃小裤裤。

2. 数数歌

> 一只青蛙一张嘴，两只眼睛四条腿，扑通扑通跳下水。
>
> 二只青蛙二张嘴，四只眼睛八条腿，扑通扑通跳下水。

3. 语言游戏歌

游戏歌可以培养联想能力和音韵节奏感。例如：

> 下雨下雪，冻死老鳖。老鳖先告状，告给和尚。和尚打卦，
>
> 打给蛤蟆。蛤蟆浮水，浮给老鬼。老鬼推车，一步一跌。
>
> 排排坐，吃果果。果果香，吃辣姜。辣姜辣，吃枇杷。枇杷甜，好过年。
>
> 年又快，如砍柴。柴又干，好上山。山又远，好看田。田又方，好插秧。

4. 谜语歌

一朵芙蓉头上栽，彩长不用剪刀裁。虽然不是英雄汉，叫得千门万户开。

5. 绕口令

> 粉红墙上画凤凰，红凤凰，白凤凰，粉红凤凰黄凤凰。

6. 情趣歌

例如，《小燕子》：

> 小燕子，穿花衣，年年春天来这里，
>
> 我问燕子为啥来，燕子说：这里的春天更美丽。

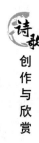
2.2.4.2 儿童诗歌

儿童诗歌是写给儿童阅读的，表达儿童的心声，给儿童带来欢乐和情趣。其特点是语言浅显，节奏鲜明。运用比喻、夸张、拟人，摹声、摹色等表现手法，绘声绘色，形象生动。

1. 成年人写的儿童诗歌

诗人柯岩为儿童写了很多诗，如：

初雪

昨天，我作梦了 / 梦见漫天飞雪 /

那么急，那么密 / 可我怎么也抓不到手里…… //

今天，你真的来了 / 可我一点也不敢碰你 /

怎么你，你—— / 比梦更美丽！ //

1956 年 5 月，袁鹰写的一首儿童诗歌《彩色的幻想》（十七节，选前三节）：

你可曾想飞上月宫，/ 去观赏吴刚的桂花树？ /

你可曾想潜下海底，/ 去采撷龙宫红珊瑚？ //

你可曾想发明最快的火箭，/ 一眨眼就到了祖国边疆？ /

你可曾想制造一种新仪器，/ 收集起太阳光永远储藏？ //

当你们一想起自己的未来，/ 谁没有大胆神奇的向往？ /

当你们一想起祖国的明天，/ 谁没有彩色缤纷的幻想？ //

多么伟大的科学幻想，那是在 1956 年啊！如今，半个多世纪过去了，有嫦娥飞船上月宫，有蛟龙潜器入海底，有东风火箭飞越太平洋，有阳光发电太阳翼，有数不尽的神奇向往一一实现，众多彩色的幻想装扮着缤纷的世界。这样的儿童诗歌多么美，在千千万万儿童心中播下了科学的种子，曾经的少年儿童感谢他！

2. 儿童自己写的儿童诗歌

例如，初唐骆宾王、七岁（约 647 年）时写的佳作《鹅》：

鹅，鹅，鹅，曲项向天歌，白毛浮绿水，红掌拨清波。（写得有声有色）

又例如，初唐代七岁女孩写的送别诗《送兄》：

别路云初起，离亭叶正飞。所嗟人异雁，不作一行归。

注：嗟（jie，或 jue）：嗟叹，叹息。据《全唐诗》云："武后召见，令赋送兄诗，应声而就。"武则天（624—705）。

又例如，宋代寇准、七岁（968 年）时写的山水诗《华山》：

只有天上见，更无山与齐。举头红日近，回首白云低。（写出了山岳的雄奇）

第3章 诗的艺术特性

3.1 诗的翅膀——构思

3.1.1 灵感

3.1.1.1 灵感的存在

灵感是思想的眼睛，是科学发现和文学创作的明灯。科学发明和文学创作都需要火花和闪电般的瞬态。这种瞬态的思维活动是在特定的时空内被突然刺激而产生的，是对事物认识的升华，或者受某种思维的启迪，产生一种情感的飞跃，是一种顿悟过程。灵感是瞬间产生的光亮，但是发光的能量是长期积累的。灵感是思维融会贯通的果实。

在对现实生活的观察和痴迷的体会过程中，在脑海中激起一朵浪花，这浪花就是一个思想飞跃的空间，产生新鲜的特殊形象和语言（犹如科学研究中新的认识、方案、方法等）。灵感 (Inspiration) 是灵机、是妙想，是感发、是"顿悟"（突然的闪现），是"吸一口灵气"的飞跃。灵感是富有创造性的思路，是智力的特殊现象，放射出令人炫目的光芒。

灵感的产生如教室的电铃突然响起。其过程可比拟为物理学中的电磁现象。当电磁铁的线圈上一旦通电，则套在其中的软铁就产生磁性，能吸住很多铁件，成为神奇的抓手，被抓住的各式各样的铁件就是灵感。

人的思想一旦捕捉到灵感，就沉浸在一个美的想象空间，形成一个精神的泉源，流淌出创造性的感性旋涡，或对主题开辟出认识深刻的溪流，届时就听到了美妙的叮咚声。灵感是自然及社会在人的思维过程中的神秘映射。

捕捉灵感的眼和手是"灵眼"和"神手"。灵感，此一刻涌现，彼一时隐遁，若不及时捉住记录，也许再翻箱倒柜也难于搜寻到。灵感是忽隐忽现的思想顿悟，具有偶然性和突发性。是想象的高度凝结，情思的高度兴奋，有"如入梦境""茅塞顿开"的突发感悟。有人说："诗情来潮，灵思妙想纷至沓来。夜半五更，拉亮电灯，提笔记录。稍有迟疑，便是寻觅无踪。"灵感是处于显意识与潜意识之间的瞬间思绪。

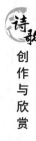

3.1.1.2 灵感的产生

灵感是偶然所得，但是必定存在于长期的积累之中。灵感是夜以继日地长期苦心追求的瞬间回应。灵感是诗的发现，从凡人常事中发现闪光点，品味出别样的诗意。

灵感骤至，具有突发性和瞬时性，百思不得其解的构思突然顿悟，是以长期的生活积累为基础的。生活的积累包括阅读和社会实践。杜甫诗曰"读书破万卷、下笔如有神"；陆游诗曰"诗在山程水驿中"。杜诗说的是阅读，主观意识的修养；陆诗说的是经历，在客观世界中去感受。灵感从树林、云彩、海浪、田野山水的观赏中得到。登山则情满于山，观海则意溢于海。简而言之，阅历是基础，是生活的体验与积累。感觉是基础，是主观意识的流露。这感觉是艺术性的感觉，是诗的感觉。诗的感觉是事物与情感的相关性感觉。

丰富的素材是无序的。由于偶然的激发，将这些潜在于心的印象、体验、意识等，集成于有机的创新体系，这类系统的综合，不是掺和，而是体态的升华，形成了面目全新的艺术构思。感动激发诗兴，继而产生灵感。有诗曰："晴空一鹤排云上，便引诗情到碧霄。"阅读也会给你带来灵感。灵感的突发性是特殊精神状态的表现（包括潜意识的梦幻），猝不及防，稍纵即逝，需要不失时机地捕捉记录，否则很快就消失得无影无踪（如山野小道边一只让你心动的可爱的野兔或松鼠）。灵感的出现带有极大的偶然性，无法预料。灵犀一点，灵感触发，形成新的构思，是一种创造性的艺术思考。只有茅塞顿开才有"神来之笔"。

3.1.2 想象

一般意义上的想象是展望未发生的状态，是设计之象。而诗歌的想象是形象思维，是艺术想象。诗歌是形象的万花筒，变幻莫测；是比喻、比拟、象征、夸张等语言文学手段的运用过程；是艺术真实，而不是夸口吹牛。想象仍然要有"逼真"的说服力，反映现实基础上的"幻想"，展开形象思维，呈现一个个秀美的艺术时空。

例如，白居易的七言古诗《琵琶行》，运用了众多的形象化比喻，把一首优美的琵琶曲绘声绘色地写出来，使人耳闻其声。岑参的三首送别诗（《走马川行奉送封大夫出师西征》《轮台歌奉送封大夫出师西征》《白雪歌送武判官归京》）运用比喻、夸张等手段极度渲染了氛围，描绘了当时的情景，产生了奇妙的艺术效果。

想象可分为现实想象和超现实想象。现实想象是"相似联想"，必须立足于现实，依据事物之间的内容、性质、情态等方面的相似而构成的联想或某种幻想。由此及彼或由彼及此的想象称为联想，是一种"隐喻或暗喻"，即需要隐约而具生命力的语言。联想可以唤醒相关的记忆和经验，例如，臧克家的《古城的春天》。而幻想是还未实现或根本无法实现的想象，但是以理想、愿望及主观感受为基础的幻想可以变为现实，科学的发展不是如此吗！总之，相似联想比较合情合理，引起阅读的沉思，容易被读者接受。

超现实想象是"抵近联想"。浪漫主义诗歌常常采用在时空上或事物间较接近而构成的联想。是一种超经验的感悟。强调情感体验为主，是一种"转喻或引喻"，例如，徐志摩《再别康桥》。想象是赋予抽象事物的具象感，使平凡的事物呈现奇特感；甚至虚构一个非现实的理想或幻想环境，有意切断常理逻辑范围内的因果关联性等等。总之，利用想象可以创造新的可感性的艺术形象和典型环境，不受时间与空间的限制，在广阔的范围内畅想，用于表达作者特定的思想感情。浪漫主义的诗人具有非常丰富的想象力，当然现实主义的诗人也必须有想象力，因为想象是诗歌的翅膀。

3.1.2.1 想象的基础是感觉

诗歌的艺术想象需要一个触发机制，即通过一景一物的兴发，产生诗的感觉。感觉的刺激产生情绪，情绪激活想象。决定诗歌形成的各种主观因素，例如，灵感、想象、激情等，大都是在感觉的基础上产生的。感觉是诗意盎然的因素，由感觉的发展，达到思想情感的某个深度，从而形成诗的形象和意象。从某种意义上说，想象就是诗。例如，成年人说："水龙头滴水，坏了，找人修一下。"而七岁的孩子说："水龙头啊，你不停地掉眼泪，谁欺侮你了！"成年人说的是事，孩子说的是诗。诗具有想象力，会产生魅力，因为那里蕴涵着动人的情感。

想象需要活跃的思路，通过阅读，从前人的作品中获得启迪，然后闯入一个艺术想象的空间。想象需要存储大量生活的感觉和记忆，需要联想和经验的呼应。这两方面体现了灵感产生的偶然性和必然性的辩证关系，只有在丰厚积累的基础上，通过精思苦想才能豁然贯通。

想象是诗的翅膀，没有想象，诗就不能高飞，也就没有广阔深厚的诗意。想象就像织锦的梭子，川流不息，没有它就不能织出美丽的锦缎。想象是用作者的情感、情绪将事物表现为与本来状态不同的形态或势态。例如，激情的火焰通过想象的描绘可以成为一道闪电，其结果是震撼人们的心灵。

想象力是一种创造性思考的能力，没有心灵的自由就没有想象力，没有激情的推波助澜就没有想象。激情使然，会产生别出心裁的想象，诗意才能传神。浮想联翩的想象，甚至幻想（包括神游、梦幻、奇想等）可以使诗篇多姿多彩。想象是将感觉、认知和表现三者合而为一的一种创作过程，带有浪漫主义色彩。

诗歌中的意象与联想或幻想密不可分，联想是由此及彼或由彼及此的思考，幻想是尚无现实的虚张和猜想。对于不同的作者有不同的想象能力，从而产生不同内容和色彩的诗篇。诗是经过想象而呈现的，但少不了真实脚步的印记，幻想与现实交织渗透，知性与感性融合。幻想产生于潜意识的深处，通过联想，情绪被激发，成为既熟悉而又陌生的、具有吸引力的艺术创造。艺术感觉表现为感觉的转移特性和变异特

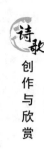

性。诗是一缕缕感觉编织的情结。

例如，众多文学艺术中，用鸳鸯、蝴蝶象征爱情。因为它们雌雄形影不离，成双成对地嬉水、欢飞，象征男女间的忠贞不渝的爱情。在古诗《木兰诗》的结尾，居然用兔子象征木兰替爷出征的自豪："雄兔脚扑朔，雌兔眼迷离。双兔傍地走，安能辨我是雄雌？"从此便有了"扑朔迷离"的成语。这是一种物象转化的想象，其中包括局部与整体的转化，以及历史、现实和未来的交织。

由真实并经过想象而产生的意境是一种真切的体念。例如，岑参的《白雪歌送武判官归京》中："北风卷地白草折，胡天八月即飞雪。忽如一夜春风来，千树万树梨花开。"这是边塞诗人经历了严寒凄厉的边疆生活，面对整个空间飞扬的白雪，展开联想，化出一派春意盎然的奇景。以春花喻冬雪，联想奇特美妙，比喻新颖贴切，重叠夸张，非常传神地把奇寒的雪野描写得满怀温馨，成为千古传诵的名句。这是一种虚实转化的想象。

在虚实转化的想象中可分为由内而外或由外向内的两种方式：

由内而外，例如"我的心，/孤舟似地/穿过了起伏不定的时间的海。"

由外向内，例如"黄灿灿的向日葵是他金色的思念，一生追求着太阳。"

诗的感觉不同于一般层面的感觉，是感知和感受的综合，也可称为"兴感"，是诗艺术的源泉和生命，它源于生活。其特征是情感的表现性、感觉转换的多重性和艺术表现的奇特性。

1. 什么是情感的表现性

例如，对于一棵树，从科学实用的角度说，树是一种乔木，开花结籽，可以盖房子、做成家具等等；但是从与人的情感生命相关联的角度看，它却是高大、挺拔，一种坚强独立的气概或者一种宁静、安逸的姿态。

在事物的两面性中，诗，取其社会性。则可以简单地回答，情感的表现性就是事物形象的社会性。也可以说，在物理世界和精神世界的两方面，取其精神世界的表现性。例如，一枝垂杨柳，它的枝条的形状、向下弯垂的柔性，转移到精神世界，则与一个软弱、悲哀、驼背的人联想在一起。这种社会性需要洞察和描绘，需要诗人的诗性（激情）和无限的想象能力。

诸如比喻、拟人、通感、移情等修辞手段，都建立在事物的表现性的基础上。诗人对于事物的超常的智慧感觉，是一种对于事物的表现性的感觉，是一种对于事物与生命、情感的相关性的感觉。例如："秋的雾凇，黄叶的霜花，悄悄地绣在我的鬓角中。"诗人的感觉里，已不再有"霜花""雾凇"的物理属性，而是艺术表现性，出现了衰老零落之感。这是一种心灵的潜在能力。

在以写景起笔的诗歌中，往往是这个"景"起到感发情思的作用。情思感发的用意可以有不同。例如登高望远的起笔："城上高楼接大荒，海天愁思正茫茫"，"迢递高城百尺楼，绿杨枝外是汀洲"，"一上高楼万里愁，蒹葭杨柳似汀洲"（蒹葭

160

即芦苇、芦荻）等等。这是三首诗的三个首联，感发的情思却不同，一是引发愁思，二是满面春风，三是春风一扫愁思。此三联中由近而远的描述，景与情的关系较"密"。

开句的感发也可以由远而近，看不出（较疏的）景情关系，如"初闻征雁已无蝉，百尺楼高水接天。"这是李商隐的绝句《霜月》的起承句，其感发作用和意趣是在转合句"青女素娥俱耐冷，月中霜里斗婵娟"中才能体现出来。

注：青女：主霜雪的天神。素娥：嫦娥。斗婵娟：试比容态美好。

又如古诗中"青青河边草，绵绵思远道"从萋萋芳草的形象中感发绵绵情思，自然恰当。

创作的随性感发，是因为某些信息触动作者的情感神经，顿然萌生诗意而成篇，可称为随机性。通常的感发是有明确目的的单向性。也是有多向性的情思感发，也称感觉转换的多重性。读者可以有多种意义的解读。

2. 什么是感觉转换的多重性

对于自然的或社会的，在人们的心灵中，都存在一些基调，如上升、下降，软弱、坚强，和谐、混乱，前进、倒退等等。这些基本感觉是单一的。但是艺术感觉的表现性是多方面、可以变动的。这种变化称为多重性，这种多重性是浮想联翩，是飞腾或飞跃的，可以使艺术的表现力更为丰富。这类多种多样的可能性也是因人而变的。想象是一种思维活动，必然受每个人的观念所束缚。这种多重性的共同特点是主客观（体）换位（即设身处地的）观察和对比，会产生奇特而有震撼力的意象。如相对运动，坐在火车中的人看窗外，万水千树在往后倒退。

再以"柳"为例，其基调是乔木，宜在水边生长，枝条垂软，细如眉状等，在辞典中的意义基本不变。但是它的艺术表现性却是多种多样的：它柔软的枝条在风中悠荡，象征依依惜别之情；也可以看作水性杨花的轻佻浅薄；还可以看作母亲温柔的手臂或女儿长长的飘动的发辫；等等。

再说"水"，可以把水凌凌的含情的眼光比作秋波；也可以象征砍不断的愁绪。例如，"抽刀断水水更流，举杯销愁愁更愁"等等。

再说"月亮"，表现性是多重的。有"月上柳梢头，人约黄昏后"，那一弯月亮，具有甜美的情感色彩；有"海上生明月，天涯共此时"，那一轮升起在海上的明月啊，我们同在天涯海角守望。有"床前明月光，疑是地上霜。举头望明月，低头思故乡"，睡梦初醒的恍惚中，那一轮月亮饱含了离愁思乡之情怀。有"明月几时有，把酒问青天。不知天上宫阙，今夕是何年"，抒发一种神思遐想、梦想飞天的激情。有"鸡鸣四起难入眠，墙缝月窥我，弯弯一把梳"，这里的月光似乎带有恐惧的感觉。这类例子，不胜枚举。

在如此多的意象表现中，究竟如何选择呢？是由诗人主观情感的相似性决定的。这些都是诗人感觉和想象的特殊变脸。也许像"疯子"一样，与正常基调相去甚

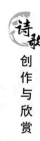

远。如蜡烛的燃化，是在垂泪；夜雨的嘀嗒，是在呻吟呜咽；大海的白浪，是放牧的绵羊等等。都是诗人感觉变异后的创造性想象，使意象世界充满了无尽的神奇和新颖。

3. 什么是艺术表现的奇特性

诗意表现的奇特性，在于"语奇""景奇"和"意奇"。青山可以是奔驰的骏马，溪上的小桥比作一轮弯月，松树可看作一个常胜将军等，一切变得新奇、奔放而充满活力。例如："云灰灰的，再也洗不干净"，看来这是表达难于结束的幽怨，这奇妙之处在于"洗不干净"。因为常看到的是"一场秋雨，碧空如洗"，那是洗亮了天空，是正常程序，而洗不干净却是例外，一定会带来思考，问一个为什么呢？

又例如："没有标志，没有清晰的界限，只有浪花祈祷的峭壁，留下岁月沉闷的痕迹和一点点威严的纪念。"浪头翻卷着撞向峭崖，就像水头向巨人般的峭壁磕头一样，向石头神顶礼膜拜一样。下一时刻，便是浪头退却，峭壁岿然不动；留下的是浪头的岁月痕迹和峭壁的威严。这类奇特性，推波助澜地强化他的种种奇异感觉，甚至幻想，能够更形象地、心满意足地传达内心的感受。增强感人的艺术魅力。

再例如，顾城的《泡影》：

> 两个自由的小泡，/ 从梦海深处升起……//
>
> 朦朦胧胧的银雾，/ 在微风中散去。//
>
> 我像孩子一样，/ 紧拉住渐渐模糊的你。//
>
> 徒劳地要把泡影 / 带回现实的陆地。//

最富于幻想的是儿童，因为尚未有更多的根深蒂固的现实框影。因此在成人的诗作中，富于儿童式幻想的诗篇更令人赞赏。

3.1.2.2 想象产生震撼力

构思时的冲动，是产生意象的源泉，然而形成的意境具有震撼力。先看唐代著名诗人陈子昂的诗《登幽州台歌》：

> 前不见古人，后不见来者。/ 念天地之悠悠，独怆然而涕下。

短短的四句诗，纵贯古今，气势雄浑，短暂的人生与广袤无垠的天地相比，产生了沉重的历史使命感。视野开阔，意象宏大，托意强烈，如火箭点火发出的喷射，给人以极强的震撼力。

想象是一种从情感出发的设想，在构思的过程中必须回答：试图再现什么？表现什么，或说明什么？意象是意想与物象的融合，这个过程称为想象，是诗人主观的意想与客观的物象凝成的有生命的具象。是难于言尽的画。例如，北岛1981年的《古寺》：

> 逝去的钟声 / 结成蛛网，在柱子的裂缝里 / 扩散成一圈圈年轮 /
>
> 没有记忆，石头 / 山谷里传播过回声的 / 石头，没有记忆 /
>
> 在小路绕开这里的时候 / 龙和怪鸟也飞走了 /
>
> 从房檐上带走暗哑的铃铛 / 和没有记载的传说 /

墙上的 / 文字已经磨损 / 仿佛只有在一场大火之中 / 才能辨认 /

荒草一年一度 / 生长，那么漠然 /

不在乎它们屈从的主人 / 是僧侣的布鞋 / 还是风 /

残缺的石碑支撑着天空 / 也许会随着一道生者的目光 /

乌龟复活起来 / 驮着一个沉重的秘密 / 爬出门槛 //

作者以极其丰富的想象力，浏览古寺的神坛，晚钟，雕梁画栋，石桌，荒草中的石碑以及被骑压的石龟，……。依靠想象把本来不相干的物与物牵连或衔接在一起，产生的意象是荒凉、萧条、败落，失去文化记忆的神院。是一个网，是一串链。使读者对于整体状态有一个冲击力，要看个明白，于是钻出网眼看到了作者描绘的全貌，收紧链索时感到一种巨大的张力，这是作者想象时的冲动力表现为诗作中的张力。张力是一种内力。例如，并不觉得山顶的一块石头会力大无比，但它挣脱束缚滚落山崖时才显出巨大威力。

当诗人进入到一种激烈的情感状态时，由于情感的驱动，将情绪投射到客观事物上，意象或形象才被激活，这就是震撼力，也是用情感激活普通事物的艺术表现性。这种表现性与自身的情感有着相似性。

再例如，一首具有强大震撼力的诗，张烨的《求乞的女孩，阳光跪在你的面前》：

淡黄的头发披散着 / 宛如玉蜀黍的　穗遮掩 / 珍珠般的脸蛋 /

为着小小的愿望 / 你低垂着稚嫩的脖颈 / 默默地跪在太阳下 /

你是否觉得阳光也跪在你的面前 / 就像树跪在落叶的苦难面前 //

光明的太阳从来就是高高地悬在空中的，怎么会出现"阳光跪在你面前"的感受呢？因为看到这种煎熬的苦难，强烈地感到不应该，而是太阳该跪在这个本不应该行乞的小女孩面前。这种仗义执言具有震撼力。

3.1.2.3 想象引发感染力

1. 感觉的拟人化

拟人化感觉是一种基本的思维形式，例如童话故事中，赋予了万千事物以生命和情感，可以用说话交流。拟人化可以使诗人的眼里和笔下的事物变得栩栩如生，如鱼得水。例如，贺知章的《咏柳》：

碧玉妆成一树高，万条垂下绿丝绦。不知细叶谁裁出，二月春风似剪刀。

第一句，突出颜色美，柳树翠绿晶莹，如碧玉装饰而成的女妆打扮；第二句，突出轻柔美，下垂披拂的柳枝犹如丝带万条；第三句，突出柳叶精巧的形态美，用设问句引出自答的第四句，句句有特点。由柳树过渡到春风，春风是能工巧匠，裁出细致的柳叶，当然也能裁出嫩艳的花草。比喻生动，想象新奇，具有极强的艺术感染力。这种感染力来自于把感知到的普通对象灌注以生命的血液，转化为形态上的动作，如妆饰、垂下、剪裁等。除了拟人外，还有其他形式的代拟，例如代身份（代拟心理行为）、代内容（代拟故事或传说）等，具有广泛性。

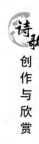

2."动"的感觉

由线条、图形的移动引起的动感。例如王安石的《书湖阳先生壁》中：

茅檐长扫静无苔，花木成畦手自栽。一水护田将绿绕，两山排闼送青来。

"一水""两山"被转化为富有生命感情的亲切形象。"绕绿"和"送青"带来动感。"一水护田"之所以有动感，应该是清水在弯弯曲曲的小河道中流动才产生的动感，而给以"护"的意义。犹如妈妈的手臂护着自己的孩子。而"两山排闼"是两山的轮廓线在向前移动，因为山上苍翠的树木随风摇动，而有推开山门，深翠欲滴的山色扑面来的感觉。(注：静：同净。)

又例如，毛泽东的《七律·长征》：

红军不怕远征难，万水千山只等闲。五岭逶迤腾细浪，乌蒙磅礴走泥丸。

金沙水拍云崖暖，大渡桥横铁索寒。更喜岷山千里雪，三军过后尽开颜。

其中第二、三联突出表现山动、水动、桥动的气势和心魄。人在策马扬鞭飞速向前，绵延的山峦征尘飞扬，这类动的感觉变异为"腾细浪"，"走泥丸"。有一种藐视的动感。

3.清新淡雅的心境

例如，张九龄的《望月怀远》中：

海上生明月，天涯共此时。情人怨遥夜，竟夕起相思。

灭烛怜光满，披衣觉露滋。不堪盈手赠，还寝梦佳期。

注：生：同升。竟夕：整夜。不堪盈手赠：不能手捧一把月光送给你。

从开头两句的辽阔、清远，同享一轮明月，到最后两句的一片朦胧情思："不能捧一把月光送你，只希望在梦中相逢。"情真意切，感人至深。通观全诗，望月怀远的比兴，引出诗人思念远方的朋友，巧妙地使用"生、共、怨、起，灭、怜、披、觉、赠、还、梦"等一系列动词，与月亮相关、与相思有缘。创造了一个优雅清新的意境，有很强的感染力。

3.1.2.4 想象赋予生命力

通过想象，可以形成具有生命力的意象。拟人的物会说话，跃动的生物会通情。

例如，李清照的词《怨王孙》：

湖上风来波浩渺，秋已暮，红稀香少。

水光山色与人亲，说不尽，无穷好。//

莲子已成荷叶老，清露洗 花汀草。

眠沙鸥鹭不回头，似也恨，人归早。//

开首说的是一片凄清的晚秋：秋风萧萧，烟波渺渺，香花凋零败落。接下来是想象：山水风光却依然可亲可爱，静立的山水也具有灵性，可与人相通。下阕开头又是直写荷叶衰残、莲花结籽，水面的萍草花和湿地上的水草依然滴露清亮。接下来，又是想象秋天早晨，正如寐而不飞的鸥鸟一样，人们也早早归去，对大自然的春去秋来也毫无情感。先后两处的想象，都把作者热爱自然的生命力，赋予山水、鸥鹭以及他人，使大自然也充满生命的情感。

又例如，白居易的《赋得古原草送别》，借年年生长的青草，抒发送别的情意。诗中充满蓬勃向上、永不止息的生命力，反映诗人奋进的气概和豪迈的精神。

再例如，杜牧的《山行》："远上寒山石径斜，白云生处有人家。停车坐爱枫林晚，霜叶红于二月花。"作者抓取深秋傍晚的代表性景物，勾画了一幅优美的秋山晚景图，写出了秋天的生机与活力。彩色的强烈对比，突出了红于二月花的霜叶，绚丽的秋色与春光争辉，充满了热爱生活、乐观向上的强大的生命力。相比贺知章的佳句"不知细叶谁裁出，二月春风似剪刀"更有异曲同工之美。

3.1.3 构思

诗的艺术构思，是对生活感受的艺术加工，是情感的深化过程，是充分发挥想象力，将感性形象由分散到集合、进一步提炼浓缩的过程。构思的过程也称为炼意，围绕主题寻觅一个具有新意的切入点，开拓具有广度和深度的形象思维，以期达到一种意境。

艺术构思的动力是想象，想象也是捕捉众多可感性形象的手段。诗的构思是考虑如何用艺术手段表现内容的一个过程。用诗人特有的感觉（是直觉而不是理性概念），寻觅具有极大表现力、概括力和某种特征意义的形象，浮想联翩，捕捉瞬间的印象，用别具匠心的结构，用凝练生动的语言，创造一种感人肺腑的意境。构思包括立意、谋篇等创作过程，这是一个艺术的酝酿过程，也称为艺术构思。

艺术构思的核心是主导意象的获得以及如何直接或间接地表现出来。寻求一个意脉流通的切入角度，通过炼字、炼句，赖以诗眼、警句展现主导意象的形态。构思力求新和巧。对于同一个主题，不同诗人有不同情感，立意不同而分出高下。即便同一个诗人，在不同状态下也有情感的差别。例如王维有雄浑开阔的"大漠孤烟直，长河落日圆"；也有"绝域阳关道，万里少行人"的荒凉和感伤。

诗的构思主要包含两项任务：提炼主题和表现主题，即立意和布局。在这两方面，要深思熟虑，合理布局，创造意境。别具慧眼、别出心裁的构思，在李白的《赠汪伦》一诗中有充分的表现：

"李白乘舟将欲行，忽闻岸上踏歌声。桃花潭水深千尺，不及汪伦送我情。"

构思的起点是立意，所立的情意存在于主导意象中。而"意"是通过主导意象的流动决定构思的全局。意象流动的特征应是意脉贯通、首尾呼应。

又例如，崔颢《黄鹤楼》的构思被名家极为推崇。李白曾在黄鹤楼感叹："眼前有景道不得，崔颢题诗在上头"。的确，为突出游子对家乡思念的主题，构思完美：

昔人已乘黄鹤去，此地空余黄鹤楼。黄鹤一去不复返，白云千载空悠悠。

晴川历历汉阳树，芳草萋萋鹦鹉洲。日暮乡关何处是，烟波江上使人愁。

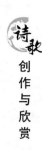

事件顺序上有怀古与伤今，景致上有远空与近水，时间上有短暂和永恒，情感上有感奋与深沉，等等。将现实景物与千秋浩叹都会聚在登楼所思的主题上。

立意要让意脉贯通，即考虑如何起头又如何结尾，要通过结构线索、人物的明暗主从、叙事的顺逆、时间的先后等进行布局，以便更好地突出主题。例如，王昌龄的《出塞（其一）》：

秦时明月汉时关，万里长征人未还。但使龙城飞将在，不教胡马度阴山。

从秦、汉设边关抗胡人开始，回顾无数征人战死沙场的史实，形成纵深的历史感。后两句从历史回到眼前，渴望出现英雄善战的将士，巩固边防。以缅怀汉代英勇善战、体恤士卒的"飞将军"李广来表达诗人的爱国心情。名作短短四句，意脉通畅，整体和谐。既有深广的历史内涵，又有深刻的现实针砭，气象阔大，情感至深。

在构思时，随着内容丰富，不便在一首诗中表达，就在一个主题内容下有多首诗构成，这称为组诗，也称联章。例如，杜甫的《秋兴》八首。李白的《秋浦歌》十七首。杜诗的造诣大多来自于学，有规律可循，易入门；而李诗的造诣多来自于才，不易学。

3.1.3.1 篇章立意

诗的构思是对试图表达的思想、情感加以形象化。形象是通过构思过程中的想象所产生的。其中灵感往往是想象的突破口。正如画家的构图，为了表现作品的内容，要巧妙地布置画面的形体、明暗、色彩、质感等，形成一个艺术整体。立意是构思的核心，包括意境和意象。诗与画是一致的，不仅是形似，更重要的是神似，可谓"空中之音，水中之月，镜中之像"的奇妙。有气韵，就充满生命活力。

艺术形象必须以丰厚、坚实的生活作为基础。有海水般的生活，才有涌潮的气势。诗人观察世界，思考问题，体验生活，经历感情，长时期积累素材，就是生活。真正的诗意、诗情，诗味、诗美，都存在于丰富多彩的生活中，但要转化为诗的内容，必须经过一次次如同发酵酿酒一样的艺术处理。构思布局就是其工艺安排，在写诗前要经过一个感性、理性的升华。

构思可分内容和形式两方面，具体步骤复杂，包括确定情感主题（创作意图或称为立意），寻找素材，选择形象，初拟诗体，安排起承转合，情景描写和气氛渲染，韵律和节奏运用，等等。艺术构思的要求是在有限的诗句内，内容丰富，意境深邃，情感充盈，意味深长。构思新颖独特的关键是意境凝练的精，蹊径独辟的新，心裁别出的巧。典型的例子是杜牧的《赤壁》与苏轼的《念奴娇·赤壁怀古》。前者反说其事，立意新巧，在假设中作胜负对比的思考，传达出深厚的历史意蕴；而后者正面感慨，直抒胸臆，激情奔放，境界壮阔，堪称历代咏史怀古诗词之绝唱。

诗人的构思，是深层次的体验，与诗人的生活经验和视角相关，要用生动的形象、深邃的意境感染人，首先是拿什么入诗，以怎样的方式入诗，也即选择切入点。寻觅诗的新视点是给情感寻找合体的意象礼服以及向外延伸的袖管。构思是情与物的交融，要观察生活，注重事物的特点和闪光的细节，还要用一条艺术彩带把它们联络起来，构成一个完整的生动的意境，从而使细节产生真切感人的艺术力量。只有独辟蹊径的艺术构思，才能产生耳目为之一新的艺术效果。

1. 心灵的拥抱

诗的构思首先是感觉的捕捉和情绪的激发，让心灵拥抱主题，寻求切入点，把握主导意象，产生拨动心弦的力量。奔放的想象是围绕主题的核心向四面八方的空间辐射。题材可以相同，但不同的作者寻求各自独有的特别感受。往往独辟蹊径，各有新意，意境高远。历史上有多少《咏梅》《春日》的诗篇，各有千秋，正如树林中没有两片相同的树叶，因为基因有差异。例如，唐末文学家罗隐的诗《蜂》：

　　不论平地与山尖，无限风光尽被占。采得百花成蜜后，为谁辛苦为谁甜？

别具特色的咏物诗，着眼于蜜蜂的辛勤劳动，突出其积累很多而享用甚少的这一特点，立意新颖。用"不论""无限""尽"等表示极度的词以及无条件句式，体现无畏、无怨、无悔的高尚情操。

例如，赏花。赏花是视觉的对象，是花蕾还是怒放，是红是黄，是枝头摇曳，还是飘落碾作泥，……从深层次看，花是有声音的，有力量的，花瓣层层伸展的气势，它唱着青春少女的欢歌，……再想想，花开花落总有时，花期有限，失去生命力的时候，又进入一个轮回，等候来年。人生的机会能等待吗？能、也许不能；人的生命有青春、也有衰老，有轮回吗？没有，可能也有。

只有用整个心灵直接去拥抱这朵花的时候，花是一首歌，花是一本书，花是有力量的生命，才能打破人们对于花的习惯的认识、习惯的思维，超越"赏心悦目"的初级阶段，表现出特别意境的韵味。要实现这一步，必须要有学识，即掌握诗的基本原理（读）和加强诗的思维训练（写）。下面对三首咏梅词作比较阅读。

卜算子·咏梅，（陆游 1189 年）

驿外断桥边，寂寞开无主。已是黄昏独自愁，更著风和雨。

无意苦争春，一任群芳妒。零落成泥碾作尘，只有香如故。

卜算子·咏梅，（瞿秋白 1933 年）

寂寞此人间，且喜身无主。眠底云烟过尽时，正是逍遥处。

花落知春残，一任风和雨。信是明年春再来，应有花如故。

卜算子·咏梅（仿陆游，反其意而用之），（毛泽东 1962 年 12 月）

风雨送春归，飞雪迎春到。已是悬崖百丈冰，犹有花枝俏。

俏也不争春，只把春来报。待到山花烂漫时，她在丛中笑。

这些诗篇都灌注了作者的深厚的生命情感，才使其产生强烈的感染力和生命力，勾动读者的心弦，引起强烈的共鸣。

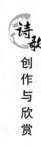

2. 全景的视野

例如，苏轼的词《水调歌头·中秋》，从望月奇思，幻游月宫，到月有圆缺、人间离别与团圆之情，展开了全景式的抒情。一首"空前绝后"的中秋词千百年来被人们继承传诵：

> 明月几时有，把酒问青天。不知天上宫阙，今夕是何年。
>
> 我欲乘风归去，又恐琼楼玉宇，高处不胜寒。
>
> 起舞弄清影，何似在人间。
>
> 转朱阁，低绮户，照无眠。不应有恨，何事长向别时圆？
>
> 人有悲欢离合，月有阴晴圆缺，此事古难全。
>
> 但愿人长久，千里共婵娟。　　　（绮户，雕花门窗）

上片写"天"：中秋佳节，望着月亮遐想，提出了一个奇怪的问题，月亮是从什么时候出现的？传说天上三日，世间千年，不知道广寒宫中今夜是那一年。我本想乘风飞上天，但又担心月宫皎洁凄冷、寂寞难耐。我在月光下伴着影子起舞，天上也未必比得过人间的悠闲。用"我欲""又恐"以及"何似"表达了波澜起伏的情感和矛盾的心理。起承转合，节奏鲜明。

下片写"地"：用"转""低"以及"照"表达了动态的月光给作者带来无眠的夜，深沉思绪涌来，抒发月圆而人不能团圆的忧伤和遗憾。埋怨明月故意与人作对，月圆而人难团圆。然而又恍然大悟，从古到今，月有阴晴圆缺，人有悲欢离合，是一个客观真理，何以能不承认呢。高度概括之后，表现出豁达的情怀，发出遥远的祝福，共享千里月光的抚慰。

全词立意高远，构思广阔，想象丰富，意境壮美，情感真切，写出了人生哲理，表达了共同的人生体验和情感经验，极富艺术感染力。

3. 以小见大

高屋建瓴，气势磅礴是大题材的惯用手法。例如，毛泽东的《沁园春·雪》，气派雄浑，情调豪迈，意境高妙，用祖国壮美的河山抒发爱国情怀，展望未来，团结一心，实现国家的统一和繁荣；但是大题材也可是以小见大、举重若轻构思，不用高调、大调，而是用小调表达深切的情感。例如，高枫的歌词《大中国》：

我们都有一个家，名字叫中国，兄弟姐妹都很多，景色也不错。

家里盘着两条龙是长江与黄河呀，还有珠穆朗玛峰儿是最高山坡。

看那一条长城万里在云中穿梭呀，看那青藏高原比那天空还辽阔。

我们的大中国呀，好大的一个家，经过那个、多少那个风吹和雨打。

我们的大中国呀，好大的一个家，永远那个、永远那个我要伴随她。

中国，祝福你，你永远在我心里。中国，祝福你，不用千言和万语。

注：高枫原名曾焰赤，中央美院毕业后研究音乐，成为创作型歌手。1995年创词、作曲及演唱《大中国》。

歌词亲切自然，轻松有力，不用千言万语表达了对祖国的热爱和颂扬。曲调高亢有力，振奋人心，深受广大人民喜爱。因此作者一鸣惊人。

4. 细节的魅力

诗的语句结构如骨骼，细节如血肉。诗的艺术形象与细节描写是分不开的。细节可以深化主题，渲染气氛，拓展想象的空间。一首小诗，围绕细节展开成全篇，往往显出凝练、集中，平中见奇而韵味无穷。例如，杨万里的《小池》：

泉眼无声惜细流，树荫照水爱晴柔。小荷才露尖尖角，早有蜻蜓立上头。

这是一幅妙趣横生的特写，充满浓郁的生活气息。杨万里（字诚斋）在诗中常用口语，常称为"诚斋体"。从日常生活的细节，如衣物、燕子、小草、等细节抒发令人深思的情感。例如，孟郊的《游子吟》：

慈母手中线，游子身上衣。临行密密缝，意恐迟迟归。

谁言寸草心，报得三春晖。

通过母亲为出远门的儿女缝制衣服，这样一个日常生活情景片断，真挚地赞美无私的母爱。用意味深长的棉线，牵动着母亲与子女的心，其中用了"密密"和"迟迟"两个叠词，更突出了激动迫切的心理状态。最后两句用设问、比喻、象征的手法表达伟大的母爱如春晖，子女的感恩如小草。由此而产生强烈的艺术感染力。

又例如，刘禹锡在825年写的《乌衣巷》：

朱雀桥边野草花，乌衣巷口夕阳斜。旧时王谢堂前燕，飞入寻常百姓家。

用抚今追昔的手法，含蓄地反映了朱雀桥头的乌衣巷（现南京秦淮河南岸）从繁华到衰落的历史命运。作者并没有用浓墨重彩正面描写乌衣巷的变化，而是用飞燕归巢作为形象，从王谢堂前的欢快燕舞，转变到百姓房梁上的作巢安居，创造一个"物是人非"意境。凝聚了作者的独具匠心和深刻的想象，暗示了乌衣巷的昔日繁荣。借一只燕子的归巢，阅尽世事沧桑。情感寄寓于景物描写之中，以小见大。虽然景物寻常，人人目睹；语言浅显，大众常用，却洋溢着一种简约流畅的神韵，回味无穷。

再例如，黄山谷笔下的二月天，其《观化》诗中将植物写得惟妙惟肖：

竹笋初生黄犊角，蕨菜已作小儿拳。试挑野菜炊香饭，便是江南二月天。

将刚刚冒出土的笋尖比喻作小黄牛的犄角，把孩童稚嫩的小手比喻为吐叶的蕨菜，以小见大描写二月早春。充满少年的山野童趣。此类以小见大描述的诗句甚多，如"柳眼开时风正好"，将柳枝上的嫩芽称为眼睛；如"风正一帆悬"，开阔江面上有一条顺风顺水的蓬帆船；如"夕阳熏细草"等等。

在人物的动作上，抓住特征性的细节可以表现生动的形象和深刻的情感，例如，鲁迅的《所闻》：

华灯照宴敞豪门，娇女严装侍玉樽。忽忆情亲焦土下，佯看罗袜掩泪痕。

在豪宴上的服侍女，在灯红酒绿下，忽然想到了在焦土下曾经饥寒交迫的亲人，不禁潸然泪下，悲怆而不敢痛哭，落泪之后又赶快低头佯装看裙袜，以掩饰脸上的泪

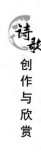

痕。这样一个生动的细节，蕴含了多少丰富的内容，表达了多少曲折的感情，说明了多少深刻的问题？

细节常常体现在小处落笔，以少胜多，例如，臧克家1932年的《洋车夫》：

> 一片风啸湍激在林梢，/ 雨从他鼻尖上大起来了，/
>
> 车上一盏可怜的小灯，/ 照不破四周的黑影。//
>
> 他的心是个古怪的谜，/ 这样的风雨全不在意，/
>
> 呆着像一只水淋鸡，/ 夜深了，还等什么呢？//

诗中选择了风雨之夜一个车夫仍在等待顾客，这样一个微细场景，赋予了强烈的暗示力量。既有力地表现了车夫的艰辛，又烘托了社会的动荡不平，同时也流露了诗人同情怜悯的情绪。

一个诗人对生活观察得越细致，体验越深刻，就越能抓住富有特征性的细节，恰如其分表达情感。在诗歌中有不少具有哲理的名句出自细节的表现。例如，王之涣的《登鹳雀楼》：白日依山尽，黄河入海流。欲穷千里目，更上一层楼。

这首脍炙人口的五言绝句也是一个用细节的例子，寄寓催人上进的哲理。写登楼望远，却展现一派浩瀚壮阔，抒发豪迈奋进情怀。两联皆用对仗，浑然天成。远景写山，近景写水；后两句写感想。用"千里"和"一层"表达诗人想象的纵横空间；用"欲穷"和"更上"复合条件句结构，明确了"登高才能望远"的深刻哲理。

又例如，苏轼的《题西林壁》：

> 横看成岭侧成峰，远近高低各不同。不识庐山真面貌，只缘身在此山中。

开头两句用简笔素描方法勾勒出庐山多姿的风貌。提出了一种有趣的现象，即一处观一景，不同的视角，有不同的景观，形象地推出了一山二像的论点。如果说看不清庐山的真面貌，究其原因是"只缘身在此山中"，只能看见一峰一岭的局部而已，必然带有片面性，不可能正确认识庐山的全貌。看山是如此，看世间的事物也是如此。写出了人生处世的哲理：从人们所处的地位不同、看事物的出发点不同，对客观事物的认识难免有一定片面性，要知道真相或全貌，必须超越有限的小视角范围，像气象卫星看地球风云一样，一览无遗。

再例如，王安石的《登飞来峰》：

> 飞来峰上千寻塔，闻说鸡鸣见日升。不畏浮云遮望眼，自缘身在最高层。

用夸张手法说塔高八千尺，在黎明时辰，公鸡啼鸣时在塔顶可以最早见到日出了。站在高塔上，不怕云雾遮障极目远眺的视线。又寄寓一个"站得高看得远"的哲理。与"欲穷千里目，更上一层楼"有异曲同工之妙。同样与"不识庐山真面貌，只缘身在此山中"有一脉相承之美，"不畏"句是肯定语调，在一定的高度看问题，才不至于被假象迷惑；而"不识"句是否定语调，人们之所以被假象所蒙蔽，只是因为没有全面客观地从全局看问题。

注：飞来峰：又名灵鹫峰，在杭州灵隐寺前。相传晋代印度高僧慧理来到灵隐寺，

说此山很像天竺国的灵鹫山，不知何时飞来，因而得名飞来峰。千寻：一寻为八尺，古代的量度单位。鸡鸣见日升：引用孟浩然《天台诗》中的诗句，故有闻说之词。

还有更多充满哲理的诗句，例如，杜甫在736年写的《望岳》中，表达了眺望泰山的巍峨和秀美所发出的感慨："会当凌绝顶，一览众山小。"刘禹锡在826年写的《酬乐天扬州初逢席上见赠》中："沉舟侧畔千帆过，病树前头万木春。"毛泽东在1949年的《七律·赠柳亚子先生》中："牢骚太盛防肠断，风物长宜放眼量。"等等。

5. 超经验的感悟

例如，诗人王家新在赏画后创作的《鱼》，充满了"如鱼得水"的意境：

> 鱼在纸上，/
>
> 一条鱼，从画师的笔下，给我们带来了河流，
>
> 就是这条鱼，从深深的静默中生起，/
>
> 它穿过宋元、龙门和墨绿的荷叶，向我摇曳而来，
>
> 淙淙地，鱼儿来了，而在它突然的凝望下，
>
> 干枯的我，被渐渐带进了河流。/

为了表述方便，增加了标点，分了三节。在第三节开头的"它"是一个意境的转折，从作者的注目沉思转换到鱼的凝望，这种转换是一种超经验的感悟，揭示了一个新思想的剖切面，巧妙地进入了深层次的情感境界。精巧的构思来自诗人赏画的独特视角。最后两句诗突出主题，用熟悉而又陌生的语言创造了一个新的意象，充满情感张力。

又例如，夏宇的《甜蜜的复仇》，将记忆化作了经验性的表现，变得荒诞离奇：

> 把你的影子加点盐 / 腌起来 / 风干 // 老的时候 / 下酒 //

它的逻辑起点是把"记忆"拟喻成"你的影子"，如鱼那样加盐腌制、风干，可以长期保存，老的时候下酒，生动形象，回想起来，像孔乙己的茴香豆，津津有味。对"记忆"这个抽象的概念实现了具象化。

此外，在学习传统的经典的诗词过程中，会有一种感悟，在意象的选择、意境的组构、技巧的应用等方面，可以获得转化翻新的启发。从而用现代语汇、意境、手法进行新的创造。

6. 句尽而意不绝

诗句表达的情感不能是极限（最高、最深，即不能太透彻，应该含蓄），应该给人有一个极大的想象空间，即只写开篇，不写结论，只写现象，不谈问题，更不谈要求或办法。例如，李绅的《悯农（其二）》：

> 锄禾日当午，汗滴禾下土。谁知盘中餐，粒粒皆辛苦。

从滴滴汗水、粒粒粮食这样一种不被人们重视的细节着手，将春种一粒粟，秋收万颗粮的辛劳过程，浓缩到浇灌禾苗的滴滴汗水。以特写镜头式描述细节，语言简朴明快，形象刻画鲜明。"谁知盘中餐，粒粒皆辛苦"两句意蕴深远的格言，生发出久远

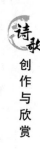

的魅力。余音绕三日，佳话传千年。不要浪费粮食的道理不言而喻、油然而生。

3.1.3.2 时空调度

诗歌篇章的构思是在具体的时空中展开思维和想象，需要独特的时空调度手段。在时间与空间相统一的框架中组织诗的结构，给出一个新奇、完整而又深刻的模样，然而借词、句的组织，把情感蕴涵在诗篇中。这不仅是方法，又是艺术，是逻辑和形象的综合构思艺术。时空变化的方式极为丰富，因此用法也各有不同。

通常诗篇中描述事物发展进程和诗人的情感变化，与现实的时间是同步的，尤其是史诗、咏事诗等，情节按时间顺序推进。遵循自然时序的诗篇，发展的主线清晰、朴实、真切，易于接受。但是诗人在特定的时段，百感交集，有无比高涨的激情需要抒发，循时渐进、慢条斯理地去表达，显得不解饥渴，需要用时值扩张、压缩，空间的全景、特写，空间的缩聚、扩展，时空交错和时空的跨越等艺术手段，表现丰富的感情、浓烈的印象和迫切的心态等。

1. 时间为主线

以时间为主线，分三种方式分析：

(1) 今昔对比。例如，元代陈草庵的一首元曲《山坡羊·叹世》：

> 晨鸡初叫，昏鸦争噪。那个不去红尘闹？
>
> 路迢迢，水迢迢，功名尽在长安道。
>
> 今日少年明日老。山，依旧好；人，憔悴了！

从一日之晨的雄鸡高亢的鸣叫，到黄昏时分的烦人的乌鸦聒噪，多少人也是如此的忙碌，不顾山重水复，为功名利禄而奔波。短短几句话，勾勒出一条时间的长河。接着随波逐流，出现了象征人生的短暂的今天和明天，每天都产生"物是人非"的变化。整篇诗作充分显示了时间的主线。给读者描绘了世态炎凉的人生之路。

再例如，汉乐府古辞《长歌行》：

> 青青园中葵，朝露待日晞。阳春布德泽，万物生光辉。
>
> 常恐秋节至，焜黄华叶衰。百川东到海，何时复西归？
>
> 少壮不努力，老大徒伤悲。

这又是一首托物起兴的人生歌，从园中绿油油的向日葵说起，每天在晨露的滋润中，享受着辉煌的阳光，欣欣向荣。早春三月的温暖给万物带来无限生机。可秋天总是会到来，草木随之衰败枯黄，一切都如滔滔江河东逝水，都不再回归，这一连串形象的比喻，象征时间一去不复返。最后两句将时间的意象投影在人生的瞬间，年少力壮时不珍惜时光、不努力，转眼两鬓染霜时，力不从心，再遗憾也为时已晚。长绳难系日，自古共悲辛，充满对生命的思考。

又例如，贺知章的《回乡偶书（其一）》：

> 少小离家老大回，乡音无改鬓毛衰。儿童相见不认识，笑问客从何处来。

用"少小"和"老大"两个人生过程中的节点，表达了人生短暂而世界的多变，这

172

是个体人生时序的两极对比。通过"笑问……"的一个特定瞬间，表现不舍的乡情。把时间和情怀浓缩在一个典型的场景。这场景如同时间长河中浮动的冰块，产生了鲜明的视觉印象。时间的诗意是一口井，源泉永不尽。

(2) 古今相形。古今相形是历史时序的两极对比，是一个向前追溯、向后延伸的悠长过程，形成历史的纵深感和视野的广阔感，蕴涵更广更深的情感。例如，唐代张籍的《感春》：

> 远客悠悠任病身，谢家池上又逢春。明年各自东西去，此地看花是别人。

站在谢家池塘边赏花，回想过往的悠悠历程，预想明年的情景，将过去、现在和未来三个时空融合到眼前的春光里。人有聚散，花开花落，人间正道是沧桑。

又例如，刘禹锡的《乌衣巷》，诗篇用"旧时王、谢两家豪门望族"和"寻常百姓"形成过往和现今的时间坐标，用"燕子"作为贯穿古今的载体，产生强烈的对比。纵横跌宕，感情丰富而细腻。时空交错不着痕迹，忽今忽昔，只有"旧时"二字才透露出抚今追昔的强烈情感。

再例如，王昌龄的《出塞(其一)》：

> 秦时明月汉时关，万里长征人未还。但使卢城飞将在，不教胡马度阴山。

第一句，从秦朝到汉代经历百年，第三句的"但使"又是几百年，转到作者的年代——唐代，在历史的长河中，缅怀汉代飞将军李广坚守边塞要地(阴山是汉代北方的天然屏障)的业绩。通常可用表达瞬态的词，如"忽见""当年""今朝"等形成一个时间跨度。

(3) 时值夸张。时值夸张包括时值的缩短和拉长。时值是指时间的长短，客观上是恒定的，一小时，一天都是一个确定的时段。而主观上的心理时间，由于心情愉快、留恋、充实忙碌等，感觉时间过得飞快；由于情绪低落，如急切地盼望、烦闷、空虚等，就觉得时间走得长而缓慢。有诗曰"居欢惜夜促，在戚怨宵长"，"更变千年如走马"，"欢愉嫌时短，忧愁觉日长"，"事去千年犹恨速，愁来一日即知长"，"愿得连冥不复曙，一年只一晓"等，这些对时值的感知带有浓厚的主观色彩。由于情感的刺激，过去的事，千年也觉快；眼前的愁，一日也感觉长。用千年的"速"反衬一日的"长"。

例如，白居易《长恨歌》中有"春宵苦短日高起，从此君王不早朝"。描写唐玄宗欢娱时的感觉，"迟迟钟鼓初长夜，耿耿星河欲曙天"。描写独守孤灯，难眠长夜等天亮的思虑不安。

又例如，李白的《将进酒》开头两句："君不见黄河之水天上来，奔流到海不复回。君不见高堂明镜悲白发，朝如青丝暮成雪。……"描写悲愁令人迅速衰老，一夜变白头。这一天如同走过几十年人生。用形象的变化改变了心理时间。

关于心理时间，白居易的《食后》诗堪称最佳的描述：

> 食罢一觉睡，起来两瓯茶。举头看日影，已复西南斜。
>
> 乐人惜日促，忧人厌年赊。无忧无乐者，长短任生涯。

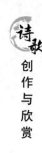

在心理时间的表现上，最直接最明晰的要算《诗经·采葛》所言，采用数量概念的夸张，因情思的作用，诗中将"一日"的时间夸张为三个月、三个季度和三年：

> 彼采葛兮，一日不见，如三月兮。
>
> 彼采萧兮，一日不见，如三秋兮。
>
> 彼采艾兮，一日不见，如三岁兮。

注：彼：他、她，表示对方。葛：多年生草本植物。萧：即艾蒿，有香气，古人用于祭祀。艾：多年生草本植物，有香气，供药用。叶可制成艾灸条。秋：根据上下文，"秋"相当于季，即三个季度。

由于心境不同，时间似乎变得格外漫长，也可以变得分外短暂。比如应考时，试卷尚未做完，时间已过了两个小时，感觉时间缩短了。一般说来，时值缩短，快速的行动表现紧张、奔放，形成喜剧效果，如电影中的快镜头。如李白的《早发白帝城》、杜甫的《闻官军收河南河北》等都是快镜头的跳接。如果时值拉长，缓慢的行为表现沉思、忧伤等，形成悲剧效果，如电影中拖长的慢镜头。

2. 空间立构架

空间是无限、虚空而又可以充实，文学作品中有时称为太虚。在诗歌的创作中，大致采用的有纯景物空间、心理空间、两者的交融以及空间的缩小与扩展。

（1）景物空间。在诗歌中，有不少作品用具体的空间景物表达一种情感。很清晰、纯丽。例如，王维的《山居秋暝》：

> 明月松间照，清泉石上流。竹喧归浣女，莲动下渔舟。

将空阔的空间景物压缩在一个个画框中，如四幅风景连环画，动静相衬，视听兼用。构图精致，富有韵味，即景物的压缩产生一种更美的意境。又如"山中一夜雨，树杪百重泉"，诗句是一幅画，山涧水流从树梢上倾泻而下，空间距离被压缩，以"上远下近"的布局带来美的表达。再例如，"窗含西岭千秋雪，门泊东吴万里船""山月临窗近，天河入户低""枕上见千里，窗中窥万室"多以窗、门、户、檐、帘等等作取景的画框，将空间景物尽收眼底，一览无余。

再例如，王维的《辋川闲居 赠裴秀才迪》：

> 寒山转苍翠，秋水日潺湲。倚杖柴门外，临风听暮蝉。
>
> 渡头余落日，墟里上孤烟。复值接舆醉，狂歌五柳前。

秋天，"落日"时分，交待了会客的特定时间，而更多的是空间景物的描写：苍翠的山林，溪涧的潺潺流水，"柴门外"枝头的蝉鸣，"渡头"的斜阳，"墟里"的炊烟，"五柳前"的吟诗唱曲，其中空间方位很明确，勾勒出景物的相互衬托和依存关系，是多层空间关系的和谐的并置画面，活泼无碍、丰富多彩。

注：日：整天。墟里：村落。值：遇见。接舆：是春秋时代楚国隐士陆通的字号。借用指秀才裴迪。五柳：五柳先生（陶渊明）隐居宅边种植的五株柳树，此喻王维在辋川（今陕西蓝田辋谷川口）的别墅。

（2）心理空间。心理空间是物理空间的扩展，是情感对现实空间的改造，形成一个诗的空间，创造一个具有美感的诗境，是诗人表现内心情感的一种假设。

例如，"千里莺啼绿映红""黄河之水天上来""疑是银河落九天""九曲黄河万里沙"等诗句，不拘泥于实际的物理空间，而对其进行变形处理，成为四面洞开，没有界面阻隔的开放"结构"。千里莺啼也能听到，河水从高天奔流直下，欣喜银河也能从天而降……这一切在艺术家脑海中都是真实的。这是文学和理学的差异，形象思维与逻辑思维的差异。

例如，李贺的《梦天》：

老兔寒蟾泣天色，云楼半开壁斜白。玉轮轧露湿团光，鸾珮相逢桂香陌。

黄尘清水三山下，更变千年如走马。遥望齐州九点烟，一泓海水杯中泻。

注：老兔、寒蟾、玉轮、鸾珮：是月宫游览，对于广寒宫的玉兔、蟾蜍、鸾鸟（能驾车的神鸟）、桂树等事物的奇特想象。三山：古代传说的三座仙山，即蓬莱、方丈、瀛洲。

《梦天》是梦中飞天，是一次睡眠状态下的登月飞行。真可谓千年前的梦想，美国人在1969年实现了。在一千多年前有这样一幅太空遨游奇遇图，确为荒诞奇诡；时至今日却是航天工程的畅想曲，还要踏上更遥远的火星。看来心理空间的扩大先于物理空间的扩展，无怪乎心有多大，天有多大。诗中最后一句说得好，杯中盛着一泓海水。反用成语"海水不可斗量"，很有气魄。1200多年前的李贺似乎已坐上飞船，在太空中看地球，地球表面的中国只是点点烟影，汪洋大海也像一杯水在晃荡。想象力如此丰富，十分惊人。

（3）景物空间与心理空间的交融。空间构架较为明显的例子，例如，卞之琳的《断章》：

你站在桥上看风景，/看风景的人在楼上看你。//

明月装饰了你的窗子，/你装饰了别人的梦。//

诗中的"桥"和"楼"建立一个较近的空间，包含了人和风景之间的距离感，而在第二节中，建立一个"明月"与"窗户"之间的巨大空间。此外，诗中还有叠加了"风景"以及"梦"的主观心理的空间。众多的空间形象构成了复杂的多维空间，给不同的读者留有不同的想象空间和思考余地。再例如，诗人晏明1982年的诗《黄山印象》：

山的腾飞，/峰的飘荡。//松的遐思，/瀑的狂想。//

泉的和弦，/花的意象。//蜜蜂的憧憬，/彩蝶的翅膀。//

太阳失踪了，/风，在寻觅太阳。//雨，追逐着瀑布，/满山满谷冲撞。//

海在诉说，/云正在远航。//神奇的世界，/童话里的梦想……//

这山的印象是一个透明的立方体，在这个空间里显示着三维风景。一个接一个连续的动态变换，让读者目睹、身临其境，似真似梦，跟着这些形象一起飞翔。这样的空间结构清晰迷人。再例如，孟浩然的《宿建德江》：

移舟泊烟渚，日暮客愁新。野旷天低树，江清月近人。

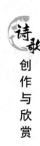
随着缓慢疲惫的桨声，小舟停泊在烟茫茫的渚头，给人带来更多的忧愁。放眼望去，空旷得仿佛感觉到天低得贴近树，十分压抑，可是清水中的月亮，却依傍小船更亲近，略感一丝宽慰。后两句塑造了一个立体景观，凝固了意象天地，唤起一种感受的气氛和美的境界。

边塞诗往往以大漠雪原反衬戍边的孤寂，都是以空间大小的比衬，把某个特定的场景和事件更集中地表现出来。例如，"荒塞空千里，孤城绝四邻""云黄知塞近，草白见边秋""青海长云暗雪山，孤城遥望玉门关"等。

(4) 空间的缩小与扩展。通过空间的逐渐缩小或逐渐扩展以达到某种情感的抒发，是空间变化的手法。空间大小的映衬是静态的并行对比，而扩展与缩小是在动态中作递进地展示。

①大小空间相映衬。空间上的大小映衬相当于时间长短的对比。例如，杜甫《孤雁》中"谁怜一片影，相失万重云！"长空万里，望断南飞孤雁的踪影，用万重云天与一片孤影相比，更是孤寂无比。

又例如，杜甫《咏怀古迹》中"万古云霄一羽毛"。羽毛飞上云霄，大小映衬，把孔明的"清高、睿智"表现得真切，且羽毛又与孔明手中的羽毛扇有双关意义。又把这个对比放置"万古"的时间长河中，更显出孔明的人品杰出无比。

②视野由远达近。从开阔空间缩小至一个细部。例如，柳宗元的《江雪》：

　　　　千山鸟飞绝，万径人踪灭。孤舟蓑笠翁，独钓寒江雪。

利用视野的逐渐缩小，从千山转到万径，再从江渚孤舟，聚焦到独钓老人，从冰天雪地的全景逐渐缩聚到钓竿，凸显出凄清寂寞的天地中，有一个孤傲愤慨的老翁。

再例如，卢纶的《塞下曲》：

　　　　月黑雁飞高，单于夜遁逃。欲将轻骑逐，大雪满弓刀。

将月黑风高，风雪夜快马追击逃敌的艰辛，聚焦在积满冰雪的弓箭和大刀上，表现不畏强敌的战斗豪情。第四句成为空间收缩的聚焦点。

③镜头由近推远。从一个局部着眼，逐渐扩展空间，最后形成一个全局。

例如，王安石的《书湖阴先生壁》：

　　茅檐长扫净无苔，花木成畦手自栽。一水护田将绿绕，两山排闼送青来。

从湖阴先生杨德逢的庭院开始向外写，到宅旁花园，再写河湾边的农田，又放眼凝视远山，翠绿迎面扑来。环境令人陶醉，拟人的山水富有生命的亲切感。

又例如，贾岛的《寻隐者不遇》：

　　　　　松下问童子，言师采药去。只在此山中，云深不知处。

由松树下的小童，延伸到所处场所，直至烟云渺茫的深山之中。与隐者的影踪不明、寻者心理的想象十分贴切。再例如，李白的《静夜思》：

　　　　　床前明月光，疑是地上霜。举头望明月，低头思故乡。

诗句用反复推拉镜头的方法表现乡思旅愁，从床前的一束月光开始，从远处写，转至想象的地上霜，而后又一次举头往远处望，看到了山月，一低头却想到了遥远的故乡。

再例如，黄景仁的《新安滩》：

> 一滩复一滩，一滩高十丈。三百六十滩，新安在天上。

诗句描写沿新安江上溯，自浙江桐庐往安徽屯溪方向行船的艰难，要用竹篙和纤绳才能挽上滩去。梯级爬升，仰望上游，形成了江面直转天上的壮美景观。此例用步步高跳的方式，从空间高度的悬殊着眼扩展空间。

④扩展与缩小的综合应用——回旋。

例如，张继的名篇《枫桥夜泊》：

> 月落乌啼霜满天，江枫渔火对愁眠。姑苏城外寒山寺，夜半钟声到客船。

从寒霜下乌啼声中，江上渔火点点，转移到一叶扁舟中难眠的诗人。转而视角又转向枫桥边的寒山寺，再由钟声的悠扬传送，焦点又聚集到客船上。这样的空间回旋结构，充分抒发了诗人的浓烈乡愁。用六种典型的水乡秋色夜景（落月、寒霜、乌啼声、寒山寺钟声、枫桥客船、渔火）营造了孤寂的氛围。

再例如，欧阳修的《踏莎行·离愁》：

> 候馆梅残，溪桥柳细，草薰风暖摇征辔。
> 离愁渐远渐无穷，迢迢不断如春水。//
> 寸寸柔肠，盈盈粉泪，楼高莫近危阑倚。
> 平芜尽处是春山，行人更在青山外。//

注：候馆：旅馆。摇征辔：边行边摇缰绳，骑马缓行。

从眼下旅店开始，回顾跋山涉水的旅程，离家渐行渐远，离愁如春水不断。下片开始，视线又转到家中，闺中女子想念征人，一眼望去平野无尽，倍感遥远。征人更在青山外，思绪又回到此时的驿站——青山外。

3.时空织经纬

比较简单的时空调度，是时间和空间的分设映衬。当然写"时间"也离不开空间，只是为了便于分析而已。时空分述就如水到渠成、顺水推舟那样，是自然浏览的过程。例如，王安石的《萧然》：

> 萧萧三月闭柴荆，绿叶阴阴急满城。自是老来游兴少，春风何处不堪行。

大致看来，首句写"时间"（三月天），第二句写"空间"（满城绿叶），第三句又写"时间"（老年少兴），第四句又写"空间"（到处春意盎然）。时空分写对映，闭门萧疏对映绿叶繁茂，老年少兴比对春意浓浓，充分表达了作者心态。

又例如，唐代刘方平的《春怨》，也是一、三句就时间来写景、二、四句就空间来写景，而每一句都蕴含着情感，景中有情：

> 纱窗日落渐黄昏，金屋无人见泪痕。寂寞空庭春欲晚，梨花满地不开门。

注：金屋：汉武帝刘彻做太子时，曾说"若得阿娇，当以金屋贮之"，随有成语"金屋藏娇"。

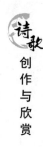

空庭是寂寞的心田，深闭的院门是寂寞的心扉。满地梨花象征斑斑泪痕，时空中充满幽怨情。

如果在时间和空间上都安排潜在的变化，那这类时间和空间的结合，就变得复杂了。生命是真实空间，虚空为艺术空间。其间渗透了时间的节奏，趋近于音乐境界。例如，李贺的《秦王饮酒》中"劫灰飞尽古今平"一句，把空间中横向运动的"劫火余灰"（佛家语）延伸到时间长河中纵向运动的"古今平"。更显出突兀惊奇。

（1）时空的交织。当用心灵的眼睛俯看古今、环顾周遭，空间中渗透时间，时间中融合空间，是时空互易的转位。例如，戴望舒在1937年的诗《我思想》：

> 我思想，故我是蝴蝶……／万年后小花的轻呼／
>
> 透过无梦无醒的云雾，／来震撼我斑驳的彩翼。／／

短短的几句诗，拉长了"万年后"的长长距离，又开拓了一种无梦又无醒的虚无弥漫空间，即万里长空。小花轻呼蝴蝶的声音，穿越时空直到万年后，即便蝴蝶的彩翼成了化石，还能激振蝴蝶的翅翼，那时蝴蝶（思想）依然还有生命力。这种"思想"的正确性是经得起时间考验的。孔夫子的学说不就是这样嘛。"万年后小花的轻呼，来震撼我斑驳的彩翼"这行诗，虽然被"透过无梦无醒的云雾"这个短句从形式上隔断了，但是，时间和空间是连续的、相互依存的，隔不断的。

再例如，宋代诗人李清照的诗《题八咏楼》：

> 千古风流八咏楼，江山留与后人愁。水通南国三千里，气压江城十四州。

注：八咏楼：在浙江金华城西南，建于南朝齐隆昌元年（494年）。楼建成后，有"登元畅楼赋"和"八咏诗"题其壁间，遂成胜迹。后称其"八咏楼"。十四州：宋代两浙分辖十四州。

登上壮观的八咏楼，感慨千年的风流佳话，又感伤世道的盛衰，天下风云变幻自有后人担当。前两句勾勒出时间的长线。后两句描述了八咏楼的地理位置和高峻雄伟的气势，产生一个壮阔的空间形象。时间与空间的交织，抒发作者独登江楼的万千思绪，如山涧流水千里不断。

宋代诗人陆游的诗《示儿》：

> 死去元知万事空，但悲不见九州同。王师北定中原日，家祭无忘告乃翁。

作者在临终前吟哦的诗表达了耿耿丹心，收复失地、统一祖国的热切愿望至死不泯灭，从"不见九州同"的当今与"北定中原日"的未来的交织。

在律诗中，由于平仄和对仗的要求，往往应用时空交织，相伴相随的结构。例如："乾坤万里眼，时序百年心"，"万里悲秋常作客，百年多病独登台"，"枕上片时春梦中，行尽江南数千里"等等。

再例如，曾卓的诗《我遥望》：

> 当我年轻的时候／在生活的海洋中，偶尔抬头／
>
> 遥望六十岁，像遥望／一个远在异国的港口／／

经历了狂风暴雨，惊涛骇浪／而今我到达了，有时回头／

遥望我年轻的时候，像遥望／迷失在烟雾中的故乡　／／

在短短的八行诗句中，容纳了人生时空的精辟体验。用重复的情韵节奏，虚实相间的旋律，表达了六十年人生的简洁回顾，作出了一个朴实而又真切的总结。漫长而又短暂的六十年，这漫长是年轻人的抬头遥望；这短暂是六十岁的感慨，因为到达了一个港口，回头看，艰辛的征程中，只是烟雾还是有欣慰的里程碑，能否成为下一代年轻人遥望的港口。

人生的爱恨交加，犹如诗人绿原的《航海》：

人活着／像航海／你的恨，你的风暴／你的爱，你的云彩　／／

四行短诗多么简洁，充满时空调度与构建的诗歌艺术构思。不同的诗人有不同的方式，没有一成不变的模式，也不可能有千篇一律的安排。要创造奇妙的时空编织，唯有情感激荡，心地开阔。再例如，南宋诗人杨万里的《听雨》：

归舟昔岁宿严陵，雨打疏篷听到明。昨夜茅檐疏雨作，梦中唤作打篷声。

诗巧妙地将去年船篷的雨声，转换到昨夜雨打屋面的声响，拟用梦中船上的记忆，因而又唤作船篷的雨声。"桃李春风一杯酒，江河夜雨十年灯"是更有典型的时空交织，将十年人生高度凝缩成两句诗，凝聚的是十年的青春、十年的辛劳。

（2）时空的相伴相随。在意象的流动中，时间意象和空间意象往往相伴相随。如"同学、同窗，同时出发，却注定不会同时到达。在人生的邮轮上，坐落着故乡，船舱里阅读着天涯。"有时也用回环往复方式实现时空相伴相随。例如张祜的《宫词》：

故国三千里，深宫二十年。一声《何满子》，双泪落君前！

第一句是远距离的空间，接着写二十年时间。其实空间和时间是互相包含的。首句中的"故"隐含着时间，次句中的"深"隐含着空间。随着"何满子"乐曲响起，唤起深宫的寂寞，落下的两行苦泪中包含了伴随时空的全部内蕴。

又例如，陈子昂的《登幽州台歌》：

前不见古人，后不见来者。念天地之悠悠，独怆然而涕下。

在古往今来的对比中，突出现实的不幸和可悲，深感生不逢时。面朝苍茫的天穹，唯能感到个人的渺小而无奈。这是以空间的大小作比衬，用来表现人生的孤独感。第一、二句中用"前"与"后"贯穿了历史长河，后两句呈现"念天地"与"独怆然"的强烈对比，侧重在空间上的思考。如此平直的时空合一的诗句产生了惊人力量。

再例如，张若虚的《春江花月夜》（全篇见 3.2.3.2 节），以春、江、花的空间形象，围绕"月夜"的时间基线展开，空间形象的波动产生悠扬的节奏感；时间在流动和延伸中获得了极深刻的空间效果。从月亮升起开始，继而写月下的江流、芳甸、花林、沙汀等，然后是月下思念的反复抒发，最终以"不知乘月几人归，落月摇情满江树"抒情句结尾。一夜之间，月亮升起、高悬、西斜、落下的过程，时序感极细，整个过程从景物到情思丰富多变。

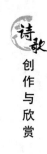
（3）时空的压缩。时空压缩是简约，是包容，是含蓄。

例如，贾岛的《寻隐者不遇》：

> 松下问童子，言师采药去。只在此山中，云深不知处。

就时间而言，师傅采药去，是"过去"，什么时候回来，是"将来"，将这两个时态压缩到当下的"问"字上。就空间而言，从"松树下"延伸到"采药"的路，引出一座"山"，那山是在"云深"处。这样，空间被压缩在童子的挥手瞬间。是一幅情调幽深、充满雅趣的中国画。

（4）时空的转换。时空的转换是在同一句子中，或一个对联中，时空合一，融合其中。例如"扑头飞柳花，与人添鬓华"，晚春的空间形象转换到年迈时光的花白头发。

又例如，杜甫《咏怀古迹五首》其二："怅望千秋一洒泪，萧条异代不同时"对古今的变化深有感慨，用一个"望"字将千年时间的长线折构形成一个空间，跌宕起伏，让人惆怅让人落泪。再例如，崔颢《黄鹤楼》中："黄鹤一去不复返，白云千载空悠悠"，把年年月月在空天飘荡的白云连接起来形成时间的过程，白云飘忽，来去无行踪，留下空无。

例如，王维《终南别业》：

> 中岁颇好道，晚家南山陲。兴来每独往，胜事空自知。
>
> 行到水穷处，坐看云起时。偶然值林叟，谈笑无还期。

注：别业：别墅。中岁好道：人到中年喜好佛道。晚家：晚年住在终南山下。兴：兴致。胜事：快意的事。值林叟：遇到林中老人。

在一种自由的随意而行的生活状态中，轻松逸致。用颈联的两句"行到水穷处，坐看云起时"，作了形象的概括。无目的地顺着溪流缓缓而行，不知不觉过了多时，到水流的源头尽处，坐在石块上看着朵朵白云兴起，从容无心……其中一个"处"字，将散步的时间过程转化为空山林静的空间，而用一个"时"字，又将白云卷卷的空间转化为那一刻的怡然自得，回归到时间的序列中。

又例如，李商隐的《夜雨寄北》：

> 君问归期未有期，巴山夜雨涨秋池。何当共剪西窗烛，却话巴山夜雨时。

注：君：远在北方的诗人的妻子。巴山：四川东南部大巴山，诗人所在地。何当：何时才能。剪烛：在没有电的时代，点烛为灯，蜡烛燃久了，烛芯会形成烛花（一种影响燃烧的碳化物），剪去它才会使烛光明亮。却话：再来说，回转来再说。

首句的一问一答，表述了身在北方的妻子家书问归期，而诗人回答是未有期。构建了一个异乡客地的空间，在这个空间中，秋雨连绵，江水暴涨，滞留异乡，归期无法确定。第三句"何当"虚写，将时间跳跃至未来，超越了现实时空限制，回到家乡，剪灯夜话，长叙别情。第四句的"巴山夜雨"与前者的"巴山夜雨"呼应，构成了空间的回环。全诗四句，起承转合，时空转换（今宵—他日—今宵，巴山—西窗—巴山），构思新颖。时间上回环周转，空间上往复叠映，虚实相生，生动传神的描述，既表现了思念，又突出了期盼；既反映了离愁，又讴歌了真情。

总之，在时间与空间的交织中，有许多相对意识的存在，如动与静、生与死、偶然与必然、相对与绝对、梦境与现实、有限与无限等命题，可成为思考探索的路径，以期达到诗歌应有的人类世界的哲理思想境界。

3.1.3.3 结构方式

构思是一个在有限的范围内，挑选、淘洗、提炼……等激情思考的过程，须寓意深远，含蓄婉转，以期获得形象化的诗意。一首诗的成功很大程度上取决于构思，通过想象捕捉到需要表现的形象，有了生活素材、有了感受，用什么方式表现，需要构思。构思要新颖、精巧，匠心独具，出人意料。构思的结构方式总的来说有两大类：

（1）由实着手，化实为虚，触物生情。例如："葡萄成熟了，到了明天，我就去采摘。我们的爱也成熟了，但愿你，亲爱的，一起收获吧！"由客观的"葡萄"转化为内在的情感"爱情"。"起重机伸出了长臂，轻轻地一举，一桶混凝土起来了。沉沉地，产生了庄重的骄傲，似乎举起了一轮红日。"由"一桶混凝土"幻化为"一轮红日"。这是一种由外向内的转化。

（2）乘虚而入，由虚转实，象征寄情。例如："羞涩的期盼，像苔原上胆怯的小鹿……"。将虚的"期盼"观念，转化为实的小鹿。"孤帆远影碧空尽，唯见长江天际流。"故人西辞，帆樯渐远，其惜别之情、忧愁之意，如无尽的东流水。离愁转化到江水。这也是一种由虚转实、由内向外的转化。

在语言结构形式上，具体的方法层出不穷，在主题展开的时间顺序方面，有顺叙、倒叙、插叙；在空间顺序上可以是由远及近、由大到小，或者由近及远、由小到大等等。

例如，毛泽东的《菩萨蛮·黄鹤楼》：

> 茫茫九派流中国，沉沉一线穿南北。/烟雨莽苍苍，龟蛇锁大江。//
>
> 黄鹤知何去？剩有游人处。/把酒酹滔滔，心潮逐浪高。//

这首词是典型的"由远及近、由大到小"结构，意脉连贯。上片用"茫茫""沉沉"和"苍苍"表达了1927年全国之风云，着眼在武汉（龟山）和汉阳（蛇山）。下片从黄鹤楼的历史传说开始，转而落到滔滔江水般的奔涌心潮。

"倒叙、插叙"的结构可以避免直叙的呆板，使结构富于变化。例如，被称为历代七绝第一的李白的《早发白帝城》：

> 朝辞白帝彩云间，千里江陵一日还。两岸猿声啼不住，轻舟已过万重山。

第一联两句已把"朝辞白帝、晚归江陵"的一日千里行程写完了，表达出船快而心切的畅快之情。"轻舟已过万重山"是倒叙行船的过程，一个"轻"字写出了水流急、船速快的特点。"两岸猿声啼不住"是插叙，"啼不住"的猿声增添了诗的神韵，有身

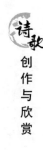

临其境、如闻其声的感觉。这一妙笔是点睛之笔，使整篇浑然天成。

此外，还有一些结构手法，如情理之中与意料之外，详写、略写，对称与不对称，对比与衬托等等。总之要让诗篇如行云流水，内心感动不已，有滋有味。

构思的结构方式大致有三种。一是直陈（也称为赋）或者称言说结构。二是比方，例如常说的比喻、比拟等（也称为比）或者称具有画面感的感性结构。三是由头，例如常说的象征、发端、起头等（也称为兴）或者称牵引结构。此外还有留白、冲突、逆行和虚构等等。以下将几种主要的结构方式作一比较分析。

1. 直陈（赋）

直陈就是直言和铺陈的方法。直言就是直接叙说，铺陈是从横向铺展而且还从各个方面再细说。直陈也称赋，直书其事，或者一句写景一句言情形式的叙物言情。

（1）直接描写人物或情状和直抒胸臆，把一个人的举动、心思直接描述。其中可以用第一人称写，也可以用第三人称写。直接写出人物的肖像、内心、行动、对话以及一般情态，用对话方式更显得真切。

（2）直叙事件。可叙写劳动、生活的方方面面小故事，也可写大的历史事件的长篇故事诗或史诗。当然，在故事诗中也会包含有直抒胸怀的情感。此外，还有直写景物的，以达到触景生情的归宿。以赋为主的诗，因为感情真挚强烈而感人。例如，白居易的《宿紫阁山北村》：

> 晨游紫阁峰，暮宿山下村。村老见予喜，为予开一樽。
>
> 举杯未及饮，暴卒来入门。紫衣挟刀斧，草草十余人。
>
> 夺我席上酒，掣我盘中飧。主人退后立，敛手反如宾。
>
> 中庭有奇树，种来三十春。主人惜不得，持斧断其根。
>
> 口称"采造家，身属神策军"。主人慎勿语，中尉正承恩。

此诗除最后两句带议论的劝慰话以外，通篇平铺直叙，直截了当地描述了受皇上宠信的神策军人的明火执仗的抢劫。不用兴比，没有状物抒情，情景逼真，具有感染力。

在情景铺陈方面，可用不同的视角对特定景物的描绘，或凝视一个焦点反复渲染，以加强某种情感的抒发。例如，《孔雀东南飞》和《木兰诗》，等都是赋写的传世佳作。

在行态铺陈方面，将一个事件的过程分阶段铺展叙述，而对于心态铺陈方面，通过反复抒发，给人留下深刻的印象。例如，孟郊的《游子吟》，前四句的直叙，充分表达了母爱之心，后两句的设问自答，尤见情深意长。

当然，诗中的直陈并非简单的"铺陈其事"，而是在手法上富于变化，即采用多种表达方式，如描写、抒情和议论等，错落交替的应用会产生艺术美感。陈述句出现在起头，往往点明情思感发的对象。如在句中陈述，则起到串连、映带前后的作用。描写句是描景状物，要融合情意，气氛渲染，引发联想。抒情句是情感抒发，或热烈、或温婉、或悲愁、或慷慨，增强感染力。议论句可以醒人耳目，给人以启迪。

值得一提的是铺陈要有度，符合通篇的格调要求，不能在上下左右、东西南北、四面八方都铺陈一番，变得繁杂冗长。

2. 比方（比）

在由表及里、由此及彼的构思过程中，彼此相似，便形成"比"，比就是将彼物比喻为此物。在修辞手段中有比喻、比拟，且用介词、连接词配合，例如：似、如、比、于、像、犹、若等（如"不知细叶谁裁出？二月春风似剪刀"）。在隐喻中常用动词配合，例如：成、是、作、为等（如"只愁歌舞散，化作彩云飞"，将彩云比作歌女）。应用在句子中，明显带有夸张成分，使形象更为栩栩如生。而作为构思的艺术手段，是在诗的篇章中建立内外丰满的形象。

例如，李商隐的《无题》诗中：

相见时难别也难，东风无力百花残。春蚕到死丝方尽，蜡炬成灰泪始干。

晓镜但愁云鬓改，夜吟应觉月光寒。蓬山此去无多路，青鸟殷勤为探看。

用"春蚕""蜡炬"为喻，表示至死不渝的绵绵深情。其中包含着比兴、比喻、双关等手法，以春蚕吐丝和蜡烛熔滴这两种现象，象征相思情的绵绵和对爱情的坚贞不渝。比喻生动贴切，形神兼备，意蕴隽永。这种比的方式可归结为以实喻虚。以实喻虚是用具体的事物比喻抽象的感觉（思想、意志等），生动形象，浸透深刻的情感。如"沉舟侧畔千帆过，病树前头万木春"，比喻人生的坎坷。

另一种方式是以实喻实，将两个可感的形象融合一体，扩大了艺术形象的审美意蕴。例如，"霜叶红于二月花"。用春天的花与秋天的红叶作比较。

（1）设比言志。设比言志，通过设比借机抒发某种感情，或说明某种道理；例如，"在天愿作比翼鸟，在地愿为连理枝"，"他山之石，可以攻玉"，等等。

（2）托物咏怀。托物咏怀，有多种多样的应用，其中有全首诗只用一种事物，并通过该事物的人格化达到抒发某种情怀，人格化以后寄托一种情感。例如，用"知了"和"蚯蚓"拟人，运用比喻的方法，建立起两种人的形象：一种自命不凡的人，一种是埋头苦干的人。

知了	蚯蚓
知了，知了，	蚯蚓，蚯蚓，
攀附高枝，	地下耕耘，
整天高叫；	不吵不闹；
知了，知了，	蚯蚓，蚯蚓，
腹内空空，	埋头苦干，
目光短小，	日夜辛劳，
一阵秋风扫落叶，	待到大地百花香，
哑哑无言往下掉。	它在土里微微笑。

又例如，曹植的《七步诗》：

煮豆燃豆萁，豆在釜中泣。本是同根生，相煎何太急？

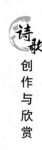

用豆萁作为柴禾煮豆子，比喻同胞兄弟之间自相残害，十分贴切。语言浅显而生动，"同根"的主题深刻，有画龙点睛的巧妙，而是在七步之内的瞬刻间吟成，令人叹为观止。

（3）以景寓意。以景寓意是用存在象征意义的景物描写，表达内心的感情、意向等。例如，辛弃疾的融情入景的《菩萨蛮·书江西造口壁》：

> 郁孤台下清江水，中间多少行人泪。
>
> 西北望长安，可怜无数山。//
>
> 青山遮不住，毕竟东流去。
>
> 江晚正愁余，山深闻鹧鸪。//

注：造口：江西万安县内"皂口"。郁孤台：江西赣州西南。清江：赣江。行人：金兵入侵时流离失所的民众。愁余：感到愁苦。

虽然战乱尚未平息，但青山遮不住东流去的江水，抗敌意志不可阻挡。以山水贯穿始终，紧贴自然景物抒发忧国情怀，如鹧鸪凄切的鸣唱，壮志难酬。

（4）借题抒怀。借题抒怀是寄托某一事物抒发情怀。例如，神话传说、历史典故、人文趣事等。为了体现比喻和比拟方法用来建立诗文的主题形象特点，不至于混同修辞中的比喻，因此用"比方"这个词来描述。它还包括象征、联想、寄托一类的手法。

例如，陈敬容的《山和海》：

> 高飞／没有翅膀／远航／没有帆//
>
> 小院外／一棵古槐／作了夕阳相对的／敬亭山／
>
> 但却有海水／日日夜夜／在心头翻起／汹涌的波澜／
>
> 无形的海啊／它没有边岸／无论清晨或黄昏／一样的深，一样的蓝／
>
> 一样的海啊／一样的山／你有你的孤傲／我有我的深蓝//

注：此首诗的题句是李白五绝《独坐敬亭山》的后两句："相看两不厌，只有敬亭山。"（前两句为"众鸟高飞尽，孤云独去闲"）敬亭山在安徽宣城，传说南齐诗人谢朓吟诗处。谢朓于495年出任宣城太守。

对于用此类手法的诗，无论写诗还是欣赏切忌牵强，避免穿凿附会。

象征、联想、寄托相对于比喻而论，是将许多事物集中、组织起来，有更深一层的认识。可以唤起类似的记忆和映射，以及情绪的推移和演变。但是在"比"的过程中不应该偷换概念，例如"海"的概念本身是辽阔的海洋，可以比为繁花如海，心潮如海，草原如绿海等，可是在前不傍水，后不依山的诗行中，插一句"我不爱海""你的海""我的山"等诸如此类的逻辑推演偏置，导致晦涩难懂，让人坠入雾山云海。

3. 由头（兴）

'比'是用事物打比方，而'兴'是用事物来寄托。'比'是明比，'兴'是暗比，索物以托情。在比的过程中，前后相因，内在关联，便形成"比兴"，即寄情于物、托物以讽。比兴也称"由头"。"由头"的意思是可作为借口（借端）的事件。

"由头"是在诗篇的开头，以别的事物作为发端，从而引出要描述的人物、事件以及所要表达的思想感情。在古诗十九首中，常用比兴起头。如"青青陵上柏，磊磊涧中石。人生天地间，忽如远行客"，用陵上的松柏常青和涧中的石磊常存起兴，与短暂的人生形成鲜明的对比。抒发对人生的思考，用诗的结句（戚戚何所迫！）忧叹人生为何那样短暂。

通常是有比有兴，相与俱来。兴的手法可以分为三种。

第一种，先叙事后入兴，用所兴的事物作为起头，具有启发的作用（种桑大江边，三年望当采）。一般用在开头，也称为起兴。

第二种，兼含比喻的兴，含蓄而富有情趣。如倚声入兴（滔滔三峡水）、以景入兴（五月南风大麦黄，枣花未落桐叶长）。也称为比兴。

第三种，含有寄托的兴（青青河畔草，绵绵思远道），用某种事物（万里悲秋常作客，百年多病独登台。）寄托诗人的思想情感。古称兴寄，即比兴寄托，是比兴的发展，寄托诗人的主观情志，思想深刻，感情丰满，形成含蓄的艺术境界。

通常，这个发端的由头与所要表达的人、事及感情是有直接或间接的关系。因当时所见的景物而起兴（引起表情冲动）称为触物起情。例如，辛弃疾的《菩萨蛮·书江西造口壁》中"郁孤台下清江水，中间多少行人泪"，清江水是所见之景物，即时触物起情之兴。眼见江水，心想民众的泪。紧接着抒发"青山遮不住，毕竟东流去"的情怀。

若不是即时应景的，则称为托物兴词。例如，《孔雀东南飞》的开头两句："孔雀东南飞，五里一徘徊"虽然不是当时的状景，但将引出的是焦仲卿、刘兰芝的爱情故事。以下用典型的诗篇详细分析"兴"的三类不同的用法。

（1）用于起头的兴。先用一事物触发诗人的情思，然后引出后面的诗句。形式上"兴"词在前，"应"词在后，先兴后应，一实一虚。例如，林逋的《长相思》：

> 吴山青，越山青，两岸青山相送迎，谁知离别情？
>
> 君泪盈，妾泪盈，罗带同心结未成，江头潮已平。

上片的开头两句，用青山起兴。吴山、越山，在江边迎来送往，是无声无息的，通过拟人化问青山，"谁知离别情？"反衬人生的聚散离合是情深意长的。这类具有睹物起情的起兴称为起意。然后，镜头由远拉近，码头上送别的人已是泪眼相对，哽咽无语。才有写实的下片："君泪盈，妾泪盈"，"罗带同心结未成"，含蓄地道出难言的悲苦。横遭不幸，心心相印却难成眷属，洒泪而别。"江头潮已平"，暗示情人的心头已是心寒意冷。本来希望就很渺茫，如今又远去，未来更没有指望了。

此外，还有一种与主题没有关联的，但起着协调音律的作用，以便形成一个和谐动听的篇章开头，称为起韵。有的诗篇的开头用两个由头或三四个由头。例如，"南山崔崔，雄狐绥绥""峰峦叠嶂，江水滔滔"等。

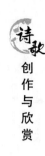
（2）兼含比喻的兴　例如，张九龄的《感遇（其一）》：

兰叶春葳蕤，桂华秋皎洁。欣欣此生意，自尔为佳节。

谁知林栖者，闻风坐相悦。草木有本心，何求美人折？

注：生意：兰、桂如此生机勃勃（葳蕤）。佳节：春、秋自然（自尔）是好季节。坐：因。

以兰、桂比喻坚贞的品格，借物起兴。表现出欣欣向荣的生命活力。桂、兰如此从容勃发和皎洁，比喻己不求人知的高洁志气。第五句开始，用"谁知"引出隐居之人，用兰、桂的本性并非为了博得美人的折取欣赏，比喻君子洁身自好，并非借此来博得外界称誉提拔，以求富贵利达。八句诗的结构严谨，呈现起承转含四项内容，比兴手法温雅。

（3）含有寄托的兴。例如，苏轼的《卜算子·缺月挂疏桐》：

缺月挂疏桐，漏断人初静。惟见幽人独往来，缥缈孤鸿影。

惊起却回头，有恨无省人。拣尽寒枝不肯栖，寂寞沙洲冷。

注：漏断：古代计时用的漏壶已无声晌了，指夜深人静。省：理解、明白。

缺月如钩，透过稀疏梧桐树望月，夜深人静，诗人犹如低飞的孤雁在院子里徘徊。以景起兴。把人的含而不露的寂寞与孤鸿联系起来。下片将人的感情托于孤鸿，突然回头思忖，经受磨难、冤屈又有谁能理解呢。鸿雁如此孤独、缥缈，仍然不肯栖息在树上，却宁愿在沙洲上过着孤冷的生活。此刻作者把痛苦的心情和坚定的态度生动地表现出来了。

在这一类起兴里，还可用假设、设问、先因后果等句型起头。例如：

"如果大地的每一个角落都充满了光明，谁还需要星星，谁还会在夜里凝望，寻找遥远的安慰，……

"假如生活重新开头，我的旅伴，还是迎着朝阳出发，把长长的身影留在背后。

"是谁用一片甲骨，收藏了古老的秘密？……，是孔夫子的篇章记录了五千年的文明。

"是谁把心里相思种成红豆？待我把豆碾成尘，看还有相思设有？

"因为把你想成一块肥沃的土地，我才有了生长的欲望。……"

下面用张千一的歌词《青藏高原》，完整地体会"兴"的手法将情感抒发带来无穷的魅力：　是谁带来远古的呼唤，是谁留下千年的祈盼？

难道说还有无言的歌，还是那久久不能忘怀的眷恋？…………

此歌是电视剧《天路》的主题歌，却没有写路，而用"路"将一座座山川相连，赞美青藏高原的庄严。悠长舒缓的旋律，高亢、明亮，充满气势磅礴的气概。歌曲强大的感染力，使观众没有记住电视剧《天路》，而青藏高原的歌声却久久不能忘怀。不仅开头用兴，而在篇中也可以用兴，即在诗的起、承、转、合处都可以用兴，但要用得恰到好处。

直陈、比方和由头等，在实际应用中，经常是结合在一起应用的，兴中有比，比兴连用；赋中有比，赋中兼兴，使意象更耐人寻味。比兴的结合越来越紧密，有时称为比兴、或托兴、兴寄等。除了赋、比、兴三种基本表现方法外，还有一些特殊的手段，例如，留白、冲突和虚构等，以期实现更强的意境的表现力和艺术感染力。

4. 留白（想）

诗歌情感的表达可以跳跃或留下空白，使节奏有更多的变化和张弛有度的自由。作者在诗中留下空白，是为了调动读者的想象力，留下一个延伸畅想的空间，构成诗的意境。无声胜有声，无形胜有形，形成一个谐波振动的坐标零点。其意境就是王维《鹿柴》中的"空山不见人，但闻人语响"。先看唐诗中两个典型例子。例如，贾岛的《寻隐者不遇》："松下问童子，言师采药去。只在此山中，云深不知处。"

通过省略或跳跃，形成空白。诗中省略了问句，寓问于答，可以从答句中反推作者的问话："尊师干甚去？"紧跟第二句应该问"采药在何处？"在第三句之后应该问"此山那一段？"这些问句令人莫测，因人而异。

再例如，崔颢的《长干曲（其一）》恰好相反，有问而无答：

> 君家何处住，妾住在横塘。停船暂借问，或恐是同乡。

女子主动发问，没有答句，留下空白，需要想象。是小伙子已回答了，还是姑娘爽朗嘴快，未等对方答话就自报家门？也许是迫不及待的自我介绍。接着，应该有小伙子的回应："你问这些干什么？"诗中没有答语，就很自然引出姑娘后两句的解释："只不过是随便问问，打听一下是不是同乡，没有别的。"这样的解释表面看来十分得体，既掩饰了刚才的唐突而有些羞涩，又表现出女孩的圆滑。那些设有答案的空筐中，蕴涵深意，让读者填充是一种审美体验，是一种诗歌美的享受。

以下再看几首自由诗，例如，戴望舒的《烦忧》是最典型、最直白的了：

> 说是寂寞的秋的清愁／说是辽远的海的相思／
>
> 有人问我为什么烦忧／我不敢说出你的名字／……

为什么烦忧？作为一个永远的空白，让后人永远地延伸补充吧。如同一尊美丽的维纳斯断臂雕塑，让人遐想，让她有很多种可能。

又例如，郭沫若的《春愁》：

> 是我意凄迷？是天萧条耶？如何春日光，惨淡无明辉？
>
> 如何彼岸山，愁容不展眉？周遭打岸声，海兮汝语谁？
>
> 海语终难解，空见白云飞。

作者问天问海，难解春天惨淡、愁容锁眉的疑问，望天兴叹，无奈。一切留给读者去思考。

又例如，一首题为《黑蝴蝶》的诗，是将一堆过时信札付之一炬时，抒发出感情的记忆：

> 你亦向我走来／你幽怨的目光如火焰灼痛我的手／

你是谁 / 你在什么地方认识我 / 好像是在一个春天 / 花都开了 /

你到山区来看我 / 后来 /

因为什么不再写信 / 因为什么别我而去我都记不清了 /

只有你幽怨的目光一直在远处闪着光亮 /

信已烧尽 / 炉火已渐渐暗淡 / 你目光又化作无数只黑蝴蝶 /

飞翔于一堆纸灰之上 / 飞翔于感情和生命检验之上…… //

显然，透过语言的表象，似乎延续了一个"化蝶"的传统爱情故事，这个悲剧是如何造成的？什么原因？一切留下了让人想象的空白。

又例如，舒婷的《在潮湿的小站上》，可以给读者带来很多很多的想象：

风，若有若无，/ 雨，三点两点。/ 这是深秋的南方。//

一位少女喜孜孜向我奔来，/ 又怅然退去，/ 花束倾倒在臂弯。//

她等待谁呢？/ 月台空荡荡，灯光水汪汪。//

列车缓缓开动，/ 在橙色的光晕的夜晚，/ 白纱巾一闪一闪…… //

在深秋的夜晚，零星的雨滴飘落，系着白纱巾的花季少女，捧着鲜花到站台上迎接归人，如果诗中的"我"是男性，那她等候的是恋人，或是久别归来的父亲，……；如果诗中的"我"是女性，那她等候的是闺友，或是久别归来的母亲，……。当她看到从车厢出来的"我"，不是心中所盼，她怅然、失望，原本举起的花束倒下了，从月台、灯光的象征性描写，使读者想象少女的内心空荡荡的，两眼泪汪汪的。这种看不到的心情，随着白纱巾的闪动，在情感上留给读者与主人公有更多的同步发展的空间。

5. 冲突（戏）

极端的碰撞即称冲突，冲突是戏剧的表现手法，是由对立或差异形成的。诗人将两个相反的意思，在须臾之间联系在一起，创造出一个跃起的冲突高潮。增加感染力。例如，"老去悲秋强自宽"，才说悲秋，忽又发生自宽的"瞬间变化"，情感从悲凉沉郁，一转宽怀豁达。又例如，"语多难寄反无词"，"语多"与"无词"是相反的，是矛盾的，这样折反造句，使情感的表现更为深切。再例如，"客有可人期不来！"，想念的客人，盼他尽快来到，但迟迟未到。形成矛盾冲突，尽快见客的迫切性更突出了。更多的例句，例如，王藉的"蝉噪林愈静，鸟鸣山更幽"表达动中有静的新意境。岑参的"孤灯燃客梦，寒杵捣乡愁"表达一种具有震撼力的故乡情。杜甫的"莽莽万重山，孤城石谷间。无风云出塞，不夜月临关！"城在山谷中虽无风，天上的云却在奔涌。山高谷深，天还未全黑，月亮已照临城关。"无"对"出"，"不"对"临"的矛盾冲突，使孤城更荒凉。爱恨交加是一种存在。

例如，陆平的《给负心人》是如何描写知青的爱情故事：

当田野的菜花凝起露滴，/ —— 你悄悄吐露了颤抖的秘密；//

于是，热情和活力燃起奇异的火苗，/ 使世界上一切都失去魅力 …… //

表面上，女主人公对负心人恨之入骨，但其背后透出爱的真切。

再例如，悲剧情节的诗，舒婷的《四月的黄昏》：

四月的黄昏/流曳着一组组绿色的旋律/在峡谷低回/在天空游移/

要是灵魂溢满了回响/又何必苦苦追寻/

要歌唱你就歌唱吧，但请/轻轻，轻轻，温柔地//

四月的黄昏/好像一段失而复得的记忆/

也许有一个约会/至今尚未如期/也许有一次热恋/永不能相许/

要哭泣你就哭泣吧，让泪水/流呵，流呵，默默地//

沉重的心情却以佳期如梦的方式诉说着难以忍受的一切。

戏剧性的冲突为意象寻找对立面。即"自我设定非我"的逻辑延伸。在自我的链条上形成崩裂。有幽默的对立、沦丧的对裂、逃逸的对立等。例如，袁可嘉在 1978年写的《断章》：

(其一)：我是哭着来的，/我将笑着归去。//

我是糊里糊涂地来的，/我将明明白白地归去。//

(其二)：灯塔的光是为远方的船照亮的，/灯塔下的海岸只能永远是黑暗的。//

诗篇在构思中用了"哭与笑""糊涂与明白""明亮与黑暗"等三组语义对立的词句，表现一种思想状态，形象地解释了"对立统一"的哲理。

在诗歌语言中常用了物理学中较为抽象的词"张力"，学理工的脑袋也觉得甚为难解，而对于习惯形象思维的人更是摸不着头绪。个人以为在文学艺术领域中"张力"可以表达为：对立引起冲突，从而产生一种思想上的震撼力。这样，"张力"更为有明确的意义和存在的合理，体现整体的和谐。

注：物理学中的'张力'是一种内力，存在于物体内部，是方向相反又相互作用的一对力。如果把'张力'形象化，则可用'相反相成'表达。即矛盾对立的双方具有同一性。用非常规或非逻辑的思维形成的语句结构，产生相互对峙又相互作用的势态，呈现一种"势能"。如美与丑，动与静，善与恶，正与反，虚与实，有限与无限等等，即二元对立同一原则。对立、冲突的两极造成紧张之势，悖论式的逻辑结果会出人意料。

6. 逆行（反）

采用逆向思维，出奇制胜。一种是意义上的相反，另一种是结构上的倒置。表达事情的逻辑顺序颠倒了，逆时空表达。

毛泽东1962的《卜算子·咏梅》，是毛泽东读陆游的《咏梅》词后，反其意而用之。通常借咏梅诗句抒发孤芳自赏的情调，一股高傲之气，尽显梅占百花之魁的姿态。而毛诗"俏也不争春，只把春来报。待到山花烂熳时，她在丛中笑"歌颂了梅花报春而不争春、与百花同迎春的淡泊名利的风尚。又例如，杜甫的《春望》，具有以"乐景写哀"的逆向思维特点。此外，诗句叙事写景形象生动，对仗工整，感情抒发沉郁宛转。

再例如，李贺《雁门太守行》中"黑云压城城欲摧，甲光向日金鳞开"的佳句，出

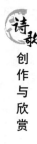
人意料，令人读后惊喜交加。

注：一缕日光从云缝里射下来，照在严阵以待守城兵士的盔甲上，金光闪闪。

又例如，岑参的《白雪歌……》中将大雪纷飞的场景"妙手回春"。将南朝萧子显《燕歌行》中春花喻冬雪的佳句"洛阳梨花落如雪"反用，产生了咏雪的千古名句"忽如一夜春风来，千树万树梨花开"。

结构上的倒置用得也较多。例如，李白的《峨眉山月歌》：

峨眉山月半轮秋，影入平羌江水流。夜发清溪向三峡，思君不见下渝州。

其中，先写结果（夜发、向三峡），后写原因（到渝州、不见君）。

有时为了起句的传神崛起，全诗的结构可以整体性倒置。例如，张继的《枫桥夜泊》：月落乌啼霜满天，江枫渔火对愁眠。姑苏城外寒山寺，夜半钟声到客船。

此诗脍炙人口，但粗读不易理解，因为时空、情由上为倒置结构。从后向前推的解读："夜半时分，诗人的客船停泊于寒山寺外的运河边。看到了江上枫桥边渔船的灯火，愁思万千难于入眠，不知不觉已是拂晓，满地秋霜，寒意入骨。"风霜与其愁绪相呼应，更明确地表达了诗人此刻的心情。前面李白的《峨眉山月歌》也可照此理解。而这两首诗的结句，带给读者犹如钟声余音不尽的感受。

7. 虚构（幻）

故事的虚构尽管不是现实的叙述，也许是从未有过的幻想，但是能使作者可以有充分想象的空间，是一个愿望的满足（即如果）。虚构、幻想是虚幻的知觉，含蓄而富于艺术的真实。形成一种艺术的美感。例如，席慕蓉的《一颗开花的树》：

如何让你遇见我 / 在我最美丽的时刻 为这 /

我已在佛前 求了五百年 / 求它让我结一段尘缘 //

佛于是把我化做一颗树 / 长在你必经的路旁 /

阳光下慎重地开满了花 / 朵朵都是我前世的盼望 //

当你走近 请你细听 / 那颤抖的叶是我等待的热情 /

而当你终于无视地走过 / 在你身后落了一地的 /

朋友啊 那不是花瓣 / 是我凋零的心 //

3.1.3.4 表达形式

构思，不仅是立意，还需要表达。表达不仅要选择方法，还要顾及形式。在有限的范围内，表现形式主要是诗体的选择。当然诗体中还包含更多的技巧，如凝练的句法、丰富的形象和浓浓的诗意等。适应当时一吐为快的激情需求，就需要选择一种诗体。这种选择是与构思同步进行的，是用长短句还是短言句，是用格律诗还是自由诗？要根据题材、素材、情感特点（喜、怒、哀、乐）等方面思考、酝酿选择。有话则长，无话则短，随机选用贴切的表现形式。例如，表达一种意志或号召，采用四言句。"下定决心，不怕牺牲，排除万难，去争取胜利！"，要叙事诉说，就采用长短句结合、分段分节的自由诗。遇到事情大，素材少，话语少的状况，就采用五言句、七言句或小令的形式（包括三言二语的自由诗），用精练的语句表达内心的感情，三言二语更需要丰富的想象力。寥寥数语，让你惊叹不已，回味无穷，流传千年。

无论何类诗体，均要求句法凝练、诗意浓浓。如前人说过的，"一句要言三五事，七言句中用四物"等等。言下之意是实字多、层次多、意象多。其中层次多，是在一个句子中形象重重叠叠，理解时需抽丝剥茧，层层深入。例如"活水还将活火烹，自临钓石汲深清"。钓石（石下无泥）、深处、水清、自汲，有四层意思，说明了前一句的活水之源。写得自然流畅，形象生动稠密。又例如"万里悲秋常作客，百年多病独登台！"这一联中，有万里、悲秋、常年、羁旅和百年、多病、独一人、登高，八层意思。其意义不断累增，感情趋于饱和。这三'多'实际上是要在转折多的过程中体现的，在有限的字句中意丰而义深。

转折多，对于律诗而言，意味着七言（句）三意、五言（句）两意。不希望一个句子只有一个平直的意思。例如"离别不堪无限意"，只是一个离愁的意思，更谈不上意象多和层次多。

又例如"日短江湖白发前"，实字多、有三物（太阳、江湖、头发），这三物互相不搭接，有了明显的一句三折，但是还构不成丰满的意象，只是一个意思：光阴如箭，青春年华如滚滚东流水，逝去不复还。看来用实字堆砌的转折也难如愿，那是因为缺少动词带来的生气。

且看："风柳夸腰住水村"，从写景的意义看，用了"夸"和"住"这两个动词，'风'和'柳'活化如人，有了牵手、挽腰、住村的境遇，产生了情侣结伴春游的意象，接着"住水村"的情节又产生了享受水乡风情和民俗的意象。这样就有了步步深入的两层曲折。如果此句为前言，还有后语的话，"水村"的含蓄就蕴含更强的暗示力。比如，英雄怀才不遇等等。

当然，事物总是有两面性的，没有绝对的行与不行。例如"终封三尺剑，长卷一戎衣"，经过名家点化，将形容词、动词改为名词，叠用实字，写成"风尘三尺剑，社稷一戎衣"，同样表达刀枪入库、解甲归田的事，但是意象平添不少。还有全用实字的佳句，例如"天地雪霜笠，江湖风雨打"更是意气不凡。

七言句的例子也很多，例如"楼船雪夜瓜洲渡，铁马秋风大散关"，"春风杨柳万千条，六亿神州尽舜尧"等，名词密密地排列，字句相扣，不曾留出一处有虚词的空隙。使句法产生强大的张力，很有气势。七言句中用三个名词复叠的做法，堪称为"三迭句法"，更有甚者称为"七言秘旨"，甚至有用四个名词的，例如"千顷烟波双桨月，万山风雪一船诗"等。

再看五言句的例子，如"细雨湿青林""暖日护杨柳"等，直统平淡，意思单一。如果有两个意思，则意象就丰满。例如"日兼春有暮，愁与醉无醒"。有日、春、愁、醉四件事物，含义丰足，再加上"有"与"无"的对应，大大地增加了曲折及其内涵。

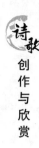

精益求精的例子不胜枚举，例如，李白有"山随平野尽，江入大荒流"，写出了大地的气派，但是展现的只是二维平面的大地。后来者杜甫继承发扬，更上一层楼："星垂平野阔，月涌大江流。"写出了立体的空间。除江山之外，更加突出表现了星月争辉的气魄，更胜一筹。

除了气势宏大的语句外，还有细微之处同样能感动人心。例如，唐代张籍的《秋思》："洛阳城里见秋风，欲作家书意万重。复恐匆匆说不尽，行人临发又开封"。末句的"临发又开封"，表达一种思乡深情，感人肺腑。例如，少年捕蝉的诗句："意欲捕鸣蝉，忽然闭口立"，"听来咫尺无寻处，寻到旁边却不声。"十分精妙，将孩童捕蝉的神态描写得十分准确又传神。

3.2 诗的飞翔——意境

3.2.1 意象

诗歌注重通过意象表达主题。客观的物象、事象，作为诗人主观情意的载体进入诗行，即成为意象。意象是有意境的景象。意象是构成诗的基本元素，也是诗的灵魂。诗句的传神在于意象和意境，用意象开辟思路。意象思维是透过表象深入认识本质的过程，是巧妙地将现实形象化（诗化），也就是寻找意象、发现意象的过程。意象是一片情，它充满诗人的精神气质。意象需要浮想、凝想、联想（近似、类似、对比）以及梦想。因为诗是意象化的语言艺术。

例如，崔颢的《长干曲（其一）》，是人景：

君家何处住，妾住在横塘。停船暂相问，或恐是同乡。

王维的《鹿柴》，是物景：

空山不见人，但闻人语响。返景入深林，复照青苔上。

两个不同的生活片断，是诗歌艺术给予一个完整的意象，同时给它创造了生命力。获得了超时空的生命，让后人能不断地去心领神会。其中《长干行》写的人景是事象，即直写其事，艺术形象蕴藏其后，需要细读品味，展开丰富的想象才能感受其艺术魅力。物象与事象不同，物象（或称景象）是指诗句中特别受关注的具体的物态形象。物象与一种情感的结合形成了意象，即情与思、感与智的融合，也就是诗的语言中蕴含形象化的暗示或启示。

意象是物象在心灵上的投影，映射出想要表达的意识和情绪，是意和"象"的融合，是诗人主观意识在客观物像（"象"）上的凝聚，意象是浸透了思想感情的形象，形成各取所需（理解）的难以言尽的图像，犹如空谷回音，生发丰富的美感或意会。

例如，杜甫的《绝句》诗：

两个黄鹂鸣翠柳，一行白鹭上青天。窗含西岭千秋雪，门泊东吴万里船。

此诗一句一景，物象饱满，状景写貌，形神兼备。可谓思接千载，视通万里，意象丰盈。

如果某种事象或物象融入了特定的情意，构成了约定的关系，成为特定意味的艺术形象，即意象。例如，诗人笔下月亮的意象是清逸、相思、寂寞的灵魂，呈现柔和、清幽、淡远等含蓄的意境。例如：

"花间一壶酒，独酌无相亲。举杯邀明月，对影成三人。""但愿人长久，千里共婵娟。""同来望月人何在？风景依稀似去年。"等等。

诗歌中，"流水"的意象是去而不返之意或无穷无尽的象征。例如："荣华东流水，万事皆波澜。""浮生恰似冰底水，日夜奔流人不知。""问君能有几多愁，恰似一江春水向东流。""离愁渐远渐无穷，迢迢不断如春水。"

这些例句中，如何转化外在的景物，使意象清晰地浮现呢？除了语言的修辞功夫（如，移就、特写、夸张、映衬等）外，要将恳切的心意灌注于外在的景和物，最大限度发挥出'清水出芙蓉'的传神作用。（仔细回味形容词'清'和动词'出'的关键作用，用独立于碧水的荷花，传出了清丽绝尘、亭亭玉立、天生丽质的神韵。）

3.2.1.1 意象的分类

融入了诗人主观情意的事象和物象就成为诗的意象。事象和物象是可数的。意象是知性，是融合体，是不可数的。意象不同于比喻，比喻是"相似"，意象可以用"弦外之音、言下之意、韵外之致"来形容。由于对意象的认识是多方面的，因此意象的分类也变得比较复杂，有直接意象，即事物在头脑中的直接反映。例如，春风吹皱了平静如镜的湖面。也有间接意象，即由印象引起的比喻、象征等意象。例如颂扬梅、兰、竹、菊诗句形成高风亮节的象征。

1. 语言形态特征

意象从形态上可分为比喻性的、象征性的与移情性的三类。

（1）比喻性。比喻性的意象是用形象生动的事物作比喻，表达比较理性的、无形象可言的思想感情。例如："花红易衰似郎意，水流无限似侬愁。""水是眼波横，山是眉峰聚。欲问行人去那边？眉眼盈盈处。""试问闲愁都几许？一川烟草，满城风絮，梅子黄时雨。"

"花…"句用"似"作喻词（还有"如""若""仿佛"等等），将"郎意"和"侬愁"形象化。"水…"句用"是"（或"不是"）隐喻，用美人的眼波比喻水、美人的眉比喻山。这是水喻为美眼、山喻为美眉的反用，生动新颖。"试问…"句是用设问句隐喻，用烟、絮、雨的茫茫形象，淋漓尽致地表现出闲愁之多。

（2）象征性。象征性的意象是用意义上相关的形象作深层面的对应，并非其形象本身的隐喻，只有在意义上清楚地表述二者之间的关系时，才明白其本意。表达比较

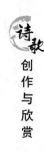

理性，有一些暧昧。往往"象征"的对象并没有出现在句子中，所表达的意义是一种转化，且有普遍的意义，因此可以有不同的解读。例如：

"一只打翻的酒盅 / 在月光下浮动 / 青草压倒的地方 / 遗落一枝映山红 //"

其基本意义是：天旋地转的震荡中，在一片青草顺势倒伏的地上，有一枝不倒的映山红，此处说的"不倒"是一种独立精神，遗落的是一滩悲壮的啼血。而"浮动"意味着什么，"青草"是谁？而"映山红"又是谁！只有作者有所指，其他人只能意会、猜疑（例如，压倒的青草会挺拔直立，遗落的花枝会更壮美等）。

又例如："秋风秋霜愁煞人，留得枯荷听雨声。"句中"风霜""枯荷""雨声"等作为象征性意象，是利用事物本身所具有的某个或某些特征（并非形象本身的比喻）表达诗人心中之意。再例如："投我以木瓜，报之以琼琚。投我以木桃，报之以琼瑶。投我以木李，报之以琼玖。"用桃李和美玉作为意象，象征朋友或情人之间的深厚情感，或者知恩图报的情谊。

（3）移情性。移情的意象是直接描述的景物或事物，将思想感情与客观的生动形象互通类聚。例如，李白的《送友人》诗中一开头用移情的景物，随后用的是象征性、比喻性意象。

青山横北郭，白水绕东城。此地为一别，孤蓬万里征。

浮云游子意，落日故人情。挥手自兹去，萧萧班马鸣。

青山绿水值得留恋，寓有惜别之情。"孤蓬"象征别后的友人。"浮云"比喻游子，"落日"比喻故人。"马"鸣声象征不忍离去的惜别之情。用在诗行中的可感知的名词性词语成为意象词语，由多个意象构成特定的艺术意境。意境是不可数的，是一个整体性概念。

2. 感性和理性的复合体

从本质上看，意象是感性和理性的复合体。感性即事与物的形象，理性是将形象赋予意义。形象是一个载体。例如"雨"本身没有感情，如果说"细雨霏霏，烟雨濛濛，秋雨淅淅沥沥"，却似乎真的会有某种忧郁、低抑的情绪。这是事物与这种情绪相关的性质所致，称为表现性。两者的关系应该是：心随形，止于境。是一种凝神的观察，深沉的思考，心和境的融会贯通。意象与情趣的融合，意象富于情趣，情趣隐寓于意象，是一种艺术意境。"昔我往矣，杨柳依依。今我来思，雨雪霏霏"的诗句（《诗经·采薇》），达到了依依柔情寓于杨柳，霏霏忧愁如同雨雪的象征妙境。这个复合体是由感兴、通感和比拟等手段形成的意象。

例如，雨声的断续，檐水的念珠，古钟的悠扬，……等是感兴式意象。

例如，透明的声音，火焰的舞蹈，绿色的旋律，软白的云层，银色的平静，土色的忧郁，……等是通感式意象。

这些意象在诗行中可表现为主次互换、平行列举和语境对比的结构。例如"担着满筐绿色"（省略了主词：蔬菜、田野、村庄等）；"在神游里为你招魂 / 碧云天，红柳坡，袅袅孤烟／"（列举了三个招魂的意象，表达了辽远、干渴和孤寂的情感）；"暴雪压迫着心扉，凛冽封锁着村庄"（语境对比）。

3. 单个意象和复合意象

从结构上看，意象可分为单个意象和复合意象。诗句中有单个意象，也有复合意象。意象组合的作用是将意象的一般化、意象的普遍性转化为具有个别特征的意象群。其内涵更具体、细致、丰富，更富有感情色彩。意象的组合应该以诗意为主，单个意象也应该是围绕中心思想。例如，李商隐的《无题》：

"相见时难别也难，东风无力百花残。春蚕到死丝方尽，蜡炬成灰泪始干。……"

诗中包含多种意象，无力的东风，萎谢的残花，春蚕吐丝，蜡炬点燃等。每一句充满一个又一个意象。表达的主导诗意是爱情的珍贵难觅和坚贞不渝。以暮春残景象征别离之情，两个"难"字表现相见无期的凄怆；以"春蚕""蜡炬"为喻，表示至死不渝的缠绵深情。

再例如，张继的《枫桥夜泊》：

月落乌啼霜满天，江枫渔火对愁眠。姑苏城外寒山寺，夜半钟声到客船。

第一句是密切关联的三个意象，第二句又是江岸的枫树、水上的渔火、难眠的诗人，接着是郊外的古寺，夜空中的钟声，泊岸的客船。一连串的景物形成了众多的意象。静中有动，有声有色，有情有景，情景交融。意象的密集状态，强化旅途中孤寂忧愁的情感。

在自由诗中，例如，艾青的长诗《吹号者》的最后一节：

在那号角滑溜的铜皮上，／映出了死者的血／和惨白的面容；／

也映出了永远奔跑不完的／带着射击前进的人群，／

和嘶鸣的马匹，／和隆隆的车辆……／

而太阳，太阳／使号角射出闪闪的光芒……／／

在这一节诗中多个意象汇集成一个大的意象——军号。军号声声见证了战场的生死历程，它的嘹亮带来了胜利的光芒。

4. 意象的虚、实概念

意象是实，是构成意境的单元。意象有实感，在构成意境的过程中逐渐虚化。而意境是一种境界，是虚浮，是主观情感（包括作者、读者）和现象客观的交融，是一个更大的空间范围，每个读者各得其所。这种状态似乎可以用"不能言说、只能意会"来形容。例如，唐代诗人崔护的《过故人庄》：

去年今日此门中，人面桃花相映红。人面不知何处去，桃花依旧笑春风。

诗中用"人面""桃花"两个物质名词引发的两个意象（脸和花），组合创建了一个爱的意境。再看美国诗人的两句诗："人群中这些面孔如幽灵一般呈现，黑色枝条上湿漉漉的许多花瓣。"

同样是两个物象（"面孔""花瓣"），经过不同作者的情感输入，也形成了两个意

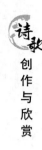

义上有所不同的意象（脸和花）。组合创建的是一个忧伤、幽暗的公共场所（地下车站、车库等）的意境。从这个意义上理解意象，则意象是赋有情感的物质名词。（注：为区别物象和意象的意义，将意象简称为脸、花。）

5. 意象的多重性

从意象表现的主次程度上看，意象可以是多重性的。可分为主体意象和辅助意象（作者借用建筑结构中的主体和辅助的概念）。主体即为诗篇的主题；辅助则是对主题的烘托和背景的渲染，烘托即为衬托和扶助，如一束艳丽的鲜花需用多枝多叶作为衬托。烘托性意象大多数是写景抒情。例如，"黑云压城城欲摧"，"悲哀的雾、覆盖在补丁般错落的屋顶"等，渲染了一种沉重、危急以致窒息的气氛。

又例如，元代马致远的《天净沙·秋思》：

> 枯藤老树昏鸦，小桥流水人家，古道西风瘦马。
>
> 夕阳西下，断肠人在天涯。

这首千古绝唱，是一首极为简洁而典型的意象丰富的诗，起首三句的鼎足对，一连推出九个意象，在九个形象中融会了作者漂泊不定、思乡忧愁的情感，组成了全景式的烘托意象。第二段又推出"夕阳"和"断肠人"两个中心意象。这些意象分别用枯、老、昏、小、流、古、西、寒、瘦、夕、断肠等形容词的修饰，展现了孤独悲苦的人生境遇，犹如一幅古代的人物山水画展露在眼前。

将众多孤立的事物创造性地组合成为诗歌的意象语言，富有动感、情感，营造了一个悲凉、凄愁、浪迹天涯的意境。短短二十八个字的一首小曲，作为一个整体，没有一个秋字，却突现浓浓的秋意。构思精巧，意境和谐、凝练、生动，诗意的传神达到了极致状态。诗中物象的选择、叠加的方式、融合的程度，直接影响意境的建立和随之产生的艺术冲击力。

3.2.1.2 意象的定位

1. 意象的寻觅

意象的寻觅是要找到具有特别诱发力的词语，例如，"烽火"描写战斗场面，"萧萧"表达悲壮境界，"荒夜"表现悲凉意境，等。利用词性转变达到意象浮现，感觉转换（通感）使意象明晰。这种寻觅是在自身情感的主导、驱使下，对外界客体的一种选择性的投射活动。当审美状态达到某个程度时，这些意象才能被激活。独到的构思、独特的视点、独辟的蹊径才是艺术的创新，意象的基础是外界客观事物，包括自然的和社会（人）的。但是需要想象和联想。例如，"发着油光的石子路是鳄鱼的脊梁。"这是感情沉淀形成的联想。又例如"眼睛是心灵的窗户"和"楼房的那些窗户是心灵的口，把欢喜飘扬出去。"前者的"窗户"用得普及，而后者反过来使用更具陌生感。

（1）意象的自然性。例如，"花""燕子""豆"""是自然的。一旦"豆"成为文学意象的时候，就有情感了。在闻一多笔下的《红豆》是：

> 红豆似的相思啊！一粒粒的／坠进生命的磁坛里了……／

听他跳激的音声，/这般凄楚！/这般清切！//

在曹植笔下是：

煮豆燃豆萁，豆在釜中泣。本是同根生，相煎何太急！

两首诗中，同样是一颗豆子，当成为一个意象时，要识别，要定位，要感悟其内涵，享受其美妙之处。前者寄托思念之情。后者悲愤控诉豆萁对豆的反目煎熬，浅显生动，十分贴切。

（2）意象的社会性。例如"红旗""青春""泪"等，是社会（人）的。当"红旗"成为意象的时候，说："火是红的，血是红的，杜鹃花是红的，初升的太阳是红的；最美的是在前进中迎风飘扬的红旗！"这一切红色，象征着火的热情，流血牺牲，成功的喜悦，事业的辉煌……当"青春"成为意象的时候，就有春天的花香鸟语：

春天像一群唱着歌的鸟儿，已从冬的残窟里闯出来，跃入宝蓝的天穹里去了。

神秘的生命，在绿嫩的树皮里膨胀着，快要送出带节的鞘子了，翡翠的芽儿来了。

当"泪"成为意象的时候，就看到："让我淹死在你眼睛的汪波里！"呈现的就是一汪悲愁。

2.意象的真切

意象要发挥其作用，即抒情功能的充分表现，反映在意象的形象化和形象美这两方面，也就是形象是否生动、真切，是否美不胜收。所谓形象"化"，就是抽象的事物经过描绘，转变成有模有样栩栩如生的视像，或者本来相貌平平的形象，经过挖掘，展现出多姿多彩的一面；当形象化达到某种程度时，形象就产生一种囊括一切悲欢离合情绪的特殊的美感，或者称这种美感叫淋漓尽致。例如，艾青在《雪落在中国的土地上》的诗篇中：

雪落在中国的土地上，/寒冷在封锁着中国呀……//

风，/像一个太悲哀了的老妇，/

紧紧地跟随着/伸出寒冷的指爪/拉扯着行人的衣襟，/

用着像土地一样古老的话/一刻不停地絮聒着…………//

诗人将无形体的"风"，转变成生动鲜活又富于表现力的人物形象。意象的质感，使情绪获得了与感性相对应的直接呈现和依托。避免使用连接词、抽象词的直接抒情，不至于形成浅薄、繁琐与直白。意象抒情可带来客观又内敛的暗示效应。

3.意象的暗示

这里的暗示就是诗味。要问吃的食物是什么滋味，是要品尝后才能知味的，暗示就是诗句蕴含的丰富的内涵。有很多情感、情绪、意味，直说是不能尽意、尽兴的。感悟、想象可以帮助你抵达难于言传的微妙之处。例如，陆萍的《冰》中的初恋情感：

朋友，你如看见它，可千万别碰，/世界上它最怕的是你的手温/

我不愿它轻轻融化——/只因为在绝望中它冰着我最初的纯真。//

作者将"冰"作为主体意象，用"手"作为辅助意象，把微妙复杂的爱情表达得真

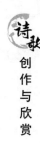

真切切。从字里行间感受到：初恋少女的踌躇心态，既渴望爱、又害怕爱，以及失去爱情的感伤。其中，"手温"是双关语，巧妙之处让读者眼前一亮。它与纯真易化的"冰"组成新颖巧妙的复合意象，体现了一种智慧美，读后有一种"百步穿杨"的惊喜。

4. 意象吐纳哲理

诗的思维过程必须把"理"转化为具体感受的形象。不能让智性沦为抽象的教条，要用哲学去净化体验，将体味还原为感觉凝聚于意象中。例如，水中的盐和糖，有味无痕，饮之有所顿悟。诗的最深层处埋藏的是至真至美的哲理，而表象是一种感性形态。优秀的抒情诗总是流淌着智慧的节奏，伴随着醒目的形象，一旦进入思维的深层次，应该是把握人类社会的本质境界。诗的深刻应该是理智与情感的双向延伸，实现情感和哲理的双丰富。诗是生命存在的真理性揭示，凡是有震撼力的好诗都是凝结着哲学的晶体。读着下面的诗句，会体味到什么，看看有什么"哲理"：

顾城的《一代人》：黑夜给了我黑色的眼睛 / 我却用它寻找是光明 //

绿原的《诗人》：有奴隶诗人 / 他唱苦难的秘密 / 他用歌叹息 /

　　　　　　　他的诗是荆棘 / 不能插在花瓶里 //

　　　　　　　有战士诗人 / 他唱真理的胜利 / 他用歌射击 /

　　　　　　　他的诗是血液 / 不能倒在酒杯里 //

几段小诗实现了哲理寓于写物、抒情，在意象中发掘哲理，或注入哲理。诗句平实，却以深厚的哲理闪烁着智慧的美丽。同时，由于创造性思维的展露，带来了深邃的洞察力的享受。

3.2.1.3 意象的流动

意象可以流动，是在形象化中流动。例如，"人活着，像一叶扁舟在漂流"。人的生活状态是在历史的长河中航行，一年又一年在变化中向前，意象的流动扩展了诗的意蕴空间。意象还需要营构，产生含蓄、凝练等的审美特征。意象的流动不仅使结构富于变化，同时又加强了瞬间的韵律起伏，如水的流动一样，增添了活力和美感。例如，李白的《早发白帝城》和杜甫的《闻官军收河南河北》，都是采用意象沿着一条灵动的生命线在流动。（千里江陵一日还、便下襄阳向洛阳）豪情满怀，热情奔放，表现出强烈的情感。

1. 一个意象流动

意象的流动是步步深入，是耸动耳目，是栩栩如生，是透过纸背迎面扑来。动态的演示极具感染力。

例如，艾青1937年的《太阳》：

从远古的坟茔 / 从黑暗的年代 / 从人类死亡之流的那边 /

震惊沉睡的山脉 / 若火轮飞旋于沙丘之上 / 太阳向我滚来…… //（若：意为如，好象。）

它以难遮掩的光芒 / 使生命呼吸 / 使高树繁枝向它舞蹈 / 使河流带狂歌奔向它去 //

太阳不是简单的从东方冉冉升起，而是看到逶迤无尽的远山背后的沉寂、黑暗、和死亡。在那边走了多少年，突然一声震惊大山的巨大的轰鸡，喷薄而出，火轮般飞速旋转，向我滚来。万物手舞足蹈，欣欣向荣，河水也欢歌狂奔。太阳在流动，带来无穷的能量。

2. 多个意象顺序流动

例如，贺铸的词《青玉案·横塘路》：

> 凌波不过横塘路，但目送、芳尘去。锦瑟华年谁与度？
>
> 月桥花院，琐窗朱户，只有春知处。
>
> 飞云冉冉蘅皋暮，彩笔新题断肠句。试问闲愁都几许？
>
> 一川烟草，满城风絮，梅子黄时雨。

注：横塘：地名，在苏州城外。蘅皋：生长香草（杜蘅）的水边高地。

用过眼的风云，问一声美好的青春年华与谁共度，是月光、小桥吗？是水榭、花窗、院墙吗？无人知晓，无人理解，只有问散发有醇香的烟缕、飞飞扬扬的花絮，只有问将青梅洗黄的霏霏细雨。多个极好的意象顺序流出，通过意象的推衍，来回答有几许闲愁。随之，愁绪、忧郁如微澜，一波又一波涌来，可想而知，愁思是没有尽头。

又例如，一节短诗：

> 在鱼市里，横陈着白色鲜亮的，/ 银鱼，堆成了柔白的丝巾，/
>
> 魅人的小眼睛从四面八方投过来。/ 银鱼，初恋的少女，/
>
> 连心都要袒露出来了。//

依靠情绪将几个互不关联的意象聚合在一起，不加议论而情趣盎然，从形体、外貌和心灵，暗示具有魅力的女性美。

又例如，艾青1938年的诗《我爱这土地》：

> 假如我是一只鸟，/ 也应该用嘶哑的喉咙歌唱：/
>
> 这被暴风雨所打击着的土地，/ 这永远汹涌着我们的悲愤的河流，/
>
> 这无止息地吹刮着激怒的风，/ 和那来自林间的无比温柔的黎明……/
>
> ——然后我死了，/ 连羽毛也腐烂在土地里面。//
>
> 为什么我的眼里常含泪水？/ 因为我对土地爱得深沉……//

在"歌唱："后，用四个流动的意象（土地、河流、风和黎明）回答了"是什么"，然后汇合成意象组合体，引发关乎国家命运的记忆联想。个人的前途与国家的命运生死相连（死了，也在土地里面）。最后一节用设问的复合句形式，直接抒情，完成前因后果的推论，点睛之笔展现了"我爱这土地"的精神境界的升华。

3. 多个意象系的流动

例如，朱湘的《有一座坟墓》，多个意象在重复浮现中流动：

> 有一座坟墓，坟墓前野草丛生，/ 有一座坟墓，风过后草像蛇爬行。//
>
> 有一点萤火，黑暗从四面包围，/ 有一点萤火，映着如豆的光辉。//
>
> 有一只怪鸟，藏在巨灵的树荫，/ 有一只怪鸟，作非人间的哭声。//

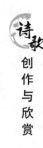

> 有一钩黄月，在黑云之后偷窥，/有一钩黄月，忽然落下了山隈。//

除了主体意象"坟墓"之外，野草、萤火虫、怪鸟、黄月等意象从四面游动过来，有一种压抑、喘不过气的阴惨。

4. 意象的跳跃

除了有序的意象流动之外，还有跳跃式的展现，尤其是一些朦胧诗，像电影镜头组接一样，一个又一个画面接二连三地进入视野，目不暇接。有时意象的跳跃是大跨度的，留下许多空白，需要用"想象"作为过渡的跳板。例如，温庭筠的《商山早行》：

> 晨起动征铎，客行悲故乡。鸡声茅店月，人迹板桥霜。
>
> 槲叶落山路，枳花明驿墙。因思杜陵梦，凫雁满回塘。

用意象跳跃的不寻常手法描述路途的辛苦和思绪的变化。最后两句用很多大雁在池塘中回游的景象，表达留恋长安的依依之情。

注：动征铎，指车铃响。悲，意为思。槲树叶在早春发芽时才凋零谢落，枳树在春天开白花。凫雁，水面转游的大雁。

再例如，元代马致远的《天净沙·秋思》，是意象密集跳跃的典型：

> 枯藤老树昏鸦，小桥流水人家，古道西风瘦马。
>
> 夕阳西下，断肠人在天涯。

起首三句为鼎足对，一连推出九个意象，创造性地将孤立的景物精巧地组合，富有小溪潺潺的自然跳动感和生命的悲怆感。用秋日夕照图表现了悲苦孤客的忧愁情怀。

3.2.1.4 意象的叠加和交织

用意象的并置和交织产生多层次的立体感，是不受传统的时空观限制的衔接。（过度压缩而形成的空隙、不相称、不搭界、浮动到另一层面里契合等，似乎百竿子打不着的状态）例如北岛的《古寺》中的"钟声、蛛网，柱子的裂缝、年轮、石头、回声等"诗的前四行突兀地用了较难理解的意象交错和并置。钟声、蛛网、年轮和石头四个意象互相渗透，在彼此的锋面交接中产生新的组合体。而后又用各种形象贯串于时间、空间的长河中，形成流动的意象，渗透了诗人主观意识所表达出来的独特感受，是一种超现实的客观存在，留下了社会生活的痕迹。在诗中的龙、怪鸟、铃铛、大火、僧侣的布鞋、石碑、乌龟、门槛等意象，在更深层次的现象里彼此融会相称，也许需要读者揣摩、猜想、理会。

1. 意象的叠加和多个并列

意象叠加的意思是意象的并置和多个并列。意象的并置和多个并列，可以使两个意象或多个意象互相渗透，形成一个新的意象，在同时具有原有特征和功能的基础上，互相衔接，互相认同。意象并置意味着将两个意象亦步亦趋地紧跟着，避免了淡薄性的连接，有时作为今与昔、彼与此的对比追叙，诗意的浓度倍增。如果是形态各异的多个意象并列、比喻或暗示一个对象，这个对象就是新的意象，是意象并列的结果。隐喻在叠映中形成。

例如，"水落山寒处，盈盈记踏春。朱栏今已朽，何况倚栏人。"远望水落山寒的冬景，回忆往日花丛中的春意，冬与春、栏杆与情人的对比叠映，忧伤的生死之情写得生动形象。

又例如，戴望舒的《印象》：

　　是飘落深谷去的／幽微的铃声吧，／

　　是航到烟水去的／小小的渔船吧，／

　　如果是青色的真珠；／它已堕到古井的暗水里。／／

　　林梢闪着颓唐的残阳，／它轻轻地敛去了／跟着脸上浅浅的微笑。／／

　　从一个寂寞的地方起来的，／迢遥的，寂寞的鸣咽，／

　　又徐徐回到寂寞的地方，寂寞地。／／

诗中六个意象并列（铃声、渔船、真珠、暗水、残阳、鸣咽），展开一个特定的时空。意象空间的联系，产生时间的流动感。

又例如，孟浩然的《宿建德江》："移舟泊烟渚，日暮客愁新。野旷天低树，江清月近人"。景物描写清新旷远。大片的田野，极目远望，地平线那边，天低低地垂下，比树还低；江水清清的，倒映在清幽的江水中的月亮，如同镜中月一样就在眼前，明亮而倍感亲近。类似例句很多，例如：

　　王维的"泉声咽危石，日色冷青松"；

　　杜甫的"细草微风岸，危樯独夜舟"；

　　朱庆余的"野船着岸入青草，水鸟带波飞夕阳"；

　　司空曙的"孤灯寒照雨，湿竹暗浮烟"

等等。诸多例句中，意象的并置还包含着意象的对比和反转。这类并置会形成一种秀美的意境。另一类是意象的多重并列。把多个景象安排在一个'画幅'里，构成一个完整的场景。或者多个"画幅"构成一组场景。

例如，杜甫《绝句》：

　　迟日江山丽，春风花鸟香。泥融飞燕子，沙暖睡鸳鸯。

在这幅"画"里，有江山、花鸟、燕子和鸳鸯等四类景物构成，显出蓬勃的春意。在排列顺序上，景、物结合分前后两个对联，前联景物阔大，后联景物特写，远近景相辅相成。

又例如，杜甫《七绝》脍炙人口：

　　两个黄鹂鸣翠柳，一行白鹭上青天。窗含西岭千秋雪，门泊东吴万里船。

注：西岭：指成都岷山，积雪不化。东吴：指长江下游的江浙东部地区。

近景是黄鹂鸣翠柳、门泊万里船，远景是白鹭上青天、西岭千秋雪。上青天、万里船描写空间的广阔，千秋雪映出时间的连绵。有远、近，大、小的景致，有动静结合的描述，充满动感，构成了多姿多彩的广阔天地，由四个意象的集合创造了一个意境，寄托着浓郁的生活情趣和无限思乡的情感。

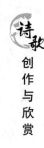

再例如，欧阳修的《梦中作》，四个"画幅"构成一组：

> 夜凉吹笛千山月，路暗迷人百种花。棋罢不知人换世，酒阑无奈客思家。

这首诗是诗人的梦境。梦到月光下笛声清脆，即使在暗淡的光照下，百花依然迷人，似乎到了一处仙景，下棋取乐，好像换了人间，梦也就惊醒了，直到棋罢酒酣，骤然有了回家念头。

2. 意象的交织

把向度相反或相对的两类意象（或情感）结合在一处，既融会又独立，产生多声部复调的感受。例如，"邻院的花香随着晚风／黄昏的家门蝴蝶飞出了／没有梦的昨夜留恋什么呢／无声的荒草变了颜色／远处杜鹃啼／"这种相反色调的意象的对比交织，爆发出一种特殊的张力，头两句的倒装句结构还形成一种凝练的陌生感。

再例如，一段自由诗："含情的眼睛款必为着谁／潮湿的桃花仍有胭脂的颜色／"。花与眼睛互相衬托，相反的平衡，相合的对比，十分美妙。

这种有跨度的对立交织，扩展了诗的聚焦点以及情绪的宽度。意象的重叠交融及跳跃，蕴藏着丰厚的精神内涵。将事物化作内心世界的暗示和联想，让一切意象呼唤出共同的回声，感受一种飘逸舒展的美感。此外，可以用多个意象的组合，形成一个空间，即立体式的象征，产生多向视角的丰富感受。

3.2.1.5 意象语言的特殊呈现方式

诗本身就是意象叙述，即用意象的视觉、听觉特征推进情景叙述。通常叙述与意象在诗行中流转，两者存在相似或相比的辩证关系，在长诗中更为突出。长诗是否出彩取决于作者的意象叙述能力，有的长诗中推进叙述是以意象的环绕和牵引，彼此呼应，彼此映照的形式出现的。布局周全而巧妙。意象的推展除了一般以控制意象的稠密度和相关度之外，按诗人个性化发展，还有许多特殊的呈现方式。

1. 仿声字的复沓和回环

例如，徐志摩的《庐山石工歌》：

> 浩唉！唉浩！浩唉！／唉浩！浩唉！唉浩！／
>
> 浩唉！唉浩！浩唉！／唉浩！浩唉！唉浩！／
>
> 太阳好，唉浩，太阳焦，／赛如火烧，唉浩！／
>
> 大风起，唉浩，／白云铺地，当心脚底，浩唉！／
>
> 浩唉！电闪飞，唉浩，大暴雨；／……

诗句是用声音对抒情形象的摹写，显示了坚忍不拔向前的外在艰辛和内在顽强的石工形象。作者小住庐山后说："每天早上天地还是暗沉沉的时候，'浩唉'的石工号子从邻近的山上传来，一时缓，一时急，一时断，一时续，一时高，一时低，尤其在浓雾凄迷的早晚，强劲的音调在山谷里震荡着，格外使人感动，那是痛苦人间的呼吁，还是你听着自己灵魂里的悲声？"

类似这样用仿声字呈现形象的，如"啊、啊、啊！啊，啊、啊、啊！……"的风声鹤唳，从听觉中可以看到天空中，在苍茫征途中的鹤群，凄清地拍动着翅膀，寻找自己的家园。

2. 叠字的连环

例如，李清照的《声声慢·寻寻觅觅》：

寻寻觅觅，冷冷清清，凄凄惨惨戚戚。／乍暖还寒时候，最难将息。／

三杯两盏淡酒，怎敌他，晚来风急！／雁过也，正伤心，却是旧时相识。／／

满地黄花堆积，憔悴损，如今有谁堪摘？／守着窗儿，独自怎生得黑？／

梧桐更兼细雨，到黄昏、点点滴滴。／者次第，怎一个愁字了得！／／

开篇用七组叠字表达了思绪万千、环境孤寂和心情空虚的凄苦。字字呜咽，笔笔写愁。应用连环的叠字，表现作者的凄切、哀伤的心理形象，见到了她脸上的忧愁的云，酸楚的泪。下片中，"梧桐更兼细雨，到黄昏、点点滴滴"，化用温庭筠《更漏子》中"梧桐树，三更雨，不道离情正苦。一叶叶，一声声，空阶滴到明。"可见从温词中获得了情感表达和使用叠词的启发，造句新颖，出奇制胜，堪称文学史上的奇观。（者次第：这种景况。了得：充分表达。）

在中央电视台3·15"打假"晚会上演唱的阎肃作词的《雾里看花》中，也有叠字连环的唱句：　雾里看花，水中望月，你怎能分辨这变幻莫测的世界。

涛走云飞，花开花谢，你怎能把握这摇曳多姿的季节。

温存未必就是体贴，你知那句是真，那句是假。

借我一双慧眼吧！

让我把这纷扰看得清清楚楚、明明白白、真真切切。

3. 谐音字的双关

例如，刘禹锡的《竹枝调》中，"东边日出西边雨"表面写天气，实质上是姑娘心理上的困惑、怀疑和猜测；"晴"与"情"谐音，"道是无晴却有晴"一句是双关语，隐含着"有情"，表现了姑娘由疑虑变为喜悦的过程。风趣、生动地表现了初恋少女情感起伏的形象。

再例如，在衰败的黑暗年代，《复活的土地》节选：

拾煤渣的野孩子知道，街头的／缝穷妇也知道，日子走到了／

它的边，一阵轻微的北风／也会悄悄向你说：／快倒了；快到了！／／

诗中的"倒"与"到"谐音，意义双关。抒发旧世界即将走到尽头，新时代即将来到的情感。双关语显示一个时代的意象。这是一种间接的仿声手法，由听觉引起的经验联想，是一种知觉理性情趣。

3.2.2 意境

意境是通过意象表现出来的格调和韵味，包含情韵、情趣等，是情思的境界，是

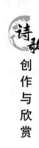

情感和生命力的表现，是一种艺术创造。意境是作者对于场景、情境的兴致和兴趣。客观场景是大自然的境界；情境是人生的思想境界，即强烈的主观意识与生动的客观事物的交融结合，创造出情景交融、神形兼备的富有韵味的艺术境界，通常称意蕴丰富，诗句传神。意境是人类心灵的具象化，融入了诗人所抒之情、所言之志、所说之理；也必然蕴含着诗人的深沉思想、强烈感情和鲜明可感的具体形象。意境必然具有个性，渗透着作者的灵魂。例如，陶渊明的诗作意境多为菊花的恬静闲适，陆游的多为梅花的高傲纯洁，李白多为月亮的旷远豪放，等等。随即也形成其诗的风格。

意境是情，理（意）与形、神（境）的融合。和谐产生美感，充满情趣、旨趣。意境是诗的灵魂，存在于昂扬的激情、巧妙的构思和表现形式的完美整合之中。意境似可解似不可解，适度地迷离恍惚，距离实感更远，离梦想更近。深度细品味，出形象、出情意。例如，"白发三千丈""人比黄花瘦""泪如雨千行"等。

写诗要创造诗的意境，欣赏也要领会诗的意境，诗评也要从意境入手。思考愈周密丰富，意境就愈深刻完美。意境超越原初形象的制约，有着不同的形式，是虚实相生的境界。因此，意境是诗歌最重要最基本的审美特性，是感染力的源泉，是美的敏感区，是情与景的和谐统一。

例如，宋祁的《玉楼春·春景》中"绿杨烟外晓寒轻，红杏枝头春意闹"其中"春意闹"不仅形容红杏的众多和纷繁，而且点染了生机勃勃的春光，有声有色，创造了一个美艳活泼的春天意境。这个"闹"字是画龙点睛之笔，是作者心中绽放的感情奇葩。

又例如，黄巢的《不第后赋菊》：

待到秋来九月八，我花开后百花杀。冲天香阵透长安，满城尽带黄金甲。

其中后两句中用"黄金甲"比喻为"冲天香阵"的菊花，既表现其色香兼备、神韵活现的风姿，又表现出菊花盛开的壮丽意景。京都长安，菊花满地，浓香四溢，直冲云天，简直是菊花的天下，菊花的王国。此诗一语双关，表达作者赴试不第，设想有一天，带领身披黄金甲的士兵攻入长安，推翻唐朝统治。（诗的首句为"待到秋来九月八"，重阳节九月九赏菊花，这个"八"有双关意义，寓意未来之日是九月九，又是选韵的需要。）这与陶渊明笔下的菊花意境截然不同。

再例如，初唐虞世南的《蝉》：

垂緌饮清露，流响出疏桐。居高声自远，非是藉秋风。

诗用的是比兴、象征和双关手法，表白身居高位而目光远大、志向高洁，用蝉的形象含蓄地表达心境。

注：古人视身处高枝的蝉，吸风饮露是高洁。因此汉代高官戴的帽子也制作成蝉翼状，称为蝉翼冠。

意境独创的诗，无不与所处社会的、自然的环境有关，而诗人的倾向总要或隐或显地表现出来。对于同一意象，有写不尽的意境。不同风格的诗人写出不同的意境，有雄壮、有典雅，有清丽、有高古等。意境出新是创意、主旨、语言、形象等综合开拓的体现。诗的意境是思维对存在的反映,源于生活又不同于生活真实,可感可信的、神形兼备(犹如似曾相识的感觉)的艺术境界。意境表现的情感是更集中、更强烈,对意境的领悟是既熟悉、又新颖。

意境是艺术化的空间,是一种精神层面的概念,有别于意象,可谓"境"虚而"象"实;是用不同的视角,不同的距离,不同的剪裁等思维方式得到的。因此,意境具有广阔的空间性特征和有无限的指向(随读者而变)。源于形象而又超乎形象,从而遥接虚空。

意境是一种"场",是一种时空环境与审美情绪的互动。其场效应是一种艺术感染力,具有天籁之音、水中之月的美感,是一种神韵,而不是简单的视觉集合,是由读者综合诗的各种因素转化为虚实相生的神韵,而每一个读者所感受到的诗意是因人而异的。意境包含着艺术构思和艺术想象、也体现艺术风格。例如,"残月像一片薄冰,飘在沁凉的夜色里",那一片苍茫的天空,呈现月光凄冷的夜色,那是一个弥漫着浓烈情绪的艺术空间。神韵是景情融合的升华,如有形的固体升华成无形的气体,形成一种心领神会的氛围、出神入化的境地。意境也是情思、情韵的扩展。新的意境如蝶,往往从草垛旁飞过,稍纵即逝,必须时刻留意。意境要用新的语汇创造,不仅有诗的韵味,又要让人有耳目一新的感受。

3.2.2.1 心境与景的统一

意境是作者通过当下的人、事、景、物而抒发情意,借助诗的技巧反映出诗的神韵和意境。写景要使读者置身其中,表意要让人感动,这样才能达到景象立体,意象出新的艺术境界。例如,王维的山水田园诗代表作《山居秋暝》:"空山新雨后,天气晚来秋。明月松间照,清泉石上流。竹喧归浣女,莲动下渔舟。随意春芳歇,王孙自可留。"诗篇的字里行间充满诗情画意,寄托着诗人高洁的情怀和对理想境界的追求。首联巧妙点题,一句写山,一句点秋,统领全篇。视点新异,用素描手法谱写出清新的基调。颔联和颈联承转首联,展开晚秋山间的自然景色和人物的活动场景。四句诗分别绘声、绘影,展现生动优美的图景和有光有影、有声有色的盎然生机。尾联即景生情,任凭春天逝去,留在山间秋更美。一个"自"字,点明了洁身自好的情趣,对比中深化诗意,开拓出人格美的境界。

从内容上看,诸多美景,烘托映衬,层见叠出,声、光、色、态一齐调动读者的感官。从形式上看,对仗齐整。静中有动,动中有静,由近而远,由显而隐。心境与物境高度统一,内容与形式完美结合,达到了出神入化的地步。

3.2.2.2 情境与景的相印

所谓"相印",即情与景形影不离,相依相随。例如,李清照的《一剪梅·月满西楼》:

红藕香残玉簟秋,轻解罗裳,独上兰舟。

云中谁寄锦书来?雁字回时,月满西楼。//

花自飘零水自流,一种相思,两处闲愁。

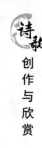

此情无计可消除，才下眉头，却上心头。//

注：玉簟秋：竹席，秋落凉意。兰舟：木兰舟，船的美称。锦书：书信的美称。雁字：雁群飞行时排列成"一"字形或"人"字形。自：空自。

为说明情境和景境的相印，作助释如下：

荷香已经淡出，竹席带着秋凉，捎带上薄衣裳，独自登上小船。

何时？又有谁会捎来书信呢？鸿雁空回，满屋只是清愁的月光。

花自凋谢，水自空流。双方的深苦相思与忧愁，如落花、如流水。

这样的刻骨铭心的思念无法摆脱，刚刚离开眉头，却又落在心头。

上片，描写春去秋来，花开花落，也象征悲欢离合；席生凉意，也感受到独处的凄凉。白天独自在水面泛舟，盼望远方来信，却音信全无，回家只看到明月自满楼，倍感凄愁，构成一种愁苦相思的景情相印的意境。下片，写花自凋谢、水自空流的场景，承上启下。既是即景，又兼比兴。与上片的开头两句相呼应，进一步象征无奈之恨。由此引出"一种相思，两处闲愁"的两心相印的凄凉深情。此处前后象征对应，虚实相生，"才下"与"却上"形成节奏，这种悲情总是起伏不尽，无法排解。更深一层丰富了相思的意境。

3.2.2.3 意境深远，意味深长

这一类意境范围较广，包括含蓄性、联想性、感悟性等方面。例如，张继的山水诗名作《枫桥夜泊》：

月落乌啼霜满天，江枫渔火对愁眠。姑苏城外寒山寺，夜半钟声到客船。

前两句写了六种景象：破晓时分的落月、栖宿枫树上鸟的啼声、带着一分寒意的满天霜、瑟瑟的江边枫叶、闪烁的江上渔火，还有泊岸的船上未眠的客人。颇具匠心，对旅途的背景作了立体的展示。后两句，诗人在静夜中忽然听到传来悠远的钟声，感受到夜的静谧和夜的深沉，表达出诗人孤寂、忧愁的思想感情。情景交融，全篇只是在第二句中出现一个"愁"字，是诗眼的伏笔。至于为何愁、愁的状态如何，均未直白，一切尽在不言中。意深如垂钓，情长似看山。这是一种含蓄性的意境。

注：姑苏：苏州别称，苏州西南有姑苏山而得名。寒山寺：苏州西，因诗僧寒山曾住此寺而得名。枫桥在寒山寺附近，高拱古桥。

又例如，雍陶的《送客遥望》：

别远心更苦，遥将目送君。光华不可见，孤鹤没秋云。

绝句以飞鹤没入秋云来比拟归客远去，顿生一种落寞之情。秋云大无边、孤鹤一小点，十分悬殊。秋云漠漠，可以让人有广阔的联想空间。

再例如，清代郑燮的《竹石》：

咬定青山不放松，立根原在破岩中。千磨万击还坚劲，任尔东西南北风。

以"咬定青山不放松"的竹子精神，形成一种顽强坚韧的理性领悟，蕴藏着一种

人生哲理。这是一种感悟性的意境。以上三类意境通常与景物、事物相关，具有某种实感性。

3.2.2.4 无我之境

无我之境是以物观物，不知什么是物，什么是我，只是景物唤起了（我的）情感思绪。例如，元好问的《颍亭留别》：

> 寒波淡淡起，白鸟悠悠下。怀归人自急，物态本闲暇。

诗人急于归返，心情并不悠闲。可是看到烟云般寒气上升，悠闲的白鸟飞落的物态，对照自己，从而被外界的物态唤起了悠然的情态，发出触景生情的感慨。

又例如，陶渊明的田园诗名作《饮酒（其五）》：

> 结庐在人境，而无车马喧。问君何能尔，心远地自偏。
>
> 采菊东篱下，悠然见南山。山气日夕佳，飞鸟相与还。
>
> 此中有真意，欲辩已忘言。

注：饮酒诗共有二十首，借饮酒抒发情怀，寄寓深沉的思绪。结庐：建造住宅。欲辩已忘言：化用庄子语，"辩也者，有不辩也。""言者所以在意也，得意而忘言。"

远离城市的喧闹，安居在山下的竹篱小院，为什么能做到这样呢，因为内心高洁，不为功名利禄所诱。只有这样才能进入悠然自得的田园生活。这是前六句写出了人生的态度，步入"心远地自偏"的精神境界。

通过"篱下采菊、青山可亲"的承转，看到了傍晚山中的佳景，与人共处的飞鸟也结伴归巢，此时此景，悟出"真意"。诗人在大自然中得到启发，领会人生的真谛，无限的乐趣，无法用言语表达，也无须用言语表达。给人以"言已尽、意无穷"的想象余地，回味无穷。全篇从清静无喧闹到摒弃世俗，由望物而忘我，再到得意而忘言，层层推进，直至进入一个忘我的意境中。是"以物观物"自然主宰一切的"无我之境"。

再例如，王维的《鸟鸣涧》：

> 人闲桂花落，夜静春山空。月出惊山鸟，时鸣春涧中。

五绝将读者带入一个无我之境。如同摄影者将自己隐藏在僻静处，巧妙地撷取这一画面。将意境变得更广阔，获得了完全自由的空间，特显无人类活动痕迹的自然美，有一种心旷神怡的感受。异曲同工的还有南北朝时代的牧歌《敕勒川》：

敕勒川，阴山下，天似穹庐，笼盖四野。/天苍苍，野茫茫，风吹草低见牛羊。

用高超的艺术概括力，描绘出无限壮阔的草原风光。在天高地阔之间，一片生机勃勃，充满生命活力。诗的意境是没有出现诗人形象的"无我之境"，却产生了巨大的艺术魅力。

3.2.2.5 有我之境

有我之境，其意思是：以个人的心理和思路看待外在的事物，这些外在事物都染上了个人的感情色彩。高兴时，一切景物都在高兴，悲哀时，眼前的一切也都在悲

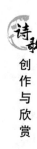

哀。所以也可称为缘情写景。例如"春风复多情,吹我罗裳开","春风不相识,何事入罗帷"等。春风本为无情之物,可是以诗人的心理出发,春风与诗人之间存在一条纽带,承载着"我"之情,托情于春风,含蕴委婉。这是赋予无生命的事物具有生命力,或赋予动物、植物具有人的情感。又如"百尺楼高水接天",在想象中把天上与人间联系在一起,充满"我"的情感。若是"百尺楼高与天连",只说了楼的高耸,是无我的风景。

例如,秦观的《踏莎行·郴州旅舍》:

> 雾失楼台,月迷津渡,桃源望断无寻处。/
>
> 可堪孤馆闭春寒,杜鹃声里斜阳暮。//
>
> 驿寄梅花,鱼传尺素,砌成此恨无重数。/
>
> 郴江幸自绕郴山,为谁流下潇湘去? //

作者遭贬谪后,抒发了羁旅之愁。把自己的悲哀心情移到景物上,眼前的馆舍是如此孤寒,一片凄凉和迷茫。在暮色斜阳中,杜鹃也为我的悲苦而哀鸣,到哪里去寻找理想的桃花源呢? 上半片形成了"有我之境"的意境。那是一个完整而又浓重的忧愁意境。下半片进一步抒发迁谪之恨,虽然寄来的书信甚多,却难解忧愁。悲和恨反增不减,自问为何还要背井离乡呢?

注:郴州:在湖南郴县,有郴江,向北流入湘江。桃源:郴州之北,因桃花源而得名。可堪:哪堪,意为怎能经受。驿寄梅花,鱼传尺素:梅花、尺素,均比喻为书信。(古乐府《饮马长城窟行》:"客从远方来,遗我双鲤鱼,呼儿烹鲤鱼,中有尺素书。")潇湘:湖南零陵县的潇水汇入湘水,水极清深。

再例如,元代盍西村的组曲《小桃红·杂咏(其三)》:

> 杏花开后不曾晴,败尽游人兴。/红雪飞来满芳径。//
>
> 问春莺,春莺无语风方定。/小蛮有情,夜凉人静,唱彻醉翁亭。//

用一个特殊的视角看春天,展示的是斜雨落花的扫兴的场景。春风、春雨吹落红花的无情,春莺静默无语的无情,反衬在风息雨停的静谧夜晚,歌女唱彻醉翁亭的歌声却多情。一波三折,挥洒自如,陡转直上的情感变化,表现了落花时节的生活情趣和春风吹、春花去的神韵。感受到的是一个"有我之境"的意境。

注:小蛮:婢女,歌女。醉翁亭:指山间饮酒的小亭子。原是宋代欧阳修在《醉翁亭记》中写道:"醉翁之意不在酒,在于山水之间也!"文中所述醉翁亭在安徽滁州。

缘情写景,不同的情思会给同一景物披上不同的情感色彩。例如,杜牧的《山行》中:"停车坐爱枫林晚,霜叶红于二月花",人的精神气爽,看秋霜红叶比早春细花还美。再例如,《西厢记》"长亭送别"里有唱:"朝来谁染霜林醉,点滴便是离人泪。"唱者给予层林尽染的红叶浸入了一种悲哀之情。

3.2.2.6 从"无我"到"有我"的意境转换

例如,南北朝诗人王籍在 525 年写的诗《入若耶溪》:

何泛泛，空水共悠悠。阴霞生远岫，阳景逐回流。

蝉噪林逾静，鸟鸣山更幽。此地动归念，长年悲倦游。

注：《入若耶溪》是诗人泛舟"若耶溪"，触引归思之情。"若耶溪"在现今浙江绍兴若耶山下。艅艎：古代一种木舟。泛泛：船行顺畅无阻状态。远岫：山。阳景：阳光产生的影子。

起头两句：蓝天倒映在平静的水面，小船在水天之中移动，勾勒出一幅闲静逸致的画面，用"悠悠"表现了闲静，用"何"字表达了逸致。第三、四两句：眺望远山，云霞不断变化，云影也相应移动，仿佛在追逐水流，将云霞和云阴赋予知性。第五、六两句：以"蝉噪"和"鸟鸣"的声音衬托山林的极静状态，除了小船之外，别无人间的喧闹，处于寂静无扰的境地，一切回归大自然。一个画面、又一个画面，以动显静、动静并行的手法，使写景与抒情达到融合，将诗情推向一个通幽致美的无我的意境。最后两句却用一个"动"和一个"悲"字，道出了不平静的内心思绪，不仅厌倦官宦权贵的奔忙，而且产生归隐之意。意境随即向"有我之境"转换，产生极强的艺术震撼力和感染力。

再例如，杜甫在757年写的诗《春望》

国破山河在，城春草木深。感时花溅泪，恨别鸟惊心。

烽火连三月，家书抵万金。白头搔更短，浑欲不胜簪。

诗篇一开始，同样也是从不同的画面推向无我的意境，面对国家山河破碎之惨景，连春天的花朵也好似在"溅泪"，啼鸟也仿佛"惊心"。后两句才在"有我之境"中，用头发白得早、掉得快的形象表达了诗人的忧国思安的感情。这就是这首五律成为人们赞不绝口的成功关键。当然对仗工整、拟人生动等也是重要的语言手段，但最重要的却是它的深刻意境。

3.2.3 艺术境界的形成

一首诗的立意，初看虽然感觉不到有何新奇之处，但是行文至中间或结尾处，往往宕开一笔，奇景突现，异彩纷呈，造成一个崭新的艺术境界。那境界是什么呢？

3.2.3.1 境界是什么

境界实质上就是意境。境界需要作者的独辟蹊径、别树一帜的探索，用形象思维表现其世界观，要求作者的思想感情与作品的意境和谐浑成，讲究"意胜"和"境胜"，如此才能实现意境新颖，蕴含浓郁的诗味。艺术需要想象的真心倾吐，艺术需要凝聚强烈的情感。

意胜，说的是内蕴深刻，感情真挚强烈，而在艺术形象方面尚不够生动。境胜，说的是艺术形象真实生动，艺术构思美妙，而在篇章遣词造句及其内蕴还不够丰富饱满。在意与境相融的作品中，各有所长，具有不同的艺术魅力，能巧妙地感染不同读

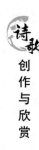

者的心灵。豪放者多为意胜，婉约者以境取胜者为多。写出真景物、真感情的诗词才是有境界，否则便是无境界。

清代王国维在《人间词话》中，借用三段词人的名句，对意境作出了生动而又形象的精美描述，"古今成大事业、大学问者，必经过三种境界。"

第一境界："昨夜西风凋碧树，独上高楼，望尽天涯路。"

第二境界："衣带渐宽终不悔，为伊消得人憔悴。"

第三境界："众里寻他千百度，蓦然回首，那人却在，灯火阑珊处。"

第三境界的诗句取自辛弃疾词《青玉案·元夕》，描写了突然领悟，获得灵感的状态。这种柳暗花明、绝处逢生的境地，来自第二境界柳永词《蝶恋花·伫倚危楼》的下功夫、花气力。坚毅的性格，执著的态度，无怨无悔、不懈追求的决心，所有这一切都建立在坚定的思想基础上，基础就像第一境界的晏殊词《蝶恋花·独上高楼》。忍耐住孤独和寂寞，登高望远，视野开阔，对未来充满信心。

只有踏破铁鞋，勇于攀登，才能信手拈来。一旦灵感袭来，天机偶发，妙趣横生，落笔如有神。像水库开闸，汹涌澎湃激情，直流而下，只有流淌到耕作的田野，滋润着诗歌的种子萌芽，才有充满生机的禾苗茁壮成长。

附录三首原词：

1. 晏殊词《蝶恋花·独上高楼》："槛菊愁烟兰泣露。罗幕轻寒，燕子双飞去。明月不谙离恨苦，斜光到晓穿朱户。昨夜西风凋碧树。独上高楼，望尽天涯路。欲寄彩笺兼尺素，山长水阔知何处？"

注：尺素：书信代称。实为一尺大小的素绢，可书写。

2. 柳永词《蝶恋花·伫倚危楼》："伫倚危楼风细细，望极春愁，黯黯生天际。草色烟光残照里，无言谁会凭栏意？拟把疏狂图一醉，对酒当歌，强乐还无味。衣带渐宽终不悔，为伊消得人憔悴。"

3. 辛弃疾词《青玉案·元夕》：

东风夜放花千树，更吹落、星如雨。宝马雕车香满路，凤箫声动，玉壶光转，一夜鱼龙舞。蛾儿雪柳黄金缕，笑语盈盈暗香去。众里寻他千百度，蓦然回首，那人却在，灯火阑珊处。

注：玉壶：为月亮。鱼龙：为花灯。蛾儿：为年轻女性。雪柳：为银饰。

如何写出艺术境界呢？王国维说："红杏枝头春意闹"，著一个"闹"字而境界全出。"云破月来花弄影"，著一个"弄"字而境界全出矣。作者大都选择一个精彩的动作来写，用精练的字唤起读者的联想，用作者的深情创造出境界来。用一个"闹"字把春天百花争艳的姿态激活了，有了欢声笑语的跳跃，有了精神气。使人产生无限联想，陶醉在轻灵绮丽的春色里。这个'闹'字炼得精妙，炼成闪亮的诗眼（诗眼，见3.5.2节）。有境界则自然会产生绝妙的名句。下面附录几位诗词人的名句：

宋祁的《玉楼春·春景》中的上片：东城渐觉风光好，縠皱波纹迎客棹，绿杨烟外晓寒轻，红杏枝头春意闹。

张先的《天仙子·水调数声持酒听》中的下片：沙上并禽池上暝，云破月来花弄影。重重帘幕密遮灯，风不定，人初静，明日落红应满径。

欧阳修的《浣溪沙·堤上游人》中的上片：堤上游人逐画船，拍堤春水四垂天，绿杨楼外出秋千。

杜甫的《水槛遣心（其一）》中："细雨鱼儿出，微风燕子斜。"

秦观的《浣溪沙·漠漠轻寒上小楼》中的下片：自在飞花轻如梦，无边丝雨细如愁，宝帘闲挂小银钩。

（南唐）冯延巳的《醉花间·晴雪小园》中的：晴雪小园春未到，池边梅自早。高树鹊衔巢，斜月明寒草。

史达祖的《双双燕·咏燕》，全词无一"燕"字，却句句写燕。"看足柳昏花暝"境界全出：

> 过春社了，度帘幕中间，去年尘冷。/ 差池欲住，试入旧巢相并。/
> 还相雕梁藻井，又软语、商量不定。/ 飘然快拂花梢，翠尾分开红影。//
> 芳径，芹泥雨润。爱贴地争飞，竞夸轻俊。/ 红楼归晚，看足柳昏花暝。/
> 应自栖香正稳，便忘了、天涯芳信。/ 愁损翠黛双蛾，日日画栏独凭。//

注：差池：形容燕子尾翼舒张不齐样子，引用《诗经》中"燕燕于飞，差池其羽"。还相：细细看。藻井：有画饰的天花板。红影：花影。芹泥：水芹种植的泥地。"径"和"泥"出自郑谷诗"落花径里得香泥"。"愁损……"二句：点明题意，看燕燕双飞同栖，却没有传递远方心上人的信息，女子孤独无伴而独倚窗栏，满怀愁绪。

艺术境界各有千秋，大致可归纳为：情景交融，形神兼备，虚实相生，意识转换，戏剧化，神幻化等。境界体现感情真切，形象鲜明，含蓄、深远，具有耐人寻味的审美价值。

3.2.3.2 情景交融

诗歌是以抒发真实的、强烈的、带有普通性情感为主要特征的文学体裁。诗是无形的画，画是有形的诗。写诗要创造出情景交融的艺术境界，见到某个景物、某一场景，油然而引出某种情感的抒发，景中含情。如"风乍起，吹皱一池春水"。再如，由猿哀、雁怨、引发孤独离思；用花悦、鸟媚，表现轻松愉快等等。通常是景与情相通，情与景相融。如"朔风动秋草"，"蝴蝶飞南园"是两种不同的景致，是风景中灌注了生命，瞬间产生感情，让人心领神会，成为永恒，那是神韵，是境界。诗的感情相当于人体的血液，是生命力之所在。例如："问君能有几多愁？恰似一江春水向东流。""试问闲愁都几许？一川烟草，满城风絮，梅子黄时雨。"

这类诗句，用一江春水、一川烟濛、满城柳絮、连绵梅雨等具体景象，表达了难于排遣的缠绵"愁"意。又例如："悠悠照边塞，悄悄忆京华""野寺江天豁，山扉花竹幽。诗应有神助，吾得及春游。径石相萦带，川云自去留。禅枝宿众鸟，漂转暮归愁。"

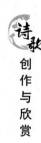
从字面看,例句是一情一景(景情各有先后),两层叠叙,属于情景分写。实质上是景与情相通。

尽管很多诗篇用明显的景情相合,如"雨中黄叶树,灯下白头人",将情与景截然分为不同的两端,但也有情景相生。例如"芳草伴人还易老,落花随水亦东流"。因为自然与人生、感情与景物往往联结在一起的。再例如,诗经《采薇》中有更早的托物言情(情景一致)之作:"昔我往矣,杨柳依依。今我来思,雨雪霏霏。"将情感借托在一种具有相仿性景物上。人喜则春风杨柳,人愁则雨雪连绵。在情景交融的境界中,精于用事,深于用情。

在情景交融的话题中,一千多年来广为传诵的一首极负盛名的七言诗是唐代张若虚的《春江花月夜》。以春、江、花、月、夜五种形象,构成了奇妙的艺术境界:

诗文	释
春江潮水连海平,海上明月共潮生。	明月绕水海潮升
滟滟随波千万里,何处春江无月明。	月光教水滟波传
江流宛转绕芳甸,月照花林皆似霰。	绕水花木皆冰莹
空里流霜不觉飞,汀上白沙看不见。	疑是冰霜冻满天
江天一色无纤尘,皎皎空中孤月轮。	月色皎洁孤澈澄
江畔何人初见月?江月何年初照人?	人望月来月照人
人生代代无穷已,江月年年只相似。	代代年年等来日
不知江月待何人,但见长江送流水。	江月总待后来人。
白云一片去悠悠,青枫浦上不胜愁。	云悠飘落浦起愁
谁家今夜扁舟子?何处相思明月楼?	惆怅更添月上楼
可怜楼上月徘徊,应照离人妆镜台。	游子家妇两相思
玉户帘中卷不去,捣衣砧上拂还来。	月光难捲掸不走
此时相望不相闻,愿逐月华流照君。	相望不如随光追
鸿雁长飞光不度,鱼龙潜跃水成文。	光不渡人枉有水。
昨夜闲潭梦落花,可怜春半不还家。	梦有落花家未归
江水流春去欲尽,江潭落月复西斜。	春去月落如流水
斜月沉沉藏海雾,碣石潇湘无限路。	月沉雾海归路遥
不知乘月几人归,落月摇情满江树。	离情别愁如影摇。

注:诗的韵律抑扬回旋。四句一换韵,平仄声交替,高低音相间。一唱三叹,前后呼应;既回环往复,又层出不穷,节奏强烈而优美。

全诗用众多时空元素构思,以月光为诗之魂,跳动着情感的脉搏,随着月升月落的起伏,在一夜之中,经历了升起—高悬—西斜—沉落的轨迹,构成了一条感情生命线。结句"不知乘月几人归,落月摇情满江树"将思念之情、游子之情、月光之情交织,塑造了一棵富有生命力的情感树的形象,低斜的月光将树枝的长长身影洒落在江面，摇曳多姿，情韵袅袅，构成了诱人探寻的奇妙艺术境界。

诗作运用时空交叉的手法，创造丰富细腻的形象，情景交融，状态与哲理相随。展现出一幅充满现实情感和浪漫理想的人生画卷，有水墨画的淡雅，更有彩绘的绚烂，不愧为"以孤篇压全唐"的杰作，千百年来传诵不衰。著名诗人闻一多曾高度赞誉为"诗中的诗，顶峰上的顶峰"。

抒情和写景关系密切，有各种各样方式。句式上粗略地分为情景分写和情景交融两大类。

1. 情景分写

上下句、上下联、前后节各有侧重，甚至在一句诗中，先写景后写情。

(1) 在一句诗中先写景后抒情。例如，杜甫的《江亭》中写景抒情名句："水流心不竞，云在意俱迟。"江水流动不息，无心与谁竞争，其中"心"是水的心，更是作者的心，淡泊名利。片云不飘而停在空中，作者的意愿一直留在心间，还存有一种殷切期待。

又例如，杜甫的《江汉》中写景抒情："片云天共远，永夜月同孤。落日心犹壮，秋风病欲苏。"其中，云天夜月、落日秋风是景物，而天共远、月同孤，心犹壮、病欲苏，是作者的情，情景交融到凝练的程度。

(2) 上下句各有侧重，情无景不生。古诗中有"白杨多悲风，萧萧愁煞人"。

再例如，荆轲《易水歌》中："风萧萧兮易水寒，壮士一去兮不复还。"上句侧重写风和水，一派悲壮气氛。下句写视死如归的决心。

(3) 上下联或前后节各有侧重。例如，杜甫的《春日梓州登楼》：

　　　　身无却少壮，迹有但羁栖。江水流城郭，春风入鼓鼙。

注：鼓鼙：鼙鼓，古时军队中用的小鼓。

上联抒情，自身已不再少壮，感叹衰老，不能远飞，只能如林中之鸟羁留栖息。下联写景，战乱不止，兵荒马乱，人们处于漂泊之中。

再例如，杜甫的《登岳阳楼》：

　　　　昔闻洞庭水，今上岳阳楼。吴楚东南坼，乾坤日夜浮。
　　　　亲朋无一字，老病有孤舟。戎马关山北，凭轩涕泗流。

诗人从四川东下的归途中，登岳阳楼见洞庭一片浩淼，抒发身世飘零和国家多难的感慨。气象阔大，意境深沉。"吴楚"句写景，"亲朋"句抒情，后句承前句。景是壮阔的，情是孤苦的。但是处境困苦，意气并不消沉，忧国忧民，流淌着期盼安宁的酸楚热泪。

注：吴楚……：春秋时的两个诸侯国国名，吴国（江、浙一带）和楚国（长江中游）。坼：裂开。吴楚大地被洞庭湖水分割开了。亲朋……：亲朋之间没有书信往来，有病的我只能在外漂泊（孤舟）。涕泗：眼泪。

2. 写景中抒情，情融合在景中

例如，南朝谢灵运 423 年的《登池上楼》中："池塘生春草，园柳变禽鸣。"表面写景，

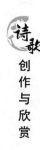

其实是用生机蓬勃的春天，抒发期盼"生"和"变"的勃发感情。（"变"字即"有"的意思。）

再例如，晋代陶渊明的《拟古（其一）》中："日暮天无云，春风扇微和。"粗略一看是写景，但是，从"暮"和"扇"二字可体会到作者对晚年生活的豁达乐观心情。（这两句是篇首，其后的八句表达了不必担忧生命短暂，转瞬即逝是自然规律。）

此外，还有一类情融合于景的写法是将物拟人化。例如，诗经《采薇》中最后一节：

　　　昔我往矣，杨柳依依。今我来思，雨雪霏霏。

　　　行道迟迟，载渴载饥。我心伤悲，莫知我哀。

诗篇是叙述士兵出征归来的心情。这最后一节的描写更是脍炙人口，倍受称颂。"杨柳依依"不仅点明了出征时的春天，同时又把亲人分别时依依不舍的感情寄托在随风飘动的杨柳树上，一石二鸟，一语双关。柳树拟人化处理，形象生动，情景合一，交融难辨。而"今我来思（"思"作助字"兮"用），雨雪霏霏"写的是归来的冬天，其情感含意，用后续的四句诗作了说明。

通过前面典型篇章的分析，有了一个总体认识：情景交融是一种感兴的机制，概括地说是情景俱到，细细说来有各种表现形态，例如，情景互映、景因情设，情随景生，情景浑成等等。下面再从几个侧面深入分析"情景交融"的特点。

（1）见景生情。诗歌中常见的是前景后情，情随景生。例如，东汉黄巢的《题菊花》：

　　　飒飒西风满院栽，蕊寒香冷蝶难来。他年我若为青帝，报与桃花一处开。

作者看到菊花生长在霜冷的秋天，蝴蝶也难得飞来采芳，见景生情，产生要改变菊花处境的念头，如能让它在春天与桃花一样同享春光、一齐开放，岂不更好。四句诗创造了一个完美的意境。后两句道出了大爱的情怀，如若来年有权力，要实现菊黄与桃红的相互映衬。蕴涵着更深邃的思想光芒。

注：青帝：神话中掌管春天的神。

又例如，李白的《静夜思》，带着以霜比喻月光铺满地的情绪，在举头与低头之间，顿生思乡之情。这是最典型的触景生情的例子。再例如，《独坐敬亭山》。诗人游山，置身于浑朴的大自然中，深感旷阔自由、闲情逸致。对敬亭山（在安徽宣城县）情深如挚友（咱俩），爱他的傲岸不羁，表达了诗人的内心世界。情融会在"景"中，用拟人手法构成了具有感染力的完满意境。如果没有最后一句"相看两不厌，只有敬亭山"呼应，出不了意境，不能构成一个完整的艺术体，即有境无意。如果只有空洞的大话、口号（理性的抽象概念），没有具体的形象，就成为有意无境。

再例如，宋初诗人王禹偁（同称）的《村行》：

　　　马穿山径菊初黄，信马悠悠野兴长。万壑有声含晚籁，数峰无语立斜阳。

　　　棠梨叶落胭脂色，荞麦花开白雪香。何事吟余忽惆怅，村桥原树似吾乡。

诗作表达了诗人在欣赏山村野色时的思乡之情。因为所见景致如家乡的一模一样，随之顿生惆怅，泛起思乡的涟漪。写景生情的方法也称为"起兴"。

（2）缘情写景。为一吐内心情感的愿望，寻找出口，借景抒情，景因情设或称为状物移情。这类化实为虚的结构可分为言情化景和借景言情。缘情写景通常有几种写法：其一，如欧阳修的《蝶恋花·庭院深深》，用拟人化手法，把悲苦之情转移在红花上，化无情之物成为有情之人。其二，是选择适当的景物来写，如前引述的秦观的《踏莎行·郴州旅舍》，用孤馆闭、斜阳暮来表达愁苦心情（见3.2.2.5节）。其三，看似表象并不适应的景物，经过改变造化而载情，例如《西厢记》第四本第三折中，"长亭送别"将枫叶说成点滴飘落的都是情人泪，见后续③。

①言情化景。景物随诗人的情感而变化。例如，欧阳修的词《蝶恋花·庭院深深》：

> 庭院深深深几许？杨柳堆烟，帘幕无重数。
>
> 玉勒雕鞍游冶处，楼高不见章台路。
>
> 雨横风狂三月暮，门掩黄昏，无计留春住。
>
> 泪眼问花花不语，乱红飞过秋千去。

物的变态是情化所至。情景交融，"泪眼问花花不语"是情化景物之中的一种缩微，感人致深。

注：玉勒句：镶着玉的马笼头和雕刻图案的马鞍，是富贵人家的坐骑。游冶：寻欢作乐。章台路：折柳赏花的柳荫道。高高的院落遮挡了眺望的绿荫街道。

上半片，描述大宅深院，重门禁锢，内外隔绝。欢乐之处望而不见。然而，下半片是写花，也是写人。物我合一，情景交融。物质优厚却难于弥补感情世界的凄清。望不见所欢之人，留不住春天和青春，躲不过落花的命运。只好含泪问花，零落飞花也不回答，如同落花的命运一样，佳人随花飘荡（乱红飞过秋千去）。最后两句如泣如诉，凄婉动人，形成了"有我之境"的意境。首句"深深、深几许"和末句"问花、花不语"的顶真修辞更显无奈和忧伤。

②借景言情。客观独立性的景致并非纯粹自然界之景，而是融入了诗人思想情感的情景。例如"平野草青青"本是一句景语，却有诗意，蕴含着无限的情韵。在整体诗篇的构成中，借景言情的表现方式有两类：用动态叙事言情和静态素描言情。

用动态叙事方式言情的，例如，贾岛的《寻隐者不遇》：

> 松下问童子，言师采药去。只在此山中，云深不知处。

诗开头应用叙事式问答，寓问于答。后两句则继开转合，顿挫生姿，一波三折，产生了令人莫测、可遇而终不遇的审美情趣。

用静态素描方式言情的，例如，李煜的《望江南·闲梦远》：

> 闲梦远，南国正清秋。／千里江山寒色远，芦花深处泊孤舟。／笛在月明楼。

诗篇用倒叙法，先用"闲梦远"点出了幽思之情的迢遥意。然后用"千里……"句描绘出寥廓江山、萧条四野的深秋季景，用"芦花"句的两岸芦花衬映孤舟、月下传笛声的情景，感受到了楼内行客的凄然悲愁。这幽思是用秋景的意象来感发，具有借景言情浑然一体的审美情趣。首尾两句的呼应，顺合和谐，有缠绵之感。

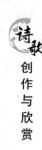

③因情写景。是因情感的刺激，将事物改造使其富有人情意态。不同的情思会给同一景物披上不同的情感色彩，赋予灵性。使无情的转变为有情，使无知的转升为有知。

例如，杜牧的《山行》中："停车坐爱枫林晚，霜叶红于二月花。"人的精神气爽，看秋霜红叶比早春细花还美。又例如，《西厢记》第四本第三折中，"长亭送别"里有唱："碧云天，黄花地，西风紧，北雁南飞。晓来谁染霜林醉，总是离人泪。"唱者给层林尽染的红叶浸入了一种血泪的悲痛之情。再例如，韩愈的七绝《春雪》："新年都未有芳华，二月初惊见草芽。白雪却嫌春色晚，故穿庭树作飞花！"白雪嫌春色姗姗来迟，左等右等还是等不到春花，只见草芽，故春雪自己穿过庭院的树枝作飞舞的春花。春雪是那么的多情。

（3）寄情于景。寄情于景是情感的客观化，情中寓景。例如，杜甫的"露从今夜白，月是故乡明"。寄情于景是由感觉将感情注入情景中，景情互映。通常，抒情可以借景、借物、借事，甚之还有借人抒情。例如，情景互映的句子"落红万点愁如海"中，先绘景"落红万点"，后抒情"愁如海"。又例如，"到来函谷愁中月，归去磻溪梦里山。"景物是从情感里展现出来。月是愁中的月，山是梦里的山。景物由情感浸透、改造，特别委婉深沉。

当情景互映的结构扩展成篇章时，会有"前景后情"或"前情后景"的两种方式，它们是相间相融的。例如，李白的《黄鹤楼送孟浩然之广陵》：

故人西辞黄鹤楼，烟花三月下扬州。孤帆远影碧空尽，惟见长江天际流。

前两句不仅传神地写出烟雾迷蒙、繁花如锦，春到扬州的景色，也表达了诗人内心的愉快和向往。后两句表达送别朋友的依依之情。只见孤舟扬帆，友人渐远，诗人一直伫立江边，注视着孤帆消失在碧空尽头。此处使用了寓情于景和以景代情的手法，诗中未有"友情"诸类的词，只有深情寄寓于景物的动态描写中。情景交融，含而不露，余味无穷。

景是外向的客观存在，情是内在的主观感受，寓情于景时，选择景物应合拍，通情理。如果景是"形"，情是"神"，则景中之情最好达到"形神兼备"程度。寓情于景的关键在于情。

在（宋）词的作品中，上片写景，下片抒情的篇章甚普遍。例如，范仲淹的《苏幕遮·碧云天》： 碧云天，黄叶地。秋色连波，波上寒烟翠。

山映斜阳天接水。芳草无情，更在斜阳外。//

黯乡魂，追旅思。夜夜除非，好梦留人睡。

明月楼高休独倚，酒入愁肠，化作相思泪。//

词的上片写景：天连水，水连山，山连秋霜黄叶；天空碧蓝，水冒寒烟，山披斜阳。自上而下，由远及近，构成一片空灵境界。下片由景入情，羁旅的秋思萦绕心头，借酒消愁，却酒水变泪水，倍加伤感。情景互映，形成一种反衬的张力，增加了艺术感染力。如此"先景后情"的典型词作，还可读一读毛泽东的《沁园春·雪》和《沁园春·长沙》。

景中含情意味着写景句要写得富有诗意，富有情味。作者必须具有真挚的情感，才能情感自然流露，且诗意浓浓，否则用功写出来的诗句缺乏诗味。

例如，曹植的《七哀》中"明月照高楼，流光正徘徊"，后一句包含着愁思萦回的情感，形象生动，且有诗的美感。

再例如，陶渊明的《归园田居五首（其一）》中"狗吠深巷中，鸡鸣桑树颠"，用乡间幽静的环境，表达轻松、清静、安逸的心情。上述两例，说明写景不能过分在景物描述上下功夫，关键在于注入真实的感情，即情感化入景物中，物就是我，正如情歌"月亮代表我的心"。

（4）景生情，情逆景。景生情，情逆景，景情浑成，虚实合体，不知何处为物，何者为情。物我交融在一起。例如，描绘秋天就有天高云淡，弯弯的小溪，一片片黄熟的麦浪，飘起丰收的喜悦，茂密的白杨树林，让人挺起脊梁……一切浸透秋天的色彩，蔚蓝，蓝得发靛，像要沉淀下去那样浓烈、厚重；而金黄，黄得干熟，像要燃烧起来那样强劲、火辣、炽热！让人感到浓郁的喜悦和充足的力量。

但又可以把秋天描写得惆怅、担忧和消沉。采用逆景的反向抒情，在收获的季节说不要成熟，例如，孙静轩的《不要成熟》。

再例如，杜甫的《登高》，更是凄清的秋景，抒发悲苦和感伤的心情。

> 风急天高猿啸哀，渚清沙白鸟飞回。无边落木萧萧下，不尽长江滚滚来。
> 万里悲秋常作客，百年多病独登台。艰难苦恨繁霜鬓，潦倒新停浊酒杯。

首联中借用风、天、猿、渚、沙、鸟六种景物，并以急、高、哀、清、白、飞等动词的修饰，渲染了浓郁的秋色。颔联写景，江边空旷寂寥的景致，俯仰兼顾，动静相衬，环顾高、低、近、远的景象，生动传神，烘托悲秋的气势。后两联抒发了贫病交加、客居异乡的悲哀。景情交融，意蕴丰富。通篇采用对偶的句式，有均齐对称之美。以情结尾，言尽意不尽。

再例如，辛弃疾的词《粉蝶儿·和晋臣赋落花》：

> 昨日春如十三女儿学绣，一枝枝不教花瘦。
> 甚无情便下得雨僝风僽，向园林铺作地衣红绉。
> 而今春似轻薄荡子难久，记前时送春归后，
> 把春波都酿作一江醇酎，约清愁，杨柳岸边相候。

注：僝僽：憔悴，烦恼。绉：织出皱纹的织品。酎：重酿的醇酒。

这首咏落花的词，与多愁善感的低吟浅唱截然不同。清丽、疏朗、开阔，字里行间透出灵气。把昨天的春，比喻为13岁的女儿欢愉地绣春景，一枝枝花朵绣得鲜活丰满。比喻本身是虚，但给人以实的感觉，达到了完美的艺术真实。可是，一夜无情的风雨，把园中的花朵吹满地，好像铺上了织有皱纹型的红地毯。话锋一转，满脸欢

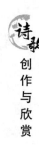
喜的模样。春天，犹如轻薄浪荡子不会久驻的，还记得前一阵子花开似锦红满地，春天脚的步是走远了，但是，那春水已酿作一江浓烈的醇酒了。可以小酌，消解别离的寂寞了，相约在柳岸边等待来年。春水酿成一江酒的想象是极妙的意象，达到高超的艺术境界。

在领会意象的同时能有深远新颖的感发，达到了不言情而情自现的境界，是一种"有我之境"或"无我之境"的意境。情景浑成是虚实合体的追求，是情与景的相互转化。情与景的双向交流最终形成感人的意象。

(5) 情与景相反。情与景相反是情与景的冲突，例如，鸟儿双飞而孤人单相思，身老而心壮之类，产生反衬效果，增强情感力量。例如，杜甫《新婚别》的结尾：

> 仰视百鸟飞，大小必双翔，人事多错迕，与君永相望。

用双鸟飞翔作反衬，抒发人们事不随心，亲人永不能团聚的忧愁。(注：错迕：不随心、不顺从。) 又例如，陆游的《小市》诗中："客心尚壮身先老，江水方东我独西！"上句写外在形态与内在心志的冲突，下句写情感心意与自然景象的冲突。以东流的江水与西行的游子相反衬，使飘零远行的情绪在与景物冲突中推向高潮。产生一种昂扬的气势，富有感染力。

有时也可将情景一致与情景相反组合应用，例如，杜甫《江汉》诗中：

> 江汉思归客，乾坤一腐儒。片云天共远，永夜月同孤。
> 落日心犹壮，秋风病欲苏。古来存老马，不必取长途。

颔联情景一致，白昼与天共远、黑夜与月同孤，寓情于景，表达飘零落寞之感。而颈联情景相反，用落日比拟暮年，老骥伏枥，壮志当年。萧瑟秋风使草木摇落，而病弱困扰的身体倒恢复元气、神清气爽了。这一顺一反，提升了信心，增添了力量。

3.2.3.3 形神兼备

形神兼备的艺术境界，有可感性极强的具体形象，同时蕴含着深刻的思想、强烈的感情 (精神)。形象是神的基础，神寓于形。诗的"形"包括诗体、节奏、音韵、语汇等，诗的"神"包括意象、意境、韵味等。形神兼备，血肉相连，缺一不可。形不同，神有别；神不同，心有别；神无形，要意会。

诗能传达画中意，贵在画中态，传神是画面美的提升，是精神的写真。无形的神是空中楼阁，只能给人以虚无缥缈的感觉。首先重视"形"，进而达到"神"。"神"是一种精神层面的气场，是一种气韵。如三毛流浪记漫画中的主角三毛，头上的三撮毛是形似又神似，显得很有生气。究其原因是抓住了最显著的特征性形象。杜甫在《饮中八仙歌》里说李白，有："李白斗酒诗百篇，长安市上酒家眠。天子呼来不上船，自称臣是酒中仙。"寥寥数语，形象鲜明，神情毕现，勾勒出一幅栩栩如生的传神画面。虽然没有容貌和衣冠的形象，但是他那豪放、飘逸的性格和风采跃然纸上。

写诗，如果只停留在题面上，没有比兴、寄托，没有意境，不会是好诗。也就是意境要高超、要新颖、要和谐统一。物虽尽而情有余。情与景对比鲜明，既矛盾又统一，产生更强的艺术感染力。诗曰"风花无定影，露竹有余清"。

1. 形似神似

写诗如作画，不仅满足于形似，只有神似，才能传神，才是最高的艺术境界。例如，李清照的《醉花阴·黄花瘦》：

　薄雾浓云愁永昼，瑞脑消金兽。佳节又重阳，玉枕纱厨，半夜凉初透。//

　东篱把酒黄昏后，有暗香盈袖。莫道不销魂，帘卷西风，人比黄花瘦。//

开头两句用秋景构成凄清惨淡的氛围，"半夜凉初透"里的"凉"，不仅肌肤所感之凉，更是心灵的凄凉。最后三句，更是独具匠心，"销魂"二字点出了神伤，"西风"点出了凄景，"瘦"字可见神态。这个"瘦"字具有画龙点睛的巧妙，传神至极。愁绪因"瘦"字而得到最集中、最鲜明的体现。

注：瑞脑消金兽：在金兽香炉内点燃用瑞脑香料制成的薰香。纱厨：避蚊纱帐。

2. 以奇补平

是巉岩长奇松、沙砾现水晶，让人眼前一亮。例如，李白的《静夜思》，床前月光常见，只有李白才有'疑是霜"的看法。从"疑"到"望"、再到"思"的心理活动，勾勒出一幅月夜思乡图。"疑是地上霜"是思乡梦的初醒，恍惚的瞬间，将冷清的月光当作地上霜，十分传神。朴素平直的语句，却使诗意隽永。又如李白的《月下独酌（其一）》：

　　　　花间一壶酒，独酌无相亲。举杯邀明月，对影成三人。

　　　　月既不解饮，影徒随我身。暂伴月将影，行乐须及春。

　　　　我歌月徘徊，我舞影零乱。醒时同交欢，醉后各分散。

　　　　永结无情游，相期邈云汉。

在寂寞的月夜，独自对月饮酒，分外孤独。把拟人的月亮和自己及身影幻想为"三人"，抒发冷落、孤独的情怀。从第一个字"花"和第二句的"酌"字，到"歌"和"舞"的丰富想象，在孤独与不孤独之间徘徊。"对影成三人"和"我舞影零乱"传神之语，充分表达孤傲和凄凉的复杂情感。别出心裁的形和非凡想象的神，使诗的意境充满浓郁的浪漫主义色彩。

再例如，清代王士禛的《题秋江独钓图》：

　一蓑一笠一扁舟，一丈丝纶一寸钩。一曲高歌一樽酒，一人独钓一江秋。

秋江独钓本身是一幅画。题诗前两句点出了主题形象，能产生孤独、寂寞，静谧、清远的意想。随之虚写一句"一曲高歌一樽酒"，出现了吟唱和喝酒的动态意象，使"独钓一江秋"产生深层次联想，此钓非画中之钓了。赏一江秋景，感一江秋色，有了一种感怀，一种超脱世俗的"神韵"油然而生，而九个"一"字的妙用，更有一种使"神韵"萦绕于周身的感受，独具匠心。充分体现了"神韵派"创说祖师的特点。

3. 含而不露

情感深深地蓄含在叙事和写景中，需要设身处地体会才有感悟。情景交融，余味无穷。例如，李白的《黄鹤楼送孟浩然之广陵》：

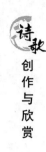

故人西辞黄鹤楼，烟花三月下扬州。孤帆远影碧空尽，惟见长江天际流。

前两句叙事抒情，后两句写景抒情。借景抒情，寓情于景，巧妙地表现了依依惜别的深情。

又例如，林莽的《晨风》中：

黎明 / 树木的枝干闪出银灰 / 春雪的滋润使我想到了你 //

大河千年涌流 / 还有亘古的牧歌与梅雨 /

一头牛正穿过清晨的雾霭 / 你在一首歌中渐渐呈现 //

那是一片多么平静的原野 / 蓝色的炊烟 / 使初春之晨 充满了生机 /

晨风料峭 / 吹进敞开的窗子 //

诗句充满宁静的沉思和绵绵情意，背景的多个形象充满暗示。黎明和晨风中看到希望，这希望就是诗中的"你"。含而不露的"你"有形更有神，那是滋润心田的春雪之后，一个温柔的充满希望的阳春走来了。再例如，王昌龄的《初日》：

初日净金闺，先照床前暖。斜光入罗幕，悄悄亲丝管。

云发不能梳，杨花更吹满。

清晨，明净的阳光射进少女的闺房，它从窗口进来，窜到少女的床前，散发一股温暖的气息；阳光斜斜地倾泻进入少女的罗帐，轻轻地抚摸榻上的乐器（少女擅长的琴、瑟、萧、笙）。人呢，尚未起床，黑如乌云的美发披散在枕边，没有梳理。开放的杨花也随春风飘来，亲昵地陪伴在枕边。诗写得空灵、缥缈，主角是初阳，配角是杨花，而少女始终不言不语躺在床上，杨花似乎看见了美貌如云的少女，而怯生生地伴在枕边。传神的描绘中，含而不露，一切美都是属于这个看不见的少女。空灵传神，具有虚实相生的艺术特色。

4．感觉变异

感觉变异即超越了传统的大众的感觉。感到晦涩难懂。

例如，海子的《麦地》中：

吃麦子长大的 / 在月亮下 端着大碗 /

碗内的月亮 / 和麦子 / 一直没有声响 // ……

看麦子时我睡在地里 / 月亮照我如照一口井 /

家乡的风 / 家乡的云 / 收聚翅膀 / 睡在我的双肩 //

诗篇表现了农民与土地及麦子的生死相依的关系。心情酸楚，却如土地一般的沉默，没有发出一点儿响声。肩膀上压着沉重的生活重担，吃苦耐劳，带来的疲乏、困倦，睡得像死人一样，于是风和云也随人而安息，陪伴着睡在我的肩上，更显承重的铁肩膀的形象。

3.2.3.4 虚实相生

人们常常击节赞叹那些淋漓尽致的描绘，浓墨重彩的铺陈。但是也有在紧锣密鼓的行进中，陡然出现戛然而止的间歇，一段万籁俱寂的静场，却能产生"无声"胜"有声”的神奇效果。例如，白居易《琵琶行》中：

冰泉冷涩弦凝绝，凝绝不通声渐歇。别有幽愁暗恨生，此时无声胜有声。

又例如，崔颢的七律《黄鹤楼》：

昔人已乘黄鹤去，此地空余黄鹤楼。黄鹤一去不复返，白云千载空悠悠。

晴川历历汉阳树，芳草萋萋鹦鹉洲。日暮乡关何处是？烟波江上使人愁。

前四句，从过往写到现实，以丰富的想象力引入传说和抒发乡愁。后四句从实景写到超然的感慨。乡愁与四个自然景物（川、树、草、洲）的实感交融在一起，产生很强的艺术感染力。

自然界的事物，如青山绿水间的烟光云影，本来就是或隐或现，或有或无，或虚或实。诗中的虚如同中国画中留的“空白”，表面上是空白，实际上是虚中有“实”，所形成的境界可以诱导人们去想象，去思索。例如，从堤柳婆娑、孤舟蓑笠，可以感到有风雨，这是实景无法描绘出来的。化实为虚，才韵味无穷。以实为实，只有形象，并不感人；以虚为虚，就是虚无。虚实本是相通的，表现为主体是实，背景为虚；正面写实，侧面托虚；浓墨状物是实，淡抹写意为虚；等等。在画与诗中，由形象创生的境界是虚实结合的产物。虚实相生，既有神韵又不落空泛，达到一个奇妙的境界。

诗中的“虚”，往往安排在写实之后，将笔锋撇捺开去，借助想象，开拓出新的意境。也有虚开后实，虚实交错等，根据内容和思想感情的表达而定。达到虚实相生的艺术效果。

1. 先实后虚

例如，戴叔伦的《过三闾庙》：

沅湘流不尽，屈子怨何深！日暮秋风起，萧萧枫树林。

沅水、湘江日夜奔流，滔滔不尽，如同屈原的哀怨，连绵不绝，含恨多深呀！前两句叙述过往的实事；后两句用日暮秋风、萧萧落叶，不直言悲伤沉痛，化实为虚，伤感之意在言外，更觉情深意切。（注：三闾庙：屈原主管过昭、屈、景三姓王族的教育，称为三闾大夫。遭受冤屈，自沉汨罗，后人建造三闾大夫庙纪念。）

又例如，苏轼给惠崇的题画诗《春江晚景》：

竹外桃花三两枝，春江水暖鸭先知。蒌蒿满地芦芽短，正是河豚欲上时。

首句写静态、写实，第二句写动态、写推想，先实后虚、动静结合。后两句也如法炮制，虚实结合。诗中有画，用白描手法让读者有身临其境的感觉，尽情享受春意盎然的风光，有极强的艺术感染力。

再例如，主从复合句构成的自由诗："让我的梦长成绿油油的树，去装饰你夏天的诗篇；让我的歌变成哗啦啦的小溪，去融化你冬天的寓言。"前面从句（让……）写形象，是写实，意象有声有色。后面主句（去……）写意、写推想。先实后虚，含蓄生动。

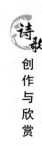

2. 虚开后实

例如，郑谷的《淮上与友人别》：

扬子江头杨柳春，杨花愁杀渡江人。数声风笛离亭晚，君向潇湘我向秦。

在淮河之滨与友人作别，友人将从烟花三月的扬州摆渡过长江，去湖南，揣想心情必然落寞。这是为友人设想的虚摹。后两句是实写分别时的情景。作者去陕西，相背而行。数声风笛，离亭向晚，频举酒杯，深情难言。不知何日再相见。

又例如，李白的名篇《静夜思》，游子见到床前盈盈的月光，仿佛是冷凝在眼前的一片秋霜，那是由于思乡过切而引发的错觉或想象。由景到情的虚开，俯仰之间，转虚变实，忽近忽远，用简短平易的二十个字构筑的诗篇，从浅淡推向极致，浅之至而深，淡之至而浓，千秋万代放射出强烈的诗意光辉。

3. 寓实于虚

寓实于虚表现为构思的含蓄特点，是"无声"胜"有声"的妙招。

例如，王维的《杂诗》：君自故乡来，应知故乡事。　来日倚窗前，寒梅著花未？

诗篇旨在表达对故乡的思念，但是对来客一字未问家乡的人和事，只问老家窗前的那株寒梅是否开花。这是艺术构思中的避实就虚技巧，将对父老乡亲的思念寓于寒梅开花与否。虚写可以让读者有遐想的空间，在欣赏过程中有再创造的余地。

4. 虚实交错

例如，李白的《送友人》：

青山横北郭，白水绕东城。此地一为别，孤蓬万里征。

浮云游子意，落日故人情。挥手自兹去，萧萧班马鸣。

首两句实写送别的环境，句型是工整的对偶句。接着两句，抒写一别远去万里，表达浪迹天涯的依依惜别之情，是用景物寄托离情。（注：城、郭：古代的城分内外，内城称城，外城称郭。）五、六两句正面抒情：游子漂泊如浮云；依山的残阳却不忍落下，正如作者的恋恋惜别之情。浮云、落日是景，游子意、故人情是情感，此两句是实景虚用。最后两句实写，朋友按时跨上马鞍，挥手告别，马鸣萧萧，渐行渐远。景、声、情三者通过虚实结合的手法，表现得酣畅尽致。总之，虚实结合，相映生辉，给读者留下想象的余地，景物历历在目，情感浓浓郁郁，有身临其境的感觉，具有深厚的艺术魅力。

5. 化虚为实和化实为虚

虚实互化是含蓄的一种方式，化虚为实是用含蓄的语言将抽象变为实体。如"往事余山色，流年是水声"。事过境迁，山河依在，岁月如流，不再复还。流年是抽象的，感觉不到它的存在。水声是耳闻的现实，流年就如水声，可见可闻，非常美。

化实为虚是利用动词谓语将实景转化而形成一种境界。例如，王维的《过香积寺》：

不知香积寺，数里入云峰。古木无人径，深山何处钟。

泉声咽危石，日色冷青松。薄暮空潭曲，安禅制毒龙。

注：曲：隐僻曲折。安禅：禅定。毒龙：人世间的欲念。

看"泉声"句，除了"咽"和"冷"两个谓词外，其他四个都是景物。"咽"字是吞咽，不见动静，比较低沉，因而显出幽静感觉。"冷"是指阳光微弱。深山僻静才显出日色的清冷了。用了这两个字（动词和形容词），化景物为情思，把深山古刹的幽静禅心境界写得十分感人。

此外，也可用名词将景物转化达到表现情感境界的目的。例如温庭筠的《商山早行》中"鸡声茅店月，人迹板桥霜"用黎明前的清冷月光和初冬时节的浓霜，透露出旅途的辛苦和忧思。如果排除"月"和"霜"，剩下四个景物就难于表达出这种忧或愁的意境。当然，这样的例子还是比较少见的。

3.2.3.5 意识转换

1. 现实与艺术夸张

意识的转换包括状物，托物移情、触景生情、拟人融情等。强烈的感情充注在具体形象中，两者的统一产生艺术的真实感。

例如，伊蕾的《独舞者》中："心灵的苦难伸出舌头，从指缝间流出，/ 和长发一起飞舞，从肩膀滑落，/……。舞蹈的动感画面，让诗人内心掀起波澜，表达痛苦、痛惜、痛心的无奈，营造一个生命随风飘去的意境。

2. 朴实清空与华而不实

一首好诗要求美，但一味追求华丽的语句，往往流于空泛，称为华而不实。朴实与清空配合适当是诗篇优美的关键。看李白的《望庐山瀑布》和同时代徐凝的《庐山瀑布》：

望庐山瀑布	庐山瀑布
日照香炉生紫烟，	虚空落泉千仞直，
遥看瀑布挂前川。	雷奔入江不暂息。
飞流直下三千尺，	千古长如白练飞，
疑是银河落九天。	一条界破青山色。

李白眼中的庐山瀑布，是遥望中的庐山瀑布。前两句，化静为动生紫烟，化动为静挂前川，作为起、承之步，写出了瀑布的美丽雄奇。第三句进一步写了瀑布气势雄浑的瞬态：凌空飞泻而下，水流湍急，三千尺的夸张，更显峭壁巉崖、山势险峻。最后一句，一言以蔽之，化实为虚，喷珠溅玉的瀑布从高空奔泻而下，恍然若是从九天落下的银河，是虚拟想象，但又觉得逼真。一个"疑"字，用得空灵虚幻，引人遐想，增添了难得的神奇色彩。

徐凝的《庐山瀑布》，首句是眼看瀑布破空而来，气势雄伟；第二句耳闻滚滚奔流，如雷贯耳直泻江底；第三句还是描述从古至今的瀑布，如洁白丝绸飘飞，有声有色，形象鲜明；第四句仍然继续写瀑布，白练飞起，把青山分成两半。全篇语境气魄不小，四句都不离瀑布。瀑布长、瀑布声、瀑布色，但均是耳闻目睹，显得太实，故而太刻板。只有形象，没有显示出鲜明生动的意象。

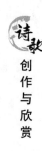

再例如，王之涣的《登鹳雀楼》和同时代畅当的《登鹳雀楼》：

登鹳雀楼　　　　**登鹳雀楼**

王之涣　　　　　畅当

白日依山尽，黄河入海流。　　迥临飞鸟上，高出世尘间。

欲穷千里目，更上一层楼。　　天势围平野，河流入断山。

注：鹳雀楼：旧址山西永济县，地处黄河边。山：山西东南部中条山。

畅当的《登鹳雀楼》中，前两句只表述了楼高无比，后两句是登楼后所见之广远，滔滔黄水奔流。言止意尽，产生不了联想，意浅乏味。

王之涣的《登鹳雀楼》，脍炙人口，描写了气势宏大、浩瀚壮阔之景，仿佛看到了黄河之水天上来，一泻千里奔大海的气势，抒发了豪迈奔放之情，创造了登高才能望远的意象，寄寓了催人上进的哲理。以景起情，以实融于清空，因情见志，达到了景、情、理兼容的境界。

3. 暗示与朦胧

暗示往往来自象征。例如，柳永的《蝶恋花·伫倚危楼》：

> 伫倚危楼风细细，望极春愁，黯黯生天际。/
>
> 草色烟光残照里，无言谁会凭栏意？//
>
> 拟把疏狂图一醉，对酒当歌，强乐还无味。/
>
> 衣带渐宽终不悔，为伊消得人憔悴。//

采用象征和曲径通幽的表现手法，抒发怀念意中人的情思。登高望远起离愁，这"愁"出自遥远的天际，变抽象为具象，突现形象感。凄美的残照春景，暗示要见的伊人不能相会。对酒当歌，借酒浇愁，强颜欢笑还是无趣。最后"衣带渐宽……"两句，表达缠绵柔情，为思念伊人而日渐消瘦与憔悴。即便如此也决不后悔。表现出坚毅的性格与对爱情的执著的境界。

如果有文论的压迫，意识的紧箍，或者个人处于弱势，身处逆境的状态，朦胧诗就会随之而起。例如，晚唐李商隐，只因长期处于夹缝困境，有一部分诗出现了朦胧的视野，故有崔珏的《哭李商隐》中说："虚有凌云万丈才，一身襟抱未曾开。"

例如，李商隐的《蝉》：

> 本以高难饱，徒劳恨费声。五更疏欲断，一树碧无情。
>
> 薄宦梗犹泛，故园芜已平。烦君最相警，我亦举家清。

注：本以高难饱，徒劳恨费声：用蝉拟人（君），把蝉视为高洁的象征。高洁自处，餐风饮露本也难饱腹，即便有怨愤不平之声也是徒劳。碧：树叶。梗：浮萍的根。芜已平：杂草长到已经把家的园子淹没。

再例如，晚唐杜牧的诗《江南春》：

千里莺啼绿映红，水村山郭酒旗风。南朝四百八十寺，多少楼台烟雨中。

注：南朝四百八十寺：南朝有宋、齐、梁、陈四个朝代，建有众多寺庙。

从到处莺歌燕舞、满目绿树红花，酒旗迎风招展的江南风景入手，有声有色，描绘了一幅形象生动的江南春画卷，有空间上的拓展，还有时间上的追溯。后两句，话锋一转揉进了沧桑之感，显出诗的内涵。末句"多少楼台烟雨中"给人以虚幻的感觉，若隐若现的寺院显露一种朦胧美，其中也不乏隐含讽刺的意味。

再例如，杜牧的另一首诗《清明》，同样留给读者一个朦胧的境界：

清明时节雨纷纷，路上行人欲断魂。借问酒家何处有？牧童遥指杏花村。

在祭奠故人的时节，纷纷的春雨带来的是纷乱的思绪，自然延伸到以酒御寒浇愁，但是作者并没有实写，而是用"遥指"的虚写，留下想象的空间，可望而不可即。置细雨烟笼的"杏花村"于朦胧的视野中，让人回味无穷。

其实，朦胧作为一种艺术风格，在文学艺术中一直存在的，只是程度不同而已。所谓"朦胧"是相对而言的、也是相比而存在的。当读者的阅历深广时，有一些当初觉得朦胧的诗也变得不朦胧了。例如：

雨停在空中，积成很厚很厚的云，不小心就会打湿女人的心情。

风挤在巷中，敲开很旧很旧的门，不小心就会吹红女人的眼睛。

这似乎是戴望舒《雨巷》的延伸扩展版，把小巷的风和雨写得更明白些，抒情，但是也朦胧。

再例如，舒婷的一首充满暗示意象的朦胧诗《往事二三》：

一只打翻的酒盅 / 石路在月光下浮动 / 青草压倒的地方 / 遗落一枝映山红 //

桉树林旋转起来 / 繁星拼成了万花筒 / 生锈的铁锚上 / 眼睛倒映出晕眩的天空 //

以竖起的书本挡住烛光 / 手指轻轻衔在口中 / 在脆薄的寂静里 / 做半明半昧的梦 //

从诗题着眼，诗作是对往事的回忆，究竟是什么事呢？没有明说，因此必须将字面上的物象在意识上作转换。例如，酒盅、青草、映山红等象征着青春和爱情；繁星、万花筒、铁锚等象征家庭；书本、烛光、手指和梦等象征着事业。初略地从意识上转换分析，作者说的二三事，应该是在爱情、家庭和事业上的失落、伤感和不幸遭遇。

诸如烟雨、孤灯、梦魂等缥缈模糊的意象，是在广阔的时空中展开思想的渴求，诗的意境悠远朦胧，可望而不可及，形成了若有若无、若虚若实的张力场。正如白居易的《花非花》所说："花非花，雾非雾，夜半来，天明去。来如春梦几多时，去似朝云无觅处。"在朦胧隐约中蕴涵着无穷的审美能量。

4. 衬托与对比

辛弃疾的《青玉案·元夕》，对元宵节赏灯情景的描绘，运用强烈的对比手法，反衬出一个甘于寂寞、独立不移、性格孤傲的女性形象。

东风夜放花千树，更吹落、星如雨。

宝马雕车香满路，凤箫声动，玉壶光转，一夜鱼龙舞。//

蛾儿雪柳黄金缕，笑语盈盈暗香去。

众是寻他千百度，蓦然回首，那人却在，灯火阑珊处。//

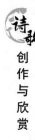

词的上半阕极度渲染元霄夜的热闹景象，下半阕的后半部突然把笔锋一转，以冷清作结，形成鲜明强烈的对比。这种对比深化了全篇的意境，加强了人物形象的呈现。前面的花灯、明月、烟花、箫声、龙灯舞及熙熙攘攘的丽人，都是为了衬托心中的她。如果没有"回首"，没有"那人在阑珊处"，则前面的场景就失去了意义。"蓦然回首……"这最精彩的一笔写出了从寻觅之苦急转惊喜之情的境界。采用时间或空间的对比相衬，形成一个较高的艺术境界。

5. 相反相成

在衬托或对比的基础上，用翻笔手法将相对或相反的形态组合在一起，抒发相反相成的激荡情感于一瞬间或咫尺间。产生一种情感的心弦愈扣愈紧的境界。

例如，贺知章的《回乡偶书》：

　　少小离家老大回，乡音无改鬓毛衰。儿童相见不相识，笑问客从何处来！

其中"少小离"围绕一个"家"字用了相对相反的"老大回"，接着又进一步用"乡音无改"和"鬓毛衰"的"无"和"有"，形成冲突、加深情感。随之用"相见"与"不相识"的相反相成，将激动的情感推进从而达到高峰。用"笑问客从何处来！"惊叹起间，用儿童的疑问涌出了思绪万千的言外之意，创造了作者久别故乡的深切感慨的意境。

3.2.3.6 戏剧化

诗歌的意境也可以通过戏剧性场景呈现。例如，用戏剧性独白、对话（与天对话、与人对话）或铺排戏剧性场景，间接抒情达意。主观性叙述减少、主体声音的隐蔽，产生非个人化的客观效果，给人一种亲历感。例如，郭小川《将军三部曲》，用了很多对话，生动地反映了战斗生活中没有炮火硝烟的一个侧面。

例如，第一部《月下》中的两个片断：

〈一〉呵，这个人影，／象箭一样飞动。／忽然在一棵树后，／

　　大喝一声："什么人？／口令。"将军命令我，"慢点回应！"／……

（引自《四，〈将军和战士〉》）

〈二〉……，／在月光下，／眼睛一闪一闪。／我正要发问，／他又含笑望长天：／

　　"月光多美，／月亮多好看，／夜多静，／空气多新鲜！"／／

　　我答不上话，／心儿激动。／这时，／秋风扑面，／河水声喧。／

　　将军屏住呼吸，／抬头凝望，／低头吟咏。／忽然向我说：／

　　"真是良辰美景！／写一首吧，／这还唤不起诗情？"／／……

（引自《二，〈河边〉》）

抒情诗创作手法上的戏剧化，可以跳出个人化单调的小天地，而是多声部、多层面开拓视野，减少那些不必要的个人干扰，有利于全局性的本质上的思索。浅淡的对白后面有浓厚的真实，平易的语句却带来陌生的惊叹。揶揄调侃的叙说，增强了戏剧性的谐趣色彩。

3.2.3.7 梦幻神化

用极其夸张的方法，进入梦幻神化的世界，甚至还有多变的海神山鬼。例如，"南山何其悲，鬼雨洒空草"，"石脉水流泉滴沙，鬼灯如漆点松毛"等，常用来揭露邪恶势力。进入梦幻境界的格律诗也不少，例如，唐代李贺 (790—816) 的《梦天》：

> 老兔寒蟾泣天色，云楼半开壁斜白。玉轮轧露湿团光，鸾佩相逢桂香陌。
>
> 黄尘清水三山下，更变千里如走马。遥望齐州九点烟，一泓海水杯中泻。

诗人梦中进入月宫，一个神仙世界，俯视人间广袤大地，大地万物如天马奔驰，广阔的九州大地如同点点烟云，浩淼的大海也不过像一杯水，也许暗示一切都会烟消云散，自己的奋斗也只是杯水车薪，无奈地感叹"文章何处哭西风？"(引自李贺《南园》其二)

2014 年中国航天"嫦娥五号"探月成功，作者和诗一首《千年梦天看今朝》：

> 银兔金蟾喜天色，不见琼阁和奇葩。钛轮碾轧露新痕，炎黄子孙走天涯。
>
> 云浮四海神舟飞，月照九州北斗挂。巡天遥看通州路，不怕天崩有新娲。

注：银兔金蟾：月球探测器和玉兔号月球车分别披上金、银色防护外衣。钛轮：月球车轮子是用钛金属制成。

3.3 诗的魅力——形象

形象思维可以把相距甚远的事物牵连在一起，也可以使原来在一起的相背而行，这是文学创作的基本方法。让沉重的物质长上翅膀，让流动的物质凝聚固化。诗，只有通过形象思维的方法才能产生持久的魅力。诗是一种形象艺术，用形象产生感动心灵的艺术力量。写诗，不用抽象的语言，而需要寻找一种丰满的形象来表达一个观念和一种情感。

形象不同于意象，没有隐喻和暗示性，也没有意象的那种主客观融会的特性。直接抒情，是一种状态的直接表达。例如，李商隐的《无题》中，"东风无力百花残"是意象，其意是相思的煎熬，憔悴得如凋残的花朵；而柳永的词《蝶恋花·伫倚危楼》中，"衣带渐宽终不悔，为伊消得人憔悴"是形象，直接表现了面黄肌瘦、萎靡不振的相思状态。选择抒情形象要有美感的激发力，抒发的情感要有审美价值，表现的思想要有强烈的感染力、震撼力和说服力。

3.3.1 形象的分类

在诗歌中形象不仅是视觉形象，还有听觉形象或嗅觉、味觉、触觉等间接形象或拟人、拟物形象。例如，孟浩然的《春晓》："春眠不觉晓，处处闻啼鸟。夜来风雨声，

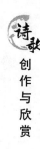
花落知多少？"用鸟啼声、风雨声表现春天的美景。例如，王安石的《梅花》："墙角数枝梅，凌寒独自开。遥知不是雪，为有暗香来。"用白雪和梅香表现梅花不畏严寒而绽放的昂扬精神。

形象需要想象和创造。有形象，诗才有魅力。诗歌中的形象大致可分为四大类：写景类形象、背景类形象、动作情态类形象和特征性代指类形象。诗的神奇在于形象。

3.3.1.1 写景类形象

在写景诗中的写景类形象并不表现它自身以外的东西，也不渲染暗示什么、衬托象征什么，纯粹以景物的自身美的展现为目的。即便有一些人文色彩，但也不同于意象中所包含的主观情绪。例如，对于物体形象方面的描述，对土地的描写：冰封的、泥泞的、龟裂的土地。

对核桃的描写：一个个像是铜铸的，上面刻满了甲骨文，也像是黄杨木雕刻，玲珑剔透、变化无穷，不知是天和地的对话，还是风雨雷电的檄文。

对巉岩边的树的描写：它弯曲的身体留下了风的形状，它似乎即将倾跌进深沟里，却又好像要展翅飞翔……。

对竹笋的描写：哎，好一片成林的春笋，有鸟喙一般鼓突的唇！有胎毛一般金黄的茸，有蛟龙一般密致的鳞。

对飞雪的描写：春雪满空来，触处似花开。不知园里树，若干是真梅。

下面用名家的诗篇作为例子，看看风景诗的美及其蕴含的特点。

例如，杜甫的《绝句（其一）》：

迟日江山丽，春风花草香。泥融飞燕子，沙暖睡鸳鸯。

用春风、花草、燕子、鸳鸯等美的形象和姿态，表现了春天生意盎然的生命气息，展露出生命之美、自然之美。

又例如，孟浩然的《夏日南亭怀辛大》：

山光忽西落，池月渐东上。散发乘夕凉，开轩卧闲敞。

荷风送香气，竹露滴清响。欲取鸣琴弹，恨无知音赏。

感此怀故人，宵劳中梦想。

以时间为主线写景物的发展变化，调动了视觉、触觉、嗅觉、听觉，分别写日落、月上、夜凉、荷香、露滴等物象，将夏夜宁静的景况写得丰富多彩。满足了表达情感需求的背景形象。

再例如，王维的《山居秋暝》：空山新雨后，天气晚来春。明月松间照，清泉石上流。竹喧归浣女，莲动下渔舟。随意春芳歇，王孙自可留。用山居、秋晚来引领全篇，然后用多种事物交错组合，形成了有山水有人物的生动画面。把视觉、听觉、触觉、嗅觉一齐调动，在静态和动态中感受美景。达到了出神入化的艺术高度。

再例如，李白的《望庐山瀑布》：

日照香炉生紫烟，遥看瀑布挂前川。飞流直下三千尺，疑是银河落九天。

诗作展现了庐山的雄奇壮美的景致。是一首写景瑰丽,语言生动的浪漫主义杰作。

再例如,苏轼的《饮湖上初晴后雨》:

> 水光潋滟晴方好,山色空濛雨亦奇。欲把西湖比西子,淡妆浓抹总相宜。

注:西子:指春秋时期越国的美女西施。

这首诗以杭州西湖游宴的身临其细雨之境,对西湖深入细致地描写,别具一格,而又有一言以蔽之的高度概括。感受到"天然去雕饰,清水出芙蓉"的手法,拟人的贴切比喻,写出了西湖的神韵。西湖无论晴姿雨态,还是朝花夕月,总是风姿绰约、美妙无比、令人神往。

3.3.1.2 背景类形象

背景类形象,顾名思义是作为主体形象的衬托、烘托的辅助形象。例如,南宋叶绍翁的《游园不值》:

> 应怜屐齿印苍苔,小扣柴扉久不开。春色满园关不住,一枝红杏出墙来。

用青苔、柴门小院、红杏、高墙的形象,写出了百花盛开的满园春色;用门"不开"和春色"关不住"的对立联想,抒发作者的一个高尚理念:美好的、新生的事物是禁锢不住的。鲜明的形象在春风中流动,委婉含蓄,且富于哲理。(不值:没有遇到主人。小扣:用门环轻轻叩击。)

北宋文学家欧阳修的《画眉鸟》:

> 百啭千声随意移,山花红紫树高低。始知锁向金笼里,不及林间自在啼。

通过画眉被关在笼中失去自由的形象,表达对不受拘束的自由生活的热烈向往。采用高与低、内与外、金笼里与林间的对比方法,含蓄而耐人寻味。

唐代诗人孟浩然的《宿业师山房期丁大不至》:

> 夕阳度西岭,群壑倏已暝。松月生夜凉,风泉满清听。
>
> 樵人归欲尽,烟鸟栖初定。之子期未来,孤琴候萝径。

前六句,用时间、空间的景象以及人、鸟的活动描述了空寂冷清的场景,诉说期盼中的大儿子尚未如期归来,只能孤独地守候在爬满萝藤的小道上。(倏已:极快地已经是)

唐代诗人李白的《送友人》:

> 青山横北郭,白水绕东城。此地一为别,孤蓬万里征。
>
> 浮云游子意,落日故人情。挥手自兹去,萧萧班马鸣。

注:孤蓬:蓬草枯断后,随风飞扬,常比喻行踪无定的人生。浮云:喻指飘忽不定。落日:与友人分别的情意如落日依恋山峦,不忍与大地告别。班马鸣:各自乘马要分道作别,班马也不忍离去而萧萧长鸣。班是离别之意,班马为离群的马。

用青山、白水、浮云和残阳作为背景形象;用孤蓬、浮云、落日、马鸣等意象寄寓对友人惜别的情意。自然真切,蕴含深厚。

3.3.1.3 动作情态类形象

动作情态类形象是由人物的动作、情态,以及情节、场景等因素构成。带有叙事

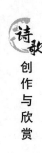
性、现实性的特征。抒情诗中的这类形象是撷取片断或瞬间，而叙事诗中注重叙事因素的完整性。

例如，崔颢的《长干曲（其一）》中：

> 君家何处住，妾住在横塘。停船暂借问，或恐是同乡。

这是在船码头的一个场面，表现动作情态的一个片断，包含着丰富的情感，似乎能感受到人物的某些性格特征，甚至风貌和神采，极富艺术韵味。

对于人物形象，通常在小说中用得较多。例如，神话中的孙悟空，社会生活中的阿Q、孔乙己、祥林嫂等都是人物形象，需要作家挖空心思塑造、刻画，让其栩栩如生，有生气、有活力地展现在读者眼前。而在诗歌中，人、物、事三者通常结合一起，用很短的篇幅表现有限的感情。例如，辛弃疾的《清平乐·村居》：

> 茅檐低小，溪上青青草。醉里吴音相媚好，白发谁家翁媪。//
> 大儿锄豆溪东，中儿正织鸡笼。最喜小儿亡赖，溪头卧剥莲蓬。//

注：蛮音：泛指江南方言。媚好：话音轻柔悦耳。媪：老妇。亡赖：同无赖，小嬉皮笑脸的情态。

这首词反映了别具特色的农村生活。语言朴素清新，充满浓厚的乡村泥土气息。除了头两句描写环境外，其他都是描绘了普通农村家庭生活中不同神态及不同性格特征的形象。

3.3.1.4 特征性代指类形象

特征性代指类形象是避免直说的具有相接近关系的借代。例如，用烽烟指代战争、挥一挥衣袖借代为挥手，挥手代指为告别，等等。用烽烟呈现一幅烟尘滚滚的战争景象，用挥一挥衣袖，呈现出不带走一片云彩的惜别情感。不仅增强了形象性，而且可以产生含蓄之美。用特征代指的是事物的局部形象，因此可以留给读者对于总体形象有一个想象的余地。

例如，顾城的《生日》：

> 因为生日 / 我得到了一个彩色钱夹 /
> 我没有钱 / 也不喜欢那些乏味的分币 //
> 我跑到那古怪的大土堆后 / 去看那些美丽的小花 /
> 我说，我有一个仓库了 / 可以用来储存花籽 //
> 钱夹里真的装满了花籽 / 有的黑亮黑亮 / 像奇怪的小眼睛 /
> 我又说，别怕 / 我要带你到春天的家里去 /
> 在那儿，你们会得到 / 绿色的短上衣 / 和彩色花边的布帽子 //
> 我有一个小钱夹了 / 我不要钱 / 也不要那些不会发芽的分币 /
> 我只要装满小小的花籽 / 我要知道她们的生日 //

用生日的礼物——钱夹子作为形象，象征性意指为储存花籽的仓库。从而引出不要分币而要花籽；我不要可以收到押岁钱的生日，而需要能放出灿烂花朵的花籽的生日。用第一人称表述生日的心愿，更有亲切感，极富艺术感染力。

又例如，北岛 1982 年的《是的，昨天》：

> 用手臂遮住了半边脸，／也遮住了树林的慌乱。／
>
> 你慢慢地闭上眼睛，／是的，昨天……／／
>
> 用浆果涂抹着晚霞，也涂抹着自己的羞惭。／
>
> 你点点头，嫣然一笑：／是的，昨天……／／
>
> 在黑暗中划亮火柴，／举在我们的心之间。／
>
> 你咬着苍白的嘴唇：是的，昨天……／／
>
> 纸叠的小船放进溪流里，／装载着最初的誓言。／
>
> 你坚决地转过身去：是的，昨天……／／

用"脸"和眼睛中的"慌乱""晚霞"和脸上的"羞惭""咬着嘴唇"和坚决地"转过身"等特征性形象，表现了一段爱情的经历。用"是的，昨天……"这样深情的诗句，引导出每一节眷恋的韵味。由它形成的节奏成为情感的核心标志。从初恋、热恋到冲突、分手的全过程，被有序地安排在四个小节中，体现了叙事性艺术的丰富性和完整性。

又例如，北岛的《回答》中的第六小节：

> "如果海洋注定要决堤，／让所有的苦水注入我心中／
>
> 如果陆地注定要上升，／就让人类重新选择生存的峰顶。／／"

"海洋的洪流"已成为新颖巧妙的指代，具有更含蓄、更具形象性和更具想象空间的特点。其中"陆地上升"是洪水退去的相反的表述，按正常的想法应该是"下沉"，洪水淹没大地，才重新选择高地；这里说的是退去洪水后的吸取教训，才有重新选择高地的要求。

再例如，戴望舒的《老之将至》中第一、二节：

> 我怕自己将慢慢地、慢慢地老去，／随着迟迟寂寂的时间，／
>
> 而那每一个迟迟寂寂的时间，／是将重重地载着无量的怅惜的。／／
>
> 而在我坚而冷的圈椅中，在日暮，／我将看见，在我昏花的眼前／
>
> 飘过那些模糊的暗淡的影子：／一片娇柔的微笑，一只纤纤的手，／
>
> 几双燃着火焰的眼睛，／或是几滴闪耀着珠光的眼泪。／／"

这些代指形象是很精彩的特写。有笑脸、温柔的手，相思煎熬而红了的眼睛和闪光的泪珠。这些形象背后蕴含更深的总体性形象。随着迟迟寂寂的时间，慢慢地老去，而肩膀上背负着沉重的惆怅。

3.3.2 形象的捕捉

形象思维是写诗的开始，形象塑造是一个认识现实的过程，对事物相关性的思考

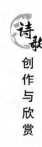
与观察愈深入仔细，就愈能产生栩栩如生的形象。一方面是形象化理解事物，而另一方是借助形象向读者解说事物。诗人的生活阅历愈丰富，则更容易产生丰满的形象。

形象来自意象、象征、想象、联想……。用形象的暗示和气氛的烘托表现思想情感时，要从事物的不同视角去寻找。社会是立体的，视角是多方向的。不同视角存在于不同的社会角色中，角色决定诗的魅力。诗作的浅薄无知或睿智渊博在形象中可隐约见到，甜酸苦辣、欢乐忧愁的情感都是通过形象展现的。

3.3.2.1 由联想而产生形象

例如，熊召政的《这不是那一个黄昏》，该诗可能是受"月上柳梢头，人约黄昏后"的启迪，在意念上发生联想影响，就获得一个不一样的"黄昏"形象，包含了作者的真挚的感情：

> 这么多遥远的岁月 / 我该从那里 / 找回那一个黄昏 //
>
> 在那一个黄昏里 / 她走了，心有千千结 /
>
> 二三分风寒，四五分月晕 / 一树早孕的翠胎 / 开成断肠红影 //
>
> 重回小村，独立黄昏 / 小姑换了藕丝裙 / 眉也传情 /
>
> 是谁悄声传语 / 这是莲花并蒂的时辰 //
>
> 但是，我只能在心中叹惋 / 这不是那一个黄昏 / 这不是那一个黄昏 //

诗篇开头，今昔对比，回忆起不能忘怀的初恋的黄昏，依依惜别，遗憾万千。在多年以后的一个黄昏，不期而遇，当年的她已成为另外一个人了，瞬间勾起了难于割舍的旧日的恋情，苦涩的感觉让他惋叹不已，尽管藕断丝连，却忙说："这不是那一个黄昏！"

3.3.2.2 因视角变化而产生不同形象

不同的视角产生不同的形象。有正面感慨，直抒胸臆；也有反说其事，死中求活。横看成岭侧成峰，从不同角度、不同距离去观察，就有不一样的立意和构思，对同一个题材就有不同的意境和情调。这也是在构思中超越雷同、有所创新的一种艺术手段。

例如，王安石的《梅花》："墙角数枝梅，凌寒独自开。遥知不是雪，为有暗香来。"用小视角的特写镜头展示的形象，选取"墙角"这个不起眼的独特小视角，展现梅花高洁孤傲的坚强形象。用"凌寒""独自"的词语，表达梅花处于严寒环境下的不屈精神。便应了"不经一番寒彻骨，怎得梅花扑鼻香"的佳话。形象简洁生动，含意耐人寻味。

又例如，陆游的词《卜算子·咏梅》，用人格化的梅花作为整体形象，全景式展示，用"无意苦争春，一任群芳妒"的境遇抒发作者的朴实、不慕虚荣、与世无争的情怀。

再例如，刘延陵的《水手》：

> 月在天上，/ 船在海上，/ 他两只手捧住面孔，/ 躲在摆舵的黑暗地方。//

他怕见月儿眨眼，/海儿掀浪，/引他看水天接处的故乡。/

但他却想到了，/石榴花开得鲜明的井旁，/那人儿正架竹子，/晒她的青布衣裳。//

作者选取了这样一个极孤独的镜头，把月儿眨眼想象为远在家乡的情人闪烁的思念之情。前面对"月""船""海"的描述是一种铺垫和衬托，以烘托遥远的思念。其手法如同辛弃疾的"众里寻他千百度，蓦然回首，那人却在，灯火阑珊处"。最后，"她"的特写揭出谜底。

3.3.2.3 因角色变化而出现不同形象

描写同样的景物或同类景物，随着观景者扮演的角色不同（即地位不同）而表达出不同的感情，构成不同的气氛和画面（有虚有实、有悲有喜）。例如，纤夫这个社会角色。纤夫在河边拉纤时低头弯腰，他的视角是俯视江面，看到的江水里面倒映着蓝天，对面山坡上的牛羊也飘映在天空中，随之，就有了如下的诗句：

两岸的丛林是空中的草地，/堤上的牛羊在云天徜徉。/

向上游的货船，传来沉重的橹声。/背着纤绳的双肩发出用力的号子，/

跋涉的双腿发出艰难的喘息，……//

而作为河边的游人，在堤上欣赏拉纤的风景，是以旁观者的身份，平视的角度看风景，看骄阳如火烤得暑气蒸人的河滩，就有：

河堤听着河水的哗哗，/可那回响着的是谁的呻吟？/

这呻吟在我们这里被叫作歌声——/

那是拽着纤索的纤夫们在与水流抗争！……//

这一段诗句与纤夫视角不一样，表现的情感也完全不同。前者是低着头，寻找落脚的地步，望望水中的天空，迈着坚实有力的脚步，一步又一步向前。后者是游人的感叹，还流露出一丝同情。然而看舞台上的演剧，那是一种模拟表演，需要演员将观众的情绪拉到河边，才能体会纤夫的艰辛。因为背上没有汗珠的光辉。

现在见到的你们，/与舞台上的不一样，/

拉着同样称谓的纤索，/唱着从"号子"中传留的歌，/

脸上没有忧郁、无奈和疲惫……/背上没有汗珠的光辉。//

再切换一个镜头：当纤夫回头看船上的恋人时，这样的视角又有什么样的诗情画意呢？唱遍神州大地的"纤夫的爱"告诉我们：

男：妹妹你坐船头，哥哥在岸上走，恩恩爱爱纤绳荡悠悠。

妹妹你坐船头，哥哥在岸上走，恩恩爱爱纤绳荡悠悠。

女：小妹妹我坐船头，哥哥你在岸上走，我俩的情、我俩的爱，在纤绳上荡悠悠。

……

这首男女声对唱的歌词，也可称为诗剧，角色是纤夫和船上的舵手妹妹，是情侣搭档。表现了悠荡在纤绳上的甜蜜爱情。收藏了寒冬和酷暑的艰辛，展示了纤绳两端炽烈的向往，唱在口上，爱在心里。在春风中，在爱河里的一组组镜头（犹如 MTV

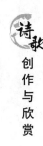
中见到的），让全国的男女老少惊喜和欢乐。

3.3.2.4 行进过程中构成形象

如果把纤夫的主题向理性方向再延伸，就有发展的意境。例如，廖公弦1980年的《纤夫》：

> 一个个埋着头拉纤，/一个个躬着背拉船，/
>
> 能拉走一天天，/能拉走一年年。/
>
> 这几十条紧绷的绳索，/曾拉着中国的时间。//
>
> 我向纤夫们致敬，/爱他们勤劳、勇敢，/
>
> 晨 把太阳拉出，/夜 把新月拉弯。/
>
> 但是，别再劳驾纤夫，/去拉动历史的航船。//

埋头拉纤的人们只是日出而作、月上而息的勤劳生活，构成了一个朴实、勤劳的重任在肩的劳动者形象。此处，从纤绳上拉出了时间的脚步，拉出了历史的航船，创造出新的意境。

例如，南宋诗人陆游的《游山西村》，通过事件的发展过程展现形象：

> 莫笑农家腊酒浑，丰年留客足鸡豚。山重水复疑无路，柳暗花明又一村。
>
> 萧鼓追随春社近，衣冠简朴古风存。从今若许闲乘月，柱杖无时夜叩门。

诗意的浓郁来自众多农村丰收之年的鲜明形象。欢悦的心情走进农家，用酒呀、鸡呀、猪呀盛情款待，朴实而热情。接着用一路上的山山水水，桃红柳绿，描绘山村美丽风光和淳朴的民风。形象生动逼真，同时又富有哲理。颈联中，承袭颔联的自然景物转到人文和风俗的形象。整个过程温馨又从容，还表达了来日故地重游的美好愿望。

3.3.2.5 拟人方式创建形象

例如，南宋词人王观的《卜算子·送鲍浩然之浙东》：

> 水是眼波横，山是眉峰聚。欲问行人去那边？眉眼盈盈处。
>
> 才始送春归，又送君归去。若到江南赶上春，千万和春住。

词中将江南的山和水拟人化，形成了眉眼盈盈的风景。古人把美人的眼神比喻为水波，称为"眼波"，而此处反过来用美人的眼波比喻流水；古人把美人的眉比喻为山峰，称为"眉峰"，而此处反过来用美人的眉峰比喻山峰。用秀眉和媚眼构成了江南山水的清丽明秀的形象，赋予山水有一种人性化的情感。形象显得情意绵绵，而又富有灵性，惜春和惜别交浑，对友人的祝福也寓于其中。

在自然界中发现诗的意象是通过凝神注视，产生移情作用，把山水、风云赋予情感，景物也有了生命、有了动作。山能鸣、谷也能应。例如"云破月来花弄影"中有了三个动词"破、来、弄"，成为了诗句的精彩所在。

3.3.2.6 凭借炼字或形态和情态产生形象

1. 炼字产生形象

在优美的诗篇中，往往凭借炼字或炼句产生形象，例如，宋祁的《玉楼春》中

"绿杨烟外晓寒轻，红杏枝头春意闹"，其中的"烟"字形成春意盎然的气氛，而"闹"字，形象地展现纷繁争艳的勃勃生机。又例如，贺知章在《咏柳》中说的"不知细叶谁裁出，二月春风似剪刀。"一个"裁"字，带出一个"剪"字，产生了缀满黄绿色叶芽的柳丝随风飘荡的形象。又例如，张先的《天仙子》中"沙上并禽池上暝，云破月来花弄影"。一个"弄"字，花枝招展春意的境界全有了。

在经典的佳作中，炼字层出不穷，如，"暗""烟""斜""孤""凌""影""照"等等。例如，一个"斜"字，在很多诗篇中体现了特殊的形象，有："绿树村边合，青山郭外斜"：绿树层层环绕着村庄，村外的青山蜿蜒伸展。"春城无处不飞花，寒食东风御柳斜"：春天的都城到处飘飞红花，清明节，宫廷中的柳枝随风飘荡。"朱雀桥边野草花，乌衣巷口夕阳斜"：桥边长满野草野花，古老的巷口一抹煌煌的斜阳。"远上寒山石径斜，白云生处有人家"：弯弯曲曲的石铺路延伸到满目秋色的山腰，山间的住家在白云萦绕中隐约可见。"疏影横斜水清浅，暗香浮动月黄昏"：横斜的梅枝倒映在清水中，影像清晰，在黄昏溶溶的月色中透着幽雅的清香。"问讯湖边家，风和柳影斜"：湖边一派风和日丽的景象，柳影在地面自由自在划动。"汉口夕阳斜渡鸟，洞庭秋水远连天"：在水天一色的洞庭水面，辉煌的斜阳渡着归鸟。"荷笠带斜阳，青山独归远"：头戴竹笠身披晚霞的农夫踏着小路回家，而只有青山相背而去，显得越来越淡远。

又例如，一个"烟"字，在很多诗篇中体现了壮美或缥缈的形象，有："大漠孤烟直，长何落日圆"：大漠中蒸腾起一柱轻烟，一轮残阳落入长河。"日照香炉生紫烟，遥看瀑布挂前川"：阳光照射香炉峰，云烟升腾，山间白色瀑布高挂。"烟花三月下扬州"：柳如烟、花如锦的明媚春光。"日暮乡关何处是？烟波江上使人愁"：暮色里思念的故乡在哪里？望着江上弥漫的烟雾真让人发愁。"南朝四百八十寺，多少楼台烟雨中"：虚幻、朦胧的，若隐若现的形象。"烟笼寒水月笼沙，夜泊秦淮近酒家"：云雾水汽笼罩着水面江畔，夜晚游船停泊在灯红酒绿的秦淮河埠。（相传秦淮河为秦始皇时代开凿，以疏淮河水而得名。）"日色欲尽花含烟，月明如素愁不眠"：夕阳西下，花朵不再灿烂，变得烟蒙蒙，明月寒光幽白，陡生忧愁而不能入眠。"岭猿同旦暮，江柳共风烟"：西岭的猿猴总是日升而出，日落而没，而江边的垂柳却总是依依春风。

2. 形态和情态体现形象

从形象性着眼，并没有更显著的景象，大部分均属抒情，但是在抒情中建立形象。例如，曹操的《短歌行》："对酒当歌，人生几何？譬如朝露，去日苦多。

慨当以慷，忧思难忘。何以解忧，唯有杜康。"

与李白的名篇《月下独酌（其一）》作对比，在形象、意境和想象力诸多方面各有不同。但"借酒浇愁"的诗意是一致的，在表现方法上大相径庭，一个简洁，一个丰富。

《月下独酌》（其一）：

花间一壶酒，独酌无相亲。举杯邀明月，对影成三人。

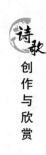

月既不解饮，影徒随我身。暂伴月将影，行乐须及春。

我歌月徘徊，我舞影零乱。醒时同交欢，醉后各分散。

永结无情游，相期邈云汉。

3.3.2.7 用典故的象征获得形象

例如，李商隐的一首抒情诗《锦瑟》：

锦瑟无端五十弦，一弦一柱思华年。庄生晓梦迷蝴蝶，望帝春心托杜鹃。

沧海月明珠有泪，蓝田日暖玉生烟。此情可待成追忆，只是当时已惘然。

注：瑟：古代弦乐器，琴有 50 根弦。现代的瑟有两种，一种是 25 根弦，另一种是 16 弦。庄生晓梦迷蝴蝶：《庄子·齐物论》中说庄周长思而梦为蝴蝶。望帝春心托杜鹃：传说周朝末年，蜀国君子望帝，国亡思痛，死后其魂化为杜鹃鸟。沧海月明珠有泪：传说南海有像鱼一样的鲛人，哭泣时眼泪能变成珍珠。蓝田日暖玉生烟：陕西蓝田产有著名的蓝田玉，传说有美玉的地方笼罩着层层烟雾，若有若无，远望则有、近看则无。

美丽如锦的古乐器"瑟"有五十根弦，每根弦都唤起逝水年华（五十岁）的追忆，油然产生若有所失的幽怨悲凉。中间两联，一连用了四个典故，化实为虚，构成一幅凄美而恍惚的具有象征意义的画面，抒发失意之情。杜鹃的悲啼象征诗人的深沉忧伤。"珠"和"玉"的描绘更是传达了碌碌无为的感伤。利用典故捕捉适用于表达思想情感的形象，极富个性化，情意朦胧，含蓄而意味深长。比兴、象征和用典故三重并举，创造了一个极大的想象空间。

3.3.3 形象的发展

3.3.3.1 形象的夸张

诗人应用比喻、象征等方法，使其视线中的实物世界发生变形或置换，使表现的形象多姿多彩、有眼前一亮的强烈惊奇感，实现了形象的夸张。如"北风夜至狂无主，似挟全湖扑我舟"，入夜后的风浪狂大，似乎是失去理性的主宰，挟起全部的湖水扑击我的小船。一派翻天卷地、倾倒翻泻的惊人景象。如同哈哈镜中看到的物件的放大、变形等；也如同魔术师手中的指挥棒变成了一把雨伞那样奇特。

例如，一位法国诗人面对一个高山湖泊，陶醉于灿烂阳光下的一池静谧的圣水，把湖泊视为酒杯，浪漫而又夸张地说：

我的酒杯边缘在天涯／我倾杯畅饮／太阳呵，我一口吞下／

苍白而冰凉的太阳／万年陈酿／／

把湖泊想象为酒杯，把一池圣水比作美酒——太阳，一口吞下，品尝这万年陈酿。这夸张、这气魄，似乎成了宇宙之神。这与郭沫若的《天狗》中说的有异曲同工之美：

我是一条天狗呀！／我把月来吞了，／我把日来吞了，／

我把一切的星球来吞了，／我把全宇宙来吞了，／我便是我了！／／

在诗的境界中，经过主体与客体的渗透和交融，一切都是可能的。一种并不存在、实际上也不可能存在的想象，成为诗人动态构思的重要因素，如李白的"飞流直下三千尺，疑是银河落九天"，也可成为读者深刻感受的一种存在。这是一种天人合一的境界。例如贺铸的佳句"试问闲愁都几许，一川烟草，满城风絮，梅子黄时雨"也是一样的。

3.3.3.2 形象的简化

1. 素描般的简化

素描（sketch）基本意思是略图、草图。简洁地勾勒出对象的轮廓，并表现出明暗关系，形成对象的明显的空间和体积的感觉。例如，王维的《使至塞上》：

单车欲问边，属国过居延。征蓬出汉塞，归雁入胡天。

大漠孤烟直，长河落日圆。萧关逢候骑，都护在燕然。

轻车简从察看边塞，经过名为居延的古代属国，像远飞的蓬草飘到塞外，又如归雁飞进胡天。大漠中一缕烟柱笔直如画，河上有一轮煌煌的落日，又大又圆。在关卡遇到迎候的骑兵，告知都护长官还留在燕然山。将多个形象用简洁的素描展出在眼前，其中"大漠孤烟直，长河落日圆"，两句工整的对仗，笔力苍劲，意境雄浑，视野开阔。作者将大漠和尘烟简化为一条竖直线和一笔横线，把长河和落日简化为两条曲线和一个圆。这样的简练处理十分逼真、贴切。荒寂和壮美并存。诗歌中这样简练的笔墨还有很多。

又例如，王之涣的《登鹳雀楼》："白日依山尽，黄河入海流。欲穷千里目，更上一层楼。"孟浩然的《宿建德江》："野旷天低树，江青月近人。"杜甫的《旅店书怀》："星垂平野阔，月涌大江流。"等。

再例如，朱熹的《春日》：

胜日寻芳泗水滨，无边光景一时新。等闲识得东风面，万紫千红总是春。

这首富于哲理的写景诗有别于其他风景诗，用"胜日""一新""东风""万紫千红"等概念性词语，并没有生动的形象，而用动词"寻"和"识"的呼应，展现了东风带来了万紫千红的春天。形象的简化，却富于哲理。再例如，欧阳修的《画眉鸟》：

百啭千声随意移，山花红紫树高低。始知锁向金笼里，不及林间自在啼。

凭借笼中画眉鸟的简单形象抒发情怀。巧妙地用对比手法，素描般的简洁明了。前两句画眉自由自在、任意翔鸣，后两句陷入囚笼、失去自由。寥寥几笔的明确对比，耐人寻味。

2. 淡雅中简化

平淡，并非是单调和乏味，有说"清水出芙蓉，天然去雕饰"，从平淡发展，然而达到天然的地步，那就是平而有趣，淡而清香。例如，杜牧的《清明》：

清明时节雨纷纷，路上行人欲断魂。借问酒家何处有，牧童遥指杏花村。

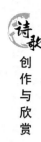

诗中没有亮眼的形象，只有雨纷纷和行人，但是与"断魂"联系起来，产生思亲的感觉了。后两句的描述，使行人的情绪由忧转喜，匆匆赶路，平淡中体味到了香醇。在诗中营造平淡是难事，之所以难，难在生活中的浓烈情感，唯有生活上的"浓"，之后才有艺术上的"淡"。

又例如，赵嘏的《江楼感旧》：

独上江楼思渺然，月光如水水如天。同来望月人何处？风景依稀似去年。

这首小诗没有浓烈的激情，却孤独、惆怅的情味隽永，因为四句诗用简单的对比手法呈现出一派淡雅洗练的风格，其中"月光如水水如天"句，是淡雅的核心。慢步上江楼，放眼望远方，但见清澈如水的月光，倾泻在波光荡漾的江面上。月光如水，柔波熠熠，静中见动，恍惚觉得幽深的苍穹在脚下浮涌，好像一切都溶入了迷茫的月色之中，意境显得格素雅恬静。

再例如，欧阳修的《生查子·人约黄昏后》也是采用与去年对比的手法，婉约含蓄，有异曲同工之妙：

去年元夜时，花市灯如昼。月上柳梢头，人约黄昏后。

今年元夜时，月与灯依旧。不见去年人，泪湿春衫袖。

注：元夜：即元宵，农历正月十五日。从唐代开始就有元夜观灯的风俗，故又称为灯节。

上片写去年，有"月上柳梢头，人约黄昏后"的两情依依。下片写今年，却变为"月与灯依旧。不见去年人"的旧情难续之哀伤。不同意境的对照，既写出了去年相恋的温馨甜蜜；也写出了今年不见伊人的怅惘和忧伤。语句清丽淡雅，形象简约生动。

3.3.3.3 形象的朦胧

当诗中形象的跳变速度超出读者与作者的心理距离时，意象的转换具有多义性和间断性。一行诗句如梦话般的没有头绪，让读者产生陌生感，思维变得朦胧，被称为朦胧诗。在朦胧诗中，通常的形象被淡化了。例如，虹影的《鱼》：

用我的身体象征树枝伸展／透亮，窗框与那只手若即若离／风声像高叫的弦／

积蓄水，倾洒在你有褶皱的脸上／我沉落／以整个冬天平静日子为代价／／

燃烧，吸尽能飞的音色／和节奏，稳稳挽留目标的河流／／

虽然诗句在表面上有悖于日常的语言逻辑，似乎成了被扭曲的语言，或视为东一锤子西一捧的家杂。无法领略作者所表达的事物或感情。只有把它视为诗歌语言时，才会从一个新的角度去感受眼前的世界，并为之惊叹。也许是多重事件的重叠，让社会各界读者从不同视角、不同历史阶段出发、认识社会的万象。又例如，北岛1981年的《古寺》题目定为"古寺"，除了古刹的钟声、暗哑的风铃、僧侣的布鞋和残缺的石碑等主题形象之外，辅助形象是与蛛网有关的年轮、石头，它们没有生命的记忆。有生命的辅助形象是龙、怪鸟、乌龟以及一岁一枯荣的烧不尽的小草。这样丰富的形象在诗行中却成为隐喻的意象，由此产生了朦胧感。这大概与时代背景相关。无论是直抒胸意的豪放，还是隐晦隐喻的朦胧，都是某一类人走过的心路历程。

3.4 诗的言外之意——含蓄

言外之意，也即弦外之音，除了表层的语句意义外，还有时空中的神韵，如乐曲终结后的袅袅余音，甚至还有'绕梁三日'的夸张。要给读者留有'言外'的耐人寻味的余地，诗篇必须多方面运用含蓄技巧。

含蓄，一字不露，纯用烘托，却尽得风流。即从字面上看，不露一丝痕迹，不着一字，似乎没有吐露其思想感情，而是将情感蕴藏在字里行间，使读者"思而得之"。且要含蓄不含混。如果思而不得，那就属于难懂的晦涩。

含蓄，如浮尘悠悠，泡沫荡荡，它们时聚时散，或深或浅，只有撷取其中一粟，看出微尘泡沫的实质，用奇巧的构思，精妙的语言表达出来，才能在笔墨之外留下悠扬不尽的韵味，散发出丰富深厚的艺术魅力。

含蓄，可用截断句，让读者联想、补充。可用全方位多义性，使含义倍增。可用绝妙的比喻、比拟，衍生想象余地。可用吞吞吐吐句法，欲语不说，侧面烘托、尽在不言中。还可在篇章结尾处跌出一方天空，宕出一个新的境界。

3.4.1 含蓄的特点

含蓄的特点，是语句凝练、含而不露、耐人寻味。含蓄是用极简洁极少量的可感触的艺术形象，富于概括性地表现极丰富的现实生活内容和思想感情，以瞬间表现永恒，以有限延伸到无限。从含蓄的诗句中可以有多种解读，将诗歌语言的内涵从多种管道流出。一首好诗，其语句的多义性，会扩展意境，增强其独特的生命力。不同的时空，读者有不一样的理解。

诗的言外之意是开放的，有多方面的解读，其意义取决于读者的经历和思维方式，包括自身感情和思绪的投入。例如，王昌龄的《芙蓉楼送辛渐》：

寒雨连江夜入吴，平明送客楚山孤。洛阳亲友如相问，一片冰心在玉壶。

作者拜托归乡客回复亲友的问话，其内容一定是很多的，但是不要说别的，只说我的一片冰心像存贮在玉壶里一样。谜语般纯洁无瑕的比拟，空灵玄妙，可具有多种解释。清如玉壶冰，"冰"字不太深隐，而"壶"的解释却层出不穷，富于多义性。"一片冰心在玉壶"这一句体现了凝练的特点，它不是字数减少、意义不变的简练，而是表现在内容和意义上有说也说不完的话。（即用口头语言很难周全地说明它所包含的本意，"心若怀冰般廉洁"，只有智仁之见的"可能"说）。

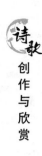
又例如，阎肃在 20 世纪 90 年代写的《雾里看花》，做到了字面上是一种意义，在字面外还有多种可推而论之的意义：

> 雾里看花，水中望月，你能分辨这变幻莫测的世界！
>
> 涛走云飞，花开花谢，你能把握这摇曳多姿的季节。
>
> 烦恼最是无情夜，笑语欢颜难道说那就是亲热，
>
> 温存未必就是体贴。
>
> 你知道哪句是真，哪句是假，哪一句是情丝凝结？
>
> 借我，借我一双慧眼吧！
>
> 让我把这纷扰看得清清楚楚明明白白真真切切。

这是一首专门为"3·15 质量日晚会"写的"打假"歌词（孙川作曲），后来却作为情歌而广泛流传。主题的多义性，可以从不同角度去理解，超越了"打假"本身，具有耐人寻味之处。不管什么经历、年龄、阶层的人却能从中受到启迪。

含蓄能使诗篇充满沁人心脾的艺术魅力，即有诗的神韵，有诗的韵味。只要将情感注入景物，情景相生。那么读一读诗行犹如品尝佳肴一样，有滋有味。一盘菜肴，满厅喷香。

例如，李商隐的《登乐游原》（乐游原：唐代长安的风景游览地）：

> 向晚意不适，驱车登古原。夕阳无限好，只是近黄昏。

傍晚时分，心情烦闷，坐车来到乐游原散步，对夕阳西下发出一种感慨。先是为夕阳美景而陶醉，而后发出"只是近黄昏"的叹息，顿生光辉。到底是为什么而感慨没有直说，其本意是美景不常留，令人遗憾。究竟是对自己、对时局、还是对国家却不能得知。只因为对人生情怀的感叹引起人们心中情感的共鸣，才成为千百年来被广为传诵的名句。诗的魅力在于含蓄，它为读者的想象提供了极大的空间，因而能引发最大的兴趣和欣赏的热情。

3.4.1.1 比拟灵动

含蓄是通过形象隐约地暗示表达情致的。用比拟的方法表达不易到位的话语，留下许多自由发挥的联想。通常不是以物比物，而是起到形容词的作用，例如"像那样的……"，即有许多更深层的意思。表面显露出的似乎简单，但不浅露、也不直白，而内藏着深广的情感，让读者去感受和捕捉诗中隐含的事物。例如，李商隐的《嫦娥》：

> 云母屏风烛影深，长河渐落晓星沉。嫦娥应悔偷灵药，碧海青天夜夜心。

诗作表现的旨意是深夜的思量。手法婉曲，从嫦娥独处月宫的孤独而产生懊悔。是一种托意抒情，是处于怅惘的不眠之夜时的奇特构思。再例如，卞之琳的《断章》：

> 你站在桥上看风景，/ 看风景的人在楼上看你。//
>
> 明月装饰了你的窗子，/ 你装饰了别人的梦。//

诗中的"你"，没有相貌、体态、服饰和性别等的描述，可以说是虚拟的，但又确实存在于另一个"看风景的人"的眼睛里，这个"你"比风景更吸引人，即体现了事

物的相对性。在明月与这个"你"的类比中，如明月般皎洁的"你"，藏在"看风景的人"的梦里，似乎一切都存在于对比之中，即事物是相比较而存在的。

再例如，杜甫的七律《咏怀古迹（其五）》：

诸葛大名垂宇宙，宗臣遗像肃清高。三分割据纡筹策，万古云霄一羽毛。

伯仲之间见伊吕，指挥若定失萧曹。运移汉祚终难复，志决身歼军务劳。

智慧清高、名垂宇宙的诸葛武侯，被后人景仰，诗篇应该写很多方面的溢满之词，但是诗句中将不尽的赞美化作一句话——"万古云霄一羽毛"。诗句的精妙比拟，浓缩了千言万语的崇高精神和永垂不朽的赞美，蕴含了多少让人感慨的意味。

3.4.1.2 反常出新

诗的语言需要鲜活，才显出其旺盛的生命力。"反常出新"即不用日常语言的习惯，将"约定俗成"的词句自由活泼地翻新，体现精练又新奇。创新语言、创新想象，需要有敏锐的感受力和洞察力。"反常"的基本思路是跳出习惯模式的联想圈，超出常理的比喻和过分的夸张，甚至是悖理。寓理于无理之中，从而推出意外的奇趣意象。

例如，"月落乌啼霜满天"，按常理"霜"何能满天？看似无理，却充分表达深秋漂泊的愁思。如果改为"霜满地"，表面合乎情理，却失去了诗味，缺少了忧愁笼罩的氛围。

又例如，"芭蕉不雨也飕飕"，没有风雨时，何来芭蕉的"飕飕"声？然而这是离人内心愁思的心声。

再例如，"单寄双愁眼，相思泪点悬"说是寄信，寄的却只是一双含愁的眼睛。眼睛是不能寄的，但是这样反常的语词连接，形成了新奇的意象造型。而后还补充说：愁眼上还悬挂着相思的泪滴。使一双泪光闪闪的愁眼在信笺上凝望着，何等感人！

再例如，"面上三年土，春风草又生"实际上是"坟上"的土已过了三年，却说"面上"三年土，这"面上"二字带有感触的心理，抒发对挚友的思念、惋惜之情，也让亡友发出一丝委屈的呻吟。这两句诗中一个"面"字之改，本来平直的写景，转而成为情景相融的佳句，不仅反常出奇，且饱含深情。

再例如，"桃花到处村"，它改变了"村村寨寨到处是桃花"的日常语言，似乎不合常理，由于将"桃花"提升为主词，反而使这个"村"字增加了活力。"村"字有了动词的意味，产生灵趣，让拟人的桃花有了使展拳脚的用武之地。

再例如，"春江欲入户，雨势来不已，小屋如渔舟，蒙蒙水云里"，是描写洪水四溢的真实状景，而"青山如浪屋如舟"，是极度意外的联想，反常出新。站在楼顶，一眼望去，绿色如水流，青山像浪涌，山涧小屋在大片汹涌的绿色里，像一条漂动的小船。绿色情怀惊天动地。

再例如，"阅读着他的皱纹"，是描写"皱着眉头读书"，大惑不解。这样的反写反衬，更体现专心致志、煞费苦心的攻读精神。又例如，"酒摇山外月"，是描写人喝醉后脚不踮地、摇摇晃晃，山外的月亮也跟着摇晃。其实，月不摇，人在晃，因果相

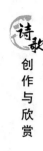

反的反常说法，产生一种情趣。只可意会，难于言传的词句，正是诗歌语言特有的反常出新的表意方式。

3.4.1.3 以小见大

含蓄是使诗篇达到简洁、凝练，避免平泛的有效途径。选取某些具有特征意义的形象，用暗示、象征等手法，以小见大，表现一种强烈的思想感情。例如，艾青1940年的诗《树》，用象征的手法，在简洁的表面形象"树"的背后，蕴含广泛而又深刻的社会意义：

一棵树，一棵树 / 彼此孤独地兀立着 / 风与空气 / 告诉着它们的距离 //

在泥土的覆盖下 / 它们的根伸长着 / 在看不见的深处 / 它们把根须纠缠在一起 //

诗的最后一句写出了事实的核心，容量巨大，内涵丰富。

又例如，陈健民的《争功》：

针头针尾两争功，只为同将一线通。头能自穿尾自引，能空苦过本来空。

一根缝纫针，针尖和针尾是谁的功劳大？想通了，一个共同的目的是将线穿引过去完成缝纫之功，谁都辛苦。何况针尾原本就有个引线孔，小中见大，饱含象征意义。达到"能空"的境地，比"本来空"要艰难得多。空的玄学道理是说不清的。

又例如，"世间多少闲花草，雨雨风风带憾开！"，用花草抒发万千小人物的无奈情绪，每一个渺小的个体任由大环境摆布。如果只描写花草，则不必用"世间"二字。正是这二字显露出含蓄的信息。从小花的代谢过程中，看到了人生大道理：谁都遗憾地走在风雨中。

再例如，杜甫的《燕子来舟中》的四句诗：

可怜处处巢居室，何异飘飘托此身。暂语船樯还起去，穿花贴水益沾巾。

这四句抒写燕子想筑巢托身，却无处可栖，尽管暂歇船的樯桅上，但还是要飞去，一路贴水穿花，流落飘零。比物连类，飘泊无定的身世是如此渺茫，却一个字都说不出，只是辛酸落泪，无可奈何。小燕子的翅膀映射出人生的大波澜。

3.4.1.4 语断意接

通常的语句结构是句意连续，一句跟一句，顺水推舟，次第终篇，较少波澜起伏。这类语意相联接的诗句往往显得单调平淡，而词语截断、语意衔接的含蓄，将能使诗句径直走不通，而曲径通幽，倏忽而来，妙想入神。意象碎片化的间隙中留下了自由想象的空间。其结果可称谓'蹊径绝而风云通'，呈现表象不通本意通的局面。例如，杜甫的《悲秋》：

凉风动万里，群盗尚纵横。家远传书日，秋来为客情。

愁窥高鸟过，老逐众人行。始欲投三峡，何由见两京！

第一句写景，第二句写事，第三句又叙事，第四句却又写情景。读起来似乎不大顺畅。按照直叙的笔法，应该先写悲秋之景"凉风动万里，秋来为客情"为一联，而后写思家之情"家远传书日，群盗尚纵横"相联。通过这样组合分析，就可看出前四句采用的是以事截景的手法，改变了常规的平铺直叙。后四句鱼贯而下，进一步吐露异乡客的思乡之情。

又例如，杜甫的《禹庙》：

禹庙空山里，秋风落日斜。荒庭垂橘柚，古屋画龙蛇。

其中"秋风落日斜"一句跟随得非常突兀，语句似乎不连接，但是在意思上还是融合一气的。要是将此句提前到首句位置，先写空山的背景，那就是平顺的连接句法。含蓄需要忽事忽景、横亘断截的笔法，使全诗形成"突兀横绝、跌宕起伏"的气氛。曲折顿挫的语句中，气势和含意却贯注不断。除了句与句之间的截断外，还有句子内词组之间的截断。七言句，四字三字作两截；五言句，下三字与上二字的截断等。

再看以景截情的例句："读书三径草，沽酒一篱花。""读书"忽然以"三径草"截住，"沽酒"忽然以"一篱花"截住。事与景不相接，眼下却只见得是一个到处是草，满篱是花的百花园（数字三和一并不代表数量而是泛指多）。独立意象，让读者自由思考和想象。（笔者个人理解：读书如饮酒，都是一种享受，如花草那样美。）

又例如，杜甫《春望》中前四句："国破山河在，城春草木深。感时花溅泪，恨别鸟惊心。"这四句大抵都以"二截式"构成。写景寓情，凝练到家。展现的是家（国）破人亡，流离失所的悲惨世界。感伤时，花开也落泪，怨恨时，鸟鸣也生悲。其中"春"字有进入春天的动作意义，与"破"字对应。国破与山河尚在是两个意义；进入春天了，却人烟稀少（用草木深反衬），也是两个意义，都是用截断方法增强气氛的渲染。后两句也是截断、倒装等手法，给出了结构十分复杂的含蓄表述，有说不完的诗意和美感。

3.4.2 含蓄的方式

3.4.2.1 通篇象征

用通篇的象征含蓄地表现诗意，象征是用事物相互借喻、暗示，是借用景物来表露情感的含蓄。例如，艾青1954年的《礁石》：

一个浪，一个浪／无休止地扑过来／每一个浪都在它脚下／被打成碎沫、散开……／／

它的脸上和身上／像刀砍过一样／但它依然站在那里／含着微笑，看着海洋……／／

短短的八行诗，充满激情和力量。用礁石和海浪两个具体形象，描绘出一个惊心动魄的搏斗场面。礁石处于被动者地位，象征什么？作者提供了一个很大的思考范围，读者可以根据自己的经验、情绪或审美情趣理解礁石的地位。它笑而不言的结局凝聚了多重的暗示。含蓄的象征包含的可能性很广，耐人寻味，体现了含蓄蕴藉之美。

例如，李煜的《捣练子·寒砧》，用通篇的象征表现离情思别的含蓄：

深院静，小庭空。断续寒砧断续风。无奈夜长人不寐，数声和月到帘栊。

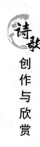

通篇写的是夜闻砧声。砧声伴明月来到窗前，自然对于不寐的人会感到夜长了。没有一个"离愁"的字，却可以深刻而强烈地感到离别愁情。它寓于声声寒砧中，用形象启发人的想象。

又例如，李频的《湖口送友人》：

中流欲暮见湘烟，苇岸无穷接楚田。去雁远冲云梦雪，离人独上洞庭船。

风波尽日依山转，星汉通宵向水悬。零落梅花过残腊，故园归去又新年。

先写送别的环境：傍晚，水上烟雾茫茫，湖畔芦苇瑟瑟，水面湖岸辽阔一片。天空雁行冒雪远归，客人独行踏上航船。颈联表达诗人的担心：绕山过水，水天一色，旅途艰辛。在尾联中才点明时间：岁末隆冬，回乡过年，可赶上一醉方休。作者描写的只是景，"离情"一词不着。通过远近、高低、虚实、动静相结合的手法写景，送别之情却蕴藏在字里行间，含蓄而明丽清朗，没有依依惜别的伤感，却饱含惜别的深情。

同样，白居易的《长恨歌》结尾的四句："在天愿作比翼鸟，在地愿为连理枝。天长地久有时尽，此恨绵绵无绝期。"写尽了唐玄宗与杨贵妃生离死别的遗憾。

再例如，曹操 207 年的《观沧海》，动静结合，跌宕起伏，气吞山河，含蓄地展示他北征乌桓、凯旋而归时的英雄气魄。

3.4.2.2 虚实交错

虚实交错就是从实景的意象展开想象。例如，唐代冯延巳的《清平乐·双燕飞》：

雨晴烟晚，绿水新池满。双燕飞来垂柳院，小阁画帘高卷。

黄昏独倚朱阑，西南新月眉弯。砌下落花风起，罗衣特地春寒。

往远处看，雨后初晴，满塘清水，新绿起晚烟。从近处瞧，燕飞垂柳院，楼上掀帘远眺。景中人倚阑看天空，一弯眉月，看院内风起花落，稍有寒意，罗衫略显单薄。句句是景，字字关情，"景语"中，透露出人物惆怅的心态。景象意象交错，层层递进。形象含蓄，诗味甚浓。

再例如，唐代韦庄的《台城》，全诗写景：

江雨霏霏江草齐，六朝如梦鸟空啼。无情最是台城柳，依旧烟笼十里堤。

注：台城：在南京玄武湖边，是一个名苑。六朝：指吴、东晋、宋、齐、梁、陈等，堪称南京为六朝古都。

金陵山水依然，秦淮河的胭脂色依旧，台城堤畔的烟柳依然葱茏妩媚，但繁华的六朝已成为历史。而如今大唐将亡，看来这一切景物是多么无情，诗人是多么悲愤却又无奈，多么可恨啊。这悲愤之情一字无着，却蕴含在景物中。

3.4.2.3 移情暗示

移情暗示实质上是以实寓虚，是一种情感微露，移情于景物或事物来表达情感。

例如，李白的《劳劳亭》十分精妙：

天下伤心处，劳劳送客亭。

春风知别苦，不遣柳条青。

春风似解离别之苦，不让柳条吐芽。

又例如，卞之琳的《断章》：

你站在桥上看风景，/看风景的人在楼上看你。//

明月装饰了你的窗子，/你装饰了别人的梦。//

在"你"与"风景"的类比中，"你"比风景更吸引人。同样，明月般皎洁的你闯进了别人的梦中，更美。

再例如，徐迟的《春天的村子》：

"村夜，/春夜，/我在深深的恋爱中。/

春天的村子，/雪飘着也是春天，/叶飘着也是春天。"

浮面看去，诗句充满悖论。春夜怎么飘落雪花和树叶？可是，一旦注意到"恋爱"这个情感词，就觉得不奇怪，反而有奇妙的神韵。利用移情手法可以使一切事物畸变，是诗人对村子的热恋。不管是白雪皑皑，还是黄叶满地，永远改变不了他心中家乡美的形象（燕雀啼啭的竹林、大雁声声的苇塘、篱笆墙上繁茂的牵牛花……），田园牧歌，四季如春，家乡永远是温暖的，充满生机的。

再例如，荣荣的《小英莲》：

她的爱仍在等待之中 / 有时候是安静的 / 深潜于内心的思念 /

有时候也沸腾 / 仿佛就要蹿出喉咙 / 喊他回来 / 这也是完成之中的爱 /

蚕豆花香麦苗鲜 / 一个小英莲 / 许许多多个小英莲 /

爱上一缕海风的广阔 / 爱上笼盖四野的碧绿或蔚蓝 /

爱上高山绵延 / 鸟屿飘摇 / 天涯海角 /

爱上等候 / 两年或三载 / 千里更万里 /

爱上不相见 / 只相思 /……。

诗中用大众熟知的"九九艳阳天"中的"小英莲"形象，表达"又到一年退伍时"的他——一个海军士兵的情怀。没有一字去写"军人、退伍、送别……"。独辟蹊径，用军人的"另一半"的她，表达踏上回乡路的退伍战士的心境，抒发爱祖国、爱部队、爱亲人的军旅情怀。

3.4.2.4 形影分离

形影分离实际上是言外结构。与常说的形影不离的感性和言说结构是相对的。含蓄手法创造了一个敞亮的阴天，是漫射光照明，没有一个东歪西斜的影子。看到的只是就事论事，显得平淡，是来自字面的直接影像，即相片。在没有"影子"的平面状态下，其深层次的印象就是诗的意境。例如，王维的两首诗《鹿柴》和《鸟鸣涧》，存有一种对自然和人生的感悟。

《鹿柴》：空山不见人，但闻人语响。返景入深林，复照青苔上。

《鸟鸣涧》：人闲桂花落，夜静春山空。月出惊山鸟，时鸣春涧中。

从第一层面看，即感性结构欣赏，这是一幅风景画的题诗。从第二层面看，即言

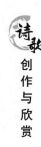

说结构的欣赏，表达作者的闲情逸致。从第三层面看，即言外结构的感悟，体味出诗的神韵。其来源于第三句的动态结构，"返景入深林"和"月出惊山鸟"（动态体现在四个动词：返、入和出、惊）。这种深层处的感悟，有赖于读者的共鸣、联想和再创造，见仁见智的想象是一种理解，是一种奇妙的心得，是自由的、多样性的。

3.4.2.5 跳跃对比

为了使诗意摇曳多姿，使用跳跃对比法。包括：巨细、有无、正反、时空、综合等方面的对比。例如："桃源一花放，流水万古春。""晚知书史真有益，却恨岁月来无多。""一梦不须追往事，数杯犹可慰劳生。""芙蓉叶上三更雨，蟋蟀声中一点灯。"

又例如，臧克家 1940 年代的短诗《三代》，是典型地运用了综合跳跃对比的手法：孩子／在土里洗澡；爸爸／在土里流汗；爷爷／在土里葬埋。／／三个急剧跳跃的诗句，勾勒出三幅速写，没有更多的细节渲染烘托。但是在我们眼前会呈现穷孩子玩泥巴的身影、父辈顶着炎炎烈日汗流浃背在田里劳作的状景，想到已离去的爷爷，在土里也不能安息，也听到儿孙们的哀泣。这是由于简洁的强烈对比的诗句的暗示所产生的，这些内容已被含蓄地跳过去了。在这跳跃中，往往能引起读者联想到更多具体的细节和意象。

含蓄手法省去过渡性叙述，正体现"触目横斜千万朵，赏心只有两三枝"的以少胜多的艺术特点。以风中摇动的"两三枝"特写，表现出含蓄的"千万朵"的万紫千红。实际上在律诗的对联中，充满着各式各样的对比形式。例如，人与我、时间与空间、情与景、事与景等。在情与景的对比中，通常是虚实对比，情虚景实。例如，"花开花谢还如此，人去人来自不同"。在事与景的对比中，事虚景实。例如，"春风还有花千树，往事都如梦一场"。

3.4.2.6 烘托反衬

烘托反衬是采用有别于常规常态的语句，用"傍笔"乃至"反笔"来衬托欲正面抒发的情思，表达更深一层的心情。也可以看成上句与下句的对比。实际上作者当时的心情跟常人不一样，诗从对面飞来：

"遥知兄弟登高处，遍插茱萸少一人。""两处春光同日尽，居人思客客思家。"

"故乡今夜思千里，霜鬓明朝又一年。""家人见月望我归，正是道上思家时。"

例如，白居易的《邯郸冬至夜思家》：

邯郸驿里逢冬至，抱膝灯前影伴身。想得家中夜深坐，还应说着远行人。

又例如，杜甫《述怀一首》中：

嶔岑猛虎场，郁结回我首。自寄一封书，今已十月后。

反畏消息来，寸心亦何有！……

注：嶔岑：山高。

诗篇表述了安禄山叛乱后，听说家乡被掳掠烧杀，十分担心全家安全的心情。

寄出家信已十月有余，按理是"不见消息来"，诗中反而说"反畏消息来，寸心亦何有！"。反衬饱经战乱的人，害怕不幸的消息传来，更显心情的急迫，情感的深刻而真切。

还有异曲同工之作的是宋之问的《渡汉江》：

> 岭外音书断，经冬复历春。近乡情更怯，不敢问来人。

作者贬官到岭外，冬去春来，急切地想知道家里的状况，快到家的路上心情忐忑，存有害怕心理，反而不敢向人打听，反映了作者的真实心情。

又例如，苏轼的词《一痕沙·舍山送柳子玉》：

> 谁作袒伊三弄，惊破绿窗幽梦。新月与愁烟，满江天。
>
> 欲去又还不去，明日落花飞絮。飞絮送行舟，水东流。

注：袒伊三弄：笛子曲。

以用笛声起头，以梦中的送别状景烘托，用落花飞絮表达"明日"送别的深切感情，没有一句是写惜别的话，却用"飞絮送行舟"表达眷恋之情，用"东流水"的无情反衬朋友的深情。

再例如，诗人培贵的诗《说书人说书》：

> "……马蹄。马蹄。马蹄 / 响在南宋年间那一边 / 雪地上，驶过 /
>
> 十二道金牌，写着 / '莫须有'罪名的马蹄 /
>
> 一路得得 / 把黄河古道踩成一首《满江红》// "

诗意将历史形成了一个动态画面，听到了马嘶鼓鸣、扣人心弦的急迫声，岳飞胸中的千言万语在沸腾。英雄壮怀激昂，愤怒、怨恨、怒吼，爱国心潮澎湃。

> "说书人嚼碎又反刍一本书 / 舌与唇急速弹响 /
>
> 马蹄的口技 / 演得大珠小珠落玉盘的揪心 /
>
> 折扇慢条斯理的摇动 / 扇起风波亭上的风波，还有 /
>
> 那一天的寒冷和雪 / 冰冻了三尺桌面、燥热的空气 /
>
> 连同听众的眼神 // "

"说书人"那么娴熟，口若悬河；那么动情，马蹄声声……可是，在诗人看来，说书人少了一个史学工作者多思索的脑袋，只是一个照本宣科的说教，并没有用折扇这个道具将历史扇起壮阔风波，而用"冰冻"这个动词将思维定势在奸臣作恶的桌面上。

> "店堂的那厢，水 / 在壶中嘤嘤地哭了 / 历史泡在今日的杯中 /
>
> 惊堂木下，现代，从古代惊醒 / 茶，苦涩且冷 // "

听书场上，一边洗耳恭听，另一边茶水零嘴，仔细回味杯中的"陈年泡茶"，不免心寒和苦涩。从古代走来，惊堂木不断敲响，但远没到惊醒的时候。

3.4.2.7 旁敲侧击

旁敲侧击往往不从正面描写，而是以鸟鸣春，一叶知秋的事物侧面来表现主题。这一声一叶既是事物的一个侧面，也是事物最有特征性的典型细节，是最精彩的部

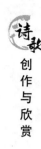

分。例如：　　　威风高其翔，长鲸吞九州。地轴为之翻，百川皆乱流。

当歌欲一放，泪下恐莫收。浊醪有妙理，庶用慰沈浮。　　　（沈：同沉）

世间天翻地覆、混乱不堪的情状，想唱歌，想哭诉都不能，只有喝酒才能解忧愁。没有一个愁字，却满腔忧愁。

又例如，闻捷的爱情诗《苹果树下》：

苹果树下那个小伙子，/你不要、不要再唱歌；/

姑娘沿着水渠走来了，/年轻的心在胸中跳着。/

她的心为什么跳啊？/为什么跳得失去节拍？……//

作者在山坡的苹果树下，从早春的花苞到夏日的挂果、再到秋天的满树红苹果，一直在观看爱的风景。从心灵中的萌动，到爱情的成熟，写下的字字句句，没有出现一个爱字。只有在结尾句"种下的爱情已该收获"点出了爱情的主题。真可谓耐得住寂寞。一旦揭开这样一个含蓄谜语的谜底，如同一束强光照射，形成了一个感人的舞台形象。这样一种爱情诗的优美表现方式，别出心裁，如一股清泉，沁人心田。节奏轻松欢块，极富艺术感染力。

再例如，唐代金昌绪的《春怨》也是运用以小见大，以侧托正的含蓄手法：

打起黄莺儿，莫教枝上啼。啼时惊妾梦，不得到辽西。

一位欲睡未睡的少妇，先把树上的黄莺赶跑，恐怕啼叫声会惊破思夫的好梦，不能在梦中与远在辽西征战的丈夫倾诉思念之情。惊鸟不忧梦的描述，更巧妙地抒发了思念亲人的情意。

3.4.2.8 峰回路转

峰回路转，好比车到山前疑无路的时刻，一个急转弯，惊喜地迎来一片坦途一样，十分惊叹，啊！原来如此，出人意料！往往是在结尾处独具匠心，闪出一个超远的新景致，产生一个新意境。例如，王阳明的《山中懒睡》：

人间白日醒犹睡，老子山中睡亦醒。醒睡两非还两是，溪云漠漠水冷冷。

别人白天醒着也是睡着，我在山中懒睡着却如醒着一样。所说的醒和睡的关系似对也似错，使读者正听着要知道此话如何道理时，话锋一转，让你先看看山中溪云漠漠的风景，实在难于作出一概而论的回答。或睡或醒的某种状态都存在，让读者接过话茬补充吧。

又例如，蔡其矫 1975 年的《祈求》：

我祈求炎夏有风，冬日少雨。/我祈求花开有红有紫。/

我祈求爱情不受讥笑，/跌倒有人扶持。/

我祈求有同情心——当人悲伤/至少给予安慰/而不是冷眼竖眉。/

我祈求知识有如泉源，/每一天都涌流不息，/而不是这也禁止，那也禁止。/

我祈求歌声发自各人胸中/没有谁要制造模式/为所有的音调规定高低。/

我祈求/总有一天，再没有人/像我作这样的祈求！//

前面六个祈求，罗列了平淡的人情世故，是层层铺垫；而到了最后一个祈求，才急剧反转为无我的祈求，产生眼前一亮、心头一怔的新意。结句的含蓄，强力迸发，四两拨千斤，体现了一个杠杆原理。最后一个"再没有人"的否定，形成反戈一击的势态，将平淡的六个祈求发出爆响，体现出这个信念具有强烈的丰富的思想内涵。

最后结尾的一个祈求，是突然升华，画龙点睛，是作者从内心深处迸发的坚定信念。赋予诗篇强大的生命力。犹如在夏天，铅灰色的云空，突然开裂一道口子，射出一道炽热的斜阳，让你惊讶不已，让人看到了另一片天空。

一般认为风吹雨打、花开花落，都是自然现象；歌声、音乐、爱情、救死扶伤、渴求知识等，都是人际交住的常态。诗人为什么要郑重其事、神圣地祈求呢？在诗人眼里，普罗大众并没有得到，这是一种特别的呼吁。正如诗人白居易《新乐府序》中曰："卒章显其志"，结句的异峰突起，将平静湖面激起波澜。其《琵琶行》中听罢琵琶演奏后，感慨甚深："曲终收拨当心画，四弦一声如裂帛。东船西舫悄无言，唯见江心秋月白"，余味之妙，可见一斑。

3.4.2.9 翻叠回环

翻叠回环中的翻叠是一种方式。如折叠纸张，在纸面画上的一条直线，并在两端画上两个方向相背的箭头，对折后透过纸背看，两个箭头的方向重叠了，则在理论力学中表示增加了一倍的力。在诗句中，翻叠会使表现力和感染力倍增。回环既是阅读句面的感觉，也是情感上的回环交错和意义上的复沓。

例如，杜牧《赠别》中："多情却是总无情，惟觉樽前笑不成！"用翻笔手法把"多情"与"无情"两个意义相反的词并列在一起，形式灵妙，内涵多层。基本意义是，相聚时何等欢乐多情，聚少离多时感觉孤独无情，在饯别的酒杯前也笑不出来，只有难舍的离愁。这样描述深刻传神，在不同的场合也会有不同的解释。

其他更多的例子如："乱后谁归得？他乡胜故乡！""别有幽愁暗恨生，此时无声胜有声！""争知百岁不百岁，未合白头今白头！""草解忘忧忧底事，花能含笑笑何人！"、"不是闲人闲不得，闲人不是等闲人。"（不是闲人想闲也"放不下"；真闲人也不是"提得起、放得下"）、"满眼是花花不见，一层明月一层霜。"（梅花盛开一片白）

以上都是当句翻叠的例句，还有下句翻上句的翻叠形式。例如：

"莫怨孤舟无定处，此身自是一孤舟。"将"孤舟"翻叠到自身的漂泊上。又如关于景物的翻叠："人言落日是天涯，望极天涯不见家。已恨碧山相掩映，碧山还被暮云遮！"天涯遮住了家，而青山又遮住了天涯，更可恨的是暮云又遮住了青山！

再例如，用于事理的翻叠："良知即是独知时，此知之外更无知。谁人不有良知在？知得良知却是谁？"后两句以诘问的语气，一层翻一层地迫切追问。只问不答，更鲜明地阐明一个事理，即人人都有良知在，但是真正能觉察良知的有几个人呢？此外，还有下半首翻叠上半首的，即后两句翻叠前两句。例如：

孤枕寒生好梦频，几番疑见忽疑真。情知好梦都无用，犹愿为君梦里人。

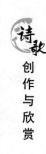

上半首是表达一个观点，即似真似假的好梦都无用；但下半首却婉转地否定了前言，明知真梦假梦都无用，但是还愿做你的梦中人。翻叠的含蓄更显痴情可爱。

又例如，唐代姚合的《游天台上方山》：

晓上上方高处立，路人羡我此时身。白云向我头上过，我更羡他云路人。

前两句别人羡慕我，后两句是我羡慕人。比下有自傲，比上不满足。"高处""云路"是双关。

3.5 诗的动态印象——诗情

3.5.1 诗表现的情感特征

写一首诗，总要表达作者内心的一种什么样的情感，即便是叙事诗也是一样，只是情感的浓缩程度有所差别。而读者阅读一首诗，在享受诗句美的同时，总要体味作品表达的是何种感情。每一首诗都有特殊的感情，很难作全面的概括，只能用一些典型的情感特征作示例。更何况同一首诗在不同的时空、在不同读者的眼里有着不同的感受。

千年流传的经典诗句具有强大的生命力，给不同时代的读者留下了深刻的动态印象。这是因为优秀的诗篇具有不过时的鲜明的情感特征。

3.5.1.1 人情深长

1. 母子情

例如，孟郊的《游子吟》：

慈母手中线，游子身上衣。临行密密缝，意恐迟迟归。

谁言寸草心，报得三春晖。

2. 夫妇情

例如，东汉建安（200）年间苏武的新婚别离之歌——《结发为夫妻》：

结发为夫妻，恩爱两不疑。欢娱在今夕，燕婉及良时。

征夫怀远路，起视夜何其？参辰皆已没，去去从此辞。

行役在战场，相见未有期。握手一长叹，泪为生别滋。

努力爱春华，莫忘欢乐时。生当复来归，死当长相思。

3. 兄弟情

例如，王维的《九月九日忆山东兄弟》：

独在异乡为异客，每逢佳节倍思亲。遥知兄弟登高处，遍插茱萸少一人。

4. 朋友情

例如，王维的《酌酒与裴迪》：

酌酒与君君自宽，人情翻覆似波澜。白首相知犹按剑，朱门先达笑弹冠。

草色全经细雨湿，花枝欲动春风寒。世事浮云何足问，不如高卧且加餐。

又例如，李白的《赠汪伦》：

李白乘舟将欲行，忽闻岸上踏歌声。桃花潭水深千尺，不及汪伦送我情。

3.5.1.2 轻松爽朗

例如，孟郊的《登科后》：

昔日龌龊不足夸，今朝放荡思无涯。春风得意马蹄疾，一日看尽长安花。

例如，白居易的《钱塘湖春行》：

孤山寺北贾亭西，水面初平云脚低。几处早莺争暖树，谁家新燕啄春泥。

乱花渐欲迷人眼，浅草才能没马蹄。最爱湖东行不足，绿杨阴里白沙堤。

3.5.1.3 温雅缠绵

例如，陶渊明的《读〈山海经〉其一》：

孟夏草木长，绕屋树扶疏。众鸟欣有托，吾亦爱我庐。

既耕亦已种，时还读我书。穷巷隔深辙，颇回故人车。

欢言酌春酒，摘我园中蔬。微雨从东来，好风与之俱。

泛览周王传，流观山海图。俯仰终宇宙，不乐复何如？

注：周王传：古代一部记周穆王驾八骏西游的神话故事。山海图：《山海经》画图本。

又例如，南宋僧志南的《绝句·春雨春风》：

古木阴中系短篷，杖藜扶我过桥东。沾衣欲湿杏花雨，吹面不寒杨柳风。

注：短篷：小船。"沾衣……，吹面……"两句是倒装句。

3.5.1.4 闲情逸致

逸情逸致可谓：秀山之鹤，华顶之云。春华初放，碧兰始舒。白云初晴，幽鸟相逐。

例如，唐代胡令能的《咏绣幛》：

日暮堂前花蕊娇，争拈小笔上床描。绣成安向小园里，引得画莺下柳条。

又例如，南北朝王籍的《入若耶溪》：

舻艎何泛泛，空水共悠悠。阴霞生远岫，阳景逐回流。

蝉噪林逾静，鸟鸣山更幽。此地动归念，长年悲倦游。

3.5.1.5 喜乐颂扬

例如，杜甫的《春夜喜雨》：

好雨知时节，当春乃发生。随风潜入夜，润物细无声。

野径云俱黑，江船火独明。晓看红湿处，花重锦官城。

注：红湿：雨淋后的红花。锦官城：指当时的市镇，现在的成都。

诗篇不用一个"喜"字，但处处透着"喜"意。"润物细无声"的拟人化产生之新颖的构思，用黑云和船火衬托，一夜春雨，百花盛开、红艳欲滴的喜人景色，表现了诗人的喜乐心情。

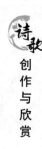

又例如，宋延清的《扈随登封告成颂》：

> 复道开行殿，钩陈列禁兵。和风吹鼓角，喜气动旌旗。
>
> 后骑回天苑，前山入御营。万方俱下拜，相与乐升平。

以鼓角齐鸣和旌旗飘扬，班师回朝的盛大场面庆祝告捷，官兵同乐，对统领的俯首跪拜，用万岁，万万岁的震天吼声表达歌功颂德的感恩崇敬。

3.5.1.6 哀怨沉郁

例如，戴幼功的《除夕夜宿石头驿》：

> 旅馆谁相问？寒灯独可亲。一年将尽夜，万里未归人。
>
> 寥落悲前事，支离笑此身。愁颜与衰鬓，明日又逢春。

又例如，李煜的《乌夜啼·独上西楼》：

> 无言独上西楼，月如钩。寂寞梧桐深院锁清秋。
>
> 剪不断，理还乱，是离愁，别是一般滋味在心头。

3.5.1.7 豪放旷达

豪放意为：天风浪浪，海山苍苍。跌宕起伏，浩然正气。

例如，柳宗元的《登柳州城楼寄四州刺史》：

> 城上高楼接大荒，海天愁思正茫茫。惊风乱飐芙蓉水，密雨斜侵薜荔墙。
>
> 岭树重遮千里目，江流曲似九回肠。共来百越文身地，犹自音书滞一乡！

注：四州：分别是漳州、汀州、封州和连州。

又例如，杜牧的《九日齐山登高》：

> 江涵秋影雁初飞，与客携壶上翠微。尘世难逢开口笑，菊花须插满头归。
>
> 但将酩酊酬佳节，不用登临恨落晖。古往今来只如此，牛山何必泪沾衣！

注：齐山：安徽池州（贵池）。牛山：在山东临淄。春秋时代齐景公到牛山游览，感慨流泪。

3.5.1.8 慷慨激扬

慷慨激扬可谓：大风捲水，林木为摧。气壮山河，浩气凛然。往复顿挫，一唱三叹。气壮山河，惊天地而泣鬼神。例如，谭嗣同的《狱中题壁》：

> 望门投止思张俭，忍死须臾待杜根。我自横刀向天笑，去留肝胆两昆仑。

注：张俭：东汉末年改良派，反被诬结党营私，被迫逃亡。杜根：东汉安帝时代官员，被赐死，死里逃生。

又例如，鲁迅的《无题》：

> 惯于长夜过春时，挈妇将雏鬓有丝。梦里依稀慈母泪，城头变幻大王旗。
>
> 忍看朋辈成新鬼，怒向刀丛觅小诗。吟罢低眉无写处，月光如水照缁衣。

注：挈妇将雏：扶老携幼。缁：黑色。

3.5.1.9 人生哲理

人生哲理是一种感悟性的意境。在世情常理之外唤起一种无比真切的感触。

例如，雍陶的《劝行乐》：

老去风光不属身，黄金莫惜买青春。白头纵作花园主，醉折花枝是别人。

又例如，张谓的《题长安主人壁》：

世人结交须黄金，黄金不多交不深。纵令然诺暂相许，终是悠悠行路心。

又例如，辛弃疾的《鹧鸪天·代人赋》：

陌上柔桑破嫩芽，东邻蚕种已生些。平冈细草鸣黄犊，斜日寒林点暮鸦。//

山远远，路横斜，青旗沽酒有人家。城中桃李愁风雨，春在溪头野荠花。//

又例如，唐太宗李世民的《赠萧瑀》：

疾风知劲草，板荡识诚臣。勇夫安知义，智者必怀仁。

注：萧瑀：隋朝将领，被俘归降，为李世民所赏识。板荡：《诗经·大雅》中有《板》《荡》两篇，均写周乃王的残暴无道和社会黑暗动荡。故后人用"板荡"比喻政局混乱，社会动荡不安。

又例如，刘长卿的《早春》：

微雨夜来歇，江南春色回。本惊时不住，还恐老相摧。

人好千场醉，花无百日开。岂堪沧海畔，为客十年来。

3.5.1.10 别离怀念

例如，李白的《送殷淑》：

白鹭洲前月，天明送客回。青龙山后日，早出海云来。

流水无情去，征帆逐次开。相看不忍别，更进手中杯。

注：前四句以黎明、拂晓前后的景物寄情（省略、倒装句），后用流水比拟依依不舍的离别和无奈之情。

又例如，王观的《卜算子·送鲍浩然之浙东》：

水是眼波横，山是眉峰聚。欲问行人去那边？眉眼盈盈处。//

才始送春归，又送君归去。若到江南赶上春，千万和春住。//

注：用美人的眼波和眉峰比喻山水。用轻松活泼的笔调，巧妙别致的比喻，乐观风趣的语言送别友人，一反送别中惯常的缠绵，而是对友人的美好祝福。

李叔同的《送别》诗，表达惜别的忧思和无奈。

3.5.1.11 含情无限

例如，施肩吾的《山中送友人》：

欲折杨枝别恨生，一重枝上一啼莺。乱山重叠云相掩，君向乱山何处行？

又例如，李中的《秋日途中》：

信步腾腾野岸边，离家多为利名牵。疏林一路斜阳里，飒飒西风满耳听！

以上两首诗的结尾句都是用"景"来截住欲吐露的无限情感，将情感转化为无限（的空间）。任凭读者去想象，进入情感的广度和深度。这类含蓄结尾的情感表现方式用得较多，例如："明朝挂帆去，枫叶落纷纷。""不觉碧山暮，秋云暗几重。""茫茫江

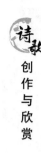

汉上，日暮欲何之。"等。

3.5.2 诗情的窗户——诗眼

诗眼是"起眼处"，是着眼点，是主导意象的凝神处，可以是一个字，也可以是一句诗或数句诗。诗眼是诗中之眼，特别传神出彩。如人的眼睛，眼睛亮才有精神。常说眼睛是心灵的窗户，则诗眼是诗情的窗户，诗眼充满神韵和意境。具有艺术创新的诗眼在某种意义上也是意境的体现，有时会影响整首诗的艺术性。诗有名句，全篇增色；句有诗眼，全篇皆活。可见诗眼有多么重要。

诗眼也称为"句眼"。诗眼是一首诗中最为关键、最为精彩的字、词和句。它或能表现客观事物的精微，或能勾画人物的韵致，或能创造鲜明的意象，或能蕴含深刻的哲理。因此，诗眼是炼字炼句的审美核心。诗眼尚能表达出诗意的主旨所在，通常用动词或形容词做诗眼，使动作产生强烈的激励作用。例如：

"鸟宿池边树，僧敲月下门"中的"敲"字；

"过桥分野色，移石动云根"中的"分"字；

"飞星过白水，落月动檐虚"中的"动"字；（若用"照"字就见俗）。

"暖日熏杨柳，浓春醉海棠"中的"熏"字和"醉"字；

"帘卷西风，人比黄花瘦"中的"瘦"字；等等。

一字贴切，全篇生色。诗眼往往是思想感情的交汇点，也是视觉的焦点。戏称"画龙点睛"，壁上画好的龙，一点上眼睛，神龙就破壁凌空飞走了。此举为"点睛之笔"。

诗眼也可以构成全篇的线索。例如，杜甫的《遣怀》：

> 愁眼看霜露，寒城菊自花。天风随断柳，客泪堕清笳。
>
> 水净楼阴直，山昏塞日斜。夜来归鸟尽，啼杀后栖鸦。

全诗写景，诗句好像各各独立，一句一景。有寒霜露、菊花开、风断柳、听笳泪，有山日楼荫、归鸟啼鸦等。用诗眼'愁眼'做线索，把景物串联起来，忧愁的情思实在难于释怀。

诗眼的特点可简略归纳为以下三个方面。

1. 凝练而含蓄

诗眼是提高诗性语言功能的重要途径，充分体现诗歌语言的凝练和含蓄。例如，杜甫的"映阶碧草自春色，隔叶黄鹂空好音，"上句的"自"字，下句的"空"字，凄清之情丝丝入扣。一字之工，特显诗句的艺术魅力。

注："自、空"二字具有深切的言外之意。虽然春色盎然，但现今已无人前来凭吊祭奠，冷清的蜀相祠堂里，花草自生自灭，黄鹂之声枉自啾啾，无人赏听。

2. 形象而传神

诗眼使全句富于灵动的生命活力，用字贴切、有力，情致无限，形象精美，达到

"入神"的境界。例如，杜甫的《遣兴》中"细雨鱼儿出，微风燕子斜"，其中诗眼"出"和"斜"的状态描述，深感是微风细雨的景色中，增添了十分细腻动人的一笔。突显细节的形象，有一种动态的美感。（只有在细雨中，站在乡村的池塘柳堤边所见此类景象，才能有这种深切的体味。少年的我有如此的感觉。）

又例如，王维的《辋川别业》中"雨中草色绿堪染，水上桃花红欲燃"，其中诗眼"染"和"燃"的动态描述，形象鲜明，有一种难于言说的神韵。杨万里的"接天莲叶无穷碧，映日荷花别样红"等也是十分传神的佳句。

3. 新奇而自然

诗眼体现诗人独到的个性和人格魅力，新奇的诗眼令读者叹服赞赏。例如，孟浩然的"微云淡河汉，疏雨滴梧桐"，上句的"淡"字，下句的"滴"字，一个体现视觉感受，另一个是听觉的形象描述，不仅给人以宁静迢远、清雅自然的美感，同时又体现诗人从容不迫、悠然自得的人格魅力。（河汉：银河。）

诗眼是诗歌语言中最富生命力的字和词，有极强的吸引力。例如，杜甫的"身轻一鸟过""飞燕受风斜"，其中"过"字，"受"字，成为句子的核心支撑。以鸟喻人，用"过"字写出了鸟的飞翔速度——疾飞而过，使全句顿生神韵，同时又新奇而自然。

通常有个说法：诗眼设置在五言句的第三字，七言句的第五字。当然也不拘泥于此，或第二字、第五字或其他也可。例如：

诗眼在第二字，"碧知湖草外，红见海东云"，其中的"知"和"见"。

诗眼在第三字，"鼓角悲荒塞，星河落晓山"，其中的"悲"和"落"。

诗眼在第五字，"重雾云鬟湿，清辉玉臂寒""一蓑烟雨湿黄昏"，其中的"湿"和"寒"。"一双瞳仁剪秋水"中的"剪"。

诗眼在第二、五字，"地坼江帆隐，天清木叶闻"，其中的"坼""隐"以及"清""闻"。

诗眼在第六或第七字，"云破月来花弄影""红杏枝头春意闹"中的"弄"和"闹"。

诗眼并不在一个固定位置，也可能不只是有一个诗眼，可以有多个，也可能是一个句子。例如，谢灵运423年写的《登池上楼》中"池塘生春草，园柳变鸣禽"；谢朓495年写的《晚登三山还望京邑》中："余霞散成绮，澄江静如练"。这两联对句均是较长篇章中的诗眼。有关诗眼的炼字和炼句，详细分析可参考第五章炼字一节。以下仅以诗眼的表现形式进行分述。

3.5.2.1 形象成为诗眼

例如，王安石的《泊船瓜洲》：

京口瓜洲一水间，钟山只隔数重山。 春风又绿江南岸，明月何时照我还？

诗的前两句写地理位置，写船泊长江北岸的瓜洲，回首南岸京口镇江的所见景物，离钟山南京紫金山只隔数重山，并不遥远。后两句紧接着说出心里话，春光明媚，杨柳飘摇，什么时候能功成身退返回家乡呢？"春风又绿江南岸"中的"绿"字，

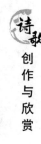

是诗眼，包含了动感和形象感。浓烈的色彩，充注满腔热情的生命力。正是树叶绿得发亮，小草青青逼你的眼，将形容词"绿"字活用为动词，是炼字的一个典范。据说作者先后选换了"到""过""入""满"等十多个字，最后才决定用"绿"字。独具匠心，色彩鲜明，感觉生动，且与随后的'明月何时照我还'密切呼应。增加了诗的感染力。

又例如，宋祁的《玉楼春·春景》：

东城渐觉风光好，縠皱波纹迎客棹。绿杨烟外晓寒轻，红杏枝头春意闹。

浮生长恨欢娱少，肯爱千金轻一笑。为君持酒劝斜阳，且向花间留晚照。

一个"闹"字，不仅有色，似乎还有声，大好春光扑面而来。诸如："千里莺啼绿映红""满园春色关不住""陌上青青柳色新"等，不胜枚举。一句之灵，全篇俱活。诗眼成了诗的主导意象，使春天景象更加具体化、形象化，有了动态感和拟人性。

杜甫的"映阶碧草自春色，隔叶黄鹂空好音"中"自"和"空"字是诗眼，增加寂寞心情的抒情效果。

再例如，王维的"空山新雨后，天气晚来秋""人闲桂花落，夜静春山空""空山不见人，但闻人语响"等用"空"字表现田野空明秀雅、内心的空寂。而孟浩然的"东林精舍近，日暮空闻钟"，用"空"字表现高远雅兴的心情。"空"不是形象而胜似形象。

3.5.2.2 动作成为诗眼

例如，王昌龄的《闺怨》：

闺中少妇不知愁，春日凝妆上翠楼。忽见陌头杨柳色，悔叫夫婿觅封侯。

这首名作描写了一个闺中少妇赏春时的心理状态和情绪的微妙变化，独具匠心地从"不知愁"的层面，转到"悔"而"怨"。截取这个生活剖面是精彩之笔，以小见大，反映了盼望生活安定、亲人团聚的心理。看见陌头的青青杨柳，突然产生联想和感悟，丈夫因"觅封侯"而远离家乡，青春年华只能在孤寂中消逝，顿生悔怨和遗憾。"忽见陌头杨柳色"是诗眼，可以唤起注意力、激发想象力，是全诗情感的转折的关键点，是节奏的高峰。

又例如，曹操的《步出夏门行（其二，观沧海）》：

东临碣石，以观沧海。水何澹澹，山岛竦峙。树木丛生，百草丰茂。

秋风萧瑟，洪波涌起。日月之行，若出其中；星汉灿烂，若出其里。

幸甚至哉，歌以咏志。

注：临：登上。碣石：渤海边的山名。水何澹澹：水波多么荡漾。竦峙：耸立，竦同"耸"，峙意为挺立。幸甚至哉：庆幸，高兴极了。歌以：由"以歌"倒装而将"歌"字提前。

开首两句紧扣主题，其中"观"字是诗眼，总领全篇，随后复写所见，览胜近景、远景。"日月之行……"句，用实写与虚写（其中、其里）相结合，融入想象，深含哲理。高潮迭起，成为千古名句。

3.5.2.3 中轴结构成为诗眼

例如，岑参的《白雪歌送武判官归京》，以诗的中轴作为全诗的诗眼。

北风卷地白草折，胡天八月即飞雪。忽如一夜春风来，千树万树梨花开。

散入珠帘湿罗幕，狐裘不暖锦衾薄。将军角弓不得控，都护铁衣冷犹着。

瀚海阑干百丈冰，愁云惨淡万里凝。

中军置酒饮归客，胡琴琵琶与羌笛。纷纷暮雪下辕门，风掣红旗冻不翻。

轮台东门送君去，去时雪满天山路。山回路转不见君，雪上空留马行处。

注：瀚海阑干：沙漠起伏，纵横交错状。掣：扯动。轮台：地名。

诗作以送客为题，描写边塞特异风光，极富浪漫情调。咏雪为送别铺垫，融为一体，绚烂雄奇。用三"音顿"句式，节奏鲜明。前半部八句写雪景和严寒，后半部分八句写与友人分离的依依别情，中间两句"瀚海阑干百丈冰，愁云惨淡万里凝"，作承上启下的过渡，形成中轴。"愁云"二字亦景亦情，是全诗的着眼点，把前后两部分的情感都凝聚到诗眼上，是全诗情感转折的关键点

3.5.2.4 拟人化诗眼

拟人化诗眼是采用"以物为人"的动词作为诗眼。

例如，"寒风疏草木，旭日散鸡豚"，"雾缩青丝弱，风牵紫蔓长"，以风、日、雾等作为行为动词的主体。

再例如，"有情芍药含春泪，无力蔷薇卧晓枝""秋草独寻人去后，寒林空见日斜时"将花草、林木拟人化，其中的，含泪、卧枝、独寻、空见等。

此外，还有用情感形容词作诗眼，以物拟人，景语也为情语。

例如，刘禹锡《石头城》中的"寂寞"：

山围故国周遭在，潮打空城寂寞回。淮水东边旧时月，夜深还过女墙来。

又例如，韦庄《台城》中的"无情"：

江雨霏霏江草齐，六朝如梦鸟空啼。无情最是台城柳，依旧烟笼十里堤。

3.5.2.5 用虚词做诗眼

通常用"实字"、"响字"做诗眼，有实力、有吸引力，往往使整句诗闪烁夺目的光彩。例如，王维的"欲归江淼淼，未到草萋萋"，全句只有一个实体字，若不把"江""草"放在第三字，全句就会很软弱。

又例如，杜甫的"片云天共远，永夜月同孤"中，同样将"天"和"月"放在第三字，特别强调景物的重要地位。

虽然造句主要靠实词，但是也离不开虚词做诗眼。例如，"粉墙犹竹色，虚阁自松声""映阶碧草自春色""入天犹石色，穿水忽云根""江山且相见，戎马未安居"等诗句中，虚字"犹""自""忽""且""未"等用做诗眼。

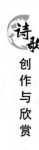
第4章 诗的韵律和节奏

4.1 声和韵的概念

汉语字典或词典里，每个字是一个音节，它的发音由"声"和"韵"两部分构成，此外，在发音的时候还有声调的变化。因此"声、韵、调"是汉语字音的三个基本概念。拼音方案包括了声母、韵母和声调。由于这些基本要素，使语言产生韵味，形成了韵语，由此产生了具有声律特征的韵语文学体裁，如诗、词、歌、赋、曲等，随之形成了韵文中的押韵规则和声调的平仄格式。这些都是声韵学研究的内容。声律产生的韵味是一种意象美，心中荡漾起心满意足的韵致。

4.1.1 韵母和诗韵

4.1.1.1 韵母

现代汉语的字音中，声母、字调以外的部分称为韵母。"韵母"还可分成"韵头、韵腹、韵尾"三部分。韵头：i, u, ü, 也称介音。韵腹：a, o, e, i, u, ü, 这是基本元音。韵尾：i, u, o, n, ng, 这是韵母的收尾部分。每个韵母一定有韵腹；韵头和韵尾则可以有、也可以无。如"大 dà"字，只有韵腹 a，没有韵头和韵尾。又如"瓜 guā"字，韵母 ua 中，其中 u 是韵头，a 是韵腹，没有韵尾。再如"刀 dāo"字，韵母 ao 中，其中 a 是韵腹，o 是韵尾，没有韵头。例如，"娘 niáng"字，声母 n，韵母 iang，其中 i 是韵头，a 是韵腹，ng 是韵尾。

基本元音中，按字的音韵发音状态分"四呼"，即开口呼、齐齿呼、合口呼和撮 (cuo) 口呼。

开口呼是指元音 [a,o,e]，而没有韵头的字。发音时、嘴张得较大。如 [ba]、[ge]、[mo]、[tai]、[gang]、[hen] 等。齐齿呼是指元音 [i]，或韵头为 [i] 的字。发音时、嘴向两边咧开、露出牙齿，如 [pi]、[jie]、[miao]、[qiang] 等。合口呼是指元音 [u]，或韵头为 [u] 的字。发音时，口腔最小，嘴唇向中间收缩，如 [zu]、[suo]、[kuai] 等。撮口呼是指元音 [ü]，或韵头为 [ü] 的字。发音时、嘴唇呈圆形，如 [yu]、[xu]、[quan]、[xiong]

等。(发音部位与 [i] 相同,只是 [i] 的圆唇化。)

4.1.1.2 诗韵

拼音方案的韵母包括了韵头、韵腹、韵尾,不包括声调(韵母表所示)。而诗韵的"韵"是增加了声调的因素,随之而来发生一些变化。"东"是阴平,而"董"是上声,同一个韵母,但不是一个诗韵;而不同的声母或韵头却是同一个诗韵,如"麻""霞""华"等。

叠韵

两个字的韵母相同称叠韵字(如板、担,an),一般也不计较韵头。如果不完全相同,只是相近(如扁、担,an、ian),称为准叠韵。

押韵

在诗句的句尾用韵,则称押韵,也称协韵。叠韵也用于诗句的押韵。对于诗而言,韵的最大功能是把涣散的声音联络贯串起来,成为一个整体。由于是在句末,因此押韵也称为韵脚。押韵的目的是为了声韵的和谐,同类的乐音在同一位置上的重复,能产生声音的回环美。

诗韵

诗韵具有悠久的历史,有很多韵书,现今常用的是《中华新韵》的十八韵部。戏曲中的押韵称合辙,与十八韵部相应的有《十三辙》(十三韵)。见列表。

诗、词的十八韵部与歌、曲的十三辙部对照

部	十八韵	阴、阳、上、去、轻	入声通押	十三辙	部
一	麻 a, ia, ua	佳、茶、靶、坝、家	I 类 II III	发、花(响亮级) 霞、洽 华、跨	(一)
二	波 o, uo	播、泊、伙、措、拨	I III	抹、坡(柔和级) 梭、浊 河、仄	(二)
三	歌 e	科、鹅、渴、澈、@	I		
四	皆 ie, ue, (üe)	街、携、野、灭、@	II III	借、谢(细微级) 雪、月、掠(窄韵)	(三)
五	支 i	思、池、纸、翅、子	II类 II		
六	齐 i	鸡、笛、理、泣、细		(日,知,资等母音) 滴、啼(细微级) 耳、二 (窄韵) 虚、举(细微级) 旅、绿,女疟虐	(四)
七	儿 er	而、@、耳、二、@	III类		
八	鱼 ü	拘、迁、举、遇、蓿 (ü 在拼音输入用 v 替代)	III		
九	微 ei, ui,	灰、回、悔、味、@	I III	飞、雷(细微级) 堆、瑞 (窄韵)	(五)

注:"入声通押"列中有"全部通押"纵向贯穿各行。

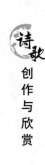

部	十八韵	阴、阳、上、去、轻	入声通押	十三辙	部
十	开 ai, uai	哀、来、彩、帅、@	Ⅰ Ⅲ	来、泰（柔和级） 怀、快	（六）
十一	姑 u	初、模、补、步、@	Ⅲ	苏（窄韵）（细微级）	（七）
十二	尤 ou, iu,	秋、牛、丑、豆、@	Ⅰ Ⅱ	候、楼（柔和级） 求、袖	（八）
十三	豪 ao, iao	萧、锚、饱、抱、桃	Ⅰ Ⅱ	遥、涛（柔和级） 苗、娇	（九）
十四	寒 an, ian, uan,（üan）	攀、年、暖、岸、边	Ⅰ Ⅱ，Ⅲ Ⅲ，Ⅲ	删、山（响亮级） 边、天 酸、官，泉、卷	（十）
十五	文 en, in, un,（ün）	真、群、锦、震、分	Ⅰ Ⅱ，Ⅲ Ⅲ，Ⅲ	痕、吻、（响亮级） 宾、邻 孙、鲲，君、旬	（十一）
十六	唐 ang, iang, uang	伤、阳、场、绛、裳	Ⅰ Ⅱ，Ⅲ Ⅲ	江、讲（响亮级） 良、强 光、况	（十二）
十七	庚 eng, ing,	青、城、骋、定、腾	Ⅰ Ⅱ	冷、蒸（响亮级） 明、零	（十三）
十八	东 ong, iong,	功、穷、董、送、彤	Ⅲ	公、同 穷、凶	

（表中"全部通押"竖列贯穿"入声通押"栏）

@ 代表无。

第Ⅰ类通押（开口呼音韵收音）。第Ⅱ类通押（齐齿呼音韵收音）。第Ⅲ类通押（合口呼和撮口呼音韵收音）

表格中注明的"窄韵"（皆、鱼、微、姑等），表示字数少，押韵时的回旋余地不大；而其他的都是"宽韵"，包含的汉字比较多，词汇量较大，押韵时可供选择的范围大。

在韵部表中，有的"韵脚"发音洪亮，有的低沉，差别很大。例如，"推、敲"二字中，"敲"字比"推"字要响亮。因此将"韵脚"的响亮程度归纳为三级，即响亮级，柔和级和细微级。通常情况下，如果表现一种明朗、强烈、激昂、雄壮热烈的感情，大多采用发音响亮的韵脚，例如，"东中""江阳""人辰"等响亮韵。

如果表现轻松、欢畅、风趣的情绪，通常采用"发花""波歌""遥条"等韵脚。清丽风格，则采用"庚青"等韵脚。舒缓情意，用"真文"等韵脚。

如果抒发忧郁低沉、悲天悯人的情感则用较为低沉、迫促的韵脚，例如，"衣欺""由求"等缠绵柔和的韵脚。

一般所谓的诗韵，是指唐宋以来依照韵书的韵部来押韵。韵与四声的关系很密切，由于以往的四声（平声、上声、去声、入声）与今天普通话（1956年推行汉语拼音方案）的声调种类不完全一样（阴平声、阳平声、上声、去声），因此诗韵的归类也有变化。在韵书中，不同声调的字不能算是同韵。诗韵表中的"东、庚"等字都只是韵的代表字，只表示韵的种类。实际上，随着时代的变迁，韵书也不断变化。在诗韵的分类发展过程中，韵部有分有合，各有千秋。

为什么在读古人的诗文时，有时竟觉得押韵并不十分谐和，这是因为时代不同，语言发展，语音变化，用现代语言朗读，就不能完全适合了。

例如，唐代诗人杜牧的《山行》：

远上寒山石径斜（xié），白云生处有人家（jiā）。

停车坐爱枫林晚，霜叶红于二月花（huā）。

其中，斜与家、花不是同韵字，但是在唐代"斜"字读（siá）（s读浊音），与现代上海口音中"斜"字的读音一样，因此在那时候是和谐押韵的。

4.1.2 声母和声调

4.1.2.1 声母

现代汉语中"声母"用23个字母表示：

b	p	m	f	d	t	n	l	g	k	h	j	q	x
玻	坡	摸	佛	得	特	讷	勒	哥	科	喝	基	欺	希

zh	ch	sh	r	z	c	s	y	w
知	蚩	诗	日	资	雌	思	衣	乌

两个字的声母相同称双声字，（例如，葡、蒲，p、p）。如果不完全相同，只是相近（例如，皮、蒲，b、p），则称为准双声。

4.1.2.2 声调

1. 四声

声调是表示字音的高低、升降和长短，普通话可分为四声，即"阴平声、阳平声、上声、去声"。分别用上标"ˉ ˊ ˇ ˋ"表示。例如：

阴平声"敲 qiāo"，是一个高平调，不升不降；气舒声扬。

阳平声"桥 qiáo"，是一个中升调，不高不低；气缓声平。

上声"巧 qiǎo"是一个低升调，有时是低平调；气咽声抑，

去声"窍 qiào"是一个高降调；气收声抑。

此外，还有个"轻声"调，字母上方不用符号表明，例如，嘛 ma（头一回做嘛。）；吗 ma（明天他来吗？）。声调的变化也表达不同的情绪，例如，表达古代四声（平、上、去、入）的声调，高低强弱的状态有流传的"四声"口诀（《康熙字典》）："平声平

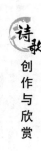

道莫低昂，上声高呼猛烈强，去声分明哀远道，入声短促急收藏。"比较形象地说出了各个声调的特点，其中平声是中平调，平和顺畅；上声是升调，气舒缓，调不亢；去声是降调，入声是短促调。

现代汉语普通话的声调稍有别于古代汉语。

阴平声是中升调，不高不低叫中，由古代平声分化而成。

阳平声是高平调，不升不降叫平，也是由古代平声分化而成。

上声是低升调，有时是低平调，是古代上声的一部分，有些转为去声。

去声是高降调，由古代"入声"字变为去声的最多。

四声与韵的关系是很密切的。在韵书中，不同声调的字不能算是同韵；在诗词中，不同声调的字一般不能作押韵。对于每一个句子中，倒是尽量力求四声俱备，这是韵脚以外的各个"字"与情感的关系所在，使具情感更加饱满。四声的音响效果是不同的，用于表现不同的情绪。例如：

孟浩然的《春晓》："春眠不觉晓，处处闻啼鸟。夜来风雨声，花落如多少！"

李白的《静夜思》："床前明月光，疑是地上霜。举头望明月，低头思故乡。"

两者作比较，孟诗，用[豪韵ao]上声。从酣睡的"不觉"进入（闻啼鸟）的"觉"，再由（风雨声）的"觉"重返（知多少）的"不觉"。一正一反的构思，符合春眠的时睡时醒、睡不醒的状态。

李诗，用[唐韵ang]阴平声。在睡不着觉的时候，从床前的一片光，想象为地上的一片霜，带着阵阵忧虑；继而扩大到远处的山和月，进而转想到望不见的故乡。愈想愈多的愁绪迫使他不能入睡。明亮声响与睁大眼睛的思虑正相配合。

2. 平声和仄声

"四声"这个重要的语音因素在律诗里更显突出，通常把四声归纳为两类，即平声和仄声。平仄是一种声调的关系。律诗要讲究平仄，不讲平仄就不是律诗。平，就是平声，发声没有升降，平而长。仄，即不平的意思，发声有升有降而短促。仄，就是古代四声中的上、去、入三声（现代汉语中没有入声，而只有"轻声"，入声已分属四声，大多数并入上声和去声）。判定的基本特征是：开口声为平声，闭口声为仄声；轻声为平声，重音为仄声。辨别四声（阴平声、阳平声、上声、去声）是用好平仄的基础。在诗句中交错应用平仄声，使声调多样化，形成抑扬顿挫的节奏，产生语句的和谐美感。律诗中平仄交替应用的规则称为相间律，使语言产生音乐美。

4.1.3 双声和叠韵

双声和叠韵的字都是一部分相同，有另一部分不同，把这样的字安插在一句话里，说快了就容易"串"，或称为"绕口"。例如，有一种称为"绕口令"的文艺形式，经常用来练习又快又准确的说话功夫。"吃葡萄不吐葡萄皮儿""板凳不让扁担绑在板凳上"等。把"葡萄皮儿"说成"皮条蒲儿",把"扁担"说成"板担",把"板凳"说成"扁凳",这就叫作绕口。

两个音节的声母相同叫双声,两个音节的韵母相同叫叠韵。在汉语字音中极容易发生双声、叠韵的关系,常常用双声和叠韵来修辞,尤其在诗歌方面用得广泛。往往着意布置,以求增加音调的婉转铿锵,或者使对偶句益发精巧。

象声词也是利用了双声、叠韵的关系形成意义,例如,"叮当"是双声,"当郎"是叠韵,"叮叮当当"是双声兼叠韵。这种双声词、叠韵词也称为联绵词。联绵词中还包括非双叠词,例如,浩荡、淡泊、跋扈、扶摇、滂沱、芙蓉、峥嵘等。联绵词是两字组合成一语。每个字只是一个音节,尚能表达简单的意义,但只有两个字合到一起,才能表达一个完整的意思。

叠韵出铿锵,双声显婉转。在诗句里应用双声和叠韵是作为一种调协声律的手段,增添作品声乐美的艺术效果。例如,毛泽东《沁园春·长沙》中"怅寥廓,问苍茫大地,谁主沉浮?"有双声词"大地",叠韵词"苍茫",非双非叠的联绵词"寥廓""沉浮"等,这些双音节词的应用,使诗句充满韵味,产生美感。

4.1.3.1 诗词中的双声叠韵

1. 双声词

例如:流连、流离、伶俐、惆怅、颠倒、踌躇、踟蹰、踯躅、嗫嚅、鸳鸯、蟋蟀、仿佛、芬芳、天梯、吩咐、慷慨、秋千、参差、忐忑、澎湃、恍惚、玲珑、坎坷、踊跃、尴尬等。双声词读来铿锵有力。例如,温庭筠的《望僧舍宝刹》是一首双声诗:

栖息消心象,檐楹溢艳阳。帘栊兰露落,邻里柳林凉。

高阁过空谷,孤竿隔古冈。潭庭同淡荡,仿佛复芬芳。

注释: 人休息时心就静,心的行相会消失。檐下楹柱间充满阳光,门帘上滴落香露,四周树林幽静,殿阁高耸入云,竹林遮挡住了山岗,潭水与水中的建筑倒影一起荡漾,飘起阵阵芬芳。

这首诗的每一句的五个字,声母都是相同的。其中第二联的十个字声母为L,第三联的十个字的声母为G。类似同声母字的连用,以急促的节奏渲染激荡不平的心声,例如,韩愈的"猿愁鱼踊水翻波,自古流传是汨罗。"中的"猿""鱼""踊"。

2. 叠韵词

例如:逍遥、绸缪、猖狂、优游、蹉跎、彷徨、徘徊、西溪、鸡啼、光芒、汹涌、枯株、落寞、栏杆、徜徉、妖娆、绸缪、从容、叮咛、翩跹、荒唐、朦胧、腼腆、崔嵬、苍茫等。叠韵词韵脚连连,柔婉。例如,温庭筠的《溪边雨中垂钓》是一首叠韵诗:隔石觅履迹,西溪迷鸡啼。水鸟扰晓沼,犁泥齐低畦。

四个句子中,履迹、鸡啼、晓沼、低畦,各自的叠韵为"皆、齐、豪、鱼"。

注释: 下雨后,在石径上鞋的印迹也难找了,溪边有鸡的啼鸣,小鸟鸣叫声打破了清晨池塘的幽静,犁起的泥土也平实成了低畦。

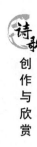

3. 双声叠韵词

双声叠韵的音节之美在于使声调抑扬顿挫、委婉动听。例如，辗转、缱绻、绵蛮等。在诗句中兼用双声叠韵的称为双声叠韵诗，有叠韵相对，也有双声叠韵互对。

（1）叠韵与叠韵相对。例如，苏轼的《饮湖上初晴后雨》：

水光潋滟晴方好，山色空蒙雨亦奇。欲把西湖比西子，淡妆浓抹总相宜。

其中，出句中的"潋滟"和对句中的"空蒙"都是叠韵（前者"寒"韵，后者"东"韵）。又例如，杜甫的《咏怀古迹（其二）》：

摇落深知宋玉悲，风流儒雅亦我师。怅望千秋一洒泪，萧条异代不同时。

江山故宅空文藻，云雨荒台岂梦思？最是楚宫俱泯灭，舟人指点到今疑。

注： 宋玉：战国楚人，屈原弟子，《楚辞》作家之一。参观"宋玉故居"而怀念宋玉，并以宋玉自比。摇落：秋天草木凋零，寓"悲秋气""志不平"之意。云雨荒台：神女故事。

其中，第二联出句中的"怅望"和对句中的"萧条"也都是叠韵。（前者"唐"韵，后者"豪"韵）

（2）双声与叠韵互对。例如，杜甫的"吾徒自漂泊，世事各艰难"，其中，"吾徒""艰难"是叠韵，"漂泊""世事"是双声。

又例如，罗隐的《赠友》："蹉跎岁月心仍切，迢递江山梦未通。"前句中的"蹉跎"为叠韵，对句中的"迢递"为双声。

当然，双声叠韵的美感不仅在于动听，它的摹声拟物可以渲染气氛。在表现各种抽象的或具体的情状时，用双声叠韵可以使声与事、声与情、声与物更好地结合，发挥声情并茂的作用。例如，白居易的《琵琶行》中："间关莺语花底滑，幽咽泉流冰下难。"（叠韵词间关：婉转圆润的鸟声，双声词幽咽：遏塞涩滞的泉水）

此外，双声叠韵词中，有很多是偏旁相同的字，称为"联边"，例如，峥嵘、淮海等，联边词能激发视觉联想或想象，产生视觉形象。

4. 连绵词

连绵词也称联绵词，是由两个音节构成的单纯词。它是一个整体，一般不能拆开来表示整体意义。例如，葡萄、叽里咕噜等。连绵词大多具有"双声"或"叠韵"的语言特点，例如，迢递、窈窕、萧条、玲珑等。在对仗句中联绵词的应用，具有独特节奏，有时上句用并列结构词或词组，下句用连绵词构成对仗。

例如，"束缚酬知己，蹉跎效小忠。""华表半空经霹雳，碑文才见满埃尘"这些词大都有双声或叠韵的关系，有一些在意义上有相对关系，如"消息""摇曳"等。

4.1.3.2 叠音词

先读一读白居易《琵琶行》中的佳句"大弦嘈嘈如急雨，小弦切切如私语。嘈嘈切切错杂弹，大珠小珠落玉盘"，用叠音词表现了大弦的沉重舒长，小弦的细促轻幽之声。将抽象的不可捉摸的音乐语汇变得形象具体，可视可感可触摸，强化了美的效果。

叠音词是以重叠音节的形式构成的词，简称叠词，例如，嘈嘈、切切。叠词在诗歌中用得较多，例如，车辚辚、马萧萧中的"辚辚"和"萧萧"。读起来朗朗上口，和谐悦耳，有很强的音乐性，增添语言的音乐美。例如，古诗《清清河畔草》，一连六句都用叠字，格外生动：清清河畔草，郁郁园中柳。

盈盈楼上女，皎皎当窗牖。娥娥红粉妆，纤纤出素手。

再例如，杜甫《曲江二首》中的"穿花蛱蝶深深见，点水蜻蜓款款飞"；《江畔独步寻花》中的"留连戏蝶时时舞，自在娇莺恰恰啼"；《登高》中的"无边落木萧萧下，不尽长江滚滚来"等等，精彩纷呈。又例如，白居易的《长相思》：

汴水流，泗水流，流到瓜州古渡头。吴山点点愁。

思悠悠，恨悠悠，恨到归时方始休。月明人倚楼。

注：源于河南汴水与源于山东的泗水，合流入淮河，与大运河相同。瓜州是运河汇入长江处的扬州南的集镇。吴山：指江浙属地的山。

前一节写蜿蜒曲折水景（用三个"流"字），后一节抒发低回缠绵愁思（叠词"悠悠"），月光下，望远山（叠词"点点"，形容远景中的山，很小），更烘托出哀怨忧伤的气氛。言简意丰、意味深长，反复和叠音词的修辞，音律和谐，增强艺术感染力。

又例如，李清照的《声声慢》中，开首三句，七组十四个叠词更是出奇：

"寻寻觅觅，冷冷清清，凄凄惨惨戚戚。"无一个愁字，却信手拈来字字含愁，声声是愁，造成一种如泣如诉的音韵效果。由于这些叠字多为齿音、舌音和叠音，显现一种浮躁不安、无所适从、飘荡不定的心理状态，充分表达伤心、忧愁的情感。

再例如，一首叠词盈盈的（元）散曲《鹊踏枝·春早》：

声沥沥巧莺调，舞翩翩粉蝶飘。

忙劫劫蜂翅穿花，闹吵吵燕子寻巢。

喜孜孜寻芳斗草，笑吟吟南陌西郊。

当然，叠词的摹声拟物可以渲染气氛。语句生动活泼，声情并茂。

再例如，在五言、六言句前添加叠词的例句："泡泡炉香初泛夜，离离花影欲摇春。""漠漠水田飞白鹭，阴阴夏木啭黄鹂。""望望头顶天外有天、走走眼下一马平川。"

每个对偶句的开头都用叠字，使音调抑扬，将其后的景象增添了一层浓密鲜艳的色彩，洋溢一种与之相应的神韵。如果没有叠词的修饰，后面的五言句只是景色的素描速写。此处用了"泡泡""离离"添了和风、涟漪那样的动感，而例句中的动词叠字"望望""走走"，更是增添行动的迫切欲望，产生了一种勇往直前的气势。

除了形容词、动词性叠字外，还用名词构成叠词，例如，清人郭昆甫的《广水早发》中"抱头云起峰峰立，吹面风来树树眠"，其中的名词"峰"和"树"组成叠字"峰峰""树树"，生动地勾画出两个画面：夏日的晴空如一峰一峰地千百朵云山林立，地面一株一株地千百棵大树毫无声息地矗立如眠。（正如水浒传"智取生辰纲"中的一个

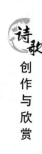

场景）描写细腻，情景真切。可以说，叠词如花丛，其形态不同于单枝独花，改变了容貌和形象。

4.2 律诗的格律

格律诗的格律包括格式和声律两个方面。格式可分为绝句和律诗两类，每类有五言和七言两种。绝句每首限定由四句组成，律诗每首八句，多于八句的律诗称长律（或者称排律），从十句到百句不等，是律诗的篇幅延伸和扩展。格律是前人长期研究汉语声调的一种艺术成果，增加诗歌的音节的节奏美和韵律美，意趣丰富，仔细体味，引人入胜。

一首律诗，八句分为四联，第一、二句称为首联，第三、四句称为颔联，第五、六句称为颈联，第七、八句称为尾联。每一联的前一句（上句）称出句，后一句（下句）称对句，前后有呼应或者上下有对应。通常称"诗言志，诗缘情；声依咏，律和声"，可见"声"和"律"是格律诗的基本结构要素。律诗的声律内容大体包括三个部分：一是用韵，也就是通常说的押韵；二是平声仄声的协调；三是对仗，即上下句构成一副对联。用韵和声调这两项要求既适用律诗，也适用绝句，而对仗的要求只适用于律诗。总而言之，律诗的特点是：平仄协调，音韵铿锵，抑扬顿挫，词采壮丽，对仗工整。古诗中，有一类句句押韵的称为柏梁体。

例如，曹丕的《燕歌行》，这是今存最早的一首七言诗。是仿柏梁体的，句句用韵。语言清丽，节奏摇曳，情感缠绵。

4.2.1 平仄声的协调

平仄的结构安排是声调美的表现，是语言学中声调美学的结晶，是语言流水中生长的一颗珍珠。有人说，语句讲究平仄是对诗词发展的束缚，这类想法有些偏颇。节奏和韵味是诗的一种表现特征，没有它则成为一种散漫诗。好的诗句是一种美的舞步，否则是一种不经心的散步或漫步，缺乏生气，缺少力量。语句中平仄结构应用得当，能感受到一种活力，具有引人入胜的感染力。

平仄声的协调是律诗的一个重要特点。在律诗的每一个句子内有平仄的变化，或者在两个及多个句子之间平仄的应和，平声和仄声的各种组合，构成了律诗的骨架。协调的平仄声结构会产生节奏美，是诗歌美学的一部分。

不仅是律诗，在词、曲中，在自由体诗句中，甚至在散文中，也利用平声、仄声的配合，尤其在排偶句的末字上安排平仄，使语句在声音上更加和谐，在朗读时更有鲜明的节奏感。

4.2.1.1 律诗的平仄声

1. 五言律诗的平仄（平仄结构语句中，有的位置可平可仄。）

（1）仄起式，首句是仄声开头（A）。例如，杜甫的《春望》：

国破山河在，城春草木深。　　仄仄平平仄，平平仄仄平。

感时花溅泪，恨别鸟惊心。　　平平平仄仄，仄仄仄平平。

烽火连三月，家书抵万金。　　仄仄平平仄，平平仄仄平。

白头搔更短，浑欲不胜簪。　　平平平仄仄，仄仄仄平平。

注：尾联意为：愁绪满怀的老人，头上的白发越来越少，稀疏得连簪子也插不住了。

（2）平起式，首句是平声开头（B），例如，王维的《山居秋暝》：

空山新雨后，天气晚来秋。　　平平平仄仄，仄仄仄平平。

明月松间照，清泉石上流。　　仄仄平平仄，平平仄仄平。

竹喧归浣女，莲动下渔舟。　　平平平仄仄，仄仄仄平平。

随意春芳歇，王孙自可留。　　仄仄平平仄，平平仄仄平。

从上面两首五言律诗的平仄规律中可以看到，五言的平仄只有四种型式，即第一联和第二联中的四类排列：（A）仄仄平平仄，（B）平平平仄仄，（C）仄仄仄平平，（D）平平仄仄平。

用这四类平仄结构分别作为起首句的平仄格式，就形成了五言律诗的四种格式。五言律诗以首句不起韵为常规格式，因此，其中以（A）和（B）两种平仄安排作为首句格式是基本型，而其余两种格式只是在首句用（C）和（D）分别取代了（A）和（B）而已，其后面的七句均没有变化。

（3）仄起式，首句是仄声开头（C），且是起韵的，例如，王维的《送梓州李使君》：

万壑树参天，千山响杜鹃。　　仄仄仄平平，平平仄仄平。

山中一夜雨，树杪百重泉。　　平平平仄仄，仄仄仄平平。

汉女输橦布，巴人讼芋田。　　仄仄平平仄，平平仄仄平。

文翁翻教授，不敢倚先贤。　　平平平仄仄，仄仄仄平平。

注：树杪（miǎo）：树梢。输橦布：橦即橦树，木棉。用木棉布缴纳赋税。讼芋田：为争种芋头的田地而诉讼。文翁：汉景帝时代的一个文人名，在此比作李使君。翻：翻新，发展。教授：教化。不敢倚先贤：岂敢倚持先贤（文翁）的业绩而无所作为。

（4）平起式，首句是平声开头（D），且是起韵的，如刘禹锡的《闻新蝉》：

蝉声未发前，已自感流年。　　平平仄仄平，仄仄仄平平。

一入凄凉耳，如闻断续弦。　　仄仄平平仄，平平仄仄平。

晴清依露叶，晚急畏霞天。　　平平平仄仄，仄仄仄平平。

何事秋卿咏，逢时亦悄然。　　仄仄平平仄，平平仄仄平。

回顾五律的四种格调可以发现，五律的韵脚均为平声调。五言律诗常用仄起式。

2. 五言绝句的平仄

至于五言绝句的四种基本平仄格式，正好是截取五言律诗格式（A）的前半部分的四句，分别作为起首句格式：(Aa) 仄仄平平仄，(Ab) 平平仄仄平。(Ac) 平平平仄仄，(Ad) 仄仄仄平平。五言绝句常以仄起、平声韵为基本格律，首句以不入韵为常见。

(Aa) 式实为 A 式的上半首，或下半首，或 C 式的下半首。(Ad) 式实为 C 式的上半首。

(1) 仄起式

(Aa) 式如王之涣的《登鹳雀楼》

> 白日依山尽，仄仄平平仄，
> 黄河入海流。平平仄仄平。
> 欲穷千里目，平平平仄仄，
> 更上一层楼。仄仄仄平平。

(Ad) 式如 王安石的《梅花》

> 墙角数枝梅，仄仄仄平平，
> 凌寒独自开。平平仄仄平。
> 遥知不是雪，平平平仄仄，
> 为有暗香来。仄仄仄平平。

(Ab) 式实为 B 式的上半首，或下半首，或 D 式的下半首。(Ac) 式实为 D 式的上半首。

(2) 平起式

(Ab) 式如 李嘉祐的《白鹭》

> 江南渌水多，平平仄仄平，
> 顾影逗轻波。仄仄仄平平。
> 落日秦云里，仄仄平平仄，
> 山高奈若何。平平仄仄平。

(Ac) 式如 李贺的《莫种树》

> 园中莫种树，平平平仄仄，
> 种树四时愁。仄仄仄平平。
> 独睡南床日，仄仄平平仄，
> 今秋似去秋。平平仄仄平。

在五言绝句中，通常韵脚是平起平落或仄起平落，其中不用平声韵的非律绝，称古绝。例如，李绅的《悯农》："锄禾日当午，汗滴禾下土，谁知盘中餐，粒粒皆辛苦。"韵脚"午、土、苦"均为仄声。

3. 七言律诗的平仄

七律是五律的扩展，即在五言句的前面增加两言，仄声前加平平，平声前加仄仄。将四种型式作对比说明如下。

A. 平仄韵脚

> 五言句，仄起仄收，　○○仄仄平平仄
> 七言句，平起仄收，　平平仄仄平平仄

B. 仄平韵脚

> 五言句，平起平收，　○○平平仄仄平
> 七言句，仄起平收，　仄仄平平仄仄平

C. 仄仄韵脚

> 五言句，平起仄收，　○○平平平仄仄
> 七言句，仄起仄收，　仄仄平平平仄仄，

D. 平平韵脚

五言句，仄起平收，　　　○○仄仄仄平平

七言句，平起平收，　　　平平仄仄仄平平

同样，用这四类平仄结构分别作为起首句的平仄安排，就形成了七言律诗的四种格式。七言律诗常用平起式。

①平起式（D）

例如，毛泽东 1959 年的《七律·登庐山》：

一山飞峙大江边，	平平仄仄仄平平，
跃上葱茏四百旋。	仄仄平平仄仄平。
冷眼向洋看世界，	仄仄平平平仄仄，
热风吹雨洒江天。	平平仄仄仄平平。
云横九派浮黄鹤，	平平仄仄平平仄，
浪下三吴起白烟。	仄仄平平仄仄平。
陶令不知何处去，	仄仄平平平仄仄，
桃花源里可耕田？	平平仄仄仄平平。

②平起式（A），将第一句改成"平平仄仄平平仄"，不起韵。其余不变。

例如，白居易的《城上夜宴》：

留春不住登城望，	平平仄仄平平仄，
惜夜相将秉烛游。	仄仄平平仄仄平。
风月万家河两岸，	仄仄平平平仄仄，
笙歌一曲郡西楼。	平平仄仄仄平平。
诗听越客何吟苦，	平平仄仄平平仄，
酒被吴娃劝不休。	仄仄平平仄仄平。
从道人生都是梦，	仄仄平平平仄仄，
梦中欢笑亦胜愁。	平平仄仄仄平平。

③仄起式（B）

例如，毛泽东 1962 年的《七律·冬云》

雪压冬云白絮飞，	仄仄平平仄仄平，
万花纷谢一时稀。	平平仄仄仄平平。
高天滚滚寒流急，	平平仄仄平平仄，
大地微微暖气吹。	仄仄平平仄仄平。
独有英雄驱虎豹，	仄仄平平平仄仄，
更无豪杰怕熊罴。	平平仄仄仄平平。
梅花喜欢漫天雪，	平平仄仄平平仄，
冻死苍蝇未足奇。	仄仄平平仄仄平。

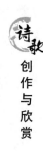
④仄起式（C），将第一句改成"仄仄平平平仄仄"，不起韵。其余不变。

例如，杜甫的《阁夜》：

岁暮阴阳催短景，	仄仄平平平仄仄，
天涯霜雪霁寒宵。	平平仄仄仄平平。
五更鼓角声悲壮，	平平仄仄平平仄，
三峡星河影动摇。	仄仄平平仄仄平。
野哭千家闻战伐，	仄仄平平平仄仄，
夷歌数处起渔樵。	平平仄仄仄平平。
卧龙跃马终黄土，	平平仄仄平平仄，
人事音书漫寂寥。	仄仄平平仄仄平。

七言律诗以首句起韵为常规格式（D、B式），可以看到七律偶句的结尾也都是用平声韵的。

4. 七言绝句的平仄

七言绝句也有四种基本平仄格式，正好是截取七言律诗格式（D）的前半部分的四句，分别作为起首句格式有：(a) 平平仄仄仄平平；(b) 平平仄仄平平仄；(c) 仄仄平平仄仄平；(d) 仄仄平平平仄仄。但也有例外，截取中二联或后二联的格式等。七言绝句以平起、平声韵为基本格律。首句以入韵为常见。

(1) 平起式 (a)，首句起韵。例如，李白的《早发白帝城》

朝辞白帝彩云间，	平平仄仄仄平平，
千里江陵一日还。	仄仄平平仄仄平。
两岸猿声啼不住，	仄仄平平平仄仄，
轻舟已过万重山。	平平仄仄仄平平。

(2) 平起式 (b)，仅改动第一句的平仄排列，其余三句不变，首句不起韵。

例如，窦巩的《七绝·南游感兴》：

伤心欲问当时事，	平平仄仄平平仄，
惟见江流去不回。	仄仄平平仄仄平。
日暮东风春草绿，	仄仄平平平仄仄，
鹧鸪飞上越王台。	平平仄仄仄平平。

(3) 仄起式 (c)，首句起韵。例如，毛泽东1961年的《七绝·为女民兵题照》

飒爽英姿五尺枪，	仄仄平平仄仄平，
曙光初照演兵场。	平平仄仄仄平平。
中华儿女多奇志，	平平仄仄平平仄，
不爱红装爱武装。	仄仄平平仄仄平。

(4) 仄起式 (d)，仅改动第一句的平仄排列，其余三句不变，首句不起韵。

例如，王维的《九月九日忆山东兄第》：

独在异乡为异客，	仄仄平平平仄仄，
每逢佳节倍思亲。	平平仄仄仄平平。
遥知兄弟登高处，	平平仄仄平平仄，
遍插茱萸少一人。	仄仄平平仄仄平。

5. 几种与"七言律绝"音韵相似的词牌与歌谣

在唐宋词的发展中，由于抒情的需要而突破了七言句的限制，在七言句的基础上增字或减字、拆句或并句，形成了各种格调的长短句。但也有不少词牌还是沿用了律诗句式，较常见的有八句、六句和四句构成的词牌。

(1) 七言八句式有：《玉楼春》《木兰花》《鹧鸪天》等。

例如，周邦彦的《玉楼春·入江云》：

桃溪不作从容住，秋藕绝来无续处。当时相候赤栏桥，今日独寻黄叶路。//

烟中列岫青无数，雁背夕阳红欲暮。人如风后入江云，情似雨余粘地絮。//

借景言情，对偶整齐，赤、黄、青、红，色彩斑斓，一唱三叹。

又例如，辛弃疾的《鹧鸪天·代人赋》：

陌上柔桑破嫩芽，东邻蚕种已生些。平冈细草鸣黄犊，斜日寒林点暮鸦。//

山远近，路横斜，青旗沽酒有人家。城中桃李愁风雨，春在溪头荠菜花。//

(2) 七言六句格式有：《浣溪沙》、乐府诗等。

例如，晏殊的《浣溪沙·独徘徊》：

一曲新词酒一杯，	仄仄平平仄仄平，
去年天气旧亭台，	平平仄仄仄平平。
夕阳西下几时回？ //	平平仄仄仄平平。
无可奈何花落去，	仄仄平平平仄仄，
似曾相识燕归来，	平平仄仄仄平平。
小园香径独徘徊。 //	平平仄仄仄平平。

《浣溪沙》词谱分上下两片，每片由三个七言句组成，第三句分别重复第二句的平仄结构。下片的头两句往往用对仗句。

(3) 七言四句格式的有：《竹枝词》《杨柳枝》《欸乃曲》《浪淘沙》《采莲子》《捣练子》《渔歌子》等，大多数采自民歌，诗词的意境含蓄而深远。《竹枝词》用于咏唱民间风物和男女爱情，《杨柳枝》用于咏唱与杨柳相关的事物，《欸乃曲》用于咏唱舟子山水。《浪淘沙》专咏"浪里淘沙"事物，《采莲子》专咏"采莲"事物。

例如，白居易的《竹枝词》：

江畔谁人唱竹枝，前声断咽后声迟。怪来调苦缘词苦，多是通州司马诗。

注：竹枝：原为四川东部的民歌。

又例如，刘禹锡的《杨柳枝》：

塞上梅花羌笛吹，淮南桂树小山词。请君莫奏前朝曲，听取新翻杨柳枝。

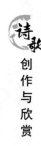

刘禹锡的《浪淘沙》：

  莫道谗言如浪深，莫言迁客似沙沉。千淘万漉虽辛苦，吹尽黄沙始到金。

注：另一种常见的《浪淘沙》是据双调五十四字的长短句体，据传是南唐李煜所创。

又例如，元结的《欸乃曲》：

  千里枫林烟雨深，无朝无暮有猿吟。停桡静听曲中意，好似云山韶濩音。

注：欸乃（读音：欧哀。）：是桡、棹、船的摇橹声，又有说如行船号子。

又例如，皇甫松的《采莲子》：

  船动湖光滟滟秋，贪看年少信船流。无端隔水抛莲子，遥被人知半日羞。

又例如，张志和的《渔歌子·西塞山》：

  西塞山前白鹭飞，桃花流水鳜鱼肥。青箬笠，绿蓑衣，斜风细雨不须归。

  仄仄平平仄仄平，平平仄仄仄平平。平仄仄，仄平平，平平仄仄仄平平。

又例如，贺铸的《捣练子·过年夜》：

  斜月下，北风前。万杵千砧捣欲穿。不为捣衣勤不睡，破除今夜夜如年。

  平仄仄，仄平平，仄仄平平仄仄平，平平仄仄平平仄，平平仄仄仄平平。

以上几种词牌在声律上变化多，词谱定格不一样，令人无所适从。现采用七绝的声律，作为统一的基础声律（当然可以突破框框，灵活多变，形成不同声律节奏），用两种格式作对比：

    仄仄平平仄仄平，平平仄仄仄平平。平平仄仄平平仄，仄仄平平仄仄平。

或者，平平仄仄平平仄，仄仄平平仄仄平。仄仄平平平仄仄，平平仄仄仄平平。

（4）五言八句式有：《生查子》等。

例如，欧阳修的《生查子》：

    去年元夜时，花市灯如昼。月上柳梢头，人约黄昏后。//

    今年元夜时，月与灯依旧。不见去年人，泪满春衫袖。//

    平平仄仄平，仄仄平平仄。仄仄仄平平。仄仄平平仄。

此词，押仄声韵，双调。上下片各为一首仄韵五言绝句，但是，五律和五绝均是押平声韵的。

例如，平平仄仄平，仄仄仄平平。仄仄平平仄，平平仄仄平。

或者 平平平仄仄，仄仄仄平平。仄仄平平仄，平平仄仄平。

又例如，高观国的《卜算子》：

    片片蝶衣轻，点点猩红小。道是天公不惜花，百种千般巧。//

    朝见树头繁，暮见枝头少。道是天公果惜花，雨汽风吹了。//

    仄仄仄平平。仄仄平平仄，仄仄平平仄仄平，仄仄平平仄。

上下片同调各四句，也是押仄声韵，只是第三句增加了两个字"道是"，增加了转折性的节奏（例如：已是、待到、谁见、只愿等）。在此举例说明，其目的是看到宋词的发展由来。

此外，还有一些词是由七言五言混搭、七言六言混搭、七言九言混搭等结构形式。例如《菩萨蛮》《蝶恋花》《一剪梅》《踏莎行》《渔家傲》《阮郎归》《西江月》《清平乐》《虞美人》等。还有七言四言混搭的《减字木兰花》等，都是以七律为基础，在发展中成为长短句的。

4.2.1.2 平、仄安排的一般格律

前面叙述了律诗的各种平仄格式，那么，平仄在诗词中又是怎样有节奏地安排呢？

1. 平、仄声交替（在一个句子中）

在七言句中，常由三个双音组和一个单音组构成，在双音组的第二个字和单音组字是句子的节奏点，也称节拍点。在每个句子中节拍点上的字，要求平仄是交替的。这类平仄交错的句子称为律句。

例如，毛泽东《七律·长征》诗：

红军不怕远征难，万水千山只等闲。五岭逶迤腾细浪，乌蒙磅礴走泥丸。

金沙水拍云崖暖，大渡桥横铁索寒。更喜岷山千里雪，三军过后尽开颜。

在颔联中，第3句：五岭逶迤腾细浪，仄仄平平平仄仄

第4句：乌蒙磅礴走泥丸。平平仄仄仄平平

第3句，以"仄"起句，仄仄后面是平平，平平后面是平仄仄，最后是一个仄声。第4句，以"平"起句，平平后面是仄仄，仄仄后面是仄平平，最后一个是平声。这就是平、仄声交替。这类在节拍上安排平仄交错能形成起伏节奏，动听悦耳。凡平仄格式不符合此规律的句子叫作拗句。同理，常由二个双音组和一个单音组构成的五言句中，也是同样的要求。（律句节拍点上的要求，实际上符合了"一三五不论，二四六分明"的协调平仄的口诀。五言的平仄口诀应该是"一三不论，二四分明"。这也只是对基本节奏格式而言。）

2. 平、仄声的对立（在本联内的两个句子之间）

在同一联的出句和对句之间，平仄声是相反的，也称对立，即平对仄，仄对平。例如，"长征"诗的颈联中：

第5句：金沙水拍云崖暖，平平仄仄平平仄

第6句：大渡桥横铁索寒。仄仄平平仄仄平

就对句而言，"大渡"对"金沙"，是仄仄对平平；"桥横"对"水拍"，是平平对仄仄；"铁索"对"云崖"，是仄仄对平平；"寒"对"暖"是平对仄。这就是对立。如果不"对"，上下两句的平仄声就雷同了。因此，无论出句是平声起，还是仄声起，对句（偶句）总是用平声结尾的。尾联（7、8）两句与颔联是同一种形式的对立关系"仄仄平平平仄仄，平平仄仄仄平平"。这样的结构使诗句产生节奏美感。若不合乎对立的规则，则称为失对。

如果首联中首句起韵，由于韵脚的限制，则首联的平仄就不是完全对立的。例如

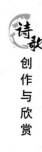

首联中，　　　　第1句：红军不怕远征难，平平仄仄仄平平，

　　　　　　　　第2句：万水千山只等闲。仄仄平平仄仄平。

其中第5、第7个字的平仄是相同的。（或者第1句与第2句的格式对换）。五律中也类似，只需将七律中前两字的"平平"和"仄仄"删去即可。

3. 平、仄声的相粘（处于前后两联的句子间）

粘（nian），就是平粘平，仄粘仄。后联出句的第二个字与前联对句的第二个字的平仄相一致。例如，毛泽东的《七律·到韶山》：

别梦依稀咒逝川，　　　　仄仄平平仄仄平，

故园三十二年前。　　　　平平仄仄仄平平。　　第2句

红旗举起农奴戟，　　　　平平仄仄平平仄，　　第3句

黑手高悬霸主鞭。　　　　仄仄平平仄仄平。　　第4句

为有牺牲多壮志，　　　　仄仄平平平仄仄，　　第5句

敢教日月换新天。　　　　平平仄仄仄平平。　　第6句

喜看稻菽千层浪，　　　　平平仄仄平平仄，　　第7句

遍地英雄下夕烟。　　　　仄仄平平仄仄平。

其中第3句与第2句相粘；第5句与第4句相粘；第7句与第6句相粘；如果不"粘"，前后两联的平仄声雷同了。如果违反了"粘"的规则叫作失粘。

格律诗中，"对"和"粘"的作用是使声调多样化。对于长律，也是依照"粘""对"的规则来安排平仄声。在七言绝句、五言绝句中，也有例外，上下两联之间（即第二、三句）不粘，而是平仄相对，称为"折腰"。例如，唐代王维的乐府诗《渭城曲》：

渭城朝雨浥轻尘，客舍青青柳色新。劝君更尽一杯酒，西出阳关无故人。

其中第二、第三两句平仄相对（仄声"舍"对平声"君"），即失粘。

4.2.1.3 特殊问题

前面说的一般规律是从优秀诗篇的节奏中总结出来的，对诗的节奏美产生重要作用。因此，应避免一些与规律相违背的同声或同韵的问题。下面将一些诗论中常提到的问题，例如，孤平，拗救，三平尾，三仄尾，等分述如下。

1. 孤平

在平仄声安排中，无论句末是平声还是仄声，每一句诗中必须有两个相连的平声字（双平），凡是出现两个仄声字中间夹一个平声字的情况，就称为孤平。这是需要避免的，否则诗句失去和谐。在不能重新造句的情况下，应采取调整平仄结构的补救办法。

2. 拗救

一般讲，凡不合平仄规则的字，称为拗，该句子也称拗句。对于犯孤平的拗句补救办法是增添一个平声，随之改动句末的平仄结构。例如，平声结尾五言句：应该是"平平仄仄平"，而做成了"仄平仄仄平"，第一字用了仄声，出现孤平，需改成"仄平

平仄平"（第三字改用平声）。再例如，七言句应该是"仄仄平平仄仄平"，而做成"仄仄仄平仄仄平"，第三字用了仄声，出现孤平，需改成"仄仄仄平平仄平"（第五字改用平声）。这样一改，结尾的三个字的"仄仄平"的规则安排被打破了，变成"平仄平"。这类不合平仄声格律的句型称为拗（ào）句。因此，对存在"孤平"的句子进行修改补救，称为"孤平拗救"，拗句补救孤平。

前面是平声结尾的句型，那么对于仄声结尾的情况，例如，五言句：应该是"平平平仄仄"，而做成了"平平仄仄仄"，也成了"三仄尾"，需改成"平平仄平仄"。再如七言句：应该是"仄仄平平平仄仄"，而做成"仄仄平平仄仄仄"，称"三仄尾"，需改成"仄仄平平仄平仄"。这样一改，结尾的三个字的"平仄仄"的规则安排被打破了，变成"仄平仄"。这类平仄结尾用拗救的句子，相应使五言句第三字必须用仄声，七言句第六字必须用平声，常用在律诗的第七句上。

以上说的都是当句自救的类型。还有一类是对句救拗，在当句中节拍上出现不合格律时，本句没有条件进行补救，那就在下一句的适当位置，选取一个字改变平仄声进行补救。例如，苏轼的《新城道中》：

东风知我欲山行，	平平平仄仄平平，
吹断檐间积雨声。	平仄平平仄仄平。
岭上晴云披絮帽，	仄仄平平平仄仄，
树头初日挂铜钲。	平平仄仄仄平平。
野桃含笑竹篱短，	平平仄仄仄（平）平仄，（颈联出句）
溪柳自摇沙水清。	仄仄仄（平）平仄平。
西崦人家应最乐，	仄仄平平平仄仄，
煮芹烧笋饷春耕。	平平仄仄仄平平。

在颈联中，出句第五字本该用平声字，却用了一个仄声字"竹"；对句中的第三字本该用平声字，也用了一个仄声字"自"；这两句均成为拗句，为了救拗，作者就将对句中的第五字仄声改用平声"沙"字：

| 野桃含笑竹篱短， | 仄平平仄仄平仄， |
| 溪柳自摇沙水清。 | 平仄仄平平仄平。 |

这一字之改，既救了对句中的第三字，又挽救了出句的第五字，一举两得。拗救在唐诗中较为常见，现今当然不必苛求。熟知此理，对于欣赏唐宋律诗的"铿锵""和谐"是有帮助的。

3．仄仄韵脚的变异

前面讨论拗救时，提到对于仄声结尾的拗救方式，出现了一种新的平仄格式，结尾三个字为"仄平仄"格式。例如，五言句：应该是"平平平仄仄"，而改成——平平仄平仄。七言句：应该是"仄仄平平平仄仄"，而改成——仄仄平平仄平仄。结尾处的"仄平仄"，按理说应属于"孤平"了，但是在阅读上并不觉得别扭，用多了也就成为

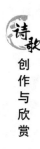

一种特许的变异格式。这种格式的特点是：五言句的第三、四两个字的平仄互换位置，此时第一字必须用平声。七言句的第五、六两个字的平仄互换位置，此时第三字必须用平声。由于这样的格式在唐宋的律诗中很常见，尤其是第七句。因此成了一种特定的平仄格式，这种平仄变格与基本格式同样可采用。例如，李白的《五律·渡荆门送别》：

> 渡远荆门外，来从楚国游。山随平野尽，江入大荒流。
>
> 月下飞天镜，云生结海楼。仍怜故乡水，万里送行舟。

4. 避免三平尾，三仄尾

"三平尾"是指五、七言格律诗诗句的后三字均为平声，也称"三平调"。读起来会失去抑扬顿挫的节奏感，变得平呆拗口，应该尽量避免。"三仄尾"是指五、七言格律诗诗句的后三字均为仄声，读起来声调短促，影响节奏。"上尾"是指五言、七言格律诗上下句尾字同声（第一、二句除外），应该避免。

5. 全平诗或全仄诗

在古体诗中，本来没有平仄的规定。到了唐代以后，受律诗的影响，往往也用律句，但是古体诗不受律句平仄规则的约束。每句的最后三个字，有四类常见的三字尾平仄格式，即，平平平（穷巷牛羊归）、平仄平（松月生夜凉）、仄平仄（竹露滴清响）、仄仄仄（登临出世界）。然而，反过来律诗又受古体诗的影响，产生了一些全平诗、全仄诗。

（1）全平诗。每句都用平声字，例如，《秋晨》：

> 残星横斜河，晨鸡号天风。幽人窗中眠，纱厨明秋空。

注：斜河：银河。纱厨：防蚊纱帐。

（2）全仄诗。例如，孟浩然的《春晓》：

> 春眠不觉晓，处处闻啼鸟。夜来风雨声，花落知多少！

三个韵脚字都是仄声，每句都用仄声字。

例如，《末伏夜》："末伏暑尚在，雨点落未落？梦觉起视夜，缺月挂屋角。"

再例如，柳宗元的《江雪》："千山鸟飞绝，万径人踪灭。孤舟蓑笠翁，独钓寒江雪。"其中"灭"和"雪"均用了仄声。

4.2.2 对仗

对仗，即对偶，两两相对，排列整齐。对仗不仅是格律上要求，而且也是一种修辞技巧。"对仗"这个术语的来历，源于仪仗队的阵列。对仗也是律诗的重要特点，它是从古诗里发展过来的，堪称"千古五言之祖"的古诗十九首中就有不少对仗，例如，《行行无行行》中"胡马依北风，越鸟巢南枝"。《青青河畔草》中"青青河畔草，郁郁园中柳"。后来在魏、晋、南北朝时期，曹植、陶渊明、谢灵运的诗歌中，用了不少对仗。甚至全篇都是对仗，例如，谢灵运的《登池上楼》（见《古诗三百首》）。

"对偶"是把同类的概念或对立的概念并列起来组词或组句，例如，"同声相应，同气相求""杨柳依依，雨雪霏霏"等。不仅词语凝练，形成一种相似的抑扬顿挫的节奏，或一近一远，或一局促一开张等，达到平衡、收放的艺术效果，形成一种整齐有序的美。例如，杜甫《绝句》："两个黄鹂鸣翠柳，一行白鹭上青天。窗含西岭千秋雪，门泊东吴万里船。"

又例如，"抗美援朝"，是句中自对，"抗美"与"援朝"形成对偶。除了句中自对外，还可以组成两句相对。如"抗美援朝，保家卫国"。一般讲对仗，指的都是两句相对。前一句称为出句，后一句称为对句，且用字不能重复。

对仗的基本特征是同类词相对，因此对仗的基础是词的分类。当然也有不以同类词性构成平仄相对、音节相同的各种对偶句。例如，写意对："春风潮水上，饮马杏花时"中，"春风"对"饮马"，"潮水"对"杏花"，完全不是同类词，但声势相应，不是对偶胜似对偶。

4.2.2.1 律诗对仗的基本要求

1. 基本规则

在律诗中的对仗，不同于修辞，有更严格的要求，其基本规则是：

(1) 律诗中，正格要求颔联和颈联用对仗，首联和末联用散句。对句与散句的合理安排，是一种平衡原则。平衡处于不平衡之中。如果是长律，除了首联和末联用散句外，中间的每一联都要用对仗。

例如，鲁迅的《自嘲》：

运交华盖欲何求，未敢翻身已碰头。破帽遮颜过闹市，漏船载酒泛中流。

横眉冷对千夫指，俯首甘为孺子牛。躲进小楼成一统，管他冬夏与春秋。

虽然按规定首末联用散句，但不排除使用对仗。有时甚至四联八句都用对偶句。

例如，杜甫的《登高》，句法严谨，语言精练：

风急天高猿啸哀，渚清沙白鸟飞回。无边落木萧萧下，不尽长江滚滚来。

万里悲秋常作客，百年多病独登台。艰难苦恨繁霜鬓，潦倒新停浊酒杯。

注：重阳节登高，触景伤怀，沉郁悲凉。"客"自指为羁旅他乡的人。"百年"意为一生。"新停"意为（因病）新近戒了酒。

首联写景，展示了风、天、猿、渚、沙、鸟六类景物，并用急、高、啸哀、清、白、飞回等状态字修饰，联语工对。并且在句中有自对：天高对风急，沙白对渚清。对偶十分精致。八句皆对、自然流畅，雄浑壮阔，有"古今七律第一"的美誉。

还有，第一联（首联）用对仗，第二联（颔联）不用对仗的律诗称为变格。

例如，唐代王勃的《送杜少府之任蜀州》：

城阙辅三秦，风烟望五津。与君离别意，同是宦游人。

海内存知己，天涯若比邻。无为在歧路，儿女共沾巾。

注：三秦：称陕西关中地区的汉代的秦地三国。五津：四川岷江上的五个渡口。

此诗第三联保持对偶句，相对于第二联的散承，形成跌宕之势，情感达到高潮，大大增强了艺术表现力。有时四联中只有第三联（颈联）保持对偶句，这样的律诗变

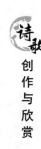
格称为蜂腰格。

此外，不仅变格，甚至还有破格，四联中完全不用对仗，但是平仄与起承转合都符合律诗要求，也被视为律诗。例如，李白的《夜泊牛渚怀古》：

> 牛渚西江夜，青天无片云。登舟望秋月，空忆谢将军。
>
> 余也能高咏，斯人不可闻。明朝挂帆席，枫叶落纷纷。

注：谢将军：晋代镇西将军谢尚。十分赞赏当年袁宏在运粮船上吟诗。当今也吟诗，谢将军听不到了。

(2) 对偶中，出句与对句的字面意义是相对的（相对的词属于同一个意义范畴或类别），或相反的，平仄是对立的，而且对句与出句的词组结构和词性都要求相对，词义同构，等。也就是字对字、词对词、句对句，词性相同，即名词对名词，动词对动词，形容词对形容词，副词对副词。词义同构即物对物、景对景、情对情等。

例如："风来花自舞，春入鸟能言。"（唐代诗人宋之问《春日芙蓉国侍宴应制》）此对句是五言工对，十分生动。采用"名＋动＋名＋付＋动"的词性组合格式。

又例如："江间波浪兼天涌，塞上风云接地阴。"（杜甫《秋兴八首》其一），其中，"江间"对"塞上"，"波浪"对"风云"，"兼"对"接"，"天"对"地"。而在"新松恨不高千尺，恶竹应需斩万竿"（杜甫《寄严郑公五首》其四）。其中字面意义正好相反。

(3) 出句中的字与对句中的字不能重复（至少在同一位置上不能重复）。例如，"同声相应，同气相求"，是不符合这个规则的。而"金沙水拍云崖暖，大渡桥横铁索寒"两句才符合律诗的对仗标准。又例如，林逋《梅花》中的"疏影横斜水清浅，暗香浮动月黄昏"是工对，其中："疏"对"暗"，定语对定语；"影"对"香"，主语对主语，表现梅花的形态；"横斜"对"浮动"，谓语对谓语；"水清浅"对"月黄昏"，补语对补语。（这里都存在着省略和倒装，本该是"在清浅的水面上……"和"在黄昏的月色中……"。）

(4) 出句与对句用词不能"合掌"（意义相同或用同一事物作载体）。例如，"冒寒人语少，乘月烛来稀"中"少"和"稀"意义相近，称为合掌。又例如，"流星透疏木，走水送流云"中"流"和"走"合掌。优秀的对句应该如唐代诗人王湾《次北固山下》中的颔联和颈联：

> 客路青山外，行舟绿水前。潮平两岸阔，风正一帆悬。
>
> 海日生残夜，江春入旧年。乡书何处达？归雁洛阳边。

包含有一近（前）一远（外）的相对，有一出（生）一进（入）的相对，有一高（正）一低（平）的相对，等等。符合事物相对而存在、相比较而发展的客观规律。

2. 词性的基本分类

词性同类为对仗，因此词性的分类是对仗的基础。主要概括为九类：名词、动词、形容词，代词、副词、虚词、数词（含数目字）、颜色词和方位词等。在名词中还可以分为很多小类。适当举例说明如下。

（1）名词类（动、植物名，生物名），例如，"乱花渐欲迷人眼，浅草才能没马蹄"，不仅名词对仗，而且形容词（乱对浅）、动词（迷对没）也对仗。又例如，"感时花溅泪，恨别鸟惊心"。

（2）名词类（地理名），例如，"欲渡黄河冰塞川，将登太行雪满山"，不仅名词对仗，其中还包含副词（欲对将）、动词（渡对登）的对仗。

（3）名词类（自然名），例如，"高天滚滚寒流急，大地微微暖气吹"，其中还包含形容词（滚滚对微微）的对仗。

（4）名词类（专有名），例如，"僧是愚氓犹可训，妖为鬼蜮必成灾"，其中还包含副词（犹对必）、动词（是对为）的对仗。

（5）名词类（人事名），例如，"浮云游子意，落日故人情"，除了"游子对故人"，"意对情"之外，其中还包含自然名（云对日）、动词（浮对落）的对仗。

（6）名词类（代人名），在诗词中，通常的代名词有："吾（我）、余、汝、尔、他、谁、君、子"等。例如，"满地芦花和我老，旧家燕子傍谁飞"，其中还包含形容词（"满"对"旧"）和动词（"和"对"傍"）的对仗。

（7）颜色词和方位词类，例如，"青山横北郭，白水绕东城"，除了颜色字"青对白"，方位词"北对东"之外，还包含自然名（山、水）、动词（横、绕）的对仗。

（8）虚词类，包括连词、介词，有"与、同、以、而、则、于、为"等。例如，"渐与骨肉远，转于僮仆亲""城高以厚，地广而深"。

（9）数字词类，例如，"斑竹一枝千滴泪，红霞万朵百重衣"，其中还包含自然名（斑竹对红霞）的对仗。"两句三年得，一吟双泪流"，其中还包含文事名（句对吟）、动词（得对流）的对仗。"一章三遍读，一句十回吟"，其中也包含文事名（章对句）、动词（读对吟）的对仗。对于数词还有：孤、半、独、众、无、几、数等。

（对于数字"一"，在诗词中用得也很多，例如，"一声梧叶一声秋，一点芭蕉一点愁""一曲高歌一樽酒，一人独钓一江秋"，其中的名词对（秋、愁、酒），虽然不是语言学上的一类，但可以认为是文学艺术上的转类。

（10）连绵词（或称双声叠韵词）、重叠词（或称叠音词）和连用词、对用词。

①连绵词类

名词性连绵词。例如，"惊风乱飐芙蕖水，密雨斜侵薜荔墙"，其中还有"惊风乱飐"对"密雨斜侵"等。**注**：芙蕖：荷花。薜荔：木本茎蔓植物。

形容词性连绵词。例如，"五岭逶迤腾细浪，乌蒙磅礴走泥丸"，其中还有"腾"对"走"。**注**：逶迤：弯弯曲曲延续不绝。磅礴：气势盛大。

又例如，"田园寥落干戈后，骨肉流离道路中"，其中还有方位词"中"对"后"。

再例如，"但愿暂成人缱绻，不妨常任月朦胧"，其中还有副词"但"对"不"，"暂"对"常"。**注**：寥落：荒芜。流离：飘泊。

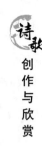

②重叠词类

例如，"晴川历历汉阳树，芳草萋萋鹦鹉洲"中，有"历历，萋萋"。

又例如，"高天滚滚寒流急，大地微微暖气吹"中，有"滚滚，微微"。

再例如，"无边落木萧萧下，不尽长江滚滚来"中，有"萧萧，滚滚"。

③连用词类

两个字经常连在一起使用的称为连用词，分为同义和反义两类。

连用的两个字含义相同，例如，骨肉、宾客等称为同义连用词，而连用的两个字含义相反，例如，浮沉、兴衰等称为反义连用词。（注意：不要与同义词、反义词混淆。例如，衣服和衣裳、关心与关怀是同义词，两者意义相同或相近；反之，两者意义相反或相对的为反义词，例如，朴素和奢侈、进步与落后等。）

例如："渐与骨肉远，转于僮仆亲"，其中，"骨肉"对"僮仆"是同义连用词。

"独有英雄驱虎豹，更无豪杰怕熊罴"中，"英雄"对"豪杰"，"虎豹"对"熊罴"。

又例如，"千波白帆起浮沉，两岸青山相送迎"中，"浮沉"对"送迎"是反义连用词。

再例如，同义连用词与反义连用词形成对仗："山河破碎风飘絮，身世浮沉雨打萍"中，"破碎"（同义）对"浮沉"（反义）。此外，还包含自然名（风、雨）、动词（飘、打）的对仗。

④对用词类

同义词或反义词用在对联上下句的对应位置，起到强调、互补、扩展、变化等作用。同义词的例子有："清歌且罢唱，红袂亦停舞"，其中，"罢"对"停"是同义对用词。"山下孤烟远村，天边独树高原"中，"孤"对"独"，是同义对用词。又例如，"敢将十指夸针巧，不把双眉斗画长"中，"将"对"把"是同义对用词。

反义词的例子有："水落鱼梁浅，天寒梦泽深"，其中，"浅"对"深"是反义对用词。

"浅"和"深"的反义词也可连用，例如："青山看景知高下，流水闻声觉浅深。"其中"高下"也是反义词连用。有时，反义词的应用，使上下联从整体意义上构成了一个反对偶。例如，"身无彩凤双飞翼，心有灵犀一点通"。又例如，"浅渚荇花繁，深塘菱花疏"中，"浅"对"深"，"繁"对"疏"，是双反义对用词。"当君白首同归日，是我青山独往时"中，"白"对"青"，"同归"对"独往"，双反义对用。又例如，"城上青山如屋里，东家流水入西邻"中，"城上"对"屋里"，"东家"对"西邻"是句内反义对用。

3. 工对

如前面的对仗"山河破碎风飘絮，身世浮沉雨打萍"中，"山河"与"身世"，"絮"和"萍"，并不是严格的对仗。若要严格要求，对于名词类必须同一小类相对。例如：云—雨（平对仄）；雪—风（仄对平）；来鸿—去雁（平平对仄仄）；岭北—江东（仄仄对平平）等。凡是严格符合同类词相对的、对得工整的称为工对，也称严对。

例如，"柳条绿日君相忆，梨叶红时我始知"。其中，"柳"对"梨"，是草木花果类名词相对；"条"对"叶"，条（枝）和叶是形体类名词相对；"绿"对"红"，是颜色类相对;"日"对"时",是时令类相对;"君"对"我",是代名词类相对;"相"对"始",是副词类相对;"忆"对"知",是动词相对。七个字完全工整对偶,称为工对。

又例如:"舞低杨柳楼心月,歌尽桃花扇底风。""两个黄鹂鸣翠柳,一行白鹭上青天。""七八个星天外,两三点雨山前。""两鬓风霜途次早行客,一蓑烟雨溪边晚钓翁。"等,平仄和词类相对都很工整,也是严对。具有很强的韵味。

4.邻对、宽对

如果用名词中各邻近小类的名词相对,这种对仗称为邻对。

例如,天文类对地理类,器物类对衣饰类。如,"无可奈何花落去,似曾相识燕归来"(其中,花与燕)、"醉里挑灯看剑,梦回吹角连营"(其中,剑与营)、"送酒东南去,迎琴西北来",(其中,酒与琴)。

如果放宽一些要求,只能做到词组结构对应,而词性不能完全相对,则称为宽对。例如,"千村薜荔人遗矢,万户萧疏鬼唱歌",其中"薜荔"是植物名,而"萧疏"是形容词。又例如,"浮云一别后,流水十年间"也是宽对。还有语法结构不尽相同的宽对,例如,"牢骚太盛防肠断,风物长宜放眼量"。"太盛"是连上读、是"牢骚"的谓语;"长宜"是连下读、是"放眼量"的状语;"肠断"连读是"防"的宾语;"放眼"连读是"量"的状语,语法结构也不相对。这可谓形式服从内容的需要而有所改变,不能太拘泥于句型相同。例如:"古木无人径,深涧何处钟。""飞鸟没何处?青山空向人。"等。

此外,还有一种宽对称"偏枯对",是用两个单名词构字联合词与单个事件或人相对。例如,"人烟寒橘柚,秋色老梧桐""冰雪莺难至,春寒花较迟""作者皆殊列,声名岂浪垂"。

然而,在"夜琴知欲雨,晚簟觉新秋"中,"新"字用得不好,破坏了结构的一致性。改用"宜"字,比较相对一致。可是,"梧桐半死清霜后,头白鸳鸯失伴飞",离规则太远了,就不是对仗句了。

4.2.2.2 对仗的其他形式

1.隔句对

如果有四句诗,不是通常的一、二句对仗,三、四句对仗;而是一、三句组成对偶,二、四句组成对偶,称为隔句对。形式上好像一个打开的折扇面,所以也称扇面对、开门对等。例如,白居易的《夜闻筝……》中的四句:"缥缈巫山女,归来七八年。殷勤湘水曲,留在十三弦。"其中一、三句中,"缥缈"对"殷勤",是叠韵词相对;"巫山"对"湘水",是地名相对。在二、四句中,"归"对"留",是动词相对;"七八"对"十三",是数词相对。又例如,周邦彦的《风流子》词中:"羡金屋去来,旧时巢燕;土花缭绕,前度莓墙。"其中,金屋对土花,旧时对前度。前度,即以前的一次,度不作动词讲。

再例如,冯至的自由诗中不仅隔句,而且还隔了节。

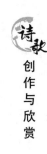

十里外的山村，/廿里外的市尘，/它们还存在？/

十年前的山川，/廿年前的梦幻，/却在雨里沉埋。……

2. 流水对

如果对偶中的两句，只是在形式上的对仗，而在意思上是前后连贯的，后一句是前句的延伸，只看前一句，不看后一句就无法知道完整的意义。像流水一样，因此称为流水对。例如，"即从巴峡穿巫峡，便下襄阳向洛阳"。在对仗的形式上是一联工对，副词、动词和地名都相对，而且地名在句中又是句中对，只是意思上是次序有先后的行程安排，是一种如流水婉转承接的复句，典型的流水对。

流水对又称"串对"。例如，王之涣的"欲穷千里目，更上一层楼"。出句是对句的目的，对句是实现目的的动作，是一个目的复句。流水对浑成一体，富于流转之美感。例如，杜甫的"酒债寻常行处有，人生七十古来稀"，其中"寻常"对"七十"，"稀"对"有"。

律诗中对仗的上下两句，通常要求内容不同或相反。如果两句诗的意义完全相同或基本相同，称作"合掌"，是写作的忌讳。流水对的上下句是相承关系，互为因果、条件等，两句构成的是一个复合句，不同于合掌。

3. 借对

借对，也称为假对，可分为借义和借音两类。

借义，是利用词的多义性构成对仗。例如，"竹叶于人既无分，菊花从此不须开"。借"叶"字对"花"。又例如，"酒中堪累月，身外即浮云"。这种灵活对仗也很生动。

借音，是利用词之间的谐音关系构成对仗。例如，"寄身且喜沧洲近，顾影无如白发何"，其中，相对应的词"沧洲"对"白发"是无法成为对偶的，而是用"沧"与"苍"是谐音，假借"沧"为"苍"，再与"白"相对，是借颜色词对真彩色词而构成对仗。此类借音对仗在诗词中还有：假借"篮"为"蓝"，假借"皇"为"黄"，假借"珠"为"朱"，假借"清"为"青"，等等。例如"白毛浮绿水，红掌拨清波"中的"清"字。例如"马骄珠汗落，胡舞白蹄斜"中的"珠"字。用一种鉴赏的意识看这些借用方法，会觉得锦上添花，妙趣无穷。

此外，还可用包含数量性质的词与数目字相对偶。如"双、众、孤、独、诸、重、数、尽、相、满"等。例如："一梢红破海棠红，数芯香新早梅动。""放翁五十犹豪纵，锦城一觉繁华梦。""九洴春潮满，孤帆暮雨低。"等。

4. 犄角对

例如，李群玉《筵中赠美人》中："裙拖六幅湘江水，鬓耸巫山一段云。"其中，相对应的词"六幅"对"一段""湘江"对"巫山"，在句中的位置上，前后都形成一个对角错位，故称为犄角对。拉了两条交叉对角线，又称为"错综对"。

5. 句中对

在一个句子中，做成自对的对偶句可称为句中对。在工整对中有句中对，使工整对更有美感。例如，陆游《游山西村》中的颔联："山重水复疑无路，柳暗花明又一村。"前句中，"山"对"水"，"重"对"复"；后句中，"柳"对"花"，"暗"对"明"。而前后两句组成的对仗也十分工整。

有的七言句中，以四个字对三个字的句中对，虽然字数也并不相等，却自身相对也很有节奏感。例如："青山簇簇水茫茫"，"青山"对"水"，"簇簇"对"茫茫"。句中对也被称为当句对或就句对，从节奏上带来一种美感。

6. 偷春体

首联用对仗，颔联用散句的律诗是破格，称为"偷春体"，意思是梅花偷春色而先开花。例如，王勃的《送杜少府之任蜀州》：

城阙辅三秦，风烟望五津。与君离别意，同是宦游人。

海内存知己，天涯若比邻。无为在歧路，儿女共沾巾。

这种类型在律诗未定型时，用得较多。事物有两面性，如果连续三联都用对仗，难免有呆板的感觉，颔联（与君离别意，同是宦游人。）用散句承接，可恰如其分地表达感情的变化，可以收到较好的艺术效果。

此外，元曲中还有三句成对的"鼎足对"、四句对仗的"连璧对"以及多句相对的"联珠对"和首尾句相对的"鸾凤和鸣对"。

4.2.2.3 词的对仗

实际上，宋词结构中并不要求用对仗，但由于某些上下句字数相同，而韵脚又是对立的，作者常常使用对仗。用对偶句可以增强节奏感，达到一定的艺术效果。最初是偶然使用，后来用得多了，就把某些词牌使用对偶句子的形式承袭下来了，随之就成了固定用对仗的句子。

例如，毛泽东的《西江月·井冈山》：

山下旌旗在望，山头鼓角相闻。敌军围困万千重，我自岿然不动。

早已森严壁垒，更加众志成城。黄洋界上炮声隆，报道敌军宵遁。

其中，前阕、后阕的头两句都用对仗。

《浣溪沙》下片的头两句也常用对仗句。例如，晏殊《浣溪沙·独徘徊》：

一曲新词酒一杯，去年天气旧亭台。夕阳西下几时回？

无可奈何花落去，似曾相识燕归来。小园香径独徘徊。

即使习以为常，但也可不步前尘，依然不用对偶。例如，张孝祥的《西江月·湖边春色》：问讯湖边春色，重来又是三年。东风吹我过湖船，杨柳丝丝拂面。

世路如今已惯，此心到处悠然。寒光亭下水如天，飞起沙鸥一片。

宋词中的对仗句大部分是可用可不用的。只是根据作者构思需要而定。因此，词的对仗不必过多拘泥。无须像律诗那样有严格的要求。一则，在对仗中不一定要求平仄相对，例如，在隔句对"望长城内外，惟余莽莽；大河上下，顿失滔滔"中，"城"对"河"是平对平，"外"对"下"是仄对仄。二则，对仗中可以重复用同一字，例如，

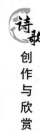

"千里冰封，万里雪飘""马蹄声碎，喇叭声咽""苍山如海，残阳如血""人有悲欢离合，月有阴晴圆缺"等，且允许相同的字相对。相对律诗而言，放任自然，不受束缚，可谓艺术发展的灵活性。上述两则也适用古体诗的对仗。例如，白居易《伤宅》中："攀枝摘樱桃，带花移牡丹"；杜甫的《石壕吏》中："老翁逾墙走，老妇出门看"。

宋词的对仗句不限于五字句和七字句，凡上下句字数相同的，都可用对仗。例如，

（1）三字句。例如，"携竹仗，更芒鞋"，"柳丝长，桃叶少"等。还有隔句对中的三字句，例如："晞发处，怡山碧；垂钓处，沧溟白。""青未了，柳回白眼；红欲断，杏开素面。"

（2）四字句。例如，"夕阳岛外，秋风原上"，词义相对，平仄相粘。词性与平仄都能相对的，例如，"乱石崩云，惊涛裂岸。""雾失楼台，月迷津渡。""红了樱桃，绿了芭蕉。"，对仗又押韵。当相连两句的字数虽然不同，如果去掉"领字"后字数相等，则也可用对仗。例如，"有东南佳气，西北神州""看半砚蔷薇，满鞍杨柳"。

（3）五字句。相当于五言律诗中的对偶句，例如，"凋花人独立，微雨燕双飞""日边清梦断，镜里朱颜改""乳燕穿庭户，飞絮沾襟袖"。只有"凋花"对是工对，其余并不工整。

（4）六字句。宋词中六字句对仗用得较普遍，有的是工对，很多却不然。例如，"照野弥弥浅浪，横空隐隐层霄""夜月一帘幽梦，春风十里柔情""人有悲欢离合，月有阴晴圆缺"。最后一对只是词性相对。

（5）七字句。相当于七言律诗中的对偶句，出句是仄韵脚，对句是平韵脚，例如，"休对故人思故国，且将新火试新茶""万里中原烽火北，一樽浊酒戍楼东"等。还有的出句是平韵脚，对句是仄韵脚的格式，例如，"绿杨烟外晓寒轻，红杏枝头春意闹"。也有在仄韵体词牌中，出句和对句都是仄韵脚的对偶句，例如，"三十功名尘与土，八千里路云和月"等。

（6）组合句。通常是指扇面对中，三字句或四字句与六字句或七字句组合的对偶。在宋词中以及单独对联中有较多应用。例如：

三月春浓，芍药丛中蝴蝶舞；五更天晓，海棠枝上子规啼。

书生惜壮岁韶华，寸阴尺璧；游子爱良宵光景，一刻千金。

一枰决胜，棋子分黑白；半幅通灵，画色间丹青。

三月韶光，常忆花明柳媚；一年好景，难忘橘绿橙黄。

综上所述，古代诗词的整齐的固定格式，包括句数、字数、对仗、韵脚、平仄等要素，不但精致，而且重意境、重情趣，形式与内容是相匹配的，尤其是各种宋词词牌，更体现了格式来自内容，即情绪起伏消长的内在韵律。因此，将跌宕起伏的情感节奏充注在优美流畅的文字中，诗的音乐性更强，情感的传递更到位。所以填词构思的首要任务是，将需要抒发的情感与词牌的格律无缝对接。传统的格律诗词是诗歌创新发展的取之不竭的资源。

4.2.3 律诗的篇章结构

4.2.3.1 律诗的章法

1. 律诗的情势结构

五言绝句在情势上有两种结构，即言尽意不尽和戛然意尽而言止。

例如，陈羽的《送灵一上人》："十年劳远别，一笑喜相逢。又上青山去，青山十万重。"前两句对偶起，后两句流水呼应。这是言尽意不尽，留下言外之音。而金昌绪的《春怨》："打起黄莺儿，莫教枝上啼。啼时惊妾梦，不得到辽西。"这是以小见大，语短意长，意尽而言止。突然而起，戛然而止。

七言绝句也同样有两种情势结构，绝大多数是言止意不尽，留下言外之音。例如，王翰的《凉州词》：

葡萄美酒夜光杯，欲饮琵琶马上催。 醉卧沙场君莫笑，古来征战几人回！

另一类是意尽而言止的，较少见，例如，柳中庸的《征人怨》：

岁岁金河复玉关，朝朝马策与刀环。 三春白雪归青冢，万里黄河绕黑山。

全诗无一"怨"字，却用句首的四个叠字和数字以及四个动词，充分表现了征途之怨。对偶工整，源自旧诗化用而开拓出新意境。

注：旧诗为，"夜夜月为青冢镜，年年雪作黑山花"

2. 律诗的语言结构

首先，从句式节奏结构看，律诗的句子结构分析常用一分为二的方法，称为半逗律。把三字尾看成一个整体，其余的部分看成另一个整体。

（1）五言句（欲穷～千里目，更上～一层楼）以"上二下三"结构为基本格。将下三字再细分一下，则有"二、二、一"和"二、一、二"的常见结构。（如"古宫～闲地～少，水村～小桥～多"；"开轩～面～场圃，把酒～话～桑麻"）

很多情况并不能包括在常用格式中，相应的还有"上三下二""上四下一"，甚至"上一下四"的变格。（如"绿垂风～折笋，红绽雨～肥梅"，"寻觅诗章～在，思量岁月～惊"，"山～随平野尽，江～入大荒流"）再细分一下，则有"一、二、二""一、三、一"和"一、一、三"的特殊结构。（如"色～因林～向背，行～逐地～高卑"。"山～随平野～尽，江～入大荒～流"。"绿～垂～风折笋，红～绽～雨肥梅"。）

（2）七言句（"晴川历历～汉阳树，芳草萋萋～鹦鹉洲。"）以"上四下三"结构为基本格。将上四字再细分一下，则有"二、二、三"和"二、二、二、一"的常见结构。（如"坐地～日行～八万里，巡天～遥看～一千河。""天连～五岭～银锄～落，地动～山河～铁臂～摇。"）将下三字再细分一下，则有"四、二、一""四、一、二"和"二、二、一、二"的常见结构。（如"无边落木～萧萧～下，不尽长江～滚滚～来。""年年喜见～山～长在，日日悲看～水～独流。""乱花～渐欲

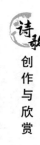

～迷～人眼，浅草～才能～没～马蹄。"）

由于抒情的特殊需求，除了常用结构外，相应还有一些如"上三下四""上二下五"，"上一下六"，"上五下二"，"二、四、一"等的变格。（如"巴人泪～～应猿声落，蜀客船～～从鸟道回。""牢骚太盛～防肠断，风物～长宜放眼量。""妾～梦不离江上水，郎～传郎在凤凰山。""永夜角声悲～自语，中天月色好～谁看。""盛世～～难逢开口～笑，菊花～需插满头～归。"）

再细分一下，则有"三、一、三"，"一、三、三"，和"一、五、一"的特殊结构。其中"三、一、三"，又称为"折腰格"。（如"三万里～河～入大海，五千仞～岳～上摩天。""城～因兵破～悭歌舞，民～为官差～失井田。""山～将别恨和心～～断，水～带离声入梦～流。"）

无论哪种句式在结构上都是张弛有序，形成紧凑的顿挫之美或舒缓的飘逸之美。（详见 4.4.3.2 节）。了解这些不常用的变格结构，对于律诗的阅读理解是有导引作用的。

其次，从章法的次序结构看，有前呼后应法，一意直叙法，前分后合法等。

（1）前呼后应法。对偶起首，则后两句呼应；对偶收尾，则用流水对呼应。如果前后都不用对偶句时，有第一句或第二句为主，一呼三应或两呼两应，或者分呼分应。大部分绝句都采用前呼后应的章法。例如，李白的《送孟浩然之广陵》：

故人西辞黄鹤楼，烟花三月下扬州。孤帆远影碧空尽，惟见长江天际流。

可视为第一句呼，后三句应；也可视为前三句呼，第四句应。这符合"起承转合"的要求。

（2）一意直叙法。例如，贯休的《公子行》：

锦衣鲜华手擎鹘，闲行气貌多轻忽。稼穑艰难总不知，五帝三皇是何物。

四句诗，事、情融合，一气呵成。

注：擎鹘：托举隼鸟。

（3）前后两截法（也称锻句法）。例如，王昌龄的《芙蓉楼送辛渐》：

寒雨连江夜入吴，平明送客楚山孤。洛阳亲友如相问，一片冰心在玉壶。

注：平明：天刚放亮时。楚山：镇江一带，古代吴、楚两地交界。冰心…句：是化用古诗鲍照的《白头吟》中"直如朱丝绳，清如玉壶冰"。

前两句送客，后两句传信。

（4）前开后合法。例如，王维的《少年行》：

新丰美酒斗十千，咸阳游侠多少年。相逢意气为君饮，系马高楼垂柳边。

前两句开说，后两句合说。

注：新丰：地方镇名。斗：酒器。美酒斗十千：借用曹植《名都篇》中"归来宴平乐，美酒斗十千"。

在特殊情况下还有倒叙方法，以满足先缓后转急的情绪要求或其他妙用等，分别可用任意一句作为主句。此外，也有不用对偶句漫兴写景的随意抒情法，常用第四句在结尾时点出诗的旨意。例如，毛泽东的七绝《题庐山仙人洞照》：

> 暮色苍茫看劲松，乱云飞渡仍从容。天生一个仙人洞，无限风光在险峰。

通篇气势雄浑，结尾有力。

第三，一题数首，组合成章。

以上均是一题一首的章法，还有一题二首、数首，组合成章。例如，杜甫的五言诗《秋野五首》，七言诗《秋兴八首》，甚至还有十首、二十首及数十首的篇章。例如，闻一多的名作《红豆篇多达四十二首》。为综合分析，录杜甫五言、七言组诗如下。

(1) 杜甫的五言诗《秋野五首》：

其一，秋野日疏芜，寒江动碧虚。系舟蛮井络，卜宅楚村墟。
　　　枣熟从人打，葵荒欲自锄。盘飧老夫食，分减及溪鱼。

对偶起句，起韵、写景，一意相承。颔联承接小景，颈联转写闲情，尾联结于逸致。

其二，易识浮生理，难教一物违。水深鱼极乐，林茂鸟知归。
　　　衰老甘贫病，荣华有是非。秋风吹几杖，不厌北山薇。

对偶起句，一意相承。颔联承接对句以物比拟，颈联转至人生，尾联表述秋野可以静思明理。

其三，礼乐攻我短，山林引兴长。掉头纱帽仄，曝背竹书光。
　　　风落收松子，天寒割蜜房。稀疏小红翠，驻履近微香。

对偶起句，起韵写景，两意分立。颔联、颈联转接小景；尾联应答"山林引兴长"而作结束。

其四，远岸秋沙白，连山晚照红。潜鳞输骇浪，归翼会高风。
　　　砧响家家发，樵声个个同。飞霜任青女，赐被隔南宫。

对偶起句起韵，写景两意分立。颔联依次分承；颈联远近倒叙转情，总结秋野之事：见山野而宁静淡泊；尾联启引出第五首。

其五，身许麒麟画，年衰鸳鹭群。大江秋易盛，空峡夜多闻。
　　　径隐千重石，帆留一片云。儿童解蛮语，不必作参军。

对偶起句起韵，两意分立。颔联、颈联承转秋野；尾联应答首联而作结束。

(2) 杜甫的七言诗《秋兴八首》：

其一，玉露凋伤枫树林，巫山巫峡气萧森。江间波浪兼天涌，塞上风云接地阴。
　　　丛菊两开他日泪，孤舟一系故园心，寒衣处处催刀尺，白帝城高急暮砧。

首联两意分立；颔联双声对，每句高下对发，"波浪"在下而说"兼天"，"风云"在天而下说"接地"；炼第七字"涌"和"阴"。颈联采用异类对，上二下五句式，意象生动。尾联更是高唱入云，用上四下三节奏中的"催刀尺"和"急暮砧"两个声动相连的词组，更显紧迫感。全篇有情有景，有声有色，忽近忽远，或高或低，犹如三峡之水时而盘旋回落，时而奔腾向前，与作者的澎湃思潮融会在一起。这是组诗的序曲。力求形式多样化，增强艺术美感。

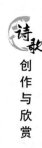

其二，夔府孤城落日斜，每依北斗望京华。听猿实下三声泪，奉使虚随八月槎。

画省香炉违伏枕，山楼粉堞隐悲笳。请看石上藤萝月，已映州前芦荻花。

注：八月槎：晋代张华《博物志》传说居海渚者，每年八月，有木筏来去。后人用"浮槎"比喻入朝做官。省：反复思忖。堞：城墙上沿的凹凸形。

首联一意相承；颔联"猿""使"异类对，上二下五，分承首联；颈联倒插对，上四下三，作转合；尾联顺应首联。

其三，千家山郭静朝晖，一日江楼坐翠微。信宿渔人还泛泛，清秋燕子故飞飞。

匡衡抗疏功名薄，刘向传经心事违。同学少年多不贱，五陵裘马自轻肥。

注：信：再。匡衡、刘向：汉朝文人。轻肥：轻裘、肥马。

首联两意分立；颔联叠字对，"渔人""燕子"异类对，上二下五，分承首联。颈联工对，上四下三，用作转开；尾联结合。

其四，闻道长安似弈棋，百年世事不胜悲。王侯第宅皆新主，文武衣冠异昔时。

直北关山金鼓震，征西车马羽书驰。鱼龙寂寞秋江冷，故国平居有所思。

注：直北、征西：抵御北部回纥、西部吐蕃侵凌。金鼓：征战用的钲和鼓。羽书：羽毛信。平居：平昔所居。

首联一意相承；颔联异类对承前，上四下三；颈联工对启后，上二中四下一；尾联用"故国思"结句。呼应第一首的"故园心"，由家到国，别拓一境，意义深远，达到八首之高潮。

其五，蓬莱宫阙对南山，承露金茎霄汉间。西望瑶池降王母，东来紫气满函关。

云移雉尾开宫扇，日绕龙鳞识圣颜。一卧沧江惊岁晚，几回青琐点朝班。

注：蓬莱：宫殿名。承露、金茎：承露盘的铜柱。龙鳞：皇帝衣袍上龙纹。一卧：病卧。青琐：官门名。

首联两意分立；颔联首两字同类对，下五字异类对，上二下五；颈联全部双拟对，上四下三，中二联共同承转首联；尾联转合。

其六，瞿塘峡口曲江头，万里风烟接素秋。花萼夹城通御气，芙蓉小苑入边愁。

珠帘绣柱围黄鹄，锦缆牙樯起白鸥。回首可怜歌舞地，秦中自古帝王州。

首联一意相承；颔联工对，上四下三。颈联双拟对，上二中二下三，颔、颈两联共承首联；尾联即转即合。

其七，昆明池水汉时功，武帝旌旗在眼中。织女机丝虚夜月，石鲸鳞甲动秋风。

波漂菰米沉云黑，露冷莲房坠粉红。关塞极天惟鸟道，江湖满地一渔翁。

注：昆明池：武帝演练水战处，有石雕织女和鲸鱼。菰米、莲房：茭白、莲蓬。一生漂泊无依如泛舟渔翁。

首联一意相承；颔联倒插工对，后句承首句，上四下三；颈联工对，上二中四下一，中二联共承首联；尾联即转即应。

其八，昆吾御宿自逶迤，紫阁峰阴入渼陂。香稻啄余鹦鹉粒，碧梧栖老凤凰枝。

佳人拾翠春相问，仙侣同舟晚更移。彩笔昔游干气象，白头吟望苦低垂。

注：渼陂：处陕西鄠县蓝田终南山地域。有诗作《渼陂行》。

首联一意相承；颔联插工对，上二中四下一，颈联工对，上四下三，颔、颈两联共承首联；尾联即转即合。组诗八首，一气浑成。各自开阖，互为起承转合，合之为一首。"望京华""故国思"是组诗的主旨，词采高华，抑扬顿挫，情感丰富，一生心神结聚之作，为杜甫七律之冠冕。

3. 律诗的情意结构布局

诗的基本结构规律是起、承、转、合。起，即开始；承，即承上；转，则转折；合，即收合。尽管这样的说法直到元代才有人明确提出，但是在元代以前的诗篇中却不同程度地体现这种布局，甚至连古诗十九首中的《迢迢牵牛星》也是这样布局的。

例如，文天祥的七律《过零丁洋》：

辛苦遭逢起一经，干戈寥落四周星。山河破碎风飘絮，身世浮沉雨打萍。

惶恐滩头说惶恐，零丁洋里叹零丁。人生自古谁无死，留取丹心照汗青。

注：零丁洋：广东珠江口外，又作"伶仃洋"。起一经：靠精通经书，通过科举考试。汗青：指史册、书册；古代竹简制作时，青竹用火烤的，使水分蒸发。故称汗青。

此诗声明了作者南宋抗元斗争兵败被俘后拒绝招降的心态。首联是"起"，感叹身世；中二联是"承"，把艰危悲愤的气氛渲染到极致；接下去的尾联则笔锋一转，情绪由悲愤转为激昂，由压抑转为高亢。"转""合"相融，充分表达诗人崇高的民族气节。

绝句的起、承、转、合四个层次分别安排在四个句子中，例如，王之涣《登鹳雀楼》：

白日依山尽，黄河入海流。欲穷千里目，更上一层楼。

第四句紧扣诗题，收合全诗。当然绝句的布局也可以灵活变化。除了前述常用的起承转合类布局之外，还有并置均衡类，或者是起承转合与并置均衡的综合。

并置均衡结构具有对称美。意思是如果有一个设定的基线，使其左右或上下作同形的语句结构互映和比照性设置。并置或均衡产生一种稳定的美趣，这种静稳定都是在意象的互映互动中形成的。并置式对称的明显特征是对偶句，而在谋篇布局上是有难度的。在古诗中常用对句叠合来实现并置对称结构。例如，陶渊明的《四时咏》：

春水满四泽，夏云多奇峰，秋月扬明辉，冬岭秀孤松。

这是由四句诗组成的对句，体现其以时间为基线的对称、以空间意象群并置的布局。它的"旋转性四象限的对称"给人以圆形结构的美感。再例如，杜甫的《绝句》：

两个黄鹂鸣翠柳，一行白鹭上青天。窗含西岭千秋雪，门泊东吴万里船。

全诗一句一景，由四幅独立的景致并列组成。每一句是一幅画，以远远、近近、大大、小小的空间意象，一画框又一画框地展示在眼前，给人以矩形结构的美感。

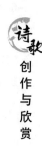
　　起承转合、并置均衡二者综合的典型诗篇是张若虚的《春江花月夜》。原诗36句，每四句一转韵的分节格式，为方便分析，拟分9节，归纳为5段（8+8+4+8+8）分录如下：

一、春江潮水连海平，海上明月共潮生。滟滟随波千万里，何处春江无月明。
　　江流宛转绕芳甸，月照花林皆似霰。空里流霜不觉飞，汀上白沙看不见。

二、江天一色无纤尘，皎皎空中孤月轮。江畔何人初见月？江月何年初照人？
　　人生代代无穷已，江月年年只相似。不知江月照何人，但见长江送流水。

三、白云一片去悠悠，青枫浦上不胜愁。谁家今夜扁舟子？何处相思明月楼？

四、可怜楼上月徘徊，应照离人妆镜台。玉户帘中卷不去，捣衣砧上拂还来。
　　此时相望不相闻，愿逐月华流照君。鸿雁长飞光不度，鱼龙潜跃水成文。

五、昨夜闲潭梦落花，可怜春半不还家。江水流春去欲尽，江潭落月复西斜。
　　斜月沉沉藏海雾，碣石潇湘无限路。不知乘月几人归，落月摇情满江树。

　　注：九节换九个韵，平声庚韵起首，紧接仄声寒韵；中间分别为平声文韵、仄声支韵；平声尤韵；平声微韵、平声文韵；末段用平声麻韵和仄声姑韵结尾。其中庚、寒、文为响亮级，支为细微级，尤、微为柔和级，文、麻为响亮级，姑为细微级。全诗随着韵脚的转换变化，平仄的交错应用，一唱三叹，前呼后应，既回环往复，又层出不穷，节奏感强烈而优美。

　　第一段两节，写大海、春潮、月光和春江……细腻地呈现了一个无边壮阔的空间，为"春江花月夜"的主题，营造一个恬静美妙的境界。

　　第二段两节，触景生情，抒发明月多情临大江，感慨江天一色的幽情，今人不见古时月、今月曾经照古人的逝水人生。无常的世态却是永恒的存在。

　　第三段一节，是对前、后两段的"承前启后"。是对前后的宇宙和生命原型象征内容的结合转换，是均衡式对称的基线。提出抒情的对象，即漂泊江湖的游子和月光下闺阁里的思妇。

　　第四段两节，思妇在空闺中面对穿帘月光，融入月光，思虑万千，满腹别怨、惆怅的愁情。

　　第五段两节，集中写游子的别恨、相思、乡愁和感慨。羡宇宙之无穷，叹人生之须臾。

　　全篇布局严谨，层次清晰（变换韵脚），结构精巧，情景交融，形象众多而完整。四、五两段写尽了悲欢离合的人间真情。结尾"不知乘月几人归"一句，将思念亲人盼团圆的情感赋予了普遍的社会意义，体现了一种人生情怀。全诗充满人生哲理，却又是一幅饶有生活情趣的画卷。诗情画意，美不胜收，不愧为"以孤篇压全唐"的杰作。

　　关于综合布局的经典很多，总结前面的分析，诗句在意义上的呼应，应该体现在诗句的构思上连贯，是否做到了起、承、转、合的布局。起，即通过比、兴、赋的手法表现主要内容，自然顺畅地点题。可以借物比喻，托物起兴或铺陈直叙，语句含蓄而耐人寻味，或开阔的视野，或厚重的历史感等。承，合理地传递、承接首联，内容承前启后，为第三联的"转"作好铺垫。转，转视野，出新意；小转大，见深意；转时空，见对比。将情势推向高潮。合，即整篇诗章的结局。形式大致分两类，一是首尾呼应，二是以景合情。内容应该表达复杂的情感。概括全篇，尽可能言尽而意不尽。

4.2.3.2 律诗的破题、中二联和结句

五律、七律的结构有"起、承、转、合"之说。

"起"为破题，用"兴"起，或"比"起，或引用事物而起，或就题而起，要突兀高远，势如破竹，骤响易彻。气势上使人为之一振，具有较强的吸引力。

"承"为颔联，或写景，或叙事，或表意。扩展前意，一脉相承。

"转"为颈联，与颔联形相似、意相应，但是要有变化，要出新。

"合"为结句，根据全篇情感的抒发结题，本位收住，或放开一步、宕出远神。收放自如，言有尽而意无穷。

通常篇章结构应该有起有结，有放有敛，有呼有应；一开一合，一扬一抑，一象一意。首尾相顾，语语相承，浑然一体。'起承转合'法则是艺术结晶，但是，其应用于每一首诗篇时，会进入变化多端、奥妙无穷的境界。通常起句平顺自然，中二联出彩、十分工致，结句则宽平放缓。每两句一个段落，或情或景。有情景分写，有情景双叠。有事起景接，事转景收，灵活转接。例如，崔颢的《黄鹤楼》、毛泽东的《长征》等众多七律都堪称古今佳作。

1. 破题（起句）

首联要气势不凡，具有极好的吸引力。写法多种多样。

从结构上看，起句有对偶起和散起。对偶起法又分为两种，即一意相承或两意分立。五律与七律的章法、句法大都相通。起句可用韵，也可不用韵。

例如，唐代宋之问的诗：南园无霜霰，连年见物华。青林暗换叶，红蕊续开花。

又例如，唐代李绅的诗：

长安别日春风早，岭外今来白露秋。莫道淮南悲木叶，不闻摇落更堪愁。

五律起句大多不用韵，七律起句多数用韵。仄起者其声峭急，用韵响亮；平起者其声和缓，用韵清浮。首联的情感各有不同，有朗润、苍秀、沉郁、松爽、清奇等。

首先，对偶起。

（1）一意相承者。例如，王维的《送梓州李使君》中，"万壑树参天，千山响杜鹃"。杜牧的《商山麻涧》中，"云光岚影四面合，柔柔垂柳十余家"。

（2）两意分立者。例如，李白的"柳色黄金嫩，梨花白雪香"。杜甫的《春望》中"国破山河在，城春草木深"。《恨别》中"洛城一别四千里，胡骑长驱五六年"。

其次，散起。"散起"形式中，首联突兀、雄健、有气势。例如，杜甫的《闻官军

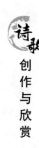

收河南河北》中"剑外忽传收蓟北,初闻涕泪满衣裳",散起不用韵。这样开门见山道破题意,则势如破竹。

如果入手平庸,通篇就会无力。从内容上看,首联的方式有先果后因,或上景下事,或首句设问,等。

(1)先果后因。例如,杜甫的《登楼》:"花近高楼伤客心,万方多难此登临。……"原因是"万方多难",结果是"伤客心"。国家多难之时登此楼,便有"感时花溅泪"的悲痛。再例如,白居易的《对镜》:"三分鬟发二分丝,晓镜秋容相对时。……"照镜时,发现两鬓青丝已有三分白发。

(2)上景下事。例如,高适的词,折柳送客,依依惜别:"黄鹂翩翩杨柳垂,春风送客使人悲。怨别自惊千里外,论交却忆十年时。"

再例如,卢纶的诗:"林暗草惊风,将军夜引弓。……",军情紧急,连夜出兵。此外,皆写景或皆叙事,交待事件发生的时间和地点。例如,毛泽东《到韶山》:"别梦依稀咒逝川,故园三十二年前。红旗卷起农奴戟,黑手高悬霸主鞭。……"

(3)首句设问。例如,崔颢的《长干曲》:"君家何处住?妾住在横塘。……"。

又例如,杜甫的《蜀相》:"丞相祠堂何处寻?锦官城外柏森森。映阶碧草自春色,隔叶黄鹂空好音。"

再例如,李白的《春夜洛阳闻笛》:"谁家玉笛暗飞声?散入东风满洛城。"这些开首问句能吸引读者的注意力,产生探索答案的希望。

2.中二联

中二联常用于写景或叙事和表意,并与首联某句有所照应、有所承接。

写景和叙事为实,而抒情表意为虚,应虚实相济,称'虚实对"。借景比兴,也可先实后虚,达到"承"和"转"的目的。若不采用写景比兴,就缺乏感染力。将事、意寓于景中,则情、景、事、理的表达上有错落变化。"景"应全方位寻觅,包括大小、远近、高下、动静等。此外,从结构形式上看,中二联须用对偶句。例如,毛泽东七首七律中,均采用这种结构:

⊙ 五岭逶迤腾细浪,乌蒙磅礴走泥丸。金沙水拍云崖暖,大渡桥横铁索寒。
⊙ 虎踞龙盘今胜昔,天翻地覆慨而慷。宜将剩勇追穷寇,不可沽名学霸王。
⊙ 红旗卷起农奴戟,黑手高悬霸主鞭。为有牺牲多壮志,敢教日月换新天。
⊙ 斑竹一枝千滴泪,红霞万朵百重衣。洞庭波涌连天雪,长岛人歌动地诗。
⊙ 冷眼向洋看世界,热风吹雨洒江天。云横九派浮黄鹤,浪下三吴起白烟。
⊙ 千村薜荔人遗矢,万户萧疏鬼唱歌。坐地日行八万里,巡天遥看一千河。
⊙ 红雨随心翻作浪,青山着意化为桥。天连五岭银锄落,地动三河铁臂摇。

注:虎踞龙盘:指称南京。形容地势险要,西面石头城像蹲着的虎,东面钟山像盘曲的龙。晋代张勃《吴录》中"刘备叹曰:'钟山龙盘,石头虎踞'",后人集为成语。黑手:农奴的手。遗矢:拉屎。八万里:地球自转,赤道一周四万公里。红雨:化用

292

李贺《将进酒》的"桃花乱落如红雨"。

前面的例子每一联都十分精彩，节奏鲜明，形象生动，诗意浓浓。更多例句如下：云霞出海曙，梅柳渡江春。淑气催黄鸟，晴光转绿萍。

惊风乱飐芙蓉水，密雨斜侵薜荔墙。岭树重遮千里目，江流曲似九回肠。

山随平野尽，江入大荒流。月下飞天镜，云生结海楼。

荒庭垂橘柚，古屋画龙蛇。云气生虚壁，江声走白沙。

初行竹里惟通马，直到花间始见人。四面云山谁是主？数家烟火自为邻。

几处早莺争暖树，谁家新燕啄春泥？乱花渐欲迷人眼，浅草才能没马蹄。

此外，在某一联之内，其"景"的描写也可分别有大小、远近、高下、动静等。

例如：
　　⊙ 风鸣两岸叶，月照一孤舟。
　　⊙ 城外青山如屋里，东家流水入西邻。
　　⊙ 星垂平野阔，月涌大江流。
　　⊙ 柳塘春水漫，花坞夕阳迟。

当然，首联、颔联也可以打破律诗对仗的形式规范，采用散文句。

例如，崔颢《黄鹤楼》中：

昔人已乘黄鹤去，此地空余黄鹤楼。黄鹤一去不复返，白云千载空悠悠。…………

首、颔联这四句诗不仅用散文句法，打破了格律的束缚，存在三个突破：首先，一、三句打破了平仄限制；其次，三、四句打破了对偶的限制；第三，不避讳"黄鹤"词语的三次重复使用。这样的七律名篇能突破七律的规矩，说明形式服从于内容是多么重要。

又例如，苏轼《和子由·渑池怀旧》：

人生到处知何似？应似飞鸿踏雪泥；泥上偶然留指爪，鸿飞那复计东西。

老僧已死成新塔，坏壁无由见旧题。往日崎岖还记否？路长人困蹇驴嘶。

首、颔联也是采用散文句，也不避"飞鸿"词语的重复，还运用"泥"字作顶真句式，使前后语句意思连贯紧凑。以"雪泥鸿爪"为喻，表达人生感喟：死去成新鬼，旧题不再见。不怕艰险，前程困远，珍惜当今。

3. 结句

常常形象地称"起承转合"为"首尾腰腹"。则有"首动尾随、首击尾应"之说，结句犹如撞钟，清音有余。诗的结尾应加倍有力，如飞舟破浪之势和尾流滔滔；宕出远神，言尽而意无穷。

例如：李白《行路难》中的结句："……长风破浪会有时，直挂云帆济沧海。"

又例如，杜牧的《清明》：

清明时节雨纷纷，路上行人欲断魂。借问酒家何处有？牧童遥指杏花村。

其中结句用"遥指"，留下想象的余地。总之，结句应根据诗篇的态势拟就，首呼尾应，一开一阖，举一反三，让人浮想联翩。结尾是表情达意的关键，有画龙点睛的作用。

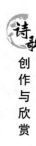

4.2.3.3 绝句特写

绝句如同特写摄影师，抓取了极富表现力的特写镜头，塑造极富感染力的艺术形象。绝句以婉曲深细，妙趣横生，句绝、而意不绝为主。在句法上多以第三、四句为主，第三句是蓄势，酝酿诗的高潮，上下黏合，转向一个新的情境。若第三句转变得优美，则结句就顺水推舟，如鱼得水，转换有力，含蓄无尽；第四句结句实事寓意，激发情感，托出题旨。

例如，宋人叶绍翁的《游园不值》：

应怜屐齿印苍苔，小扣柴扉久不开。春色满园关不住，一枝红杏出墙来。

与陆游的《马上作》比较：

平桥小陌雨初收，淡日穿云翠霭浮。杨柳不遮春色断，一枝红杏出墙头。

显然，前者优于后者。

1. 情景安排

绝句写情景的手法与律诗相似，有先写景后写情，或先写情后写景，或一情后一景，双层叠叙等。例如，王安石的《再题南涧楼》（先写景后写情）：

北山云漠漠，南涧水愁愁。去此非吾愿，临分更上楼。

注：临分更上楼：临别时依依不舍，再度上楼，极目远望，心意悠悠。

又例如，杜牧《泊秦淮》（先写景后写情）：

烟笼寒水月笼沙，夜泊秦淮近酒家。商女不知亡国恨，隔江犹唱后庭花。

前两句写景致，后两句写情事，一线直下，爽直快达，尽爱国情怀。（隔江、犹唱则是层层加强）

又例如，王安石《秣陵道中口占（其二）》（先写情后写景）：

岁熟田家乐，秋风客自悲。茫茫曲城路，归马白斜时！

又例如，杜牧的《重送绝句》：

绝艺如君天下少，闲人似我世间无。别后竹窗风雪夜，一灯明暗覆吴图。

注：覆吴图：在棋盘上敲击棋子。

又例如，王安石的《秣陵道中口占（其一）》（一情后一景，双层叠叙）：

经世才难就，田园路欲迷。殷勤将白发，下马照清溪。

又例如，杜牧的《沈下贤》：

斯人清唱何人和？草径荒苔不可寻！一夕小敷山下梦，水如环佩月如襟。

绝句写沈下贤东归故里以后，即便如清音高唱，也无人应和，一路上高人难寻觅！在小敷山下做了一夜梦，梦境清绝：水如环佩，月似襟抱，月光照水，水清吹月，更是两袖清风。

另有一种绝句扩展的七言六句的结构，即写景、叙事、抒情链式构思布局。

例如，李白的《乌夜啼》：

黄云城边乌欲栖，归飞哑哑枝上啼。机中织锦秦川女，碧沙如烟隔窗语。

停梭怅然忆远人，独宿孤房泪如雨。

注：秦川女：晋朝窦滔之妻苏蕙。苏蕙思念窦滔，织成璇玑图回文诗赠窦滔，八百余言，纵横反复皆成句成章。璇玑图：似星罗棋布的天文图。

此外，还有一种多人合作的联句诗，每人跟进一句。

例如，明代汪臣等的《桃源洞题壁》：

　　　　山路逶迤石洞幽，一时冠盖此遨游。(汪臣)、(杨子器)
　　　　翠禽亦解吾辈意，啼破孤云未肯休。(王成宪)、(汪臣)

联句诗产生于汉代，即"柏梁诗"。汉武帝(公元前115年)用香柏树做房梁，建造了一座柏梁台，在该处开宴，规定能作七言诗的高官可坐于上席。由皇帝带头作第一句七言诗，后续每人步首韵接一句，称《柏梁诗》。后人称联句体，当时是朋友间增进友谊的一种手段。

2. 常用句型

以下列举多个名篇，作比读，体会绝句的妙处。

例如，李白的《下江陵》：

　朝辞白帝彩云间，千里江陵一日还。两岸猿声啼不住，轻舟已过万重山。

第三句铺垫拖慢节奏，衬托出更加轻快的结句。一句一层意思，一句一个场面。

又例如，王翰的《凉州词》：

　葡萄美酒夜光杯，欲饮琵琶马上催。　醉卧沙场君莫笑，古来征战几人回？

也是第三句作衬托。

又例如，李白的《秋浦歌》：白发三千丈，缘愁似个长。不知明镜里，何处得秋霜。

李白的《敬亭独坐》：众鸟高飞尽，孤云独去闲。相看两不厌，惟有敬亭山。

又例如，杜甫的《戏为六绝句(其二)》中：

　王杨卢骆当时体，轻薄为文哂未休。尔曹身与名俱灭，不废江河万古流。

注：王杨卢骆：初唐誉称四杰的王勃、杨炯、卢照邻、骆宾王。哂(shěn)：讥笑。

又例如，王之涣《七绝(凉州词)》：

　黄河远上白云间，一片孤城万仞山。羌笛何须怨杨柳，春风不度玉门关。

又例如，孟浩然《七绝(送杜十四之江南)》：

　荆吴相接水为乡，君去春江正淼茫。日暮孤帆泊何处？天涯一望断人肠。

又例如，高适《七绝(别董大)》：

　千里黄云白日曛，北风吹雁雪纷纷。莫愁前路无知己，天下谁人不识君？

又例如，毛泽东《七绝(为女民兵题照)》：

　飒爽英姿五尺枪，曙光初照演兵场。中华儿女多奇志，不爱红装爱武装。

再例如，有"七绝圣手"之称的王昌龄的《出塞》：

　　秦时明月汉时关，万里长征人未还。但使龙城飞将在，不教胡马度阴山。

曾被推荐为唐人七绝的压卷之作。

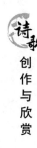

4.3 诗的韵津

诗句用韵的历史悠久，早在《诗经》中已开始用韵，是根据语音来押韵的。三国时期有了最早的韵书《声类》，而后韵书不断发展完善，隋朝有了《切韵》，唐朝有了《唐韵》，宋朝有了《广韵》《集韵》和《平水韵》。韵目安排均以使用方便为目的，在发展过程中有分有合。

到元朝有了 106 个韵部的《韵府群玉》，清朝康熙年间根据以往的韵书编定了《佩文诗韵》，106 个韵部的韵书一直通用了七百多年，直到 1956 年推行普通话汉语拼音方案时，由原来的平、上、去、入四声，更改为阴平、阳平、上、去四声，将入声字并入其他三声中，随之形成十八韵部的《中华新韵》，使用变得更为方便。

古诗用韵，律诗也要押韵。用韵是为提振每一联的精神，如大厦栋柱之基础，因此，选用韵部要稳当，宜用响亮级的韵字。用韵呈现去而复返，前后呼应的效果，从而产生节奏，使全篇诗句和谐有序。声调韵律是诗词特有的文体特征，具有乐章的节奏和旋律。

韵，具有粘合力，起到承接、连锁作用。韵，具有传递力，情调得到统一。

律诗用韵的一般规则是：用韵只限于偶数句，奇数句的末一字限用仄声。诗的首句可押韵，也可不押韵。一首诗里，一般只能用同一个韵部的字为韵，必要时也可用邻近韵部通押，用韵限于用平声；用韵的字不能重复（异体诗例外），在宋词中可以出现重复的韵脚字。

例如，诗经中的《蒹葭》第一节：

蒹葭苍苍，白露为霜。　　助释：芦苇苍茫茫，露水结成霜。
所谓伊人，在水一方。　　　　　　所思念的人，在河的那边。
溯回从之，道阻且长。　　　　　　逆流去寻她，道险路又长。
溯游从之，宛在水中央。　　　　　顺流去寻她，犹在水里藏。

例如，黄庭坚《清平乐·春归何处》上片：

春归何处？寂寞无行路。若有人知春去处，唤取归来同住。

例如，毛泽东的七律《到韶山》：

别梦依稀咒逝川，故园三十二年前。红旗卷起农奴戟，黑手高悬霸主鞭。
为有牺牲多壮志，敢教日月换新天。喜看稻菽千层浪，遍地英雄下夕烟。

由于韵的规范不断变化，现今写律诗，不必拘泥古人的诗韵。不但首句可以用邻韵，其他韵脚也可以用邻韵，只要朗诵起来感觉和谐就可以。韵脚的和谐协调，吟之有韵，在朗诵时产生抑扬顿挫、悦耳动听的美感。使整个诗篇抒之有情、视之有美、诵之有味。在韵部的选用上，不仅满足抒发情感的需要，而且体现诗庄、词媚、曲谐的特点。

4.3.1 韵和韵的结构

语言本身就有节奏和旋律，体现一种自然运动的性质，即均衡、对称、流动、起伏等多种多样而又统一和谐的规律，从而产生一种自然美感。在自然原理的基础上，人们不断探索，才有了四声、平仄、对仗等说法，逐渐形成韵律的理论，使诗歌语言更具美妙的节奏。

律诗形式的规范是一种探索成果，由四联八句构成的律诗，字数相同，平仄合律，有前后复沓的押韵，有平行的对偶，有前呼后应的特点，体现了起伏流动、循环往复的自然特色，具有生命律动的语言旋律。声律、音韵可以形成一种心理意识，其形成的节奏也是诗的生命。

4.3.1.1 诗的气韵和气势

1. 气韵

气韵对于画而言是神似，因为画家的立意所追求的不仅仅是形似，更重要的是神似，这才是绘画的最高境界。对于诗而言，气韵是神韵，是精神韵致，是风度气派。因为诗人的立象尽意是营造意境，追求象外之象，景外之景，也即是洋溢的气氛和情调，神态变化。气韵应该是诗意的回响。如韵味浓郁，气脉连贯或抑扬顿挫，等。既有豪气又有逸韵，是蕴涵的内在美。

凝练的口语与丽辞交替使用，明快飘逸中形成旋律，婉转绚丽中营造平淡，相得益彰。粗犷豪放的诗句，如激流奔腾，怒涛拍岸，雄壮威武，感慨深切。既有激情，又有韵味。

事实上，汉字的发音（声、韵和声调）中蕴涵着一种节奏和情感特性，尤其与声母、声调的关系更明显。喉、颚、舌、齿、唇的姿势不同，发出委直通塞等不同的声音，常称为五音（口腔中五类发音部位发生的五类声母），各自表现含、张、跃、止、舒等不同的情感。

（1）唇音：合嘴唇发音的字具有一种绵软性，例如：美、密、绵、蜜、迷、慢、磨、梦、蒙、忙、闷、默、妙……先合嘴唇后又突然放开发音的字具有一种刚硬性，例如：骗、拼、奔、怕、跑、迫、泼、拍、破、配、匹、批、辟、扑、漂……

（2）舌音：卷舌音发音的字具有一种灵活性，例如：玲、珑、灵、轮、弄、连、浪、恋、累、潦、露、络、落……舌尖与前齿龈接触，再离开，爆发声音。凡有 d、t 音的舌尖音有急促感，例如：特、定、单、独、点、滴、端、第……

（3）齿音：舌尖抵住门牙（齿）发出的齿音具有一种收敛、折断的感性，例如：死、尸、少、丧、伤、缩、删、收、杀、散、送、撕、掠、鲜……还有半齿音，例如：柔、弱、软、韧、壤、忍、懦、辱……

（4）颚音：舌根与硬软腭接触，牙齿间的气息在唇间吐出的发音具有动态性，例如：高、阁、竟、去、风、沸、飞、浮、分、付、覆、肯……此类发音较

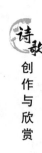

不易理解，可以用例句"江春不肯留归客，草色青青送马蹄！"作比较说明，其中"江""肯""归""客"都是颚音（也有称为牙音的），有浊重感；"草""色""青""送"都是齿音，有尖锐清晰感。

（5）喉音：舌根与硬软腭接触，不是突然放开，而是舌头前后居中位置，让气流摩擦、发出声音，例如：阴、影、幽、奥、杳、忍、韧、隐、屋、忧、烟、怨、冤、云、雨、汉、阳……

这类声母、声调形成的气息情调与乐曲中某种音调相似，体现某种情感。与韵母形成的韵律相结合，构成了诗的气韵。此外，五音又各有清声和浊声以及发声、送气、收声等的差别。例如"空山不见人，但闻人语响"，其中"空山不见"四字是清声；"但闻人语"四字是浊声。上句用力轻而气流直上，下句用力重而带摩擦音，震动较强。

此外，情调与情感的强烈程度也密切相关。绵绵情感的用啴声，亢奋感慨的用厉声，情势危急的用烈声，情绪滞豫的用扬声等。

2. 气势

气势与气韵有类似之处，如气体一样，存在而无形；需要一种意识经验去体察，如同肺腑那样的呼吸，才能感觉空气的存在。有些研究者愿意用物理学名词"强度""张力"等来描述气势，且不论是否恰如其分，也过于概念化了。因为气势是一种意识，不像"刚性""柔性"，甚至"硬度"等那样具有触觉感受，让人容易理解。诗的气势不是刀光剑影却胜似刀光剑影。需要一种感受能力，才能由衷地对诗篇发出"大气磅礴""势如破竹"这样的赞叹声。如同一束追光把黑暗中的物体照亮，让你眼见为实。

诗的气势也可以用汉字书法作品的笔力、笔锋来比喻，或者用乐曲演奏的音色、节奏、旋律等的表现力来比喻。如何在诗句中能看出"笔锋"，感受到情感的具体"表现力"呢？在于作者的诗句中形象和节奏的处理以及含蓄手法的应用等等（如诗的艺术特性、诗的韵律和节奏等，在有关章节中列举说明），也在于读者的仁者见仁、智者见智的辨识能力。

3. 情韵

声由情出，韵味含情，随情押韵，韵脚与情感是形影相随的。可根据需要选用特定的韵部表达所要抒发的情感。例如，郭沫若的《凤凰涅槃》中，为表现男性雄壮悲愤的强音，用的是"怀、来"韵（ai, uai）。为表现女性的哀怨，用的是"梭、坡"韵（o, e, uo）：

韵母相同的字叫作同韵；韵头不同，主要元音和韵尾相同也算同韵。同韵字编在一起称韵部。

如"东"韵（ong, iong），有春天风和日丽的鼓动情感，表达欢乐开朗的情绪。

如"唐"韵（ang, iang, uang），有夏日敞亮开放的感觉，表达欢乐、开朗的情绪。

如"皆"韵（ie, ue）和"寒"韵（an, ian, uan），韵脚飘逸、恬静、舒展，有梦游的氛围。

如"庚"韵（eng，ing），有宽怀坦诚、高昂激动的情感。

如"齐"韵（i），有细腻滑动的感觉。

如"鱼"韵（ü）和"歌"韵（e），有缠绵、延伸的思绪。

如"尤"韵（ou，iu，iou），有响亮却充满艰险曲折、发展扩大中带入感慨的情绪。

如"支"韵和"衣"韵（i），含有细腻、挺直、由此及彼的情绪。

如"姑"韵（u）和"寒"韵（an，ian，uan），有柔和恬美、沉重哀痛的思绪。

如"痕"韵（en，in，un），有充满奋进向上、突破困境的心绪。

还有，活泼轻松，如"麻"韵（a，ia，ua）。豪放高亢，如"豪"韵（ao，iao）。

轻快愉悦，如"开"韵（ai，uai）。欢快轻松，如"波"韵（uo，o）。

俊秀精细，如"微"韵（ei，ui），等等。

　　这些韵脚与情感的关联，在写诗、填词时要特别关注。因为"词牌"来源于最初的曲调的情愫。诸如清新绵邈、感叹伤悲，富贵缠绵、惆怅雄壮、飘逸清幽、旖旎妩媚，风流蕴藉、悲伤婉转，健捷激越、凄怆怨慕，呜咽悠扬、典雅沉重，等。情感源于句式和韵脚形成的节奏和情调。例如，豪放的《念奴娇》《满江红》等，适用气象恢宏的激情。而婉约的《雨霖铃》《长相思》诸类适用温婉蕴藉的柔情。

　　为了烘托不同的情绪和气氛，在诗行中需要措置韵脚的疏密以及适时地换韵。例如，连续三四句甚至五六句诗才押一个韵，形成一种徐缓的慢步感觉，常用于气势舒缓，循序铺排的情景；每一句都押韵的连续韵是最密集的，容易收到急促的效果，甚至在一个句子中还用"韵"。例如"天姥连天向天横"中出现了三个"天"字，更象征山势艰陡难攀的状态。换韵是根据情节、气氛的发展需要，如果诗的每个小节换一个韵脚，就能够使诗篇的整体上有起伏变化，情绪饱满。

　　例如，李白的《梦游天姥吟留别》诗，韵脚时疏时密，句法长短不一，韵脚转换自由，这三个特点最能配合情态物状的发展。将原诗以韵脚变换分行排列如下（用小写英文字母 a、b、c 等代表韵脚排序）：

海客谈瀛洲，烟涛微茫信难求。（a）越人语天姥，云霞明灭或可睹。（b）

天姥连天向天横，势拔五岳掩赤城。天台四万八千丈，对此欲倒东南倾。（c）

我欲因之梦吴越，一夜飞渡镜湖月。（d）

湖月照我影，送我至剡溪。谢公宿处今尚在，渌水荡漾清猿啼。（e）

脚着谢公屐，身登青云梯。半壁见海日，空中闻天鸡。（e）

千岩万转路不定，迷花倚石忽已暝。（f）

熊咆龙吟殷岩泉，栗深林兮惊人巅。云青青兮欲雨，水澹澹兮生烟。（g）

列缺霹雳，邱峦崩摧。洞天石扉，訇然中开。青冥浩荡不见底，日月照耀金银台。（h）

霓为衣兮风为马，云之君兮纷纷而来下。虎鼓瑟兮鸾回车，仙之人兮列如麻。（i）

忽魂悸以魄动，恍惊起而长嗟。惟觉时之枕席，先向来之烟霞。（i）

世间行乐亦如此，古来万事东流水！（j）

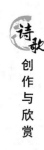

别君去矣何时还？且放白鹿青崖间，须行即骑访名山。（g）

安能摧眉折腰事权贵，使我不得开心颜！（g）

诗中以不同间隔更换十个韵脚。从短韵（a）促起、迅疾之势引出主题，接着隔句用韵（b），气势稍缓（七言古风，首句入韵），然后又接两个去声韵（c），入梦轻飞，转用（d）韵。下面八句，隔句用韵（e），表现出舒缓心境、缓步徐行、细审慢赏。（注：天台、赤城：为山名，在天台县北。谢公：南朝谢灵运）

而后用韵（f），体现停滞、迷惑的意味。即刻又用六个平声韵，隔句押韵（g,h），产生惊心动魄的感觉。紧跟上声隔句韵（i），从惊喜交集的梦境中醒来。（注：列缺：闪电。訇然：轰然。）接下来，片刻宁静，长长地吁叹，发出人生如逝水的感慨，用上声"微"韵（j）表达孤绝愤慨的心情。用"别君"句过渡，发出浩叹，用"寒"韵（g），情绪激越，用九字长句，一口气强烈地抒发个人的不平不悦的情感，写出了千年社会史的轮替重演特点。

4.3.1.2 韵的结构

韵的一种最基本形式是押韵，押韵是指诗句或段落的最后一个字的发音上使用同一系列的韵母音，例如，远、怨、鲜、线、天等。在押韵时，通常是同声调押尾韵韵母为更佳，但同为韵母，也可押韵头和韵腹；也可用不同声调相押，即平仄四声通押。由于平声韵字数较仄声的更多，且有敦厚、昂扬的语言美感，因此有"平声优先"的原则。押韵也称韵脚，在阅读时歇一下脚步、稍有停顿，体会到声韵律动的美感。第一个韵脚的出现称为起韵。在诗词中，第一个韵脚在首句出现，则称为首句起韵。

1. 同韵母相押

例如，唐代卢纶的《塞下曲 其三》：

月黑雁飞高，单于夜遁逃。欲将轻骑逐，大雪满弓刀。

同为韵母（āo），吟诵时感觉相当和谐，用同韵母押韵是严韵的基本要求。如果介音（韵母前的过渡元音）有所不同时，也能满足严韵的要求。

例如，李白的《关山月》：

明月出天山，苍茫云海间。长风几万里，吹度玉门关。……

介音 i、u 虽然不同，但音韵同样畅顺激越。

2. 同声调相押

同声调相押优于异声调相押。例如，儿歌《数青蛙》：

"一只青蛙一张嘴，两点眼睛四条腿，噗通一声跳下水。"

韵母 uǐ，全部用上声押韵，整齐优美。

3. 阴平阳平分别单押和错开混合押

通常押韵时平仄相互间隔，读起来更有抑扬顿挫的美感，而在平声中也有两种情况。一种是阴平、阳平分别单押，另一种是错开混合押。阴平、阳平错开混合押韵，使声韵有丰富的变化，更为和谐动听。因此，仔细分析宋词，混押用得较多，况且早先平声是不分阴阳的，用阴平声或阳平声单押的例子稀少。

例如，唐代牛峤的单调《江城子·鹧鸪》，要求一、二、三、五、八句押平声韵：

　　　鹧鸪飞起郡城东，碧江空，半滩风。越王宫殿，蘋叶藕花中。

　　　帘卷水楼鱼浪起，千片雪，雨蒙蒙。

注：鹧鸪：古代一种鸟。

用阴平、阳平声混押的例子，例如，苏轼的《江城子·凤凰山》：

　　　凤凰山下雨初晴，水风清，晚霞明。一朵芙蓉、开过尚盈盈。

　　　何处飞来双白鹭？如有意，慕娉婷。//

　　　忽闻江上弄哀筝，苦含情，遣谁听？烟敛云收、依约是湘灵。

　　　欲待曲终寻问取，人不见，数峰青。//

上片中阳平混阴平（"清"字是阴平）；下片里阴平混阳平（"情""灵"字是阳平）。

4. 同声母错开

在同韵母、同声调的条件下，押韵字的声母要错开，可以免去同音字相押的麻烦。例如，只要功夫深，铁杵磨成针；"深"和"针"的声母有了变化。又如斗、走、口等押韵字的声母都不同。同音字相押也称为重韵，如"升"和"生"，"中"和"钟"等用在同一节诗中，应该避免。当然也有例外。

5. 避讳之例及破例

由于轻声字不能重读，所以避免用轻声字押韵。同样应避免同义词押韵，例如，芳香、忧愁、深沉等诸类，有损于诗句的抑扬顿挫的语气。避免用同一个字，产生重韵。当然，儿歌、口诀中常见有"一字韵"，它能起到重复、回环和强调的作用。虽说应该避免用同一个字，可总有破例之说，有一种异体诗称为独韵诗，是指通首词用同一个字作韵脚，也称独木桥体。例如，金代、元代文学家元好问的词《阮郎归·不放山》：

　　　别郎容易见郎难，千山复万山。杨花帘幕晚风闲，愁眉澹澹山。

　　　光禄塞，雁门关，望夫元有山。当时只合锁雕鞍，山头不放山。

注：不放山：不放他出山。光禄塞，雁门关：关山要塞名称；光禄塞在内蒙古固城一带，雁门关在山西雁门山。望夫元有山：望夫山在辽宁绥中。元：意同"原"。合锁雕鞍：应该锁住马鞍。合，该。

四个韵都用了"山"字作韵脚。情郎离家，女子思念，懊恨当初不该放他离家出远门。

4.3.1.3 变体律诗的诗韵

1. 奇数句可押仄声韵

唐代律诗通常是偶数句押平声韵，奇数句不押韵（首句可押可不押）。而变体律诗的奇数句可押仄声韵，同样产生音韵的流美婉转。

例如，晚唐章碣的诗：

　　　东南路尽吴江畔，正是穷愁暮雨天。鸥鹭不嫌斜两岸，波涛欺得逆风船。

　　　偶逢岛寺停帆看，深羡渔翁下钓眠。今古若论英达算，鸱夷高兴固无边。

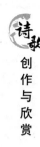

注：英达算：英明通达之人的计谋。鸱夷：指春秋时代越国谋臣范蠡，其号为鸱夷子皮。他辅佐越王勾践灭吴复国后，携西子归隐太湖。

2．仄声韵中，上声和去声混用

在仄声韵中，上声和去声混用在一首诗词中，尽可能保持对称协调。例如，陆游的《钗头凤·红酥手》（见 4.4.3.2 节）中，上片前两句用上声韵（手、酒、柳），后三句用去声韵（恶、薄、索、错）；下片七个字中大部分用去声（旧、瘦、透，落、莫），在"落"与"莫"之间夹着"阁""托"是平声，按古代分类，"落""莫""阁""托"都归为入声。只要应用恰当，邻韵通押，同样脍炙人口。

又例如，张若虚的《春江花月夜》的前半部，以四句为一个单元，押同一个韵，且第一、二、四句都押，如平声韵"平""生""明"，仄声韵"甸""霰""见"，平声韵"尘""轮""人"，仄声韵"已""似""水"，等等。平仄交替，音节和谐。每一句的平仄并不完全遵守律诗的规则，但同样能构成流美委婉的意境。（见 4.23.1 节）

3．诗中平仄格律的突破

有些七律中，每一句的平仄并不完全遵守律诗的规则，但由于对偶句的应用，让人感觉到音韵十分流美婉转，例如，刘希夷的《代悲白头翁》：

　　今年花落颜色改，明年花开复谁在。已见松柏摧为薪，更闻桑田变成海。

　　古人无复洛城东，今人还对落花风。年年岁岁花相似，岁岁年年人不同。

4.3.1.4 词的声律和韵格

词是公元七世纪隋唐时期作为配乐歌词产生发展起来的，而后逐渐脱离音乐，成为独立的文体形式。最初称为"曲词""曲子词"。全篇字数固定，只有一段的称为单调，也有分段的称为双调（上、下两阕），也有较少见的三叠和四叠。词的押韵虽然是由词谱明确规定，但不像格律诗所规范的那样严格。词有句式的自由，因此有多少词牌就有多少押韵的样式，用韵的范围更宽，也可以通押邻韵（同辙）等。通常词句的平仄声是在律诗基础上加以变化的，可以不粘、不对，但是基本上是律句格式。例如，二字句是平、仄组合，三字句用五言律句的三字尾（平平仄、仄仄平、平仄仄、仄平平），四字句用七言律句的上四字（平平仄仄、仄仄平平）等。只要声调和谐，音韵流畅，也可以不用前人的词牌，自定平仄韵律，称为自度曲。

填词是按词牌的格式造句成文。根据内容主题、情感特点选择适合情调的词牌，有的声调高亢，豪情满怀；有的低吟感叹，心境悲凉。词牌的平仄句式是定音的根据，先要熟悉词牌的句式，包括每一句的言数以及平仄谱，然后填入表达情感的词语。上片起、承，记述往事；下片转、合，感慨兴怀。而后继续修改，包括推敲词义与平仄声调是否和谐合律，达到完美的地步。词的声律和韵格，可以归纳几个特点。

1．韵的平仄声

不同的词调中，用韵或换韵的过程有平仄韵限制，大致可归纳为五种韵格，即平声韵格、仄声韵格、平仄声转换格、平仄声交替格和平仄声通押格等。

（1）平声韵格。《浣溪沙》是通篇押平声韵词牌。例如，苏轼的《浣溪沙·游南山》：

　　　　细雨斜风作小寒，淡烟疏柳媚晴滩，入淮清洛渐漫漫。

　　　　雪沫乳花浮午盏，蓼茸蒿笋试春盘，人间有味是清欢。

上、下阕中"寒""滩""漫""盘""欢"字，都是平声［寒 an］韵。

常用的平声韵词牌有：

小令：《十六字令》、《忆江南》（又同梦江南、望江南）《渔歌子》《捣练子》《忆王孙》《长相思》《河满子》《醉太平》《女冠子》《浣溪沙》《采桑子》《诉衷情》《杨柳枝》《阮郎归》《画堂春》《朝中措》《秋波媚》《人月圆》《三字令》《武陵春》《太常引》《南歌子》《浪淘沙》《鹧鸪天》《南乡子》《小重山》《临江仙》等。

中调：《一剪梅》《唐多令》《破阵子》《行香子》《江城子》《风入松》等。

长调：《满庭芳》《水调歌头》《八声甘州》《高阳台》《望海潮》《风流子》《沁园春》《六州歌头》等。

（2）仄声韵格。《好事近》《点绛唇》通篇押仄声韵的词牌。

例如，宋代王禹偁的《点绛唇·平生事》：

　　　　雨恨云愁，江南依旧称佳丽。水村渔市，一缕孤烟细。

　　　　天际征鸿，遥认行如缀。平生事，此时凝睇，谁会凭栏意！

上、下阕中"丽""市""细""缀""事""睇""意"字，都是仄声［齐 i、微 ui］韵。

常用的仄声韵词牌有：

小令：《如梦令》《天仙子》《生查子》《点绛唇》《关河令》《卜算子》《谒金门》《好事近》《忆秦娥》《贺圣朝》《惜分飞》《少年游》《醉花阴》《玉楼春》《鹊桥仙》《踏莎行》《桃源忆故人》《后庭花》等。

中调：《蝶恋花》《苏幕遮》《渔家傲》《玉莲花》《青玉案》《祝英台近》等。

长调：《念奴娇》（百字令）《桂枝香》《水龙吟》《瑞鹤仙》《齐天乐》《柳色黄》《雨霖铃》《永遇乐》《贺新郎》《摸鱼儿》《兰陵王》等。

此外，为适应抒发情感的需要，还有平仄声韵两体的词牌，常用的有：《如梦令》《浣溪沙》《声声慢》《雨霖铃》《满江红》《江城子》《永遇乐》《长相思》等。

（3）平仄声韵转换。例如，《调笑令》《乌夜啼》（相见欢）《菩萨蛮》《更漏子》《清平乐》《酒泉子》《西江月》《虞美人》《喜迁莺》等。

平仄转韵有两类，在单调词和双调词中有不同的样式。

①双调词中，则是上下片内分别用平仄两种韵。通常是上片用仄声韵，下片转为平声韵。例如，宋代吕本中的《清平乐·柳塘新涨》（仄、仄、仄、仄；平、平、平）：

　　　　柳塘新涨，艇子操双桨。闲倚曲栏成怅望。是处春愁一样。

　　　　傍人几点飞花，夕阳又送栖鸦。试问画楼西畔，暮云恐近天涯。

上阕中"涨""桨""望""样"字，都是仄声［唐 ang］韵。下阕中"花""鸦""涯"

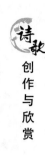

字，都是平声 [麻 a] 韵。另一种更复杂些，在上下片内分别转韵的。

例如，宋代辛弃疾《菩萨蛮·书江西造口壁》(仄、仄、平、平；仄、仄、平、平)：

> 郁孤台下清江水，中间多少行人泪。西北望长安，可怜无数山！
>
> 青山遮不住，毕竟东流去。江晚正愁予，山深闻鹧鸪。

上阕中"水""泪"是仄声，"安""山"都是平声。下阕中"住""去"是仄声，"予""鸪"都是平声。再如《西江月》(平、平、仄；平、平、仄)，《更漏子》(仄、仄、平、平；仄、仄、平、平)，《虞美人》(仄、仄、平、平；仄、仄、平、平)，《减字木兰花》(仄、仄、平、平；仄、仄、平、平) 等，都属同一类。

此外，对上、下片分别转韵的情况作适当简化，只在上片或只在下片中转韵的，例如，在《调笑令》(仄、仄、仄、平、平；仄、仄、仄) 中，只是在上片中仄声转平声。又例如，李煜的《喜迁莺》(平、平、平、平；仄、仄、仄、平、平)，只是在下片内仄声转平声。

②单调词中，先用仄声韵后转入平声韵，或先用平声韵后转入仄声韵。此类用得较少。例如，唐代温庭筠自创的《蕃女怨·万枝香雪》：

> 万枝香雪已开遍，细雨双燕。钿蝉筝，金雀扇，画梁相见。
>
> 雁门消息不归来，又飞回。

注：香雪：杏花。钿蝉筝：(只有) 装饰在筝上的金蝉。(和扇上绘的金雀与画梁间的燕子相见) 又飞回：(可是往年的燕子) 已飞回来了。

前五句中，"遍""燕""扇""见"字用仄声 [寒 an] 韵。后两句中，"来""回"二字，转换成平声 [开 ai、uai] 韵。

又例如，后蜀欧阳炯的《南乡子·岸远沙平》：

> 岸远沙平，日斜归路晚霞明。孔雀自怜金翠尾，临水，认得行人惊不起。

前两句中，"平""明"字用平声 [庚 ing] 韵。后三句中，"尾""水""起"字，都转换用仄声 [微 ui、齐 i] 韵。古诗中，鲍照的《梅花落》也是先平后仄。

(4) 平仄声韵交错。在宋词中平仄声韵交错的情况较少，似乎是律诗留下的浅淡影子。例如，唐代温庭筠《荷叶杯·一点露珠》中的 (仄、仄、平、仄、仄、平)：

> 一点露珠凝冷，波影，满池塘。 绿茎红艳两相乱，肠断，水风凉。

在双调词中的平仄声韵交错，例如，宋代黄庭坚的《定风波》(平、平、仄、仄、平。仄、仄、平；仄、仄、平)，且用的也是多个韵部。

> 万里黔中一漏天，屋居终日似乘船。及至重阳天也霁，催醉，鬼门关外蜀江前。
>
> 莫笑老翁犹气岸，君看，几人黄菊上华颠？
>
> 戏马台南追两谢，驰射，风流犹拍古人肩。

(5) 平仄声韵通押。平仄韵通押，是指一首词中用一个韵部的字押韵，则平声字和仄声字可以通押，这种情况也较少。

例如，宋代张孝祥的《西江月·一船明月》：

满载一船明月，平铺千里秋江。波神留我看斜阳，唤起鳞鳞细浪。

明日风回更好，今朝露宿无妨。水晶宫里奏《霓裳》，准拟岳阳楼上。

上阕中，"江""阳"二字是 [唐 ang] 韵平声；"浪"字是 [唐 ang] 韵仄声。下阕中，"妨""裳"二字是 [唐 ang] 韵平声，而"上"字又是 [唐 ang] 韵仄声，即（平、平、仄。平、平、仄）的节奏。

2. 韵的疏密有致

不同的词调中，押韵有疏有密。密的有每一句押韵，一韵到底。疏的有间隔一、二句押韵，或间隔三、四句，甚至五、六句才押一个韵，多见于长调中。同一首词中也可以疏密混杂。例如，辛弃疾的《水龙吟》、张孝祥的《六州歌头》等。

3. 一韵到底

在一首词中，有的一韵到底。词中有时也允许重复使用韵脚字（包括顶针句，完全重叠句以及拟重叠句），有《忆秦娥》《采桑子》《长相思》等，甚至还有用同一字做韵脚，通贯全词（戏称独木桥体）。例如，宋代蒋捷的《声声慢·黄花深巷》：

黄花深巷，红叶低窗，凄凉一片秋声。豆雨声来，中间夹带风声。

疏疏二十五点，丽谯门不锁更声。故人远，问谁摇玉佩，檐底铃声。//

彩角声吹月堕，渐连营马动，四起笳声。闪烁邻灯，灯前尚有砧声。

知他诉愁到晓，碎哝哝多少蛩声。诉未了，把一半分与雁声。//

上下片不同调，字数不等，且间隔一、二句，用同一"声"字做韵脚。属 [庚 eng] 韵平声。

4. 换韵

在一首词中，有的可以换韵。如果转换韵脚时，依次换韵时不出现同韵部，称为相随式。例如，辛弃疾的《菩萨蛮·书江两造口壁》：

郁孤台下清江水，中间多少行人泪。西北望长安，可怜无数山！

青山遮不住，毕竟东流去。江晚正愁予，山深闻鹧鸪。

上阕中"水""泪"是 [微 ui] 韵仄声，"安""山"字是 [寒 an] 韵平声。下阕中"住"是 [姑 u] 韵仄声，"鸪"字是 [姑 u] 韵平声；"去"字是 [鱼 ü] 韵仄声，"予"字是 [鱼 ü] 韵平声。（平声的予：我。仄声的予意思是给。）如果用两个韵相换，然后再反复相换，则称为回环式（如《钗头凤》）。如果一片词的首尾押同韵，中间换另一韵，称怀抱式（如《定风波》）。

5. 变格

按原来的词谱格式填词称为定格。如果每句字数有增减，平仄声调也随之而变，称为别格。例如，《念奴娇》中开头三句常用"放船纵棹，趁吴江风露，平分秋色"句式。而苏轼的《念奴娇·赤壁怀古》中改用"大江东去，浪淘尽，千古风流人物"或"乱石穿空，惊涛拍岸，卷起千堆雪"句式。十三个字的一段可以有不同的用法。

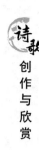

4.3.2 押韵的基本样式

押韵，也称为协韵或叶韵。押韵使诗篇具有语言韵味，背诵时朗朗上口，有利传播，还容易让人记住。押韵可以在全篇中用一个韵，也可以换韵。有两句押一韵，四句或八句押一韵的，称偶韵。用韵的样式变化很多，用韵的选择过程称为选韵。选韵的一个重要特点是韵脚的响亮度。例如用于表现昂扬、亢奋情绪的用"江、阳、花、发"等响亮级的辙部；表现苦闷、沉重的情态意的用"飞、堆、衣、欺"等细微级辙部。韵脚通常是句子的终结，也是节奏的停顿的位置。有时在韵脚处的节奏感停不下来，要往前继续发展，形成每个分句押韵，称为密韵。例如：吴山青、越山青，两岸青山相送迎。

此外，在奉和他人诗词的时候需要和韵，和韵即依所奉和诗词的原韵原字来押韵，同时保持原有的先后次序作诗填词，称为步韵或次韵。符合原韵原字、次序相同的要求是很严格的。如果用原韵而不用原字则称为依韵，用原韵原字而韵脚的先后次序不同称为用韵。

4.3.2.1 偶韵

在诗章中，每逢偶句二、四、六、八、十的句末押韵（A），称为偶韵，结构格式如OAOAOA……起句可以押韵，也可不押韵。听徐志摩在《再别康桥》中的一唱三叹：

轻轻的我走了，正如我轻轻的来；我轻轻的招手，作别西天的云彩。//

那河畔的金柳，是夕阳中的新娘；波光里的艳影，在我的心头荡漾。//

用的是偶韵，小节之间换韵是节奏的需要，在整齐的句式中产生一种起伏有度的波动的感觉。

4.3.2.2 隔韵（交叉韵）

奇数句与奇数句押韵（A），偶数句与偶数句押韵（B），称为隔韵，或称交叉韵，结构格式如ABABAB……。如果一、三句同为阳平，则二、四句最好为入声，这样音韵铿锵，对比鲜明。例如，"富人一口棺，穷人一堂屋，讨得死人欢，忘却活人哭"。

又例如，徐志摩的《罪与罚》的前三节：

你——你问我为什么对你脸红？/这是天良，朋友，天良的火烧，/

好，交给你了，记下我的口供，/满铺着谎的床上哪睡得着？//

你先不用问她们那都是谁，/回头你——你有水不？我喝一口，/

单这一提，我的天良就直追，/逼得我一口气直顶着咽喉。//

冤孽！天给我这样儿！毒的香，/造孽的根，假温柔的野兽！/

什么意识，什么天理，什么思想，/那敌得住那肉鲜鲜的引诱！//

这类交叉韵，可以营造一种时断时续的流动的情感特征。有时为了情感变化需要，每一个韵，表面上看，觉得是无韵诗，其实是表现飘忽不定的情趣。诗韵有助于情感的发展变化，既要利用规律，也要突破局限，更有创造性发展。

4.3.2.3 随韵

前两句押同一个韵（A），随后的两句更换另一个韵（B），再接下去的两句又更换第三个韵（C），称为随韵（或称相邻韵），结构格式如 AABBCC……例如，四句一节的诗中：

> 我嗅到绿草的清香 / 鸽群在心窗前飞翔 /
> 忆起多少次湖边的散步 / 当意识还如柳枝间的轻雾 //

随韵的方式简洁流畅、节奏鲜明，形成跳跃音律，增加活泼性。

例如，徐志摩的《火车擒住轨》：

> 火车擒住轨，在黑夜里奔，/ 过桥，过水，过陈死人的坟；//
> 过桥，听钢骨牛喘似的叫，/ 过荒野，过门户破烂的庙；//
> 过池塘，群蛙在黑水里打鼓，/ 过噤口的村庄，不见一粒火；//
> 过冰清的小站，上下没有客，/ 月台袒露着肚子，像罪恶。//
> 这时，车的呻吟惊醒了天上 / 三两个星，躲在云缝里张望：//
> 那是干什么的，他们在疑问，/ 大凉夜不歇着，直闹又是哼，//
> 长虫似的一条，呼吸是火焰，/ 一死儿往暗里闯，不顾危险，//
> 就凭那精窄的两道，算是轨，/ 驮着这份重，梦一般的累坠。//……

十六句诗，每两句换一个韵，强烈的节奏催促你的脚步。整首诗的最后点明了"擒住轨"的象征，说："……那一天也不休息，睁大了眼，什么事都看分明，但自己又何尝能支使命运？说什么光明，智慧是永恒的美，彼此同是在一条（铁路）线上受罪。"

4.3.2.4 抱韵

如果是四句一节的诗，首尾两句押韵，中间两句押的韵与首句不相同，称为抱韵。不仅有抑扬起伏的节奏，同时形成前后呼应。结构格式如 ABBA。例如："你是一团火，照亮了深渊，指示着青年，失望中抓住自我。"

例如，闻一多《忘掉她》的前四节（干脆第四句完全重复第一句）：

> 忘掉她，像一朵忘掉的花，/ 那朝霞在花瓣上，/ 那花心的一缕香——/
> 忘掉她，像一朵忘掉的花！//
> 忘掉她，像一朵忘掉的花！/ 像春风里一出梦，/ 像梦里的一声钟，/
> 忘掉她，像一朵忘掉的花！//
> 忘掉她，像一朵忘掉的花！/ 听蟋蟀唱得多好，/ 看墓草长得多高；/
> 忘掉她，像一朵忘掉的花！//
> 忘掉她，像一朵忘掉的花！/ 他已经忘记了你，/ 她什么都记不起；/
> 忘掉她，像一朵忘掉的花！//……

还有三句一段的抱韵。例如，闻一多的《太阳吟》中的几节：

> 太阳啊，火一样烧着的太阳！/ 烘干了小草尖头底露水，/

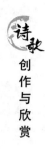

可烘得干游子底冷泪盈眶？ // ……

太阳啊——神速的金乌——太阳！ / 让我骑着你每日绕行地球一周，/

也便能天天望见一次家乡！ //

太阳啊，楼角新升的太阳！ / 不是刚从我们东方来吗？ /

我的家乡此刻可都依然无恙？ //

太阳啊，我家乡来的太阳！ / 北京城里底官柳裹上一身秋了罢？ /

唉！我也憔悴的同深秋一样！ // ……

太阳啊，慈光普照的太阳！ / 往后我看见你时，就当回家一次；/

我的家乡不在地下乃在天上！ //

当然，随自由诗的段式不同，抱韵的结构还有许多不同的形式。

4.3.2.5 换韵

每节韵文（若干句诗行为一节）换一次韵脚，或者每段韵文（若干节诗行为一段）换一次韵脚，称为换韵或转韵（例如张若虚的《春江花月夜》，徐志摩的《再别康桥》等均为四句一节换韵）。在转韵中可以改变情绪的轻重缓急，也影响抑扬顿挫的节奏。通常在较长的韵文中换韵是较为有利的，从中产生推波助澜的变化和起伏。一唱三叹的情感也可以扩大韵语的选择余地。每一段的首句通常也押韵，称为起韵，使诗句较为顺畅，随后，便逢偶数句押韵，平仄相间递用，有时也采用连韵。疏密、轻重都随情感而变。

例如，1956 年贺敬之的《回延安》，采用陕北民歌信天游的形式，每两句（一节）换一个韵，摘录开头两节：

心口呀莫要这么厉害地跳，/ 灰尘呀莫把我眼睛挡住了。//   (A)

手抓黄土我不放，/ 紧紧儿贴在心窝上。//   (B)

又例如，1962 年郭小川的《秋歌——之一》，其中四节，每两节（四句）换一个韵：

我曾随着大队杀过茫茫夜，/ 此刻又唱"雄关漫道真如铁"。//   (A)

我曾随着战友访问黄洋界，/ 当年的白军不知何处死荒野！//   (A)

只有江河的流水长滔滔，/ 只见战斗的红旗永不倒！//   (B)

只有勇士的豪情日日高，/ 只见收获的季节年年到。//   (B)

又例如，徐志摩的《他眼里有你》，每一节（四句）换一个韵（而第四句又用了不完全重复句）：

我攀登了万仞的高岗，/ 荆棘扎烂了我的衣裳，/   (A)

我向飘渺的云天外望——/ 上帝，我望不见你！//

我向坚厚的地壳里掏，/ 捣毁了蛇龙们的老巢，/   (B)

在无底的深潭里我叫——/ 上帝，我听不到你！//

我在道旁见一个小孩：/ 活泼，秀丽，褴褛的衣衫；/   (C)

他叫声妈，眼里亮着爱——/ 上帝，他眼里有你！//

单一的韵脚不能满足强烈的思想感情变化，换韵能使情绪更为激荡跳脱。

例如，李煜的词《虞美人》：

春花秋月何时了？往事知多少！　　　　　　　　　　　　　(A)，(A)

小楼昨夜又东风，故国不堪回首明月中！//　　　　　　　　(B)，(B)

雕阑玉砌应犹在，只是朱颜改。　　　　　　　　　　　　　(C)，(C)

问君能有几多愁？恰似一江春水向东流。//　　　　　　　　(D)，(D)

有的诗篇在换韵之前，出句的韵脚作呼应的预处理，即按照新转入的"韵"作引导式准备，使后续出现的新韵有水到渠成的承接感。这种转韵技巧称为逗韵。

例如，杜甫的《丹青引·赠曹将军霸》中的一节：

学书初学卫夫人，但恨无过王右军。丹青不知老将至，富贵于我如浮云。　(A)

开元之中常引见，承恩数上南薰殿。凌烟功臣少颜色，将军下笔开生面。　(B)

注：丹青引：丹青是绘画的代称，"引"是诗体的一种名称，即绘画的歌。曹霸将军为曹操曾孙。卫夫人：卫铄，擅长书法，王羲之曾师从她学习书法。王右军：即晋代大书法家王羲之，曾任右军将军。

其中第三联的"见"字作为逗韵，使前一联的韵脚"云"字顺当地转到本联的"殿"字上。

再例如，李白的七言古诗《乌栖曲》：

姑苏台上乌栖时，吴王宫里醉西施。　　　　　　　　　　　(A)，(A)

吴歌楚舞欢未毕，青山欲衔半边日。　　　　　　　　　　　(B)，(B)

银箭金壶漏水多，起看秋月坠江波，东方渐高奈乐何？　　　(C)，(C)

前面两句一转韵，后三句用一个韵，奇数句也可用韵。

4.3.2.6 连续韵（排韵和阴韵）

诗篇的每一句都押韵，全篇押一个韵，称连续韵。韵脚的密度大而一气呵成，造成了一种连绵不断的音韵节奏，强化韵味效果。在气势盛壮时句句用韵，舒缓时隔句用韵，表现或高昂或低回的情绪。韵脚和气势是相辅相生。律诗总是一韵到底，很长的排律也是如此。因此，称全篇一个韵的为排韵。最早的七言律诗中，一个典型的例子是魏代曹丕的《燕歌行》，句句押韵，而且都是平声，格调清丽婉转：

秋风萧瑟天气凉，草木摇落露为霜。群燕辞归鹄南翔，（芦花飘零旧巢荒。）

念君客游思断肠，慊慊思归恋故乡。君何淹留寄他方？贱妾茕茕守空房。

忧来思君不敢忘，不觉泪下沾衣裳。援琴鸣弦发清商，短歌微吟不能长。

明月皎皎照我床，星汉西流夜未央。牵牛织女遥相望，尔独何辜限河梁？

注：这种句句押韵的诗体有称为柏梁体。相传汉武帝（公元前140年）与群臣在柏梁台联句而流传下来，为后代人效仿。其特点是七言律诗，平声韵，句句用韵，一韵到底。商：古代五声音阶"宫、商、角、徵、羽"之一。相当于现行简谱"1、2、3、5、6"。星汉：银河。河梁：河桥（化用织女牛郎七夕鹊桥相会的传说）。按律诗格式似乎

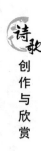
遗漏一句,试补充一句"芦花飘零旧巢荒",仅作平衡参考。当然也可以将前九句按三句为一段划分,后六句按两句一联划分。

在民歌中除了二、四句的句末押韵外,大部分每一句都押韵,增加节奏感和韵味。全篇一个韵的形式适合一些舞台演唱的韵文,例如,戏曲、曲艺等,达到强化音韵的效果。这类押韵方式,可能来源楚辞体(骚体)。

例如,晋代张翰的七言诗《思吴江歌》:

秋风起兮木叶飞,吴江水兮鲈鱼肥。 三千里兮客未归,恨难得兮仰天悲!

注:吴江:今上海松江吴淞江。秋风木叶:化用屈原《九歌·湘夫人》有"袅袅兮秋风,洞庭波兮木叶下"的诗句,意为落叶归根。后人将"张翰秋风""季鹰思鲈"据为典故而用来表达退居归隐的思想。(张翰,字季鹰)。如李白"张翰江东去,正值秋风时"。王昌龄的"忽忆鲈鱼脍,扁舟往江东"。崔颢的"渚畔鲈鱼舟上钓,羡君归老向东吴"。

元曲的用韵更为细密,平仄声通押,几乎句句用韵,满足演唱顺畅的需要。无论是小令、带过曲还是套曲,基本上都是一韵到底。

例如,孟称舜所作的《桃花三访》唱段:

[崔护唱曲] 似这般烟花闷天,绕花边,几回儿盼不见可人面(可爱的人)。

单则见数朵儿花开照眼前,问春光飞入谁家院?

注:人面桃花:此意像来自唐代崔护的诗《题都城南庄》,诗曰:"去年今日此门中,人面桃花相映红。人面不知何处去,桃花依旧笑春风。"元曲作者将此千古绝唱展写为《桃花三访》的凄美相思故事(一访邂逅,二访寻爱,三访相思)。

此外,还有在韵脚后边带上同一个虚词,称为阴韵。例如例如,郭沫若的《凤凰涅槃》中有不少章节中用"了、呀。"等。节选两节:

"夜色已深了,/香木已燃了,/凤已啄倦了,/凰已扇倦了,/他们的死期已近了。//"

"宇宙呀!宇宙!/我要努力地把你诅咒!/ 你脓血污秽着的屠场呀!/

你悲哀充塞着的囚牢呀!/你群鬼叫号着的坟墓呀!/

你群魔跳梁着的地狱呀!/你到底为什么存在?//"

4.3.2.7 混合式变通韵

采用混合式变通韵,是满足诗句的行数或情感的需要而作的变通,使韵脚有疏有密,选择何处转韵及其间隔长短。这种方式要求作者具有韵律娴熟的技巧。

例如:五行诗节的韵式有:ABBAB,ABAAB;

六行诗节的韵式有:AABCBC,ABABCC,AABCCB,AAABAB;

其中AABCBC,是头两行用相邻韵,后四行用交叉韵。

综上所述,用连续韵的每一行都要押韵,往往会碰到困难,尤其是行数较多的诗篇。而用偶韵或隔行韵方式,可以自由地选择词句,不会受到韵脚的过多限制。用隔韵或交错混合韵时,任何相连的两行诗的邻近一行都是押韵的,读起来也会感到有连读不断的韵脚贯穿全篇。当然，采用适时的换韵，使韵脚富于变化，不会有单调呆板沉郁的感觉，而抑扬起伏的变化，有助于产生阅读的快感。总之，在用韵方面，对于自由诗不要太散漫，对于格律诗、词则不要过于严苛。兼备内容与形式之长，重在语调自然，适当考虑韵脚的节奏和美感。

4.3.3 解决押韵难的基本方法

4.3.3.1 替代

替代，是用押韵的同义词（等义词、近义词）来置换原来不押韵的词语。例如，为押 ao 韵，将美改为俏。这类情况例子很多，例如，脊梁—脊背；寂静—静寂；母亲—妈妈；衣服—衣裳；叫—喊；时期—时代；关心—关注等。汉语词汇丰富多彩，极富表现力，更宽泛的还有意义上的代替。例如，孟浩然的《过故人庄》中"开轩面场圃，把酒话桑麻"。用"桑麻"指代农事，即部分代表整体，与全篇的"花""家"等韵脚和合。又比如"桑梓（平仄声）"可指代家乡，因为桑树、梓树是父母种植的，想念桑梓代表想念乡亲们。

又例如，杜甫的《春望》中"白头搔更短，浑欲不胜簪"（浑，简直）中，"白头"应该是"白发"，要满足"仄平平仄仄"的声律要求，将"发"改为"头"。

同义词也要善于辨析，要从程度上或适用范围上、从情感和风格色彩上、从词的搭配上、从词性和句法上等方面，区别其细微的差异，例如，请求—恳求，盼望—渴望，鄙视—蔑视，等等。为了确切了解词义，可以把词拆分，对构成这个词的每个字（词素）的意义进行分析比较，以便找到合适的替代词，也称为"词素对比法"。

例如，朱湘的《答梦》中：

> 情随着时光增加热度，正如山的美随远增加；
>
> 棕榈的绿阴更为可爱／当流浪人度过了黄沙；
>
> 爱情呀，你替我回话，我怎么能把她放下？

其中"黄沙"的形象替代了饥渴、孤独、风雨露宿等流浪人的遭遇。而"棕榈的绿阴更为可爱／当流浪人度过了黄沙"中不用标点断句将条件句倒装，用 [麻] 韵与"加、下"押韵。

4.3.3.2 倒装或改变语序

改变语序，是将字，或词语、或句子的前后顺序颠倒重组而达到押韵要求。例如，浮沉改成沉浮，别离改成离别，美艳改成艳美，枯焦改成焦枯，等。这是倒字，大体上，有不少并列关系的词语都可以倒装。有些主谓关系、偏正关系的语序也可以改变。例如，"妙笔生花"变成"生花妙笔"，"玉树临风"倒装成"临风玉树"等。而对于有先后关系、因果关系的词语，一般是不能颠倒的。有时为了诗句有更强的影响力，采用语法与意象的倒置，其景象呈现似乎是因果的倒错。

1. 字或词语的倒装

在一个句子中抓住一个能押韵的字（名词、动词、形容词等实词），通过倒装，总能把它安置到句末位置上，达到押韵目的。例如，杜甫《春日梓州登楼》中，"身却少壮，无迹有但羁栖。江水流城郭，春风入鼓鼙"。为了押韵，其中将"鼙鼓"改为"鼓鼙"。毛泽东的诗词中也常用倒装手法。例如，《蝶恋花·赠李淑一》中："我失骄杨君失柳，杨柳轻扬，直上重霄九"。为了与"柳"押韵，将"九重天"或"九霄云天"改写为"重霄九"。

在《七律·送瘟神》中首联："春风杨柳万千条，六亿神州尽舜尧。"将"千万"改成"万千"是为了符合声律要求，而"尧舜"说成"舜尧"显然是为了押韵。

在《念奴娇·鸟儿问答》中最末一句："试看天地翻覆"，改变了"天翻地覆"的通常用法。在《浪淘沙·北戴河》中最后两句："萧瑟秋风今又是，换了人间！"而曹操《观沧海》诗中是"秋风萧瑟，洪波涌起"。为了符合《浪淘沙》中"仄仄平平平仄仄，仄仄平平"的声律，故将"秋风萧瑟"倒装为"萧瑟秋风"。

又例如，李白的《送友人》中"青山横北郭，白水绕东城"。为了与"白水绕东城"构成对偶，将"横郭北"改成"横北郭"。

此外，还可以利用名词活用为动词，实现倒装。"把"字式的宾语提前，将间接宾语后置实现押韵。例如，"粪土当年万户侯"，将"当年把万户侯视为粪土"中的"粪土"活用为动词，再提前到句首。

2. 主语倒装

不仅词组可以倒装，句子成分也可以倒装。例如，王湾的《次北固山下》：

> 客路青山外，行舟绿水前。潮平两岸阔，风正一帆悬。
> 海日生残夜，江春入旧年。乡书何处达？归雁洛阳边。

第一联工整的对仗与末联"乡书"（家书）和"归雁"呼应。第二联写了江流恢弘阔大，船帆顺风顺水的悠然景致。而第三联用了倒装句，本应是"残夜海生日，旧年江入春"，为了把"年"作为韵脚，采用了倒装，将原来的语序作了多重变换；同时为了此联形成对句，随将上句也改成倒装。这样不仅解决押韵之难，而倒装句内容的对立冲突带来陌生感和新奇的春的意象。

又例如："竹喧归浣女，莲动下渔舟"中，"归浣女"意为浣女归，"下渔舟"原为"渔舟下"。再例如"遍青山啼红了杜鹃"，即杜鹃花（映山红）开遍了山崖。"家书到隔年"就是家信过了除夕再送达的"隔年"到。

3. 动宾倒装

例如，正常语序的"怜新雨后之竹，爱夕阳时之山"，经过改变语序可以符合声律要求的诗句"竹怜新雨后，山爱夕阳时"，本是宾语的"竹"和"山"，转换成形式上的主语，产生了浓浓的诗意和韵味。

4. 主宾倒装

例如，"名岂文章著，官应老病休"就是文章岂著名、老病应休官。"徒劳恨费声"就是费声恨徒劳等。这些倒装纯然是为了适应字数、声韵、对偶等修辞需要。又例如"小桃如脸柳如眉"，用倒装句式表达脸如桃花红、眉如柳叶细。

5. 宾语占主位，主语省略

例如，"寺忆新游处，桥怜再渡时"。句中的"寺""桥"分别是"忆"和"怜"的宾语，句中却倒装在主语的位置。再有"佛寺乘船入，人家枕水居"。将"入"的宾语"佛寺"放在主语的位置了。当然最简单的是双音节词颠倒一下，例如，白居易的"弟兄羁旅各西东"，其中将"兄弟"改成"弟兄"；将"东西"改成"西东"。

此外，句子的倒装往往引起多义，例如，辛弃疾的《西江月·夜行黄沙道中》：

　　明月别枝惊鹊，清风半夜鸣蝉。稻花香里说丰年，听取蛙声一片。

　　七八个星天外，两三点雨山前。旧时茅店社林边，路转溪桥忽见。

注：明月句中，明月与清风相对，"别枝惊鹊"意为飞离树枝头的灰喜鹊惊叫，不能与明月连读。属名词性词组的诗句：明月、别枝、惊鹊，清风、半夜、鸣蝉。

在各种版本的解读中，对上片的后两句各有各的说法。说"稻……"句与"听……"句是倒装了，稻田中一片蛙声，好像在说稻谷丰收了（其中，忽略了惊鹊和鸣蝉）。本人认为"稻花香里……"句，是承接前两句的遐想，似乎空中传来喜鹊的啼声和蝉的鸣叫是在唱丰收，然后从空中再转到路边的稻田，又是一片蛙声奉和着丰年的赞叹。为什么解读"说丰年"是作者给动物拟人的思绪呢？从"忽见"茅店的倒装句中，可以想象，虽然是深夜，作者依然沉醉于稻谷丰收的思绪中，转过一个湾，跨过一个桥，不知不觉已经到了旧时住过的茅店。

4.3.3.3 省略

省略，即缺少句子成分（如主语、谓语等）而形成不完全句。例如，诗经中《豳风·七月》："七月在野，八月在宇，九月在户，十月蟋蟀入我床下。"在前三句省略了句子的主语"蟋蟀"（称状后省），形成四言排比句，显得简练而富有节奏感。将句子简缩，可以配合押韵。

例如，王建的《宫词》：

　　树头树底觅残红，一片西飞一片东。自是桃花贪结子，错教人恨五更风。

对句的原意是"一片西飞一片东飞"，既不是七言句，也不押韵。只有将后一个"飞"字省略（称承前省），才满足韵律的要求。诗句中几乎任何成分都可以省略。因为诗句字数有限，可省则省，使语言精炼，产生意外的艺术效果。

省主语，例如，王维的《渭城曲》：

　　渭城朝雨浥轻尘，客舍清清柳色新。劝君更尽一杯酒，西出阳关无故人。

后两句的主语均省略，且分别是"我"和"你"。省略的主语不一样时，需要从句子中体会。有时在句子中将主语的中心词省略，而保留其前面的修饰词。

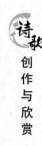

省谓语，例如："枫林社日鼓，茅屋午时鸡。鹊噪晚禾地，蝶飞秋草畦。"前两句省动词谓语"敲"和"叫"。从两个名词上体会出敲鼓和啼叫。又例如"山中一夜雨，树杪百重泉"。前句从"雨"字中体会被省略的动词"下"，从"百重"体会出雨势大而山泉增多暴涨，远远望去如白练挂在树梢上。再例如"中军置酒饮归客，胡琴琵琶与羌笛。""戍鼓断人行，边秋一雁声"两例句中都是后一句中省略了谓语动词，分别是"拉、弹、吹"和"响起（雁叫声）"

还有，省略主语中心词而保留其修饰语类似的，省略谓语中心词，而保留其状语的。

例如，李贺的《雁门太守行》：

　　黑云压城城欲摧，甲光向日金鳞开。角声满天秋色里，塞上燕脂凝夜紫。

　　半卷红旗临易水，霜重鼓寒声不起。报君黄金台上意，提携玉龙为君死。

注：燕脂：暮色霞光。凝夜紫：云山都染上紫色。犹有王勃《滕王阁序》中："烟光凝而暮山紫"之说。

"角声满天秋色里"意思是"号角声在满天秋色里回响"，不仅省略了介词"在"，更是省略了谓语动词"回响"。

又例如，杜甫《无家别》中："寂寞天宝后，园庐但蒿藜。我里百余家，世乱各东西。""但"是"只长"的意思，"各"是"各奔"的意思，分别省略了谓语动词"长"和"奔"。

省宾语，例如，"东风染尽三百顷""记得黄崖一百洞"，其中"三百顷"应含有良田的意思，而"一百洞"应含有窑洞、仓库、佛窟等意思，需要根据前文的内容确定。

又例如，"痴儿了却公家事，快阁东西倚晚晴"。"倚晚晴"的意思是倚着栏杆欣赏晚晴，省略了"栏杆"。

省介词，例如，"明月松间照，清泉石上流"。省介词"在……"（松间、石上）。又例如，"西风烈，长空雁叫霜晨月。"省介词"在……下"。意思是在霜晨月的状景下，长空雁叫。再例如，"岭上晴云披絮帽，树头初日挂铜钲"。省介词"好像……"。七言后三字是介词短语作状语。意为积聚的白云好像披上了絮帽，树枝上初升的太阳如同挂上了铜钲。更有在省略介词的同时，还省略了跟随其后的方位词。例如，"溪云初起日沉阁，山雨欲来风满楼"。前句中"日沉阁"，本是"日落西沉在阁后"的省略。

省连词，例如，"水深鱼极乐，林茂鸟知归"，省略"因"（水深、林茂）和"而"两个连词，将复句节缩为单句形式。

当然诗句中省略的面很宽，也可以同时省略多个成分，构成名词性词组的诗句。例如："桃李春风一杯酒，江湖夜雨十年灯。"如果把诗意扩展写出来，则有："春风拂面，桃李争妍，我与你，先在花前，同举杯，共祝愿，情怀不变。飘泊江湖，已有十年，对青灯，夜雨难眠，交友多，知己少，追怀从前。"又例如，"楼船夜雪瓜州渡，铁马秋风大散关"等。

有时名词性词组构成的句子，不能独立存在，而作为后一句的某种语法成分，例如，"孤舟蓑笠翁，独钓寒江雪""旧时王谢堂前燕，飞入寻常百姓家"。两例句中，前句均是作为后句的主语而存在。

4.3.3.4 增字和扩展句

增字和扩展的方法是使诗句的意和形更趋完美，包括平仄声、韵脚、语气、对称、平衡等。例如，"虽不曾看见长江美，梦里常神游长江水"。后一句中的"水"字本来是可有可无的，为了结构整齐、押韵而增添的。宋词中常用增添衬字或领字的方法加重语气。例如，"只愿君心似我心，定不负相思意"。后一句本是五言，增加一个"定"字，加重了语气。

又例如，"钟山风雨起苍黄，百万雄师过大江。虎踞龙盘今胜昔，天翻地覆慨而慷"，其中"慨而慷"是将"慷慨"双音节词倒置，又增加一个虚词"而"，与前三句取得协调一致。

又例如，曹操的《短行歌》中，将"慷慨"双音节词，为了满足四言句的一致而颠倒过来用，且在其中加入"当、以"两个字，才有"慨当以慷，忧思难忘。何以解忧？唯有杜康"的节奏和韵味。

又例如，"黎明，一声枪响，在祖国遥远的东方，溅起一片血红的霞光。"最后一句原来应该是"一片红霞"，但是为跟随"响"和"方"的韵脚，扩展为"一片血红的霞光"。加重了语气，表达出一种豪壮的气势。

再例如，"我日趋发酵的回忆，整箱倾倒那如酒的青春，芬芳满地。"其中"芬芳满地"也是一种增益手法，既满足了押韵的要求，又产生一种饱满的情感。利用连绵词的双声叠韵，例如，风风火火，匆匆忙忙等，也可以使音韵之美极大地强化和扩张。

4.3.3.5 移行

移行，是把不押韵的句子作换行处理，将押韵的句子换到偶数句或末句，必要时对句子内的语序作调整，换行的部分往往搭前连后，起一个桥梁作用，使句子结构整齐，音韵顺畅。例如，"这时，车的呻吟惊醒了天上 / 三两个星，躲在云缝里张望"。原来的句子是"这时，车的呻吟，惊醒了天上躲在云朵里张望的三两个星"。

此外，还可以用助字配合押韵，例如，兮、呀、呵、哎、哟、嗬、了、呢、吧等。在郭沫若的《女神》《凤凰涅槃》等诗集名篇中比比皆是。

4.3.3.6 互改

在句型上，在肯定句与否定句之间，或陈述句与疑问句之间互改，或主动语态与被动语态之间互改，静态与动态之间互改，等。以达到押韵的目的。

例如，"到处莺歌燕舞，更有潺潺流水，高路入云端。过了黄洋界，险处不须看"，其中"险处不须看"可能是为押"端"韵，由"峭壁长奇松"改成的。这是肯定句改为否定句。

又例如，稻香果香湖边多，可改为"稻香果香绕湖飞"。又如，"让他们的路走得平稳"，可改成"让未来的大路多一点平坦"，从静态转变成动态有更好的抒情效果。又例如，"我的身外吹春风，我的内心激情流"，可改成"我的身外吹春风，我的内心被解冻"。

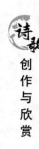

4.3.3.7 修辞方式

用修辞方式更改不押韵的句子，采用比喻、引申、转义、联想、衬托等形象化手法实现押韵。例如，《军港之夜》中"海风你轻轻地吹，海浪你轻轻地摇，水兵远航多么辛劳，回到了祖国母亲的怀抱"由原来的"故乡""军港""基地"等喻为"怀抱"，比喻自然、贴切，押韵和谐。

引申、转义在诗句中应用很广，可以突破应用文中的逻辑，充分发挥诗的想象力。比如"岁月峥嵘"，"冻结""沸腾""深渊"等等。

4.3.3.8 韵语搜索

利用韵语词典搜索韵语，可以突破原来的思路框框，视野开阔。韵语词典词源广泛，可适应的变化无限。只要押韵的基本知识扎实，语言储备充足，熟练地运用各种手段，在押韵问题上就能左右逢源、迎刃而解。

综上所述的各种手段，可以配合应用，使押韵变得更加有韵致。

例如，潘洗尘的《六月我们看海去》：

常常我们登上阳台眺望远方／也把六月眺望／风撩起我们的长发／

像一曲《蓝色多瑙河》飘飘荡荡／我们 我们／我们相信自己的脚步就像／

相信天空一样／尽管生在北方的田野／影集里也有大海的喧响／／

原先全诗尽是长句，也没有用标点隔开，一气呵成，产生急促的效果。为配合上面的分析，根据句子的意思改排成短句。诗句中应用了一些基本手法。例如，用倒装、移行、节缩、增益和扩充、比喻、联想、衬托等修辞方法，使韵脚和谐，节奏明快。

4.4 诗的节奏

诗具有音乐美，诗与音乐相通的契合点之一是节奏。诗歌的声音节奏其实是语言节奏，是形式化的情绪。从节奏上表现情感，包括韵律和旋律两个方面。声音、形态和心理三者都离不开节奏，是互相应和的，形成一种共同的命脉。如同人有脉搏一样，节奏是诗的生命。

诗用语言（声音）作为媒介，在时间延续中表现出节奏，从某种意义上说，诗是时间艺术。诗与乐在性质上类似，是互相象征的，但是音乐只用声音表达，而诗的声音是语言，必定伴有含意，诗的节奏是受'意义'支配的，是情韵产生的节奏。情感的节奏是灵活的，使情趣与直觉的意象相契合，形成一种特有的意境。诗的节奏是意境的脉搏。

诗的节奏可概括为外在节奏和内在节奏两个方面。简而言之，外在节奏是表现抑扬顿挫的声调，而内在节奏是表现喜怒哀乐的情调。因而诗歌的美也表现在内容和形式两个方面，包括美的语句形式和韵味、意蕴等。有意境的诗，读来如见其人，如临其境，可感受作者的性格、风格和信念，发生一种呼唤的力量。

诗的往复回环的声律和韵致显示出韵律节奏；语调的升降和情绪的抑扬显示出旋律节奏。通过重复、回旋或呼应等方式，形成一种词语间的相互应答，情绪流转的彼此应和，体现为节奏自然、情绪和谐。

节奏是差异产生的，是自然原理。自然的力量巨大无边，产生寒来暑往，风雨起伏，河山交错，生命的新陈代谢，万物数量的消长，等节奏。在诗的文学艺术中，形成高低、强弱、长短、快慢等的相互呼应。节奏也是一切艺术的灵魂。比如鼓点密集和稀疏，能感受到紧迫或寂寥的不同气氛。

诗的节律化特性是作者和读者在情感、情绪流动的基础上形成的。呼吸的节奏与情绪直接相关，紧张、激烈的心态，人的喘息加快，诗行就短一些；宁静、淡泊的心绪，呼吸悠长，诗行就长一些。在结构安排上关注语言推进速度及方向转折，推进的速度意味着语句长短和行数，方向转折便是表达情感的话茬变换。

节奏的基本表现要素是：音顿（或称音步）、音韵、声音的复沓、感叹语以及语句结构等五个方面。由于这些要素的作用，它使语句形成强弱、快慢、张弛等变化的状态（节拍、板、眼），可以用击掌或踏步的方法感受。在朗读时产生思绪共鸣的节奏感——心理节奏。心理节奏也可称为情韵，具有潮起潮落般的生命力。例如，徐志摩的《再别康桥》中："……，悄悄的我走了，／正如我悄悄的来；／我挥一挥衣袖，／不带走一片云彩。"表现出一种摇曳的温柔感情。读起来，一股清新流畅的节奏感会时不时袭来。这是因为将外在的节奏、韵律与内在的情感节奏结合起来了。这类主观的节奏感是因外在节奏的影响而存在的，这种节奏感随读者、听者所用的心力不同而变化的。这一类主观节奏，是具有表现形式的客观节奏通过内心应和所产生的印象。

诗之所以能激发情感，除了遣词之外，全在于节奏，节奏在某种意义上说就是格律（客观上形成抑扬顿挫的节奏感）。对于有魄力的诗人，格律是使诗句产生艺术表现力的武器，只有偷懒的人才感觉到格律是一种束缚。

4.4.1 诗句的节奏及其产生

诗性语言是起伏回环的形象式结构，而不是线性逻辑式结构，存在一种语句蓄势的节奏，节奏激发出诗歌的力量或能量。节奏是时间和空间的间隔或者是某种形式的反复。在律诗中以两句为一对或为一联的复合句节奏，而每一句中节奏的基本形式是音顿（音组），在此基础上利用修辞，例如，押韵、双声叠韵、语气等方法产生跳跃、波动、荡漾等节奏。诗的节奏主要基于音顿、韵律和声调（包括语句声调和字的平仄声）的作用。

在吟诵中，一字音组、二字音组诗句可略作拖长，形成"扬"的节奏感。三字、

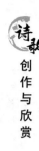

四字音组内音节较密，吟诵时急促而产生"抑"的节奏感。音组中的字数是影响节奏的主要因素。

咏叹词可以产生随声相应的起伏，咏是向上的趋势；叹是向下的远离和低沉。

诗行及其组合的段落或小节，也呈现节奏，担当承前启后、前呼后应的作用。即便没有起、承、转、合的结构，然而诗句的情感递进、转折关系也体现节奏的存在。

有些诗句的换行或者断分的形式是等距离、断层式的推进，使语言产生视觉、听觉的效果，体现绘画、音乐表现力的结合，其中押韵是强化节奏的辅助手段。

如何选用语句的基本结构形式、节奏、韵律来表达思想感情，是一个十分复杂的问题，只有通过学习和实践，才能逐步掌握。例如，激昂、沉郁、欢悦、悲戚等分别用什么句式、声调和韵脚呢？可以说是千变万化。其中韵辙是比较敏感的。例如，用 ang 韵非常高昂响亮，用 u、ü 韵比较黯然低沉。长句押韵密一些，也可采用通押；短句押韵可以疏一些（比如多间隔几句押一个韵）。对于长句子，可以按其自然音节、重音和韵脚的变化，排成阶梯形式等。

4.4.1.1 节奏的产生

诗歌的节奏特性是由于分行排列，使"音顿"作为节奏的单元而突显出来。在阶梯式排列中，"音顿"处于加强的状态，从而产生更加强烈的激励和鼓舞作用。对于律诗而言，节奏主要是由声律的平仄和韵脚形成的，即"平仄律"和"音顿律"是节奏的两大方式。对于自由诗而言，节奏也基于律诗和词、曲的一些经验。例如：

1. 重叠（或称为复沓）呈现出回环型节奏，包括一个词、一个句子的连续复沓或间隔复沓（AA、BB、ABA、AABBCC、……）等。

2. 以音顿（音组）为单位有规律的间隔呈现节奏（包括声律平仄）。例如，在朗诵时，体现出来的长音节和带重音的音节。通常采用二字音组的四言句（用 22 表示），配合三字音组的五言句和七言句（用 23，223 表示），等等。由此延伸到由音顿数（音组数）变化而形成的诗行间节奏和诗段（节）间的节奏。诗行长，表现沉重、幽深的思想；短诗行，轻快，宜于写愉快的情绪。三顿、四顿的诗行用得较普遍（如，222、323、3322、2233、2332 等），二顿、五顿诗行次之（如，32、33、32332、33223 等），一顿体和六顿体较少用。一顿到三顿的诗行给人以明快的节奏感，四顿到六顿的诗行给人以沉滞感。无论是明快还是沉滞，都需要流畅和节奏的起伏。

在音组的基础上推论，每一句诗的字数奇偶也会改变节奏感。句子的排比、对仗也可以改变原来的节奏。当然，把一字音顿放在句首或句尾，有助于节奏流畅，但不宜放在诗行的中间位置，它会破坏节奏的流畅。只要念起来顺口，听起来顺耳，就是和谐；反之就是拗口。诗的语言节奏不仅是声调平仄造成的，实际上还受人的心理感觉影响。例如，同一个词牌，不同的内容（英雄气或儿女情），其节奏感也不尽相同。

3. 押韵可以形成一种前后呼应的和谐节奏。前面已列出多种多样的押韵方式。

4. 以长短句为标志的音顿参差或流转，有助于形成优美的节奏，也属于回环型节奏。例如，"雪似梨花，梨花如雪，似与不似都奇葩""山，依旧好；人，憔悴了"，其中一字音节（山、人）的节奏快速，三字音组（依旧好、憔悴了）构成的音顿略显轻松，二者的气势流韵不同。当然节奏感与语句内容（情韵）也是密切相关的。此外，比兴手法也可以引发节奏的跳跃。

下面读一读艾青的两首相同题材的诗（片断），可以体会到：由二字、三字音顿构成的诗行与四字、五字音顿构成的诗行产生不同的节奏感。例如，艾青的《解冻》，用了大量的四字音顿，甚至五字音顿，舒展中有一种拖泥带水的滞涩，而《双尖山》都用二字、三字音顿组合成诗行，显得流畅、轻灵。况且前者在多顿长句与少顿短句的搭配上不讲究，导致层层递进的旋律感不强。而后者有明显的递推节奏感。看《双尖山》中的一段：

> 在巨大的岩石下面，／一泓清泉／发出淙淙的声音／
>
> 像一条银蛇／滑进了草丛／不见了，／忽然，又出现在林木那边，／
>
> 于是，沿着山谷／流着，流着，／经过了我的村庄，／流向远方……／／

4.4.1.2 节奏与意义单位的一致

格律诗的规整结构或者（宋）词的长短句，由于讲究声律的平仄和韵律的韵脚，通篇又建立了起、承、转、合的动态结构，因此，产生抑扬顿挫、回环往复的波动节奏。精练的语句是形体，音节构成的音顿（音步）是流动的血脉，诗意情韵是诗的心脏，因而诗的生命力基于表现为节奏的律动，节奏与意义单位往往是一致的。节奏包含音调节奏和诗情节奏两个方面。

律句的节奏，一般以每两个音节（即两个字）作为一个节奏单位。如果是三字句、五字句和七字句，则最后一个字单独成为一个节奏单位。以下用平仄声的某一种组合说明：

三字句：平平—仄，	西风—烈。
四字句：仄仄—平平，	指点—江山。
五字句：平平—平仄—仄，	别来—沧海—事。
六字句：仄仄—平平—仄仄，	路隘—林深—苔滑。
七字句：平平—仄仄—平平—仄，	长空—雁叫—霜晨—月。

平仄的声律单位就是节奏，而意义单位，一般认为就是一个词（包括复音词）、一个词组、一个介词结构等。就大多数情况而言，在诗句中意义单位与节奏是一致的。可以把诗句按节奏分开朗读，每个音顿的构成常常是和一个双音词或一个词组相当的。

4.4.1.3 节奏点的移动

从前面的举例中，可以看到三字句、五字句和七字句中，最后一个字单独成为一个节奏单位。实际上三字句，特别是五字句和七字句的三字尾，其音节的结合比较密

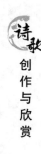
切，节奏点可以移动，用双音词能形成另一种节奏：

三字句：仄—平平，　　　　　　　　　　起—宏图。

五字句：仄仄—仄—平平，　　　　　　　雨后—复—斜阳。

七字句：仄平—平仄—仄—平平，　　　　每逢—佳节—倍—思亲。

4.4.1.4 节奏点的合并

对于五字句和七字句，还可以把两个小节奏合并为两个较大的节奏。不仅把三字尾看成一个整体，甚至把其余部分也看成一个整体。这样也许更符合语句的实际意义，也更富于概括性。例如，

五字句：平平—平仄—仄，　别来—沧海—事。

　　　　仄仄—仄—平平，　雨后—复—斜阳。

可以合并成：别来—沧海事（平平—平仄仄）。雨后—复斜阳（仄仄—仄平平）。

七字句：平平—仄仄—平平—仄，　长空—雁叫—霜晨—月。

　　　　平平—仄仄—仄—平平，　红军不怕远征难。

可以合并成：长空雁叫—霜晨月（平平仄仄—平平仄）。

　　　　　　三军过后尽开颜（平平仄仄—仄平平）。

以上一些节奏的分合也不能绝对化。例如，粪土当年万户侯，只能分成"粪土—当年万户侯"；风物长宜放眼量，只能分成"风物—长宜放眼量"。节奏的分合主要依赖于语法结构。例如，山随平野尽，只能分成"山—随平野—尽"，"随平野"是一个介词结构。又如，名岂文章著，只能分成"名—岂文章著"。在非格律句的节奏中，语法结构对节奏起决定性作用。

4.4.2 情韵的节奏

大多数情况下，节奏是由音节和音顿所形成的。有时，抑扬顿挫的节奏在语句上并不十分明显，而是在诗的情绪上却跌宕起伏，节奏在情感流动的变化中产生，这类节奏称为情韵的节奏。宋词的八言句、九言句中比较常见，例如，秦观《虞美人》中"为君沉醉又何妨。只怕酒醒时分断人肠。"，又例如，辛弃疾《洞仙歌》中"怅空山岁晚窈窕谁来"等。

声音与情绪的关系是原始的、也是普遍的。音乐中各种调式表现各自的一种情绪。例如，C调表现祥和，D调表现热烈，E调表现安定，F调表现荡漾，G调表现浮躁，A调表现昂扬，B调表现哀怨等。响亮清脆的声音容易使人快乐，重浊低沉的声音使人情绪忧郁。节奏是音调的动态呈现，最直接地传达情绪。每种情绪都有其特有的节奏。（在宋词的词调中相应为宫、商、角、变徵、徵、羽、变宫等七个音调。）

诗于声音之外还有受文字含义的支配。例如，杜甫的《兵车行》从含义上产生的

情绪是妻离子散的战乱痛苦；而陶渊明的《归园田居》从含义上表现的远离喧闹的平淡怡悦情绪。再细读杜甫的《秋兴八首（其一）》，可以体会到情韵的妙处：

玉露凋伤枫树林，	助释：寒霜尽染枫树林，
巫山巫峡气萧森。	峡江气势萧瑟阴。
江间波浪兼天涌，	江中波涛连天涌，
塞上风云接地阴。	隘口风云低沉沉。
丛菊两开他日泪，	菊开二度似挂泪，
孤舟一系故园心。	惟是孤舟系乡情。
寒衣处处催刀尺，	纷纷赶制防寒衣，
白帝城高急暮砧。	砧声传遍白帝城。

诗篇以心系故国家园为主线，织成纵横网络，忧思翻腾起伏，情感的节奏十分强烈。身在巫峡，心系京城，形成了由近及远的距离上的跳跃；波浪在下，上连涌天；风云在天，瞬间接地，展现了空间上的跳跃；菊花两度开放，形成时间的节奏，漂泊在外两年，故乡幽思深切，每每泪流。秋去冬来，洗旧衫、做新衣，生活的节奏天人合一年年有。其中"催"和"急"二字更显节奏的加快。这一连串的细节，有声有色、忽近忽远、忽高忽低，时而盘旋回落、时而急速向前。形成了强烈的情感节奏。节奏蓄势，从而产生一种气势。否则一泻无余，气衰势穷，读来无味。

从某种意义上说，诗的节奏也受"意义"的支配。这个"意义"包括心理、情感和理解等诸多方面的影响。例如，照本宣科的播音主持产生的是理解的节奏，而脱口而出的临场讲演倚重的是情感的节奏。理解的节奏是呆板的，它偏重意义；情感的节奏是即兴的，具有应变的灵活性，是偏重情感的腔调。为什么两个人分别演唱同一首歌，有的能感动人，有的却不能为之动情，就是因为有不同的情韵，好像天上的云彩舒卷悠然的细微之妙。

4.4.2.1 空间的节奏

在情景的展示中，由远近、高低的空间差异而形成节奏。例如，戴望舒的《深闭的园子》：五月的园子 / 已花繁叶满了，/ 浓荫里却静无鸟喧。//

小径已铺满苔藓，/ 而篱门的锁也锈了——/ 主人却在迢遥的太阳下。//

在迢遥的太阳下，/ 也有璀璨的园林吗？//

陌生人在篱边探首，/ 空想着天外的主人。// ……

陌生人从寂静的园子到放眼天外的主人，形成了一种步步跟进的空间节奏。

又例如，唐代刘长卿的《寻南溪常道士》：

一路经行处，莓苔见屐痕。白云依静渚，青草闭闲门。

过雨看松色，随山到水源。溪花与禅意，相对亦忘言。

意象多多，意境灵动。对仗工整，顺势而下。行路入境，看景探源。第三句是远景，第四句是近景，第五句是高处景，第六句是低处景。远近高低，一景接一景，

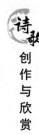

空间节奏鲜明。

4.4.2.2 动与静的节奏

诗句中的动态感使人激昂，落笔惊风雨是一种美；而静态给人一种心安、静谧和安详，青山睡去、渔火点点也是一种美。由动、静转换的节奏在律诗中非常普遍。例如，"空山不见人，但闻人语响""风定花犹落"是静置于动中。"蝉噪林愈静，鸟鸣山更幽"，是动置于静中。在自由诗中，由空间的动、静的差异而形成节奏。

例如，臧克家 1938 年的《兵车向前方开》：

耕破黑夜，又驰去白日，/赴敌千里外，挟一天风沙，/兵车向前方开。//

兵车向前方开，/炮口在笑，壮士在高歌，/风萧萧，旗影在风里飘。//

又例如，毛泽东 1930 年的词《菩萨蛮·大柏地》：

赤橙黄绿青蓝紫，谁持彩练当空舞？雨后复斜阳，关山阵阵苍。//

当年鏖战急，弹洞前村壁。装点此关山，今朝更好看。//

上片以七色彩虹开头，以静态展示雨后新晴，而后通过想象，形成彩练当空舞的动态意象。这个"舞"字骤然引起了静与动的节奏。关山的苍松翠柏本来是雨后清新的静态画面，而用了具有动感的"阵阵"来形容，使这幅风景飘忽起来。而后四句，应用时间节奏，展示了今昔对比的静态画面，便产生了动与静的节奏，让人有身临其境的感受。

4.4.2.3 时间的节奏

时间的节奏通常用几个副词或动词构成的偏正词组，形成明快节奏。

例如，杜甫《闻官军收河南河北》：

剑外忽传收蓟北，初闻涕泪满衣裳。却看妻子愁何在？漫卷诗书喜欲狂。

白日放歌须纵酒，青春作伴好还乡。即从巴峡穿巫峡，便下襄阳向洛阳。

诗中的"忽传、初闻、却看、漫卷、即从、便下"等词组，用仓促间欲歌、欲哭、欲狂的情态，表达急迫回乡的心情。明快自然，爽朗真切。（剑外：蜀中剑门关以南。）

在情景的展示中，由时间的差异而形成节奏，例如，卞之琳的《古镇的梦》：

古镇上有两种声音 / 一样的寂寞 / 白天是算命锣 / 夜里是梆子 //

敲不破别人的梦 / 做着梦似的 / 瞎子在街上走，/ 一步又一步。/

你知道哪一块石头低，/ 哪一块石头高，/ 那一家姑娘有多大年纪。//

敲不破别人的梦 / 做着梦似的 / 更夫在街上走，/ 一步又一步。/

你知道哪一块石头低，/ 哪一块石头高，/ 那一家门户关得最严密。//

三更了 / 你听那，/ 毛儿爸爸："这小子吵得人睡不成觉，/

老在梦里笑 / 明天替他算算命吧？" //

是深夜 / 又是清冷的下午 / 敲梆的过桥 / 敲锣的又过桥 /

不断的是桥下流水的声音。//

再例如，席慕容的《背影》：

雾起时 / 我就在你的怀里 //

这林间充满了湿润的芳香 / 充满了 / 那不断要重视的 / 少年时光 //

雾散后却是一生 / 山空 / 湖静 //

只剩下那 / 在千万人之中 / 也绝不会错认的 / 背影 //

从"起雾"到"雾散后",含蓄地表现时间节奏。时间的节奏是人生的步伐,人生在雾里。

4.4.2.4 虚与实的节奏

虚与实的差异形成象征体与实体之间的节奏起伏。例如,冰心的《玫瑰的荫下》:

衣裳上,/ 书页上,/ 都闪烁着 / 叶底细碎的朝阳。//

我折下一朵来,/ 等着——等着,/ 浓红的花瓣 / 正好衬她雪白的衣裳。//

冰凉的石阶上,/ 坐着——坐着,/ 等她不来,/ 只闻见手里 / 玫瑰的幽香! //

在诗歌中的数字,有的是确指其大小的量,有的却是虚指夸饰,但表现出鲜明生动的形象,给人以真实感;同时也形成时间或空间上的节奏。例如,"庭前八月梨枣熟,一日上树能千回",前句是写实,后句是虚夸,却充分体现出少年儿童的活泼和伶俐,形成爬上跳下的节奏。

又例如,"飞流直下三千尺,疑是银河落九天""梅须逊雪三分白,雪却输梅一段香"等等,均是写实与虚夸形成节奏起伏。

再例如,毛泽东 1957 年的《蝶恋花·赠李淑一》:

我失骄杨君失柳,杨柳轻扬,直上重霄九。问讯吴刚何所有,吴刚捧出桂花酒。//

寂寞嫦娥舒广袖,万里长空,且为忠魂舞。忽报人间曾伏虎,泪飞顿作倾盆雨。//

注:杨柳:杨,指杨开慧。柳,指柳直荀。伏虎:意指打垮国民党反动派。吴刚:传说汉朝西河人,修仙犯错,罚他到月宫去砍桂树。桂树高五百丈,一旦被砍伤,立即长好,因此只得没完没了地一直砍。嫦娥:神话说,羿为西王母取来长生不老之灵丹妙药,却被嫦娥偷吃,便跑进月宫,月宫寂寞如碧海,却虔诚起舞。

这里不仅有语言上虚实相间的节奏,又有神话中的吴刚捧出桂花酒;下片有神话中的嫦娥为烈士忠魂献舞,又有听到人间战胜劲敌而感动流泪。其中还有一类情感节奏是将人拟神化,把神人格化。拟神化是永生不死的精神化,人格化是体现天人合一的人情味。这种虚实结合的手法,是浪漫主义和现实主义的融合。当然,写实的诗句也不必事事求真,句句写实,需要的是艺术真实(象征、幻想、神化等)。不能用科学思维说"霜满天"不真实,而是"霜满地"或"雪满天"。说"夜半钟声"不真实,而应该是"晨钟"或"暮钟"。或者是"三更半夜更声清"。诸如此类等等。

4.4.2.5 情绪流的节奏

诗的节奏不仅体现在字句的抑扬顿挫上,而更重要的是体现在情绪的波动上,没有情绪的起伏,字句形成的韵律也变得枯燥,没有生命力。在情景的展示中,由情绪流的交替而形成的节奏具有美感,也促进了诗的形式与内容更加密切的结合。

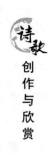

例如，艾青的《当黎明穿上了白衣》：

　　紫蓝的林子与林子之间／由青灰的山坡到青灰的山坡，／绿的草原，／

　　绿的草原，草原上流着／——新鲜的乳液似白烟……／／

　　啊，当黎明穿上了白衣的时候，／田野是多么新鲜！／看，／微黄的灯光，／

　　正在电杆上颤栗它的最后的时间。／看！／／

情绪流的起伏有时可以充当节奏源的主导地位。

例如，陈子昂696年的《登幽州台歌》：

　　　前不见古人，后不见来者。念天地之悠悠，独怆然而涕下。

在报国无门，满腔悲愤的情感冲涌时刻，时空的辽阔无限，激发自我存在的复杂体验，勾起人生短暂的感叹。也没有任何比兴，短短四个喟叹语句，却能响彻千古。富有强烈的情绪节奏。也许，此诗只是一个特例。如果从节奏上再细细分析这首诗，不仅排比结构形成了节奏，而且在语句结构上由于音节数变化而产生抑扬顿挫感。此诗是五言、六言句构成的长短句组合，六言句中只增加虚词"之"和"而"。由于这一顿的增加，便从前两句比较急促的气势，转而使后两句变得舒缓流畅，增强了艺术感染力。

4.4.2.6 自然与心理的对应节奏

自然与心理的对应形成节奏，例如，杜甫的《江汉》：

　　　　江汉思归客，乾坤一腐儒。片云天共远，永夜月同孤。

　　　　落日心犹壮，秋风病亦苏。古来存老马，不必取长途。

颔联的"片云"句从空间状态表现漂泊，"永夜"句从时间悠长表现孤独，形成心理状态对应的节奏。颈联的"落日"句表达心灵上依然精神振作，"秋风"句表达身体精力充沛。这两联对偶句，呈现了状态上的由低到高的节奏变化。

又例如，李清照的《如梦令·绿肥红瘦》：

　　昨夜雨疏风骤，浓睡不消残酒。试问卷帘人，却道"海棠依旧"。

　　"知否？知否？应是绿肥红瘦！"

通过昨夜"雨疏风骤"的一个细节的听觉，一个"睡不消酒"的生活知觉，抒发内心的孤单和苦闷。如今一觉醒来，酒未消，一个疑问却涌上心头："夜来风雨声，花落知多少？"卷帘人漫不经心地回答："海棠花么，跟昨天一样。"这样一个细节，映现出两种不同的心情和感受，掀起了情感的波澜。主人禁不住连用两个"知否？"与一个"应是"来纠正卷帘人的回答，用拟人和比喻的手法，通过联想，虚拟的想象，转化为视觉形象："绿肥红瘦"，绿叶多、红花少了；用人物的对白，以及对话内容的矛盾形成情感的起伏和强烈的节奏。而两个字的叠句反问，将节奏推向峰巅。

另一种心理对应节奏是分合呼应。例如，杜甫的《前出塞（之六）》：

　　　　挽弓当挽强，用箭当用长。射人先射马，擒贼先擒王。

　　　　杀人亦有限，列国自有疆。苟能制侵陵，岂在多杀伤。

上句与下句之间的关联，表面上分得很远，但在心理上无缝合接。

4.4.3 语句结构引起的节奏

诗的节奏与诗的分行、分节、句式、句型以及组成语句的细结构有着密切的关系。结构也是魅力的来源之一。例如，"问苍茫大地，谁主沉浮？"。如果用"我问天，我问地，谁能扭转乾坤？"来替换，表达的是同一个意思，但是节奏不一样了。前者节奏紧迫，气势轩昂；后者节奏缓慢，虽然也是设问，同样表达"该由我来担当"的意思，但更多的是落寞无奈。

诗歌的活力发生在词与词之间组合构成的句子中，更追求深厚的内地结构所具有的潜在能力，让它发出闪光的是语言的创造力。学习写诗，研读名篇的句法至关重要。句法是诗歌语言艺术处理的关键，同样用五个字或七个字造句，其艺术感染力是相当悬殊的，可以是委曲以就，不能直达；或者是句多直率，意多浅薄。要特具诗歌魅力，离不开独到的句法构思。

诗的基本语句具有对应性或称之为前呼后应的复式结构，有内有外，从"存在"转到"意识"。例如，杜牧的《盆池》："凿破苍苔地，偷他一片天。白云生镜里，明月落阶前。"意境构思优美，语言朴素生动，节奏明朗，步步推进。小小池塘从青苔地开挖（凿）而成，池中映出（偷）一片蓝天。水清澄如镜，映出白云，如同明月落在石阶前。这是多么优美的意境。

由两个句子构成的句式可分为三种类型：两句组合型，两句一意型和两句意远型。

（1）两句组合型：如对偶句中流水那样的并列复合句或主从复合句。

例如，"相思深夜后，未答去秋书""万水千山路，孤舟一月程"等。

（2）两句一意型：是重复表现同一个意义的句式，并列关系。

例如，"鱼戏新荷动，鸟散余花落""数点雨声风约住，一帘花影月移来"等。

（3）两句意远型：两个句子的叙事并不相涉，却意脉相通，是一种高度跳跃的联想，有深层次隐含联系。例如，"万里书来儿女瘦，十月山行冰雪深"。"身行南雁不到处，山与北人相对愁""天于万物定贫我，智效一官全为亲"等。

从篇章的总体方面分析，在某种程度上，诗的第一句至关重要，它影响全篇的气势和节奏。能否把握好第一句的语调和节奏，这与构思的成熟度有关，在内容与形式上要求和谐统一，无论是开门见山还是曲径通幽，好的开头是成功的一半。

4.4.3.1 语句结构概念

语句是表达完整意义的、具有一定语法特征的语言单元。语句长度及其音顿（音组）的数量和形式是决定节奏的基本因素。对于语句的结构是需要推敲斟酌的，即精练、生动，有力的气势和美的魅力。如果一个句子过分浓缩简略，隐去了句间的跳跃联络，常常出现明显的诗意间隔与断裂，会增加阅读困难，必须凭借想象力去填补裂隙，才能感悟到诗意的存在。有的词组在相互关联上不贴切，句式扭捏不清晰，进入

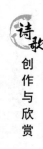
雾里看花的境地，失去了存在的意义。

1. 句式和句型

在汉语语法书中，语句按句式语气变化可分为：陈述句、疑问句、祈使句和感叹句，常称为句型。语句按结构变化可分为：独词句和结构句。例如："谁？他。她呢？走了""什么？导弹。行吗？行"。等等，用一个词表达一个完整意思，称为独词句。结构句是由多个音组构成，形式有多种多样，称为句式。句式可分为主谓结构句式和非主谓结构句式两大类。前者称为双部句（有主语、谓语），后者称为单部句（只有谓语或独立结构）。

（1）双部句（主谓结构）：

①动词谓语组句。例如，舱盖打开了。蓝蓝的天空飘着朵朵白云。

②形容词谓语组句。例如，黄色的花瓣特别鲜亮。

③名词谓语组句。例如，那个卫星个头很大、信道多。

④物类主谓语组句。例如，这件事人人都关注。火箭发射圆满成功。

（2）单部句（独立结构）：

①动宾结构。例如，眺望这沙浪翻腾的大漠风光。

②动补结构。例如，忙得忘记了已是第二天凌晨。

③状语结构。例如，孜孜不倦地钻研。

④定语结构。例如，定点在太平洋上的测控船。或，从外太空飞来的溅落体。

⑤介词结构。例如，当我们看到火箭徐徐升起的时候。

⑥并列结构。例如，顽强、勇敢、沉着、机智。

⑦连动结构。例如，进舱检测电信通道。

⑧连续结构。例如，三只灰喜鹊飞来预祝试验成功。

这些非主谓结构句的大多数，都可以添加上一个施动者，成为主谓结构，也可称为省略主语结构。不能添加施动者的可称为"无主句"。

在诗词中，语言需要精练，因此，常常采用经过缩减、省略和倒装的不完全句或短语结构。不完全句是指没有谓语或谓语不全，最明显的是一个名词性词组便算是一句诗。例如，"渡北春天树，江东日暮云"。诗的语言就像一幅幅画面。诗句有了节奏，更突显了春天的绿树和落日的彩霞。

（3）复合句。除了上面分析的单句结构外，常把两个或两个以上、意义上有联系的"单句"组合起来，表达一个完整意思，称为复合句。例如，"物以类聚，人以群分"。但大多数情况是用某些虚词将两个句子联合起来，表达一个相关的完整的意义。有的是并列关系，有的是主从关系（因果复句、转折复句、假设复句、递进复句、设想复句等）。例如："如果不介意，他们就会像茶叶一样沉落杯底。隔着厚厚的玻璃，你会看见他们脸上的汗珠。"

因果复合句中常用"故""由""因"等字，转折复合句中常用"却""奈""但"等字，假设复合句中常用"若""纵""便"等字，递进复合句中常用"更""又""况"等字，设想复合句中常用"念""应""料"等字。作为基础知识，上面罗列了形式多变的句式，其主要目的是找出一个影响节奏的共同点。

2. 音组（音顿、音步）

在汉语里，一般情况下一个汉字是一个音节，一个音节写成一个汉字（儿化音例外）。音节是听觉分辨的自然单元，是构成"音组"的要素，"音组"（音节小组）是构成句子的单元。用音节这个基本单位组成了多音节的词或词组，汉语中很大部分是双音节词。语句是由多个音组构成的，说完一个独立意义的音组时，可以略顿一顿，因此对语句节奏具有决定性影响的核心是音组。一个完全句的结束用句号表示。

根据汉字一字一音的特点，诗句中的音组以字数为单位构成，两个字为一组称两字音组，一个字为一字音组，三个字为三字音组等（不包括某些助词）。三个两字音组构成六言句；四个两字音组构成八言句，三个三字音组构成九言句，等等。例如"涉江…采芙蓉""小桥…流水…人家""暗香…浮动…月黄昏"等。格律诗句的一般倾向是先抑后扬。每个音组中，较靠后的字比前面的字读音拖得较长、声较高、音较重。自由诗中由于虚字的应用和多音节字的增加，通常以"意义"为基础，用自然语调的节奏分顿。这与语音学上的意群趋于一致。

音组也称"音顿"或"音步"。"音顿"形成的是小节奏，也称节拍，有动感；"音步"形成的节奏累加具有长度感；"音组"形成一个单元，有形体感。在不同的表述场合可以灵活选用这三个称谓。这些名称不必用分分秒秒的时间长度去度量，以免引起不必要的争议，只是讨论节奏的一个概念而已。并非要把完整的诗句弄得支离破碎，分析研究必须从细节着手。

音组之间的节奏点，通常称为节拍或拍子。在讨论节拍时，用"音顿"的称谓更具形象化。

语句的长短、篇章的分节以及章节的多少等都是综合形成诗篇的大节奏。音韵（押韵）是产生同声相应的和谐美，在大节奏中形成的是声音的回环。

疑问句、感叹语等的应用可以从语气上有一个向上或向下的跳动，换行、断行、阶梯式排行、内容或段落的重复等都能造成视觉、听觉融合的节奏效果，其中也体现音乐和绘画的表现力，形成一个多层次的由节奏产生的美感。因为体积、形态和音色、音调也是诗歌美的一个方面。一音步、二音步的短诗行，具有鼓点般短促急骤的语言节奏能力。句子较短，简短有力，动感较强，有利于表现动作类事物。三音步（短长拍）更适用于悲情和讽刺诗，四音步（长短拍）较适用于舞蹈等内容。

五音步、六音步的句子相对较长，往往给人以沉滞悠远的感觉，语句显得庄重、有分量，读起来有一种整体的气势和效果，尤其六音步（长短短拍）更适用于赞美诗、史诗类题材，具有稳健的步调（有"英雄格"的美称）。经常采用五音步和六音步交替使用的方法。（短拍，意为一字音组或二字音组，长拍，意为三字以上的音组。）

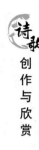

音步越少的诗行（一、二步），更是短促明快，显示为"扬"的情韵节奏，表达急骤奋进的情调。音步越多的诗行（四步以上），显得悠远滞慢，让人感到冗长、拖沓，淡化了韵脚形成的旋律。属于"抑"的节奏，表达徐缓沉郁的情调。当然诗歌语言的节奏也要适合人的呼吸，即换气的时间长短，朗读时要有舒适感。太长的句子让人喘不过气来，也就没有节奏的美感。每行诗句的音顿数以3—5顿为宜，5顿以上就有一些拖沓的感觉，不如分成复合句更好些。

旧体诗（包括格律诗词古诗）从句子长度看，可以有四言、五言、六言、七言的句式。"言"即为一言一字，也就是五个字一句或七个字一句等。在（宋）词中，也较少用七言以上的长句，因为它是从律诗中脱胎换骨而来的，是对五言、七言句的突破，影响其节奏的主要因素是音顿（音步数）和声调（平仄）等。七言诗中常用四音步，使诗句错落有致、不松散，有和谐美感。而在自由体诗歌中，句子的长度（音步数）和韵律等都没有硬性限定。

在词、曲中还有八言句、九言句或更长的句子，但总是离不开'七言'以下句式的窠臼，在短言句的基础上添加单音节词或双音节词构成长句子。例如，九言句中，上五下四或上四下五的节奏，是在七言诗上四下三的基础上，各增添了一个字构成的。

词、曲是对五言、七言诗的格式解放，是一种自由的发展。近代自由体的发展也可因循这个思路。固然，"词牌"隐隐地包含着一种特有的情感结构，但是现代人大可不必拘泥，没有必要因循守旧，在一首诗歌的题首冠上一个与之情感无关的词牌名称。这也许也是一种束缚。

4.4.3.2 句式对节奏的影响

对于四言、五言、七言格律诗而言，在4.2.节中，对句式的声调、声韵和对偶作了分析，其局限性较大。而对于词、曲以及自由诗，可以用多种顿数结构，形成诗行的长短差异和不同的诗节组合，满足各种情感和节奏表现的需要。在韵脚的安排上，自由变化，随意翻新，有时使用叠音词或对偶句和重复句，形成跌宕回环，增强诗的情韵节奏。

1. 短句结构

短句结构可以形成快速的节奏，产生坚定的力量或者跌宕的情绪。

（1）一言、二言、三言句。

例如，毛泽东的《十六字令（三首）》：

> 山！快马加鞭未下鞍。惊回首，离天三尺三。
>
> 山！倒海翻江卷巨澜。奔腾急，万马战犹酣。
>
> 山！刺破青天锷未残。天欲堕，赖以柱其间。

开首一个"山！"字，产生突兀而起的节奏。"惊回首"的三字句又一次形成快速的节奏。在语句结构所产生的节奏之外，同时又有强烈的情感节奏：人骑在马上，频频加鞭催快马，翻越一个又一个高峰，飞奔之后猛然一回头，大吃一惊，距离青天只有三尺三。当然，这"三尺三"是夸张手法，但是在这行军过程中的描述，形成强烈的紧迫的节奏感。（通常三言句的平仄结构为：平仄仄，仄平平，仄仄平，平平仄。二言句的平仄只要删一字即可。）

又例如，秦观的词《如梦令》，是两字句的例子：

> 门外绿阴千顷，两两黄鹂相应。睡起不胜情，行到碧梧金井。
>
> 人静，人静，风弄一枝花影。

整首词由六言、五言、二言句构成，产生强烈的节奏感。

三言诗，例如，孟郊的《四婵娟》（婵娟：美丽）：

> 花婵娟，泛春泉。竹婵娟，笼晓烟。雪婵娟，不长妍。月婵娟，真可怜。

风格秀艳，句式短，韵脚间隔距离也短。密集的韵脚容易产生急促的效果（尤其是句句押韵的情况）。常见到的是诗词中的六言句或七言句分拆成两个三言句，单独三言句诗较少。但是在流行歌曲的歌词创作上，也有较成功的表现。

例如，刘思铭的歌词《朋友》：

> 这些年，一个人，风也过，雨也走。有过泪，有过错，还记得坚持什么。
>
> 真爱过，才会懂，会寂寞，会回首，终有梦，终有你，在心中。
>
> 朋友一生一起走，那些日子不再有。一句话，一辈子，一生情，一杯酒。

（2）四言句和五言句。

以《诗经》为代表的古诗，大都是四言句。例如，《子衿》中"青青子衿，悠悠我心""一日不见，如三月兮"等等。

四言句的平仄结构为：平平仄仄，仄仄平平，平仄仄平，仄平平仄。之后，汉代便是五言句盛行，题材内容广泛、表现手法丰富，叠词、对句洋溢诱人魅力，《古诗十九首》堪称"千古五言之祖"，为后人效仿继承。（五言句的平仄结构可参考 4.2.1.1 节。）

例如，汉代古诗《古诗十九首·青青河畔草》中"青青河畔草，郁郁园中柳。盈盈楼上女，皎皎当窗牖。娥娥红粉妆，纤纤出素手。……"

汉代古诗《古诗十九首·迢迢牵牛星》中"迢迢牵牛星，皎皎河汉女。纤纤擢素手，札札弄机杼。……。盈盈一水间，脉脉不得语。"

（3）煞尾。

在（宋）词的句子结尾有双字尾和三字尾交错应用，会产生起伏跌宕的效果。在自由诗中，翻开一本诗集，诗句的结尾绝大部分是双字结尾（属'说话型'节奏，也称诵调；而三字尾称"哼唱型"节奏，也称吟调），难得有一篇交错应用的例子，有时会失去和谐。

例如，《光明的追求者》开头一节：

> "好比一盏金黄的向日葵，/ 我是一个光明的追求者；/
>
> 又如一羽扑灯的小青虫，/ 对于暗夜永不说出妥协。//"

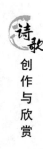

前三句是三字尾，第四句为双字结尾。如果句子结尾必须应用有双字尾和三字尾交错结构，那么在韵律和结构上作一些调整，就会在感觉上有所改善。

例如，台湾诗人彭邦桢的《圣诞卡，树上的花》：

手拈圣诞卡 / 这就像手掬 / 一捧雪花 //

圣诞卡上有棵圣诞树 / 树上竟开了一树雪花 //

雪花上树不是花 / 看是梅花 / 不是梅花 //

圣诞卡上有棵圣诞树 / 只见雪花，不见梅花 //

诗中"圣诞树"的下一句用的是"雪花""梅花"，用了"花"的押韵，而且又是四言句，使两字结尾起到了主导地位，改变了三个字结尾的节奏。而不像前面的例子中，前三句是三字尾，第四句是两字尾，显得有些急促不安。当然某些场合也许能营造遒劲有力的迫切的气氛。

在短句结构中，省略一些属性的定语，可以从拖沓、散漫的感觉中迈出轻快的步调。例如，"好一片茫茫的月光，/ 静悄悄躺在地上！ /

枯树们的疏影 / 荡漾出她们伶俐的模样。//"

经过简化修改，不仅精练，有了诗的韵味：

（好一片）茫茫（的）月光，（静）悄悄躺在地上！

枯树（们的）疏影 / 荡漾出（她们）伶俐（的）模样。

2. 长短句结构

诗词的句式很多样，词是诗的基础上扩展而成的，就词而论，一个句子，从一字句到十二、三个字一句都有。由这十几种句式作组合，可形成各种词牌和曲调。据统计，词牌有两千多种，这两千多词牌就是两千多种句式的组合。词的别称就叫"长短句"。其实在词体出现之前，诗句的字数并不一致，古风大多是如此。

例如，李白的《秋风词》：

秋风清，秋月明，落叶聚还散，寒鸦栖复惊。

相思想见知何日，此时此地难为情。

用三、五、七言合成一首诗。这种结构具有数学公式的通用性，因为它的声学、力学节奏与表达的内容有关，但是表达的情感可以截然不同。例如，陆游、瞿秋白、毛泽东的词《卜算子·咏梅》，（见 3.1.3.1 节）同一词牌表达不同的情感。词牌的功能、类似于用流传的优秀歌曲曲调重新填词，演唱的效果同样精彩。读一读李白的诗 [《蜀道难》，《将进酒》（见 2.2.1.2 节）等乐府诗]，其长短句型的变化中，可以体会到写景抒情等方面的微妙关系。词之言长，诗之境阔。

自由诗的情况更是复杂多变，随心所欲。参差不齐的长短句，体现出轻灵、自由，可以恰如其分地表达心态。短句包含更多的顿挫意味，而长句则储存更大的倾泻力量。激动的情绪常用长短句交织的形式，潇洒而奔放。

例如，昌耀的《冰河期》：

那年头黄河的涛声被寒云紧锁，／巨人沉默了。白头的日子。我们千唤／不得一应。／
在白头的日子我看见岸边的水手削制桨叶了，／如在温习他们黄金般的吆喝。∥

这种长短极度参差的句式对应着相应的情绪，淋漓尽致，形成了强烈的对比。只要你有所知，或有所体验，会震撼你的心灵。过于整齐的句子，如刀劈斧砍，没有细腰，显得臃肿笨重，而过于不规则的长句又使人有破碎繁复的感觉。总之复合句应该是一个系统，水乳交融。

从组合句的特点分析，大致归纳为长短组合、顿泻组合和连断组合等几类。

（1）长短组合。例如，李煜的词《虞美人》：

春花秋月何时了？往事知多少。小楼昨夜又东风，故国不堪回首月明中。∥

雕栏玉砌应犹在，只是朱颜改。问君能有几多愁？恰似一江春水向东流。∥

从句式上看，是长短句组合，长句语气深长，有时间的跨度和节奏的折叠；短句具有顿挫力，节奏加快，其中也包含着"顿泻"方式。因为后面有两个九字句，具有一种很强的倾泻力量。

（2）顿泻组合。例如，李煜的词《乌夜啼》：

林花谢了春红，太匆匆！无奈朝来寒雨晚来风。∥

胭脂泪，留人醉，几时重？自是人生长恨水长东。∥

第二句是短句，且有一字一顿的感叹的意味。第三句是九字长句，组成词的上半片的奔走倾倒的气势；下半片是一个长短句组合，三个三字句，短小却又紧随跟进，形成一个连断的组合，紧跟一个九字长句，形成落差很大的顿泻组合。每一个句型表达一层诗意，用句型变化调整诗意布局，实现句式的声律效果。

（3）连断组合。自由诗也是长短句，在运用句子的变化以及实现不同节奏方面，有更大的自由度，有长连有顿断，可以更充分地传达情感。

例如，台湾诗人席慕容的诗《莲的心事》：

我／是一朵盛开的夏荷／多希望／你能看见现在的我∥

风霜还不曾来侵蚀／秋雨还未滴落／青涩的季节又已离我远去／

我已亭亭 不忧 也不惧∥

现在 正是／最美丽的时刻／重门却已深锁／

在芬芳的笑靥之后／谁人知我莲的心事∥

无缘的你啊／不是来得太早 就是／太迟∥

这首诗，在句式的长短和"顿"断的运用上，颇具代表性。

第一节的四句，第一句的短句只有一个"我"字，具有提顿、强调的意味，之后一个八字长句，抒发青春的向往和骄傲，这一顿一泻的组合，特别抒情。同时这又是断连的组合。这两句本来就是一句话，诗人经过分断处理成两行，形成既断又连，既连又断的节奏效果。第三、四两句的组合的语气比较委婉，两个短长句的组合形成对照，产生节奏强化效果。

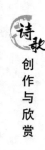

第二节中，前三句是一组，后三句是由一行的断开形式排列而成，与前三句对照，形成一个相似的句式，具有一种"顿"的节奏。

第三节中，前两句是一个组合，第一句又分断处理，平添一种强调的节奏。第三句转折句式，产生缓和的节奏；第四、五句是长句，最后的反问句，继续减缓节奏，有悠长的感觉。

第四节中，开头一句就是强烈哀叹的感叹句，接着两句是一组选择句，而且是断分、跨行，把"太迟"单独成行，更具顿挫感。强调主题，绿叶扶红花的夏荷已是一片凋败残妆。

3. 长短句结构的发展模式

无论是格律诗还是自由诗，从音步数（或音顿数）看，通常用得较多的是三音步、四音步或五音步。步（或顿）表示节拍，是一个小节奏，是由一个或多个音节构成的。

五言、七言的格律诗为什么能流传千年，无论从音节声调、音步数的多少，还是从人的视觉以及呼吸节奏看，五、七言的长度是舒适、得体的。

最早的四言古诗，每句两顿，每顿两个音节（序列为2、2）。在节奏上显得过于短小而局促，缺乏变化。例如，曹操的《步出夏门行（龟虽寿）》中：

> ……老骥伏枥，志在千里；烈士暮年，壮心不已。……

五言虽然比四言只多一个音节，但是从"顿"的角度看，却多了一个赋予变化的环节（音节序列为2、1、2或者2、2、1），增加了扩展的余地，使语句的节奏更为悠长婉转。例如，"海上升明月，天涯共此时"，"明月松间照，清泉石上流"等。

七言是五言三顿的延伸，变成了四顿，构成了一条具有四个起伏变化的优美曲线（音节序列为2、2、2、1或者2、2、1、2等）。音韵节奏多姿多彩。

例如，"金沙水拍云崖暖，大渡桥横铁索寒""牢骚太盛防肠断，风物长宜放眼量"。

还有（1、2、2、2）的音节安排，例如，"近寒食雨草萋萋，着麦苗风柳映堤""梦惊破情缘万结，路迢遥烟水千叠"等。

对于八言句和九言句或更长的诗句，确实可以使音调更加悠扬婉转，节奏变化更为丰富。但是这类长句用得较少，一般在元曲、戏曲中用于抒情。

例如，关汉卿的元曲《一枝花》节选：

> 富贵似侯家紫帐，风流如谢府红莲，锁春愁不放双飞燕。
> 绮窗相近，翠户相连，雕枕相映，绣幕相牵。
> 拂苔痕满砌榆钱，惹杨花飞点如绵。
> 愁的是抹回廊暮雨潇潇，恨的是筛曲槛西风剪剪，爱的是透长门夜月娟娟。
> 凌波殿前，碧玲珑掩映湘妃面，没福怎能够见。
> 十里扬州风物妍，出落着神仙。
> 却便是一池秋水通宵展，一片朝云尽日悬。……

其中"拂""惹"以领字形式存在，称为一字领。"锁来愁""愁的是""恨的是""爱的是""碧玲珑""却便是"等称为三字领。

再例如，关汉卿的元曲《大德歌·秋》：

> 风飘飘，雨潇潇，便做陈抟也睡不着。
>
> 懊恼伤怀抱，扑簌簌泪点抛。秋蝉儿噪罢寒蛩儿叫，淅零零细雨打芭蕉。

注：陈抟：人名，华山道士，酣睡百日不醒。寒蛩：秋天的蟋蟀。

此例中包含了二顿、三顿、四顿和五顿的结构。通常将长句分读成若干个音顿。

在某种意义上可将散曲、宋词视为规范化的自由体，它们经历了从必然到自由、自由到必然的发展过程，突破了律诗字数限制，又有平仄声调形成的跌宕起伏的气势，以及和谐的韵味。

一首诗词的韵律节奏成功与否，在于它是否呼应了精神情感的活动和心灵形态，或者说诗歌的韵律节奏是否接受了心灵设定的指令。无论是字句的长短，是整齐还是参差，行数多少等，全由心灵的节奏所致。例如，徐志摩的《偶然》：

> 我是天空里的一片云，／偶尔投影在你的心波——／
>
> 你不必讶异，／更无须欢喜——／在转瞬间消灭了踪影。／／
>
> 你我相逢在黑夜的海上，／你有你的，我有我的，方向；／
>
> 你记得也好，／最好你忘掉，／在这交会时互放的光亮！／／

诗句中在字数、顿数上虽有不同，但是两节相比，结构大致一一对应，形成了整体效果的内在和谐。而局部的自由参差变化也衬托出生命的活力。让读者沉浸在既自由又充满韵律节奏的情感波动之中。

再例如，郭小川的《团泊洼的秋天》：

> 秋风像象一把柔韧的梳子，梳理着静静的团泊洼；／
>
> 秋光如同发亮的汗珠，飘飘扬扬地在平滩上挥洒。／／
>
> 高粱如似一队队的"红领巾"，悄悄地把周围的道路观察；／
>
> 向日葵摇头微笑着，望不尽太阳起处的红色天涯。／／
>
> 矮小而年高的垂柳，用苍绿的叶子抚摸着快熟的庄稼；／
>
> 密集的芦苇，细心地护卫着脚下偷偷开放的野花。／／
>
> 蝉声消退了，多嘴的麻雀已不在房顶上吱喳；／
>
> 蛙声停息了，野性的独流河也不再喧哗。／／
>
> 大雁即将南去，水上默默浮动着白净的野鸭；／
>
> 秋凉刚刚在这里落脚，暑热还藏在好客的人家。／／……

具有创造性的长句组合结构，这种长短句结构形成了作者的一种艺术风格，创造了一种节奏自由而富于韵律的议论式诗体，吸收了诗、词、赋的结构严谨和丰富的特点，感物咏赞。应用铺陈排比的方法表现主题，在内容和形式的结合上达到和谐统一。

在诗体结构上采用了唐诗宋词的基本结构，即两个分句构成一个句子。包含两个

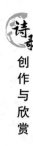

分句的句子在"对""联"的结构基础上，形成"Ⅱ+2"结构模式（其中"Ⅱ"代表分句个数，"2"代表行数，且不是人为的分行或断行造成的）。两行诗句的结构是诗的基本结构，是一种绝句模式（如五绝、七绝）。在第二句和第四句的节奏点划断，是"偶数法则"的体现。绝句的两个组合句（常用句号或分号作为标记）在形式上和意义上相对应，通常在第二分句和第四分句上押韵。两行一节的自由诗，通常在组合句的煞尾押韵。

为了表达更多的一言难尽的感情，则在基本结构"Ⅱ+2"模式上增加行数，成为"Ⅱ+4"（四行）或"Ⅱ+N"结构，N为更大的偶数（特殊情况也有用奇数的）。由此可以构成一个多层复沓的发展模式，是一种审美形态，应用这种模式，在写作思路上可以由前一句的引导而促进后一句的生成。也体现了模式（或称格律）在写作诗歌中的技巧层面的意义。

同理，在分句的个数上也可以扩展，相对于行数的纵向增加，分句的增加可称之为横向发展。在"Ⅱ+N"的结构基础上发展为"Ⅲ+N""Ⅳ+N"等三个或四个分句的结构，在分句中表达更多的意象（如前面所举例的词、曲）。在自由体诗篇中，将每一个分句分列成一行，也是这种结构的发展。

如果将纵向和横向发展的结构叠加，就成为行数和每行字数都无规则要求的现今的自由诗。这种结构叠加方式可以有交叉式回环（如插叙、倒叙等），突破时间、空间上的连续性；也可以辐射式回环，以一个基点为中心，多层面扩展、多方向延伸，宽阔的视野使内容更丰富、情感更缠绵。

4. 叠句

叠词是字的重叠，例如，郁郁、芊芊等；叠句是句子的重叠。常见的叠句有一言句、二言句、三言句。例如，一首动人的电影插曲《雁南飞》：

桃花盛开，春来到，春来到！雁南飞……盼归！盼归！……莫把心揉碎。

（1）完全叠句。在一些（宋）词中，一字句或二字句构成的叠句，往往在篇章的中间或结尾出现。例如，在宋代的陆游与其表妹唐婉1155年的《钗头凤》中的一字叠句：

钗头凤（陆游题于沈园壁上）

红酥手，黄滕酒。满城春色宫墙柳。

东风恶，欢情薄。一怀愁绪，几年离索。错，错，错！

春如旧，人空瘦。泪痕红浥鲛绡透。

桃花落，闲池阁。山盟虽在，锦书难托。莫，莫，莫！

注：东风：暗喻陆游之母。红浥：红胭脂沾湿。鲛绡：美人鱼所织的丝绢（后人用为手帕的别称）。红酥手：一种形如指掌的酥饼。

钗头凤（唐婉读陆游词后的和词）

世情薄，人情恶。雨送黄昏花易落。

晓风干，泪痕残。欲笺心事，独语斜阑。难，难，难！

人成各，今非昨。病魂常似秋千索。

角声寒，夜阑珊。怕人寻问，咽泪装欢。瞒，瞒，瞒！

注：欲笺心事：想要记下心里的思念情。角声：更鼓声。

又例如，唐代戴叔伦的《调笑令·即事》中："边草，边草，边草尽来共老！"连用三个"边草"，突显边塞草连天，边草之外还是边草，层层叠叠，一望无际。两字句具有短促而跳动的节奏，更显边草丛生、一簇簇、一片片的荒凉形象。

又例如，元代张可久的《庆宣和·毛氏池亭》：

云影天光乍有无，老树扶疏。万柄高荷小西湖。听雨，听雨。

以天空忽明忽暗，阳光摇曳；浓荫老树郁郁葱葱，水面婷婷绿荷的衬托，用"听雨"叠句抒发出惊喜、惊叹，惊人的情感，引人遐想。

又例如，李存勖（唐庄宗）《忆仙姿·曾宴桃源深洞》中的两字叠句：

曾宴桃源深洞，一曲舞鸾歌凤。酒散别离时，和泪出门相送。

如梦，如梦，残月落花烟重。

在元曲中，可欣赏到一首全叠词巧体，例如，乔吉的《天净沙·即事》：

莺莺燕燕春春，花花柳柳真真，事事风风韵韵。娇娇嫩嫩，停停当当人人。

将神话中的南岳仙子"真真"描写为身边活生生的美女。

再例如，刘禹锡的《潇湘神·斑竹枝》中的三字叠句：

斑竹枝，斑竹枝，泪痕点点寄相思。楚客欲听瑶瑟怨，潇湘深夜月明时。

此例所用三字句的重叠，作为首句是最为常见的。

(2) 类似叠句。在叠句中有个别字发生改变，这类不完全相同的重叠句可称为类似叠句。例如：吴山青，越山青，两岸青山相送迎。　　　　　　　([宋] 林逋的《长相思》)

甚霎儿晴，霎儿雨，霎儿风。　　　　　　　　　　　　　　　([宋] 李清照的《行香子》)

留无计，来无计，闷厌厌、几何况味。而今若没些儿事，却枉了做人一世。

([宋] 石孝友的《茶瓶儿》)

又例如，白居易的《长相思》中叠句更是出彩：

"深画眉，浅画眉。……巫山高，巫山低……"

"汴水流，泗水流。……思悠悠，恨悠悠……"

又例如，李商隐的《暮秋独游曲江》和《夜雨寄北》中类似叠句：

"荷叶生时春恨生，荷叶枯时秋恨成。深知身在情长在，怅望江头江水声。"

"君问归期未有期，巴山夜雨涨秋池。何当共剪西窗烛，却话巴山夜雨时。"

再例如，毛泽东 1929 年的《采桑子·重阳》中应用的四字（类似）叠句：

人生易老天难老，岁岁重阳。今又重阳，战地黄花分外香。//

一年一度秋风劲，不似春光。胜似春光，寥廓江天万里霜。//

体现了人老不叹、秋到不悲的乐观人生。对于前途充满信心，没有什么可悲可叹的。叠句起到了一个重要的转折作用。(词牌《采桑子》中第二、三句通常用四字完全叠句或类似叠句)

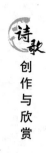

再例如，朱湘的《采莲曲》中应用的二言（类似）叠句（两个二字句的结构重叠）：

小船啊轻飘，／杨柳啊风里颠摇，／荷叶呀翠盖，／荷花呀人样妖娆。／
日落，／微波，／金钱闪动过小河。／左行，／右撑，／莲舟上扬起歌声。／／
菡萏呀半开，／蜂蝶呀不许轻来，／绿水呀相伴，／清净呀不染尘埃。／
溪间，／采莲，／水珠滑过荷钱。／拍紧，／拍轻，／桨声答应着歌声。／／
藕心呀丝长，／羞涩呀水底深藏；／不见呀蚕茧／丝多呀蛹裹中央？／
溪头，／采藕，／女郎要采又夷犹。／波沉，／波生，／波上抑扬着歌声。／／
莲蓬呀子多；／两岸呀梢树姿娑，／喜鹊呀喧噪，／榴花呀落上新罗。／
溪中，／采莲，／耳鬓边晕着微红。／风定，／风生，／风飔荡漾着歌声。／／
升了呀月钩，／明了呀织女牵牛；／薄雾呀拂水，／凉风呀飘去莲舟。／
花芳，／衣香，／消溶入一片苍茫；／时静，／时闻，／虚空里袅着歌音。／／

两个二字句中，前一句是促拍，发声短促；后一句是曼声，声音悠长。二字叠句大大增强了富有动感的表现力。由于诗句采用长短不一的、有规律变化的诗行，再现了采莲过程欢快跳动的节奏。欢声笑语，情歌阵阵；莲舟荡漾，金光闪闪，……。不仅是一支悠扬的采莲曲，也是一幅充满韵味的采莲图。

冯至的十四行诗中采用对称、复沓结构，强化音乐节奏，产生和谐回荡的美感。

例如，第十六首（句式结构重叠）：

我们站在高高的山巅，／化成一望无际的远景，／
化成面前广漠的平原，／化成平原上交错的蹊径。／
哪条路，哪道水，没有关连，／哪阵风，那片云，没有呼应；／
我们走过的城市、山川，／都化成了我们的生命。／……

再例如，宋代蒋捷的《一剪梅·舟过吴江》中的四字句可视为类似叠句的结构重叠：

一片春愁待酒浇，江上舟摇，楼上帘招。秋娘渡与泰娘桥，风又飘飘，雨又潇潇。
何日归家洗客袍？银字笙调，心字香烧。流光容易把人抛，红了樱桃，绿了芭蕉。

注：秋娘渡与泰娘桥：江苏吴江的两个地名。银字笙：镶有银字的笙。心字香：心字形的盘香。

又例如，《木兰辞》中："东市买骏马，西市买鞍鞯，南市买辔头，北市买长鞭。"

用相同的句型，构成一串反复的语词，反复强调。可视为类似叠句的排比句式，所以也归纳在此节内。这种句式能将烦琐忙碌、心烦意乱、铺张夸大、历久不懈、咏叹无限等情思表现出来。增加了复沓、回环的音乐性节奏，强化了句子的韵律，洋溢着一种悠悠的美感。其实木兰采购四样物品在一家店内就可配齐，无须走南闯北，东奔西走。这样造句的目的是表达当时匆促决定、时间紧迫。利用这种节奏把当时的情状生动地模拟出来。

4.4.3.3 句式分析

每句话表示一个完整的意义，意义表达完、声音自然停顿。一个完全句的停顿用句号表示，辅助句的停顿用逗号；而在每个句子中的停顿用顿号，或者不用顿号，而是稍作呼吸间隔，用于提高声音、加强力度等，完成语气上的停歇。这个停歇称为"顿"，又称为"逗"，也许顿号、逗号由此发展而来。

由于格律诗的节奏鲜明，包括押韵、平仄格式（见4.2节）和排偶等因素，因此，用格律诗的"言数"（每一句的字数）分项来说明诗句的"音顿"结构及其影响更为方便。

1. 一、二言句

一字句常用作惊叹语而呈现为独立节奏，例如，"看！""听！""山！"等。在陆游和唐婉的《钗头凤》中用了"错、错、错。难、难、难"等一字叠句，表达了遗恨的激情，声气短促。典型的二字句诗歌要算上古时代的《弹歌》："断竹，续竹。飞土，逐肉（宍）。"四组动宾结构，极为精练地反映先民的狩猎活动。宋词中的二言句也有不少，例如《如梦令》中有叠句"如梦，如梦""山下，山下"等，声气顺和。

此外，一字、二字句常用作"领字"形式，出现在（宋）词的领字句中。领字句使句子迅速向前发展，加快节奏，也适应句子组合、转折等灵活变化的需要。"领字"往往也表示一种状态。例如："正梅雪初消，柳丝新染""见乳燕捎蝶过繁枝""望舟尾拖凉，渡头笼暝""谁念断肠南陌，回首西楼""几度因风残絮，照花斜阳"等。领字句也有用三字形式。

注：常见的引领字：任、看、正、待、乍、怕、总、向、爱、奈、似、但、料、想、更、算、况、怅、快、早、尽、凭、叹、方、将、未、已、应、若、莫、念、甚、倘、便、怎等等。

2. 三言句

例如，北朝民歌《敕勒歌》：

敕勒川，阴山下。天似穹庐，笼盖四野。天苍苍，野茫茫，风吹草低见牛羊。

这是一首用三言句的古老民歌，苍劲豪爽，声调浑厚，抑扬畅达，一首千古传唱的草原牧歌。

又例如，李贺的《苏小小墓》，以三言句为主：

幽兰露，如啼眼。无物结同心，烟花不堪剪。

草如茵，松如盖，风为裳，水为佩。油壁车，夕相待。

西陵下，风吹雨。冷翠烛，劳光彩。

注：苏小小是南齐（479—502年）名妓，对于她的迷人风采和青春夭亡（20岁左右死于气喘病）的命运，世人寄予莫大的怜惜。古乐府中有《苏小小歌》："我乘油壁车，郎骑青骢马。何处结同心，西陵松柏下。"写出了苏的纯洁感情追求。苏小小墓在现今杭州西湖西冷桥堍。李贺以抒写墓地景物表现其形象和情感追求。

三字句形式在词中运用非常普遍，在词的开头、中间、结尾、韵脚都有出现。七言句的折腰手法也是以三言句为基础的，省去一个字，加一个逗号，将原句分成两个三字分句。例如，温庭筠的词《更漏子·玉炉香》：

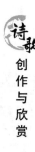

　　　　玉炉香，红蜡泪，偏照画堂秋思。眉翠薄，鬓云残，夜长衾枕寒。//

　　　　梧桐树，三更雨，不道离情正苦。一叶叶，一声声，空阶滴到明。//

　　宋词中还有《三字令》《芳草渡》等以三言句为主的词调。三字形式的领字句也常用，用一个或两个三字分句与多言句（5、6、7言）组合，有时还用顶针修辞，使句式错落有致，音韵灵活转换，增强艺术感染力。总之，三字句能加快，或改变节奏，急管繁弦，奏出汹涌澎湃的心声。例如，"风在吼，马在叫，黄河在咆哮……"三字句与四字句组合，可形成动静节奏的对比。

　　3. 四言句（二、三字音顿）

　　四言句的一般句式是由两个二字音顿构成，即上二字下二字的音节安排，节拍都在偶数字上。例如，《诗经》："昔我往矣，杨柳依依。今我来思，雨雪霏霏。"曹操也有佳作，例如，"老骥伏枥，志在千里；烈士暮年，壮心不已"等。

　　四言句的声调铿锵、节奏明快。例如："数峰江上，芳草天涯，参差烟树。"每句都在节拍上平仄交错，产生节奏。此外，也有三音顿的句式，例如："绿云千里，卷西风去"。其中"卷西风去"的句式是上一中二下一的音节安排。在三言句中的领字句也常用这样的结构，例如，"念腰间箭，匣中剑，空埃蠹，竟何成！"其中就有"念……"的一字逗节奏形式。

　　又例如，宋代周密的《四字令·访友不遇》，以四言句为基调：

　　　　残月半篱。残雪半枝。孤吟自款柴扉。听猿啼鸟啼。//

　　　　人归未归。无诗有诗。水边伫立多时。问梅花便知。//

　　再例如，元代元好问的《人月圆（其二，卜居外家东园）》，节奏明快的四言句：

　　　　重冈已隔红尘断，村落更年丰。移居就要：窗中远岫，舍后长松。//

　　　　十年种木，一年种谷，都付儿童。老夫惟有：醒来明月，醉后清风。//

　　注：卜居：选择居住的地方。外家：外婆家。重冈：丘陵山岗。红尘：闹市。远岫：远处的小山。

　　4. 五言句（二、三字音顿）

　　五言句之所以能够取胜于四言句，是因为它多了一个音节，有了回旋余地。诗的风韵也更趋完美，语句更为流畅，备受诗人喜爱。五言句的一般句式是上二下三或者上二中二下一的音节安排，构成两个或三个音顿。

　　上二下三句式："青山无限好，犹道不如归。""洞水空山道，柴门老树村。"

　　上三下二句式："一封书 未返，千树叶 皆飞。吹不散 弯眉。"

　　上二中二下一句式："醉舞下山 去，明月逐人 归。""春风骑马醉，江月钓鱼歌。""白云回望 合，青霭入看 无。"

　　上二中一下二句式："座上客常满，樽中酒不空。""淡泊以明志，宁静而致远。"

　　此外还有一种比较特殊的句式，上一下四的一字逗（又称一字豆）句式。

　　例如："看万山红遍，层林尽染；漫江碧透，百舸争流。""望长城内外，惟余莽莽；

大河上下，顿失滔滔。"

其中的五言句，根据节奏和意义的特点，应分析为"仄—平平—仄仄"，例句中的五言句可分析成"看—万山红遍"，"望—长城内外"。这样，节奏单位与语法结构还是一致的。对于非对仗句中的五言句，也可用同样方法分析。

例如："问—苍茫大地，谁主沉浮？""数—风流人物，还看今朝。""到—中流击水，浪遏飞舟。""看—红装素裹，分外妖娆。"

从上述例句中可以看到一字逗都是用仄声的。五言句也可按上三下二的句式分析。例如："倚危樯清绝"，"泣孤臣吴越。"其节奏视为"仄平平—平仄"。

此外，四言句与五言句组合构成上下句，节奏轻快、跳荡。例如，李清照《醉花阴》中："莫道不销魂，帘卷西风，人比黄花瘦。"《满庭芳》中："难言处，良宵淡月，疏影尚风流。"语句虽然表达凄苦之情，依然有跳荡节奏，预示情节发展有转机。

5. 六言句（三字音顿、二字音顿）

六言句通常是由三个二字音顿组成。例如，王维的六言诗：

"桃红复含宿雨，柳绿更带朝烟。花落家童未扫，鸟啼山客犹眠。"句式是上二中二下二的音节安排，其平仄结构通常为"平平仄仄平平""仄仄平平仄仄"等。

又例如，"沉鱼落雁之容，闭月羞花之貌""常记溪亭日暮，沉醉不知归路"等。

再例如，元代马致远的名篇《越调·天净沙》，堪称经典之作：枯藤老树昏鸦，小桥流水人家，古道西风瘦马。夕阳西下，断肠人在天涯。其中的六言句以三音顿为主，节奏分明、有力。六言句也有上三下三的（二音顿，有时可用逗号隔开）句式："都缘自有恨离，故画作……远山长"。"犹听檐声，看灯人……在深院"。

六言句也有上四下二的（二音顿）句式："七八个星天外，两三点雨山前。"

6. 七言句（二、三、四字音顿）

七言句常见的是上二中二下三句式的三音顿结构。也可以是上四下三以及较为特殊的上三下四句式，成为二音顿结构。

上三下四句式："更能消几番风雨？""记画堂斜月朦胧""人道是清光更多"。

上二中二下三句式："山下兰芽短浸溪，松间沙路净无泥。"

上四下三句式："人如风后入江云，情似雨余粘地絮。"

上五下二句式："落霞与孤鹜齐飞，秋水共长天一色。"

此外，七言句还可以由三个双音节和一个单音节组成四个节拍，即四音顿结构，有：

上二次二、中二下一句式："板凳要坐十年冷，文章不写一句空。"

上二次二、中一下二句式："劝子勿为官所腐，知君欲以诗相磨。"

在诗词中的七言句也用折腰句形式，将中间折断、省去一个字，用逗号一分为二，成为两个三句字。如：

"西塞山前白鹭飞，桃花流水鳜鱼肥。青箬笠，绿蓑衣，斜风细雨不须归。"

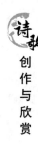

7. 八言句（二、四、五字音顿）

八言句是从五言句增加三个字发展而来，所以用的是上三下五句式，成为二音顿结构。例如："待从头收拾旧山河""引无数英雄竞折腰"。这类结构最具力量和情感。

在对联中也常用这样的句式，例如："乘东风踏平万里浪，扬海螺威震九重天。"也可以用上五下三句式，成为二音顿结构。例如："来岁断不负……莺花约。"

八言句也可以用一字领七字的句式，成为两音顿的结构，产生一种顿挫节奏的语气。例如："但屈指西风几时来。""奈花自无言莺自语。"

八言句还可以用四个双音节组成的句式，成为四音顿结构。例如："看着笑着月枕双歌"。用在对联中较多。例如："指点…江山…春光…满目，激扬…文字…彩笔…生花。"当然也有一些特殊的变化，例如："黄鹤…之飞…尚…不得过。"

8. 九言句

九言句一般都用两个律句组合而成。二音顿节奏句式为：上二下七、上三下六、上四下五，或者上五下四、上六下三等五类。其中五字组和七字组应该是律句，成为一个基础节奏单位。例如：

"恰似…一江春水向东流""浪淘尽…千古风流人物""记得年时…沽酒那人家"

"放一轮明月…交光清夜""索向画图影里…唤真真""为问…世间醒眼是何人"

"依旧竹声新月似当年""无奈朝来寒露晚来风""自是人生长恨水流东"

"寂寞梧桐深院锁清秋"等等。

还有杜甫的"呜呼！何时眼前突兀见此屋，吾庐独破受冻死亦足！"更是荡气回肠。此外，还有从七律扩展而成的结构。例如，"只有……多情……流水……伴人……行"。除了句末一个字这个节拍外，其余在偶数字上形成平仄交错的四个节拍。又如，"细草～软沙～溪路～马蹄～轻"。九言句形成了五音顿句式，产生较强的节奏感。

用九言句组成的诗篇，称为九言诗。实质上是四言和五言的合成。起源于三国时代。例如，元代高僧释明本的《梅花》：

> 昨夜西风吹折千林梢，渡头小艇卷入沙滩坳。
>
> 野树古梅独卧寒屋角，疏影横斜暗上书窗敲。
>
> 半枯半活几个撅蓓蕾，欲开未开数点含香苞。
>
> 纵使画工善画也缩手，我爱清香故把新诗嘲。

注：书窗：书房的窗户。撅蓓蕾：合拢的花蕾。嘲：吟咏。

又例如，现代陈藕庆的《秋思》：

> 一夜浓霜落叶卷西风，伊人相隔云山万千重。
>
> 长恨人生不如天上月，初一离去十五又重逢。

在初一的傍晚时分看不见月亮，到十五又会重圆，可是人不如月。诗眼"天上月"形成一个高潮，留下一个悬念，不是共婵娟，而是用一个强烈的对比，反衬意中人相隔遥远，别时容易见时难，还不如月亮。对比和衬托形成了情感上的节奏感。

9．十言句

十言句用得不多，但也有多种句式，常见的是三音顿结构，有三类：

上三中四下三句式："最好是一川夜月光流渚。""君不见黄河之水天上来。"

上三中三下四句式："甚无情便下得雨僝风僽""把春波都酿作一江春酎"。

上三中五下二句式："昨春日如十三女儿学绣，而今春似轻薄荡子难久。"

这种句式中，可以将第四个字（如、似）看成领句字，后接六字句。即：

昨春日…如…十三女儿学绣，而今春…似…轻薄荡子难久。

此外，十言句常用在对联上，用五个二字音组构成。例如：

一粥一饭当思来之不易，寸薪寸木恒念物力维艰。

再例如，一副谜语对联："白蛇过江头顶一轮红日，青龙挂壁身披万点金星。"偶句也可视为上四中二下四句式。（谜底分别为：吹火筒和弹棉花弓）

10．十一言句

十一言句，一般由上四下七，或者上六下五句式构成，一般按律句的句式分析。例如："不应有恨～何事长向别时圆""不知天上宫阙～今夕是何年"。

再例如，闻一多《死水》中的《口供》，都是十一言长句：

我不骗你，我不是什么诗人，/纵然我爱的是白石的坚贞，/
青松和大海，鸦背驮着夕阳，/黄昏里织满了蝙蝠的翅膀。/
你知道我爱英雄，还爱高山，/我爱一幅国旗在风中招展，/
自从鹅黄到古铜色的菊花。/配着我的粮食是一壶苦茶！//
可是还有一个我，你怕不怕？——/苍蝇似的思想，垃圾桶里爬。//

十一言的六五体，用四顿、五顿大体整齐的结构，有一种整体的气势和力量。

在山水对联中，根据诗句结构，可以有四字音组和七字音组构成两个音顿，或看成为四字音组、六字音组和一字音组构成的三个音顿句式。例如：

"万石峰中月色泉声千古趣，八方池里天光云影四时春。"

"阳光普照园丁心坎春意暖，雨露滋润桃李枝头蓓蕾红。"

11．十二言句（多音顿）

根据词和诗的结构，可以有多个音顿的节奏处理，例如：

"听着数着愁着怕着四更早过"。

"技术创新多种多样别开生面，潜力挖掘一点一滴各显神通"。

又例如："数千年……治乱兴衰……都归……大手笔，几万里……见闻考核……颇费……小才华。"

语句结构中还有一些细小结构也影响节奏，包括回环、对称、重叠、排比等等。多种修辞结构可以产生明显的节奏。这些结构对节奏的影响在4.4.5节中详述。

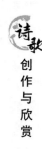

此外，为了表达超出常态的思想感情，以"极端自由"的十九言的长句抒发炽烈的激情。例如，郭沫若的《太阳礼赞》（节选）：

青沉沉的大海，波涛汹涌着，潮向东方。／

光芒万丈地，将要出现了哟——新生的太阳！／／

……

太阳哟！你请把我全部的生命照成道鲜红的血流！／

太阳哟！你请把我全部的诗歌照成些金色的浮沤！／／

太阳哟！我心海中的云岛也已笑得来火一样地鲜明了！／

太阳哟！你请永远倾听着，倾听着，我心海中的怒涛！／／

发自内心的炽烈呼唤和渴望，喷发出昂扬的生命激情。这种激情如战鼓声撼人心魄和灵魂。

4.4.3.4 句型对节奏的影响

句型，指句子用来读、说的语气类型。例如：陈述、设问、回答、命令、报告、要求和呼唤等语气。分别相应的句型是，陈述句与设问句，肯定句与否定句，主动句与被动句，祈使句（祈求和恐吓），感叹句等。其语调虽然不能表示语义，却可以表示语气（降调或升调）。其内部相关（时态、连词）的意义有多种，例如：假说、反问、条件、转折、选择等引起节奏的变化。

格律诗用字凝练，多用实词，虚词用得少。相对单调，常用陈述句与设问句，其他句型用得较少。用改变句型的方法可以改变诗行的节奏。以下选择几种分析。

1. 设问句对节奏的影响

采用设问的句型，抒发了无形的故国之思、切肤之痛，形成一种悲壮的节奏，是一种沉重、凝滞的脚步。

例如，李煜的《虞美人·往事知多少》：

春花秋月何时了？往事知多少。小楼昨夜又东风，故国不堪回首月明中。

雕栏玉砌犹在，只是朱颜改。问君能有几多愁？恰似一江春水向东流。

以"只"字引出的短句是一个唯一性的选择条件句，具有顿挫力度。在问天、问人的对照中，在"何时"与"多少""几多"与"恰似"的呼应中，生动形象地表达了物是人非的惆怅心态。自问自答，具有很强的艺术感染力。

又例如，李贺《南园十三首（其五）》，全诗由两个设问句组成：

男儿何不带吴钩，收取关山五十州？请君暂上凌烟阁，若个书生万户侯？

第一问，昂扬激越；第二问，沉郁哀怨。是自问，也是反问。后句的反衬手法形成顿挫节奏。（吴钩，即吴国的弯刀）

此外，还有"他问句"。一类是先问后答："借问酒家何处有？牧童遥指杏花村。"

另一类是先叙述情境、理由、条件、行为，而后再发问："儿童相见不相识，笑问客从何处来？"

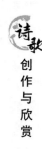

2. 否定句对节奏的影响

例如，北岛的《红帆船》：

假如到处都是残垣断壁 / 我怎么能说 ② / 道路就从脚下延伸呢？ /

滑进瞳孔里的一盏盏路灯 / 难道你以为 ⑤ / 滚出来的就真是星星？ //

我不能再欺骗你 ⑦ / 让心象一片颤抖的枫叶 / 写满那些关于春天的谎言 /

我不能再安慰你 ⑩ / 因为除了天空和土地 / 为生存作证的只有时间 /

在被黑夜碾碎的沙滩 / 当浪花从睫毛上退落时 / 后面的海水却茫茫无边 /

可我还是要说 / 等着吧，姑娘 ⑰ / 等着那只运载风的红帆船 ⑱ //

诗的第②⑤句的反问句型、第⑦⑩句的否定句型、第⑰⑱句的祈使句型，都加快了篇章的节奏。

3. 被动句对节奏的影响

"一个放牛娃，站在乡间小路上，骄傲于被问路于自己，回答，'喏'，手指着池塘边的那一家。……"。其中，"骄傲于被问路于自己"是倒装句法和被动句式的重叠，显得不顺口，但表现了路不是笔直的，而是曲里拐弯的状态。改变了节奏，荡起了波澜。对于外来人，有别于熟门熟路的娃，一定摸不着头脑，还得细问。

"村边的一条小溪 / 掠过你一片笑影流去"也用了倒装句式，相对于正常语序产生了节奏变化，不仅强化了小溪的形象，而且将笑影变得更加轻盈和飘逸。

4. 咏叹句对节奏的影响

咏叹、感叹本身就是通过音韵节奏抒发情感的一个基本要素，通常有语气词或反问、呼告、倾诉等句式作为标志。例如，1937 年艾青的《雪落在中国的土地上》（三段之第一段）：

"雪落在中国的土地上，/ 寒冷在封锁着中国呀 …… // a

风，像一个太悲哀了的老妇，/

紧紧地跟随着 / 伸出寒冷的指爪 / 拉扯着行人的衣襟，/

用着像土地一样古老的话 / 一刻也不停地絮聒着 …… // b

那从林间出现的 / 赶着马车的 / 你中国的农夫 /

戴着皮帽 / 冒着大雪 / 你要到哪儿去呢？ //   c

告诉你 / 我也是农人的后裔—— / 由于你们的 / 刻满了痛苦的皱纹的脸 /

我能如此深深地 / 知道了 / 生活在草原上的人们的 / 岁月的艰辛。 //   d

而我 / 也并不比你们快乐啊—— / 躺在时间的河流上 /

苦难的浪涛 / 曾经几次把我吞没而又卷起—— /

流浪与监禁 / 已失去了我的青春的 / 最可贵的日子，/

我的生命 / 也象你们的生命 / 一样的憔悴呀 // "   e

第一节，a 中，叹字"呀"的声音，其咏叹的气韵加强了诗的韵律。

第二节，b 中，用老妇的形象表现风的状态。

第三节，c 中，开头的"出现的""赶车的""中国的"三个重叠修饰"农夫"的表述，

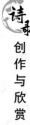

有了一个顿挫节奏的氛围。最后一个问句，拖长了迷茫的慢节奏。

第四节，d中，"告诉你"的倾诉、呼告，带来了时强时弱、时轻时重的韵律感。拉近了与读者的距离，更具亲和力。从"我能如此深深地……"开始的四句诗，本是一个长长的感叹语气的句子，却断分为四行，其节奏感大大增强。

第五节，e中，从开头"而我、也并不比你们快乐啊"的直接咏叹，到最后三行"……一样的憔悴呀"的倾诉，都采用了断行分句的手法，起到了提"顿"的作用，增加了顿挫感，强化了抒情和咏叹的力度。

4.4.4 篇章结构引起的节奏

韵文是有节奏韵律的文学体裁，包括诗、词、歌、赋等，不同于散文，不但语句有韵味，而且其节奏也与篇章的结构有关系。结构感是全诗的脉络，是诗意的来龙去脉。诗的篇章结构中，一首诗分几节，一个小节由几个句子组成，这都是根据内容和感情抒发的需要选定的。有表现快速奔放，有娓娓道来，有表现平缓舒展，有跌宕起伏，等，形成一个整体节奏的氛围。

4.4.4.1 诗的分行和分节

诗的体裁是分行又分节，一个诗节安排的行数是篇章的小节奏，根据内容及语句结构而定。诗的分行给诗的语言带来了节奏和韵律效果，既有外在的形体美，又有诗意跃动的节奏心态，也是诗人情绪波澜的外化表现。古诗和乐府诗时期，分行分节缺少规律，随机随意性大，到了唐代，才有绝句和律句的分行分节要求。诗的分节是篇章的大节奏。一首诗是用一节还是由多节构成，视作者写作时表达情感的需要而定。

在现代自由诗中，例如，麦凯的诗《我的妈妈》只有一节：

清晨，微香的清风吹过，/地上，人们在那里耕田种谷，/地下，我的妈妈已经睡熟。//

在诗行"顿"数所形成节奏的基础上，诗节的行数也影响节奏。例如，田间的诗《自由，向我们来了》，其中的一节：

九月的窗外 / 亚西亚的原野上 / 自由呵 /

从血的那边 / 从兄弟死骸的那边 / 向我们来了 / 像暴风雨 / 像海燕 //

这一节长短句诗行中"顿"数的组合序为：2—2—1—2—3—2—1—1，每一句形成相应的抑扬变化过程为：次扬—次抑—高扬—次扬—抑—次扬—扬—高扬。

对于由多行组成的诗节而言，诗行较少的一节诗，往往节奏明快，给人以"扬"的感觉；诗行较多的节诗，其配合的节奏滞缓，因而有"抑"的感觉。很多诗篇的最后一节往往用一行或两行构成，目的是散发"扬"的情绪。通常采用的多诗节篇章的推进式节奏形态有：扬—抑—扬；次扬—抑—扬—抑—次扬—扬；抑—扬—抑—扬；等等。其中每一种节奏感也许是一行诗句所致，也许是包含在连续的某几行诗句中。

诗的分行、分节是形成节奏的重要因素，更多地运用了省略、跳跃、对照等方法，带有主观随意性。以下用每一节安排不同的行数（包括诗句的长短和结构的不同）举例，通过实际诗篇的品味，感受和意会到一个节诗的行数多少（配合情感的内涵）所形成的心理节奏。四行一节较为普遍，可以包括起、承、转、合的内容。当然这仅仅是一个基础，章节是零活多变的。对于诗节组合成篇的模式也是多种多样的，有重叠式、并列式、相抱式、相交式、相随式等等，根据内容和情感的需要选择，而每一节的行数也不尽相同。

1. 一节两行

例如，顾城的《一代人》：

> 黑夜给了我黑色的眼睛 / 我却用它寻找光明 //

又例如，卞之琳1935年的《断章》：

> 你站在桥上看风景， / 看风景的人在楼上看你。 //
>
> 明月装饰了你的窗子， / 你装饰了别人的梦。 //

又例如，艾青的《希望》：

> 梦的朋友 / 幻想的姊妹 //　　原是自己的影子 / 却老走在你面前 //
>
> 像光一样无形 / 像风一样不安定 //　　她和你之间 / 始终有距离 //
>
> 像窗外的飞鸟 / 像天上的流云 //　　像河边的蝴蝶 / 狡猾而又美丽 //
>
> 你上去，她就飞 / 你不理她，她撵你 //　　她永远陪伴你 / 一直到你终止呼吸 //

以上三个诗例中，一节两句的结构产生一种齐步节奏。轻松、愉悦。

再例如，郭小川1975的《团泊洼的秋天》（节选）：

> 秋风象一把柔韧的梳子，梳理着静静的团泊洼；
> 秋光如同发亮的汗珠，飘飘扬扬地在平滩上挥洒。 //
> 高粱好似一队队的"红领巾"，悄悄地把周围的道路观察；
> 向日葵摇头微笑着，望不尽太阳起处的红色天涯。 //
> 矮小而年高的垂柳，用苍绿的叶子抚摸着快熟的庄稼；
> 密集的芦苇，细心地护卫着脚下偷偷开放的野花。 //
> 蝉声消退了，多嘴的麻雀已不在房顶上吱喳；
> 蛙声停息了，野性的独流河也不再喧哗。 //
> 大雁即将南去，水上默默浮动着白净的野鸭；
> 秋凉刚刚在这里落脚，暑热还藏在好客的人家。 //
> 秋天的团泊洼啊，好像在香甜的梦中睡傻；
> 团泊洼的秋天啊，犹如少女一般羞羞答答。 //
> 团泊洼，团泊洼，你真是这样静静的吗？
> 全世界都在喧腾，哪里没有雷霆怒吼，风云变化！ //　……

每行是一个复合句，一节两行，这样的组合结构似乎有绝句的影子，只是多言句的自由诗罢了，它可以形成"意群"的相对、相衬、相生，使诗歌的节奏发生波动或

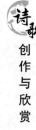
跳跃，同时体现了语言的节奏和语意的节奏。如果视为长短句组合，会更方便地掌握节奏，在押韵要求上也显得不那么复杂。

一节双行的结构如同一把短尺，可以方便地量度曲折起伏的情感。

例如，邵洵美的《季候》：

> 初见你时 你给我你的心，/ 里面是一个春天的早晨。//
>
> 再见你时 你给我你的话，/ 说不出的是炙烈的火夏。//
>
> 三次见你 你给我你的手，/ 里面藏着个叶落的深秋。//
>
> 最后见你 是我做的短梦，/ 梦里有你还有一群冬风。//

这四节诗是前后递进的结构。

2. 一节三行

例如，冰心的《相思》：

> 躲开相思，/ 披上衣儿 / 走出灯明人静的屋子。//……
>
> 小径里明月相窥，/ 枯枝 --- / 在雪地上 / 又纵横地写遍了相思。//

又例如，林徽因的《深夜听到乐声》：

> 这一定又是你的手指，/ 轻弹着，/ 在这深夜，稠密的悲思；//
>
> 我不禁颊边泛上了红，/ 静听着，/ 这深夜里弦子的生动。//
>
> 一声叫，从我心底穿过，/ 太凄凉，/ 我懂得，但我怎能应和？//
>
> 生命早描定她的式样，/ 太薄弱 / 是人们的美丽的想象。//
>
> 除非在梦里有这么一天，/ 你和我 / 同来攀动那根希望的弦。//

每个诗节由两个三顿或四顿诗行抱住中间一顿句，形成一种特有的节奏。

关于九歌。闻一多阐述的经典的九歌是一种标准体裁，是三章（段），每章三句，共九句，即每歌九句。闻一多的《太阳吟》就是三句一节，全篇共十二节。

在七言古诗中，为抒发感情的需要，也有采用三句一转的结构。

例如，岑参的诗《走马川行奉送封大夫出师西征》：

> 君不见 走马川行雪海边，/ 平沙莽莽黄入天。//
>
> 轮台九月风夜吼，/ 一川碎石大如斗，/ 随风满地石乱走。//
>
> 匈奴草黄马正肥，/ 金山西见烟尘飞，/ 汉家大将西出师。//
>
> 将军金甲夜不脱，/ 半夜军行戈相拨，/ 风头如刀面如割。//
>
> 马毛带雪汗气蒸，/ 五花连钱旋作冰，/ 幕中草檄砚水凝。//
>
> 虏骑闻之应胆慑，/ 料知短兵不敢接，/ 车师西门伫献捷。// （车师：地名）

3. 一节四行

四行构成一节，是古典诗词的基本模式，例如，五言、七言绝句。自由诗中，很多诗章均采用四行段式，基本满足在最小单元内实现起、承、转、合的表现手法。即便没有起承转合的明显层次，也会有一个明显的递进关系。

例如，曾卓1970年的《悬岩边的树》：

不知道是什么奇异的风／将一棵树吹到了那边——／

平原的尽头／临近深谷的悬岩上／／

它倾听远处森林的喧哗／和深谷中小溪的歌唱／

它孤独地站在那里／显得寂寞而又倔强／／

它的弯曲的身体／留下了风的形状／

它似乎即将倾跌进深谷里／却又象是要展翅飞翔……／／

又例如，舒婷 1978 年的《往事二三》：

一只打翻的酒盅／石路在月光下浮动／

青草压倒的地方／遗落一枝映山红／／

桉树林旋转起来／繁星拼成了万花筒／

生锈的铁锚上／眼睛倒映出晕眩的天空／／

以竖起的书本挡往烛光／手指轻轻衔在口中／

在脆薄的寂静里／做半明半昧的梦／／

再例如，徐志摩的《哀曼殊斐儿》中一节：

我昨夜梦入幽谷，／听子规在百合丛中泣血，／

我昨夜梦登高山，／见一颗光明泪自天坠落。／／

这一节诗用了两个三顿体、两个四顿体组合句式。

4. 一节五行

例如，郭沫若 1920 年的《炉中煤》——眷念祖国的情绪：

啊，我年轻的女郎！／我不辜负你的殷勤，／你也不要辜负了我的思量。／

我为我心爱的人儿／燃到了这般模样！／／

啊，我年轻的女郎！／你该知道了我的前身？／你该不嫌我黑奴卤莽？／

要我这黑奴的胸中，／才有火一样的心肠。／／

啊，我年轻的女郎！／我想我的前身／原本是有用的栋梁，／

我活埋在地底多年，／到今朝总得重见天光。／／

啊，我年轻的女郎！／我自从重见天光，／我常常思念我的故乡，／

我为我心爱的人儿／燃到了这般模样！／／

这四节诗是前后抱中间两节的结构。

5. 一节六行

有一些诗篇中常常采用两行、四行、六行的段式。例如，郭小川的《祝酒歌》林区三唱之一的节选：

三伏天下雨哟，／雷对雷；朱仙镇交战哟，／锤对锤；／

今儿晚上哟，／咱们杯对杯！／／

舒心的酒，／千杯不醉；知心的话，／万言不赘；／

今儿晚上啊，／咱这是瑞雪丰年祝捷的会！／／

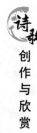

又例如，乔羽的《难忘今宵》中一节：

告别今宵，/告别今宵，/无论新友与旧交，/明年春来再相邀，/青山在，/人未老。//

这一节诗用了两个二顿体、两个三顿体和两个一顿体相随而又有重叠的组合。

6. 一节七行

例如，徐志摩的《这是一个懦怯的世界》：

这是一个懦怯的世界：/容不得恋爱，容不得恋爱！/

披散你的满头发，/赤露你的一双脚；/跟着我来，我的恋爱，/

抛弃这个世界，/殉我们的恋爱！//

我拉着你的手，/爱，你跟着我走；/

听凭荆棘把我们的脚心刺透，/听凭冰雹劈破我们的头，/

你跟着我走，/我拉着你的手，/逃出了牢笼，恢复我们的自由！//

跟着我来，/我的恋爱，/人间已经掉落在我们的后背，——/

看呀，这不是白茫茫的大海？/白茫茫的大海，/白茫茫的大海，/

无边的自由，我与你与恋爱！//

顺着我的指头看，/那天边一小星的蓝——/

那是一座岛，岛上有青草；/鲜花，美丽的走兽与飞鸟；/

快上这轻快的小艇，/去到那理想的天庭——/

恋爱，欢欣，自由——辞别了人间，永远！//

7. 一节八行

自由诗采用一节八行的也较普遍，例如，闻一多的《一句话》：

有一句话说出就是祸，/有一句话能点得着火。/

别看五千年没有说破，/你猜得透火山的沉默？/

说不定是突然着了魔，/突然青天里一个霹雳/

爆一声：/"咱们的中国！"//

这话叫我今天怎么说？/你不信铁树开花也可，/

那么有一句话你听着：/等火山忍不住了缄默，/

不要发料，伸舌头，顿脚，/等到青天里一个霹雳/

爆一声：/"咱们的中国！"//

这首诗两节之间是相随组合。五律、七律均是八句一篇。

8. 一节九行

例如，林徽因的《笑》：

笑的是她的眼睛、口唇，/和唇边浑厚的旋涡。/

艳丽如同露珠，/朵朵的笑/向白齿的闪光里躲。/

那是笑——神的笑，美的笑，/水的映影，涌进了你的心窝。/

那是笑——诗的笑，画的笑，/云的留痕，浪的柔波。//

9. 一节十行

例如，郭小川的《出钢的时候》(节选五、六两节)：

(五)　　是的，在这有限的钢铁基地里，/确是无穷的生命力在迸发！/

你看那一朵朵钢花，/多么象闪电把黑暗的夜空爆炸！/

你看那一朵朵钢花，/多么象明澈的河流涤荡着泥沙！/

你看那高达千度的热气，/多么象拨云化雾的日月光华！/

你看那奔向大罐的桔色波涛，/多么像冲锋陷阵的千军万马！//

(六)　　呵，在我们的漫长的生活中，/常常有这样神奇的一刹那，/

在这刹那间，人们的生命力/比平常还要千百倍地伟大。/

管你什么冰山雪海，/只能立刻在它的面前溶化！/

管你什么铜墙铁壁，/只能立刻在它的脚下倒塌！/

管你什么难关险道，/根本不在话下！//

10. 十四行诗——十四行分四节

十四行分四节的十四行句式结构的自由体，称为十四行诗。他是由国外的格律十分严谨的十四行诗体简化而成的，放弃了严格的音顿和韵脚要求，经过中国化的改造，具有了汉语的自身特点，节奏和韵式也趋于自然。

十四行诗分成四小节，也符合起、承、转、合的诗意构思特点，能自然贴切地完成情感抒发的要求。在字数上经常采用"九言四顿"。十四行诗英文名称为 Sonnet 或 Sonata (音乐中的奏鸣曲)，早期翻译成"商籁体"。

意大利式的十四行诗的句数基本安排为 4+4+3+3，欧洲称之为彼特拉克体。基本韵式有两种 ABBA，ABBA，CDE，CDE；或 ABBA，BCCB，CDC，DCD。前八行两个抱韵，后六行是两个重复韵或抱韵。

英国式的十四行诗的句数基本安排为 4+4+4+2，欧洲称之为莎士比亚体。基本韵式为 ABAB，CDCD，EFEF，GG。一句升调、一句降调，ABAB 的交叉韵律构成快节奏效果。另有一种韵式为 ABAB，BCBC，CDCD，EE。前三节均采用交叉韵，末节采用同韵。欧洲称之为斯宾塞体。节奏强烈而和谐。

此外还有 4+3+4+3，4+4+6(3+3)，4+6+4，3+3+3+3+2，2+5+2+5，2+3+4+3+2，2+4+2+4+2，等分节组篇的模式。其多种格式都是建立在两种基本体式的基础上。汉诗十四行体可以根据抒情要求采用不同分节模式，韵式方面也随汉语诗的押韵样式灵活安排，呈现各异的风采。

例如，冯至 1940 年的《十四行诗》(4+4+4+2)：

你在荒村里忍受饥肠，/你时时想到死填沟壑，/

你却不断地唱着哀歌，/为了人间壮美的沦亡；//

战场上有健儿的死伤，/天空里有明星的陨落，/

万匹马随着浮云消没……/你一生是他们的祭享。//

你的贫穷在闪烁发光，/像一件圣者的烂衣裳。/

就是一丝一缕在人间，/也有无穷的神的力量。//

一切冠盖在它的光前，/只照出来可怜的形象。//

又例如，戴望舒 1940 年的《十四行诗》(4+4+3+3)：

看微雨飘落在你披散的鬓边，/象小珠散落在青色的海带间，/

或是死鱼浮在碧海的波浪上，/闪出万点神秘又凄切的幽光，//

它诱着又带着我青色的魂灵，/到爱和死的梦的王国中逡巡，/

那里有金色山川和紫色太阳，/而可怜的生物喜泪流到胸膛；//

就像一只黑色的衰老的瘦猫，/在幽光中我憔悴又伸着懒腰，/

吐出我一切虚伪真诚的骄傲；//

然后又跟它跟踪在薄雾朦胧，/象淡红的酒沫飘浮在琥珀钟，/

我将有情的眼埋藏在记忆中。//

以上种种分节分段的结构，各有各的特点，根据实际需要而定。在诗篇分节的结构上可以采用"同构"方式，即前后两节的句式、字数和韵脚都相同，具有对称规整的美；也可以"换头易尾"或"换韵"等，稍作调整，以满足叙事、抒情的需要。"换头"指后一节的第一句有变化了。"易尾"指后一节的最后一句有所改变。通常是"换头不易尾"。

有研究表明，十四行诗体在中国也有悠久历史，只是没有像五律、七律那样完备的形式和广泛流行罢了。在最早的《诗经》中就有十四行诗，在东汉末年公元二世纪末的《古诗十九首》中就有《今日良宴会》和《孟冬寒气至》两首。公元三世纪魏阮籍的《咏怀（其二）》也是十四行诗。唐代还有很多诗人写下十四行诗，李白的名篇五言古诗《月下独酌》也是十四行 [(4+4+6) 前八行用"文"韵，后六行用"寒"音]。

4.4.4.2 篇章长度影响节奏

篇章长度的得体是诗的美感组成部分，"得体"的内涵是体积和序列。体积太小了，看不清楚；体积太大了，又不能一览无余，看不到整体、全貌，也不美。一首诗篇的基本构成是组词成句、连句成段、组段成篇，其长度或情节应适可而止，使读者不费事地阅读和记忆为宜。律诗的篇章长度定为每首四联、八句，以韵脚为标志，恰好构成四个起伏的大节奏，正如七言句那样，具有四条优美的韵律曲线。例如，温庭筠的《商山早行》：

晨起动征铎，客行悲故乡。鸡声茅店月，人迹板桥霜。

槲叶落山路，枳花明驿墙。因思杜陵梦，凫雁满回塘。

诗中以"乡、霜、墙、塘"的韵脚为标志，构成了一个和谐的音韵上的回环。这种音韵上的复沓，与内容上的起承转合相结合，产生一种掷地有声的定力，具有音乐的流动美。在视觉上和结构上也是适合的，没有疲劳和堆砌感觉。又例如民歌，大多数也是每节四句占优势，连欧洲的十四行诗，其分段也是以四句为一节作基础，分为4442 和 4433 的格式排列。

自由诗的长度千差万别，根据需要自由发挥，最精短袖珍的是两句构成一首诗：

"黑夜给了我黑色的眼睛，我却用它寻找光明。"　　　（《一代人》）

"我失去了一只臂膀，就睁开了一只眼睛。"　　　　（《杨树》）

用四句构成一首诗的五绝和七绝，是最为经典的格律。由于诗句精炼，耐人寻味，因而脍炙人口。自由诗中亦有好例，例如，卞之琳的《断章》：

你站在桥上看风景，看风景的人在楼上看你。

明月装饰了你的窗子，你装饰了别人的梦。

这是两句一段，二段构成一首诗，有一种回旋的节奏，其中"看风景"和"装饰"是诗眼，两两对称，正合内涵。"看风景"可以成为风景，主体变客体；明月装饰窗子，转过去可以装饰别人的梦境，洋溢着一种人生哲理，也是智慧的结晶。寥寥数语胜过长篇大论的叫喊，偶得一花一世界；万语千言压缩成两句话，篇章超短却存有无限量的蕴藏。

又例如，顾城 1968 年的《星月的来由》：

树枝想去撕裂天空，却只戳了几个微小的窟窿，

它透出天外的光亮，人人把它叫做月亮和星星。

具有刚强的节奏，异想天开的想象，充满神力的意境。诗节较长的例子可参考前一节的分析，体会节奏的变化。

4.4.4.3 篇章形式影响节奏

诗如画，在形式上需要一种突破。用诗歌语言可以描写一幅画的意象和境界，也可以模仿画的形象改变诗的形式，从而改变诗的节奏和将诗意强化或形象化。句子的数目、句子的组合、章节分段等的变化，是将视觉的间隔转化为听觉的间断，是一种节奏的改变。其组排的形式很多，大致归纳如下。

1. 散文式断句拖延排列

通常把短句排列的文字看成诗，而把通行排列的文字看作散文。其特点是短句行阅读产生了延迟，其过程的延迟得以仔细品味。艺术的欣赏在于过程，短行诗歌将这个过程拉长或者增强了力度。这种形式上的改变最重要的是基于改变节奏，同时也突显某些词汇（内容）以及赋予多重意义和多层面上的连贯作用。

从逆向思维出发，回归到似散文非散文、似诗体非诗体的排列方式，形成悠闲、深沉、连绵的意境，脱离豆腐干式的板块结构的束缚，感觉进入了一气呵成的节奏。

例如，张曙光的《卡桑德拉》：

没有人。没有人相信我说出的 /

一切。在我说话的时候，人们 /

只是在笑，谈论着天气，或漫不经心地 /

注视着广场上的鸽子，它们在啄食 /

或发出咕咕的求偶声。没有人相信…… /

每一行的音步数不尽相同，无标点断句造成阅读中断，迫使读者迅速寻找下文，

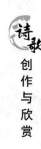

形成既断开又连续的谐波节奏，避免产生锯齿波或方波的节奏。当然，根据诗意内涵的要求，用跌宕起伏的节奏表现内容，就要锯齿波或方波的节奏。

例如，台湾诗人商禽的《咳嗽》：

坐在 /

图书馆 /

的 /

一室 /

的 /

一角 /

忍住 /

直到 /

有人把一本书 /

是"历史"吧 /

掉在地上 /

我才 /

咳了一声 /

嗽 //

其实，这首诗原本是几句口语："坐在图书馆的一室的一个角，忍住。直到有人把一本书，是"历史"吧，掉在地上，我才咳了一声嗽"。这几句话，就像一片片小小的树叶悄无声息地落下，对于行人似乎视而不见，但是，经过节奏的改变，让人有了回味的余地，有了思考的念头。尤其是一本"历史"书，带来更多的深思。

另一种散文式断句拖延排列中包含着"说文解字"，利用汉字本身的象形特征以及组合方式，展现了"形和意"的一面生动的镜子。

2.具象式图案组排

诗的具象式图案组排，最早的突破性尝试是唐朝的"一七体"。其特点是第一行从一个字开始，每行增加一个字，到七个字结束，形成宝塔形排列。与诗的内容不相关，而是在视觉上有一种新奇。例如，著名诗人白居易《送别》和刘象明的《农民》：

送别

诗

绮美，瑰丽。

明月夜，落花时。

能助欢笑，也伤别离。

调清金石怨，吟苦鬼神悲。

天下只应我爱，世间惟有君知。

自从都尉别苏向，便到司空送白辞。

农民

哼

农民

好伤心

苦把田耕

养活世间人

看世上的人们

谁比得我的辛勤

热天里晒得黑汗淋

冷天里冻得战战兢兢

反转来要受人家的欺凌

请想想这该是怎样的不平

农友们赶快起来把团体结紧

结紧了团体好打倒那土豪劣绅

在刘象明 1927 年组排成宝塔型的诗《农民》中，还可以增加它的行数，只要下一行多写一个字就可以了。但是受到阅读时的音步数限制，也不要超过六、七步，以免喘不过气来。这种逐行增加字数的组排形式，可以形成一种逐渐积累的气势和力量。具有渐渐变慢的节奏，有一种沉重感。用具像图案组排的诗，有心形的、碑型的、器形的等等，枚不胜举，根据诗题、诗意，可以创造层出不穷的图案。

3．断句分行

有一种篇章形式是，在段落行列、字句间隔中，使用断句、空格，少了标点符号的使用。断句分行可以改变节奏，使读者悠然自得。

例如，骆耕野的《车过秦岭》（第五节）：

黑色的 白色的 时间 /

蜿蜒着 蜿蜒 /

列车 /

穿行在死灭与新生之间 /

隧洞象黑洞洞的网口 /

一个接一个 /

向希望逼来 逼来 /

映入瞳孔的蓝天破碎了 /

象迸裂的蓝玻璃 /

象惊飞的鸽群 四散哀鸣 /

然而 没有一颗心 /

眷顾于空谷间短促的明媚 /

　　　　　没有一个人 /
　　　　　迟疑或停留在网口之前 /
　　　　　嬉闹的孩子　紧偎着母亲的胸脯 /
　　　　　向黑暗　惶惑地睁大双眼 /
　　　　　白发老人放下窗帘 /
　　　　　思绪的浓云间　划过皱纹的闪电 //

　　这样不用标点符号的断句分行，产生强烈的节奏感，成为火车的行进节奏和人的情感节奏的载体，更好地表达诗的意境，在这样的氛围中产生极强的感染力。

　　更有甚者是穆木天的《苍白的钟声》：

　　　　　听　残枯的　古钟　在　灰黄的　谷中 /
　　　　　人　无限之　茫茫　散淡　玲珑 /
　　　　　枯叶　衰草　随　呆呆之　北风 /
　　　　　听　千声　万声——朦胧　朦胧——/ ……”

　　诗行排列上使句子断断续续，似乎产生了起伏的音响，呈现钟声的波动感觉。固执悠长的钟声再没有浑厚、庄重，而是疲惫；再没有号角的高远，只能是迷蒙茫然，偃旗息鼓的叹息。

4. 倒影

　　例如，戴望舒的诗《烦忧》。整篇中两节诗段利用了语句的反序循环，形成了岸柳倒影式的对称结构。诗句反向循环造就的旋律感，表达了内在的悠长情感的流淌。

　　　　　　说是寂寞的秋的清愁，
　　　　　　说是辽远的海的相思。
　　　　　　假如有人问我的烦忧，
　　　　　　我不敢说出你的名字。

　　　　--- --- --- --- --- --- --- --- --- --- --- --- --- --- --- --- --- ---

　　　　　　我不敢说出你的名字，
　　　　　　假如有人问我的烦忧；
　　　　　　说是辽远的海的相思，
　　　　　　说是寂寞的秋的清愁。

　　这首诗除了诗节对等、外形整齐外，韵律优美、节奏鲜明。

5. 阶梯

　　以一种阶梯的形式产生一种节奏，表达一种跃动的思想感情。

　　例如，灰娃的《无题》：

　　　　　　没有谁 / 敢
　　　　　　　　　擦拭我的眼泪 //
　　　　　　它那印痕 / 也

灼热烫人 //

例如，冰心的《相思》：

躲开相思，/

披上裘儿/

走出灯明人静的屋子。//

小径里明月相窥，/

枯枝——/

在雪地上/

又纵横地写遍了相思。//

4.4.5 改变节奏的基本方法

4.4.5.1 回环

回环是由重章叠句构成的。大致可分为章节回环和句子回环两类。章节回环是诗体的每一节大致相似而形成回环，包括音韵节奏和内容及情感等方面。句子回环是诗中某一二个句子不断回环，像美妙的风筝在天空盘旋，形成往复盘旋的主旋律，不仅具有音乐美，而且增强了诗情的表现力。

1. 章节回环

例如，闻一多的《忘掉她》（哀悼离去的小女儿），节录前三节：

忘掉她，像一朵忘掉的花，/

那朝霞在花瓣上，/那花心的一缕香——/忘掉她，像一朵忘掉的花！//

忘掉她，像一朵忘掉的花，/

象春风里一出梦，/象梦里的一声钟，/忘掉她，像一朵忘掉的花！//

忘掉她，像一朵忘掉的花！/

听蟋蟀唱得多好，/看墓草长得多高；/忘掉她，像一朵忘掉的花！//

诗篇共分七节重复回环。每一节就像一幅画，又像一首绵绵不尽地回荡的乐曲。

在章节回环中，不仅有圆环一样不停地轮回，还有像螺旋那样回旋，在回环中不断行进、上升，尽管句式不变，而在内容上有所变化，情感上不断发展。

例如，余光中的《乡愁》：

小时候/乡愁是一枚小小的邮票/我在这头/母亲在那头//

长大后/乡愁是一方窄窄的船票/我在这头/新娘在那头//

后来啊/乡愁是一方矮矮的坟墓/我在外头/母亲在里头//

而现在/乡愁是一方浅浅的海峡/我在这头/大陆在那头//

如余光中《乡愁》用相似的诗节回环往复，强烈地渲染离别的辛酸和痛楚。在几个场景、意象的变化中向主题的纵深发展，回环富有变化，形成步调整齐的行进式节奏。

2. 句子回环

句子回环，在诗篇的每一节中，有一两个句子回环重复，有的重复是相同的，有的运用相似原理，随着情感的变化作出调整，即用相似、相近的格式，正如乐曲中的主旋律一样，萦绕盘旋，强调一个情感主题。

例如："昨日一花开，今日一花开。今日花正好，昨日花已老。"昨日与今日的往复回环，表现花开花谢的景象，揭示了天天有好花、天天有花老的自然循环原理。

例如，诗人朱湘的《梦》：

这人生内岂惟梦是虚空？ / 人生比起梦来有何不同？ / 你瞧富贵繁华入了荒冢： / 梦罢， / 作到了好梦呀味也深浓！ //

酸辛充满了这人世之中， / 美人的脸不常春花样红， / 就是春花也怕飞霜结冻： / 梦罢， / 梦境里的花呀没有严冬！ //

水样清的月光漏下苍松， / 山寺内舒徐的敲着夜钟， / 梦一般的泉水在远方动： / 梦罢， / 月光里的梦呀趣味无穷！ //

全诗五节，每节的最后两句用了句法相似的回环，也带动了全诗的回环。每一节最后一句的回环赋予变化，具有行进感。对于句子回环的变化，不仅是一个技巧行为，而且是由内容和情感所决定的。又例如，艾青的《雪落在中国的土地上》，其中"雪落在中国的土地上，寒冷在封持锁着中国呀"两句，作为诗的题旨，在全篇出现了四次，强力地渲染了灾难深重的氛围。对于句子的回环，无论是句式、句数、内容等方面都可以改变回环句群的模样。

4.4.5.2 对称

对偶句是对称形式中最典型的例子，对称，形成一种整齐美，也产生一种凝聚力。例如：

墙上芦苇，头重脚轻根底浅；

山间竹笋，嘴尖皮厚腹中空。

其中上联（出句）的字与下联（对句）的字不相重复，把同类的概念或对立的概念并立起来。名词对名词、动词对动词、形容词对形容词等。

1. 分析

这种对称形式在格律诗中十分明显。一首律诗，每一联内存在对称关系，首联与尾联也具有某种对称或对应关系，前四句与后四句也体现某种对称关系，等等。能够形成对称关系的标志有：韵脚、节奏、音节、句式、章法等。这种对称形式能产生美感，包括和谐的节奏美、音韵美，平衡美等。对于情感上的表现功能是一种步进式加强。在宋词中，两个字数相同的短句，其句型首选对偶句，次选排比句。

自由诗中也同样的选用。例如，雷抒雁的长诗《小草在歌唱》节录：

〈一〉

1 风说，忘记她吧！ / 我已用尘土， / 把罪恶埋葬！ / 3

4　雨说，忘记她吧！　/我已用泪水，/把耻辱洗光！　/6
　　是的，多少年了，/

8　谁还记得/这里曾是刑场？　/行人的脚步，来来往往。/

11　谁还想起/他们的脚　踩在/一个女儿，/一个母亲，/14
　　一个为光明献身的战士的心上？　//　15

16　只有小草不会忘记，/

17　因为那殷红的血，/已经渗进土壤；/18

19　因为那殷红的血，/已经在花朵里放出清香！　//20

21　只有小草在歌唱，/

22　在没有星光的夜里，/唱得那样凄凉；/23

24　在烈日暴晒的正午，/唱得那样悲壮！　/25

26　象要砸碎礁石的潮水，/象要冲决堤岸的大江……　//　27

第1、2、3句的组合与第4、5、6句的组合形成句式相同的对称。第8、11两句的句式相同构成了两组相似内容的对称。第16、21两句的句式相同也构成了两节结构的对称。

第17、18句的组合与第19、20句的组合形成了本节内的小的对称；第22、23句的组合与第24、25句的组合也是如此。第26、27两句也形成句式相同的对称。

通过简要分析，诗句中有几组不同形态的对称。这些对称性诗句不仅产生强力的节奏感，而且也增强了情感的表现力。

对于一些隐喻朦胧的诗篇，也运用不少对称章法，增强节奏感。

实际上，在自由诗中采用意群对称结构是比较普遍的。源于律诗和词曲中的对偶句，它具有一种反复回旋的节奏美。诗行、诗节的对称以及意群上的对称是诗歌结构美和韵律美的基础。自由体的对称节奏在郭小川的诗歌创作中，应用极为普遍，他的诗歌在自由体诗歌发展中是一面旗帜。它是多样性与一致性的对立统一。他将词牌在句式、段落、篇章方面的多样性，以及律诗在言数和句数上的一致性，创造性地和谐结合，产生自由诗的一种凝聚力。

2. 归纳

综合前面的举例，关于自由体对称结构型式大致可分为以下几类：

（1）并列式。行与行或节与节并列对称。

例如，郭小川的《秋歌》中：

　　　　　"今年的秋风似乎格外锐利，有如刀锋；
　　　　　今年的秋风似乎格外明亮，胜过群星。"

又例如，余光中的《乡愁》，艾青的《手推车》，刘半农的《教我如何不想她》等等，诗节之间相应的诗行是对称的，有势如破竹、步伐挺进的气概。

（2）交叉式。隔行或隔节交叉对称。例如，郭小川的《青纱帐——甘蔗林》和《甘

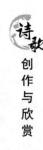

蔗林——青纱帐》中，采用了一、三行和二、四行分别交叉对称句型。而一、二行或三、四行之间并不对称。这类结构产生一种不说不快、酣畅淋漓的效果。

（3）包揽式。诗节内的首行与末行将其余几行包揽后形成首末行对称的形式（有时句子是部分重复或完全重复），中间几行往往也采用重复或对称句型。

例如，徐志摩《为要寻一颗明星》，共四节，都是采用包揽式的。录第二节为例：

> 我冲入这黑绵绵的昏夜，
> 　　为要寻一颗明星；——
> 　　为要寻一颗明星，
> 我冲入这黑茫茫的荒野。

又例如，闻一多的《你莫怨我》《忘掉她》，余光中的《乡愁四韵》等都是在诗节内的首行与末行采用包揽式对称结构。诗行排列错位有致，有一种明显的结构形式美。

章节之间也有包揽式的对称结构。诗篇的首节与末节将其余几节包揽后，形成诗的首尾在结构上的对称（有时这两节的句子是部分重复或完全重复，或者是在结构、意义上对称呼应）。

例如，郭小川1962年的《刻在北大荒的土地上》，共十七节，用第一、第十七节包揽中间十五节，首尾两节在结构、在字句上是完全相同的：

> 继承下去吧，我们后代的子孙！／这是一笔永恒的财产——千秋万古长新；／
> 耕耘下去吧，未来世界的主人！／这是一片神奇的土地——人间天上难寻。／／

首尾两节的重复回环，对黑土地充满了强烈的热爱之情，对年轻人发出了强烈的呼吁，真诚的期待，有一种热血沸腾的情怀。

何其芳的《生活是多么广阔》，也是如此。此外，还有一些不规律的（包揽的诗节、诗句数目不等）连环包揽的结构，例如，艾青的《雪落在中国的土地上》，抒发一种缠绵不舍的情感。

4.4.5.3 重章叠句

在诗篇中，词组、句子的重复和重叠，造成一种复沓的和谐、一唱三叹的壮美艺术效果。这类反复重叠，简称为复叠。复叠有别于回环、对称，复叠只用在词、词组或句子的较小范围内，增加节奏的紧迫感。为了分析研究方便，将重复和重叠结构分列说明。

1. 重复

例如，徐志摩的诗《庐山石工歌》中，劳动号子"咳浩！咳浩！咳浩！东方晓！庐山高！"重复地呼喊，表现齐心一力扛运沉重石块的信心和力量。在诗篇中，对一种现象或状态饱含深情时常用重复手法。

还有利用句子的完全重复强化情感的表现。

例如"雨声高响低鸣，一点一滴又一声，一点一滴又一声，与愁泪交相应"。又例如，"窗前谁种芭蕉树，阴满中庭。阴满中庭。叶叶心心，舒卷有余情"。这类重复手法强化了节奏，加深了情感的抒发。衬托出情思不断高涨的状态。

又例如，辛弃疾的《丑奴儿·书搏山道中壁》：

少年不识愁滋味，爱上层楼。爱上层楼，为赋新词强说愁。//

而今识尽愁滋味，欲说还休。欲说还休，却道天凉好个秋。//

又例如，王尔碑的《柳》中运用的是词组的局部重复（手和辫子）：

是母亲的手，温柔的手 / 深情地把我抚慰 / 把我抚慰，低语着 / 春天来了！//

是女儿的辫子，长长的辫子 / 在我眼前飘来飘去 / 飘来飘去，歌唱着 / 春天来了！//

诗篇富于表现力的音韵节奏，很大程度上在于四组重复的应用，以及两节诗的整体对称。

除了句子的重复，还有诗节的重复。例如，徐志摩的《我不知道风是在那一个方向吹》，一共六节诗，每一节四行，其中前三行是完全重复的，只有第四行有些变化：

我不知道风 / 是在那一个方向吹—— / 我是在梦中， / 在梦的轻波里依洄。//

以下五节第四行分别是：

……， / 她的温存，我的迷醉。//

……， / 甜美是梦里的光辉。//

……， / 她的负心，我的伤悲。//

……， / 在梦的悲哀里心碎！//

……， / 黯淡是梦里的光辉。//

另一类是内在的、意义上的重复，例如，艾青的《驴子》：

你披满沙土的身体 / 干毛剥落的身体 /

拖着那 / 无终止地奔走在原野上的 / 人们的可怜的杂物；//

你下垂的耳朵 / 无力的耳朵 /

听惯了 / 由轮轴传向空阔去的悲哀的嘶叫；//

你灰色的眼瞳 / 瞌睡的眼瞳 /

映照着 / 北方的广漠的土地的忧郁；//

你小小的脚蹄 / 疲乏的脚蹄 /

走在那 / 广漠的土地上的 / 不平坦的荒凉的道路；//

你疲乏，你辛苦，你忧郁， / 在这永远被风沙罩着的土地上 /

驴子啊， / 你是北国人民的最亲切的朋友。//

诗中运用了四组句子的重复，分别是"身体""耳朵""眼瞳"和"脚蹄"。当这些重复被间隔地多次使用时，就像回环、对称的多次使用一样，使全诗具有了跳动的节奏。由这四组重复引导的四个句组，也充满回环重复的节奏感。诗节之间有一种简单的重复，即诗节开头的一句或诗节最后一句的重复。提领句重复，起到主旨的提领或归结作用，产生一种环环入扣，回旋跌宕的艺术效果。

例如，朱湘的《答梦》：

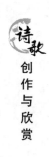

我为什么还不能放下？／因为我现在飘流海中，／

你的情好像一粒明星，／垂顾我于澄静的天空，／

吸起我下沉的失望，／令我能勇敢地向前。∥

我为什么还不能放下？／是你自家留下了爱情，／

他趁我不自知的梦里／顽童一般地演起戏文——／

我真愿长久在梦中，／此机会好同你长久的相逢！∥

类似结构的还有余光中的《昨夜你对我一笑》，北岛的《走吧》《橘子熟了》，海子的《亚洲铜》，流沙河的《就是那一只蟋蟀》等。

归结句重复，例如，刘半农1920年的《教我如何不想她》：（共四节，节录一、二节）

天上飘着些微云，／地上吹着些微风。／

啊！／微风吹动了我头发，／教我如何不想她？∥

月光恋着海洋，／海洋恋着月光。／

啊！／这般蜜也似的银夜，／教我如何不想她？∥

类似结构的还有戴望舒的《可知》，杨炼的《海边的孩子》，蒙古族诗人布林贝赫的《故乡的风》等。当然以上这些节奏变化是一种典型例子，更多的是多种手段的综合应用。例如，谢烨的《我不相信，我相信》等。

2. 重叠

在诗篇中，重叠不同于回环和对称，重叠只用在词、词组或句子的较小范围内。用叠词描写状景以及数量词重叠等。叠字叠句增强节奏感，使声调和美、流转，圆润如珠。

（1）叠词描状。例如：王维的"漠漠水田飞白鹭，阴阴夏木转黄鹂"，杜甫的"无边落木萧萧下，不尽长江滚滚来""江天漠漠鸟飞去，风雨时时龙一吟"，宋代王荆公的"新霜浦溆绵绵白，薄晚林峦往往青"，宋代苏子瞻的"沉沉炉香初泛夜，离离花影欲摇春"，等等。

唐代李嘉祐的诗句"水田飞白鹭，夏木转黄鹂"，色彩鲜明，有美感的画面，已是好诗句了，后又有王维添加了"漠漠"和"阴阴"两个叠词，意境更加开阔。因为有了"漠漠"的广阔意义和阴阴的一片浓阴意义，其意境也就不同了。读着杜甫的"萧萧"和"滚滚"，能听到秋风萧瑟的落叶声，汹涌的长江波涛声。

用于描写心态情感的例句，如，"君心似琴瑟，的的爱知音"，"了知不是梦，忽忽心未稳"，其中"的的"和"忽忽"无不真真切切，声情并茂。

除了宋词中，有李清照的《声声慢·寻寻觅觅》中开头的名句"寻寻觅觅，冷冷清清，凄凄惨惨戚戚"外，在元曲中，有乔吉的［越调］《天净沙·即事》：

莺莺燕燕春春，花花柳柳真真。事事风风韵韵。娇娇嫩嫩，停停当当人人。

此曲写的是春光美人，语意双关。更有台湾诗人余光中《乡愁》，将乡愁物性化，喻称为"乡愁是一枚小小的邮票""乡愁是一湾浅浅的海峡"。用这些特殊的意象，勾起无尽的思乡之愁。

（2）数量词叠用。例如，李山甫的《寒食》：

柳带东风一面斜，春阴澹澹野人家。有时三点两点雨，到处十枝五枝花。

万井楼台疑绣画，九原松柏似烟霞。年年今日谁相问，独卧长安泣岁华。

（寒食：清明节前两天为寒食节，这一天禁火，只能吃冷食。）用三点两点雨、十枝五枝花的描绘，更加强烈地渲染孤独忧郁的氛围，表达作者的愁思。

又例如，辛弃疾的《西江月·夜行黄沙道》：

明月别枝惊鹊，清风半夜鸣蝉。稻花香里说丰年，听取蛙声一片。

七八个星天外，两三点雨山前。旧时茅店社林边，路转溪桥忽见。

（3）重叠修饰。还有一种类似于排比的形式，所谓"重叠修饰"。是连续用多个结构相同、意思相似或相关的定语或状语同时修饰一个中心词。

例如，辛弃疾词句"而今何事最相宜，宜醉宜游宜睡"将闲情写到极致。

又例如自由诗诗句：

"我的黑沉沉、血汪汪、白花花的土地啊"

"我的忧愤的、宽厚的、严厉的土地啊！"

"我的冰封的、泥泞的、龟裂的土地啊！"

"淅淅的细雨寂寂地在屋檐上击打。"

这类重叠结构，无不在平静中，骤然推起了层层叠叠的具有强烈节奏的波澜。

4.4.5.4 重叠排比

排比（包括排比中逐步深化递进）是修辞的一种重要的方法，在改变音韵节奏时，同样也是重要的技法。相对于律诗中十分规整的排比而言，自由诗中应用的排比句可称为宽式排比（拟对偶中的宽对）。排比可以有效地增强节奏感和表现力，有一种"扬"的节奏效果。排比句的多次反复可以加强回环感，多次重叠可以加强推进感。成串的排比常常成为节奏过渡、交替、递推的不可或缺的手段，会产生一种激振频率，使情感向激动的高位发展；同时，通过排比、对仗的重叠手法，产生声韵回环往复的语言艺术效果。

例如，台湾诗人杨唤的《我是忙碌的》：

我是忙碌的。／我是忙碌的。／／

我忙于摇醒火把，／我忙于雕塑自己，／

我忙于擂动行进的鼓钹，／我忙于吹响迎春的芦笛；／／

我忙于拍发幸福的预报，／我忙于采访真理的消息；／

我忙于把生命的树移植于战斗的丛林，／我忙于把发酵的血酿成爱的汁液。／／

直到有一天我死去，／我才会熄灯休息，／我，才有一个美好的完成，／如一册诗集；／

而那覆盖着我的大地，／就是那诗集的封皮。／／

我是忙碌的。／我是忙碌的。／／

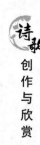
首尾采用完全重复句，形成包揽对称结构。中间三节，有两节是采用排比句，读着真有些忙碌的感觉。下面再看一些简单的例句："恨东风无一言，踏遍林间，转过亭前，望断云边"。用意义上的重叠排比短句，产生急促节奏，表现徘徊、期待、焦急、盼望的不安心情。

排比可以产生激烈的奔泻形式的节奏，例如：

> 告诉你吧，世界，/ 我——不——相——信！/ ……
>
> 我不相信天是蓝的；/ 我不相信雷的回声；/
>
> 我不相信梦是假的；/ 我不相信死无报应。/ ……

排比可以产生温婉忧伤、微澜涟漪式的节奏，例如：

> 一幅色彩缤纷但缺乏线条的挂图，/ 一题清纯而无解的代数，/
>
> 一具独弦琴，拨动檐雨的念珠，/ 一双达不到彼岸的桨橹。……

4.4.5.5 递进排比

排比不仅可以并列，还可以逐步深化递进，形成渐行渐强或者渐行渐远的情感趋势。例如，艾青 1939 年的《吹号者》的第五段中的一节：

> ……，在震撼天地的冲杀声里，/ 在决不回头的一致的步伐里，/
>
> 在狂流般奔涌着的人群里，/ 在密集的连续的爆炸声里，/
>
> 我们的吹号者边 / 以生命所给与他的鼓舞，/ 一面奔跑，一面吹出那 /
>
> 短促的、急迫的、激昂的，/ 在死亡之前决不中止的冲锋号，/
>
> 那声音高过了一切，/ 又比一切都美丽。/ ……

前四行，以"在……里"的介词宾语结构作为宽式排比，大大加强了节奏推进力度，富有高亢的情绪和冲锋的气势。后面的"一面……，一面……"的宽式排比，又嵌入"短促的、急迫的、激昂的"三个定语，重叠中的重叠，形成了更强烈的节奏推进气势。

此外，如果在诗句中用一系列强制式动词（让……，给……，催……，压……等），层层递进，也能形成强烈的气势。

4.4.5.6 对偶

对偶本身具有对称、稳定的美，而在诗行的前进过程中形成一种意义上的呼应，造成某种程度的回旋节奏。有一种"抑"节奏的效果。然而对偶中还具有声调的平仄结构，使节奏更为鲜明，包括声音的轻重缓急、强弱高低。对偶的平仄声调在本句中是交替的；而在对句之间是对立的。因此，从本质上也形成了结构的反复，声调的变化体现了诗句的回环美。

例如，王维的《山居秋暝》：

> 空山新雨后，天气晚来秋。　　平平平仄仄，平仄仄平平。
>
> 明月松间照，清泉石上流。　　仄仄平平仄，平平仄仄平。
>
> 竹喧归浣女，莲动下渔舟。　　仄平平仄仄，平仄仄平平。

随意春芳歇，王孙自可留。　　平仄平平仄，平平仄仄平。

在自由诗中，对偶的应用不仅是宽对，而更多的是扩展、引申的自由对，不必达到两物相对的浑然交融，而更多体现的是装饰性，重在显示节奏。

有"ABBA"形态的相抱型对偶。例如，闻一多的《忘掉她》：

> 忘掉她，像一朵忘掉的花！
>
> 听蟋蟀唱得多好，
>
> 看墓草长得多高，
>
> 忘掉她，像一朵忘掉的花！

其中一、四行是复沓，把第二、三行的对偶包孕在里面，对逝去生命难于忘却的情绪用外在的形象转移和烘托。

有"ABAB"形态的相交型对偶。例如，郭沫若的《天上的市街》第一节：

> 远远的街灯明了，好像闪着无数的明星；
>
> 天上的明星现了，好像点着无数的街灯。

采用交错形式组成对偶可以加深黏着性，突出一体感，节奏流畅，是一种回旋式节奏形态。

有"AABBCC"形态的相随型对偶。例如，郭沫若的《凤凰涅槃》中《凰歌》的第二节：

> 啊啊！／我们这缥缈的浮生／好像那大海里的孤舟。／
>
> 左也是漶漫，／右也是漶漫，／前不见灯台，／后不见海岸，／
>
> 帆已破，／樯已断，／楫已飘流，／柁已腐烂。／
>
> 倦了的舟子还是在舟中呻唤，／怒了的海涛还是在海中泛滥。／／

除了前三句不是对偶句外，后面是非常整齐的五个对偶句，两两相对相随的排列，相互支持，互相呼唤，富有推演递进的情感。在元曲中，常用对偶句抒情，和谐美妙，情感抒发深刻。

例如，王实甫的《十二月》和《尧民歌》两曲组合的《小令·别情》：

自别后遥山隐隐，更那堪远水粼粼。见杨柳飞绵滚滚，对桃花醉脸醺醺。

透内阁香风阵阵，掩重门暮雨纷纷。／／

怕黄昏忽地又黄昏，不销魂怎地不销魂？新啼痕压旧啼痕，断肠人忆断肠人。

今春，香肌瘦几分，楼带宽三寸。／／

曲子描写春日中的离别情。上半部分用"自别后"三字统领全篇，一连用三组工对喧染气氛，叠词应用更突显艺术氛围。后半部分一口气用两对连环句，再用"今春"稍作停顿，改变节奏，最后用五言对偶句发出忧伤的感叹。叠词应用使对句锦上添花。例如，山隐隐，水粼粼，风阵阵，雨纷纷，绵滚滚，脸醺醺。更完的叠句对有：寻寻觅觅、冷冷清清、清清楚楚、明明白白、真真切切等。

此外，在对偶、排比的基础上，形成了一种多句耦合排比，带来一种强烈推进的

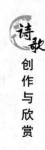

情感抒发。在元曲中常用的三句耦合形式。例如，乔吉的《水仙子·乐清箫台》中：

> 枕苍龙云卧品清箫，跨白鹿春酣醉碧桃，唤青猿夜拆烧丹灶。
>
> 二千年琼树老，飞来海上仙鹤。沙巾岸天风细，玉笙吹山月高。谁识王乔？

注：苍龙：苍劲松柏。烧丹灶：炼丹炉灶。琼树：仙树。沙巾岸：把头巾推起，露出前额。王乔：王子乔，周灵王太子，好吹笙，发凤凰鸣声。

又例如，关汉卿的《一枝花·赠朱帘秀》中：

> 倚窗相近，翠户相连，雕枕相映，绣幕相牵。拂苔痕满砌榆钱，惹扬花飞点如绵。
>
> 愁的是抹回廊暮雨潇潇，恨的是筛曲槛西风剪剪，爱的是透长门夜月娟娟。

这一段中有三句和四句耦合的两种结构，充分表达了绵绵的情意。

4.4.5.7 顶针和勾连

用顶针和勾连的方式，使诗歌的结构续续相生，字字相扣。句与句、节与节之间，前句的结尾自然成为后句的开头词语，形成意象转换的勾连。诗句显得自然流畅，情感的波澜后浪赶前浪，一浪高一浪。

例如，南朝乐府诗的名篇，萧衍的《西洲曲》：

> 忆梅下西洲，折梅寄江北。单衫杏子红，双鬓鸦雏色。（1）
>
> 西洲在何处？两桨桥头渡。日暮伯劳飞，风吹乌臼树。
>
> 树下即门前，门中露翠钿。开门郎不至，出门采红莲。（2）
>
> 采莲南塘秋，莲花过人头。低头弄莲子，莲子青如水。
>
> 置莲怀袖中，莲心彻底红。忆郎郎不至，仰首望飞鸿。
>
> 鸿飞满西洲，望郎上青楼。楼高望不见，尽日栏干头。（3）
>
> 栏干十二曲，垂手明如玉。卷帘天自高，海水摇空绿。
>
> 海水梦悠悠，君愁我亦愁。南风知我意，吹梦到西洲。

诗篇三十二句，描写女子思念所爱的郎君的缠绵恋情。每两句展现不同时空，表达一层意思，每四句一转韵。第（1）段结尾字"树"与第（2）段开头顶针，第（2）段的前四句中用"门前""门中""开门""出门"形成了类顶针的同形词组勾连，一连串的时空跳跃形成轻快的节奏。随后，在句子中继续采用与红莲相关联的"采莲""莲花""弄莲""莲子""置莲""莲心"等连贯性词组，碎步跳跃的勾连，暗喻女子缠绵的内心思绪，质朴自然，续续相生。第（2）段结尾词组"飞鸿"与第（3）段开头（鸿飞）顶针，延续了难于忘怀的思念。

在宋词中，也有不少两个字以上的顶针。例如，《忆秦娥》中：

"秦娥梦断秦楼月。秦楼月，……"，"霜风洗出山头月。山头月，……"。

如果是句子，则称为重叠句，例如，《采桑子》中：

> "恨君却似江楼月，暂满还亏。暂满还亏，待得团圆是几时！"

在自由诗中用顶针手法也很多。例如，戴望舒的《雨巷》中：撑着袖纸伞，独自／彷徨在悠长，悠长／又寂寥的雨巷，／我希望逢着／一个丁香一样地／结着愁怨的姑娘。／／"悠长，悠长"的顶针，令人感受到雨中的这条小巷清幽、漫长而寄托着深情。

顶针也可理解为'跟进''跟随'，在句中，或句与句之间，可以产生紧迫感和增加情感力度。例如："人去楼空空寂寂，旧时旧情情切切。"

"我们的愿望都一样，一样地超越自己，一样地追逐梦想。"

"勾连"可视为顶针的扩展，不是顶针却胜似顶针，胜在词组变化多，形象丰富。相关字的连贯性重复产生一种勾连性的收紧，表达前后情景连续发生的紧密关系。在《西洲曲》中，从起句"忆梅下西洲"，到结句"吹梦到西洲"的前呼后应的过程中，使读者的视点不断切换，看到了围绕主题词扩展的方方面面的意象。展示了节奏鲜明、情感强烈的双重艺术效果。

另一种句法是勾连排比，也可视为间隔顶针，也有称为叠字分离，或称迭映。迭映可分为前迭映和后迭映。前迭映的叠字在前，强调前者；后迭映的叠字在后，强调后者。迭映使意象充分扩展，节奏跳跃、丰富。例如，杨慎的诗句：

垂杨垂柳管芳年，飞絮飞花媚远天。别离江上还河上，抛掷桥边与路边。

前迭映词例：不遮不掩，半信半疑，如怨如愁，诚惶诚恐，村前村后，娇声娇气，等。后迭映词例：山前水前，花娇月娇，形消影消，心甜意甜，灯边枕边，衾寒枕寒，等。

4.4.5.8 顿挫

顿挫，常说抑扬顿挫，是高低起伏和停顿转折的意思。在诗篇中采用顿挫方法可以形成强烈对比，呈现顿挫美，节奏的改变产生感人的艺术效果。顿挫，形象化地说："江水顺流而下，波澜壮阔、一往无前，突然遇到江岸崩滩，巨石堕落河道，形成阻遏之势，顿时激起回头高浪，极为惊心动魄，蔚为壮观。"这种强烈的停顿和转折形成顿挫美。

通常，先抓住一个层面，进行淋漓尽致地描绘，达到穷极渲染的程度，即刻用一个截然相反的对立面作为反衬，产生强烈深刻的对比，改变节奏。不仅能突出主题，而且震撼人心，发人深思。正如韩愈的《听颖师弹琴》中说的"跻攀分寸不可上，失势一落千丈强"那种猛烈的顿挫，形成强烈尖锐的对比。

例如，白居易的《买花》：

帝城春欲暮，喧喧车马度。共道牡丹时，相随买花去。
贵贱无常价，酬直看花数。灼灼百朵红，戋戋五束素。
上张幄幕庇，旁织笆篱护。水洒复泥封，移来色如故。
家家习为俗，人人迷不悟。有一田舍翁，偶来买花处。
低头独长叹，此叹无人谕。一丛深色花，十户中人赋。

前面叙述了花市的热闹，看花论价，美美的百朵红花，值价五匹帛。花束方设帷幕遮蔽，周围有篱色保护，洒水养护、花色鲜艳。家家习以为常，人人兴致勃勃。此后三联，情绪急转直下，一个农夫偶然来看花，一声长叹："一束鲜艳浓艳的花，价格高

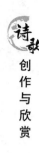

呀！要抵得十户中等人家的赋税额啊！"这一番感慨却无人理会。从奢侈豪华到艰苦朴实的急剧转折，产生了强烈的反差，表达了作者对现实生活的态度，对穷苦人的同情。

再例如，张籍的《野老歌》：

> 老农家贫在山住，耕种山田三四亩。苗疏税多不得食，输入官仓化为土。
>
> 岁暮锄犁傍空室，呼儿登山收橡实。西江贾客珠百斛，船中养犬长食肉。

注：化为土：腐烂变成土。橡实：橡树的果实，形状似栗，可充饥。西江：从广西苍梧县东流下广东为珠江的上游。贾（gǔ）客珠百斛：珠宝富商有大量珠宝，斛为一种容器，容量为十斗。

同样，在前面三联叙述百姓的种田不得食之苦后，尾联中采用顿挫手法，立刻转到富商家财万贯，连船上豢养的走狗也是天天有肉吃的状景。鲜明的对比，贫富悬殊令人悲叹咋舌。

再例如，李清照《武陵春·许多愁》中：

> 风住尘香花已尽，日晚倦梳头。物是人非事事休，欲语泪先流。
>
> 闻说双溪春尚好，也拟泛轻舟。只恐双溪舴艋舟，载不动、许多愁。

下片中，连续用了"尚好""也拟""只恐"等虚字组词，形成婉转、轻跳的节奏，表达欲语泪先流的沉重心情。

4.4.5.9 煞尾音组的安排

诗行煞尾的音组安排（二字音组、三字或单字音组）影响节奏。它是改变节奏的当口，引发哼唱的共鸣。通常在三字或单字音组煞尾的前面是一个三字音组，比较和谐，避免二字、四字音组。例如，"我把黄土轻轻盖着你，我叫纸钱儿缓缓的飞"。前一行诗读来有些别扭，后一行读来顺畅。如果改用"轻轻地盖着你"就大不一样了。

例如，徐志摩《再别康桥》中选出的单字、三字音组煞尾的两行诗句：

"悄悄的我走了，正如我悄悄的来。"形成了一种哼唱调式。

例如，闻一多《也许——葬歌》中第二节，包含了三类煞尾音组的诗句：

不许阳光拨你的眼帘，	1
不许清风刷上你的眉，	2
无论谁都不能惊醒你，	3
撑一伞松荫庇护你睡。	4
也许你听这蚯蚓翻泥，	5
听这小草的根须吸水，	6
也许你听这般的音乐，	7
比那咒骂的人声更美。	8

第1、4行是二字音组煞尾，第2行是单字音组煞尾，第3行是三字音组煞尾，除了第1、2句开头的"不许"的重复产生了一些节奏之外，前四句是没有规律，也没有和谐的节奏感。

后四句的煞尾，全是二字音组，形成了一种诉说调式。有一种稳定、踏实的感觉，也有了明显的节奏效果。当然，在二字音组形成的诉说调式中，穿插一些单字音组或三单字音组煞尾的　唱调式，只要过渡自然，节奏也会和谐的。

例如，光未然《黄水谣》中的一节：

开河渠，／筑堤坝，／河东千里成平壤。／	A
麦苗儿肥啊，／豆花儿香，／男女老少喜洋洋。／	B
自从鬼子来，／百姓遭了殃，	C
奸淫烧杀，／一片凄凉，／扶老携幼，／四处逃亡。	D

A 单元三句，前二句三字音组　唱调式起始，而落实在二字音组煞尾的诉说调式上，不用过渡而自然转换。

B 单元三句，麦苗肥，豆花香，喜洋洋。三个三字音组煞尾的哼唱调式。（前两句也可分拆为"肥"和"香"的单字音组煞尾）

D 单元四句全是二字音组煞尾，诉说调式。却与 B 单元的哼唱调式不协调，就安排 C 单元的两句作为过渡的桥梁。虽然 C 单元也是三字音组煞尾，但是"遭了殃"三个字中，"了"是轻声字，只算得半个音。看成三字音组，与上一行协调；看成二字音组，与下一行协调。从轻快的哼唱调式自然地过渡到深沉的诉说调式。"自然地过渡"意味着暗转，不牵强附会。

此外，可以像顶真形式那样用同类音组在前后句中呼应，实现过渡。

例如，光未然《保卫黄河》中的一节：

万山丛中，／抗日英雄真不少，／	A
青纱帐里，／游击健儿逞英豪！／	B
端起了土枪洋炮，／挥动着大刀长矛！／	C

其中 A 和 B 两组是对称句组合，三字音组是煞尾的哼唱调式；而 C 组的两句是二字音组煞尾的诉说调式。是用"端起了"的三字音组与前一句煞尾的"逞英豪"三字音组相接，产生一致的节奏感，形成自然的过渡。

因此，大凡表现轻快，飘忽或欣喜情调的诗，以采用单字音组或三字音组煞尾为宜，使诗行有一种吟唱咏叹的韵味；而表现激越、庄严或深沉情调的诗，以采用二字音组煞尾为宜，使诗行有一种呐喊诉说的韵味。

在煞尾音组中，韵脚的选用也是影响节奏的，例如，一韵到底，节奏明显，音节单调，容易使人疲劳。多次转韵是对节奏起一种组织和调节作用，整齐中有松散（换韵），规律中有变化（改变押韵方式），也可以用韵脚贯串前后，使散漫的自由诗具有整体感。一般而论，押韵应依顺情绪的内在趋势，自由、随意、多变，服从于表现内容和形式的要求。自由诗应该是山涧弯弯曲曲错落有致的一条小溪，泉水叮咚，流向远方。

4.4.5.10 助字的应用

助字的应用可以改变语句的节奏。例如，李白的诗篇中乐于用助字"之"，构成

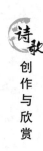

偏正结构，使语调漫长，放慢节奏，传达情韵上的无限感慨。例如：

"蜀道之难难于上青天"　　　　　　　　　　　　　　　（蜀道难于上青天）

"君不见黄河之水天上来"　　　　　　　　　　　　　　（君不见黄河水天上来）

"上有青冥之高天，下有渌水之波澜"　　　　　　　　　（上有高天，下有波澜）

"弃我去者，昨日之日不可留；乱我心者，今日之日多烦忧。"

　　　　　　　　　　　　　　　（弃我去者，昨日不可留；乱我心者，今日多烦忧）

上述例句中的"之难""之水""之日"等字，把诗句中的关键词拉长了声调，语气放慢了节奏，突出了重点。假设用括号中的短句，相比之下，就明显地感到短句没有激情，不够诗味。

此外，助词也可改变节奏。例如，在句子前增添"便""又""却""更""偏""何必"等字。造成停顿、转折的趋势，递进的节奏。例如：

"便胜却人间无数。""又岂在、朝朝暮暮？"　　　　（秦观《鹊桥仙·相逢》）

"何当共剪西窗烛，却话巴山夜雨时。"　　　　　　（李商隐《夜雨寄北》）

"欲说还休，却道天凉好个秋。"　　　（辛弃疾《采桑子·书博山道中壁》）

"蓦然回首，那人却在，灯火阑珊处。"　　　　　（辛弃疾《青玉案·元夕》）

"春归何处，却不解、带将愁去。"　　　　　　　（辛弃疾《英台近·晚春》）

"便纵有千种风情，更与何人说？"　　　　　　　（柳永《雨霖铃·长亭》）

助字也称衬字，不仅改变节奏，同时起着引导，强调语句中动作、状态、语气和意境的作用。

4.4.5.11 倒插和倒装

在诗词中，为了情感的表达或适应声律的要求，在不损害原意的原则下，可以对语序作适当的变换。有因果倒置或时序倒叙等形式。例如，辛弃疾的《西江月·夜行黄沙道中》：

　　明月别枝惊鹊，清风半夜鸣蝉。稻花香里说丰年，听取蛙声一片。//

　　七八个星天外，两三点雨山前。旧时茅店社林边，路转溪桥忽见。//

注：明月句：鸟鹊以为月亮出来就是天亮了，惊躁不安而离开树枝。仿效苏轼《杭州牡丹诗》中"月明惊鹊未安枝"的诗句。上、下阕分别侧重于听觉和视觉感受。

其中，"稻花香里说丰年，听取蛙声一片"这两句的意思是，在稻花香里听到一片蛙的叫声，好像要告诉人们今年是个丰收年。这两句均有叙述的跳跃和词句的倒插。如果不了解'倒插'可能会误以为：人们谈论着丰年，又听到一片哇声。

下半阕的四句中"天外""山前""社林边"和"忽见（现）"，均为倒装，完全改变了散文的结构。不是茅店旁、社林边、道路转个弯、忽然出现溪桥；而是走过了溪桥，道路转了个弯，忽然在社林边看到了曾经见过的这家茅店。倒装手法不仅突出了茅店的形象，表露出作者对茅店的赞誉和好感，而且也改变了节奏，有一种轻快流转的感觉。

1. 倒插

倒插也就是不按顺序叙述，后面的先说，说完后再补充说前面的，例如："几时杯重把，昨夜月同行。"先说将来，再忆从前。（也称倒叙、补说）。

例如，典型的倒插诗句，杜甫的《冬深》：

> 花叶惟天意，江溪共石根。早霞随类影，寒水各依痕。
>
> 易下杨朱泪，难招楚客魂。风涛暮不稳，舍棹宿谁门。

首、颔联写的是冬深之景，颈、末联写的是行舟中的感觉和心情。其倒插手法之巧妙表现在首、颔联之间以及颈、末联之间。（花叶与早霞）展现如花叶形状的早霞及其色彩的变化。

以下的三联同理。"寒水各依痕"后面紧跟"江溪共石根"；"风涛暮不稳"后面紧跟"易下杨朱泪"；"舍棹宿谁门"后面紧跟"难招楚客魂"。这种倒插方法产生一种跳跃的节奏，有一种江面行舟的动荡意境，且"花叶惟天意"起句奇特，让读者有进一步追索的兴趣。

在写人物的诗中，先不说是何人，只描述那人的形象如何，到后面再点明那个人是谁。例如杜甫的《丽人行》中，前一节先写那些贵妇人穿金戴银挂玉珠的豪华奢侈的打扮，到最后才点明其中的皇亲国戚是虢国夫人和秦国夫人。

2. 倒装

诗的对仗中，出句和对句常常是同一句型，有时需要倒装方法实现其要求。例如，"口衔山石细，心望海波平"。对仗的本意是"口衔细的山石，心希望海波平静"。

例如，欧阳修《浪淘沙·把酒祝东风》中，"今年花胜去年红，可惜明年花更好，知与谁同？"其意为今年的花比去年红，明年会更好，可惜明年不知道能有谁与我一起赏花。

倒装的情况有各式各样。在毛泽东的诗词中，有不少倒装的例子。例如，在《浣溪沙·国庆观剧》下片的第一句"一唱雄鸡天下白"。原来应为"雄鸡一唱天下白"，但词牌的声律要求是"仄仄平平平仄仄"，因此将"一唱"提前到句首。

在《西江月·井岗山》下片的第一、二两句"早已森严壁垒，更加众志成城。"原来应是成语"壁垒森严"，但词牌的声律要求是"仄仄平平仄仄"，因此将"森严"提到"壁垒"之前。

在《七律·人民解放军占领南京》中，"虎踞龙盘今胜昔，天翻地覆慨而慷。"其中的"慨而慷"是双声连绵词"慷慨"的倒装，同时又增添了一个"而"字，拖长了节奏，包含着激越而悲壮的心情。

在自由诗中，可将陈述性句子改变成表现性句子，不仅节奏会改变，而且增强诗情韵致。例如：

> 今夜发射场鼓乐齐鸣，祝福"神舟"环绕地球远航。
>
> 一团强烈的火焰奔腾，那样的不平常，

把沉重的摇篮轻轻地摇晃，让九霄寂寥的暗场点亮。

经过句型转变和语序变换后，有了不同的感受：

呵，发射场，鼓乐齐鸣今夜。/ "神舟"，祝福你，环绕地球远航。/

火箭，喷射光焰，那样不寻常，/ 摇篮轻轻摇晃，九霄暗场照亮。//

注：摇篮：地球是人类的摇篮。

此外，倒装和省略，使句子的节奏变化，更富有内涵，耐人寻味。诗歌语言中的倒装句，五彩缤纷，不胜枚举。例如："太行山般高仰望，东海水之深思渴。"意思是仰望如太行山般高，思想如东海之水深。

4.4.5.12 添、减字法和分、合句法

改变句子长短，适应情感节奏的需要，长句舒缓，短句急促。可以在短句的前、后增加字、词，将短句变长，产生长句的效果。同理，在长句中可以减字、减词，精简成短句。

如果添、减字的方法未能奏效，则可以将长句拆分成两个或多个短句；也可以将短句合并成长句，或在短句前增加强调性质的引导词句以及句后为延伸意境而添词或扩句。

4.4.5.13 视点多变

视点多变引起结构跳跃。用自由联想方法改变节奏，时而天上时而人间，时而现实时而梦境，形式自由灵活，句子之间、意象之间的跳跃转换似乎毫无关联。大量省略连接性词语，把衔接省略达到最低限度，用大幅度跳跃来表达顿悟的思想。由于结构与主体的复杂的转换，造成前言不搭后语的非逻辑状态。句与句、意象与意象间疏远而又散乱，有时转换得奇俏突兀。"悟性"的连接思路在现实、心理、梦境中无拘无束地跳转，阅读时会跟不上作者的思路。常常感到句子是清楚的、而整体是模糊的，在总体意向方面让人难于解读。

也可以从视角方式来理解结构的跳跃。有主观视角、有客观视角；有正面视角和侧面视角或多面视角。例如，韩瀚的《重量》中的几行诗：

她把带血的头颅，/ 放在生命的天平上，/

使所有的苟活者，/ 都走失了 / ——重量。//

先有侧视的"她"，然后是正视的"苟活者"。

第5章　诗的语言结构方式

5.1 诗的篇章结构

无论长诗或短诗，诗句要精练，诗质要浓密，对语言要求严格，行文流畅，字句精炼，铿锵悦耳，色彩明丽，意味隽永。每首诗的构成总是离不开"积字成句、积句成篇"，必然会有句法和字法的问题，牵涉到炼句、炼字的问题。一句不炼，全篇皆涣。要求句中无余字，却有余味，达到意新语工。正如杜甫说的："为人性僻耽佳句，语不惊人死不休。"佳句之"佳"，看其能否真实生动地表达出特定的主题和意境。

佳句的形成是在心神凝注的瞬间。意象火花的触发是意象介入意识的结果。有了火花的闪耀才有延续叙述的渴望，才有宏远的视野，才有斐然成章的远景。长诗节奏趋缓，沉稳地道出雄浑悲喜情景，表达连绵的深切情感。长诗通常适用于叙事或史诗。在快节奏的年代，长诗很难受到青睐，除非有接连不绝的优秀的情节和诗句，让人爱不释手，赞不绝口。

诗的语言组织有它的特点。

(1) 体察入微。例如，杜甫的"细雨鱼儿出，微风燕子斜"。

(2) 情景交融。例如，李白的"故人西辞黄鹤楼，烟花三月下扬州。孤帆远影碧空尽，惟见长江天际流"。

(3) 借景抒情。例如，司空曙的"雨中黄叶树，灯下白头人"。

(4) 精辟意深。例如，杜甫的"新松恨不高千尺，恶竹应须斩万竿"等等。

以上简短的叙述只是对诗歌语言、语法的一般见识。应该承认，诗歌的创作带有极大的个体特性，而且有相当多的非逻辑思维，也就是非同一般的特殊的形象思维。这对于非文学工作者（除文学爱好者外）而言，在阅读理解上带来很多困难，随之对其失去兴趣。诗歌语言是诗人创造的语言艺术，需要培养欣赏能力。

尽管如此，在诗歌的语言中，总会有些规律和思考方法可循，其中的构思、布局等往往又与一首诗的篇章结构、句式句型和修辞方式相关，同时也体现了诗歌创作的语言结构特征。此类语言结构的方式、方法（章法、句法及炼字）也可称为诗法。

诗的语言改变和强化了普通语言，系统地偏离了日常语言。诗的语言组织是一种

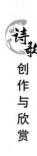

制作，犹如各种编织，应该是有技巧可言的。有方法才能有技能，有技能才能得心应手。当然，这些规律和原则都是前人总结的经验，都是相对的。在应用中要辩证地理解，借鉴的同时要有创造、有发展。因此，也就有了本章"诗歌的语言结构方式"的分析和综述，主要包括篇章结构和修辞方法两个主要方面。

5.1.1 句法结构

诗歌语言是最具表现力的语言，如何创造诗意丰盈、富有传神效果，趣味隽永的语言显得十分重要。在写作时特别要求冥思苦想、炼字、炼句，其目的是利用精准、精美的语言表达诗的立意。炼字、炼句及句子的组合是语言文句的形式，要服从内容的需要，因此，在炼字、炼句同时，要精当贴切，准确处理局部和整体的关系。首先是炼意，然后是炼字和炼句。

5.1.1.1 炼字（推敲）

炼字，是将句子中的中心词作认真的推敲，使其简洁、准确、生动、形象、含蓄。在诗的语言中，需要用确切而新颖的形容词、动词等表达形象。在造句时，宜用易见、易识、易读的字，即适合现代习性的常用字，但又要体物缘情，形象传神，常见常新，推陈出新。这不仅要选择炼句、炼字的位置（即诗眼或称句眼），还要炼得"活"，炼得"新"，炼得"深"才算得上好。尤其是把句子的谓语中心词炼好，诗句会变得生动、形象。炼字以炼意为前提。例如"夜静星辰苦"，其中的"苦"字可谓既活又新又深，可以广泛地扩展其深刻的含意。总之，炼字的要求是：响而蕴藉，静而萧疏，轻而深透，实而圆滑。

例如，一个常见的"生"字，用在"池塘生春草"中十分正常，而用在"绿荫生昼静"中，形成一种树荫产生白天的宁静，是一种不寻常的思维，此时的"生"字就是这一句的句眼。前者由动词"生"形成的是直接关系，而后者却形成间接的内心体验。这是凭经验（在池塘边垂钓时）让思索拐上几个弯方能摸清的思维。所以，在设置句眼时要位置恰当，意义别致。

炼字，即常说的"推敲"，源于炼动词。据传贾岛对《题李凝幽居》诗的修改时，对一个动字作反复研究。（诗曰："闲居少邻并，草径入荒园。鸟宿池边树，僧敲月下门。"）在最后一句中用"敲"还是用"推"，举棋不定。鸟已归宿，是晚上，应该是作者（出家为僧）敲李凝幽居的门，较合情意。并非邻舍友人晚饭后去串门那样平常和频繁，否则用'推'字更合情。

当然，使用其他词类也需要斟酌，例如，名词、形容词等；有时，甚至连虚词也得琢磨。诗人所用的词语是否能洋溢诗意，要看它的意义能否外延，在读者的思想中能有多少联想，通过联想和想象，把表面上互不相关的形象贯串在一起，形成一个统一体，创造出新的艺术生命。例如，李白的"浮云游子意，落日故人情"，景情融汇，诗意浓浓。

炼字要求语言简洁、形象生动外，还有助于开拓意境，增强抒情效果。例如"霜重履声涩，月低人影长"，其中的"涩"字将戛察戛察的脚步声转化为触觉、甚至是舌尖的味觉，十分别致。再例如，王维的诗《送元二使安西》：

渭城朝雨浥轻尘，客舍青青柳色新。劝君更尽一杯酒，西出阳关无故人。

雨湿飞尘，柳色青新，渲染了送客的气氛，第三句中的"更"字抒发了深厚的真挚的友谊，"更尽"体现了酒逢知己千杯少的依依惜别情，对友人远去他乡的慰藉。

注：此诗为"送别"的名篇，语言清新，韵调优美，风格朴实。篇名又称"渭城曲"。渭城即秦都城咸阳，安西即现在的新疆库车县。阳关，今甘肃敦煌西南。作为送别曲，末句反复重叠歌唱，故又称其为"阳关三叠"。

1. 动词

炼字的作用是逗发多方面感觉的反应，对于烘托气氛，暗示情绪，引起联想都有极重要作用。例如，孟郊的"春风得意马蹄疾"，苏轼的"锦帽貂裘千里卷平岗"，其中的"疾"和"卷"都是精彩的炼字。又例如，"好山万皱无人见，忽被斜阳拈出来"，其中的"皱"和"拈"用得好，利用阳光的衬托使山景鲜明。

动词的选用很丰富，例如：剪、压、抵、摧、满、凝、卷、寻、湿、惊、断、移、泣、啼、疑、愁等。而利用感觉强烈的字眼，也可以刺激读者的情绪，例如，血、泪、寒、瘦等。

（1）在五言句中

炼在第二字：例如，"星垂平野阔，月涌大江流"，炼的是使动词"垂"和"涌"。

又例如，"红入桃花嫩，青归柳叶新"中的"入"和"归"，把红色、青色赋予动态。再例如，"雁引愁心去，山衔好月来"中的"引""衔"，将"雁"和"山"拟人化。

炼在第三字：例如，"云影乱铺地，涛声寒在空"，以云影比树荫，风声为涛声，更加生动形象。又例如，"泉声咽危石，日色冷青松"中的"咽"和"冷"，炼的都是使动词，在上二下三的句型中较为普遍。往往把第三字叫作"句眼"或"诗眼"（这也是2003年高考语文题之一）。在王维的《欹湖》中有"湖上一回首，山青卷白云"，用一个"卷"字将青山和白云奇妙地组合在一起，产生一幅具有动感的很美的风景画。（如果改用"托"字，则没有动感而成为雕塑）再例如，杜甫的"江声走白沙"，写得神灵飒然。如果用"江浪走白沙"，是正常思维，是受通感作用产生的意象，而经过"浪走会发声"的转化，"江浪"拟喻为"江声"，浮现出生动而富有情趣的意象，随之诗意浓浓。再例如，唐代齐己的《早梅》：

万木冻欲折，孤根暖独回。前村雪深里，昨夜一枝开。

风递幽香出，禽窥素艳来。明年如应律，先发望春台。

其中"前村雪深里，昨夜一枝开"，原作为"数枝开"，后有人说，数枝非早也，改成"一枝"更合宜。故有"昨夜一枝开"的佳句，称此人为一字之师。

炼在第四字。例如，"感时花溅泪，恨别鸟惊心"中的"溅"和"惊"，炼的都是使

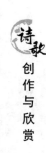

动词，即为：花使泪溅，鸟使心惊。本来应是花香鸟语，而在此一切使人溅泪惊心，由喜转化为悲。再例如"江动月移石"中的"移"字，"四更山吐月"中的"吐"字，给诗句带来多么缥缈灵动的美感。

炼在第五字：例如，"柳塘春水漫，花坞夕阳迟"中的"漫"和"迟"；"身轻一鸟过，枪急万人呼"中的"过"和"呼"，炼的都是动词，其中这个"漫"字表现出了溶溶曳曳涌涨的水态；这个"迟"字让你看到山坞后方的夕阳迟迟不落的醺醺状态。两个字用得恰到好处，将难于描述的情状表露无遗。其中那个"过"字用得巧，武艺高强的人身轻如燕，像眼前一掠而过的飞鸟，来不及看清楚已远飞无踪影，让拿枪的人惊呼："又让它逃走了！"相比用"疾、度、落、起、飞"等字更精确和形象。

此外，也有同时炼在第二字和第五字："山随平野尽，江入大荒流"中的"随""尽"和"入""流"炼的也都是动字。

（2）七言句中

炼在第二字。例如，"路绕寒山人独去，月临秋水雁空惊"中的"绕"和"临"，炼的都是动词。又例如，"江流宛转绕芳甸，月泻银灰影花林"中的"流"和"泻"，也是动词。

炼在第五字。例如，"江间波浪兼天涌，塞上风云接地阴"中的动词"兼"和"接"都是炼字。又例如，"一双瞳仁剪秋水"，目光如刀剪般的锐利。"蔓草寒烟锁六朝"，一个"锁"字充满兴衰的历史内涵和主观思考和感慨。这在上四下三的句型中较为普遍（即四字三字分作两截）。往往把第五字叫作"句眼"。用下三字转折出新意，意外的情思油然而生。

此外，也有同时炼在第二字和第五字，例如，"鱼含月影随云动，鸟吐花声寄树间"中的"含""随"和"吐""寄"都是动字。

炼在第七字：例如，"长乐钟声花外尽，龙池柳色雨中深"中的"尽"和"深"，此处炼的却是形容词。

下面欣赏两首诗，进一步认识炼字的必要性。例如，王冕的《墨梅》：

我家洗砚池头树，朵朵花开淡墨痕。不要人夸颜色好，只留清气满乾坤。

一个"淡"字，既道出画梅花的技法，又刻画出梅花朴素淡雅、傲立于严塞的风骨，令人耳目为之一新；一个"满"字，不仅传神地表露梅花的充盈激荡，而且突现诗人的人格魅力。此句中不用清香而是用清气，更呈现梅花的风姿、气骨和诗人傲岸的胸襟。

又例如，李白的《望庐山瀑布》：

日照香炉生紫烟，遥看瀑布挂前川。飞流直下三千尺，疑是银河落九天。

诗中用"生"字化静为动，用"挂"字化动为静，使物象的状态发生情态的变化。

（3）长短句和自由诗中

例如，"一蓑烟雨湿黄昏"和"雨水打湿了墓地的钟声"。前者的"湿"感染了时间概念的黄昏，居然可以有湿乎乎的感觉；而后者的"湿"却渗透到钟声中去，增添了忧愁的情思。再例如"不许阳光拨你的眼帘""不许清风刷上你的眉骨""风的嘶叫声刺激着沉寂的夜空"等等，都是炼动词的例子。例如，苏轼《念奴娇·赤壁怀古》中的"乱石穿空，惊涛拍岸，卷起千堆雪"，字字锤炼得十分精彩。"穿空"以动写静，表现山之峻峭；"拍岸"表现巨浪的力量；"卷、千堆、雪"三个字，分别是动词、数量词、名词，表现了浪之形、数之大、势之壮美，写出了长江的气势和力量。

又例如，毛泽东《菩萨蛮》中的"烟雨莽苍苍，龟蛇锁大江"中的"锁"字，把武汉长江两岸的龟山和蛇山、在地势上的显要位置充分描述出来，非常生动，显然，比"夹"字更形象。再例如，《沁园春》中的"山舞银蛇，原驰蜡象"，"舞"和"驰"是炼字，在银蛇和蜡象静态描述雪后山峦和高原的基础上，用"舞"和"驰"的动态转变，使生动的形象更加突出。

再例如，自由诗中的"黄昏溶进了归鸦的翅膀"，用比喻、象征与通感的手法，将黄昏与归鸦的关系用一个"溶"字连接在一起，这不仅是炼字，而且也是炼意，追求整体情境的对比度与虚实结合的浓郁意境（黄昏渐浓、归鸦的翅膀渐淡）。

2. 名词

李白的《望庐山瀑布》诗"飞流直下三千尺，疑是银河落九天"中，"飞流"生动地表现了瀑布凌空而出、飞泻而下，水流湍急的特点；"三千尺"用得极度夸张；"疑"字用得空灵虚幻，引人遐想；"银河"的比喻，增加了神奇的色彩。诗应用了比喻、夸张的手法。有时，一个词就能唤起感人的意象，例如，岑参的"……，胡天八月即飞雪。忽如一夜春风来，千树万树梨花开"。满天"飞雪"比作万千树"梨花"开，会产生特别强烈的感受和情感色彩，起到一个广泛延伸的作用。出奇制性以增强诗的表现力，富于艺术独创性。

再例如，"春入农歌雨一犁"中的"雨"字；"夜色楼台雪万家"中的"雪"字；"砧杵夜千家"中的"夜"字；"更携书剑客天涯"中的"客"字；"细雨苔三径，春愁笛一枝"中的"苔"和"笛"，十分生动形象。其中与名词配合用的数量词（三千尺，雨一犁，苔三径，笛一枝等），也可迸发丰富隽永的诗意。例如"前村深雪里，昨夜一枝开"中的"一枝开"，与原来的"数枝开"相比，更切合诗意"早开的梅"，因为第一枝比数枝开得早。诸如"前峰月照半江水""一箭风快，半篙波暖""千里莺啼绿映红"等，其中的"一江水、一箭风、半篙波、千里莺"等数量词的锤炼，语意贴切，使诗句的意境向前延伸或向纵深拓展。

宋代邵雍的启蒙诗《乡村》："一去二三里，烟村四五家，亭台六七座，八九十枝花。"

巧妙地将数字嵌入诗中，读来上口，形式上有美感，描绘出一幅景色宜人的乡村风光。是诗教的一个创造。又例如，汉乐府《孔雀东南飞》中"十三能织素，十四学裁衣，十五弹箜篌，十六诵诗书"，说出了刘兰芝从小学习织布裁衣、习乐诵诗的能力。

在诗词中，恰到好处地应用数字，便有锦上添花作用。例如，李白《七绝·早发

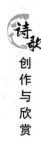
白帝城》："朝辞白帝彩云间，千里江陵一日还，两岸猿声啼不住，轻舟已过万重山。"

又如杜甫《绝句》："两个黄鹂鸣翠柳，一行白鹭上青天。窗含西岭千秋雪，门泊东吴万里船。"还有辛弃疾的词《夜行黄沙道中》的六言句："七八个星天外，两三点雨山前。"除了描写星稀雨小之外，还表现一种悠然自得的心情。

上述例句中数字分实写和虚写两类，关键是选用要准确，词意蕴含神韵。除了动词、名词、数量词以外，其他的形容词（包括声音字、颜色字），虚字等都有推敲的余地。

3. 形容词

形容词常常转化为动词使用时，成为支撑重担的句眼，使句子充满生动感和新鲜感。例如："春风又绿江南岸"，这个绿字，是经王安石从"到、过、入、满"等十多次反复修改而选定的。唯有这个"绿"字才形象地描绘春的到来，小草绿了，树枝绿了，大地绿了，展现一个绿色世界，生机盎然。更多的例句如下："日色冷青松""人烟寒橘柚，秋色老梧桐""云气虚青壁""荆扉深蔓草""露沾僧履蓝三径""汉家箫鼓空流水""微云淡河汉""一叶静秋边""雨后碧院苔，霜来红墙叶""瞿峡云千舫""风雪下得紧"。

下面将形容词分为颜色词和声音词两类叙述：

（1）颜色字。对一个物象赋予颜色，使其更加耀眼，可以将原先的暗淡变得鲜明夺目。例如"日照香炉生紫烟"中的"紫烟"，"黑手高悬霸主鞭"中的"黑手"；又例如"红雨随心翻作浪"中的"红雨"等，都是作者巧妙地运用色彩美，创造了绚丽的画面、动人的意境。此外，在基本色彩的基础上，还可以饱蘸诗人主观情绪的色调，例如，团红、冷红、老红、愁红，细绿、寒绿、静绿等，也是一种带有特色的移情。

彩色词的运用各有千秋，以下分四方面分析：

①用作谓语动词。例如，王维的《送邢桂州》中"日落江河白，潮来天地青"，以"白"和"青"两个色彩字作谓语，环境的渲染，富有极强的涵盖力。虽然没有表示明晰的思想，但是赋予情感，类似音乐的表现力，能捕捉到旋律的回环起伏，情绪的波动。

②用在句首、醒目诱人。例如，李白《送友人》中的"青山横北郭，白水绕东城"。青山与白水的对比，耀人眼目，充满盎然的情趣。又例如，杜甫的诗句"绿垂风折笋，红绽雨肥梅""碧知湖外草，红见海东云""紫收岷岭芋，白种陆池莲""红入桃花嫩，青归柳色新""青惜峰峦过，黄知橘柚来"等等。形容词担当主语作用，借用颜色赋予生命，成为动作的发出者，视觉受到强烈的冲击，使读者耳目一新，享受丰富的内涵和新鲜感。

③用作互相衬托、对比。例如，杜甫《绝句》"两个黄鹂鸣翠柳，一行白鹭上青天"两幅动景中，一个是堂前近景，嫩黄色的小鸟，翠绿的柳林；一个是天空远景，雪白的鹭鸶，蔚蓝的青天。有声有色，以轻快、活泼的韵律，表达对大自然的热爱和

赞美之情。在诗句中的彩色对比，也十分注意运用色调对比和补色原理。某种意义上说色彩是蕴含情感的，有热色（红、黄、橙等）和冷色（蓝、绿、黑等）之分。色彩的对比、衬托，可以创造出生动优美的画面与情韵。

④以光衬色、光色一统。以光衬色、光色一统，渲染色彩的动态感，闪耀的光芒形成色彩缤纷的氛围。例如，白居易《忆江南》中"日出江花红胜火"，火红的朝阳照在水面，江面一派辉煌灿烂。又例如，杨万里《晓出净慈寺》中"接天莲叶无穷碧，映日荷花别样红"，以"青"天之光衬托莲叶之"碧"，以"红"日之光增添荷花的别样之"红"，淋漓尽致。

（2）声音字（叠词）。对声音的感受是振动频率和强度。听觉产生的形象具有时间上的流动性，即动感。例如，水流潺潺，眼泪簌簌。叠词往往使原来平淡的句子添彩，情趣横生，境界开阔。叠词形成音乐的和声和鲜明的节奏感，例如，"漠漠"显示出开阔广远，"萧萧"听见风急，"滚滚"如见浪涛汹涌，等等。以叠字的声韵特点创造出一种语言美，从而增强抒情效果。例如，《古诗十九首》中的《青青河畔草》：

青青河畔草，郁郁园中柳。盈盈楼上女，皎皎当窗牖。娥娥红粉妆，纤纤出素手。……

"青青""郁郁"表现色彩的同时，又表现春光烂漫。"盈盈""皎皎"表现绰约风姿和临窗远眺时的明媚姿容。"娥娥"更显浓妆的美貌；"纤纤"更显洁白细手的媚态。这些叠字的应用，更好地表现丰满、艳丽的女性形象。又例如：

"留连戏蝶时时舞，自在娇莺恰恰啼""风含翠筱娟娟净，雨裛江蕖冉冉香"

"穿花蛱蝶深深见，点水蜻蜓款款飞""信宿渔人还泛泛，清秋燕子故飞飞"

"杨柳枝枝弱，枇杷树树香"等等，不胜枚举。

此外，也有叠三字的。例如，欧阳修的《蝶恋花·庭院深深》中开头一句："庭院深深深几许？杨柳堆烟，帘幕无重数。……"三个"深"字重叠使用，描述大门、二门、小门个个禁锢，内外隔绝；树多雾浓，幕帘严密，不知其"深几许"了。语言形象别致，含蓄又生动。

再例如："唧唧复唧唧，木兰当户织。不闻机杼声，唯闻女叹息。问女何所思？问女何所忆？"，既用促织（蟋蟀）连续的叫声来暗示聪明勤快的木兰不停地织布，发出阵阵的机杼声，同时"唧唧复唧唧"也是叹息声，是木兰在织布时满腹"替爷出征"的思虑心声，随即引出下文"问女何所思，问女何所忆"的设问句。叠字构成的佳句堆垒出了优美的意境。

4. 虚字

一般炼字用实字，但也有用虚字的。用虚字可以加强语气，有的表示转折、关联、疑问，有的会带来空灵传神之妙。例如，"天远疑无树，潮平似不流"中的"疑"和"似"，均为虚字。又例如，"入天犹石色，穿水忽云根"中的"犹"和"忽"。表现天色的快速多变。"日向花间留晚照，云从城上结层阴"中的"向"和"从"，均为虚字。

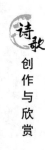

再例如，"花自飘零水自流，一种相思，两处闲愁。此情无计可消除，才下眉头，却上心头"，其中的"自"，"才"和"却"，均为虚字。

在特殊的领字句结构中，领字也用虚词。例如，在"但倚楼极目""似黄粱梦""奈花自无言莺自语"，"那堪片片飞花弄晚"，"还见褪粉梅梢"中。"但、似、奈、那堪"等都是虚词。这些领字作为筋节脉络，承接呼应之用。又例如，"更喜岷山千里雪""更加众志成城""更立西江石壁""更有潺潺流水"等，其中的"更"表示转折。

常用虚字列举供参考：其、岂、如、更、恰、但、又、若、自、才、却、欲、已、而、念、应、甚、任、凭、方、将。莫似、何当、几多、合当、恰似、却是、不管、任凭、无可、似曾、早与、还教、却怨、那堪、也拟等等。

虚词用得精妙的代表作要算唐代杜甫 763 年的诗《闻官军收河南河北》：

剑外忽传收蓟北，初闻涕泪满衣裳。却看妻子愁何在，漫卷诗书喜欲狂。

白日放歌须纵酒，青春作伴好还乡。即从巴峡穿巫峡，便下襄阳向洛阳。

注释：剑外：剑门关以南，即蜀中地区。收蓟北：蓟州、幽州一带，今河北东北部，平定了八年的安史之乱。却看：回头看。漫卷：随手卷起。纵酒：畅饮。青春：春天。巴峡：嘉陵江上游。

诗中"忽、初、却、漫、须、好、即、便"等字一气呵成，大步流星，仿佛看到了他的兴奋脚步。炼字中实现了"平字见奇，常字见新"的效果。

虚词在宋词中用得精巧的代表作要算宋代晏殊的《浣溪沙·一曲新词》：

一曲新词酒一杯，去年天气旧亭台。夕阳西下几时回？//

无可奈何花落去，似曾相识燕归来。小园香径独徘徊。//

其中"无可……，似曾……"两句巧妙运用虚词、对仗工整和谐，产生回环起伏、抑扬顿挫的艺术美感。"落花"无情，"归燕"有意，成为全篇的灵魂，成为流芳千古的佳句。

5. 同义词

同义词是意义相同或相近的词，例如，生疏与陌生，机警与狡猾，掌握与把持等。这些词在性质上有所差别，有褒义和贬义之分，也有程度差异等。就拿动词"看"作为例子，这个动作的同义词就有几十个。如果能准确而灵活地应用，就可以深刻透彻、精细入微地反映客观事物和人们丰富复杂的思想感情，使语言更加深动、鲜明，富于表现力。

注："看"的同义词：瞧、瞅、盯、瞄、瞩、睹、眺、瞟、瞠、见、视、察、顾、望、观、瞥、阅、览、窥，眺望、张望、仰望、鸟瞰、仰视、监视、注视、窥视、凝视，环顾、回顾、回眸、观察、视察、观看、察看、查阅，浏览、阅览、目击、目睹等等。

同义词在句子中有助于避免用词重复，又可以使语言丰富多彩、生动活泼；同时也有利于表现某种特殊的感情色彩和心理状态。

378

同义词的连用还可以起到加重语气、强调某种状态的修辞效果，通常用来构成表义功能极强、感情色彩很浓的成语。例如，"斩钉截铁""血雨腥风""并驾齐驱""摧枯拉朽""养精蓄锐"等，不胜枚举。例如郭小川 1964 年的《春歌》中："春天的阵势哟，惊心动魄！""春天的脚步哟，风驰电掣！""玩火的——焦头烂额"等等，表现坚定的语气和果断的态度。

6. 跨界应用

什么是跨界应用呢？所谓跨界应用即借用有悖于常理的字或词。这类组合虽然有些陌生感，但是奇妙的神韵却油然而生。它是由于感情的交混而产生的。例如，"渴望在情人的眼睛里，度过每个宁静的黄昏。"这个"度过"的应用，能感受到的情景是：在煌煌的余辉中，诗人望着情人的眼睛，情人的眼光中也映照着暮色，诗人在一种浑融的感觉中，把身边的暮色与情人眼中的目光交混起来，产生"度过"的享受。当然，这种奇特的感觉应用于诗句中，必须与想要传达的奇妙情景和神韵相符合，不仅有奇，而更重要的是妙。

例如，闻一多的《口供》中有："鸦背驮着夕阳，黄昏里织满了蝙蝠的翅膀"，《静夜》中有："这灯光，这灯光漂白了四壁"，其中的"驮着""编织"和"漂白"都是这类跨界的应用。

7. 更多的精彩例句

律诗中有更多精彩的例句，例如，"红杏枝头春意闹"。符合常态的表达，应该是"春意浓"，可是用"闹"字比用"浓"字更有声色，更鲜明地传达出某种热烈的、生命力旺盛的情景。又例如，"云破月来花弄影"。常用的是花有影，花摇影等，但是用"弄"字比"摇"字更有神韵和境界。

再例如，"潮平两岸阔，风正一帆悬。"常说的是顺风船，而用"正"字，别出心裁，极好地描绘出风向和风力不大不小的状态，恰到好处，风帆稳稳地升起，饱满地兜风行驶。

"停身泊烟渚，日暮客愁新。"用"新"表达客愁有悖常理，但此时却传达出暮色时分，在异乡客地心生思乡愁绪。若用"生"字，只能表达"产生"的一层意思，没有更多的情感。

"欲将轻骑逐，大雪满弓刀。""满"字是写意。弓刀不是容器，如何有满、浅之分呢？此处用这个"满"字，恰好能刻画出风雪弥漫，斗志高昂的境界。

"日暮苍山远，天寒白屋贫。"一个"贫"字，比"小"更人性化，有神韵。

"漠漠帆来重，冥冥鸟去迟。"阴雨天在湖上航行，并没有碧空孤帆的悠闲轻松状态，因此用"重"字更传神。

"渔阳鼙鼓动地来，惊破霓裳羽衣曲。"此处用"惊破"，是虚实相生的妙用。借题发挥，惊破的是大唐天宝盛世的美梦。

鲁迅的《七律·无题》中"忍看朋辈成新鬼，怒向刀丛觅小诗"，在其手稿中发现，

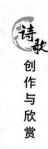

"忍看"是由原来的"眼看"改成，而"刀丛"是由"刀边"炼出，两字之改，力出千钧。

毛泽东的《送瘟神》发表前的原稿中，有"红雨无心翻作浪，青山有意化为桥"，而正式发表时改为："红雨随心翻作浪，青山着意化为桥"。将"无"字改为"随"字，"有"字改为"着"字，这一改，浑成精当，增添了富有动感的诗意。

5.1.1.2 炼句

在造句的时候，往往需要寻求最合宜的句式，所谓"一句话、百样说"，其意就是汉语句式的灵活性和多样性。句式的选择对表达效果的好或差有重要影响。所谓百炼为字，千炼成句，说的是反复推敲修改。

1. 写诗炼句

诗词名篇常常是因为生动、形象的佳句而让人耳目一新，唤起读者的联想和想象。炼句在本质上也是炼意。炼景炼情，开拓意境。流传千年的佳句，脍炙人口。

(1) 关于景物的炼句。景物的炼句，例如，苏轼《题惠崇春江晓景》：

竹外桃花三两枝，春江水暖鸭先知。蒌蒿满地芦芽短，正是河豚欲上时。

用鸭嬉于水来表现春江，寒冬冰水在春天逐渐转暖，画中的静态用"春江水暖鸭先知"的诗句转化为动态，带来了春意盎然的蓬勃生机，随之诗与画有了若即若离的超越的关系。

又例如，"寒食连番雨，桃花到处村"。如果写成"连番寒食雨，到处桃花村"，便是日常语言。然而诗句中将"桃花"转变成主语，诗句便有更多的可想象的多义性。死板的"村"字便活了起来，与上句的"雨"字一样，兼含有些动词的意味，情趣陡增。

(2) 关于言情的炼句。言情的炼句，例如，李商隐《无题》诗中："春蚕到死丝方尽，蜡炬成灰泪始干""身无彩凤双飞翼，心有灵犀一点通"等名句。永远闪耀着夺目光彩。

又例如，文天祥《过零丁洋》中："人生自古谁无死，留取丹心照汗青"，成为千古绝唱。再例如，晏殊《蝶恋花》词中的"昨夜西风凋碧树，独上高楼，望断天涯路"，高适《别董大》诗中的"莫愁前路无知己，天下谁人不识君"等等。

(3) 关于情景交融的炼句。情景交融的炼句，例如，欧阳修《踏莎行》中：

候馆梅残，溪桥柳细，草薰风暖摇征辔。　（候馆：旅馆。辔：缰绳）
离愁渐远渐无穷，迢迢不断如春水。//
寸寸柔肠，盈盈粉泪，楼高莫近危栏倚。　（危栏：高楼上的栏杆）
平芜尽处是春山，行人更在春山外。//

上片"候馆……"句，离别路上的景物和时节的描写；"离愁……"句表达了离家越远而愁思越重的离愁。下片"寸寸……"句，时空转换，从旅途到闺阁，婉转曲折，表达更深的情感；"平芜……"句回复前一句，拓展了思念之情，芳草更在斜阳之外，春山已远，而行人更在春山之外，离愁更是无穷尽。这种情景交融的描绘和感叹，离愁深沉，刻骨铭心，余味无穷。

（4）成句翻新意。诗句的意境是无限的，学习名篇佳句，其中的一个做法是直接化用前人的成句，推陈出新。构思要新巧，表达更出奇。例如，汉代李延年的《佳人歌》：

北方有佳人，绝世而独立。一顾倾人城，再顾倾人国。宁不知倾城与倾国，佳人难再得。此后便翻新为"倾国倾城"或"倾城倾国"，成为沿用至今的成语。

在宋代，此语用来形容美人已变得俗滥，而宋代诗人黄庭坚将此语用来形容诗篇之美，便有"君诗如美色，未嫁已倾城"，翻用出新、出奇，产生了一层新的意思。

又例如，作为炼字炼句范本的"春风又绿江南岸"，关于这个"绿"字，据说宋代的作者王安石曾经选换了"到、过、入、满"等十多个字。

其实，在唐代诗人李白早已有诗句"东风已绿瀛洲草，紫殿红楼觉春好"。

诗人常建也已有"行药至石壁，东风变萌芽。主人山门绿，小隐湖中花"。（诗人名篇《题破山寺后禅寺院》诗作曾演化得到成语"曲径通幽"和"万籁俱静"。）王安石由于在用法上翻出新意，有更丰富的内涵，青出于蓝而胜于蓝。而李白、常建的二首均未流传。

从王安石《船泊瓜州》："京口瓜洲一水间，钟山只隔数重山。春风又绿江南岸，明月何时照我还？"总体上分析，"绿"句不仅呈现春天的来临，更深一层表达了思乡的情怀，使读者有"青青河畔草，绵绵思远道"的联想。

（5）短句、松句。分析句式的优劣，看句子是否切合题意的情境；同时看在整体篇章或段落小节中，是否协调、连贯、条理清晰等。在诗歌体裁中，为了适应形象生动的表达，一般采用短句、松句。

短句，是指形体短、词数少、结构比较简单的句子。当然"短"与"长"是相对而言，没有绝对的尺度。通常指六言以下为短句，尤其是三、四言句。短句并不单指用句号隔开的那种简短的单句，还包括简练的复句。例如："花，是小草的眼睛。""他，确实像一棵树，坚壮、沉默，而又洋溢勃勃生机。"等。短句的修辞效果是简捷、明快、活泼、有力。可以表达激动的情绪，坚定的意志和肯定的语气。诗句的语调如同绘画中的色调，是情感与情绪的体现。

例如，杜甫的《兵车行》中"车辚辚，马萧萧，行人弓箭各在腰。……"又例如，李贺《将进酒》中："皓齿歌，细腰舞，妖娆罗帏绣幕。"

长句，相对于短句而言，字数较多。其特点是表意严谨，描写细致，内容丰富，情感细腻。例如，小柯的歌词《值得一辈子去爱》：

我需要一个属于自己宽敞的房间／装满阳光静静感受温暖。

委曲时泪水让它一颗一颗掉下来／就算是过分也无需收敛。

我总是独自打开天窗面对着蓝天／看不懂逃避寂寞的表演。

今夜我站在记忆已经模糊的海边／轻抚水面是你不变的脸。

松句，相对于紧句而言，是指句子的结构松散、舒缓；而紧句是指结构紧凑、严密。

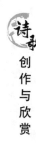

例如："骄傲与自卑都不好"与"骄傲不好，自卑也不好"，这两句的基本意思相同，但表达效果略有差别。前者是紧句，显得紧凑；后者是松句，比较舒缓。松句的修辞效果是结构舒缓匀称，文句轻松活泼，层次一目了然。用短小、整齐，平仄声有序的短句，会增强节奏感。

诗句与词句间也有紧松之别。唐诗、律句是紧句，均齐对称，音节和谐。宋词通常是松句，句式灵活自由。例如，杜甫的《羌村三首》中"夜阑更秉烛，相对如梦寐"，而晏几道《鹧鸪天》词中"今宵剩把银釭照，犹恐相逢是梦中"二者都是同一个情景。

2. 一般句式的分析

一般句式的分析包括：主动句与被动句，肯定句、否定句、疑问句和感叹句等。

（1）主动句与被动句。在一个句子中，如果主语是动词谓语所表示的动作的执行者，称为主动句；而主语是动作行为的承受者则称为被动句。主动句重点在于说明动作或行为所起的作用；而被动句强调承受者的被动地位和状态。

根据诗篇的内容、语言环境要求，通常选用主动句。如果为了突出被动者，强调主语的被动性，就采用被动句；为了前后分句的主语一致，结构紧凑，自然流畅，语意连贯，则也用被动句。例如，鲁藜的《泥土》：

老是把自己当作珍珠／就时时怕被埋没的痛苦／

把自己当作泥土吧／让众人把你踩成一条道路／

在这四句诗中，除了一句是被动句外，其余三句都用了主动句式中的一种特殊的"把"字句式，起到强调动作结果的作用。

从艺术角度分析，为了表达不愉快、被逼无奈的情感，用被动句可赋予一种感情色彩。例如，"连那些收藏多少年的线装书都（被他）卖了"。在意义上不致发生混淆的场合，被动句中的"被"或"他"可以省略。这种省略句称为意义被动句。

（2）肯定句、否定句 与 疑问句（设问句）。肯定句和否定句都是对事物作出肯定或否定的判断，但并不一定都是肯定的意思或否定的意思，有时会有些差别，因为同一个意思可以用不同的句式表达。一般而论，肯定句语气比较果断、直截了当；否定句语气比较委婉、平和委婉。例如，"不浓厚、不丰富"是否定的说法，比"稀薄、贫穷"这样的肯定说法要婉转平和一些，但是用双重否定的形式去表示肯定的意思时，情况有所不同。例如"不能否认"，这种句式在语气上比肯定句（相信）更强烈；"不是无益的"就是"有益"的意思，这类双重否定形式中的语气显得委婉些。

至于疑问句，一般用来表达既不肯定也不否定的不确切的状态，同时也等待问题的答复。但是在诗歌中，往往不是对不明确的事提出问题，而是一种设问。因此，可以用"设问句"来分析叙述。其作用有三个方面：

一是可以集中读者的注意力，突显主题，引导读者深层次的思考，例如"绿小青山枉自多，华佗无奈小虫何？"

二是在段落间设问，可以起到承上启下的作用，例如"一片汪洋都不见，知向谁边？"

三是在结尾用设问，既可点明主题，又能使人回味。如"今日长缨在手，何时缚住苍龙？"

以下先看肯定句的应用，例如，鲁藜的《果实》：

> 我走向深秋的旷野 / 我脱去我的衣裳，我的一切牵挂 /
> 让我光着身子立在阳光里 / 像一棵快活的小树 /
> 我的双手是枝叶 / 我的白发是花朵 / 我的心是红色的果实 //

再看否定句的应用，例如，《不是》：

> 不是每个夜晚 / 都有月光 /
> 不是每个月夜 / 都有一只小船 / 漂游在湖上 //
> 不是每个人的身边 / 都有一双热情的 / 关切的眼睛 /
> 不是每一支歌 / 都有舞步伴随 / 旋转 / 在轻轻摇晃的 / 甲板上 //
> 那么，记住吧 / 这如歌的夜和月 / 这似水的旋律和舞步 /
> 像一片云 / 这小船，满载着热情的雨珠 / 沉甸甸的云 //
> 在人生之长途 / 不是每个驿站 / 都有盎醉人的酒 / 一支发光的烛 //

再看设问句的应用，例如，刘大白的《是谁把？》：

> 是谁把心里相思，/ 种成红豆？ / 待我来碾豆成尘，/ 看还有相思没有？ //
> 是谁把空中明月，/ 捻得如钩？ / 待我来持钩作镜，/ 看永远团圆能否？ //

注：抟：意为盘旋，揉弄成圆形。同"团"。

有时候，使用设问句式是明知故问，是为了情感的激越、形象的气势，增强艺术感染力，尤其是在段落或篇章的结尾。

例如，毛泽东的《沁园春·长沙》中的"问苍茫大地，谁主沉浮？"《念奴娇·昆仑》中的"千秋功罪，谁人曾与评说？"等。设问使句末的语调上扬，尽管是节奏的终点，却又是气势跌宕的起点，将诗的情感波浪推向新的高潮。

有一种是用自问自答句型结尾，不仅作为全篇意象表现的情感点化之外，也增强了节奏感和情绪。最典型的是艾青《我爱这土地》的结尾：

> "为什么我的眼里常含着泪水？ / 因为我对这土地爱得深沉……"

此外，疑问句用在篇首，可以纲要性提示抒情流向，为全诗的节奏定调，有的大致也是肯定的疑问语气，对"抑"或"扬"的节奏有强化推进作用。甚至尚有接近感叹句的气氛，产生一种复调的节奏感，例如：

> "是啼血的阳雀 / 在令人忧伤的暮色中鸣啾么？ /
> 大草原激荡起来了，/ 播弄着夜气 / ……"

(3) 感叹句。感叹句用于诗篇开头，可以为后续的抒情创造一层氛围，有助于节奏的推进。例如，艾青的《旷野》，第一节就只是一句感叹句："薄雾在迷蒙着旷野啊……// "为全诗跳跃激昂的情绪定下调子，向高潮推进。此后五节，对旷野作了较大篇幅的抒情后，第七节开头又是一个感叹句："灰黄而又曲折的道路啊！ / 人们走着，

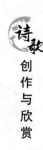

走着，／向着不同的地方，／……／／"接着在较大篇幅的抒情后，最后两节又是用感叹句开头："旷野啊——／你将永远忧虑而容忍／不平而又缄默么？／／薄雾在迷蒙着旷野啊……／／"

结尾节又重复篇首第一句，是终结和起始的前后呼应，用三字音组的"啊"煞尾，显示了沉滞。次末节是感叹句和感叹语气疑问句的结合，"忧虑、容忍、不平、缄默"更是笼罩着一片沉郁心情。

（4）口语句式与书面语句式。口语句式与书面语句式相比，短句多，而且不完全句也多，很少使用长的修饰词语，显得简洁、生动、活泼、明快自然。因此，在诗歌中口语句式用得较多。相对而言，书面语句式中，长句多，完全句多，并列成分多，显得庄重、严整。书面语句式结构严谨，层次分明，比较重视逻辑关系，多用于政论和科学论文中。

口语句式中关联词用得少，灵活多变。为表达各种各样的感情，语气词也用得多些。

例如，北岛的《橘子熟了》：

橘子熟了／装满阳光的橘子熟了／／

让我走进你的心里／带着沉甸甸的爱／／

橘子熟了／表皮喷着细细的水雾／／

让我走进你的心里／忧伤化为欢乐的源泉／／

橘子熟了／苦丝网住了每瓣果实／／

让我走进你的心里／找到自己那破碎的梦／／

橘子熟了／装满阳光的橘子熟了／／

再例如，孙静轩的《不要成熟》：

不要成熟，不要成熟……／熟透了，就会凋落、干枯／

不要摘它／就让它悬挂在枝头／

半是甜，半是酸，／半是生，半是熟，／

留给你一些期待和幻想／保持一些神秘的引诱／

倘若摘落了它／连同你的幻想和希冀／

将永这沉没在腐烂的泥土／

记忆中你淡淡的花是浅浅的笑／

失去的日子在你叶叶的飘堕中升高／／

外大空中寻不着你颀长的枝柯／

同温层间你疏落的果实一定白而冷傲／／

从这两首诗中，可以看到同样的题材创造不同的形象，抒发不同的情感；同时也看到了否定句和肯定句的语气不同，从而产生不同的效果。诗作充分利用口语句式的特点，明快地表述了个人的观点，重复、回文的修辞，更加深了主题印象。在《不要成熟》的诗篇中，可以体会到松句和紧句、短句与长句的节奏差别。

总之，在一般语法结构约定成俗的句式中，包含三方面内容：词语成分、词性以及语序。在形成诗句的过程中，必须采用成分省略，词性转化和语序颠倒等手段。

　　3. 具有艺术特征的句式

　　艺术特征包括叠字叠句、简略融合、省略、倒装以及错愕等。

　　(1) 叠句和叠字成句

　　①叠句。在《如梦令》词谱中，七个句子中，有两个是二言叠句。除第三句是五言句外，其余都是六言句。且都是押仄声韵。例如，李照清的《如梦令·不知归路》：

　　　　常记溪亭日暮，沉醉不知归路。兴尽晚回舟，误入藕花深处。

　　　　争渡，争渡，惊起一滩鸥鹭。

　　注：争渡：通作"怎么"摆渡出去呢？

　　词作的开篇用"常记"二字带出过往寻幽探胜的泛舟经历。并没有直接写出所见所闻，而是用"沉醉"衬托表达溪流亭台的诱人景色，以致误入"花深处"而晚归了。然而"争渡"的叠句表达了主人公的急切之情。用清新自然的语言描写细节和心理，利用叠句的激情增强了艺术感染力。

　　又例如，毛泽东的《如梦令·元旦》：

　　　　宁化、清流、归化，路隘林深苔滑。今日向何方？直指武夷山下。

　　　　山下，山下，风展红旗如画。

　　注：首句三个地名是 20 世纪 30 年代福建省的县名，现为清宁县和三明市地域。1930 年初，红军西越武夷山，向江西进发开展游击战。

　　"直指…"句以勇往直前的气势，回答了"向何方"的设问。"山下""山下"的叠句表现了急速奔袭，立马到达的心情，丰富了"直指"的形象，增强了行进步伐的节奏感。

　　再例如，石评梅的《雁儿啊，永不衔一片红叶再飞来》诗中的最后一节：

　　　　今年雁儿未衔一片红叶来，/ 为了遍山红叶莫人采！/

　　　　遍山红叶莫人采，/ 雁儿啊，永不衔一片红叶再飞来！//

　　其中叠句"遍山红叶莫人采"的使用，加强了思念的浓烈程度，增强了节奏感。使雁儿与红叶之间的关系更为紧密。思念的激情飞扬，深沉地落在遍山的红叶上，让读者为之牵肠挂肚。

　　②叠字连环成句。例如，刘希夷的"年年岁岁花相似，岁岁年年人不同"，两个句子中叠字相同，而次序颠倒，强调岁月依旧，物是人非，表现一种沧桑感。

　　又例如，李照清的《声声慢·寻寻觅觅》的开篇："寻寻觅觅，冷冷清清，凄凄惨惨戚戚"这七组叠字形成了追寻、孤独、凄凉的愁情的抒发。产生递进式强化作用，深层次拓展了孤苦的意境。

　　自由诗中，也有叠词的连环应用，节奏加快，意象更丰富，例如："长庚星忌妒地藐视光的灿烂，/ 羞怯的娥眉月藏藏躲躲、隐隐现现。"又例如："蔷薇色衣裙覆罩西山，

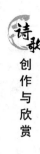

/ 天和地，明和暗，生和死，争夺人间。"此处利用排比重叠，表现生命中存在的对立双方的转化过程，节奏明显如快。

(2) 缩融合句

简缩融合句，是将涉及性质、特征、情状的修饰成分融入特定词语中，化为一体的复合词语。富有意象化的色彩感、情趣美。实质上，是在句法上作了简缩。比如，飘飞的雨称为"飞雨"，芦苇丛中掠过的风称为"苇风"等。例如，"一灯夜雨故乡心"句中，简化了动词"照亮"和"唤醒"。实际本意是"灯光照亮了夜雨，唤醒了思念故乡的心"。再例如，"枕遍潺湲月一溪"句，意思是、听到了潺潺的流水声，它来自月光下的小溪。

此外介词短语中介词的简缩。比如，"秦娥梦断秦楼月"中，省略了"在秦楼月色中"的介词"在……中"。又比如，"绿窗残梦迷"中，省略了"在绿窗里"的介词"在……里"。

例如，宋代王安石的《梅花》："墙角数枝梅，凌寒独自开。遥知不是雪，为有暗香来。"首句是从"在墙角里"简缩成"墙角"二字。

有时，句子简化到极致，只剩下光秃秃意象化词语，却含意深刻。例如，用异质对比的佳句，"桃李春风一杯酒，江河夜雨十年灯"，蕴含着丰富的情思，激发出极高的感兴，生动形象地表现了不同的人生境界。

(3) 词序倒置句

由两个完整的叙事句，经过词序倒置，产生点石成金的效果，骤然形成两个组合形象。例如，梁武帝《子夜冬歌》中有"一年夜将尽，万里人未归"两个完整句，叙述两件相关联的事，以动词"尽"和"归"为重心，言尽意止，一目了然。

经过唐代诗人戴叔伦炼句后成为："一年将尽夜，万里未归人。"以名词"夜"和"人"为重心，出现了两个形象，即除夕之夜的形象和客居他乡的游子形象。由此可以唤起读者除夕之夜的遐想，爆竹声声，热热闹闹的欢乐气氛。与悄然独处异乡客地的游子相比，形成鲜明对比。感受到一种"每逢佳节倍思亲"的深刻意境。

(4) 省略、倒装句式。

A. 从省略句子成分方面看，可分三类。

①省略主语、定语、状语，仅保留谓宾结构。

②省略谓语、宾语、定语、状语，仅保留主语结构。

③省略虚词，例如，连接词和介词等。

大幅度省略的语言结构需要用心去把握，确保诗意传达完整，避免残缺不全和语无伦次。

例如"鸡声茅店月，人迹板桥霜"。若按常态句式安排，应该是："鸡鸣声响起时，弯月西挂，茅屋依然寂静；落满白霜的长板桥上，却早已印上了赶早的行人足迹"。常态句式是立足在规范的语法结构上。而诗的语言应该飞翔在自由的轨道上，飞出惊奇，飞出神韵，呈现有震撼人心的意境。

B. 从省略方式看，也可分四类。

①仅是名词或名词性词组组句。比较适合写景。例如："彭泽先生柳，山阴道士鹅。""渭北春天树，江东暮日云。""桃李春风一杯酒，江湖夜雨十年灯。""一年将尽夜，万里未归人。""明月天涯夜，青山江上秋。"等。

②省略比喻性动词，常称为"喻词"。例如"犹""如""似"等。在领会意义时，在比喻意义十分明显的情况下，省略喻词，使句子简练。

例如："浮云游子意，落日故人情。""半世功名一鸡肋，平生道路九羊肠。""入天犹石色，穿水忽云根。""山河破碎风飘絮，身世浮沉雨打萍。"等。

③省略动词，保留副词状语。例如，"五月，麦香的风"。是将"五月有麦香的风"中，省略了谓语"有"。改变了节奏，增加了力度。"秋风，倾斜的苇塘"，是将"秋风吹过，苇塘倾斜"中，将前因后果（因秋风吹起芦苇的倾斜摇动而感觉整个苇塘的倾斜）的描述，分裂成两个独立意象，省略了动词"吹过"，不仅改变了节奏，而且呈现了意象的独立又鲜明的个性，增强了感染力。

④倒装使语序变化。例如，"断了，游子丝丝的乡恋"将谓语"断了"提前，成为无主也无宾的残句，而原句的主语成为第二语句，是一种逆向对等的形式。

又例如，"忧沉沉，一豆昏黄的灯火"，是将"一豆昏黄的忧沉沉的灯火"中的充当定义的形容词"忧沉沉"提前，成为形容词短语；是由一个意象分裂成为对等的两部分，强化意象的感发潜能。

在律诗中"倒装"常用到。如"竹喧归浣女，莲动下渔舟"，表明因浣纱女归来而竹喧，因渔舟下水而莲荷摇动。又如"星垂平野阔，月涌大下流"，意为平野阔而星垂，大江流而月色涌。又如"浮云一别后，流水十年间"，意为别后如浮云飘荡，十年时间似流水过去。

再如"万叠银山寒浪起，一行斜字早雁来"，意为寒浪起如万叠雪山，早雁来如一行斜字。

（5）错愕词语。错愕词语定义为对立的统一，即通常在逻辑上认为相悖的词语组合在一起，具有更深意义的精神状态的抽象。例如，痛苦的喜悦、自虐的快乐、冷静的疯狂、凄冷的金色、浑圆的和平等等。在自由诗中，错愕组句具有奇特的感觉、奇妙的传神。通常是动词的活用以及实动词谓语与虚名词宾语的搭配，对汉语日常习惯的改变，构成了诗意逻辑的陌生化，从而获得鲜明而新颖的节奏感，被认为有较高的美学价值。

例如："我喝了一口街上的朦胧。""踉跄的脚步踩着虫声／哭到了天边。""呕也呕不出哀伤。"又例如："阳光在脊背上铺下了疲倦的夜晚。"

如果你在火爆的阳光下有过收割麦子的经历，那就觉得这句诗妙极了，"铺下"的拟人化用法是十分传神的，是劳苦的代言。联想到诗人李绅的悯农诗"锄禾日当午，

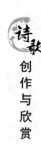

汗滴禾下土。谁知盘中餐，粒粒皆辛苦"，有多少个"谁"的汗滴下了土呢？又有多少个口是心非的"谁"把米饭、馒头弃之饭囊之外呢！

在现代诗歌中这种奇特的交混，应用得相当多，有的是异质意象的语汇并用。以下提供一些妙句，值得品尝回味其中所用的"错愕"词语：

"一道清纯而无解的代数题"中的"清纯"，"在脆薄的寂静里"的"脆薄"，"孩子在土里洗澡"的"洗澡"，"用言语所能照明的世界里"的"照明"，"它要死了，再不能吞咽这世界上的空气和阳光"的"吞咽"，"当呜咽的月亮吹起古老的船歌，多么忧伤"中的"呜咽"，"我躺在草地上，阅读着白云"中的"阅读着"，"他向楼梯取回脚步声、取回鞋印"中的"取回"，"把所有的日子停在天空"中的"停在天空"。

再如"钟摆摇出一片闲情""黄昏还没有溶尽归鸦的翅膀""从星星的弹孔里流出血红的黎明"等，无论是炼字还是炼句，最终归结为炼意。用极其精炼的字，表达出丰富的内容，即主观的情和客观的景，反映出诗的神韵和意境。

一旦造句将语言变为成文之作，语言便失去了可贵的弹性和伸缩性，随着固化而失去应变能力。其活力转向为可以理解它的读者的思维。实质上，在很多意象的对立中，包含着生存的哲学，人生的顿悟和觉醒。例如，黄昏中包含着未来的黎明，枯枝会发绿芽，黑夜的尽头是白天，昏睡之后有清醒，疲倦的恢复是振奋，……等。此时形式上的错愕转化为智性的象征。产生了鲜明的个性。诗语言中逻辑的悖论却胜于逻辑，隐含深层次的理念。因此，作者的精心炼字炼句变得十分可贵。

5.1.1.3 句子的组合

诗的语法结构往往偏离日常语言，需要强化形象和情感。比如：倒装、前置、重复、补叙、突异、中断、前后跨行等。例如，通常的叙述语句"在薄雾中我悄悄地行走"，在诗歌中会写成："悄悄地，我行走，眼前，薄雾茫茫。"

1. 对称组合句法

对称排比句可以增强语言的节奏感，对比句使形象鲜明而又生动。对称排比句中，短的语言片断不宜放在长的语言片断之后。例如："这首诗不是歌，但是比歌更加激动人心；这首诗不是画，但比画更美。"其中短句在后的安排，读起来不容易收束。改成长句以后，就显得更有力量、更有节奏感。例如："这首诗不是画，但比画更美；这首诗不是歌，但是比歌更加激动人心。"

诗歌节奏是音组间逗停的产物，排比句可以强化节奏推进的气势，因为语调的统一才有可能在松散的节奏中，充盈一股层层进逼的气势。例如，北岛的《一切》：

> 一切都是命运／一切都是烟云／
>
> 一切都是没有结局的开始／一切都是稍纵即逝的追寻／
>
> 一切欢乐都没有微笑／一切苦难都没有泪痕／
>
> 一切语言都是重复／一切交往都是重逢／
>
> 一切爱情都在心里／一切往事都在梦中／

388

一切希望都带着注释／一切信仰都带着呻吟／

一切爆发都有片刻的宁静／一切死亡都有冗长的回声／／

这是一首两两宽对的诗，不包括意对、平仄对，只是句式的主干语言结构对应一致，也称排句。句式一致，节奏大致统一，有铿锵之感。在一般的诗篇中，节奏既不能太松散，也不能太集中统一，往往是局部使用排句，而且富有变化，而不是像《一切》这样的通篇排句。

再例如，刁永泉的《往事与随想》：

居住在天国的不一定都是神。／居住在人间的不一定都是人。／

居住在地狱的不一定都是鬼。／／

神到了人间一定比人更平凡。／到了地狱一定比鬼更微贱。／

鬼上了天堂一定比神更神气。／／

小诗用排比、对称句组合，展开了"神""人""鬼"之间的复杂的畸形关系的演绎。

2. 相关组合句法

在律诗中句子的相关关系甚为明显，分述如下：

(1) 相辅相成。例如，南宋叶绍翁的《游园不值》(不值：没有碰见)：

应怜屐齿印苍苔，小扣柴扉久不开。春色满园关不住，一枝红杏出墙来。

其中后两句诗中，"春色满园关不住"为后句铺垫开路，渲染气氛，而后"一枝红杏出墙来"是角色闪亮登场，写出了百花盛开的满园春色；这也是由前句的"关不住"产生的联想，曲折而有层次，含蓄又委婉。前者先声夺人，后者惊艳亮相，相辅相成，相得益彰。

(2) 相反相成。例如，晚唐李商隐的七律《无题》寄情诗：

昨夜星辰昨夜风，画楼西畔桂堂东。身无彩凤双飞翼，心有灵犀一点通。

隔座送钩春酒暖，分曹射覆蜡灯红。嗟余听鼓应官去，走马兰台类转蓬。

注：画楼：豪华的高楼。桂堂：用香木修建的楼堂。彩凤：凤凰。灵犀：犀牛角中心有一条白线纹，直通两端。借喻两心相印，感情相通。因为古代视犀牛角为灵异之物。送钩、射覆：古代的两种游戏。应官、兰台：应官，即去官署上班，兰台即为秘书省。

作者借助星辰好风、画楼桂堂等外部景物的映衬，烘托出昨夜温馨的环境和气氛，紧接着颔联抒发对意中人的思念之情。用"身无"和"心有"作对比，一退一进，相反相成，相互映照，在有情人之间，既有距离的阻隔，又有内心的契合与沟通。比喻新奇贴切，刻画深入细致。虽然没有凤凰的双翼，不能飞到你的身旁，但心心相印，如灵犀息息相通。表达了不能如愿相会的惆怅情怀，依然还有异地同心、矢志不相负的决心。

(3) 虚实相生。例如，李商隐的七律《无题》艳情诗：

来是空言去绝踪，月斜楼上五更钟。梦为远别啼难唤，书被催成墨未浓。

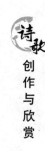
蜡照半笼金翡翠，麝熏微度绣芙蓉。刘郎已恨蓬山远，更隔蓬山一万重。

首联拟为倒装句，梦中盼望情人通宵朦胧难眠，梦醒时分已是明月西沉时到五更，感慨情人一去无影踪，说过要回来，竟然全是空话。颔联追叙梦中远别思念的感伤哭泣、呼唤，无奈之下连墨也未研浓就急着执笔写信，表达痛苦和相思之深。

前半首的两联围绕"梦"来表达相会无期的伤感，托梦意抒热恋之相思。后半首写梦醒后见到的室内景象，更感凄凉。意境朦胧，情致缠绵。以虚衬实，虚实相生。

（4）相提并论。在七律的颔联和颈联中，极大部分都用对仗句，在内容上都相对而并列的或称平行的。例如，毛泽东的几首七律诗中："五岭逶迤腾细浪，乌蒙磅礴走泥丸。"等等。更详细的诗例可参见"4.2.1"一节。

（5）前呼后应。例如："山重水复疑无路，柳暗花明又一村。""雄关漫道真如铁，而今迈步从头越。"等，一"起"一"合"，前呼后应。类似这样前呼后应的组合句式，常常应用在律诗的首联和尾联。甚至是全部。例如，毛泽东1961年的《七绝·庐山仙人洞》：暮色苍茫看劲松，乱云飞渡仍从容。天生一个仙人洞，无限风光在险峰。

（6）顺水推舟。一般的对仗、对联是平行的两句话，它们有各自的独立意义。但有时却是一句话分成两句说，仍然是一个整体。将前一句割裂开来分析，似乎没有意义或意义不全。此类对仗称为"流水对"。例如，杜甫的"即从巴峡穿巫峡，便下襄阳向洛阳"，李商隐的"何当共剪西窗烛，却话巴山夜雨时"，毛泽东的"陶令不知何处去，桃花源里可耕田？"

又例如，朱熹的《观书有感二首 其一》：

半亩方塘一鉴开，天光云影共徘徊。问渠那得清如许？为有源头活水来。

这两联的前后句结构上都是不可分开的，如流水不断，内容上是连贯地表达一个意义。以池塘活水设喻，形象生动，富于理趣，体味到博览群书，才能增长新的知识，书是知识的活水源头。如果只有前面一句，缺少后一句，也许会构成歇后语了。例如"千里送鸿毛"，歇后语是"礼轻情意重"。

3. 对立反差法

用矛盾的词语组合，形成一个不遵循常规的语句，产生强烈的戏剧性冲突。例如，"美丽的错误""壮美的荒凉""美丽的夭亡"等。这种冲突是由对立引起的，也可以因反差而形成。例如，何其芳的《花环——放在一个小墓上》中最后一节："你有珍珠似的少女的泪，/ 常流着没有名字的悲伤，/ 你有美丽得使你忧愁的日子，/ 你有更美丽的夭亡。// "

用这样强烈的反差对比，对曾经有过天真烂漫的幸福而已经远去的女孩，表达了更深刻地怀念、惋惜之情。

4. 因果关系的推论

因果关系通常是前因后果的叙述，同时又有深一层的推测。

例如，诗人大解2003年的《减法运算》：

减去一颗星星 还有很多星星 / 减去一人 还有很多人 /

把他的肉体减去 灵魂也减去 / 大地依然不能变轻 //

这世界上多余的东西太多了 /

不是生命需要拥挤 / 不是痛苦需要泪水 / 不是死亡需要献身 不是…… /

减去身体 你就是乌有 / 减去荣耀 你就是庸人 /

减去人性 你就是动物 是走兽 / 就是减去所有的人 / 地球依然会转动 //

但世界不是这么简单 /

不是减去坏人 就准能剩下好人 / 不是减去疾病 生命就能永存 /

不是减去罪恶 法律就是废纸 / 不是减去污浊 生命就会透明 /

不是的 这个世界不是这么简单 //

算得太精 也许会得出错误的结果 / 算得糊涂 就会陷于混乱 成为糊涂虫 /

要是我们拒绝运算 就这样活下去 / 又能把我们怎么样 //

这是一个问题 回答者请举手 / 不愿回答者 / 请把手背到身后去 //

诗篇中，用了"减去……"，"就是……"或者"不是"，"就是（会、能）"的组合句，表达了后果及其产生的原因（形式上省略了"如果、因为、由于"等连接词）。对提出的问题直率地表达了确切的看法，没有模棱两可或合糊其词。最后的结论是：你是否同意!

5.肯定或否定的判断

前面《减法运算》的例子中，大量应用了肯定或否定的判断，表现出强烈的情感，有局部性的，也有全局性的。这类判断句的使用，更加强了诗句的逻辑表现力和思想的感染力。例如，闻一多的《死水》最后一节：

这是一沟绝望的死水，/ 这里断不是美的所在，/

不如让给丑恶来开垦，/ 看他造出个什么世界。//

在结尾的四句诗中，第一句肯定，第二句否定，第三句建议，第四句展望。是对前面四节的形象分析，作一个概括性总结，指出一个发展方向，具有鲜明的逻辑效果。这种判断结构的形式变化多样，较为简单的是双行结构和单行结构。例如：

日子是散落着泥土的小蒜和大葱，/

是一根根浸着汗水搓好的麻绳。//

将葱、蒜的形象和麻绳的形象联系起来；又例如：

乡音是儿时母亲的呼唤，/ 乡音是少年同伴的争辩，/

……，/ 乡音是后山一股长流的清泉。//

这一节单行结构的判断，列出了一连串的意象，节奏比双行结构更快，印象更深刻。此外，还有一种判断是表示存在，即"有"或"没有"，例如：

被污辱的有仇恨，穷苦的人有骨头，哭泣的天空有响雷，……

再例如，北岛的《宣告》（第一节）：

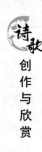
也许最后的时刻到了 / 我没有留下遗嘱 / 只留下笔,给我的母亲 /

我并不是英雄 / 在没有英雄的年代里 / 我只想做一个人 //

6. 伸缩变化句法

伸缩变化是拉长延伸或省略压缩。例如,王安石的《元日》:

　爆竹声中一岁除,春风送暖入屠苏。千门万户曈曈日,总把新桃换旧符。

注:屠苏:屠苏草泡制的酒。桃符:用桃木板写上神荼、郁垒两神名,悬挂门旁压邪。后为春联的别名。

此诗的最后一句是压缩省略的句式。"新桃"省略了"符"字;"旧符"省略了"桃"字。用桃符的更换,揭示了除旧布新的深刻内涵。

又例如,郭沫若的《天狗》:(第一节)

　我是一条天狗呀! / 我把月来吞了, / 我把日来吞了, /

　我把一切的星球来吞了, / 我把全宇宙来吞了, / 我便是我了! //

四个排比句中,两句短,两句长,形成长短句的错落有致。

又例如,绿原的《航海》:

　人活着 / 象航海 / 你的恨,你的风暴 / 你的爱, / 你的云彩 //

这后四个词组是来自省略判断词"是"的句子,把语句"风暴是你的恨,云彩是你的爱,"切割成四个词组了。伸缩手法共于一体。凸显了云彩和风暴两个形象以及爱和恨的两极化情绪,扩大了整体意象的抒情幅度。

又例如,戴望舒的《我的记忆》:(开头二节)

　我的记忆是忠实于我的, / 忠实得甚于我最好的友人。//

　它生存在燃着的烟卷上, / 它生存在绘着百合花的笔杆上, /

　它生存在破旧的粉盒上, / 它生存在额垣的木莓上, /

　它生存在喝了一半的酒瓶上, /

　在撕碎的往日的诗稿上,在压干的花片上, /

　在凄暗的灯上,在平静的水上, /

　在一切有灵魂没有灵魂的东西上, /

　它到处生存着,像我在这世界一样。//

　……

其中有五个"它生存在……"和五个"在……上"的排比句,长短不一样,避免语句的单调。而且在后五个句子中省略了句首的"它生存",使节奏更为紧凑,带来一种记忆的急迫倾泻感。

伸缩变化方式多种多样,同一事物在不同的诗句中有不同写法。例如,温庭筠的《更漏子》:梧桐树,三更雨,不道离情正苦。一叶叶,一声声,空阶滴到明。

而后出现在周紫芝的《鹧鸪天》中,又有不同:

一点残缸欲尽时,乍凉秋岂满屏帏。梧桐叶上三更雨,叶叶声声是别离。……

后者的"梧桐叶…"句是前者的缩写，形象更集中，情感更浓烈。尽管是沿用，但在应用中有新意，似有"青出于蓝而胜于蓝"的可贵。

7. 往复回环法

往复回环表现为反复、间隔重复、顶针、回环（或称回文）等。恰当地应用反复，可以把迫切的愿望强烈地抒发出来，重点突出，增加节奏感。利用回环，能反映两个事物或多个事物间的相互依存关系或密切关联的关系。

例如，徐志摩《为要寻一个明星》中：（前两节）

我骑着一匹拐腿的瞎马，/ 向着黑夜里加鞭；/

——向着黑夜里加鞭，/ 我骑着一匹拐腿的瞎马！//

我冲入这黑绵绵的昏夜，/ 为要寻一颗明星；/

——为要寻一颗明星，/ 我冲入这黑茫茫的荒野。//

采用顶真、对称回环的方法，使情感更加缠绵，表现一种持之有恒的决心。

又例如，李商隐的《夜雨寄北》：

君问归期未有期，巴山夜雨涨秋池。何当共剪西窗烛，却话巴山夜雨时。

四句诗，情景相融，虚实相生。既有时间上的回环跳跃（今宵—来日—今宵），又有空间上的往复回环（巴山—西窗—巴山）。抒发了相思深恋之情，表达了愁情如雨的心境。

8. 语序错综

造句语序错综可产生冲动性的审美效果。声律和谐，语势有力。例如，"江湖不见禽飞影，岩谷唯闻竹折声""香稻啄残鹦鹉粒，碧梧栖老凤凰枝"。"林下听经秋苑鹿，江边扫叶夕阳僧"。"缫成白雪桑重绿，割尽黄云稻正青"。

注：缫成：缫成的雪白蚕丝。黄云：小麦黄。

9. 无标点——断行法

一般情况下，内容决定形式。例如句式、段落等结构和修辞方式，都是围绕内容或抒发的情感而选定。实际上，形式有其独特的作用和艺术价值。在句式和段落方面的形式也体现作者的个性和独特的风格。词牌的选用是最常见的典型结构形式，而无标点的断行法的形式，在一些诗人的作品中也是常用的。

例如，艾青的《彩色的诗——读林风眠画集》（节选）：

画家和诗人 / 有共同的眼睛 / 通过灵魂的窗子 / 向世界寻求意境 //

彩色写的诗 / 光和色的交错 / 他的每一幅画 / 给我们以诱人的欢欣 //

诗与散文的差异中，有一种是形式上的不同。形式不同，其艺术效果也大不一样。例如，一段散文："假使我们不去打仗，敌人用刺刀杀死了我们，还要用手指着我们的骨头说，看，这是奴隶。"经过无标点断句法排列后的诗，就成为：

假使我们不去打仗 / 敌人用刺刀 / 杀死了我们 /

还要用手 / 指着我们的骨头说 / 看，/ 这是奴隶。//

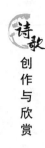

这首诗曾被誉为抗日战争的"鼓点"，是田间的街头诗的代表作——《假使我们不去打仗》。

为什么散文一经分行就有了诗意？因为诗的形式和音顿节奏被凸显出来，表现为分行和音顿因素所起的重更作用，引导读者按照诗行的程式朗读，体现诗歌的节律化特性。鲜明的节奏处于加强的状态。

这种方式，不仅可以突显音顿形成的节奏，而且还可以突显一句话的重心部位；同时可形成一个没边没框的广阔天地，自由地展开想象的翅膀。一旦无标点断行的形式化达到极致时，就产生了形式感，不仅强化了内容的表达，而且"形式"处于十分醒目的地位。不只是可读、带着呼吸的读，而是可看，看到一片片飘起、一滴滴落下，听到一声声传来或传去，……。

例如，穆木天《苍白的钟声》：

> 苍白　的钟声　衰腐的　朦胧
>
> 疏散　玲珑　荒凉　的谷中
>
> ——衰草　千重　万重——
>
> 听　永远的　荒唐的　古钟
>
> 听　千声　万声……

这样的断句（破句）形式，或称为蹦跳的词组，造成了听觉与视觉的融合效果。似乎神圣的庙宇败落、草芜山荒，古钟的嗓子也锈蚀了，发出千万声不近情理的响声，支离破碎，绝不是夕照中的晚钟，那样悠扬绵长。这种断断续续的形式感与生活的踟蹰同步，与消亡的叹息同韵，这种同构关系带来多层面的联想，形成一个多方位思维的复合体。

5.1.2 篇章的布局

篇章的布局也称结构，或称架构，是一个思路展开的框架，体现前后语句的映照关系，是逻辑的关联性。当然结构不能搞规范，需要创造变化。正如波动是在流水的基面上形成和发展的，有涟漪，也有骇浪。篇章的布局与构思有所不同，构思偏重命题立意，意脉流通，而布局偏于安排。例如，起承转合，对称平衡，前后呼应和曲折过程的自然转换等结构方式。布局的安排过程中要达到的要求是，语意贯通、形成一体，有开有合，疏密有致、和谐相成，对立统一、虚实相生，等等。然而构思与布局又合二为一，是富有高度审美价值的有机整体。

诗的谋篇结构，虽无明确规定，但也有一个传统的得体的法则，即"起、承、转、合"。由开始、承上、转折和收合四部分组成。"起"可分为明起、暗起、陪起、反起。"承"是进一步说明题意；"转"是推进一层，别开生面，有抑有扬，有断有续，可以是一转或数转，视篇幅长短而定；"合"是统摄全篇，引人遐想，余音袅袅。诗的谋篇在某种意义上就是结构控制，或称为结构设计。

例如，孟浩然的《过故人庄》：

> 故人具鸡黍，邀我至田家。绿树村边合，青山郭外斜。
>
> 开轩面场圃，把酒话桑麻。待到重阳日，还来就菊花。

注：过：过访、拜访（老朋友的田庄）。具：备办。轩：窗户。

此诗的"起、承、转、合"较为分明。

起承转合要讲究变化，不能停留在一个平面上，要有立体感。起要平直，承要从容，转要善变，合要深远。把精彩放在最后，如一泓泉水，从高处涌出，经过山岩树丛，忽隐忽现，构成景致。曲折跌宕，有时闻其声不见其形。整个过程如歌曲《泉水叮咚响》所唱："泉水叮咚，泉水叮咚，泉水叮咚响。跳下了山岗，走过了草地，来到我身旁。泉水呀泉水，你到那里去，唱着歌儿弹着琴弦流向远方……"可谓起伏承接，转折抑扬，委婉曲折，环环相扣。

也有很多诗篇是即起即承，即承即转，即转即合，随诗意而定。无论是扩展、缩短，还是重转、重开；无论是千端万绪，还是层浪叠波，千变万化，却不离其宗。

词是曲之词，歌之词，后来才脱离音乐而成为独立的文学体裁。每首词是一首歌曲。词的结构组织比较有明确的规定，即分段。出于音乐的要求，在字数、句数和声韵方面均有格律规定，即谓词谱。一首词也称一阕，其中一段又称为片，双片词又称双调，上片称上阕，下片称下阕。分三段或四段的词称三叠、四叠。

诗的结构上，有的说形态如凤头、猪肚、豹尾。形象地表达了起头要美感，中段要浩荡，结尾要响亮有力。从整体布局上，依据感情流动以及逻辑推演架构，层次递进，且又有曲折铺陈，多些波澜壮阔、少些平铺直叙。似长江大河，波浪叠起，气势宏大。

诗的篇幅有三两句的断章、短诗，也有组诗或分若干章节的长诗等。组诗是由多首独立的短诗组成，有的组诗的内容接续连贯，或纵横分单元、分层面。每一节都以短诗的幅度铺展，能控制语言的张力和意象的适当密度，保留情感上的节奏间隙。节与节之间的前后句子，往往用物象与物象的衔接与呼应，这种隐含逻辑的思路，使组诗更像一首分段接续的长诗。这类组诗也称为诗系（poetic seqence），结合了短诗的浓密抒情和长诗的绵长叙述。

长诗幅度大，涵盖广，包含多元的多个主题。长诗可以沿着历史时间脉络、事件的空间发展安排，也可依傍类别、环节作为篇章的有机规划，并非一维的线性的或平面的铺展。其目的是实现作者与事件的互动。叙述的语调、人称，戏剧性的安排都会让既有的史实展现鲜活的真面貌，带来新的观念和意义。下面具体分析有关布局的一些特点或要求。

5.1.2.1 巧起开头

诗篇开头的形式是多种多样的，起手突兀，出人意料；或即景抒情，直抒胸臆；

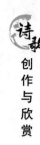

或寓情于景，铺聚委婉；或兴比象征，起引题意；或入手擒题，笼盖全篇；等等。起头的方式选择，不能太平俗，应该有神气、风趣。必须要有利于内容的表达，有利于主题的展开，有利于巧妙地表达诗情诗味。

1. 突起式

发端突兀，出人意料。也即乍起开头，如风乍起、吹皱一池春水，荡起无数涟漪。乍起开头是用精警的诗句打动读者，例如"春风取花去，酬我以清明"，本是绿叶成荫，却说成取花而去，有吸引力。又例如"人人尽说江南好"，突兀又醒目。不仅夺眼，又要留有余地和产生对未知的追求欲。

例如，王维的《观猎》，起手突兀，先写结果，后写起因，也称逆起式：

风劲角弓鸣，将军猎渭城。草枯鹰眼疾，雪尽马蹄轻。

忽过新丰市，还归细柳营。回看射雕处，千里暮云平。

一开头就展示打猎的场面，"风劲角弓鸣"，形成先声夺人的气势，有一种突兀感，留下强烈的视觉印象。结尾用"回看射雕处，千里暮云平"与开头的"将军猎渭城"呼应，让刚劲与云平形成张弛节奏，更好表现将军守猎的气象。

2. 起兴式

由景入情，触景生情。渲染气氛，烘托环境。例如，"明月照高楼，流光正徘徊"，用这类清幽的状景烘托婉转的愁思。从头说起，娓娓道来，逐渐进入高潮。

例如，长篇叙事诗《孔雀东南飞》的开头是："孔雀东南飞，五里一徘徊。"用娴雅清逸的孔雀的形象，象征刘兰芝的深情。用徘徊表达两情同依依的难割难舍的永诀。开头两句诗不仅笼盖全篇，而且寓意深刻。

又例如，北朝民歌《木兰诗》的开头是："唧唧复唧唧，木兰当户织。不闻机杼声，惟闻女叹息。"用织布的唧唧声，引出了家有织布女，可现在织机拟是停下了，只听到织女的叹息，内心一定有什么忧虑。随之开始叙述木兰替父从军的英雄故事。从一动一静的节奏开始，层层展开故事的情节，展示木兰的心理，表现她的高尚品格和女性特点的英雄形象。

3. 写景式

写景式开头，即景生情，境界阔大。例如，"大江流日夜，客心悲未央"，用大江日夜向东流比喻悲愁的深广。"万壑树参天，千山响杜鹃"，有画意而境界又开阔。

又例如，柳宗元的《登柳州城楼》：

城上高楼接大荒，海天愁思正茫茫。惊风乱飐芙蓉水，密雨斜侵薜荔墙。

岭树重遮千里目，江流曲似九回肠。共来百粤文身地，犹自音书滞一乡。

首联两句，诗句雄浑，笼盖全篇。漠漠大野，碧海苍天；既是登楼所见，也是感情的象征。全诗后六句的激怀深沉与起联的茫茫愁思，呼应合拍。

诸如此类的开首，还有很多。

"皑如山上雪，皎如云间月""生年不满百，常怀千岁忧"

"东风何时至，已绿湖上山""南山塞天地，日月石上升"

"海上升明月，天涯共此时""人事有代谢，往来成古今"

更有骤起陡入，犹如天外飞来的开头：

"万壑树参天，千山响杜鹃"

"山抹微云，天粘衰草"

"君不见，黄河之水天上来"

"纤云弄巧，飞星传恨，银汉迢迢暗度"等等。

4. 点题式

这是一种开门见山的形式。直截了当，一语破的（主题），一开始亮出本事或本意。有时也用倒叙起笔，先声夺人。例如"八月秋高风怒号，卷我屋上三重茅"的开头，亮出了《茅屋为秋风所破歌》的主题。又例如，苏轼《念奴娇·赤壁怀古》的开头，"大江东去，浪淘尽，千古风流人物"亮出了如周瑜这般无数英雄豪杰不断涌现的本意。

有些诗的开头更直接，例如："杜陵叟，杜陵居，岁种薄田一顷余""母别子，子别母，白日无光哭声苦"等等。

5. 发问式

开头先提出问题，以引人入胜。例如，苏轼的《水调歌头·把酒问青天》的开头："明月几时有？把酒问青天。不知天上宫阙，今夕是何年。……"望月寄思，幻想仙游月宫。把青天拟人化为朋友。

再例如，辛弃疾的《南乡子·登京口北固亭有怀》：

何处望神州？满眼风光北固楼。千年兴亡多少事？悠悠。不尽长江滚滚流。

年少万兜鍪。坐断东南战未休。天下英雄谁敌手？曹刘。生子当如孙仲谋。

注：兜鍪：古代战士戴的头盔。

上片开头两句是对古今兴亡的感叹。是倒装句法，将问句提前，这突如其来的一问，惊天地，泣鬼神，饱含悲愤和无奈。接下来是感叹式的回答——要知道有多少兴亡交替啊？结句概括了历史时空变迁的见证，那只有不尽的长江水。下片表达作者雄心壮志，气度恢弘。

诗的开头多种多样，不仅要有吸引力，而且要符合全诗的情感。无论起手突兀，出人意料，入手擒题，统领全篇，还是即景生情，渲染气氛。其效果都要引人注目，眼前一亮。

5.1.2.2 脉络贯通

脉络贯通是用人体脉络比喻诗篇应该是条理清通的一个整体。面对一盘晶莹闪亮的珍珠，需要一根合适的芯线，才能缀成闪光的项链。这类布局是按时间或事件发展的顺序展开，语句上、后句紧搭前言，句句相连，意脉不断，结构上、承前启后，全篇一意到底。这类最常用的方法称为"承接式"布局，也称"顺接"。例如，古诗《木兰诗》、李白的《长干行》、杜甫的《石壕吏》、白居易的《卖炭翁》等名篇。

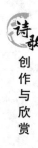

脉络的语言标志是清晰、连贯，而有整体感。有些词、有些句子往往采用从头到尾反复出现的办法显示脉络。例如，南宋词人蒋捷的两首词，一首《虞美人·听雨》：

> 少年听雨歌楼上，红烛昏罗帐。
>
> 壮年听雨客舟中，江阔云低，断雁叫西风。
>
> 而今听雨僧庐下，鬓已星星也。
>
> 悲欢离合总无情，一任阶前点滴到天明。

注：断雁：失群孤雁。星星：白发点点如星星。点滴：雨声滴嗒。

用三个象征性画面，以一生的遭遇为主线，由少年、壮年和老年三个"听雨"的特殊状态和感受，将几十年人生跨度的时间和空间融合在一起，层次清楚，脉络分明，内涵深广。结尾两句展现了一个新的情感境界。"一任"二字可谓力透纸背，透出深沉和无奈。

脉络贯通可以是纵向，也可以是横向的。例如，蒋捷的《昭君怨·卖花人》：

> 担子挑春虽小，白白红红都好。卖过巷东家，卖过巷西家。
>
> 帘外一声声叫，帘里丫环入报：问道买梅花，买桃花。

挑满春花小担，走街穿巷叫卖，声声夸赞花儿好，帘内问说买啥好。绘声绘形，人物情态跃然纸上。挑担小卖的过程井井有条，脉络清晰，十分风趣。"帘外"和"帘内"句是层次间的过渡性语句，达到由外向内叙说的推进。结构的起承转合，运用自如。

再例如，台湾诗人余光中的《乡愁四韵》：

> 给我一瓢长江水啊长江水 / 酒一样的长江水 /
>
> 醉酒的滋味 / 是乡愁的滋味 / 给我一瓢长江水啊长江水 //
>
> 给我一张海棠红啊海棠红 / 血一样的海棠红 /
>
> 沸血的烧痛 / 是乡愁的烧痛 / 给我一张海棠红啊海棠红 //
>
> 给我一片雪花白啊雪花白 / 信一样的雪花白 /
>
> 家信的等待 / 是乡愁的等待 / 给我一片雪花白啊雪花白 //
>
> 给我一朵腊梅香啊腊梅香 / 母亲一样的腊梅香 /
>
> 母亲的芬芳 / 是乡土的芬芳 / 给我一朵腊梅香啊腊梅香 //

长江水如醉人的酒，传递着思念和母亲的芬芳。"长江水""海棠红""雪花白""腊梅香"四个意象，寓含着深深的乡情乡韵，体现多侧面的真情抒发。这是围绕思乡的主线多视点观察所形成的意境。灵活地变换角度和视点，并且把多视点统一在主线上，脉络仍然是贯通的，不仅避免了重复和单调，而且可以使形象丰富多彩。可谓"横看成岭侧成峰，远近高低各不同"，最终还是围绕着同一座山。

当然除了顺接之外，还有语句的倒装、叙述方法上的倒叙，可称为逆接，包括时序上的反向或层面上的反接，例如，唐代诗人宋之问的《渡汉江》：

> 岭外音书断，经冬复历春。近乡情更怯，不敢问来人。

诗人被贬去了偏远的岭南，与家人长久不通音信，此次总算有机会返乡，过了汉江离家越来越近了，但心情却变得更复杂了，反而不敢向故乡人打听家乡的近况，思虑中产生了更多的不安和惧怕。从希望知道家中里的状况，反过来却"不敢问来人"，后一层次反接前一层的手法给人留下悬念，把疑惑矛盾的心理描写到极致，具有强烈的感染力。

同样的手法在杜甫 757 年的五律《述怀一首》中也可以看到："自寄一封书，今已十月后。反畏消息来，寸心亦何有？"尽管是战乱造成的分离，但是，既思又怕的矛盾痛苦心情却真真切切。这确是一种巧妙的抒情方式。

5.1.2.3 层次递进

层次是表达主题中多方面思想的次序安排，可分为篇章层次和段落层次两类，分别处在整体结构的不同层面上，通常根据客观事物的内在联系，或者按照事物发展过程的不同阶段、不同位置、不同部分、不同性质、不同侧面划分层次。这类结构方式也称为综合交迭式布局。

层次是通过段落来体现的，段落内部也可以有层次，甚至句子内也有层次。层次递进的手法在诗歌中比比皆是。有映衬、垫衬和反衬等方式；有波澜起伏的方式；还有递进加倍的方式。当然重叠和反复也是一种层次。

在单句中，用相互映衬的方式分层次表达。例如，杜甫的《登高》中，"万里悲秋常作客，百年多病独登台"这两句诗中包含了八层意思。一是异乡作客，二是常作客，三是登高望远，四是独登台，五是无边落木的悲秋，六是迟暮之年，七是多病之身，八是离乡万里之遥。充分表达深沉的心境。

通过段落来体现层次的，例如，元代杂剧家关汉卿的 [南吕]《一枝花·赠朱帘秀》：

[一枝花]

> 轻裁虾万须，巧织珠千串；金钩光错落，绣带舞蹁跹。
>
> 似雾非烟，妆点深闺院，不许那等闲人风流搬展。
>
> 摇四壁翡翠阴浓，射万瓦琉璃色浅。

[梁州七声]

> 富贵似侯家紫帐，风流如谢府红莲，锁春愁不放双飞燕。
>
> 绮窗相近，翠户相连，雕枕相映，绣幕相牵。
>
> 拂苔痕满砌榆钱，惹杨花飞点如绵。
>
> 愁的是抹回廊暮雨潇潇，恨的是筛曲槛西风剪剪，爱的是透长门夜月娟娟。
>
> 凌波殿前，碧玲珑掩映湘妃面，没福怎能相见。
>
> 十里扬州风物妍，出落着神仙。

[尾]

> 却便似一池秋水通宵展，一片朝云尽日悬。
>
> 你守护先生肯相恋，煞是可怜，则要你手掌心里擎着耐心儿卷。

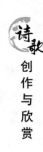

注1：朱帘秀：元代著名杂剧女演员，同时又是散曲作家。她有一首［双调］寿阳曲（答卢疏斋）："山无数，烟万缕，憔悴煞玉堂人物。倚篷窗一身儿活受苦，恨不得随大江东去。"（疏斋是卢挚的号。玉堂：翰林院。篷窗：船窗）

注2：作者以借物喻人手法，巧妙运用谐音双关，对"珠帘"的多角度、多层面的咏唱，赞美朱帘秀的秀美风姿和高超演技，表达对艺人的真挚情感。故具艺名为"珠帘秀"。

此散曲借物咏人，篇章构思巧妙，全曲分三层。第一层，首曲［一枝花］，描写朱帘秀表演技艺高超，风姿秀美。开首两句以帘卷和珠灿表现朱帘秀的光彩照人。"虾须"是竹帘或珠帘的别称，因为帘幕卷曲状似虾须蜷曲。古人又常以成串珠玉比喻为音乐和歌唱声。金钩和绣带既是帘幕的附件，又暗寓戏曲演员行头上的装饰物，实际上是赞美演员的漂亮扮相和舞姿，用得巧妙。接着是舞台亮相，光彩照人。

第二层，主曲［梁州七声］，以烘云托月的手法，写与"珠帘"相关联的事，进一步写雍容华贵的风流和人品气质，曲折地表达情感。用"紫帐""红莲"比喻帘的华美和高雅。接着是写朱的情爱生活，有浓情蜜意，也有爱恨情愁。最后化用杜牧的（赠别二首）诗句"春风十里扬州路，卷上珠帘总不如"赞美她人才出众。

第三层，尾曲［尾］，表达分别时难分难舍，相见时难上更难。"珠帘"像"一池秋水"，又似"一片朝云"，得到它的人应倍加爱惜。祝愿帘秀的丈夫能对她好。（"守户先生"在元代是道士的尊称。）此曲的层层递进，全面地展示了一个元杂剧演员的外表和内心情感。

层次递进的另一种方式是衬垫。为了防止直泻而下，中间用一个句子作衬垫，产生节奏的同时可以有所回味。例如，李白的《早发白帝城》：

朝辞白帝彩云间，千里江陵一日还。两岸猿声啼不住，轻舟已过万重山。

前两句中已经用了"一日还"表现行船的飞快，如果紧接着用"轻舟已过万重山"，则更是快上加快，产生单调的速度感，而作者用"两岸猿声啼不住"来衬垫一下，避免了直泻而下，增加了节奏感，同时又为读者留下了回顾两岸风光的时机。当你乘坐长江轮过三峡时，就会有这种万重山的感受。

除了直接垫衬外，还有反衬的方式，例如，李煜的《浪淘沙·帘外雨潺潺》：

帘外雨潺潺，春意阑珊，罗衾不耐五更寒。
梦里不知身是客，一晌贪欢。//
独自莫凭栏，无限江山，别时容易见时难。
流水落花春也去，天上人间。//

注：阑珊：衰败的样子。罗衾（qīn）：丝质被子。一晌（shǎng）：片刻。

作者采用了梦境与现实的反衬。"梦里不知身是客，一晌贪欢。"这句词表现了在梦中暂时忘却了俘虏的身份，贪恋着片刻的欢愉。反衬梦醒后现实生活中的悲苦。开头的"帘外雨潺潺，春意阑珊，罗衾不耐五更寒。"是倒叙梦醒后回到现实的凄凉状景中。形成了鲜明而强烈的对比。而下片对过往的人生际遇发出强烈感慨，包含了多少留恋、惋惜、哀痛和沧桑。

用波澜起伏的方式表现层次递进，例如，白居易的《琵琶行》中：

忽闻水上琵琶声，主人忘归客不发。寻声暗问弹者谁，琵琶声停欲语迟。

移船相近邀相见，添酒回灯重开宴。千呼万唤始出来，犹抱琵琶半遮面。

第四句七个字二次停顿："琵琶声停—欲语—迟。"琵琶女听到问声时，心头一惊，停了琵琶声。他辨明来意，因而欲语，但久历风尘、饱经沧桑的残破心态，不由自主地"迟"了一步。七个字的一句诗，把曾经红极一时的落寞琴女的内心，入木三分地刻画出来了。

递进加倍的方式，又例如，白居易的《长恨歌》中：

闻道汉家天子使，九华帐里梦魂惊。揽衣推枕起徘徊，珠箔银屏逦迤开。

第三句七个字三次停顿："揽衣—推枕—起—徘徊"。细致深刻地描绘了在九华帐里听到突如其来的消息时，多情的杨贵妃此时此刻的神情和动作。心神不定的思绪，急促地一个动作接着一个动作，真是又惊又喜。可她未曾迈出楼阁，却停下脚步，徘徊起来了。惊疑之状、悲喜之情，与慌乱无所适从的神态、复杂的心情，层层推进，一览无遗。

在自由诗的层次推进的过程中，要运用句式变化，包括句子长短、句式、语气等的选用，使诗文生动活泼，层次波澜起伏，避免平铺直叙、呆板乏味。用先抑后扬、或先扬后抑的方法，使语言曲折生动，增强艺术效果。例如，何其芳1957年的《听歌》：

我听见了迷人的歌声，/ 它那样快活，那样年轻，/
就像我们年轻的共和国，/ 在歌唱她的不朽的歌声，//
就像早晨的金色的阳光，/ 因为快乐而颤抖在水波上，/
春天突然回到了园子里，/ 花朵却带着露珠开放。//
它时而唱得那样低咽，/ 像夜晚的喷泉细声飞射，/
圆圆的月亮从天边升起，/ 微风在轻轻摇动树叶；//
它时而唱得那样高昂，/ 像与天相接的巨大的波浪，/
把我们从陆地上面带走，/ 带到辽远的蓝色海洋；//
然后又唱得那样温柔，/ 像少女的眼睛含着忧愁，/
和裂土而出的植物一样，/ 初次的爱情跃动在心头。//
啊，它是这样迷人，/ 这不是音乐，这是生命！/
这该不是梦中听见，/ 而是青春的血液在奔腾！//

又例如，艾青的《春》：

春天了 / 龙华的桃花开了 /
在那些夜间开了 / 在那些血斑点点的夜间 /

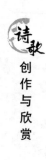

那些夜是没有星光的 / 那些夜是刮着风的 / 那些夜听着寡妇的咽泣 /
而这古老的土地呀 / 随时都像一只饥渴的野兽 /
舐吮着年轻人的血液 / 顽强人之子的血液 / 于是
经过了悠长的冬日 / 经过了冰雪的季节 / 经过了无限困乏的期待 /
这些血迹，斑斑的血迹 / 在神话般的夜里 / 在东方的深黑的夜里 /
爆开了无数的蓓蕾 / 点缀得江南处处是春了 /
人问：春从何处来？ / 我说：来自郊外的墓窟。//

前面的层层展开形成一股强有力的蓄势。最后的设问和警句，是一个顿悟，即时代的春天要靠顽强的斗士用鲜血和生命换取。

5.1.2.4 静动映衬

诗中动与静的出现，是现实生活的真实反映。动静结合得和谐、完美，会产生艺术感染力。如"蝉噪林逾静，鸟鸣山更幽"，两个极富动感音响效果的"蝉噪"和"鸟鸣"，衬托出山涧的幽深和静谧，以动衬静，常称为反衬法。言说动而意在静，缘情蓄意，耐人寻味。

1. 以动衬静

以动衬静，是以富有动感的形象、音响，反衬周围环境的静谧或心情的寂寞。动静相衬产生一种节奏，曲折而又奔涌，让诗篇平添更多情趣。

例如，杜甫《闻官军收河南河北》：

剑外忽传收蓟北，初闻涕泪满衣裳。却看妻子愁何在，漫卷诗书喜欲狂。

白首放歌须纵酒，青春做伴好还乡！即从巴峡穿巫峡，便下襄阳向洛阳。

所有的动作（忽传、初闻、却看、漫卷、放歌、纵酒、还乡、即从、便下、穿、向等）都反映了作者内心情绪的急剧变化和复杂感情的交织。

又例如，王维的《鸟鸣涧》：

人闲桂花落，夜静春山空。月出惊山鸟，时鸣春涧中。

前两句的人闲、花落、夜静，静得有些凄清，因而觉得山也空了。后两句以动写静，月出、鸟鸣营造"鸟鸣山更幽"的静态美。听到春涧中流水潺潺，更显出深山的幽静，似有"伐木丁丁山更幽"的感觉。

又例如，宋代刘攽的《雨后池上》：

一雨池塘水面平，淡磨明镜照檐楹。东风忽起垂杨舞，更作荷心万点声。

雨后，屋檐倒影平静的水中，这是静景。后两句写的是一阵东风吹动柳枝，抖落水珠，洒向池中的荷叶上，水滴声响起，反衬雨后的静谧。

2. 动中寓静

动中寓静是指动态的描写中，隐含的却是静态的神韵。

例如，宋代赵师秀的《有约》：

黄梅时节家家雨，青草池塘处处蛙。有约不来过夜半，闲敲棋子落灯花。

402

梅雨声细缠绵，蛙声此起彼伏，表现深夜的静寂。敲棋子震落灯花的动景，表现内心的落寞难耐的心绪。总体上抒发的是幽寂凄清的心情。

又例如，唐代韦应物的《滁州西涧》：

独怜幽草涧边生，上有黄鹂深树鸣。春潮带雨晚来急，野渡无人舟自横。

溪边长小草，树上黄鸟叫，一静一动；急雨中，小舟自横，一动一静。都是表现野渡的幽静景色。抒发的是淡淡的惆怅闲情。

3. 寓动于静、化静见动

与前述"动中寓静"相反，化静为动是通过人物语言、动作或者拟人的动态事物等形成一些生动场景。例如"气蒸云梦泽，波撼岳阳城"，以动感取胜。又例如用"沉鱼落雁""闭月羞花"，比喻美女，将抽象的美感赋予动态感和生命力。（美貌用生动的场景形容：使游鱼下沉、飞雁降落、月亮躲藏、鲜花羞愧。）

例如，宋代苏舜钦的《淮中晚泊犊头》：

春阴垂野草青青，时有幽花一树明。晚泊孤舟古祠下，满川风雨看潮生。

前两句写的是白天行船所见：浓云深沉倍感天低，低得要坠下，两岸草色青青，一片幽静，在行船中，船动而引起景色变化，即形成"时有幽花一树明"的动感，但是动中见静；后两句是晚泊渡头所见：风声、雨声，潮涨潮落，一片喧嚣，画面并没有移动，但给人以动的感觉。静中见动。再例如，宋代宋祁的《木兰花·春景》：

东城渐觉风光好，縠皱波纹迎客棹。绿杨烟外晓寒轻，红杏枝头春意闹。

浮生长恨欢娱少，肯爱千金轻一笑。为君持酒劝斜阳，且向花间留晚照。

其中"绿杨烟外晓寒轻，红杏枝头春意闹。"的两句诗，在一片清新的春意中，"闹"字是点睛之笔，是作者情感的花朵。不仅形容红杏的繁多，而且点染出生机勃勃的跳动的春光，有色而且更有声。由静转变为动的语言特点，写出了春意盎然的境界。

注：名作"春景"简释：东城风光好，微波荡桨早，绿烟带寒意，红杏欢又闹。欢乐梦太少，宁弃千金要春笑；举杯劝夕阳，日向花间留返照。

4. 以无声写有声

"化静为动"可以扩展为"以无声写有声"，人的无言，有时远胜千言万语。例如，白居易的《夜筝》：

紫袖红弦明月中，自弹自感暗低容。弦凝指咽声停处，别有深情一万重。

声停处的情感有万重，产生了"此时无声胜有声"的艺术效果。更多的例句有："吴山青，越山高，握手无言伤别情。""此意无言处，高窗托素琴。""夜来幽梦忽还乡。小轩窗，正梳妆。相顾无言，唯有泪千行。"等等。

5.1.2.5 虚实相间

写诗，可以如实描写客观物象，也可以虚拟想象。如果缺乏形象思维，没有留下回味的余地，就会产生浅薄乏味的感觉。当然也不能不切实际，虚无缥缈，朦胧到不

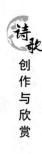

知所云。应该实中有虚，虚中有实，亦虚亦实，才能产生浓厚的韵味。例如，唐代王之涣的《登鹳雀楼》：

> 白日依山尽，黄河入海流。欲穷千里目，更上一层楼。

前两句实写气势恢弘的壮阔景物，是山衔红日、水泻千里的印象。后两句即景生情，虚处着笔，要更上层楼看入海处。从实写转入虚写，寓理于景，浑然天成，令人回味无穷。

又例如，杜甫的《望岳》：

> 岱宗夫如何？齐鲁青未了。造化钟神秀，阴阳割昏晓。
>
> 荡胸生层云，决眦入归鸟。会当凌绝顶，一览众山小。

注：岱宗：泰山的尊称。岱：物之初始。造化：天地、大自然。钟：聚集。神秀：神奇景色。阴阳：北坡、南坡。昏晓：暗、明。决眦：睁目眺望。

首联实写，青山雄势连绵，横亘齐鲁大地，一眼望不到尽头。颔联是近望，大自然将灵秀之气全都赐予这座名山。拟人的一个"钟"字格外有情。一个"割"字平中见奇，更显山势峻峭。颈联是细望，鸟还山林，心胸激荡感慨。这四句也是写实性的。尾联是神望，产生登顶的意愿，富有想象色彩。由实而虚，达到抒情的高峰。

又例如，辛弃疾词《菩萨蛮·金陵赏心亭为叶丞相赋》：

> 青山欲共高人语，联翩万马来无数。烟雨却低回，望来终不来。//
>
> 人言头上发，总向愁中白，拍手笑沙鸥，一身都是愁。//

词的下阕说，头上白发是多愁所至，若是那样，一身雪白的海鸥岂不一身都是愁了。诙谐的后两句妙在虚中传神，写得空灵又真切，超脱又亲近，体现了乐观风趣的情怀。

再例如，孟浩然的《登岘山》：

> 人事有代谢，往来成古今。江山留胜迹，我辈复登临。
>
> 水落鱼梁浅，天寒梦泽深。羊公碑尚在，读罢泪沾襟。

注：鱼梁：汉江襄阳附近的一个沙洲。梦泽：即云梦泽，湖北省中部一个沼泽地区。羊公碑：晋代一个叫羊祜的人，镇守襄阳，为民办事，深得民众爱戴，他死后，老百姓在岘上为他树碑立传。读碑记，为他的政绩而感动流泪，故称坠泪碑。

诗句平易自然，语言朴素，全诗以感慨起首，又以感慨结尾。先虚写，后写实；先发议论、感慨，后写景。不同于传统的"触景生情"的写法。第二联以"流水对"写实、第三联工对写景。结尾引用羊公碑的典故，抒发悲感。

在虚实结合的过程中，虚字的应用也很重要。例如，李清照的《武陵春》：

> 风住尘香花已尽，日晚倦梳头。物是人非事事休，欲语泪先流。//
>
> 闻说双溪春尚好，也拟泛轻舟。只恐双溪舴艋舟，载不动、许多愁。//

注：双溪舴艋：双溪在浙江金华东南，风景名胜。舴艋形如蚱蜢的小龙船，用于水上竞赛。

下阕一连用几个虚字（闻说、也拟、只恐），把肯定转化为疑问或否定，化实为虚。更深刻表达了极悲苦的心情。

此外，林逋的《山园小梅》比喻生动形象，虚中有实，亦虚亦实：

众芳摇落独喧妍，占尽风情向小园。疏影横斜水清浅，暗香浮动月黄昏。

霜禽欲下先偷眼，粉蝶如知合断魂。幸有微吟可相狎，不须檀板共金樽。

全诗没有用一个"梅"字，却句句写梅。虚处藏神。写人物，写景物都需要用虚，这样才能表现出激动人心的情感和引人遐想的艺术境界来。

再例如，冯至的十四行自由诗《你最爱看这原野里的小路》：

你说，你最爱看这原野里 / 一条条充满生命的小路，/
是多少无名行人的步履 / 踏出来这些活泼的道路。//

在我们心灵的原野里 / 也有一条宛转的小路，/
但曾经在路上走过的行人 / 多半都已不知去处。//

寂寞的儿童，白发的夫妇，/
还有些年纪青青的男女，/ 还有死去的朋友，他们都 //

给我们踏出来这些道路 /
我们纪念着他们的步履 / 不要荒芜了这几条小路。//

这首诗由第一节的实写转到第二节"心灵之路"的虚写；后两节是虚实交融，带出了一种神秘象征的顿悟：心相通的人性记忆是神圣的，永远不能忘怀的，因为曾经付出了生命的代价。

5.1.2.6 收放自如

收放自如，体现为节奏明快、气势畅快，感情奔放，一气呵成。

例如，杜甫的《闻官军收河南河北》：

剑外忽传收蓟北，初闻涕泪满衣裳。却看妻子愁何在，漫卷诗书喜欲狂。

白首放歌须纵酒，青春作伴好还乡。即从巴峡穿巫峡，便下襄阳向洛阳。

注：剑外：剑门以南称剑外，代称蜀地。蓟北：河北北部。何在：不再有。

热情奔放的诗作，节奏快疾如飞，堪称其生平第一快诗。一、二联用"忽传""初闻""却看""漫卷"四个动词，把喜极欲狂的心情表达得淋漓尽致，十分真切。三、四联接着写诗人手舞足蹈准备返乡的情态，用"即从""穿""便下""向"四个富有行进节奏感的词语，将四个地名连接一线，表现诗人迫不及待的喜悦心情，返回梦寐以求的家乡。行文畅快，感情迸发。

又例如，李白的《早发白帝城》：

朝辞白帝彩云间，千里江陵一日还。两岸猿声啼不住，轻舟已过万重山。

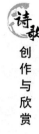

注：白帝：白帝城，东汉年代所筑，长江北岸白帝山上，现属奉节县境内。江陵：长江中游湖北江陵。

首句的"彩云间"隐含了白帝城地势高峻。第二句的"一日还"构成了时空上的强烈对比，带有明显的夸张，将江流之急的势态一带而过。第三句借助"猿声啼不住"构成曲折回旋，形成抑的势态，是点睛之笔，增加了神韵。末句"轻舟已过万重山"还是写船行飞速，一个"轻"字既写出水急船快，更写出诗人轻松愉快的心情，也体现了水流倾泻的奔放。

5.1.2.7 照应周密

照应周密就是要使全篇前后一致，各部分彼此互相呼应，贯穿一线。体现在事物发展的前因后果、前后层次的转换，铺展中的对比、翻叠，首尾呼应以及由此及彼、对面着笔等方面，这些都需要周密照应，增强全篇的整体性。本质上，这是内在的逻辑联系，或者说意象群依附在一条内在的逻辑主题线上。

1. 转换

前后层次的转换，例如，陈敬容 1981 年的《森林在成长》：

> 那些树 / 早先各自在一小块土地 / 艰难地生长 /
>
> 小块土地 / 也都分别经历过 / 炎阳的烤灼 / 暴雨的冲刷 /
>
> 当闪电划过长空 / 那些树孤零地战栗 / 对着漠然的穹苍 //
>
> 许多小块的土地 / 有一天忽然接壤 /
>
> 连接起来的大片土地 / 铺满了新鲜阳光 /
>
> 人们忽然发现 / 一座新的森林 / 枝叶多么茂盛 / 颜色绿得发蓝 /
>
> 是多情的土地 / 为它提供了额外的营养 /
>
> 还是无情的日晒雨淋 / 使它在磨砺中 / 日益顽强 //
>
> 还有风 / 时而轻轻爱抚 / 时而赫然震怒 /
>
> 风过处 / 尘沙障蔽住 / 明亮的太阳 //
>
> 但树，在成长 / 森林——在成长 //

在铺展森林的成长过程中，层次明晰、前后连贯，两次以不同的状态转换，十分自然地递进，首尾呼应简洁明朗。全篇开掘主题深入浅出，多层次相互照应。

2. 对比

铺展中的对比、翻叠。例如，王昌龄的《听流水调子》：

> 孤舟微月对枫林，吩咐鸣筝与客心。岭色千层万重雨，断弦收与泪痕深。

第三句与第一句写景，创建一个凄清又迷茫的氛围，暗示心绪；第二、四句写弹筝者和听乐曲者心与心相通。弹奏者感情激愤以至断弦，听者则情绪激动，泪流不止。在结构上有交叉翻叠的美感。又例如，宋清如的《记忆》：

> 我记起 —— / 一个清晨的竹林下 / 一缕青烟的缭绕。//
>
> 我记起 —— / 一个浅灰色的梦里 / 一声孤雁的长唳。//

我记起——／一丛灿烂的玫瑰间／一头青虫的游戏。//

我记起——／一阵萧瑟的晚风中／一片槐叶的飘坠。//

以春、夏、秋、冬的节律，隐示着生命节律的轮转、更替，包含着回环的内在逻辑性。以四个意象群的组合对比架构，依附在"多彩世界"的立意逻辑线上。

另一种对比是平行映衬，互为镜像对照，是一种意味深长的互相衬托的延伸。一正一副，一明一暗；分分合合，此消彼长。形成一种内在的节奏和旋律。

例如，金克木的《雨雪》：

我喜欢，下雨下雪，／因为雨雪是你的名字——雪雨。//

我喜欢雨和雨中的小花伞，／我们可以把脸在伞下藏着；/

我可以仔细比一比雨丝和你的头发，／还可以大胆一点偷看你的眼睛笑眉。//

我喜欢有一阵微风迎面走来，／于是你笑了笑把伞转向前面；/

我喜欢假装数数伞上的花朵，／却偷眼看看伞的红光映上你的脸；/

于是我们把脚步放得更慢，更慢，／慢慢地听听迎面飞来的雨点细语。//

我喜欢春天的江南、江南的春天；／我喜欢微雨的黄昏、黄昏的微雨；/

我喜欢微雨中小小的红花纸伞；／我喜欢下雨，因为我喜欢你。//

但我更喜欢晶莹的白雪，／愿意作雪下的柔软的泥。//

3. 翻叠

结构上的翻叠，是指将两种表面上意思相反的语句叠合在一起，相反相成，转换感情，蕴含哲理，增加理趣。无论句中翻叠，还是句子间或上下片的翻叠，都会给人一种峰回路转、别开生面的艺术感受。

例如，刘禹锡答白居易的《酬乐天扬州初逢席上见赠》：

巴山楚水凄凉地，二十三年弃置身。怀旧空吟闻笛赋，到乡翻似烂柯人。

沉舟侧畔千帆过，病树前头万木春。今日听君歌一曲，暂凭杯酒长精神。

注：弃置身：被放逐23年。闻笛赋：笛音悲叹，感知有友已逝去。烂柯人：晋人王质，进山砍柴，途中看棋着迷，手里的斧头柄已朽烂了，回村方知已过了一百年。听君歌一曲：白居易在扬州置酒相待，当场赋诗一首："为我引杯添酒饮，与君把箸击盘歌。诗称国手徒为尔，命压人头不奈何。举眼风光长寂寞，满朝官职独蹉跎。亦知合被才名折，二十三年折太多。"

"沉舟"和"病树"喻作者自己，"千帆"和"万木"喻人类。自然界、人类必然遵循新陈代谢的发展规律，胸怀应该豁达。此联两句的翻叠创造了一个沉郁中见豪放的人生哲理的新奇意境。因此，这对偶成为历代被称赞的佳句。在刘禹锡诗集中有不少翻叠手法的应用。

又例如，刘禹锡的《浪淘沙》（别体28字）：

莫道谗言如浪深，莫言迁客似沙沉。千淘万漉虽辛苦，吹尽狂沙始到金。

用后两句翻叠前两句。（迁客，指谪降外调的官员）

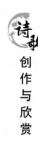

4. 由此及彼

描写事物，不仅写自己一方面，也从对方的角度着笔，曲折委婉地表现思念的心迹。古人云："心已驰神到彼，诗从对面飞来。"即由此及彼、着眼对方的含蓄手法。

例如，唐代王维十七岁写下思念家乡亲人的诗《九月九日忆山东兄弟》：

独在异乡为异客，每逢佳节倍思亲。遥知兄弟登高处，遍插茱萸少一人。

前两句写自己处境，在寂寞异乡，思乡心切。后两句思绪飞到家乡，转变为亲人思念自己，这样的含蓄笔法更能引起读者的回味和思索。

此外，例如："想得故园今夜月，几人相忆在江楼""想得家中夜深坐，还应说着远行人"等，也是这种手法。借用故乡亲友思念自己，曲折地表达自己对亲友的思念之情。

又例如，清代袁枚的《推窗》：

连宵风雨恶，蓬户不轻开。山似相思久，推窗扑面来。

前两句写通宵风雨大作，心情郁闷；后两句写雨过天晴，不写自己内心变化，而是从对面青山着笔，青山的相思之情扑面而来。巧用拟人手法，化静为动，更突出了自己投入大自然怀抱的急迫心情。

5. 首尾呼应

前呼后应的优秀诗篇很多，此处仅引用一首诗意较平庸，而开头与结尾的呼应结构明显的例子，例如，邵谒的《览镜诗》：

一照一回悲，再照颜色衰。岁月自流水，不如身老时。

昨日照红颜，今朝照白丝。白丝与红颜，相去咫尺间。

这首伤老叹衰诗中，第五、六句呼应第一、二句，表现"悲"之所在；第七、八句与第三、四句呼应，呼句用岁月如流水，应句用衰老咫尺间，发出人生短暂、青春不常在的感慨。

5.1.2.8 详略合宜

整个篇章要求具备如一幅画中浓淡相宜那样的美感，必须注意语言的详略。详，是指语言细致、内容详尽；略，是指语言简洁洗练、内容精悍。虽然没有一种数字尺度的适宜标准，却有一种直接的感受存在，看看语句是否满足叙事或抒情的实际需要。

在结构上有主宾地位之别的情况，"主"应详尽，"宾"应简略，宾是主的陪衬。简略的语言应该正确，不拖泥带水；详尽的形象应该生动，修饰不要堆砌，所表达的情感，要让读者享受诗歌美的同时不受任何阻碍（例如，烦恼、累赘，不知所云，失去信心等等）。打个比方，若是一棵大树，则树冠枝繁叶茂；若是一株小树，则茁壮丰盈，即使小到是种在盘里的盆景，那也有遒劲挺拔、新枝吐蕾、花叶扶疏等赏心悦目的感受。

在律诗和宋词中也讲究跳跃和省略，强调主要的、最精彩的；省略次要的、平淡的。形成了跳跃的态势，给人留下想象的余地。结构上的跳跃可分为时间上跳跃和层次上跳跃。例如"旧时王谢堂前燕，飞入寻常百姓家"从旧时跳到今日，从豪门望族跳到平民百姓。

例如，宋代李之仪的《卜算子》：

> 君住长江头，我住长江尾。日日思君不见君，共饮长江水。//
>
> 此水几时休？此恨何时已？只愿君心似我心，定不负相思意。//

以江水为抒情主线，简洁、跳跃，复沓回环，不愧是一首构思精巧、千年传唱、无比缠绵的抒情词。

又例如，王维的《送元二使安西》：

> 渭城朝雨浥轻尘，客舍青青柳色新。劝君更尽一杯酒，西出阳关无故人。

注：安西：今新疆库车。渭城：今西安咸阳。此送别诗又称"渭城曲"。阳关：甘肃敦煌市西南，与玉门关同为通往西域的要道。此诗谱曲后，把末句反复重叠歌唱，故此诗又称"阳关三叠"。

诗的前两句为送别安排了作为背景的季节、气候和地点，省略了送别的一般过程叙述，随之，从环境描写直接跳到饯行酒宴的煞尾，体现了"酒逢知己千杯少"的依依惜别的深情。

从结构风格上看，律诗与自由诗相比，律诗显得清明、简洁，尤其是千年流传的五言绝句更是简洁的典范。当然自由诗的详简是不能与律诗放在同一平台上比较的，就像自由诗不能与散文诗或散文比较其详简一样。客观地讲，只能用一种题材的相似命题所写的诗才能作出比较，何况还有不同的视角、不同的侧面的差异。

该详实处需细致，该简洁处要洗练；做到详实而不繁冗，简洁而不寡陋。

例如，顾城（1956—1993年）的诗，有包容天地的《雪下大了》；有把别离之情浓缩为泪滴的《赠别》；更有《一代人》，用两句话说出了一个关于黑暗与光明的深刻道理。这些诗句让人回味无穷：

雪下大了	赠别
雪下大了，真大	今天
藏起岩石的小塔	我和你
塔中的烛火悄悄熄灭	要跨这古老的门槛
冷风吹皱了熔蜡 //	不要祝福
	不要再见
凝结的天空多么沉重	那些都像表演
却没有机会崩塌	最好是沉默
被吸引的大地轻轻升起	隐藏总不算欺骗
接住每一片雪花	把回想留给未来吧
雪幕上有几个破洞	就像把梦留给夜

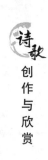
那是打湿的乌鸦　　　　　　　　　泪留给海
疲倦不堪的驼铃声　　　　　　　　　风留给帆 //
就在它身边悬挂 //

还是让门铃歌唱吧　　　　　　　**一代人**
把太阳带回家　　　　　　　　　黑夜给了我黑色的眼睛
我们是夏天的情人　　　　　　　我却用它寻找光明 //
冬天，只是一个童话 //

5.1.2.9 承转与结尾

1. 承转

"承"是承接开头，"转"是转折到下文。希望承接要和缓，转折要突起，避免平铺直叙。这样显得抑扬顿挫、波澜起伏。在律诗中，常用的一种写法是第三、四句是以写景物为主，第五、六句是抒情为主。当然承转的跌宕起伏要服从于思想情感的抒发。

例如，杜甫的《薄暮》：

江水长流地，山云薄暮时。寒花隐乱草，宿鸟择深枝。

旧国见何日，高秋心苦悲。人生不再好，鬓发白成丝。

其中三、四句不只是写景，也隐含深意。

另一种承转是"分承"。例如，杜甫的《江汉》：

江汉思归客，乾坤一腐儒。片云天共远，永夜月同孤。

落日心犹壮，秋风病欲苏。古来存老马，不必取长途。

第三句"片云天共远"承接的是第一句，第四句"永夜月同孤"承接的是第二句。寓情于景，表现飘零落寞之情。叹息自己（归客、迂腐的书生）跟一片浮云齐飘远天，与一轮孤月共度长夜。下半首又发出呼声，老当益壮，自强不息，振奋顽强精神。

2. 结尾

结尾应该一唱三叹，有余音绕梁三日之感，即弦外有音，言尽意不尽。

（1）从意义上看，有两种类型，结语达高峰和终篇接浑茫。

①结语达高峰。既有奔腾之势，又有好山好水。例如，清代袁枚的《马嵬》：

莫唱当年长恨歌，人间亦自有银河。石壕村里夫妻别，泪比长生殿上多。

又例如，明代于谦，少年立志，十二岁写下的明志诗《石灰吟》：

千锤万凿出深山，烈火焚烧若等闲。碎骨粉身浑不怕，要留清白在人间。

两首诗的结语，将感情的抒发推向高峰，给人以明快和觉醒。

又例如，唐代韦庄的《送日本国僧敬龙归》，四句诗充分体现了起承转合的格局：

扶桑已在渺茫中，家在扶桑东更东。此去与师谁共到？一船明月一帆风。

②终篇接浑茫。浑茫给人以含蓄和思索，也可以说是意象升华。

例如，唐代杜牧的《江南春》：

千里莺啼绿映红，水村山郭酒旗风。南朝四百八十寺，多少楼台烟雨中。

末句"多少楼台烟雨中"给人以虚幻的感觉，透着一种神秘朦胧。

又例如，宋代周邦彦的词《瑞龙吟·章台路》中，最后一节：

谁知伴，名园露饮，东城闲步？事与孤鸿去。探春尽是，伤离意绪。

官柳低金缕。归骑晚、纤纤池塘飞雨。断肠院落，一帘风絮。

末句"断肠院落，一帘风絮"给人以缠绵的感觉，在寻人不见的苍茫暮色中，怅然而归，哀愁如柳絮一般纷至沓来，连绵无尽。

再例如，宋代贺铸的词《青玉案·横塘路》：

凌波不过横塘路，但目送、芳尘去。锦瑟年华谁与度？

月桥花院，琐窗朱户，只有春知处。

飞云冉冉蘅皋暮，彩笔新题断肠句。试问闲愁都几许？

一川烟草，满城风絮，梅子黄时雨。

其中，下半片末句借景言情，以景结情，给人以闲愁无处不在的感觉。细雨茫茫，愁思如烟。结尾的含蓄、朦胧，不仅意味深长，导引读者的遐思，有不尽之意。

再例如，艾青1938年的《我爱这土地》："为什么我的眼里常含着泪水？／因为我对这土地爱得深沉……//"结尾节的两句诗，情感升华，新意迭出。

(2) 从表现形式上看，有以下若干种类型，有写景、抒情、描状，判断、设问、反诘，对比、深层、转意以及扣题等。

①写景。无论写景的诗篇，还是抒情、叙事的诗篇，都可以将欲说而不直说之意蕴含在结语的景物之中，耐人寻味。

例如，岑参的《白雪歌》中结句："山回路转不见君，雪上空留马行处。"

结尾不直说不忍离别，而写"雪上空留马行处"，用雪地上留下的马蹄印勾起无限的情思。

②抒情。最常见的结尾形式是以抒情句作结，往往是全篇思想感情的凝结处。

例如，李白《将进酒》结句："五花马，千金裘，呼儿将出换美酒，与尔同销万古愁。"

注：五花马：极言名贵的马。呼儿：感叹词。将出：拿出来。

结尾是全篇感情的升华，将诗篇中反复抒发的怀才不遇的郁结心情全部倾诉出来。而在杜甫《茅屋为秋风所破歌》中，结尾段的抒情真可谓登峰造极：

安得广厦千万间，大庇天下寒士俱欢颜，风雨不动安如山！

呜呼！何时眼前突兀见此屋，吾庐独破受冻死亦足！

虽然写的是个人生活遭遇，但是把个人的凄凉转为对人民的忧虑，大爱无疆的境界真挚感人。一般情况下以情结尾的往往浅露不深，达不到李、杜那样的深切。

③描状。诗篇为了避免直说，用描状方式写人物情态，且情态中寓有深刻的含意。例如，杜牧的《秋夕》：

银烛秋光冷画屏，轻罗小扇扑流萤。瑶阶夜色凉如水，坐看牵牛织女星。

其中结句"坐看牵牛织女星"表现了一个深闺女子在清秋之夜闲坐在台阶上消遣的情景。从追扑流萤，到台阶上仰望星空，从而引发读者联想到女子内心的情思涟漪：也许女子就处在思念情郎的爱恋旋涡中。

④判断。结尾的判断语起到总结全篇的作用。例如，李绅的《悯农》：

锄禾日当午，汗滴禾下土。谁知盘中餐，粒粒皆辛苦。

其中"粒粒皆辛苦"的结句是一个判断结论，每一粒粮食来之不易。

⑤设问。诗篇到结尾时提出一个问题，又泛起了一层波澜，含蓄而有感染力。例如，唐代曹邺的《官仓鼠》：

官仓老鼠大如斗，见人开仓也不走。 健儿无粮百姓饥，谁遣朝朝入君口？

注：健儿：士兵。君：即官吏，老鼠。

尽管结句"谁遣朝朝入君口？"只问不答，实际上是官吏的贪腐造成了士兵和民众的饥荒。

⑥反诘。反诘是从反向加强语气表示加倍的肯定。例如，白居易的《忆江南》：

江南好，风景旧曾谙。日出江花红胜火，春来江水绿如蓝。能不忆江南？

注：旧曾谙：曾经熟悉的。

结尾句用反诘语气，不仅表达对江南景色的无限赞叹与怀念，又产生一种悠远而深长的韵味。

又例如，高适的《别董大》：

千里黄云白日曛，北风吹雁雪纷纷。莫愁前路无知己，天下谁人不识君？

注：曛：日色昏暗。

结句是作者对朋友的劝勉，天下哪个人不赏识你的为人和名望，要坚定地相信天下一定有你的知己，前路光明。此外，还有用设问句作反诘，例如，罗隐的《蜂》：

不论平地与山尖，无限风光尽被占。采得百花成蜜后，为谁辛苦为谁甜？

两个"为谁？"，反复而不重复，表现辛苦自己、甜蜜属他人的双层意义。强调一种奉献精神。

⑦对比。结尾处并列着两个互相对比的句子，富有节奏感，增强艺术感染力。

例如，白居易《长恨歌》的结尾："天长地久有时尽，此恨绵绵无绝期。""有"和"无"的巧妙对比，婉转流畅，更富有艺术感染力。

又例如，陆游的《诉衷情·心在天山》：

当年万里觅封侯，匹马戍梁州。关河梦断何处？尘暗旧貂裘。//

胡未灭，鬓先秋，泪空流。此生谁料，心在天山，身老沧洲。//

结尾的三个四言句表明，虽然身在家乡，但是心却在抗金前线，依旧壮志难酬。"心"与"身"的强烈对比，抒发了人到老年的悲壮沉郁，不忘国忧的不已壮心。

⑧深化。结尾时更深入展开，使表达的感情有一个深化的发展。

例如，王维的《相思》：

> 红豆生南国，春来发几枝。愿君多采撷，此物最相思。

注：采撷（xié）：采摘。

选择富有情感味的红豆来寄托情思，婉曲动人。"多采撷"，意味着看见红豆、多思念。而结尾的"相思"与首句的"红豆"呼应。从结句中产生更多的联想，体会深藏的怀思。

又例如，孟郊的《游子吟》，运用比喻和象征的手法表现母子情。结句"谁言寸草心，报得三春晖"，用"寸草心"比喻子女的心意，要不断健康地成长来报答"春晖"般的母爱。在前面铺叙的基础上，将母子情进一步深化，母爱的伟大无私，子女终当一生来回报。

再例如，杜甫的《缚鸡行》：

> 小奴缚鸡向市卖，鸡被缚急相喧争。家中厌鸡食虫蚁，不知鸡卖还遭烹。
>
> 虫鸡于人何厚薄？吾叱奴人解其缚。鸡虫得失无了时，注目寒江倚山阁。

前四句叙述了缚鸡、卖鸡、斩鸡的情景，颈联却从热闹的缚鸡场面陡然转折到解缚放鸡的结果，忽然想到把鸡虫得失放在一旁，不必关心。在结句中发出感慨：在寒江般的社会里，人们的升沉得失也是像鸡虫得失一样没完没了；表露出他注目沉思的神情；从形象的比喻开始到结尾的深入的思虑，十分特别；是一个奇妙深沉的结尾。

⑨转意。诗的全篇大部分是一个意思，但是到结尾时却说出另一个意思，形成对比或扩展发挥。例如，李清照的《声声慢·寻寻觅觅》中，下片结句"这次第，怎一个愁字了得！"（注：这次第：这些情况。了得：如何能包括得了。）整个结尾句意为：除了前面的愁情与痛苦之外，还有更多的怨和恨，用一个"愁"字怎么能概括我内心全部的情感呢！让人想象到作者处于极度的深愁惨痛之中，不禁要引发深思和猜想。

又例如，辛弃疾的《破阵子·为陈同甫赋壮词以寄之》：

> 醉里挑灯看剑，梦回吹角连营。八百里分麾下炙，五十弦翻塞外声。沙场秋点兵。
>
> 马作的卢飞快，弓如霹雳弦惊。了却君王天下事，赢得生前身后名。可怜白发生！

注：吹角连营：军营里响起号角声。麾下炙：部下烤熟的肉。五十弦：众多乐器。翻：演奏。塞外声：雄壮悲凉的军乐。点兵：检阅部队。作：像。的卢：额部有白色斑点的名贵马匹。天下事：抗金收复中原。

由醉而梦，呈现军营的生活和紧张的战斗场面，既了却抗金收复中原的国事，又载誉而归。末句"可怜白发生！"却突然转意，强调前面的一切都是梦想，从梦中醒来，自己满头白发，力不从心，报国无门，是何等沉痛和悲愤。用五字短句，将情感从雄壮陡然转为悲壮。

⑩扣题。有的诗篇是一开始点题，但有的却采用结句扣题。这种或先或后点题的方法都能达到结构完整、层次清楚的目的。

例如，李白的《渡荆门送别》：

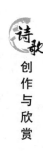

> 远渡荆门外，来从楚国游。山随平野尽，江入大荒流。
>
> 月下飞天镜，云生结海楼。仍怜故乡水，万里送行舟。

注：来从：来至、来到。大荒：辽阔的原野。仍怜故乡水：爱长江水，因为江水自蜀地故乡流过来的。月下飞天镜，云生结海楼：水中月亮像天上飞来的一面镜子；空中云层涌现"海市蜃楼"的幻景。

结句"仍怜故乡水，万里送行舟"中一个"怜"字、一个"送"字表达了"送别"的题意。

总之，从篇章结构上看，结尾的方式有：首尾呼应、重笔回应，发出叹问、深化内涵，陡转别意、破空而来，以景结情、联翩浮想，表明题旨、画龙点睛，等等。

5.1.3 篇章的修辞系统

修辞方式的运用，不局限于词句的范围，很多修辞方式既可以用在词句上，又可以用在篇章中。粗略地归纳为：用比系统，排叠系统，相衬系统，问答系统，呼应系统和换借系统等。交叉地系统地运用各种修辞系统也是谋篇的重要手段。

5.1.3.1 用比系统

在组章成篇中，用对比、隐喻、叠加、比拟等修辞手段，可以使诗篇的形象更加生动，大大增强艺术感染力。用"比、兴"的手法暗示一种情感使其更有深刻的意境。例如，李白的"两岸猿声啼不住，轻舟已过万重山"暗示一个"轻快、凄凉"的意感。

又例如，刘禹锡的"旧时王谢堂前燕，飞入寻常百姓家"暗示贵族阶级没落的悲凉。此类手法呈现一种婉约的艺术风格。

1. 诱发对比

一段诗篇的开头，往往借用一个景致，一种象征作为引子，作为引入主题的铺陈。常说的兴和比，是彼物比此物，彼物兴此物。兴是由物及心，兴和比这两个字总有些文言文的味道，不太好懂，所以我引入一个带有科学味的名词，我把比兴称为诱发。

例如，刘禹锡《竹枝词》（九首之二）：

> 山桃红花满上头，蜀江春水拍山流。花红易衰似郎意，水流无限似侬愁。

又例如，舒婷的《思念》：

> 蓓蕾一般默默地等待／夕阳一般遥遥地注目／
>
> 也许藏有一个重洋／但流出来，只是两颗泪珠／／
>
> 呵，在心的远景里／在灵魂的深处／／

再例如，李白的《赠汪伦》中，用"不及"作对比：

> 李白乘舟将欲行，忽闻岸上踏歌声。
>
> 桃花潭水深千尺，不及汪伦送我情。

此类比较中还可用"不如""不似""却忆""最忆"等作对比。

2. 隐喻

隐喻，是脱离了"象征"中潜在的"比"的思维模式，说的是一件事，而意义上却转换成另一件事，把不可比的两个事物联系起来，使之出奇地有了新的意义。例如"粪土当年万户侯"中的"粪土"，本意是强迫、踩踏、贬低等，句中用来隐喻"打翻在地，再踏上一只脚"。

又例如："是啊，在荒岛的、生活的大海 / 点缀着无边的水的荒野 / 遥相呼应的海峡在我们之间阻隔 / 我们就这样孤独地生活，无数个家 //"诗句中，喻体是被大海分隔的小岛，而主体（喻旨）是孤立无援的生活。隐喻是一种"转换"，是一种扩张性语言，含义丰富，衍生出多种意义，也许存在一些含混。

又例如："路的灯光，拉长了的身影 / 连接着每个路口，连接着每个梦 / 用网捕捉着心灵的谜，/ 也唤起记忆 //"用影子喻为人生，将无形的精神层面的印象"转换"成直观的影子，影影绰绰，千变万化。

在隐喻中，需要将主体与喻体有一个恰如其分的"配对"，即两种意象的搭配。其合理性在于挖掘两者共有的鲜明的特质，这种挖掘就是诗人的发现和创造。

例如，"对于男人来说，春天就是他用锋利的刀片刮去脸上蓬茸的胡须。"这是一种独特的体验，一种特别的感受。脸上露出了青春的光亮，朝气蓬勃，就是男人的春天。

有些诗歌表面上说的是男女情感，实际上是曲折委婉地表明自己的心志。例如，唐代朱庆余临考前给水部员外郎张籍的一首七绝《近试上张水部》：

洞房昨夜停红烛，待晓堂前拜舅姑。 妆罢低眉问夫婿，画眉深浅入时无？

洞房花烛夜后，早晨要拜见公婆（舅姑），精心梳妆，羞问夫婿，眉毛画得深浅是否合时宜？把自己喻为新媳妇，把张水部喻为公婆，巧妙地探听公婆对自己的印象如何。张籍看后大为赞赏，仍以比喻作答，和诗一首《酬朱庆余》：

越女新妆出镜心，自知明艳更沉吟。齐纨未是人间贵，一曲菱歌敌万金。

注：齐纨：齐地产出的"绢丝"。

诗中将朱庆余比作越女，其诗作比作菱歌，对其才华大加赏识。尽快给予提升录用。

还有一种隐喻是用同音多义词构成双关词语，常常是上句述其语，下句释其义。也称风人诗。"风人"是古代采诗官职名，所采集的是各地风俗之言，唐代称这类诗为风人诗。例如《重思 二首》：

其一："刻石书离恨，因成别后悲。莫言春茧缚，犹有万重思。"

注：书离恨：书写离别的怨恨。悲：谐"碑"。思：谐"丝"。

其二："江上秋声起，从来浪得名。逆风犹挂席，苦不会凡情。"

注：秋声：风声、涛声。浪：谐"郎"。挂席：升挂船帆。会：领会。凡：谐"帆"。

其一的中心意思是，妻子对外出的丈夫怀着万重的思念。其二的中心意思是，逆风挂帆，让船走得慢些。妻子舍不得丈夫远走，慢些走的心情丈夫不领会，有苦难

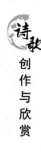

言。20 世纪 60 年代有一首流行歌曲，名为"马儿呀，你慢些走！"也许受其启发。

此外，谜语诗也是一种隐喻。诗抓住了事物中一种似是而非、不即不离的微妙关系，将事物形象化地表现出来。例如，"日里忙忙碌碌，夜里茅草盖屋"。（谜底：眼睛）。一旦揭开谜底，豁然想通，看出事物关系所隐藏的巧妙所在，大为享受。欣赏诗歌时也有这般心理。谜语不但是中国描写诗的始祖，而且也是"比喻"修辞手法的基础。当然，比喻也是对比系统的一种手法，可以产生诗中有画，形象逼真的效果。

例如，苏轼的《念奴娇骄·赤壁怀古》中的第二节："乱石崩云，惊涛拍岸，卷起千层雪。江山如画，一时多少豪杰。"用比喻产生了一幅波澜壮阔的宏大状景，同时又十分传神，传神就是逼真地表现了英雄豪杰的阔大胸怀。逼真就是写得有生气，写得形象丰富，读来有气韵振振的感受。

3. 叠加

此处说的叠加是指意象的叠加，还包括双重空间的对比。

（1）意象的叠加。在隐喻中，需要合理配对，这是寻常的思维；而对于讽刺、幽默的场合，需要不寻常的思维，则采用意象叠加的方式。这类隐喻，常常造成逻辑混乱和句法不通，话不投机，甚至是昏话谵语。例如，北岛的《履历》。

以隐喻性的结构感知世界，发出了一种"假作真来真亦假"的智慧声音，形成了更精准的深刻的认识。意象的无端重叠，创造了深邃的黑色幽默。

（2）双重空间的对比。像电影镜头的组合模式一样，创造一个具有鲜明对比的双重时空，也就是时空隧道的穿越，是一种新的表现形式，充满耐人寻味的意境。

例如，宫辉的《清明雨》：

> 彩电中心，播音员预报有间断小雨。/
>
> 热带丛林，前哨报务员呼叫：雨季，雨季！/ 护士们冒雨跃出坑道，抢救；/
> 地铁口，女大学生撑着小花伞在等候。//
>
> 一个青年酗酒后喊着要喝水。/
> 一个伤兵正用舌头舔着山岩上的青苔，/ 细长的绷带上，血如绽开的木棉；/
> 江南白堤的桃花放了一片又一片。//

通过战争前线与和平后方的迥然不同的景象对比描述，用一个个小小的场景揭示了战争与和平的主题。同为花季少女，同是风华青年，一个是在烽烟弥漫的战场，一个是在充满和平阳光的街头，形成鲜明的对照。进入了一个叠加的时空隧道，产生新的意象和深层次的思索。

4. 比拟

比拟是借助想象力把物当作人来写，把人当作物来写，或者把甲物当作乙物来写的修辞方式；也就是拟物为人的拟人法，拟人为物的拟物法，或者以物拟物、化抽象为具体的形态。比拟也称"转化"，将原来描述的对象的性质转化为另一个本质上截然不同的物类。例如，朱珊珊的《写给祖国》：

> 你是一位慈祥的母亲／我们是华夏儿女倍受呵护／／……
>
> 你是奔腾的长江黄河／我们永远属于你，伟大的祖国／／

5.1.3.2. 排叠系统

在组章成篇的过程中，用排比、层递、反复、回环等修辞手段，可以使诗篇抒发的情感趋于更加强烈、激昂的程度。用排叠的修辞形式，使段落层次井然，内容鲜明，气势倾泻，犹如逐层排浪，滚滚而来。排叠系统有三类不同表现形式：首同式、尾同式和首尾呼应式。其意义结构可分为排比、层递、反复、回荡等类型。

1. 排比

例如，闻一多的《我要回来》，是较为典型的排比结构：

> 我要回来，／乘你的拳头像兰花未放，／乘你的柔发和柔丝一样，／
>
> 乘你的眼睛里燃着灵光，／我要回来。／／……
>
> 我回来了，／乘流萤打着灯笼照着你，／乘你的耳边悲啼着莎鸡，／
>
> 乘你睡着了，合一口沙泥，／我回来了。／／

这首诗采用首尾呼应式，每段的开头和结尾都用相同的句子（或句式），而每一段的诗行都用相同的排比句，从而产生一种整体感和增强情感的回旋美。

又例如，晚清易顺鼎的《我爱罗浮山》：

> 我爱罗浮天，寸寸皆云霞。／我爱罗浮峰，朵朵皆莲花。／
>
> 我爱罗浮土，步步皆丹砂。／我爱罗浮树，树树皆琪蕴。／……

这首诗采用首同式排叠，每一节开头的句子相同（含部分相同或词语的性质相同），包含了罗浮山整个空间的众多事物，从多视角给出山的众多特点，构成一座山的丰满形象。

又例如，在刘半农的《教我如何不想她》中，天上飘着些微云，／地上吹着些微风。／啊！／微风吹动了我头发，／教我如何不想她？／／月光恋爱着海洋，／海洋恋爱着月光。／啊！／这般蜜也似的银夜，／教我如何不想她？／／诗章的结构是在递进中采用尾同式排叠系统，每一节结尾的句子相同。在描述相同性质的客观事物的几个方面时，常用尾同式排叠方式。

2. 层递

层递，是在各种状态的层面上递进。由小到大、由近及远、由外及内等。

例如，艾青的《手推车》（由大到小的递进）：

> 在黄河流过的地域／在无数的枯干了的河底／
>
> 手推车／以惟一的轮子／发出使阴暗的天穹痉挛的尖音／
>
> 穿过寒冷与静寂／从这一个山脚／到那一个山脚／
>
> 彻响着／北国人民的悲哀／／
>
> ……

例如，余光中的《望海》：（由近及远的递进）

　　比岸边的黑石更远，更远的／是石外的晚潮／

　　……

　　比浩浩的长风更远，更远的／是天边的阴云／

　　比黯黯的阴云更远，更远的／是楼上的眼睛／／

这首诗用的递进，其比较的内容并不是简单的逻辑概念，而是对生活的独特观察和量度，是一种感受和体验。可谓独上高楼，望尽天涯路；欲穷千里目，更上一层楼的一种诠释。有递进，当然就有递退，但是递降的系统用得较少。

3. 反复

运用多次重复的手法，表达内心的挣扎、徘徊、期盼、忧虑和悲伤。

例如，徐志摩的《雁儿们》：

　　雁儿们在云空里飞，／看她们的翅膀，／看她们的翅膀，／

　　　　有时候纡回，／有时候匆忙。／／

　　雁儿们在云空里飞，／晚霞在她们身上，／晚霞在她们身上，／

　　　　有时候银辉，／有时候金芒。／／

　　雁儿们在云空里飞，／听她们的歌唱！／听她们的歌唱！／

　　　　有时候伤悲，／有时候欢畅。／／

　　雁儿们在云空里飞，／为什么翱翔？／为什么翱翔？／

　　　　她们少不少旅伴？／她们有没有家乡？／／

　　雁儿们在云空里彷徨，／天地就快昏黑！／天地就快昏黑！／

　　　　前途再没有天光，／孩子们往哪儿飞？／／

　　天地在昏黑里安睡，／昏黑迷住了山林，／昏黑催眠了海水；／

　　　　这时候有谁在倾听／昏黑里泛起的伤悲。／／

诗篇前四小节的第一句都是相同的，表现一种徘徊的思绪。前五小节中第二、第三两句的重复，实质上是叠句。而最后一节中是类似叠句，其中有一半以上的字（四个）作了改变，应该说是排比句；至于称它为类似叠句，是因为前五小节中都是用了完全叠句，形成了一种连贯的气势、一种加强的节奏。也可看成顶真叠句，为每一节的第四、第五句铺垫。

有时候可以用重复手法表现独特的个性和深刻的思想。例如，闻一多的《祈祷》，运用"（请）告诉我"的托词，产生出人意料的艺术效果：请告诉我谁是中国人，／启示我，如何把记忆抱紧；请告诉我这民族的伟大，／轻轻的告诉我，不要喧哗！／／

4. 回荡

回荡，也称回环。笔者认为回荡比回环更生动形象。回荡的表现手法是将一件事、一个内容，从不同角度或层面加以充分描绘和渲染，极大程度地增强感染力。从结构形式上，回荡可分为两类：一类是波浪式回捲，后浪推前浪，卷起层层浪花，浪花飞溅，跌宕起伏，蔚为壮观，表达的是存在时间过程的情感。另一类是旋涡式回旋，越旋越急，圈圈深入，情势更为激荡、更为集中。用于表达复杂情感的层层突变，多种情感的交错纠结，情势的错综复杂，富有惊人的感染力。以下用复沓、倒读、追逐等形式分列细说。

（1）复沓。复沓回环是波浪式推进，产生优美独特的旋律，有荡气回肠的情调，突显浓郁的艺术氛围。例如，纪弦的《你的名字》，十七行诗中，反复用了十五个"你的名字"：

> 用了世界上最轻最轻的声音，／轻轻地唤你的名字每夜每夜。／／
>
> 写你的名字，／画你的名字，／而梦见的是你的发光的名字。／／

（2）倒读。倒读成文也是一种回环。

例如，戴望舒的《烦忧》，后一段是前一段的倒读，是一种显性回环：

> 说是寂寞的秋的悒郁，／说是辽远的海的怀念。／
>
> 假如有人问我烦忧的原故，／我不敢说出你的名字。／／
>
> 我不敢说出你的名字，／假如有人问我烦忧的原故：／
>
> 说是辽远的海的怀念，／说是寂寞的秋的悒郁。／／

又例如，清人萧纲的回文诗《后园》：

> 枝云间石峰，脉水浸山岸。池清戏鹊聚，树秋飞叶散。

句句充满动态，倒读时更有韵致：散叶飞秋树，聚鹊戏清池。岸山浸水脉，峰石间云枝。

再例如，高青丘的《七绝，暮春愁梦》：

> 风帘一烛对残花，薄雾寒笼翠袖纱。空院别愁惊破梦，东阑井树夜啼鸦。

抒发了暮春残花时节的凄凉寂寞心境，后两句化用了唐人金昌绪的《春怨》诗："打起黄莺儿，莫教枝上啼。啼时惊妾梦，不得到辽西。"学习中有创造，"破"字用得巧。倒读时更有一种空落、惆怅的情感：鸦啼夜树井阑东，梦破惊愁别院空。纱袖翠笼寒雾薄，花残对烛一帘风。

（3）追逐。

例如，"因为树会守着夜／鸟在林中守着树／鸟在树上守着星／星在夜中守着你／／
因为星会守着夜／云在天下守着星／云在星间守着风／风在夜间守着你／／"

在章节之间，前章的末句作为后章首句的形式，使分节的诗篇连成了一体。有时称"追逐"为连环，顶真称为花环体。连环和顶真中的反复适用于表达缠绵的情意和不休的诉说。

以上这些重复、回环、追逐的方法，充分渲染了主人公对恋人的无处不在的思念。将大自然的一切都拟人化了，树、鸟、星、云、风、草、露……都是恋人的化身。思念有了发现，距离造成的思念很美，也刻骨铭心，强化了爱情的内涵。身处两地的分离是爱情的痛苦，久别后的重逢是爱情的欢乐。这是爱情诗的两大主旋律。

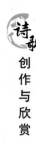

5.1.3.3 相衬系统

用对照（对比）、衬托（映衬、烘托）、铺垫、呼应等形式组段成篇。在句子之间，或段落之间，乃至章节之间应用相衬方法，不仅可以用来布局谋篇，使段落层次分明，而且还可以更好地突显主题。相衬系统是构建一个互相依存、主客转换、平衡支撑的相对系统。对比的双方相得益彰。例如，卞之琳的《断章》：

　　　你站在桥上看风景，看风景的人在楼上看你。//

　　　明月装饰了你的窗子，你装饰了别人的梦。//

寥寥四句，形象丰富，意义厚实。互易衬托，智慧境界蕴含着哲理，见仁见智。

在时间的对照方面，例如，宋代朱熹的《水口行舟》中，今昔对比十分明确：

　　　昨日扁舟雨一蓑，满江风浪夜如何？今日试卷孤蓬看，依旧青山绿树多。

也可用"过往""如今"作对照。有时并不注明过去，而用"只今惟有"等类似的词语表达时间上的对照。对照是两两相形。

1. 对照

对照手法是遵循了事物是相比较而存在的哲学原理，有一种推波助澜的力量。

（1）一个句子中的对照。在一个句子中用反义做对比，便于在非常矛盾的状态下，集中地表现作者某种强烈的思想感情。再例如，唐代韩偓的《绝句》，抒发唐末乱世国破家亡的伤感：

　　　水自潺湲日自斜，尽无鸡犬有鸣鸦。千村万落如寒食，不见人烟空见花。

第二句用"无""有"构成鲜明对比。前一句的"水、日"依然自在，且不解人意。第四句中，"不见""空见"相衬，展现荒凉破败的景象。全诗构思巧妙，意蕴含蓄。

（2）句子与句子之间的对照。对偶句中用反义词形成的鲜明对比，大大增强艺术感染力。例如，鲁迅的《自嘲》："横眉冷对千夫指，俯首甘为孺子牛。"

古诗："黑发不知勤学早，白首方悔读书迟。"

又例如，清人查慎行的《青溪口号》：

　　　来船桅竿高，去船橹声好。上水厌滩多，下水惜滩少。

诗中用"来"与"去"，"上"与"下"和"多"与"少"形成对照，作者站在水滩上看下游船泊往来的场景，既有观者的感受（桅竿高和橹声好），又有船工的心声（厌多和惜少）。

再例如，刘禹锡的《题寿安甘棠馆》：

　　　门前洛阳道，门里桃花路。　尘土与烟霞，其间十余步！

注：寿安城在洛阳西南七十里，旧称甘棠县。

甘棠馆大门正对通往洛阳的大道。甘棠馆门外车水马龙、风尘滚滚，门内柳烟霞影、清幽绝俗。门内门外十来步，截然两重天。尘土与烟霞象征红尘与清明。鲜明的对照表达了作者的正直、清廉的人生观。

反义词的对举可以形成一种特殊的对照。从表面上看，这种对照似乎是矛盾的，给人一种难于理解的感觉，但是，可以引起读者的关注，经过仔细思考后，会悟出其中的哲理，在情感上产生强烈的冲击。例如，臧克家的《有的人》。

再例如，宋代皇甫松的词《梦江南·闲梦江南》："兰烬落，屏上暗红蕉。闲梦江南梅熟日，夜船吹笛雨潇潇。人语驿边桥。"两个场景、两种心情的对比。现实的夜，兰膏灯熄灭了，灯灰落下，屏风上的美人蕉失去光彩，是一个凄清寂寞的夜晚。当进入梦中的江南夜，那是一个愉快轻松的夜晚，细雨纷纷，梅子已熟，船泊码头，传来悠扬笛声，桥上人来人往正忙。前后明确的对比，表达作者对江南故乡怀念的深情。

（3）段落内的对照。最简洁的是两行诗句的对照。

例如，绿原的《航海》：

> 人活着 / 像航海 / 你的恨，你的风景 / 你的爱，你的云彩 //

（4）段落与段落之间的对照。

例如，罗洛的《我和时间》：

> 当我还是个婴儿，躺在摇篮里 / 时间是妈妈的笑容和奶汁 //
>
> 当我学会走路和淘气 / 时间是捉迷藏的游戏 //
>
> 当我背着书包，上学校去 / 时间是老师传授的知识 //

诗生动地描述时间就是生命的概念命题，用生命留在世界上的足迹作为形象，用奶汁、游戏、上学等生活形象对比，分段推进生命过程。

再例如，欧阳修的《生查子·元夜》：

> 去年元夜时，花市灯如昼。月上柳梢头，人约黄昏后。
>
> 今年元夜时，月与灯依旧。不见去年人，泪湿春衫袖。

采用了今日与去年今日的对比，形象生动地描述昨日的温馨甜蜜与今天的惆怅和忧伤。与唐代诗人崔护的名作《题都城南庄》"去年今日此门中，人面桃花相映红。人面不知何处去？桃花依旧笑春风"有异曲同工之妙。时空的对照应用较普遍，例如：今时与旧日，今朝与昨夜，今岁与去岁，等等。

2. 衬托（映衬、烘托）

衬托是为中心主题的亮相提供背景声像，使形象更鲜明夺目。

（1）以景衬景。例如，柳宗元的《江雪》是以景衬景的映衬名篇：

> 千山鸟飞绝，万径人踪灭。孤舟蓑笠翁，独钓寒江雪。

以景衬景，景中出情。寂静寒冷，孤傲超然。

又例如，杜甫的《旅夜书怀》：

> 细草微风岸，危樯独夜舟。星垂平野阔，月涌大江流。
>
> 名岂文章著？官应老病休。飘飘何所似？天地一沙鸥。

第三、四句中用星光的垂落，来衬托平野的茫茫无际；用月光倾泻来衬托大江的浩瀚渺茫。

又例如，白居易的《忆江南·其一》：

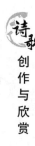

　　江南好，风景旧曾谙。日出江花红胜火，春来江水绿如蓝。能不忆江南。

　　首句"江南好"，一个浅显的"好"字，表达了作者的赞颂之意和向往之情。与结句相呼应，三、四两句对"好"作了形象化演绎，突出渲染江花、江水的明艳色彩，给人以深刻的春光明媚的印象。火红与江花红是同色间相互烘托，江花红、江水绿是异色间的相映衬，充分显示彩色的应用技巧。最后一句对江南春色的赞叹和怀念，隐含一种悠远而深长的韵味。

　　再例如，白居易的《夜雪》和《夜雨》。

　　《夜雪》："已讶衾枕冷，复见窗户明。夜深知雪重，时闻折竹声。"用枕寒、窗明、折竹声等主观感受，映衬大雪的重厚，衬托天气十分寒冷。

　　《夜雨》："早蛩啼复歇，残灯灭又明。隔窗知夜雨，芭蕉先有声。"蟋蟀叫声停歇，阵阵风起，芭蕉叶上有雨的滴嗒声，衬托晚上下了一场不小的阵雨。这两首诗将简单的雨和雪，写得丰富多彩，趣味盎然。

　　又例如，林逋的两首赏梅诗中的衬托。其一，《山园小梅》：

　　众芳摇落独暄妍，占尽风情向小园。疏影横斜水清浅，暗香浮动月黄昏。

　　霜禽欲下先偷眼，粉蝶如知合断魂。幸有微吟可相狎，不须檀板共金樽。

　　诗的第二联用疏影、暗香描写梅的性状，用清水、黄昏月作陪衬，写出了梅的神态，而用动词"横斜""浮动"将梅的形象与淡雅的背衬巧妙地叠合在一起，形象更鲜明。花枝摇动，沁人的清香徐徐袭来，神态栩栩如生。其二，《梅花》：

　　吟怀长恨负芳时，为见梅花辄入诗。雪后园林才半树，水边篱落忽横枝。

　　人怜红艳多应俗，天与清香似有私。堪笑胡雏亦风味，解将声调角中吹。

　　此诗安排的背景是：雪后园林，水边篱落。用冬雪衬托出梅花耐寒，在百花凋谢的季节开放；用水面映衬出竹篱般的横枝斜影。

　　（2）以景托情　例如，李煜的《清平乐·别来春半》：

　　别来春半，触目愁肠断。砌下落梅如雪乱，拂了一身还满。

　　雁来音信无凭，路遥归梦难成。离恨恰如春草，更行更远还生。

　　开头两句点出了主题"触目愁肠"，用烘托手法描绘出一个亡国之君的伤心情感图："梅花飘落，纷飞如雪，久久伫立在台阶下，落满一身花雪。"其中"砌下"一语双关，更显阶下囚的断肠之痛。在词的下阕阙，用"雁未传音信，旧梦未作成，悲恨如小草再生一样永不消"的描述，进一层烘托渲染，强化了悲情的抒发。

　　又例如，王昌龄的《芙蓉楼送辛渐》：

　　寒雨连江夜入吴，平明送客楚山孤。洛阳亲友如相问，一片冰心在玉壶。

　　注：吴、楚：长江南岸太湖地域。平明：天亮时。冰心……句：化用南朝诗人鲍照的《白头吟》中的诗句"直如黑丝绳，清如玉壶冰"。

　　入夜，寒雨不停；天刚放亮，江水与天空连成茫茫一片，远山朦胧孤独。此景衬托出对朋友的依依惜别之情。第四句，用"玉壶冰心"巧妙的比喻，互相映衬表达纯洁无瑕的内心，像冰那样晶莹，像玉那样透亮。全诗即景生情，设景托情，情深意长。

（3）反衬。例如，李白的《越中览古》：

越王勾践破吴归，义士还家尽衣锦。 宫女如花满春殿，只今唯有鹧鸪飞！

越国曾遭受吴国侵略，越王十年卧薪尝胆，终于灭吴国胜利归来。忠于越王为国复仇的义士，都得到官爵赏封，宫内歌舞升平。前三句的铺排和渲染，正是为了反衬最后一句的"鹧鸪飞"的悲壮景象（范蠡和西施隐居太湖山水）。往事历历，尘世如梦，一切富贵荣华难于久驻。

又例如，李煜的《浪淘沙·天上人间》：

帘外雨潺潺，春意阑珊，罗衾不耐五更寒。梦里不知身是客，一晌贪欢。

独自莫凭栏，无限江山，别时容易见时难。流水落花春去也，天上人间。

注：阑珊：衰败的样子。罗衾：丝质的被子。晌：片刻。

词的上片写梦醒后一瞬间的情景与感觉。梦中忘却了阶下囚的身份，贪恋片刻的欢愉。梦里梦外的反差对比，不用悲、愁等字眼，但悲苦之情跃然纸上。下片凭栏远眺，抒发无限伤感。一个"去也"，包含了多少留恋、惋惜、哀伤和悲愁，将惨痛欲绝的情感表现得淋漓尽致。

3. 铺叙

铺叙是常用的方式，用开始的铺叙为其后的抒情打下厚实的基础。

例如，徐志摩的《消息》：

雷雨暂时收敛了；/双龙似的双虹，/显现在雾霭中，/

天矫，鲜艳，生动，——/好兆！明天准是好天了。//

什么！又是一阵打雷，——/在云外，在天外，/

又是一片暗淡，/不见了鲜虹彩，——/希望，不曾站稳，又毁。//

用先"扬"后"抑"的方式，用雨后彩虹作为铺垫，描述了紧随其后的惊讶雷声，让人思虑。

另一种铺垫的方式是围绕主题，多方面、多视角剖析，使形象鲜活地展示。例如，郭小川 1962 年的《刻在北大荒的土地上》。

例如，李清照的名篇《声声慢·一个愁字》，用铺叙的手法，寻寻觅觅，描写了其所见所闻、所感的事物，倾诉了冷冷清清、凄凄戚戚的悲愁心境。在铺叙中，音律上抑扬顿挫、和谐悦耳；语言上妥贴新颖颇具创造性，被历代评论家称为"真似大珠小珠落玉盘"。

有时，在铺叙之后，对现实或意象发出疑问，情感强烈。或者先对现实或意象发出疑问，立题后兴起后续的长长的铺叙，让读者细细品味。例如，余光中《幻景》中的一节：

楼外有一带长长的沙滩 / 沙上有一只弯弯的海螺 / 螺里有一首袅袅的歌 /

他睫影深处有一滴泪 / 那是海的样品？ //

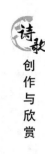

例如，余光中的《中国结》中的二节：

"你问我会打中国结吗？/我的回答是摇头/说不出什么东西/……

……却不知该怎么下手/

线太多，太乱了/该怎么去寻找线头//"

利用"结"的反向描述，具有强烈的感染力。情真意切，留下一连串深沉的思考念头。

4. 拟人映托

拟人映托是将景物拟人化，表达作者内心的情感。例如，杜甫的《后游》中："江山如有待，花柳更无私。"表达了作者喜爱江山春色的感情。不说诗人喜爱江山花柳，却说江山花柳在等待游人去欣赏。不仅表达喜说之情，更是深层次透露出高尚的品格，人们也应该像大自然那样无私奉献。

又例如，韩愈的《晚春》：

草树知春不久归，百般红紫斗芳菲。杨花榆荚无才思，惟解漫天作雪飞。

草木虽不如花艳能报春，却也知春，还能与以红花斗艳作比拟；杨榆花无才，却能作漫天飞雪，让人刮目相看。有情趣，寄托情意，又能让读者领会新意。

5.1.3.4 问答系统

问答的修辞方式也常用来组段成篇，有的是用明显的问句，也有的却是隐含其中，但都能起到推进和深化抒情的作用。例如，杜牧的名篇《清明》：清明时节雨纷纷，路上行人欲断魂。借问酒家何处有？牧童遥指杏花村。其中后两句的一问一答，有声有情，生动的细节展现了一幅烟雨蒙蒙的山村画面，而路人、牛背上的牧童等人物却呼之欲出。第三句开头用"借问酒家何处有？"（或用"欲问""试问""为问"等）起句，其下并用"何"字（或"谁"字等）表明所问之事，第四句作答。作者用含蓄婉曲的景象表达正值清明时节的复杂情感，体现了抒情构思的完整性和独创性。语言朴实，情趣盎然。

另一种设问是有主的代问，方式简洁，例如，王昌龄的《芙蓉楼送辛渐》：

寒雨连江夜入吴，平明送客楚山孤。洛阳亲友如相问，一片冰心在玉壶。

第三句中"洛阳亲友相如问"表达亲友的询问，第四句回答心中所思，表达朴素而又纯洁的思乡之情。"吴""楚"互文，泛指江苏镇江一带。"冰心"，即用"冰"比拟"心"的纯洁。"玉壶"比拟清白，冰壶之德表示清廉。

问答系统结构形式多样化，包括问答、设问和反问等。用问答方式组段成篇，形散而神不散，对表达的内容起到突出、强调的作用，形成深刻的印象。

1. 数问一答

设问就是自己提出问题，自己回答。吸引读者的注意力，增强语言表达效果。例如"问苍茫大地，谁主沉浮？""今日向何方？直指武夷山下"等。数问一答是围绕一个主题，先发出一连串提问，接着予以总的解答，又称列举设问。

例如：艾青的《在智利的海岬上——献给巴勃罗·聂普达》，何其芳的《欢乐》：

告诉我，欢乐是什么颜色？／像白鸽的羽翅？鹦鹉的红嘴？／

欢乐是什么声音？是一声芦笛？／还是从稷稷的松声到潺潺的流水？／／

是不是可握住的，如温情的手？／可看见的，如亮着爱怜的眼光？／

会不会使心灵微微地颤抖，／而且静静地流泪，如同悲伤？／／

欢乐是怎样来的？从什么地方？／萤火虫一样飞在朦胧的树荫？／

香气一样散自蔷薇的花瓣上？／它来的脚上响不响着铃声？／／

对于欢乐，我的心是盲人的目，／但它是不是可爱的，如我的忧郁？／／

诸如连问不答的形式，在律诗中也有应用，有三句连问或四句连问等。例如：

月儿弯弯照九州，几家欢乐几家愁？几人夫妇同罗帐？几个飘零在外头？

又例如：贺兰溪上几株松？南北东西有几峰？买得住来今几日？寻常谁与坐从容？

2. 连问连答

连问连答是在诗篇中反复设问，多次的一问一答，或多问多答。文句条理清楚，层次分明，波澜起伏。例如，艾青1937年的《煤的对话》：

你住在那里？／／我住在万年的深山里／我住在万年的岩石里／／

你的年纪——／／我的年纪比山的更大／比岩石的更大／／

你从什么时候沉默的？／／

从恐龙统治了森林的年代／从地壳第一次震动的年代／／

你已死在过深的怨愤里了么？／／

死？不，不，我还活着——／请给我以火，给我以火！／／

3. 猜问

猜问是一种遐想、猜想，是一种疑虑。例如，普希金的《小花》：

我发现了一朵被遗忘的小花，／它枯干在书页间，已无芳香；／

顿时，我的心胸里便已／充满了一阵奇异的幻想：／／

它开在何处？何时？哪个春天？／它开了多久？又为谁所采？／

那采花的手是陌生还是熟悉？／它为何又被人夹进了书页？／／

是一次温情约会的纪念，／是一回不祥分离的信物，／

还是纪念田野和密林中／那孤身一人的漫步？／

他是否活着，她是否健在？／如今何处是他俩的角落？／

或许他俩也都已凋零，／就像这默默无闻的花朵？／／

面对一朵干枯的小花，从它的怒放到凋零干枯的全过程的追问，寄托对朋友的思念。

4. 诘问

诘问句式，用于表达强烈的不满情感，或者一种笃信的理念。
例如，蔡其矫1985年的《当涂太白墓》：

为什么海上的骑鲸客／却息影在青山下？／

行为品格都惊天动地／死时却那么孤寂／／

> 为什么流放归来之后 / 只恋江南风物好？ /
> 目中既无君王 / 功名权势又有何用？ //
> ……

诗篇几乎都是问句，只是有的是隐含而已，震撼读者的心灵。四句一节的诗，前两节的"为什么"用在前两句，后两节的"为什么"用在后两句，形成对称性的跳跃结构。最后将情感推向高潮——远望诗歌的月亮，叫人垂泪。用这类诘问句式，强烈地表达一种悲愤情感。

在律诗中，常用三四两句连续诘问，第三句用"试问""何处"等，第四句用"无""几""何""谁"等。这类篇章结构可以表现事物具有巨大反差的两面性，引起共鸣和反思。

例如，朱熹的《观书有感》：

半亩方塘一鉴开，天光云影共徘徊。问渠那得清如许？为有源头活水来。

例如，王昌龄的《梁苑》：

梁园秋竹古时烟，城外风悲欲暮天。万乘旌旗何处在？平台宾客有谁怜？

例如，苏轼的《又和景文韵》：

牡丹松桧一时栽，付与春风自在开。试问壁间题字客，几人不为看花来？

又例如，白居易的《魏王堤》：

花寒懒发鸟慵啼，信马闲行到日西。何处未春先有思？柳条无力魏王堤。

有的诗篇，一开头就感慨设问，表明旨意。

例如，齐己《怀终南僧》中："扰扰一京尘，何门是了因？"。苏轼《水调歌头》中："明月几时有？把酒问青天。"设问很有吸引力。刘克庄《沁园春》："何处相逢？登宝钗楼，访铜雀台。"张先《一丛花令》："伤高怀远几时穷？无物似情浓。"欧阳修《蝶恋花》："庭院深深深几许？杨柳堆烟，帘幕无重数。"

又例如，李煜《虞美人》："春花秋月何时了？往事知多少！……问君能有几多愁？恰似一江春水向东流！"不仅开头设问，下片结尾还用设问句，前后呼应表达了极度悲哀的思绪。

5. 模糊的否定回答

模糊的体验可意会到言外之意，超越语言局限的困境。模糊也可称为"虚"，它与"实"相比，有更多的美感。空灵中可包容所有的不尽之意。

在爱情中，女青年内心完全接受了男青年的爱，可是在口头上却是以模糊的词语作否定的回答。欲说还休，充满戏剧性。

例如，舒婷的《无题》描写了女青年送别的亲热场面，男女青年的问答：

"你怕吗？ / 我默默转动你胸前的钮扣。/ 是的，我怕，/ 但我不告诉你为什么。"

男女青年的问答：

"你快乐吗？ / 我仰起脸，星星向我蜂拥。/ 是的，快乐 / 但我不告诉你为什么。"

当男青年看到女青年写的情诗时，问：

"你在爱着？/我悄悄叹气，/是的，爱着，/但我不告诉你他是谁。"

这三个连续的问，三个连续的肯定回答，把一个初恋少女的那种含情脉脉却又羞羞答答的情态，表露得淋漓尽致，真挚而生动。

5.1.3.5 呼应系统

篇章的开头与结尾，用相同或相似的内容，前后呼应，类似自然界的回响。呼应分为全篇的整体呼应和段落的局部呼应。呼应使结构紧凑严谨，脉络清晰，主题突出。例如，李商隐的《夜雨寄北》：

> 君问归期未有期，巴山夜雨涨秋池。何当共剪西窗烛，却话巴山夜雨时。

注：剪烛：用蜡烛照明时，烛芯往往影响亮度，需要修剪。共剪：团聚，是一种生动传神的象征。

这是用诗歌形式写成的一封独特书信。用"却"字引导的第四句与一、二句呼应（且将"巴山夜雨"四字重复使用），第三句转捩，旋即而下。短短四句诗有问有答，前后呼应。既表现思念、离愁，又突出期盼、团聚的真情。情景交融，虚实相生。既包含空间的往复对照，又体现时间的回环跳跃。语短情长，生动精彩。

从形式上看，呼应系统大略可分为铺叙呼应、排列呼应和悬念呼应等，其目的是烘托气氛、传递情感、唤出应答。这种呼应方式也是问答系统的扩展和延伸，具有隐性问答的特点。

1. 铺叙呼应

铺叙呼应通常分上下段组合形成，上半段形成一个比较完整的铺叙的"呼"，下半段有一个完整细致的"应"。例如，倪维德的《月光下的凤尾竹》：

> 月光下的凤尾竹哟，轻柔美丽像绿色的雾哟，/
> 竹楼里的好姑娘，光彩夺目像夜明珠。/
> 听啊，多少深情的葫芦笙，对你倾诉着心中的爱慕。/
> ……
> 痴情的小伙子，野藤莫缠槟榔树，/
> 姑娘啊，她的心已经属于人，金孔雀要配金马鹿。//

铺叙呼应可运用在句行之间或段落之间，构成一种顺序递增的呼应系统。

例如，阎肃的歌词《长城长》：

> 都说长城两边是故乡，你知道长城有多长？/
> 它一头挑起大漠边关的冷月，它一头连着华夏儿女的心房。//
> 都说长城内外百花香，你知道几经风雪霜？/
> 凝聚了千万英雄志士的血肉，托出了万里山河一轮红太阳。//
> 太阳照啊，长城长；长城啊，雄风万古扬。/
> 你要问长城在哪里？就在咱老百姓的心坎上。//

结句的提升，应答了美好的长城建设在百姓的心坎上。

2. 排列呼应

排列呼应可分为排比、补叙复合和重叠回旋等结构。

例如，李幼容的《金梭和银梭》属于排比呼应：

> 太阳，太阳像一把金梭，月亮，月亮像一把银梭。
>
> 交给你，也交给我，看谁织出最美的生活。

又例如，侯德健的《龙的传人》：（属于补叙复合）

> 遥远的地方有一条江，它的名字叫长江。/
>
> 遥远的地方有一条河，它的名字叫黄河。/
>
> 虽不曾看见长江美，梦里常神游长江水。/
>
> 虽不曾听见黄河水，澎湃汹涌在梦里。//

又例如，彭邦桢的《月之故乡》：（属于重叠回旋）

> 天上一个月亮，水里一个月亮，/ 天上的月亮在水里，水里的月亮在天上。/
>
> 低头看水里，抬头看天上，/ 看月亮，思故乡，一个在水里，一个在天上。//

读起来，会勾起一番'仰头看明月，寄情千里光'，'举头望明月，低头思故乡'的恍惚情思。

3. 悬念呼应

悬念呼应是一种含蓄的比、兴结构。悬念是"呼"，但是"比"和"兴"也是一种呼，是一种先言他物的、含蓄微妙的呼应结构。

例如，晓光的《在希望的田野上》：

> 我们的家乡，在希望的田野上，
>
> 炊烟在新建的住房上飘荡，小河在美丽的村庄旁流淌。
>
> 一片冬麦，（那个）一片高粱，十里（哟）荷塘，十里果香。
>
> 我们世世代代生活在这片田野上，
>
> 为她富裕，为她兴旺。为她幸福，为她增光。

首句提出悬念，会让人问道"故乡的希望是什么？"从而引发美好的想象。

又例如，高枫的《双双飞》（这是一种用"比"的呼应。）：

> 草儿沾露珠，蝴蝶花中飞，何时我与你这样共相随。
>
> 风筝线上走呀，鸟儿把云追，何时我与你这样共依偎。
>
> ……

再例如，刘半农1920年的《教我如何不想她》：（这是一种用'兴'的呼应）

> 天上飘着些微云，地上吹着些微风。
>
> 啊！微风吹动了我的头发，教我如何不想她？
>
> 月光恋爱着海洋，海洋恋爱着月光。
>
> 啊！这般蜜也似的银夜，教我如何不想她？
>
> ……

5.1.3.6 借换系统

1. 假设

虚拟作为假设，在科学论文中经常用来陈述某种可能性，一旦被实验证实，也许就是一条科学原理。而诗歌中的虚拟，也可以构成假设，但永远得不到验证，只是一种形象的比喻，构成一种意境。

例如，艾青 1938 年的《我爱这土地》：

"假如我是一只鸟，/ 我也应该用嘶哑的喉咙歌唱：/ ……/"

"——然后我死了，连羽毛也腐烂在土地里面。//"

唱的是，对这土地爱得深沉，眼里常含着泪水，死后也在土地里。

又例如，徐志摩的诗《雪花的快乐》：

假如我是一朵雪花，/ 翩翩的在半空里潇洒，/ 我一定认清我的方向——/

飞扬，飞扬，飞扬，——/ 这地面上有我的方向。//

不去那冷寞的幽谷，/ 不去那凄清的山麓，/ 也不上荒街去惆怅——/

飞扬，飞扬，飞扬，——/ 你看！我有我的方向。//

在半空里娟娟的飞舞，/ 认明了那清幽的住处，/ 等着她来花园里探望——/

飞扬，飞扬，飞扬，——/ 啊，她身上有朱砂梅的清香！//

那时我凭藉我的身轻，/ 盈盈的，沾住了她的衣襟，/ 贴近她柔波似的心胸/

消溶，消溶，消溶，——/ 溶入了她柔波似的心胸！//

2. 象征

象征，不仅表现事物本身的意义和性质，而同时又表现更深远的某种精神上的意义，是人与物之间本质上的相互移植，或称移情，是人的物化或物的人格化。移情作用是将自我的思想活动移入到象征的对象中去。

例如，于谦的《石灰吟》：

千锤万击出深山，烈火焚烧若等闲。粉身碎骨浑不怕，要留清白在人间。

此咏物诗写的是石灰，却都能领略其中所隐现的人格力量。有宁死不屈、大义凛然的精神品质，石灰的特征与人在现实生活中的经验互相渗透形成一种内在的张力，典型的象征手法。

象征是借助不同事物之间的联系进行描绘、联想具体事物的形象。分别称为描绘象征，联想象征等。例如，陶渊明在 405 年归隐后写的《饮酒（其二）》：

结庐在人境，而无车马喧。问君何能尔，心远地自偏。

采菊东篱下，悠悠见南山。山气日夕佳，飞鸟相与还。

此中有真意，欲辨已忘言。

名篇以超尘出俗的风韵，率真自然的风格负有盛名，强调人与自然的和谐统一。人如倦鸟飞而知还。巧妙地运用象征手法，心神契合。仿佛同在幽静的世外桃源找到了本真的归宿（人境）。

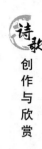

从篇章结构看象征，又可分为整体象征和局部象征。整体象征是从篇章全局用一件物体描绘，体现象征的意蕴，而局部象征是诗篇中用多个特定物体分别象征。

例如，陆游的词《卜算子·咏梅》（整体象征）：

> 驿外断桥边，寂寞开无主。已是黄昏独自愁，更著风和雨。
>
> 无意苦争春，一任群芳妒。零落成泥碾作尘，只有香如故。

用人格化的梅花作为整体象征，暗喻作者的朴实、不慕虚荣，与世无争的胸怀、决不趋炎附势、操守如故的作风。

3. 仿拟

在上下文意义的照应下，临时仿造一个意义相反或相似、相近词语、句段，称仿拟。具有幽默风趣的艺术效果，并起对比的作用，有时还带有辛辣讽刺的特点。

（1）类仿。类仿是一种相似的仿似。

例如，古代武昌城西有黄鹄山，俯瞰江汉。山上有黄鹤楼，传说仙人王子安乘黄鹤经过这里。崔颢临楼凭吊，写下七律《黄鹤楼》（仙人），而崔颢的《黄鹤楼》源自沈佺期的《龙池篇》，两诗都取材神话传说，结构布局、句法也极相近。崔诗却青出于蓝而胜于蓝，历来被人传诵：

黄鹤楼（仙人）	龙池篇
昔人已乘黄鹤去，	龙池跃龙龙已飞，
此地空余黄鹤楼。	龙德先天天不违。
黄鹤一去不复返，	池开天汉分黄道，
白云千载空悠悠。	龙向天门入紫微。
晴川历历汉阳树，	邸第楼台多气色，
芳草萋萋鹦鹉洲。	君王凫雁有光辉。
日暮乡关何处是？	为报寰中百川水，
烟波江上使人愁。	来朝此地莫东归。

沈诗前四句重点写"龙"和"池"；而崔诗前四句重点写"鹤去"与"楼空"。第五、六句，沈诗写"邸第楼台"景物，而崔诗写黄鹤楼远近的景物。

崔诗为登楼揽胜名作，清代编选的《唐诗三百首》列为七律首篇。借古抒怀，意境浑厚。语调流转自如，浑然一体，气势苍茫，高唱入云。在诗的前三句中，三用"黄鹤"作起承，分别用了"已乘""空余""一去"三个具有时空概念的动词，充分表达诗人深沉而又迷茫的历史情感，深陷人生有限而宇宙无穷的惶惑与忧伤中。

而后，李白路过武昌，见崔颢的诗《黄鹤楼》，大为叹服，离开黄鹤楼后，来到汉阳城外鹦鹉洲，仿效崔颢的体例，作诗一首《鹦鹉洲》：

鹦鹉来过吴江水，江上洲传鹦鹉名。鹦鹉西飞陇山去，芳洲之树何青青！

烟开兰叶香风暖，岸夹桃花锦浪生。迁客此时徒极目，长洲孤月向谁明？

注：鹦鹉洲：东汉末年，当时的才士祢衡，恃性傲物，终被江夏太守黄祖杀害，

埋葬于江渚上，因祢衡曾作《鹦鹉赋》，后人遂称该渚为鹦鹉洲。

李白在开首同样用了三个"鹦鹉"，也分别用了"来过""传名""西飞"三个具有时空概念的动词，作者本人尚不满意，到金陵（南京）后登凤凰台，李白作诗《登金陵凤凰台》：

黄鹤楼（仙人）	登金陵凤凰台
昔人已乘黄鹤去，	凤凰台上凤凰游，
此地空余黄鹤楼。	凤去台空江自流。
黄鹤一去不复返，	吴宫花草埋幽径，
白云千载空悠悠。	晋代衣冠成古丘。
晴川历历汉阳树，	三山半落青天外，
芳草萋萋鹦鹉洲。	二水中分白鹭洲。
日暮乡关何处是？	总为浮云能蔽日，
烟波江上使人愁。	长安不见使人愁。

注1：据传说，南朝时代，有三只彩色斑斓的鸟飞到山上，状如孔雀，声音婉转，众鸟朝附，谓之凤凰。后在山上筑一楼台，名凤凰台。

注2：三国时代，吴国和东晋均建都金陵，昔日吴国的亭台苑囿，如今已成了幽静的小径，东晋的名门贵族。贵族也都成了一座座坟墓。金陵城西南、长江边有三座山峰，迷朦不清，犹如落在青天外。处在水西门外的白鹭洲将秦淮河分为两个支流。

开头写过凤凰台和长江水之后，用幽径和古丘追忆历史，然后又转到三山和白鹭洲的远景。最后两句把因物（今）兴怀（古）的情思，再推进一层：朝廷中权奸当道，浮云蔽日，不为君王信用，只有空添惆怅和忧愁。李诗的忧国忧民相比崔诗的乡愁，思想境界更高一筹。

再例如，鲁迅的《黄鹤楼（阔人）》仿拟崔颢的《黄鹤楼（仙人）》：

黄鹤楼（仙人）	黄鹤楼（阔人）
昔人已乘黄鹤去，	阔人已骑文化去，
此地空余黄鹤楼。	此地空余文化城。
黄鹤一去不复返，	文化一去不复返，
白云千载空悠悠。	古人千载冷清清。
晴川历历汉阳树，	专车队队前门站，
芳草萋萋鹦鹉洲。	晦气重重大学生。
日暮乡关何处是？	日薄榆关何处抗？
烟波江上使人愁。	烟花场上没人惊。

显然，鲁诗在句型结构上完全仿拟崔诗，叠字应用的位置也是相同，有不少语句也完全套用。这样贴切的仿拟引用，信手拈来，可想而知，他对此诗有过多么深入的研读。这样一种替代式的仿拟，让熟悉崔诗的人有似曾相识的感觉。在激烈的文化战

场上更具号召力和战斗力。

在自由诗方面，例如，余光中的《连环》仿拟卞之琳的《断章》：

连环	断章
你站在桥头看落日，	你站在桥上看风景，
落日却回顾，回顾着远楼。	看风景的人在楼上看你。
有人在楼头正念你。//	
你站在桥头看明月，	明月装饰了你的窗子，
明月却俯望，俯望着远窗，	你装饰了别人的梦。
有人在窗口正梦你。//	

再例如，余光中的《纸船》，是仿拟北宋词人李之仪的《卜算子·长江水》：

纸船	卜算子·长江水
我在长江头	我住长江头
你在长江尾	君住长江尾。
摺一只白色的小纸船	日日思君不见君，
投给长江水 //	共饮长江水。//
人恨船来晚	此水几时休？
发恨水流快	此恨何时已？
你拾船时	只愿君心似我心，
头已白 //	定不负相思意。//

作者对古诗的彷拟，推陈出新。语气、节奏类似，保留了流水似光阴的传统意象，而用青丝变白发的时间过程，抒发了恨船走得慢，恨水流得快的幽怨之情，开拓出新的意境和情趣，充分体现了作者对中华文化源泉的借鉴和开掘，看到了吸收与创造并举的文化发展的方向。

（2）反仿。反仿是一种反义的临时仿拟。例如，1963年毛泽东的《满江红·小小寰球》，奉和郭沫若的《满江红·沧海横流》，采用了反仿拟的手法：

满江红· 小小寰球	满江红· 沧海横流
小小寰球，有几个苍蝇碰壁。	沧海横流，方显出英雄本色。
嗡嗡叫，几声凄厉，几声抽泣。	人六亿，加强团结，坚持原则。
蚂蚁缘槐夸大国，蚍蜉撼树谈何易。	天垮下来擎得起，世披靡矣扶之直。
正西风落叶下长安，飞鸣镝。	听雄鸡一唱遍寰中，东方白。
多少事，从来急；	太阳出，冰山滴；
天地转，光阴迫。	真金在，岂销铄？
一万年太久，只争朝夕。	有雄文四卷，为民立极。
四海翻腾云水怒，五洲震荡风雷激。	桀犬吠尧堪笑止，泥牛入海无消息。
要扫除一切害人虫，全无敌。	迎东风革命展红旗，乾坤赤。

4．用典

用典即典故的巧用。典故中的"典"是前人经典中那些已成为文化传统的成语、名句，"故"则是前代名人的故事。所以用典又称用事。在感事抒怀的诗篇中，意思多，情感深，在短篇幅的诗句中容纳不下，需要浓缩，有时就需要用典。借彼之意，写我之情，可以达到举重若轻，以少胜多，情意深切的艺术效果。

运用典故，也是一种辞采运用，本质上是一种比兴方法，只是比兴的对象是"人事"和"成辞"，而不是原始的自然物。在诗歌中借用古人的事（典故，或成语，或神话，或传说）比拟事理，激发情思以及感兴境界，其作用在于丰富形象，增强诗歌的表现力。

如果用典故与诗人的想象力融合一体，将增添文句典雅、意涵丰富、气势充沛、意境优美等方面的艺术魅力。同时也使作品充满传统文化气息。用典故，通常是比喻和象征式的暗示，以不露痕迹为高，看如己出，别具新巧。用得自然、贴切、切合其事，在诗境中浑化为一体，天衣无缝，使诗歌的意蕴得到较大的拓展。学识丰富的人，用典自然信手拈来，如鱼得水。

（1）从诗句意义上看，用典可分为正用和反用两类。

①正用。在诗歌中应用典故和成语，可以扩大作品的情思内涵和触发联想，达到语少意多，词浅情长的艺术效果。

例如，李清照的《绝句》：

> 生当作人杰，死亦为鬼雄。至今思项羽，不肯过江东。

诗中"人杰"是人中豪杰，汉高祖曾称开国功臣张良、萧何、韩信是人杰。"鬼雄"是鬼中英雄。"江东"即项羽与刘邦争夺天下，被刘邦打败，有劝退江东整兵再举。项羽认为渡江西进的八千子弟无一回还，觉得自身回去也无颜再见江东父老，身处绝境，在乌江自刎。李清照的诗，不以成败论英雄，对楚汉之争中以失败而告终、结束生命的楚霸王项羽（秦末起义军领袖）表示了钦佩和推崇。诗中连用两个典故，借古讽今，正气凛然，成了传世的豪言壮语。

②反用。正用典故用得巧，有助于诗意的表达，而反用典故是别出心裁，独具匠心，更是劲拔出彩，回味无穷。

又例如，王安石的《登飞来峰》：

> 飞来峰上寻千塔，闻说鸡鸣见日升。不畏浮云遮望眼，自缘身在最高层。

比喻自己不怕浮云遮住远望的视线，因为站在最高的地方。这里反用李白的《登金陵凤凰台》中"总为浮云能蔽日，长安不见使人愁"。（此联是化用了东晋明帝的"举目见日，不见长安"的成句，意思说抬起头来见得到太阳，却见不到长安。）诗中"日"字则是帝王的象征，"长安"暗指朝廷。表现皇帝被奸臣围绕而不辩明暗，而自己被群小谗言所迫害的不满情绪。

再例如，琼台先生丘浚的《因事有感》：

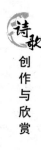

白发年来也不公，春风亦与世情同。于今燕子如蝴蝶，不入寻常矮屋中。

这首愤世嫉俗的诗，每一句都是反用成句。例如：杜牧的"公道世间惟白发"，罗邺的"惟有东风不世情"，于贲的"花开蝶满枝，花谢蝶还稀。惟有旧巢燕，主人贫也归"，刘禹锡的"旧时王谢堂前燕，飞入寻常百姓家"。翻笔是一种思维的翻新创造，旧事出新意，情趣倍增。

(2) 从诗句表现形式上看，用典可分为借用和化用两类。

①借用。借用是将前人的用典诗句照原样或稍加改动引用在新的诗篇中。作为自己情感的代言，是属于换借类的修辞方法。借用典故一般可分为借事和借境（意境）两种。

A. 借事，是取相似相近的部分加以引申，用其中某一典语，点到为止，为诗意的扩展留下想象的空间。例如，曹操的《短歌行》：

> 对酒当歌，人生几何？譬如朝露，去日苦多。
> 慨当以慷，忧思难忘。何以解忧？惟有杜康。
> 青青子衿，悠悠我心。但为君故，沉吟至今。
> 呦呦鹿鸣，食野之苹。我有嘉宾，鼓瑟吹笙。
> 明明如月，何时可掇？忧从中来，不可断绝。
> 越陌度阡，枉用相存。契阔谈宴，心念旧恩。
> 月明星稀，乌鹊南飞。绕树三匝，何枝可依？
> 山不厌高，水不厌深。周公吐哺，天下归心。

诗中借用了诗经《子衿》中的"青青子衿，悠悠我心"以及《鹿鸣》中的"呦呦鹿鸣，食野之苹。我有嘉宾，鼓瑟吹笙"，用来表达对朋友的怀念和对嘉宾的热情欢迎、恳切相助。在结句"周公吐哺，天下归心"中，用自比周公表达求贤若渴的心情。

B. 借境，是借用典故中的一种氛围、意境，浑化在自己的诗中，将典语与篇章融为一体。

例如，辛弃疾《贺新郎·别茂嘉十二弟》：

绿树听鹈鴂，更那堪、鹧鸪声住，杜鹃声切。啼到春归无啼处，苦恨芳菲都歇。算未抵、人间别离。马上琵琶关塞黑，更长门、翠辇辞金阙，看燕燕，送归妾。//将军百战身名裂。向河梁、回头万里，故人长绝。易水萧萧西风冷，满座衣冠似雪。正壮士、悲歌未彻。啼鸟还知如许恨，料不啼清泪长啼血。谁共我，醉明月？//

词的下半片首句"将军百战身名裂"，是引用汉武帝时代李陵将军诀别苏武的故事。李陵投降匈奴、身败名裂。使臣苏武羁留十九年后归返西汉，李陵诀别时发出"子归受荣，我留受辱"的强烈感慨。接着"易水萧萧西风冷"引用荆轲负命刺杀秦王的故事。当时太子燕子丹等人在易水边用歌送别荆轲时，荆轲则相和而唱："风萧萧兮易水寒，壮士一去兮不复还"，气氛悲壮。

这些离别的场景中（上片有三个离别的典故），当事人的内心都是极其悲痛和不舍的。作者借用不同时代的离别情景，比照自己与亲朋好友分离时的痛苦感受，借古人旧事，抒发当今离别之感慨，其中也传递来自历史的沉郁和悲壮。

又例如，五代诗人翁宏的《春残》：

> 又是残春也，如何出翠帏。花落人独立，微雨燕双飞。
>
> 寓目魂将断，经年梦亦非。那堪向愁夕，萧飒暮蝉辉。

而在宋代晏几道《临江仙·曾照彩云归》："梦后楼台高锁，酒醒帘幕低垂。去年春恨却来时，花落人独立，微雨燕双飞。"语境不同，诗味不同。

再例如，唐代杜甫的《登高》："无边落木萧萧下，不尽长江滚滚来。"而在宋代辛弃疾《南乡子·登京口北固亭有怀》："何处望神州？满眼风光北固楼。千古兴亡多少事？悠悠，不尽长江滚滚流。"

这两个例子都是直接借用前人的典语，抒发自己不同的情感。成功的借用不能说是抄袭，因为同样的诗句在不同的意境中，传达出不同的思想和韵味。

②化用。化用是将前人的诗句理解、活化，恰地当用在新的诗篇中表达独特的感情，是属于变形类的修辞方法。一旦融入自己的想法和观点成为新诗句时，往往赋予新的内涵，又给原来的诗句增添新的生命活力。

例如，汉代蔡邕汉乐府《饮马长城窟行》：

> 客从远方来，遗我双鲤鱼。呼儿烹鲤鱼，中有尺素书。

而唐代杜甫的《客从》中化用为：

> "客从南溟来，遗我泉客珠。珠中有隐字，欲辨不成书。"

注：南溟：南海。泉客：即鲛人。传说在南海外，古代有像鱼类一样的鲛人生活在水里。鲛人的眼泪会变成珠子。

又例如，苏武诗《骨肉缘枝叶》：

> 骨肉缘枝叶，结交也相因。四海皆兄弟，谁为行路人。……
>
> 鹿鸣思野草，可以喻嘉宾。我有一樽酒，欲以赠远人。

其中"四海皆兄弟"一句借用于《论语·颜渊》中的名句。而"鹿鸣思野草，可以喻嘉宾"是化用诗经《小雅·鹿鸣》中的诗句："呦呦鹿鸣，食野之苹。我有嘉宾，鼓瑟吹笙。""呦呦鹿鸣，食野之苓。我有嘉宾，鼓瑟鼓琴"朴实自然，形同己出。

巧妙地点化诗句，改变原诗句的诗意，可以开拓意境、增强表现力；用历史经验或教训更具说服力，含蓄婉转，避免直说。如果反古人意而用之，可以达到出奇制胜的效果。在遣词用典上，应该雅俗并用，力避僻涩，否则会障碍大众的顺畅接受。古为今用，应该推陈出新。

关于"豆和其"诗句的化用实例有很多。

例如，汉代柳恽的《歌辞》表达对现实的失望。

> 由彼南山，芜秽不治。种一顷豆，落而为其。人生行乐耳，须富贵何时！

又例如，三国魏代（220—265）曹植的《七步诗》：

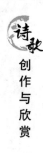

煮豆燃豆萁，漉豉以为汁。萁在釜下燃，豆在釜中泣。本是同根生，相煎何太急。此处用来比喻兄弟间的互相残杀。

再例如，宋代梅尧臣的《田家》：

> 南山尝种豆，碎荚落风雨。空收一束萁，无物充煎釜。

此诗描写灾年颗粒无收，有萁没有豆，农民生活贫苦不堪。

（3）从诗句表达手法上看，用典可分为明用和暗用两类。

①明用。明用典故，即直接引用，是诗人的一种联想，用历史事实说话，委婉地表达情思，这是经常出现的一种表达形式。（但建议作者应增加注释，以免不懂所用典故由来的读者，在解读中带来困难，而形成隔膜、放弃阅读。）

例如，北朝梁代庾信的《咏怀（其三）》：

> 萧条亭障远，凄惨风尘多。关门临白狄，城影入黄河。
>
> 秋风别苏武，寒水送荆轲。谁言气盖世，晨起帐中歌。

此诗拟魏代阮籍《咏怀（其一）》诗之作（南朝朝廷已亡，迫不得意羁留于北朝，即景感伤于怀）。前四句写景，景中有情；后四句中连用三个典故，以苏武、荆轲和项羽自喻，抒发自己不得不羁留异乡的痛苦心情。三个典故都同属一个主题——生死诀别之悲。遣词造句颇具匠心，"秋风别""寒水送"的诗句散发着浓郁的悲愁气氛。从历史事件中生发的"苏武牧羊""易水之别"和"霸王别姬"的故事，早已家喻户晓。

注：亭障：即工事。白狄：春秋时代狄族的一支。苏武：汉武帝时代，出使匈奴被羁留十九年，后归汉。友人李陵兵败降匈奴，前来相送，与苏武诀别。荆轲：入秦刺秦王，燕太子（子丹）饯于易水相别，悲壮慷慨。谁言气盖世，晨起帐中歌：指项羽。意思是：就算自己有项羽那样的盖世英雄气概，到此困难境地也只好作"帐中歌"了。帐中歌：项羽兵马被围困垓下，夜闻四面楚歌，乃饮于帐中，生死之别，慷慨悲歌。有千古绝唱《垓下歌》："力拔山兮气盖世，时不利兮骓不逝。骓不逝兮可奈何，虞兮虞兮奈若何！"（虞：忧虑，虞姬美人双关词。）

附录：阮籍《咏怀（其一）》诗：

> 夜中不能寐，起坐弹鸣琴。薄帷鉴明月，清风吹我襟。
>
> 孤鸿号外野，翔鸟鸣北林。徘徊将何见，忧思独伤心。

②暗用。暗用典故，是用隐蔽含蓄的手法，将要表达的情感暗含于典故中，更觉意味深长。暗用典故更为可贵的是，典故与诗歌语言融为一体，即使不懂此典故的读者也能从字面上略知诗意一二。例如，王安石的《书湖阴先生壁》：

> 茅檐长扫净无苔，花木成畦手自栽。一水护田将绿绕，两山排闼送青来。

粗看"护田""排闼"两词是拟人手法，其实均出自《汉书》，"护田"意为环绕、护卫园田，"排闼"为推门而入。据传汉高祖刘邦病重卧床，下令不准群臣建谏，而樊哙却排闼而直入，独闯刘邦卧室。王安石将这两个典故暗用于诗中，无斧凿之痕，不被人察觉，描绘了一幅清雅流转的画面，蕴含了对湖阴先生高洁品质的赞赏。

又例如，严海珊《咏桃花》诗中"怪他去后花如许，记得来时路也无"暗中用典。"怪他……"句，暗用刘禹锡《游玄都观》中"玄都观里桃千树，尽是刘郎去后栽"的典句。"记得……"句，暗用陶渊明《桃花源记》中渔人二度来寻桃花源时"不复得路"，"遂无问津者"的典句。这两个典故又恰恰与"桃花"一词有关，自然贴切。（引自袁枚《随园诗话》第十五节）

5. 奉和

奉和，大致可分为步韵奉和、同题奉和以及如意奉和三类。

（1）步韵奉和。在奉和他人诗词的时候需要和韵，其中用原韵原字来押韵，称为步韵或次韵。这个要求很严格，不仅要用原字，而且原字的次序也必须相同。

例如，柳亚子先生在1950年国庆观剧，即席赋两首《浣溪沙·月圆》，其一：

　　火树银花不夜天，兄弟姊妹舞翩跹，歌声唱彻月儿圆。

　　不是一人能领导，那容百族共骈阗，良宵盛会喜空前。

注：月儿圆：指哈萨克歌舞《圆月》。阗：汉代西域国名，现新疆地域。

而后毛泽东步韵奉和作词《浣溪沙·团圆》：

　　长夜难明赤县天，百年魔怪舞翩跹，人民五亿不团圆。

　　一唱雄鸡天下白，万方奏乐有于阗，诗人兴会更无前。

注：万方：各少数民族文工团联合演出。

（2）同题奉和。对同一题材，抒发个人独特的情感。在不同年代，有瞿秋白、毛泽东、郭沫若等奉和陆游词《卜算子·咏梅》，表达个人的不同情感。同样是卜算子词牌双调四十四字（仄韵），但各有所指。

例如，毛泽东1961年的《卜算子·咏梅》，读陆游咏梅词，反其意而用之：

　　风雨送春归，飞雪迎春到。已是悬崖百丈冰，犹有花枝俏。

　　俏也不争春，只把春来报。待到山花烂漫时，她在丛中笑。

附录：陆游（约1200年）的《卜算子·咏梅》：

　　驿外断桥边，寂寞开无主。也是黄昏独自愁，更著风和雨。

　　无意苦争春，一任群芳妒。零落成泥碾作尘，只有香如故。

（3）如意奉和。如意奉和是根据诗句的意义奉和。

例如，郭沫若《七律·看《孙悟空三打白骨精》》：

　　人妖颠倒是非清，对敌慈悲对友刁。咒念金箍闻万遍，精逃白骨累三遭。

　　千刀当剐唐僧肉，一拔何亏大圣毛。教育及时堪赞赏，猪犹智慧胜愚曹。

而后毛泽东如意奉和作诗《七律·和郭沫若同志（1961）》：

　　一从大地起风雷，便有精生白骨堆。僧是愚氓犹可训，妖为鬼蜮必成灾。

　　金猴奋起千钧棒，玉宇澄清万里埃。今日欢呼孙大圣，只缘妖雾又重来。

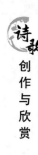

5.2 诗的修辞方法归类

思想是通过语言产生效果的。修辞，是在提高语言文字表达效果时，对其表现方式的调整、修饰。因此，修辞技巧十分重要。

在实际应用中，逐渐形成了多种修辞格式或方式，有些文章中称为修辞格，简称辞格。汉语中这种语言形态的修辞方式较多。当然，修辞不能万全，也是有限的，通常由语境要求而选定。从格式的结构性质来分大致可分为四大类：描绘类、换借类、引导类和形变类等。

5.2.1 描绘类

诗歌中描绘类的修辞方法，有比喻、比拟、夸张、摹绘和移就等。

5.2.1.1 比喻

比喻，是形象思维的手段，通过形象化的表达方式，使原来互不相关的事物联系在一起，创造一个互相牵连或衔接的意境，产生引人入胜的艺术魅力，给人以鲜明、生动的印象。运用想象力和联想力，用具体而熟悉的物象（具象）事例，说明或形容一般的、抽象的说题，使抽象转化为具体可感的形象化，使一般的形象变得更加感人，使诗意丰富，神韵悠悠。

比喻是使诗歌语言形象化的最有效的表现方法之一。比喻可以用一个词或词组或句子来作比。比喻可分为明喻、博喻、暗喻、借喻、引喻、反喻等。一般说"比"为明喻，"兴"为隐喻。明喻显山露水，一目了然。隐喻含蓄婉转，回味无限。

1. 明喻

比喻一般由"主体（或称本体）""喻词"和"喻体"搭配组成。喻体和本体必须是不同类、不同质的而又有相似特征的两类事物，把陌生的比为熟悉的，高深的演化为浅显的。比喻要贴切，要新鲜，要有爱憎分明的态度。

例如，"野火烧不尽，春风吹又生"，用春草烧而复生比喻生生不息。"落红万点愁如海"，用海来比愁的深重。"问君能有几多愁？恰似一江春水向东流。"，比喻无法触摸到的忧愁，如流水一样无穷无尽。除了物对物的比喻，还有精神层面的比喻。

例如，"雨中黄叶树，灯下白头人。"表现叶落归根的老人情思。

"喻词"是连接词语，例如，"如""似""犹""若""如同""好比""仿佛""一样"等等。"喻体"是与主体具有类似特点的另一个事物，是被用来记叙、说明主体的。

例如，"世事犹如棋盘"中，世事是主体，犹如是喻词，棋盘是喻体。

又例如，楷体书法中，有"点如山颓，滴如雨骤，纤如丝毫，轻如云雾"之比喻。

再例如，"不知细叶谁裁出？二月春风如剪刀"，以新奇的想象把春风比作"剪刀"，还把细叶想象为剪出来的。形象生动，美感享受。这类结构完整的比喻格式称为明喻。在民歌中也常用来表达爱情。例如："豆花开遍竹篱笆，蝴蝶翩翩到我家。妹似豆花哥似蝶，花愿恋蝶蝶恋花。"

在明喻中，为了恰当地表达两种不同事物之间的相似程度，随着语境的变化，主体可以是多个词语组成的短语。例如，"千年的秘密极细腻，犹如绣花针落地""你嫣然的一笑如含苞待放"比喻使语句形象化，诗中的比喻往往也成为诗的形象。

明喻把本体直接说成喻体，常用"是""成""成为""变成""等于""叫作"等这些喻词相连。构成"甲是乙"的格式。例如，"你是灯塔""泪成雨""知识就是力量"等。

例如，徐志摩在《再别康桥中》的一唱三叹：

……但我不能放歌，/悄悄是别离的笙箫；/夏虫也为我沉默，/沉默是今晚的康桥！//悄悄的我走了，/正如我悄悄的来；/我挥一挥衣袖，/不带走一片云彩。//

明喻也可以省略喻词。例如"知识海洋"可看作"知识像海洋"；"枪林弹雨"可看作"枪如林、弹如雨"。在律诗中更有"嫩柳池边初拂水""红荷袅袅轻烟里"等描述轻盈、柔美。有些成语也是由明喻构成的，例如，守口如瓶、势如破竹、气壮如牛、门庭若市等等。

2. 暗喻

暗喻或称隐喻。隐喻，是本质与内在意义的"相比"。陌生事物与熟悉事物之间的相互比拟。通过事物的描写来比附某种意义，也可以用夸张的手法说明事理。此时，需要有相关的背景材料才能明晰。诗人因不愿意或不能直抒胸臆而为之。

例如，唐代元稹的《离思（其四）》：

曾经沧海难为水，除却巫山不是云。取次花丛懒回顾，半缘修道半缘君。

用水、云、花喻人，写得曲折委婉，耐人寻味，手法新奇绝高。以沧海水、巫山云比喻亡妻为开头，又在第三句用"花丛"比喻随后的众多美女，令人难于捉摸笔意。"半缘修道半缘君"句表明作者已求仙学道，且不能忘怀曾经深爱的人，而无心再去爱恋一个个娇美之女。

又例如，贺铸的《踏莎行·芳心苦》：

杨柳回塘，鸳鸯别浦，绿萍涨断莲舟路。断无蜂蝶慕幽香，红衣脱尽芳心苦。

返照迎潮，行云带雨，依依似与骚人语：当年不肯嫁春风，无端却被秋风误。

上片用"回塘，别浦，涨断莲舟路"描述荷花在塘、浦之间自开自落，久历阴晴风雨，比喻自己饱经沧桑，情怀郁郁。"断无蜂蝶慕幽香，红衣脱尽芳心苦"句，用荷花的幽香比喻为自己的坚贞品格，直到红花褪落，蜂蝶居然也不来，比喻得不到权势者的赏识。下片的"返照迎潮，行云带雨"句是回应首两句。落日的余晖返照在水面，迎面而来潮水涌动；天空的浮云，向荷塘洒下雨点，告诉说：当初不随春风，才导至秋风欺残荷。在隐喻中，往往构成唱叹有情、音韵和谐的画面。

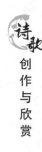

再例如，唐代朱庆余的《近试上张水部》：

> 洞房昨夜停红烛，待晓堂前拜舅姑。妆罢低声问夫婿，画眉深浅入时无。

以张籍（水部）比喻为新郎，主考官喻为公婆，自己比喻为新娘。征求意见，刻画入微。这种暗喻十分隐秘，不了解其真实背景的人是很难读懂的。张籍明白其用意后用诗赞赏：

> 越女新妆出镜心，自知明艳更沉吟。齐纨未足时人贵，一曲菱歌敌万金。

暗喻是比明喻更深一层的比喻关系，简而言之，明喻是横向的，用"好象、仿佛、如、似"等虚词联结。暗喻是纵向的，用上下文呼应。用明喻建立的是一种连续关系，使联想固定；而暗喻是联想的开放，建立一种断续的关系，扩大了意象空间，更有力度，具有空谷回声的美妙。此外，还有一种隐喻属于指桑骂槐的影射。例如清代有招来杀身之祸的诗句："明月有情还顾我，清风无意不留人。""清风不识字，何事乱翻书。"其中的"明月""清风"暗喻两个朝代。

3. 博喻

如果连续用一连串五花八门的（形象）喻体来比喻一个本体，称为博喻。注意是多个喻体，一个本体。如果接连出现几组比喻，每一个比喻都有一个本体，只能说是散点式的连比，对描写对象的若干个层面的比喻，就不能说成博喻。

例如，贺铸《青玉案·横塘路》的结尾："试问闲愁都几许？一川烟草，满城风絮，梅子黄时雨。"其中用草烟、柳絮和黄梅雨三件事物比喻内心的愁情。此博喻以景烘情，极为著名。作者因此有了"贺梅子"的雅称。

又例如，鲁迅在《白莽作〈孩儿塔〉序》里称赞殷夫的诗："这是东方的微光，是林中的响箭，是冬末的萌芽，是进军的第一步，是对于前驱者的爱的大纛，也是对于摧残者的憎的丰碑。"叠用六个比喻来赞美殷夫的诗，生动形象，产生震撼人心的艺术效果。（纛，军旗）。

博喻，说出别人想说而一时又说不出的深刻感受，这是一种情感的挖掘，读后得到的是云开雾散、豁然开朗的享受。

例如，何其芳的《欢乐》，就用了十多个喻体：

> 告诉我，欢乐是什么颜色？／像白鸽的羽翅？鹦鹉的红嘴？／
> 欢乐是什么声音？像一声芦笛？／还是从簌簌的松声到潺潺的流水？／／
> ……

诗篇告诉我，世上的欢乐并非全是欢喜和快乐，像魔方一样，每一个面有不同的彩色，不同的彩色代表不同人生的感悟。有成功和哀愁、欢聚和离别、可爱和忧伤……这样的博喻手法，创建了一个淋漓尽致、应接不暇的局面。从这个单一的精神概念出发，揭开了一个清澈见底的多元世界。

苏轼的《百步洪》中，一连用七个比喻来描述水上飞舟的速度之快，仿佛置身于飞驰的洪波之中："有如兔走鹰隼落，骏马下注千丈坡，断弦离柱箭脱手，飞电过隙珠翻荷"。说的是，洪波像兔子奔走，像鹰隼从空中急飞直下，像骏马从千丈高坡冲下，像迸裂的琴弦弹开琴柱，像飞箭出手，像闪电一闪而过，像露水珠从荷叶上一骨碌滚下。形象十分鲜明，体现了一种阳刚之美，形成一种磅礴的气势与冲击力。

4. 借喻

借喻比暗喻更进一层，用喻体代替主体，即只有喻体，是最简练的一种比喻。例如，"三个臭皮匠，抵个诸葛亮"中的"臭皮匠"和"诸葛亮"都是喻体，前者的主体"俗人"、后者的主体"智者"都省略了。又例如，苏轼《念奴娇》中"惊涛拍岸，卷起千堆雪"用千堆雪取代了白色巨浪。再例如，于谦的《石灰吟》：

千锤万凿出深山，烈火焚烧若等闲。粉身碎骨浑不怕，要留清白在人间。

作者以石灰自喻，咏自己磊落的襟怀，不怕牺牲，立志要做纯洁清白的人。在民歌中也常用借喻，直接把喻体当作本体来描述：

入山看见藤缠树，出山又见树缠藤。树死藤生缠到死，藤死树生死也缠。

这首民歌中，没有出现热恋中的青年男女形象，也没有海誓山盟，却通过对"藤树相缠、至死不休"自然现象的描述，真切地比喻坚贞不渝的爱情，可谓言有尽而意无穷。

除了在上下文特定条件下所作的临时的借喻外，还有一种固定形态的借喻词称为"比喻义"词。通过基本意义的借喻手法发展的"比喻义"词，是经过悠久历史的沿用后被固定下来的转化意义，并进入了词汇的领域。例如，"结晶"，基本的自然科学意义是"物体从液态或气态转化形成的晶体"，而较多的应用是比喻义——"珍贵的成果"。

比喻义是由本义通过打比方而产生的新义，是词的本义的一种引申。随着社会发展，词义也在不断推演、发展。例如"近视""平台""硬件"等都被广泛使用。除了名词外，还可以用动词、形容词形成"比喻义"词。例如，动词"搁浅""酝酿"，分别取"停顿"和"商量、准备"的比喻义。形容词"峥嵘""吃香""红"，分别取"不平常，不平坦等"和"受欢迎"的比喻义。词典中词的比喻义项，常用"比喻为"之类的提示语说明。

5. 引喻

先引出类似事物做为喻体，后出现本体的一种比喻称引喻。引喻没有喻词，本体和喻体并列，各自成句，甚至构成对偶。例如，"微阳下乔木，远烧入秋山"。太阳从山林中落下去，好像远处的野火在山林中燃烧。"听雨寒更尽，开门落叶深"。寒夜听雨声，清晨看门前，竟然是落叶铺满地，显然是用雨声比喻树叶的落地声。

引喻也称"转喻"，有时用几个分句构成一个复句，前面的分句往往为喻体，后面的分句往往为本体。例如："射箭要看靶子，弹琴要看听众，写文章难道可以不想想读者么？"其中先引出了"射箭""弹琴"做喻体，为了说明写文章要针对读者对象，才能有的放矢。

引喻也称比兴法。比，即比方于某物，彼物比此物；兴，托事于某物而起，以彼物起此物。"兴"是由外物、外景引起的自然的联想。联想产生的意境（念）与外在

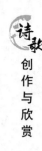

的现象之间有一种诱发的关系，因此"兴"是一个发端、是引子，是桥梁、是指路灯，先看到物象，随即引（兴）起内心的感动，形成意境或意象。这也是构思的一条思路。

诗有比有兴。例如，杜甫《旅夜书怀》：

细草微风岸，危樯独夜舟。星垂平野阔，月涌大江流。

名岂文章著？官因老病休，飘飘何所似？天地一沙鸥。

首联和颔联是"兴"的手法，无具体的比喻对象，只有尾联是"比"的手法。比喻飘泊生涯如飞鸟沙鸥。"比"要求喻体与本体之间有相似之处；"兴"不求形似，只须神合或暗合。

例如，艾青的《天鹅湖》：

羽毛的振动，难以捕捉的轻盈，洁白的跳跃，如光在林间飞奔。

一开头就用"比"，逼真地勾勒出舞台上翩翩起舞的天鹅形象。生动的比兴，让读者身临其境、惊叹不已。此外，比喻中还有比较级比喻（也称比较喻、加强喻）和否定式比喻（也称反喻、否喻）。例如，"比雄鹰还英勇""革命不是请客吃饭"等。总之，比喻要精当、明确、自然、合理，要有独创性。例如，王观的《卜算子·送鲍浩然之浙东》：

水是眼波横，山是眉峰聚。欲问行人去那边，眉眼盈盈处。

才始送春归，又送君归去。若到江南赶上春，千万和春住。

这首送别词笔调轻松活泼，比喻新颖别致、方式多样，语言风趣。景情相融，诗意含蓄。

5.2.1.2 比拟

比拟是借助想象力把物当作人来写或把人当作物来写，或者把甲物当作乙物来写的修辞方式。也就是拟物为人的拟人法，拟人为物的拟物法，或者以物拟物、化抽象为具体的形态。比拟也称为"转化"，将原来描述的对象的性质转化为另一个本质上截然不同的物类。有点类同于比喻，但是在比喻中没有"转"和"化"的成分，只体现生动的形象。例如，"一条条飘动着嫩绿的垂柳，蘸着一池红闪闪的桃花水，写着春的诗篇"，这里是以物拟物，不只是比喻（柳枝作笔，水如墨，……），在情感上有了转化。比拟方法增加了对象的形象性，更富有生动活泼的感觉，也能增加感情色彩，沟通感性与理性的脉络，增加语言的活力。

比拟可以认为是异类的"比"，例如"问君能有几多愁，恰如一江春水向东流"，用不尽的东流水比拟绵长的愁思。以下分别对拟人、拟物和拟态作举例说明。

1. 拟人

拟人就是把事物、道理当作人描写。分述如下：

（1）把动物或植物当作人比拟。例如，"泪眼问花花不语"，"枫叶将故事染色"。

又例如，宋代叶绍翁《游园不值》中的"满园春色关不住，一枝红杏出墙来"其中的"来"字是拟人手法，红杏迎面走来，生动、亲切可感。与陆游《马上作》中的"杨

442

柳不遮春色断，一枝红杏出墙头"相比，这个拟人手法的"来"字有多美。

再例如，宋代宋祁《木兰花》的词中："绿杨烟外晓寒轻，红杏枝头春意闹。"其中"闹"字用了拟人手法，化静为动，充满了勃勃生机。突显春光的明媚、春色的姹紫千红争奇斗艳。

(2) 把无生命的物当作人比拟。例如，"蜡烛有心还惜别，替人垂泪到天明""黎明穿上白衣，微黄的灯光在电线杆上颤栗""高山低头，河水让路。"等等。

(3) 把无形态的物或抽象的意识当作人比拟。例如，"夜未央，你的影子剪不断""轻描淡抹，寥廖几笔，韵味被私藏。"等等。

2. 拟物

拟物是把人当作物来描写。

(1) 把人当作植物、动物来描写，例如，"他深深地扎根穷山辟壤，汲取乡土养分""我预先作准备，这是笨鸟先飞"，还有用"玉树临风"形容潇洒的身姿等。

(2) 把人当作无生物来描写，例如，"恶棍，坏蛋""花岗岩脑袋"等。

(3) 把人当作抽象的意识来描写。例如，"一壶漂泊，浪迹天涯难入喉，酒暖回忆思念瘦。一盏离愁灯，孤单伫立在窗口"其中"漂泊""浪迹""思念""离愁""孤单"等抽象名词被转化为几乎可以触摸得到的实体，加深了它们所代表的意境，有了立足点，有了支点。

(4) 综合的物化。往往能把一种抽象的情绪转化为一种具体的、可感的物象，避免使用概念化语言，使情绪得到更准确、更生动的表达。

例如，舒婷的《祖国呵，我亲爱的祖国》：

> 我是你河边上破旧的老水车，/数百年来纺着疲惫的歌；/
> 我是你额上熏黑的矿灯，/照在你历史的隧洞里蜗行摸索；/
> 我是干瘪的稻穗；/是失修的路基；/是淤滩上的驳船，/
> 把纤绳深深/勒进你的肩膀；/——祖国呵！//

诸如：水车、矿灯、驳船，路基、隧道；稻穗、乳房、血肉；富饶、自由等等。无论是事物、生命体还是抽象的意识，在建立崭新的"自我"形象中发挥了最贴切的衬托作用，同时也洋溢着强大的生命力。

3. 拟态（或拟抽象物、或拟声等）

把甲物的形态当作乙物的形态来描写，即为拟态。例如，"岁月在墙上剥落""夜，太漫长，凝结成霜""时间催发春苗，时间也鸣响衰老""人生已泛黄""鳄鱼装扮成一块长满青苔的石头静伏在河岸"等。

典型的拟声例子如唐代韩愈的《听颖师弹琴》："昵昵儿女语，恩怨相尔汝。划然变轩昂，勇士赴敌场。浮云柳絮无根蒂，天地阔远随飞扬。喧啾百鸟群，忽见孤凤凰。跻攀分寸不可上，失势一落千丈强。……"

起首四句写琴声忽而轻柔细碎，忽而高亢雄壮。后两句七言，写琴声远扬，接

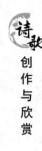

着又是五言句和七言句组合拟琴声，似乎百鸟喧闹声中有一只凤凰引吭长鸣，声音嘹亮，起伏强烈。

4. 虚拟态

通过想象，在语句中建立虚拟的意向性关系。例如，牵着阳光的手，驾着春风走。阳光是天使，可与我牵手。春风是我的翅膀，可以乘风飞翔。

总之，比拟是建立在想象的基础上，想象的翅膀可以飞翔，想象的天马可以驰骋，到处可以形成比拟，包括由联想形成的比喻、转移等，因为联想也是想象的一种。比拟与比喻的差别是：拟是"彼此交融"，喻是"分明彼此"。比拟是在于人格化和物性化，拟此为彼；比喻是寻求相似点，以此喻彼。

多种修辞方式的叠加，更显示出诗歌创作艺术的独创性。用细腻的心灵，走进韩作荣的《听音乐演奏会》诗的意境，获得美好的意象：

……寂静。/ 继而是气流的震颤，清宛的乐声，/ 虚幻，仍可触摸，/ 充实，却如空濛的雾气。//

声音，是有颜色的么？/ 谱架上，音符该爆出嫩芽；/ 或许是一群鸥鸟，沿着圆号、丝弦、键盘和手指，跃入空中翩飞。//

剧场的人，都变成一株株树了，/ 脚下，叮冬的溪水，/ 一声声的啁啾，鸟儿在哪里？隐在哪片绿荫？/ 乐声中，消失了我。/ 在那绿丛中的幽径，有我的梦幻、爱和童年…… //

5.2.1.3 夸张

夸张，是一种激昂的词语，是运用语言手段特别强调事物的某种特征，对其扩大夸张（多、快、高、强、长……）或缩小夸张（少、慢、低、弱、短……）的描述。在语句中所用的特别夸张的铺陈，明显超过客观事实（不宜用逻辑思维推断），似乎"言过其（事）实"，但又是"以（感情）真实为据"，揭示事物的本质，给人以极为深刻情感和印象。如"青山花欲燃"，满山遍野盛开的杜鹃花，一片火红，故又称映山红，一派奔放的热情在胸中燃烧。"燃"字写出了意境。又如"蜀道之难难于上青天"，"上天难"的极度夸张，让人望而生畏。

还有一种夸张称为超前意识夸张。例如，"看着金黄的麦浪，就嗅到了面包的香味"。麦子磨成面以后的情景提前了。"愁肠已断无由醉，酒未到，先成泪"。本应是先喝酒，后流泪，行为提前了。因此，夸张手法注重的是情感的抒发，并不在意事实的记叙，但必须有客观事实的基础。目的是增强作品的感染力。例如，李白《北风行》中的"燕山雪花大如席"，夸张不同于失实的浮夸，如果说"岭南雪花大如席"，则没有生活基础的夸大就是笑话。

夸张的手法可以在时间、空间的多方面应用。例如，"白发三千丈""九牛二虎之力""一手遮天""繁华如三千东流水"等都是扩大夸张，还包括了比喻、比拟、转移等手法。

再例如，"炊烟袅袅升起，隔江千万里""天空青色等烟雨，而我在等你"，这些都是对"等待"之情感的夸张，透着无穷无尽而又遥不可及的等待的思绪。夸张要抓住事物本质，发挥至现实生活中不曾见到过的地步。

例如，王之涣的"春风不度玉门关"，古代凉州一带荒凉至极，连春风都吹不到玉门关外。又例如，岳飞的"三十功名尘与土"，视三十多岁时获得的功名、如同尘与土那样微不足道，突出要建立更大的功业。

也可用"若"之类的假设词语，将未曾见到的说成可能。例如，李贺的"天若有情天亦老"，将无情的天说成像人一样有情，老天目睹了人世间的变化也会衰老。

夸张能创造新异的意象美，用变形的手法改变事物的原有面目，创造出一种陌生的形象。例如，"飞流直下三千尺，疑是银河落九天"。这样的夸张充分表现出浓郁的情感美。

又例如，李白的《将进酒》："君不见黄河之水天上来，奔流到海不复回。君不见高堂明镜悲白发，朝如青丝暮成雪。……会须一饮三百杯。……将进酒，杯莫停。……"运用了浪漫主义极度的夸张手法，豪情奔放，畅快淋漓，在震惊而叹服中，产生深度感染力。夸张不仅能表现粗犷、激扬、刚健、雄浑、浩瀚等强大的气势，也能制造出幽默和风趣。

又例如，杜甫的"李白斗酒诗百篇，长安市上酒家眠"，贾岛的"十年磨一剑，霜刃未曾试"，韩愈的"蚍蜉撼大树，可笑不自量"等等，不胜枚举。

在自由诗方面，夸张的例句很多，例如："我的泪，千行""千年的风沙，当下还在刮""我把天地拆封，将江水掏空，把山河重新移动，填平裂缝"等等。

5.2.1.4 摹绘

摹绘，是指在视觉、听觉、嗅觉、味觉和触觉上能引起感官感受的描写。把感觉器官对事物的知觉，用文字加以描述形容，记录的感觉包括声音、颜色、气味、视象、形态和情态等的感受。常说"绘声绘色"，增了语言的生动性，形象更加突出。

1. 摹声（或称拟声）

拟声，是运用象声词摹仿人、动物或事物发出的声音。例如，"叽叽喳喳的吵闹""唰唰唰唰的脚步声远去""夕阳西下，一群羊羔咩咩叫着下坡""吱呀一声，门开了"等等。又例如，对雨声和人的说话声的模拟："窗外的雨声，淅淅沥沥响个不停，屋内的语声，叽叽咕咕说个不休。"

2. 摹色

摹色，是运用色彩词描绘事物的各种彩色感觉。

例如，"黑油油的土地是那么深沉""红艳艳的辣椒在窗檐下跳动""金灿灿的油菜花十分耀眼""一眼望去是白茫茫的雪野"等等。

3. 摹味

摹味，是运用呈现气味的词描绘事物的各种气味的感觉。

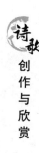

例如，"对着暖烘烘的灶门，满脸通红；锅台上香喷喷的白米饭直冒热气。看着都会有甜丝丝的味道。"

4. 摹景象

摹景象，是用形容词描绘各种景象。例如，"黄金葛爬满了雕花的门窗，夕阳的昏黄印在斑驳的砖墙上。""雨，轻轻弹在朱红色的窗上。""屋后山上的竹林郁郁葱葱。"

5. 摹形态

摹形态，是采用各类形容词描绘事物的各种形态。

例如，"门环惹铜绿。""色白花青的锦鲤，跃然于碗底。""一个瘦嶙嶙的老人，头发乱蓬蓬的。"

6. 摹情态

摹情态，是采用各类形容词描绘事物的各种情态。

例如，"在众人面前出了个好主意，沾沾自喜，有点飘飘然的样子。"

"大家都急冲冲的迈着大步走了，可他，却踱着懒洋洋的步子，姗姗来迟。"

5.2.1.5 转化

转化是指从一种感觉的发展产生另一种感觉的想象。是感觉（视觉、听觉、味觉、触觉等）的相互作用或挪移的特殊表现。在诗歌语言上，将一些表面上看起来毫不相干的事物或感觉（如视觉和听觉）嫁接在一起，产生联想，甲事物可以转化为乙事物，在心理层面上也可称为情感转化。从正常思维的关系看，这类转化似乎荒谬，但是在艺术上是可信的，因为这样的转化是以心理真实为依据的。以深化程度不同，转化可分为通感、荒诞、黑色幽默等表现。

1. 通感

通感（也称情感转化或感觉移借），就是感觉相通，造成印象与感官间的错综转移。是把听觉、视觉、嗅觉、味觉，或触觉等沟通在一起。颜色似乎会有温度，冷暖似乎会有重量，气味似乎会有体质，流云可以发出声音，等等。使感官意象表现得格外生动，感受到一种陌生感或创新感。其形成的原因有二：其一是感官直觉的联想，由记忆引起的；其二是情感状态的联想，由象征引发的。

例如，音乐是听觉艺术，声音是无形态的，但是可以说"你的眼睛在倾听"。听到不同的音乐旋律和节奏，在意象中就会产生相应的图像和场景。如果在眼前有高低、大小、远近、明暗、粗细等视觉，也可以说"你的耳朵在侦察"。同样，对于硬软、香甜等触觉和味觉，也可以用不同事物的比附而产生联想，在意象中发生转化，情感中心出现转移。

感官直觉的联想。例如，李贺的"歌声春草露"，将歌声描述为滚动在春草上的露珠，晶莹透亮。又例如，贾岛的"促织声声尖如针"，是听觉感受转化为视觉形象。

再例如，杜甫的"晨钟云外湿"，是在声音中闻湿，钟声和烟云都湿了，是听觉转化成触觉了。听觉通感的运用蕴藏着丰厚的精神内涵。

再例如，白玉蟾的"人间红尘刺人眼，世上蜗蝇徒尔乱"将视觉与针刺的触觉贯通。

再有一种视觉感受是将静物或静态写成栩栩如生的动态。例如："旧塔未倾流水抱，孤峰欲倒乱云扶！"旧塔不动、孤峰矗立是静态，而用了"流水抱""乱云扶"的反笔，让未倾的塔、欲倒的峰写得东歪西斜，扑扑欲动了。产生了一种"真实"感，有了一种意境美。

再例如，"残暑一窗风不动，秋阳入竹碎青红"。风本身是流动的，但是将闷热无风写成风不动，而将不动的斜阳像箭一样射入竹林，将翠竹碎成叶影的青块、秋阳碎成绰约的红片，斑斓夺目，形成一种夏末初秋情思的意境美。

关于情感状态的联想，是用感官的感受，将抽象的情感具象化。例如："桥回忽不见，征马尚闻嘶。"人和马远去了，消失在视野中，由于惜别的情怀，在听觉中又回响了几声马的嘶鸣。余音绕缭，如见如闻，可谓一鸣千回首的依依不舍之情。

又例如，《夜过西湖》：

鹊巢犹挂三更月，渔板惊回一片鸥。吟得诗成无笔写，蘸他春水画船头。

前两句以时空分写、视听并用手法，点明夜过西湖的见闻。后两句转折抒情，诗成无笔写，而用手指蘸水写船头，诗意新雅。"无笔写"三个字造成顿挫，用敏感的触觉将情感具象化。

再例如，白居易《琵琶行》中描写琵琶声的一段：

大弦嘈嘈如急雨，小弦切切如私语。嘈嘈切切错杂弹，大珠小珠落玉盘。

间关莺语花底滑，幽咽泉流冰下难。冰泉冷涩弦凝绝，凝绝不通声暂歇。

别有幽愁暗恨生，此时无声胜有声。银瓶乍破水浆迸，铁骑突出刀枪鸣。

前六句写琵琶琴弦上发出的声音。大弦粗，发出沉重雄壮的声音（嘈嘈）。小弦最细，发出细促清幽声（切切）。声音如雨如语，清脆而圆润。写琵琶发出的声音如鸟鸣、如流水。琴声犹如花丛中流利婉转的鸟鸣，如泉水不畅形成的冷涩呜咽声，莺语花底，泉流冰下，感受涩滑的意境。产生了大自然的形象感。随后的四句写的是一旦停顿下来便无声息，即表达心中另有隐藏的哀愁和怨恨。其后两句又是高潮迭起，琵琶声低沉似乎停顿之后，又突然爆发出清脆的强音，像银瓶破裂、水浆急冲而出。其铿锵豪壮的乐声又如铁马金戈短兵相接的厮杀。

现代诗歌创作和欣赏中，也常用通感手法。例如，余光中的《音乐会》："音乐如雨，音乐雨下着，/听众在雨中坐着，许多湿透的灵魂，/快乐或不快乐地坐着，没有人张伞。//"欣赏音乐是听觉享受，天下雨属视觉感受，而"音乐雨下着"，则从听觉沟通到了视觉。反之，视觉转化为听觉，听，"一伙星星象小鸡似地/叽叽喳喳。"

再例如，余光中的《边界望乡》：

望远镜扩大数十倍的乡愁，乱如风中的散发，/

当距离调整到令人心跳的角度，/一座远山迎面而来，把我撞成严重的内伤。//

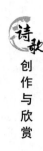

其中的"远山迎面而来"制造出一个艺术真实（心理）的动态效果，居然可以把自己撞成严重内伤，视觉转为触觉。一个"撞"字，生动描述了望远镜对焦时，远景突然成为眼前的特写。结尾的"内伤"深刻地呼应了首句的"乡愁"。

此外，视觉也可以转为味觉，例如，"我躺在阳光下，咀嚼着太阳的香味"。

2. 荒诞、黑色幽默

荒诞，即极度不真实，极度不近情理，常说荒诞无稽。

例如，夏宇的爱情诗中有："……把你的影子加点盐，腌起来、风干，老的时候、下酒。"影子能像鱼一样腌制、风干吗?！太荒诞了。但是，却能深刻地表现了对方的移情别恋以后，产生的既恨又爱的刻骨铭心的心情。爱得至深要把所爱的人一口吞下。荒诞的极致形式便是黑色幽默，以喜剧形式表现出处境的尴尬，引起一种苦涩的笑。

有时，也可将两个互相对立或者互相排斥的形象组合，表达复杂的心理。例如，"象黄昏的大地辉煌而凄凉……"，"孤独的好客者"等等。

5.2.1.6 移情

移情，是在甲乙两项事物相连、或相提并论时，把属于甲事物的性状词语转移到描写乙事物。例如，李白的"我歌月徘徊，我舞影零乱"，杜甫的"感时花溅泪，恨别鸟惊心"。把诗人的情感移到外物上，外物也有同样的喜怒哀乐表现，使外物富有生命。把自己的悲欢情感移植到天地万物身上。

移情，具有新鲜、简练、生动、形象的修辞效果，能突出所描绘事物的性状和本质，有很强的表现力。例如，李煜的"问君能有几多愁? 恰如一江春水向东流"。

移情，有时也称移就。应用这种手法，会引起一种超越寻常的强烈美感。移情的本质是化抽象为具象的一种手段。例如，失眠的痛苦很难表达，但是可以精彩地移情（状态的明喻）到星空。例如，郑瞳的《失眠》：

闭上眼是黑暗，睁开眼是黑暗，唯有失眠如此明亮，像一颗星星挂在夜空。

失眠的人常常会在黑夜中瞪着眼睛，产生眼花缭乱的幻觉，像夜空中的星光，那一星半点忽隐忽现的亮光表达了作者痛苦的煎熬。其中的"明亮"是一种期盼，希望痛苦能得到解脱。

又例如"找到了激情，把青春叫醒"。将概念化的"青春"用"叫醒"描述，有了具像的感觉。随之语言产生浓郁的感染力。

1. 把思想感情移托在物态上

移情，将属于人所感受的事物性态所产生的感情色彩移托在某些物态上，天地知情，草木知意。例如，宋代秦观的《春日》：

一夕春雷落万丝，霁光浮瓦碧参差。有情芍药含春泪，无力蔷薇卧晓枝。

前两句描写下雨状景，后两句用移情手法赋予"芍药"和"蔷薇"以人的春愁情感和动态。又例如，清代郑板桥的诗《竹石》：

咬定青山不放松，立根原在破岩中。千磨万击还坚劲，任尔东西南北风。

竹子的动作和情感，是作者的人格灵魂的写照。用移情方法，在竹子身上将不愿随波逐流、耿直的个性表现得淋漓尽致。采用这种移情手法，必须满足两个条件：一是对天地间的事物有博大的情怀。二是思想感情相通，形象背后蕴含着所表达的情素。

2. 把甲事物的性状移到乙事物上

移状侧重在移，"移"而不"拟"。在修辞形式上，移状的移用词语常作定语。例如，"苍白的日子""阴暗的思想"。"苍白"本来是形容颜色，在此却转移到日子的描述；"阴暗"本来是形容光线的，却移用来刻画划思想上的精神面貌。

例如，李白的《独坐敬亭山》：

众鸟高飞尽，孤云独去闲。相看两不厌，只有敬亭山。

第一联中"众"与"孤"相对，白云为何"闲"，我也闲在这儿。表现悠闲自得的情怀。第二联，人看山，山看人，相互看，有情都不厌。情移到"山"上。

移情与拟人有些相似，把属于人的性状词语移转到事物上，但有一个较为明显的区别是：拟人侧重于比拟，把物人格化；且在词语的选用上多作为谓语，例如，"芙蓉泣露香兰笑""厌见桃林笑""雪花乱笑含春语""桃花依旧笑春风"等。

5.2.1.7 示现

不计较时空的限制，把过去、未来或想象中的事物当作现实形态来描述，称示现。见其篇章，如见其人，如闻其声，如触其物，如历其境。示现手法可分为追述、预言和悬想等形式。

1. 追述

追述，主要是再现往事。例如，白居易的词《忆江南》：

江南好，风景旧曾谙。日出江花红胜火，春来江水绿如蓝。能不忆江南！

对江南"好"的概念作了形象化演绎，突出渲染江花、江水红绿相映，光彩夺目的强烈印象。（此处的"蓝"不是颜色，是植物蓝藻、蓝草等）

又例如，臧克家的《洋车夫》：

一片风啸湍在林稍，/ 雨从他鼻尖上大起来了，/

车上一盏可怜的小灯，/ 照不破四周的黑夜。/

他的心是个古怪的谜，/ 这样的风雨全不在意，/

呆着像一只水淋鸡，/ 夜深了，还等什么呢？//

最后一句是呼告式的示现，是作者带着同情的心态，追忆已流逝的景象。

2. 预言

预言是对未来的预想。例如，李商隐的《夜雨寄北》：

君问归期未有期，巴山夜雨涨秋池。何当共剪西窗烛，却话巴山夜雨时。

作者穿越时空，将今天与来日、巴山与长安交织在一起。第一句询问归期，设问时，有问有答；第三句突出期盼重逢，驰骋想象。既包含空间的往复对照，又体现时

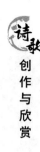

间的回环跳跃。

又例如，毛泽东 1956 年的《水调歌头·游泳》：

> 才饮长沙水，又食武昌鱼。万里长江横渡，极目楚天舒。
>
> 不管风吹浪打，胜似闲庭信步，今日得宽余。子在川上曰：逝者如斯夫！
>
> 风樯动，龟蛇静，起宏图。一桥飞架南北，天堑变通途。
>
> 更立西江石壁，截断巫山云雨，高峡出平湖。神女应无恙，当惊世界殊。

这首词的上半阕描述与浪涛搏斗的雄壮气势和成功者的舒畅心情。下半阕从自然风景的描述转到发展宏图的预想，眼下似乎看到了长江上架起的大桥，天堑变通途。"更立西江石壁，……"预想三峡大坝一定会建成，水库呈现汪洋一片的壮美景象。

3. 悬想

悬想是将梦游、梦想的活动表述得如现实的一样，实际是虚幻的记叙。

例如，李贺的《梦天》：

> 老兔寒蟾泣天色，云楼半开壁斜白。天轮轧露湿团光，鸾佩相逢桂香陌。
>
> 黄尘清水三山下，更变千年如走马。遥望齐州九点烟，一泓海水杯中泻。

又例如，王维的《九月九日忆山东兄弟》：

> 独在异乡为异客，每逢佳节倍思亲。遥知兄弟登高处，遍插茱萸少一人。

诗意反复跳跃，含蓄深沉。用虚构的方式，描述思乡、思亲的念想。又例如郭沫若的《天上的街市》，艾青的《太阳的话》等都采用悬想的修辞手法。

5.2.2 换借类

诗歌中换借类的修辞方法，有借代、象征、双关和引用等等。

5.2.2.1 借代

借代，即换一个说法。不直接说出事物的本名，而用与之密切相关的事物的名称来代替。借代的基础是事物的内在关联性。通过更换名称，突出本体事物的特征，不仅具有鲜明的形象，而且简洁明快、风趣幽默。

借代的结构可分为换借和被换借两部分，用来换借的称为借体（甲），被换借（或被替代）的称为本体（乙），借甲代乙，在语境中其内容应完全相等。（与借喻的差别在于"喻"可以用"象……"来核对。）换借的形式有很多种，有对代、旁代、换代等几种。

1. 对代

用本体的一部分或类同的具体物体替代，用特定的人或事与泛指的人或事互相替代，称为对代。

（1）部分代替整体。以事物的局部代表整体形象。

例如，刘禹锡的《酬乐天扬州初逢席上见赠》，名句"沉舟侧畔千帆过，病树前头万木春"中，"帆"代表舟，"木"代表树。又如常说的"借东西要归还，不拿群众一针

"一线"针线代替了全部。又例如，李白《黄鹤楼送孟浩然之广陵》：

  故人西辞黄鹤楼，烟花三月下扬州。孤帆远影碧空尽，唯见长江天际流。

以帆代舟，增强了诗的意境。

（2）特定代替一般。特定代替一般，泛称互代。例如，陶渊明的《饮酒》，其中"采菊东篱下"，用采菊代表农事，东篱代替田园。

又例如，王安石的《书湖阴先生壁》：

  茅檐常扫净无苔，花木成畦手自栽。一水护田将绿绕，两山排闼送青来。

其中"绿"代替了长满绿色庄稼的田地，"青"代替了一片青翠的山峦。

（3）具体代替抽象。把抽象的状态赋予一种形象。

例如，白居易的《琵琶行》中"举酒欲饮无管弦"的"管弦"代表音乐；又在《自河南经乱》中"田园寥落干戈后"的"干戈"代表战争。

再例如，林逋的咏梅佳作《山园小梅》，陆游的《卜算子·咏梅》，李白的《赠友人》（兰生不当户，……），崔涂的《幽兰》，王翰的《题菊》，黄巢的《咏菊》，等等，其中的"梅、兰、菊"神态都替代品格、意志。

2. 旁代

用附属于换借本体的特征、材料、颜色或作者的姓名或所在地等代替被换借部分，称旁代。更具体地说，是本体的修饰定语的意义。

（1）借特征、标记代替。用相貌、体态代替人，或用商标、品牌或广告语代替物品。例如，杜甫的《天末怀李白》：

      凉风起天末，君子意如何？鸿雁几时到，江湖秋水多。
      文章憎命达，魑魅喜人过，应共冤魂语，投诗赠汨罗。

注：天末：指天边。文章：泛指文学。魑魅：传说中的山精水怪，会吃过路人。

"鸿雁"代替书信，"江湖秋水多"借喻社会上险阻多。诗中"应共冤魂语，投诗赠汨罗"两句中，"冤魂"和"汨罗"代替屈原，因为屈原遭谗言含冤放逐，自沉汨罗江而死。

杜甫的《赠韦友丞》中的"纨绔不饿死，儒冠多误身。"其中"纨绔"代称富家少爷，而"儒冠"代称的是读书文化人。

又例如，高适的《燕歌行》中的"铁衣远戍辛勤久，玉箸应啼别离后。"其中"铁衣"代称的是边防士兵，"玉箸"代称的是战士家属。

诗中也可以用有关物的名称借代，例如，芳草常借代为美的或优秀的人或事。用梅、兰、竹、菊代表高洁品格，抒发不屈精神。在上学时，给同学起绰号也是一种旁代的用法。

（2）借材料、工具代替。用物品的材料或行为的工具替代物品或行为。

例如，"有分歧时，不能用咒骂，也不能用拳脚，更不能用刀枪，只能用谈判说理的方法解决"。其中"拳脚""刀枪"代替武斗。

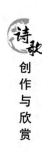
又例如，南宋抗元名将文天祥的诗《过零丁洋》：

辛苦遭逢起一经，干戈寥落四周星。山河破碎风飘絮，身世浮沉雨打萍。

惶恐滩头说惶恐，零丁洋里叹零丁。人生自古谁无死，留取丹心照汗青。

注：起一经：意为读书、考试，走上仕途，当初以"明经"考取进士第一名。四周星：意为四年。惶恐滩：是江西万安的一个地名"黄公滩"的谐音。零丁洋：是珠江口的一个地名。

在"留取丹心照汗青"这一句中，汗青是用青竹子火烤加工后，可用以刻字的竹简。用竹简材料代替史册、书籍。

（3）借颜色代替。例如，杜牧《绝句·江南春》：

千里莺啼绿映红，水村山郭酒旗风。南朝四百八十寺，多少楼台烟雨中？

其中"绿"代"叶"，"红"代"花"。

（4）借人物、地域代替。例如，陈毅的《冬夜杂咏·吾读》，用了典型的替代：

吾喜长短句，最喜是苏辛。东坡胸次光，稼轩力万钧。

其中"苏辛"，即苏轼、辛弃疾，用姓氏代替他们的诗篇。"东坡、稼轩"是两位词人的字号。

3. 替代

替代，即借彼言此，含沙射影。唐代诗歌中常用汉代的名称，如"武帝""李广""楼兰""汉宫"等等。借汉代的名称说唐朝的事情，常说"借汉代唐"。

例如，王昌龄的《从军行》中有"但使龙城飞将在，不教胡马度阴山"。汉代戍边名将李广，被称为"汉之飞将军"。高适《燕歌行》中有："君不见沙场征战苦，至今犹忆李将军"。这两首诗中的将军，都是借李广之名抒发唐代战士的豪迈气概。

又例如，韩翃《寒食》中的"日暮汉宫传蜡烛，轻烟散入五侯家"。句中汉宫代指"唐宫"，讽刺唐代官僚社会的黑暗。

唐人还常用匈奴、楼兰指称当时的外族，用单于代指他们的首领。例如，李白《塞下曲》中的"愿将腰下剑，直为斩楼兰"；卢纶《塞下曲》中的"月黑雁高飞，单于夜遁逃"。

5.2.2.2 象征

象征是借助事物间的联系，用特定的具体事物，或者通过描绘、渲染事物的形象，使外在的事物携带人的思想、情感、价值和意义。利用想象力，将过去、未来或想象中不见不闻的感悟——内涵，具体地呈现出来。可以从下面这两句话体会出"什么是象征？"：玫瑰象征着爱情，喀喇昆仑的冰峰象征高寒，……。托义于物，象征的意义明确，既有鲜明的形象，却又意在言外。有歌："花儿为什么这样红，红得像燃烧的火，它象征着纯结的友谊和爱情。"

象征是外物与心灵间存在的某种交响。将情思移植在声色俱佳的情绪对应物上，达到具体的物象包含着抽象的意义。主客观情绪的交融是以物的律动呈现心的律动。

象征的特征应该是融洽无间、含蓄无限。也就是说，诗的情与景、意与象融成一体，其意义丰富和兴味隽永，感悟不尽。

象征是要解决言不尽意的难处。象征可分为局部象征和整体象征两类。

1. 局部象征

局部象征是多个不同的象征。例如，"血雨腥风如浪潮般击来"，象征体是浪潮，本体是血雨腥风，这两者没有必然的象征联系或象征之意，主要由作者用多方面描绘的形象展示，增加了情思的宽度，增加了本体的能量强度。

又例如，北宋晏殊的《浣溪沙·独徘徊》：

> 一曲新词酒一杯，去年天气旧亭台。夕阳西下几时回？
>
> 无可奈何花落去，似曾相识燕归来。小园香径独徘徊。

构思精巧，选景典型，用夕阳、落花、归燕产生广泛的象征性。抒发春残花落，美好的事物衰亡不可抗拒的闲愁，归旧巢的燕子表达对青春的留恋，"似曾"虚词的巧妙运用，更显委婉含蓄，意蕴无穷的象征特点。日子不停流逝，物是人非，感叹青春一去不复返的惆怅。前后两节的形象描绘，产生回环起伏、抑扬顿挫的节奏美感，其局部象征是用个别词或句子包含象征意义，巧用动词（其中的"下""落""归"等）。

2. 整体象征

整体象征是具有一致性意义的广泛象征。整体象征可以在篇章的全局只用一件物体描绘，体现象征的意蕴。前后统一，形神兼顾，意象契合。

例如，明代于谦的《石灰吟》：

> 千锤万凿出深山，烈火焚烧若等闲。粉身碎骨浑不怕，要留清白在人间。

托物言志，用石灰的生命全过程，象征个人为国尽忠，不怕牺牲，清清白白做人的高尚情操。又例如，艾青 1940 年的《小树》：

> 一颗树，一颗树 / 彼此孤立地兀立着 / 风与空气 / 告诉着他们的距离 //
>
> 但是在泥土的覆盖下 / 他们的根伸长着 / 在看不见的深处 / 他们把根须纠缠在一起 //

用兀立的树，象征两个人私下互相勾结。其象征性地讽刺幕后交易和暗箱操作。

再例如，艾青 1954 年的《礁石》：

> 一个浪，一个浪，/ 无休止地扑过来，/
>
> 每一个浪都在它脚下 / 被打成碎沫、散开……//
>
> 它的脸上和身上 / 像刀砍过的一样 / 但它依然站在那里 / 含着微笑，看着海洋……//

礁石的坚强，象征战士面对刀枪的革命乐观主义精神。

5.2.2.3 双关与反语

1. 双关

在一定的语言环境中，利用字、词的同音和多义的条件，巧妙地使语句具有双重含义，一个意义在字面内，一个意义在字面外，两面贯通，言在此而意在彼，幽默风趣，称双关。狭义的双关大致可分为意义双关和谐音双关两类。（广义双关，意思是

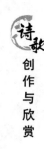

托物讽人、怜物自怜、宾主互关等暗喻形式都可视为双关。)

(1) 意义双关。意义双关是用同一个字双关,只是表达内在形态有所不同。

例如"黄连向春生,苦心随日长",用黄连的"苦"双关到离别的"苦"。

又例如"湖中百种鸟,半雌半是雄。鸳鸯还野鸭,恐畏不成双"的意义相关,以动物的成双成对关联到男女青年的情爱。

再例如,温庭筠的"玲珑骰子安红豆,入骨相思知不知?"骨质骰子上刻着红色的码点,比作相思入骨(红豆又名相思豆)。

(2) 谐音双关用得较多,如:烛(嘱)、柳(留)、丝(思)、莲(怜)、晴(情)、棋(期)等。例如,刘禹锡《竹枝词》:

杨柳青青江水平,闻郎江上唱歌声。东边日出西边雨,道是无晴却有晴。

其中"晴"字是"情"的谐音双关语,表面上说天气晴,实际上谐为"情"。"道是无晴却有晴"实质上是"无情却有情",落脚点是姑娘有情于唱歌郎,表达姑娘困惑、怀疑、猜测等多变的心理活动。又例如,李商隐《无题》中:

相见时难别亦难,东风无力百花残。春蚕到死丝方尽,蜡炬成灰泪始干。

其中"丝"是"思"的谐音双关语,表达刻骨铭心的相思之苦,其中"蜡炬滴泪"是比喻至死不渝的忠贞爱情。

又例如,南朝《子夜歌》中:"始欲识郎时,两心望如一。理丝入残机,何悟不成匹"。"丝"谐音"思","不成匹"谐音"不能与情郎匹配"之意。"残机"织不成"匹",比喻恋爱失败。

另一种字音相关是叠词双关。例如"君心似琴瑟,的的爱知音"。一个摹声的虚词"的的",竟然能产生两面光采的映心效果。一方面逼真地描写琴声中的一个个切音,另一方面婉转入情,传递了声声细语。

2. 反语

故意用意义相反的词语表达本意,褒贬转用,达到嘲弄讽刺的效果,称反语。当然还有无讽刺性的反语,表示深沉、幽默情绪。反语可分正话反说和反话正说两类。

(1) 正意为反话,例如,杜甫《赠花卿》:

锦城丝管日纷纷,半入江风半入云。此曲只应天上有,人间能得几回闻?

其中"此曲只应天上有"句,是用天堂生活来讽刺当时一位姓花的蜀将过着骄奢淫逸的生活。

(2) 反话作正意,例如,杜甫《奉陪郑驸马韦曲(之一)》:

韦曲花无赖,家家恼杀人。绿樽虽日尽,白发好禁春。

石角钩衣破,藤枝刺眼新。何时占从竹,头戴小乌巾。

此诗全是用反话表达可敬可亲的感情。"无赖"正是有趣,"恼杀人"是爱煞人,"好禁春"是年老对青春的无奈感慨,"钩衣、刺眼"转意为活泼可爱可喜,转眼过往,可见在竹林中,有一个包裹着黑头巾的孩童在爬竹杆玩耍。这样的反话更富于幽默感。

5.2.2.4 引用、隐括

引用是将现有的成语、典故，前人的名言、名句用在诗篇中，进而增强说服力，使其更加掷地有声，可谓引经据典。用典的目的往往是借古喻今，有所寄托。因为成语和典故有高度概括性和权威性，深刻、优美、生动，极富艺术魅力。

引用可分为明引和暗引两种方式。明引以引号直接标出或者一字不改地组合在诗句中；或者对原句作适当更改（称为借用），或只采用原文大意（称为引申）。而暗引是指对原诗句作很大更改，可分为化用和隐括。隐括是把别人的诗、文，化解在新作中。（关于化用或点化，在变形类的"点化"一节中叙述。）

通常，引经据典是为了表达当时不便明说的话，或者不容易用几句话就能表达复杂深厚的感情。如果在不该用典的场合用典，反而会增添一层隔膜，弄巧成拙。

1. 引用

将前人的诗句原原本本用在新的作品中。例如，晏殊《浣溪沙·一曲新词》：

> 一曲新词酒一杯，去年天气旧亭台。夕阳西下几时回？
>
> 无可奈何花落去，似曾相识燕归来。小园香径独徘徊。

其中"去年天气旧亭台"这一句，完全引用晚唐诗人郑谷《和知己秋日伤怀》中"流水歌声共不回，去年天气旧亭台"中的下句。用去年天气、旧日亭台、落日余辉表达人生迟暮的情感，不直写时光流逝而引发的感伤。用"夕阳西下几时回？"的设问，委婉曲折地让读者体会到"物是人非、盛事难复"的怅惘心情。比郑谷平直的叙述更有意境。

2. 借用

借用是对原句作适当更改，然后用在新作中，便有了新的风采。

例如，李白的《静夜思》："床前明月光，疑是地上霜。举头望明月，低头思故乡。"是借用南朝民歌《子夜歌·秋夜》中："秋风入窗里，罗帐起飘扬。仰头看明月，寄情千里光。"

又例如，宋代宋祁的《鹧鸪天·画毂雕鞍……》：

> 画毂雕鞍狭路逢，一声肠断绣帘中。身无彩凤双飞翼，心有灵犀一点通。
>
> 金作屋，玉为笼。车如流水，马游龙。刘郎已恨蓬山远，更隔蓬山几万重。

其中的"身无彩凤双飞翼，心有灵犀一点通"和"刘郎已恨蓬山远，更隔蓬山一万重"（仅将"一"改成"万"）的诗句，是借用唐代李商隐的两首无题诗中的对偶句。自然达意，增强了艺术效果。

又例如，明代诗入夏完淳的《别云间》（云间是现在的上海松江）诗中："三年羁旅客，今日又南冠（被囚禁的人）。无限河山泪，谁言天地宽？"是借用唐代孟郊《赠崔纯亮》中的诗句："出门即有碍，谁谓天地宽？"引用和借用于一体的有苏轼的《水调歌头·昵昵儿女语》：

> 昵昵儿女语，灯火夜微明。恩怨尔汝来去，弹指泪和声。

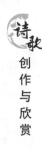

忽变轩昂勇士，一鼓凛然作气，千里不留行。回首暮云远，飞絮搅青冥。

众禽里，真彩凤，独不鸣。骄攀寸步千险，一落百寻轻。

烦子指间风雨，置我肠中冰炭，起坐不能平。推手从归去，无泪与君倾。

承袭了韩愈《听颖师弹琴》中的"昵昵儿女语，恩怨相尔汝。划然变轩昂，勇士赴敌场。"语句，但引用者更为具体生动。

借用成语要巧妙，否则缺少个性，在句子中成语要滞后，有时候要分拆使用，产生陌生感。例如"人如天马行空惯，笔似蜻蜓点水轻"。

3. 引申

引申，不直接引用原来的语句，而是采用原文的意思。

例如，毛泽东《菩萨蛮·黄鹤楼》中下片的"黄鹤知何去，剩有游人处。把酒酹滔滔，心潮逐浪高。"是引申自唐代诗人崔颢《黄鹤楼》诗：

昔人已乘黄鹤去，此地空余黄鹤楼。黄鹤一去不复返，白云千载空悠悠。

晴川历历汉阳树，芳草萋萋鹦鹉洲。日暮乡关何处是？烟波江上使人愁。

又例如，汪国正的《无题》：

年龄，总是如期而至，忧愁，总是不请自来，

不幸，总是突如其来，而你，为何总也不来。

引申自诗人臧克家的《客人》诗："忧愁，你这位常客啊，总是悠手悠脚来了。"

4. 隐括

隐括是把别人的诗文佳句，化解在新作中。有提炼浓缩，有添字扩展等。隐括入律，缜密典丽，浑然天成。例如，乔吉的元曲《红绣鞋》：

万树枯林冻折，千山高鸟飞绝。兔径迷，人踪灭。

载梨云，小舟一叶。蓑笠渔翁耐冷别，独钓寒江暮雪。

隐括了唐代柳宗元《江雪》诗："千山鸟飞绝，万径人踪灭。孤舟蓑笠翁，独钓寒江雪。"是在原作的基础上再创作，扩展其意义。

又例如，唐代张志和的词《渔歌子》："西塞山前白鹭飞，桃花流水鳜鱼肥。青箬笠，绿蓑衣，斜风细雨不须归。"含蓄蕴藉，笔意隽永，情趣盎然，耐人寻味，深受文人和文化大众热爱。多有改写。

例如，九世纪日本天皇作《渔歌子》，寒江春晓片去晴，两岸飞花夜更明。鲈鱼脍，莼菜羹，餐罢酣歌戴月行。与张志和词有异曲同工之妙，同样具有艺术魅力。类同的例子还有宋代苏轼改写为《浣溪沙》：

西塞山前白鹭飞，散花洲外片帆微。桃花流水鳜鱼肥。

自庇一身青箬笠，相随到处绿蓑衣。斜风细雨不须归。

以及宋代黄庭坚改写为《鹧鸪天》：

西塞山前白鹭飞，桃花流水鳜鱼肥。朝廷上问元真子，何处如今更有诗。

青箬笠，绿蓑衣，斜风细雨不须归。人间欲避惊波险，一日风波十二时。

又例如，周邦彦的三叠长调词《西河·金陵怀古》隐括了刘禹锡《石头城》和《乌衣巷》的诗意。化用的诗句如同己出，意象浑成。

5.2.3 引导类

诗歌中引导类的修辞方法，有设问、拈连、对比、衬托、反复、对偶、排比、层递、顶真、回文、错综、呼告和感叹等等。

5.2.3.1 设问

设问是先提出问题，紧跟着回答。使用设问手法，可以吸引读者的兴趣，让平铺直叙的语气有所变化，多了些悬疑性，让语句的层次更加丰富。将平铺直叙改变成倒装后，整体产生了起伏，让人有更多的想象空间，会有栩栩如生的感觉。例如，"梦醒来，是谁在窗台，将结局打开？""是谁在阁楼上，冰冷的绝望？"设问可分为自问、反问、奇问等几种方式：

1. 自问自答

自问自答是提出一个问题，接着予以解答。

例如，李煜《虞美人》的下片中："雕栏玉砌应犹在，只是朱颜改。问君能有几多愁？恰如一江春水向东流。"此处的自答应用了比喻手法，生动起波澜。

又例如，《送瘟神二首》（之二）：

春风杨柳万千条，六亿神州尽舜尧。红雨随心翻作浪，青山着意化为桥。

天连五岭银锄落，地动山河铁臂摇。借问瘟君欲何往？纸船明烛照天烧。

2. 只问不答

如绘画构图一样，留有空白，给读者留下想象的空间，回味深远。

例如，毛泽东的《清平乐·六盘山》：

天高云淡，望断南飞雁。不到长城非好汉，屈指行程二万！

六盘山上高峰，红旗漫卷西风。今日长缨在手，何时缚住苍龙？

又例如，柯岩的《雷锋》中，接二连三地问"为什么？"：

……为什么，为什么啊，穷人锅里如水洗？

为什么，为什么啊，血汗换不来立脚的地？

为什么，为什么啊，财主家高楼连着高楼盖？！

为什么，为什么啊，穷人家新坟挨着新坟起？！……

3. 反问（或诘问）

反问是用疑问语气表达与字面相反的意义，也称诘问。诘问、反问，更多的是包含追问、质疑、责问、反驳、责难等情境，语气强烈，激情倾泻。

例如，唐代王翰的《凉州词》：

葡萄美酒夜光杯，欲饮琵琶马上催。醉卧沙场君莫笑，古来征战几人回？

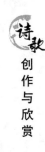

其中的问句是一种反问，不言自明。增强了"战争残酷"的表现力。

注：琵琶马上催：催，催饮。琵琶的演奏声催促快快饮酒。

又例如，金代元好问的《摸鱼儿·雁丘词》中："问人间，情为何物，直教生死相许？……"词首反问，有一种惊觉，让人深思。

又例如，冰心的《繁星》中，连续使用数个反问句：

"大海啊，/那一颗星没有光？/那一朵花没有香？

那一次我的思潮里，没有你波涛的清新响亮？//"

4. 奇问

奇问是一种广泛的，缥缈的、无法落实的、没有明晰答案的猜想。

例如，孟浩然的《春晓》：

春眠不觉晓，处处闻啼鸟。夜来风雨声，花落知多少？

其中"花落知多少？"这一句是自问，也是问别人，其实不是真的要知道是多少，是热爱春天的感叹，是花开总有花落时的惋惜。

又例如，明代民歌：

月儿弯弯照九洲，几家欢乐几家愁？几家夫妻同罗帐？几家飘流在外头？

诗中的三个问句，是无奈的叹问，是情真意切的深沉忧伤。

5. 铺陈问答

铺陈问答是叙述一个问答的过程，没有用疑问句的形式，是一种呼应手法。例如，贾岛的《寻隐者不遇》：

松下问童子，言师采药去。只在此山中，云深不知处。

5.2.3.2 反复

反复也称重复，是再一次使用同一个语词或语句的修辞手法。除了具有语调复沓效果外，还能借此突出某种意念，强调某种情感，或者是描写繁复的事物。

反复可分为连续反复和间隔反复两种方式，分别称为"迭"和"类"。

"迭"表示词语或语句都是连续反复使用，又称为"叠字""叠句"。"类"表示词语类词或语句类句，是非连续出现的，以间隔反复的方式使用。"类"和"迭"在使用上还有差别。反复与啰嗦的重复不同。啰里啰嗦是多余，反复是在表达上需要的重复。

1. 连续反复

连续反复也称"复迭"。例如，"琴声幽幽"中"幽幽"是叠字。这种方式比较简单，用得也普遍。例如，"临行密密缝""粒粒皆辛苦""人人迷不悟""漠漠水田飞白鹭，阴阴夏木啭黄鹂"等等。以下主要分析的是叠句，其特点是语句重叠，前后紧连。

例如，毛泽东的《如梦令·元旦》：

宁化、清流、归化，路隘林深苔滑。今日向何方？直指武夷山下。

山下，山下，风展红旗如画。

其中"山下，山下"，是连续反复，产生迫切感的强烈节奏。

又例如，柯岩的《周总理，你在哪里？》：

> 周总理，我们的好总理，你在哪里呵，你在哪里？
>
> 你可知道，我们想念你，——你的人民想念你！"
>
> 总理呵，我们的好总理，你就在这里呵！就在这里！
>
> ——在这里！在这里！在这里……"
>
> 你永远和我们在一起，——在一起，在一起，在一起……

多个连续重复（在哪里？想念你！在这里！在一起），抒发一种缠绵深切的怀念情感。

2. 间隔反复

间隔反复也称"复类"。是前后反复出现同一词语，但不是紧连着的。可分为类字和类句两种方式。

（1）类字。例如："窗外芭蕉惹骤雨，门环惹铜绿，而我路过那江南古镇惹了你。"

其中"惹"字连用三次，即为类字。又例如，欧阳炯《清平乐·春》，八句用了十个"春"字：春来阶砌，春雨如丝细。春地满飘红杏蒂，春燕舞随风势。

> 春幡细缕春缯，春闺一点春灯。自是春心缭乱，非干春梦无凭。

（2）类句。例如，李商隐的《夜雨寄北》：

> 君问归期未有期，巴山夜雨涨秋池。何当共剪西窗烛，却话巴山夜雨时。

前后重复"巴山夜雨""何当"紧扣"未有期"，表现了作者思归的急切心情。设想来日回家聚首时，共叙今日身在巴山夜雨时的无限思念。

又例如，艾青的《冬天的池沼》：

> 冬天的池沼，寂寞得像老人的心——饱历了人世的辛酸的心；
>
> 冬天的池沼，枯干得像老人的眼——被劳苦磨失了光辉的眼；
>
> ……

用较为典型的类句，又采用了反复、排比、比喻等手法。

3. 间隔反复和连续反复混合

例如，柯岩的《周总理，你在哪里？》：

> 总理呵，我们的好总理！
>
> 你就在这里呵，就在这里！——在这里，在这里，在这里……
>
> 你永远和我们在一起，——在一起，在一起，在一起……

其中"总理"间隔反复两次，"在这里"连续反复五次，"在一起"连续反复四次，深情地表达了人民对总理的无限的缅怀之情。

4. 间隔重叠和错综

反复或重复是指全部相同，而重叠是形式局部相同、内容并不重复。而局部不同的称为错综。例如，管用和的《纤夫的歌》中的一段，四个诗句都用了间隔重叠：

> 是啊，/有谁比我更熟知：纤索的沉重，/有谁比我更清楚：前履佝偻，/

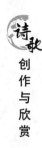

有谁比我更明白：已逝岁月之峥嵘，/有谁比我更向往：未来美好的前程。//

又例如，罗隐的《自遣》，其中用了多种重叠和错综结构：

得即高歌失即休，多愁多恨亦悠悠。今朝有酒今朝醉，明日愁来明日愁。

第一句中"即"字反复，却有意义上的相对变化。第二句是节缩式同义反复"亦悠悠"。第三句"今朝"反复，第四句中"明日愁"形式上反复，前一个"愁"是名词，后一个"愁"是动词，词性有变化。在这四句诗中，充分应用重叠和错综的手法，有独到之处，在每一句中的具体表现又各不相同。此外，还有一类产生递进和衬托的间隔重叠，且产生一种韵味。

例如："我为岁月增新枝，岁月为我添风采。""一日之计，晨要担当，暮要担当，一生要端庄。""语尽而意不尽，意尽而情不尽。""为谁归去为谁来。""水满池塘花满枝。"等等。这种修辞方法在古诗《木兰诗》、杜甫的《草堂》等民歌诗篇中有较多的应用。重叠错综往往比完全重复更具表现力。

注：《草堂》中："……旧犬喜我归，低徊入衣裾。邻舍喜我归，沽酒携葫芦。大官喜我来，遣骑问所须。城郭喜我来，宾客临村墟。……"其中"喜我归"和"喜我来"四句就是重叠错综。

5.2.3.3. 对偶（对仗）

1. 形式

对偶句的结构形式，是用上下两个句子组成的语句，其特点是字数相等、词性相当、平仄相对、语句结构相同，表达相关或相反的内容。（对偶或称对仗、对联、拼俪）对偶句法属于骈体，词句整齐，用骈体写的句子、文章称为骈句、骈文。

使用对偶，能使语句形式工整，语言凝练，生动活泼、变化丰富，节奏感强，读着、起起伏伏，听着，铿锵悦耳，看着，十分醒目。例如，孟浩然的《过故人庄》：

故人具鸡黍，邀我至田家。绿树村边合，青山郭外斜。

开轩面场圃，把酒话桑麻。待到重阳日，还来就菊花。

其中第三、四两句，第五、六两句各组成对偶句；而第一、二两句，第七、八两句虽然都相连，但不对偶。律诗的中间两联用对偶句是常例。

工整完美的对偶句符合两条规则：

(1) 出句和对句的平仄是相对立的（双音节词以第二字为准）；

(2) 出句的字和对句的字不能重复。

例如，杜甫《咏怀古迹（其一）》中的颔联和颈联：

支离 东北 风尘 际，　飘泊 西南 天地 间。
（平）（仄）（平）（仄）　（仄）（平）（仄）（平）

三峡 楼台 淹日 月，　五溪 衣服 共云 山。
（仄）（平）（仄）（仄）　（平）（仄）（平）（平）

又例如："五岭逶迤腾细浪，乌蒙磅礴走泥丸。金沙水拍云崖暖，大渡桥横铁索

460

寒。""墙上芦苇，头重脚轻根底浅；山间竹笋，嘴尖皮厚腹中空。"

此外，还有"当句对"和"隔句对"两种特殊形式。当句对是在一个句子中的"字"或"词组"自相组对。如"孤云独鸟""万水千山"等。

例如，杜甫《涪城县香积寺官阁》中："小院回廊春寂寂，浴凫飞鹭晚悠悠。"其中"小院"对"回廊"，"浴凫"对"飞鹭"。

如果有四句诗，不是通常的第一、二句对仗，第三、四句对仗；而是第一、三句组成对偶，第二、四句组成对偶，称为隔句对。形式像打开的折扇面，所以也称扇面对，例如："惜秦皇汉武，略输文采；唐宗宋祖，稍逊风骚。"

2. 意义

对偶句就意义上说可分为正格、反格和流水格等。

（1）正格。上下联从不同侧面说明同一事理，内容上互相补充。这样的对偶句常称为正对（正格）。例如："绿水村边合，青山郭外斜。""宝剑锋从磨砺出，梅花香自苦中来。""红雨随心翻作浪，青山着意化为桥。""挽弓当挽强，用箭当用长；射人先射马，擒贼先擒王。"等在内容上互相补充，形式匀称而又有对称的美感。最后（挽弓……）四句是复合对偶（由两组构成）。

（2）反格。上下联从矛盾对立的两个方面说，使之相反相成，对立统一。这样的对偶句称为"反格"。例如："浪费犹如河决口，节约好似燕衔泥。""勤奋点燃智慧的火花，懒惰埋葬天才的坟墓。""横眉冷对千夫指，俯首甘为孺子牛。"

具有奇偶相间、骈散参用、生动活泼的美感。分别深刻地说明了浪费之易、节约之艰辛；天才出于勤奋以及爱憎分明的道理。

（3）流水格。对偶具有因果、条件等关系，前后两个句子的意思连贯而下，看来不像对偶，实是工整的对偶，被称为"流水格"，也称"流水对""连对"或"串对"等。流水对流畅自然，又有均齐之美。例如，王之涣的《登鹳雀楼》：

　　　　白日依山尽，黄河入海流。欲穷千里目，更上一层楼。

又例如，"晓战随金鼓，宵眠抱玉鞍"等。

当然也有一些对偶句是例外，只是字面相对，而词性、句型（语法结构）不拘泥于相同，但表述的内容也很深刻。例如，"牢骚太盛防肠断，风物长宜放眼量"。

5.2.3.4 排比、层递

排比是用同性质、同范围的内容，用结构类似的句子或词组一连串地表达性质相同的意义。它和对偶有类似之处，其不相同的是，用两个以上句法结构只要求相似、语气一致，并不一定相同，其字数不一定相同，前后句中相当的词不要求两两相对。排比语句不限定为两句，通常是三个以上的排比句，其节奏鲜明的效果才会明显。排比方式使语句更生动活泼，富有音乐之美，并增加了表达的深度和强度。

层递是分层表达，层层深入，显得语意更深刻，但各层意思要符合先后、远近、内外、大小等有序的状态。

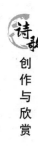

1. 排比

用同样的句式结构组成排比句，其中有些成分（谓语、或定语等）相同，而有些成分的词组在连续的几个句子中用词性相同、语法作用相同的词组。例如："在浪沫飞溅的海滩，在星月交辉的旷野，在白鸽飞翔的城镇……"。这些是状语词组的排比。

又例如："她笑得多爽朗，多清脆，多甜蜜。"这些都是补语词组的排比。其他的句子成分都可以用排比的方式表达一串相关的内容，将强烈激动或深沉的思想感情尽情抒发。

排比中选用意境，用三句排对，在元曲中常见。例如："烟中树，山外楼，水边鸥，扇面儿潇湘暮秋。""黄花庭院，青灯夜雨，白发秋风。"等。

又例如，马致远《天净沙·秋思》："枯藤老树昏鸦，小桥流水人家，古道西风瘦马。夕阳西下，断肠人在天涯。"利用十种平淡无奇的客观景物巧妙地连缀起来（也称为列锦），排列组成了蒙太奇式镜头画面，构思精巧，意境和谐。

当然，常见常用的是句子的排比。例如：

"这是革命的春天，这是人民的春天，这是科学的春天！"

"去年的桃杏依旧满枝，去年的燕子双双来至，去年的杨柳又垂丝。"

2. 层递

用三个或三个以上结构相似、字数大体相等的词语、文句，把事理以层层推进的方式描述，称为层递。层递可以使语言一环扣一环，一步紧跟一步，形成一步一个脚印的深刻印象，情感逐步强化，产生一种层层深入、渐进或渐退的美感。

例如，欧阳修《蝶恋花·庭院深深》中结尾两句："泪眼问花花不语，乱红飞过秋千去。"有层层深入之妙。第一层，有愁无处说，泪眼只能去问花；第二层，花也不说同情话；第三层，忧愁得连花朵自己也凋落飞散；第四层花瓣被风吹过秋千而消失，秋千是爱情的象征，触发思念的忧愁，不堪回首。

作者对生活的细致观察、深刻发掘，透过形象用两句精练的话作为结句，言简意深，情意无穷。读起来只感受到含义深沉，并不觉得有多层递进的痕迹。

又例如，李商隐《无题》的"刘郎已恨蓬山远，更隔蓬山一万重"。在意义上更具强烈的递增特征。

层递可分为递升和递降两种。由浅到深，由低到高，由小到大，由少到多，由轻到重地表现出来，称为递升。反之称为递降。层递的语句关系是承接和递进，而排比的语句是并列的。

（1）递升。由低到高的层递，包括由小、浅、窄、少、轻等向大、深、宽、多、重的推进，例如："一双手，提土篮，十双手，改荒滩，千双手，能移山。"说明了人多力量大的道理。

又例如，李煜《清平乐》中"离恨恰如春草，更行更远还生"，其三短词"更行""更远""还生"，以复迭和层递手法，以萋萋春草随处生长比喻离恨绵绵不尽。

又例如："雕像栩栩如生，让观众认识这位英雄，了解这位英雄，崇敬这位英雄。"。其中"了解"比"认识"深了一层，而"崇敬"又比"认识"更深一层。

再例如，唐代诗人李绅的《悯农二首》：

其一，春种一粒粟，秋收万颗子。四海无闲田，农夫犹饿死。

其二，锄禾日当午，汗滴禾下土，谁知盘中餐，粒粒皆辛苦。

再例如，苏轼《别岁》："故人适千里，临别尚迟迟。人行犹可复，岁别那可追！"用故人的离别反比，将表达的感情回旋推高，逼近到除夕别岁的忧愁。第四句激动万分，蓄势的奔流直下。形成气势较大的转折递升，感慨光阴如箭难追回的无奈。

（2）递降。由高到低的层递，包括由大、深、宽、多、重等到小、浅、窄、少、轻的推进，例如，闻一多的《李白之死》的开头一节：

"一对龙烛已烧得只剩下光杆两枝，／却又借回已流出的浓泪的余脂，／

牵延着欲断不断的弥留的残火，／在夜的喘息里无效地抖擞振作。／

杯盘狼藉在案上，酒坛睡倒在地下，／醉客散了，如同散阵投巢的乌鸦；／……"

似乎用"蜡炬成灰泪始干"的形象，将醉得最狠、醉得如泥的李白推向你的眼前。歪倒在椅子上的醉汉口里喃喃地，不知到底说些什么。像蜡烛的残火喘息着……。这是一种由强转弱的递降手法，描写细致，生动形象。

5.2.3.5 拈连

无关的两类事物连在一起描述时，将甲事物的具体词语顺势拈来、用于抽象的乙事物上，称拈连。用两个以上的句法结构相同或意义相似的句子排在一起，具备引导与被引导的关系，可以更生动地表达性质相同的意念，其字数不一定相同，但可以使句子富有节奏感，并强化情感表达的强度，有时尚能开拓新的意境。语言简约，引人联想，新鲜别致。

1. 用相同或相关词拈连

拈连由本体、拈体和拈词构成。本体是甲，拈体是临时用来搭配的乙。例如，"织鱼网啊，织鱼网，织出一片好风光"。其中拈词是重复使用的动词"织"，利用这个拈词，使本来与鱼网（甲）不能搭配的"风光"（乙）也可以搭在一起，非常巧妙和自然，由于"织鱼网"的引导，"风光"变得更加有动感了。

又例如，"我只好静静地，静静地与石头坐在一起，用针线——牵引出我心底的思念……"。"思念"本来是不能"牵引"的，而用"针线"的导引，把"思念"引出来了。

2. 用比喻拈连

例如，闻一多的《红烛（序诗）》，用李商隐名句"蜡炬成灰泪始干"的红烛引发深刻的思考，用红烛比喻一种精种的存在，引导出各个层面的感慨。

红烛啊！／这样红的烛！／诗人啊！／吐出你的心来比比，／可是一般颜色？／／

………

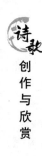
红烛啊！／你流一滴泪，灰一分心。／灰心流泪你的果，／创造光明你的因。／／

红烛啊！／"莫问收获，但问耕耘。"／／

3. 用比拟拈连

用比拟拈连就是用比拟来引导，顺势把下一句的事情巧妙地联系起来。例如，"五指山呀，你为什么不把五指握成一个拳头？打死南霸天！"把"山"比拟为"拳头"，引导出"打"的动作。

又例如，"春天的河水像柔弱的内脏，柔弱地颤动着，我放轻脚步淌过它。"把"河水"比拟为"柔弱的内脏"，怕伤害它。

又例如："一个人死了，他再也不管我们了，一身铁打的骨头化为灰烬，化为灰烬的他，为何又那么残忍地飘落，压在我们的心头。"用"化为灰烬"拈连手法，在加强语气的同时，进一步强调死的阴魂依然笼罩着继续生活的人们。

又例如："闭上眼睛倾听，这座山就消失、消失了夏天，收割后的空闲仿佛如夜，收割了所有人的身影。""消失"和"收割"这类拈词的应用，表达了消失与收割的矛盾关系，抒发了关于"离别"的复杂情感。

5.2.3.6 对照

把两种对立事物或者同一事物的两个不同方面，组合在一起比较，称对照或对比。这种对比的方式使对立的意义鲜明突出，便于揭示事物和思想的本质，而且又能给读者留下一个深刻的印象。最典型的应用是在对句或对联中。

1. 两物对照

把两种对立的事物放在一起描述，称为两物对照。例如，"蓝天白云美，绿叶红花艳"。有了相互对照，四种颜色更加鲜明。

例如，"有的人虽然活着，他的精神已经死了；有的人虽然死了，但是，他永远活着。"其中"活"与"死"的对照更充分了。

又例如，杜甫的《七绝》："两个黄鹂鸣翠柳，一行白鹭上青天。窗含西岭千秋雪，门泊东吴万里船。"在上下联中全部应用相衬对比的词、字。十分优美。

又例如，白居易的《长恨歌》中："回眸一笑百媚生，六宫粉黛无颜色。""玉容寂寞泪阑干，梨花一枝春带雨。"用"百媚"与"无颜色"，"玉容"与"梨花"，"泪花"与"春雨"作对照，巧妙生动。

再例如，宋代梅尧臣的《陶者》："陶尽门前土，屋上无片瓦。十指不沾泥，鳞鳞居大厦。"前两句写贫困的劳动者，后两句写不劳而获的富裕人。形象鲜明，意义辛辣深刻。

2. 一物两面对照

把同一事物的两个不同的方面放在一起描述，称为一物两面对照。例如，白居易的《长恨歌》中："在天愿作比翼鸟，在地愿为连理枝。"用天和地两个空间中的形象作对比。

5.2.3.7 衬托

将两种不同的观念（尤其是相反的观念或事实）相提并论，互相作为陪衬和烘托，以期增强语气，使意义更加明显。这类"烘云托月"的手法叫衬托。在人情物态的陪衬方面，有以景衬景，以景托人，以人衬人等意象。对比越强烈，印象越深刻。

衬托与对照的区别是：对照是不分主次，而衬托要分主次，衬的部分是次要成分，被衬的部分是主要部分。将一系列可感的精确细节用于衬托主体，延长了对主体的感觉和体验过程。例如，写旗帜，可通过天、地、云、雨、碑、石、草、木等事物的衬托，实现饱满的艺术构成。全方位感受主体的内力和外在动力。衬托按不同状态可分为正衬、反衬、互衬和陪衬。

1. 正衬

正衬意味着衬托的事物所表达的状态是类似的或一致的。例如，"菊花残、满地伤"的夸张，属于状态一致的映衬。

例如，毛泽东的《卜算子·咏梅》："待到山花烂熳时，她在丛中笑。"用山花衬托梅花。又例如，崔护的《题都城南庄》：

去年今日此门中，人面桃花相映红。人面不知何处去，桃花依旧笑春风。

用桃花衬托人面。又例如，李白的《赠汪伦》：

李白乘舟将欲行，忽闻岸上踏歌声。桃花潭水深千尺，不及汪伦送我情。

本意是汪伦送我之情如潭水千尺深。

2. 反衬

衬托的事物所表达的状态是相反或相异的，情态是不一致的，称为反衬。例如，杜甫的"朱门酒肉臭，路有冻死骨"是反衬的名句。

又例如，杜甫的《绝句》：江碧鸟逾白，山青花欲燃。今春看又过，何日是归年。

用"江碧"反衬"鸟白"，用"青山"反衬"花红"。巧用春光乐景反衬后两句的思乡愁情。使思乡的心情生动而有韵味。

再例如，陆游的《楚城》：

江上荒城猿鸟悲，隔江便是屈原祠。一千五百年间事，只有滩声似旧时。

诗中表达今昔巨变的状态，却用"只有滩声似旧时"反衬其余的事物已完全改变了。

3. 陪衬

陪衬是衬托，正如绿叶衬托出红花的艳丽。例如，"把懦弱炼成了炉火"以懦弱对应炉火，让弱者炼成强者。又例如，"已是悬崖百丈冰，犹有花枝俏"。冰天衬托梅花的俏丽。再例如，"万山如墨一灯红"，用夜色的墨黑山影衬托一盏红灯，能凝聚读者的眼光。

例如，王维的《鸟鸣涧》："人闲桂花落，夜静春山空。月出惊山鸟，时鸣春涧中。"用月出、鸟鸣，衬托出山间的寂静。从动态着笔，却营造一种静谧的意境，印象深刻，妙不可言。又例如，南朝王籍的《入若耶溪》中"蝉噪林愈静，鸟鸣山更幽"更典

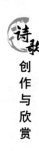

型地以动衬静，是用有声写无声的佳句。

此外，还有一种陪衬是用于改变节奏的，称为衬垫和衬跌。例如，李白的《早发白帝城》："朝辞白帝彩云间，千里江陵一日还。两岸猿声啼不住，轻舟已过万重山。"其中"两岸猿声啼不住"这一句作衬垫，减缓语势，形成起伏。若第三句还是描写快速行船，不免产生单调的感觉。

衬跌是增强衬托的强度，也称蓄势。好比拦水坝，让水位提高，然后再放水，水头跌落产生冲击力。例如，毛泽东的《菩萨蛮·黄鹤楼》：

> 茫茫九派流中国，沉沉一线穿南北。烟雨莽苍苍，龟蛇锁大江。
>
> 黄鹤知何去，剩有游人处。把酒酹滔滔，心潮逐浪高。

"黄鹤知何去，剩有游人处。"两句隐括了崔颢的《黄鹤楼》诗意，以空悠悠的状景衬托 1927 年大革命形势的风云突变激动心情，产生跌宕起伏的气势。同样，在《沁园春·雪》中写景和写史都是衬跌，为了达到急剧提升篇末所需的强烈情感，结尾句"须晴日，看红装素裹，分外妖娆"和"俱往矣，数风流人物，还看今朝"，分别代表所要表现的事和人。

4. 互衬

互衬是不分主次的衬托。例如，杨万里的《晓出净慈寺送林子方》：

> 毕竟西湖六月中，风光不与四时同。接天莲叶无穷碧，映日荷花别样红。

用"碧"和"红"的衬托，突出了荷叶与荷花的强烈视觉冲击，丰富了空间感。映日与荷花的相衬，增加了一束追光，更使画面色彩艳丽。

5. 烘衬

烘衬，是用景物的烘托，渲染气氛，作者的思绪和感情的表达更为鲜明突出。例如，用春雨蒙蒙托出苦愁，用红叶赞美秋天的生机与活力等等，从杜牧的两首诗中可以看到独具匠心的烘托。烘托也可称为映衬，也是光芒照耀的意思。

<table>
<tr><td align="center">清明</td><td align="center">山行</td></tr>
<tr><td>清明时节雨纷纷，</td><td>远上寒山石径斜，</td></tr>
<tr><td>路上行人欲断魂。</td><td>白云生处有人家。</td></tr>
<tr><td>借问酒家何处有？</td><td>停车坐爱枫林晚，</td></tr>
<tr><td>牧童遥指杏花村。</td><td>霜叶红于二月花。</td></tr>
</table>

《清明》和《山行》是先用景物铺展，形成氛围，紧接着托出真情。烘衬也称点染（借用绘画技法术语）。有时，点染是先点明主题实况，后用景物烘托，渲染气氛。

又例如，柳永的《雨霖铃·寒蝉凄切》：

寒蝉凄切。对长亭晚，骤雨初歇。都门帐饮无绪，留恋处、兰舟催发。

执手相看泪眼，竟无语凝噎。念去去、千里烟波，暮霭沉沉楚天阔。

多情自古伤离别。更那堪、冷落清秋节！今宵酒醒何处？杨柳岸、晓风残月。

此去经年，应是良辰好景虚设。便纵有、千种风情，更与何人说？

清凄流畅的送别词中，上片叙事并点明"念去去"的别离事，然后用千里烟波、暮霭沉沉、楚天阔茫茫，三个层次的写景烘托别离情。下半片又点明"伤离别"，用清秋节，杨柳岸、晓风残月渲染离别的凄凉。景物烘托别离情，情景相生，使结句"更与何人说？"更富感染力。

又例如，宋代晁端友的《宿济州西门外旅馆》：

> 寒林残日欲栖乌，壁里青灯乍有无。小雨愔愔人不寐，卧听疲马啮残刍。

用"寒林、残日、乌鸦、青灯、小雨、疲马"等一系列意象，层层渲染，营造了暗淡清凄的氛围，烘托出诗人旅途之夜孤单寂寞的情怀。孤寂心情的描写颇为传神。

再例如，宋代贺铸《青玉案》词中，"一川烟草，满城飞絮，梅子黄如雨"，渲染出一派空阔迷蒙的景色，烘托其满怀愁绪。

5.2.3.8 顶真与回文、互文

1. 顶真

用上句的结尾词、词组、语句、复句的分句等作为下一句的起始部分，称为顶真。简而言之，是前后两句的尾首蝉联，前后递接、语脉连续。顶真也称为顶针或联珠。此外，在句子内也有顶真的应用，例如，李白的"抽刀断水水更流，举杯销愁愁更愁"，其中水顶水，愁顶愁。

又例如，唐代诗人赵嘏的《江楼旧感》：

> 独上江楼思渺然，月光如水水如天。同来望月人何处，风景依稀似去年。

其中第二句"月光如水，水如天"体现了水天一色的渺然。

顶真修辞方式使文句更显紧凑，显出前后衔接的力度，像锁链一样，一环紧扣一环，更好地反映事物的内在联系；语气连贯，音律流畅，层层分析，步步深入，节奏鲜明，和声壮美，气势紧迫而强劲。这种手法在五言、七言句中经常使用。例如，"庭院深深深几许""泪眼问花花不语""坐待不来来又去"等。

又例如，"追兽勿太迫，迫则必伤人；处人勿太迫，迫则灾及身。本无灾伤意，迫侧取祸神"。由于前面四句两两皆用"迫"顶真，而二、三句用"伤人""处人"的承接，语气蝉联，类似顶真。一连串的"迫"字，给"迫则取祸神"的结论给力，产生强大的警示作用。

又例如，金昌绪的《春怨》："打起黄莺儿，莫教枝上啼。啼时惊妾梦，不得到辽西。"其中第二句的"啼"与第三句的"啼"，构成顶真，形成了背景的强烈衬托。

再例如，李白的《白云歌送刘十六归山》：

> 楚山秦山皆白云，白云处处长随君。长随君，君入楚山里。
> 云亦随君渡湘水。湘水上，女萝衣。白云堪卧君早起。

其中第一、二句的"白云"，第二、三句的"长随君"和第四句的"君"均分别构成顶真，"湘水"也构成顶真，表达云、水与君的缠绵情感，形成一种苦心志的意境。

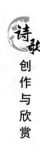

（秦山即秦岭。堪：可。）。

再例如，李旸的《渔父词》，每句诗都别出心裁地充分应用了顶真手法：

芦菰风静练平铺，铺叠秋光万顷湖。湖泛响穷彭蠡棹，棹归人在富春图。
图成云水农家乐，乐聚烟波结伴沽。沽向市桥钱挂杖，杖头珍重一葫芦。

注：芦菰：芦苇和茭白。练：白色丝绢。彭蠡：鄱阳湖的古名。棹：船桨，划（船）。富春图：指元代黄公望作的名画《富春山居图》，意指回富春江安居。沽：买酒。钱挂杖：典出晋书"常步行，以百钱挂杖头，至酒店，便独酣畅。"后以"杖头钱"称为买酒钱。葫芦：掏空的风干的老葫芦壳可盛酒。

此诗的每一句的尾字与此相邻句的首字相同。尾头相联，上下递接，完全顶真。描绘了一幅渔家乐的图景：渔父在波光万顷的鄱阳湖上打渔，如在《富春山居图》中那样的乐此不疲，高高兴兴地聚集在一起买酒、喝酒，一葫芦的酒，一葫芦的乐，一葫芦的情。

再例如，王安石《忆金陵三首》，用整个句子顶真，将三首诗紧密地衔接起来：

A.　　覆舟山下龙光寺，玄武湖畔五龙堂。想见旧时游历处，烟云渺渺水茫茫。

B.　　烟云渺渺水茫茫，缭绕芜城一带长。蒿目黄尘忧世事，追思尘迹故难忘。

C.　　追思尘迹故难忘，翠木苍藤水一方。闻说精庐今更好，好随残汁理归艎。

此外，还有一种间隔顶真，姑且称"顺水推舟"。例如：

"布匹从那里来的呢？是用纱织成的。纱呢？用棉花纺成的。棉花呢？是从地里长出来的。"顶真部分（纱、棉花）被其他词语隔开。

又一种顶真称为当句顶真或称句内顶真。例如，"咋日看在花灼灼，今朝看花花欲落""潮头打云云不留，月波泼窗窗欲流""我欲渡水水无桥，我欲上山山路险"。

再一种顶真称为拆字顶真，将前句句末的字拆出偏旁用于顶真。例如：

八月中秋会佳期，月下弹琴诵古诗。寺中不闻钟鼓便，更深方知星斗移。

多少神仙归古庙，朝中将相远心机。几时到得桃源洞，同与仙人下盘棋。

2. 回文

利用相同（整齐）或相似（不整齐）语句的循环往复，强调两事物或情境的相互关系，称为回文。它能简洁、明确地反映事物的有机联系，阐明事物间相互依存的密切关系。前后相互映照，增加内在的力度。例如，

响水不开，开水不响。难者不会，会者不难。来者不善，善者不来。

疑人不用，用人不疑。客上天然居，居然天上客。等等。

又例如，诗人吴融的《春游》：

池莲照晓月，慢锦拂朝风。风朝拂锦慢，月晓照莲池。

其中后两句是前两句的倒读，形成巧妙的回环。从这一幅风景画中产生了优美的旋律。吴融的《后园作》，更是典型的回文诗，顺读倒读都成文：

斜峰绕径曲，曲径绕峰斜。笔石带山连，连山带石笔。

花余拂鸟戏，戏鸟拂余花。树密隐鸣蝉，蝉鸣隐密树。

又例如，刘半农的《情歌》中：

"月光恋爱着海洋，/海洋恋爱着月光。/啊！/这蜜也似的银夜，/教我如何不想她。//"

又例如，张晓风的《乡情》中："*月光白如飞尘，飞尘白如月光。*"

上述两个例句中"月光与海洋""月光与飞尘"，采用了两个事物之间的相互依存的回环，体现了绵绵的情意，无论是爱情还是乡情。

回文与顶真有一些相似（头尾同语相连），其不同点在于：顶真反映的是两个或两个以上事物间的顺接关系，它是由甲到乙，再由乙到丙，顺连而下（或升或降）；而回文反映的是两个事物之间相互依存的关系，由甲到乙，再由乙回到甲，产生一种循环往复的情趣。例如，"不是无家归不得，有家归去似无家！"。从不是"无家"说到"有家"，又从"有家"说到如同"无家"，形成一个往复循环。又例如，"明知相思苦，偏要苦相思"。

3. 互文

互文，就是"互文见义"，是指两个或两个以上相对独立的语句结构相互拼合、共同表达一个完整的思想内容，上文里省略了下文中要出现的词，下文里省略了上文中要出现的词，参互成文，合而见义。从"回文"可以衍化出"互文"，即是局部文字的相互说明。前后文互相交错、补充，表达一个完整的意思。例如《木兰诗》中的"雄兔脚扑朔，雌兔眼迷离"，其中"扑朔"与"迷离"是互相说明的。在成语"扑朔迷离"中，表达难于辨别的意思。分别形容兔子被提起双耳悬空时，雄兔四脚乱动，雌兔双眼半闭。

互文分两种形式，即单句互文和复句互文（通常用两个对偶结构的句子）。例如，毛泽东的《送瘟神》中："绿水青山枉自多，华佗无奈小虫何！千村薜荔人遗矢，万户萧疏鬼唱歌。"后两句互文，是千村万户都是薜荔人遗矢和萧疏鬼唱歌的描述。意思是广大农村荒芜破落。

在写作诗词时，由于受到句子字数的限制，或者从格律、对偶、音韵等方面考虑，将完整的词、句分拆开，分别放在两个词组或两个句子中，但是在理解意义时，必须前后互为补充或交互配合，才能意义通达流畅，明理其意。

例如，《古诗十九首》中的"迢迢牵牛星，皎皎河汉女"，实际上是"迢迢皎皎牵牛星，皎皎迢迢织女星"，说的是牛郎星、织女星都是遥远、明亮的。

"互文"手法的特点有：

（1）简练。可以使句子简练，用最少的字表达复杂的意思。

例如，王昌龄《出塞》中："秦时明月汉时关"，是单句互文。实际意思为，秦汉时的明月，秦汉时的雄关，意为关山明月依旧如故。

杜牧的《泊秦淮》中，"烟笼寒水月笼沙"也是单句互文。实际意思为，烟雾和月亮，笼罩着秦淮河的寒凉河水与河边的沙滩。

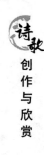

王维《送刘司直赴安西》中，"绝域阳关道，胡沙与塞尘"，实际意思为，阳关道上，胡地和边塞到处布满尘沙。

（2）紧凑而生动 可以使诗句的上下文联系紧密，句式紧凑而生动。

例如毛泽东《沁园春·雪》中的"千里冰封，万里雪飘"。意为，千万里天地间一片冰冻和飞雪。前后分别只用了"千"和"万"字。

又例如，杨慎的"今古销沉名利中，短亭流水长亭树"中的"流水"和"树"，是互文。不仅短亭有流水和树，长亭也有流水和树。古往今来，熙熙攘攘全是为名而来，为利而往。

此外，还有与互文类似的称作互体。互体是前一句里含有下一句里的词的含意，后一句里含有上一句里的词的含意，上、下两句的景或事互相牵连。两句诗在诗意的关联和渗透方面互相体贴。例如，杜甫《狂夫》：

万里桥，西草堂，百花潭水即沧浪。风含翠筱娟娟净，雨浥红蕖冉冉香。

厚禄故人书断绝，恒饥稚子色凄凉。欲填沟壑唯疏放，自笑狂夫老更狂。

诗中第三句不仅写翠竹在风中摇摆，还写了在细雨中的"娟娟净"。第四句写细雨中荷花的"冉冉香"，也写了（互体中已省略）荷花在风中散发阵阵清香。（浥，沾湿。芙蕖即荷花。）若从字面上看，风出净、雨送香，实质上是处于风雨之中的感受。

5.2.3.9 错综

把原来有可能重复的词或语句使其结构发生变化，形成参差不齐、错落有致的表达形式，称错综。错综手法不仅使语言表达更准确，而且避免单调、平直，创造了起伏的动感。

1. 使用同义词或词组

为避免语句中文字重复，采用同义词或词组替代，把呆板的语句变得生动活泼。例如，"土地片连片，农具件挨件；骤马群靠群，新房院接院"把原来每句都适用的动词"连"，在各个短句中分别用"挨""靠""接"来替代，

2. 改变句子结构

句子结构的改变可以避免上下文的句子结构相同。例如，"延河上下，阵阵牧歌，柳絮飘飘；枣园内外，灯光闪闪，纺车声声"将"闪闪灯光"更改成"灯光闪闪"，不与上句"阵阵牧歌"构成对偶形式。

又例如，李瑛的《哨所晨鸡》：

…… 是云？是雾？是烟？裹着苍茫的港湾；

是烟？是云？是雾？压着港湾的高山；//

山上山下，一团混沌，何时才能飞出霞光一片？

忽然间，哪里，在哪里？一个生命在快乐地呐喊。//

第一节中将"云、雾和烟"的顺序在前后两句中分别作了变化，在整齐的排比句中有了起落。在第二节的第一句先描述状态，后出问句；而第二句先设问，后回答，

形成跳跃的生动形象。

3. 改变句子语气

避免上下文句子的语气相同。例如：

> 如此的迫害，怎能忍受得了？／如此的恶毒，绝不能轻饶！／
>
> 满腔的怒火呵心头烧，深仇大恨定要报！／／

这三个句子原先都可用陈述语气或感叹语气，但只是作了少许调整，避免了呆板，节奏显得丰富，从语气上掀起波澜，使仇恨的气势逐步加强。

5.2.3.10 呼告和感叹

呼告是表达过于激动的感情，直接呼告文中的主人或主物，与其对话，可以充分抒发强烈的思想感情，使读者与作者发生感情上的共鸣。

1. 呼人

呼人是作者直接对诗篇叙述的形象或主人公对话。例如，柯岩的《周总理，你在哪里？》：周总理，我们的好总理，／你在哪里呵，你在哪里？／

> 你可知道，我们想念你，／—— 你的人民想念你！／／
>
> 我们对着高山喊：／周总理—— ／山谷回音："他刚离去，他刚离去，／
>
> 革命征途千万里，他大步前进不停息！／／
>
> 我们对着大地喊：／周总理—— ／大地轰鸣：……／／
>
> 我们对着森林喊：／周总理—— ／松涛阵阵：……／／
>
> 我们对着大海喊：／周总理—— ／海浪声声：……／／ ／

整个诗篇用了呼告的方式，强烈地抒发想念周总理，歌颂周总理的深切情感。

2. 呼物

呼物，就是直接对所叙述的事或物说话。例如，郭沫若1956年的《郊原的青草》：

> 郊原的青草呵，你理想的典型！／你是生命，你是和平，你是坚忍。／
>
> 任人们怎样烧毁你，剪伐你，／你总是生生不息，青了又青。／／
>
> ……
>
> 郊原的青草呵，你理想的典型！／你是诗，你是音乐，你是优美的作品，／
>
> 大地的流泉将永远为你歌颂，／太阳的光辉将永远为你温存。／／

一首五小节的诗篇，全篇充满激情的呼喊手法，赞美小草生生不息，不怕牺牲，为人类作出贡献的精神；也歌颂青草是人类的朋友，给人们美的享受。

3. 感叹

文句的内容除了陈述某种语意外，语气上亦明显地表现出内心的喜、怒、哀、乐、恶、欲等强烈情绪。强调赞叹、惊讶、伤感、愤怒、讥讽、鄙斥、恐惧或愿望等情感反应，这种修辞法称为感叹。通常用叹问、助词（呵、哦、啊、呀、吧、哟、呦），并配合惊叹号表现强烈的情绪。如，"一碗热汤，啊，温暖了我一个晚上！"情绪的高涨是一种内在的微妙的韵律。

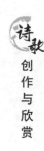
例如，郭小川的《秋歌》(之一)：

秋天来了，大雁叫了；/晴空里的太阳更红了、更娇了！//

谷穗熟了，蝉声消了，/大地上的生活更甜、更好了！//

海岸的青松啊，风卷波涛；/江南的桂花呀，香满大道。//

草原的骏马啊，长了肥膘；/东北的青山呀，戴了雪帽。//

呵，秋云、秋水、秋天的明月，/哪一样不曾印上我们的心血！//

呵，秋花、秋实、秋天的红叶，/哪一样不曾浸透我们的汗液！//

……

哦，秋天来了，大雁叫了；/晴空里的太阳更红了、更娇了！……//

哦，谷穗熟了，蝉声消了，/大地上的生活更甜、更好了！……//

又例如，苏轼的《西江月·醉酒乘月》：

照野弥弥浅浪，横空隐隐层霄。障泥未解玉骢骄，我欲醉眠芳草。

可惜一溪风月，莫教踏碎琼瑶。解鞍欹枕绿杨桥，杜宇一声春晓。

题记：顷在黄州，春夜行蕲水中，过酒家饮。酒醉、乘月至一溪桥上，解鞍，曲肱醉卧少休。及觉已晓，乱山攒拥，流水锵然，疑非尘世也。书此语桥柱上。

诗作感叹尘世原是一场梦境，待到清晨杜鹃一声叫醒。

5.2.4 变形类

变形类的修辞方法，有倒装、转类（词类活用）、仿拟、节缩和省略、神合与貌离等。

5.2.4.1 倒装

倒装，是采用前移或后置的方式，有意改变词语或语句的正常序次，在句子中颠倒语法上的次序，用来加强语势、语调和改变音节位置，让语句发生特别变化，增添文句的韵味。

例如，"渴望着血脉相通，无限个千万弟兄"。先说谓语，后说主语。这样倒装后，语句简练，更增添团结相连的强烈愿望。

又例如，"黄河入海流"，其中动词"流"安排在句末，蓄满冲力，用平声宏亮的拖长声调，表现了黄河巨浪推进的气势。

再例如"风窗展书卷"，将窗户的"风"，倒装在句首，将原本为名词的"风"，在句中兼有动词和形容词的味道，增加了一种动能，更有气势。有时为了押韵或调整平仄关系，句中个别字或词组挪移到句尾。

例如，杜甫 759 年的《月夜忆舍弟》：

戍鼓断人行，边秋一雁声。露从今夜白，月是故乡明。

有弟皆分散，无家问死生。寄书长不达，况乃未休兵。

注：戌鼓：报戌时更的鼓声响起，开始宵禁。(戌，卫戌；戌，戌戌。)边秋：偏远地的秋天。露从今夜白：今夜却逢白露节气。况乃：何况是。

诗中"白露"句为了与"明月"句构成对偶，将"白"放在句末，满足"明"的韵脚要求。"无家问死生"句中通常说的是"生死"，此处也是为了声调韵脚而倒装。

此外，杜甫的诗中常将颜色字或词组倒装，放置在句首，突出色彩感觉，增强吸引力。例如："红入桃花嫩""黄知橘柚来""碧知湖外草""绿归柳叶新""青惜峰峦过""紫收岷岭芋""白种陆池藕"。又例如："红绽雨肥梅""黄浸圆小豆""绿垂风折笋""翠干危栈竹""青悬薜荔藤""红腻湖中菱"等等。

5.2.4.2 词类活用（转类）

词类活用是改变词汇原来习用的词性，在修辞学上常称为转类或转品。例如，"苍白了你的头发""凄美了离别"中的"苍白""凄美"是形容词转变为动词使用。语言精炼、生动，使离别蕴含一种凄美的感伤。如果与"让离别更显凄美"这样的直白相比，更具动感，更富哀戚的诗意。新的词汇用法使句子简洁扼要，却又具丰富的语言意蕴。

又例如，"邀明月，让回忆皎洁"中形容词"皎洁"转变为动词用。在"爱在月光下完美"中形容词"完美"转变为动词用。即使形容词不用作动词，也有炼字的作用。

再例如，"草枯鹰眼疾，雪尽马蹄轻。"两句中"疾"和"轻"是形容词，但用在"眼疾"和"蹄轻"中，更增添形象生动的程度。不说鹰的眼睛看得更清楚，而说"疾"(快)；不说马蹄走得更快，而说"轻"。

名词转变成动词使用可产生新的意义。例如，"关键时刻，你也不助一臂之力，真不够朋友"，其中把名词"朋友"用作动词，即含有"如此朋友"的意思，用得精炼、生动。

5.2.4.3 仿拟

仿拟是一种文化继承，推陈出新，即仿效前人诗句的写法并加以变化，重新创造出新的句子，富有新意，使情感更丰富。在篇章中，用相应的词、语、句、段的意义，仿造一个意义相似、相近或相反的词语、句段，均称为仿拟。用仿拟可以产生对比深刻，风趣幽默，生动活泼的效果。仿拟是汲取前人艺术成就的方式，分为类仿和反仿两类。

1. 类仿

类仿是应用相似或相近意义的词组，也有的是用别人的诗，灵活仿用。例如，李白的《渡荆门送别》中，"山随平野尽，江入大荒流"，这是白天行舟所见的景色；而杜甫的《旅夜书怀》中，"星垂平野阔，月涌大江流"，是夜晚泊岸静观所思的类仿景象。都以"平野、大江"为对象抒发情感，同样都是佳句。

又例如，"不识特殊真面目，只缘身在特殊中"，是仿拟宋代诗人苏轼的名句"不识庐山真面目，只缘身在此山中"。又例如，"阔人已乘文化去，此地空余文化城"，是鲁迅仿拟唐代诗人崔颢《黄鹤楼》中诗句"昔人已乘黄鹤去，此地空余黄鹤楼"。

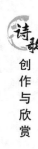
2. 反仿

反仿是用相反意义临时仿拟词组。例如，用"乐趣"仿拟一个"苦趣"，用"公理"仿拟一个"婆理"；或者原有的常用语只适当改动一、二个字，仿拟成一个相反意思的词组，往往带有诙谐和讽刺的味道。例如，"不学无术"改成"不学有术"。"神经过敏"改成"神经过钝"等等。例如，毛泽东在1962年读陆游的《卜算子·咏梅》词后，反其意而用之，仿拟写了一首题名相同的词：

陆游的《卜算子·咏梅》	毛泽东的《卜算子·咏梅》
驿外断桥边，寂寞开无主。	风雨送春归，飞雪迎春到。
已是黄昏独自愁，更著风和雨。	已是悬崖百丈冰，犹有花枝俏。
无意苦争春，一任群芳妒。	俏也不争春，只把春来报。
零落成泥碾作尘，只有香如故。	待到山花烂熳时，她在丛中笑。

用同样的人格化的梅花作为整体象征，却表达完全不同的思想情感。

5.2.4.4 点化

点化也称化用，是在前人的诗句上做文章，有所增添或减略等改变，改变后的诗句内容更丰富，形象更生动，创意更鲜明，境界更开阔。另一种点化是着眼于句子结构形式或个别词语的模仿，在内容上却完全不同。姑且称为模拟。

学习前人的佳句，沿用、模拟、改字、增字、减缩、反意等都是用心点化，不断翻新，着实是诗歌语言的文化传承。"化用或点化"应该如水中着盐，知咸味而不见盐；典故融化在诗里，不露痕迹有诗意。使文句增强说服力，含蓄而富于启发性；使语言简练，提高表现力。

1. 化用

化用，将原有的诗句在意义上融化到自己的境界中，不仅增加了文学韵味，而且丰富了诗词的蕴含。例如，用韦应物的《广陵遇孟九云卿》诗中："西施且一笑，众女安得妍？"的对句，在白居易《长恨歌》诗中化用为："回眸一笑百媚生，六宫粉黛无颜色。"既写回眸，又写百媚，增加了更细致的神态。"六宫粉黛"比"众女"更具体。与李白《清平词》中的"一笑皆生百媚"相比，有"回眸"的神态，更感丰富生动。

又例如，唐代诗人岑参的《白雪歌……》诗中："忽如一夜春风来，千树万树梨花开"。是化用南朝萧子显的《燕歌行》中"洛阳梨花落如雪"诗句。岑参的化用更胜一筹。

又例如，宋代陆游的"诗情也似并刀快，剪下秋光入卷来"是化用贺知章的《咏柳》句："碧玉妆成一树高，万条垂下绿丝绦。不知细叶谁裁出，二月春风似剪刀。"唐人将春风比喻为剪刀裁出细叶，而后者将诗情比喻为快刀，裁出诗的秋意来。（并刀，山西的名刀。）化得自然真切，颇有新意。

在化用佳句时，是借鉴，但又经过创造。将佳句融入化用者的诗句中，委实天衣无缝，难于分辨。有的直接仿效，有的变换句法，有的借用意境，随机应变，多种多样，自然贴切，均能产生感人的效果。

例如，先有隋炀帝的"寒鸦千万点，流水绕孤村"，后有秦观《满庭芳·山抹微云》中化用为"斜阳外，寒鸦万点，流水绕孤村"。语句虽然是引用，但用于表达夕阳西下，登船离别时的心情，自然贴切。

又例如，贾岛的诗中有"西风吹渭水，落叶满长安"，表达忆友的情感。而周邦彦化用为："渭水西风，长安乱叶，空忆诗情宛转。"表达会见朋友时的情景，也很妥贴。

后又有白朴在元剧中化用为："伤心故园，西风渭水，落日长安。"表达唐明皇在路上看到西飞雁时的凄苦心情，十分恰当。

2. 模拟

模拟是仿前人佳句的结构或个别词语，创造一个全新的意境。例如，庾信的《华林园马射赋》中："落花与芝盖齐飞，杨柳共春旗一色"，而王勃在《滕王阁序》里模拟句子结构为"落霞与孤鹜齐飞，秋水共长天一色"。诗句中尽管还是借用"齐飞"和"一色"，但是其表现内容却大相径庭。前者写队伍行进中，车驾上的伞盖与飞花共舞，旗子和杨柳交相辉映。后者写江西南昌滕王阁上远望，落霞孤鹜、水天一色的开阔景色。

又例如，李白《望庐山瀑布》中有"海风吹不断，江月照还空"，而白居易的《赋得古原草送别》仿同样的结构："野火烧不尽，春风吹又生。"后者内容不同，含义深刻，创造出"原上草"的全新的意境。老幼皆知，千年传诵。

再例如三位诗人的下列类似诗句，各有意趣，自有佳境，而第三人的化用，不落俗套，更具有创造性，天工机巧，恰到好处：

第一人："雨中山果落，灯下草虫鸣。"（王维）

第二人："树初黄叶日，人欲白头时。"（白居易）

第三人："雨中黄叶树，灯下白头人。"（司空曙）

在化用"黄叶""灯下""白头"等形象时，第三人学得好、用得巧。灯光的照射如细雨的沐浴，也表达时间的流逝如雨水和灯光，一去不再复回，"白头人"带来"风雨人生路"的无限联想。对于使用过油灯的人，一定会感受到"灯"字的深妙神韵。

再例如，后人如何灵活地化用前人的佳句：

"断肠春色是江南"。（韦庄写的是离愁）

"载将离恨过江南"。（郑文宝写的也是离愁）

"万点落花舟一叶，载将春色到江南"。（陆娟写的是春色）

三位诗人的句子相像，却有不同的意境。

5.2.4.5 节缩、省略

1. 节缩

节缩和省略，可以使诗句紧缩、精练，符合诗词的声韵等要求。把音节过

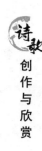

多的词、词组或句子加以精炼压缩，称节缩，可以使语言简洁，节奏协调，结构整齐。

例如，毛泽东的《沁园春·雪》下半阕中：

> ……。江山如此多娇，引无数英雄竞折腰。
>
> 惜秦皇汉武，略输文采；唐宗宋祖，稍逊风骚。
>
> 一代天骄，成吉思汗，只识弯弓射大雕。
>
> 俱往矣，数风流人物，还看今朝。

将秦始皇、汉武帝、唐太宗、宋太祖等历史上显赫一时的英杰，用节缩手法铺陈为"秦皇汉武，唐宗宋祖"，读起来节奏感强，气势迫人，为最后一段的"风流人物"作充分的衬托。

又例如，李商隐《无题》诗中"相见时难别亦难，东风无力百花残"，在"别"字后省略了"时"字。

在李白的诗句中常常将地名一类名称省略一部分："朝辞白帝彩云间"中省略了白帝城的"城"字；"天门中断楚江开"中省略了天门山中的"山"字；"日照香炉生紫烟"中省略了庐山香炉峰的"峰"字；等等，不胜枚举。

读者应该有广泛的知识，才能应付各种节缩。如果不知道香炉峰，就可能误以为"太阳照耀，香炉是生紫烟"了。

2. 省略

省略是在一定的语言环境中省去句子的某些组分，往往是省略平行语中的部分字、词。例如："□□种瓜□□得瓜，□□种豆□□得豆。"使句式简洁、结构整齐，表达明快、节拍协调。省略了一些不言而喻的组词，不仅意思能完整表达，而且使内容更加鲜明突出。

省略要注意前后句的关系，在后一句中实施省略，称为承前省略；在前一句省略，称为探后省略。例如，白居易16岁时的成名作《赋得古原草送别》："离离原上草，一岁一枯荣。野火烧不尽，春风吹又生。……"首联中的"草"字，在颔联中省略了，为承前省略。实际意义上是"野火烧不尽（春草），春风吹（草、草）又生"。

3. 互文式简缩和简略

互文式简缩和简略可以避免语句单调、呆板，使诗意荡漾又新奇。例如，高适的《送李少府贬峡中、送王少府贬长沙》，诗中"巫峡啼猿数行泪，衡阳归雁几封书"为互文简缩。意思是，在送行中，有一位朋友去峡中，听到巫峡猿猴的悲啼声，会流下思乡的眼泪，随之写几封家书抒发乡情和亲情。另一位朋友去长沙，看到衡阳的归雁，也会流下思乡的眼泪，随之写几封家书。按照原意写就显得呆板和啰嗦，采用互文手法缩略后，诗句摇曳多姿，缤纷多彩，魅力四射。

再例如，柳永《望海潮·东南形胜（杭州）》（上片）：

> 东南形胜，江吴都会，钱塘自古繁华。烟柳画桥，风帘翠幕，参差十万人家。

云树绕堤沙，怒涛卷霜雪，天堑无涯。市列珠玑，户盈罗绮竞豪奢。

其中，"市列珠玑，户盈罗绮…"的实际意思为，在市场里到处陈列着珠玑和罗绮，而家家户户都珍藏着珠玑和罗绮。如果诗行也是如此原原本本的表达，不仅字数无法限制，而且也缺乏诗意。那么，怎样才能显出节奏和新奇呢？采用缩略手段是好方法。可是，在自由诗中却很少见到，也许自由诗的字数、句数不受限制，而少有见到互文式简缩的诗例。

5.2.4.6 貌离

浑然一体（神合）的不可分割的两项或多项人或事，特意用"选择"的形式分而论之（分离），称为貌离。"神合"是语段的上、下文关系，而"分离"只是形式上的分开或选择。实际上是两者都兼而有之。柏拉图的本体论中说，艺术提供的形象似乎与梦、影子和幻象等处于同一个层面，不代表其所表现的实物，而在某种意义上是实物的貌合神离的再现。

1. 先神合、后貌离

例如：天，浸在水里，／天空，才这样碧如洗，／

碧水，浮在天上，／湖泊，才这样清澈见底。／

那是蓝色锦缎上的白花，／是芦花？是流云？是柳絮？／

那映在水中的浓绿，／是秧田？是林丛？是军衣？／

前两段是水天一色，是"神合"，而后两段是"貌离"。沉浸在水底的是那蓝天上的白花，它单纯是芦花吗？不！它又是芦花，又是流云，又是柳絮。它们浑然一体，分不开。在形式上好像是让你选择，实质是全选。最后一段的"浓绿"，也是如法炮制，映在水中的浓绿，既是秧田，又是林丛，又是军衣，是三者有机的结合。

2. 先貌离、后神合

例如：是人心，还是花环？／有人心，才有花环。／

是心花，还是泪花？／心花和泪花全扑上。／

什么事业最伟大？／后继有人的事业最伟大。／

开头的选择式的问句"是……还是……"，表面上是选择关系的复合句，实际上已超出了"任选其一"的范围了。分说的两项，形式上是疑问，是貌离；语意上是二者兼有，既是人心，也是花环；既是心花，也是泪花。这又是神合。

5.2.4.7 列锦和析字

1. 列锦

列锦，是以名词或名词短语组合构成多项并列的句式。

例如，马致远《天净沙·秋思》：枯藤老树昏鸦，小桥流水人家，古道西风瘦马。夕阳西下，断肠人在天涯。前三句用九个名词并列，用于写景衬托，渲染氛围，为抒发断肠人的孤独悲忧之情而铺叙。

又例如，用于叙事述怀的有陆游的《书愤》：

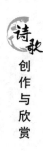

早岁哪知世事艰，中原北望气如山。楼船夜雪瓜洲渡，铁马秋风大散关。

塞上长城空白许，镜中衰鬓已先斑。《出师》一表真名世，千载谁堪伯仲间。

其中颔联通过简洁的列锦手法，叙述两件事情：其一是在瓜洲渡，隆冬时节，水面船舰夜战。其二是秋天，在大散关骑兵战沙场。

又例如，毛泽东《如梦令·元旦》：

宁化、清流、归化，路隘林深苔滑。今日向何方，直指武夷山下。

山下山下，风展红旗如画。

其中"宁化、清流、归化，路隘林深苔滑。……"叙述了行军的路线和路途的艰难。

又例如，写景叙事抒情于一体的列锦佳句，例如，温庭筠《商山早行》，其中"鸡声茅店月，人迹板桥霜。……"用名词列锦的不同寻常手法，清晰地勾画出"早行"的图画。荒郊客店中，旅客被鸡鸣声唤醒，天空还挂着残月，就起早赶路（征铎，即行车铃响），凝满白霜的木板桥上，留下行人的足迹。

2. 析字

析字也是通过"意合"表达意义。与列锦的差别是用文字偏旁组件的特点，通过分离、组合方式寄意寓理，而列锦是意合某种情景或事件。

例如，宋代吴文英的《唐多令·何处合成愁》中："何处合成愁？离人心上秋。纵芭蕉、不雨也飕飕。……"愁字由"秋"与"心"二字组成，上下合成"愁"字，表达有情人离别后有更多的愁思。不仅风趣，也有意趣。"纵芭蕉"句是语序倒置，意为即使不下雨，芭蕉也飕飕。

5.2.5 综合应用

5.2.5.1 连用关系

连用是将几个相同类或不同类的修辞方法并列应用，相互衬托。连用可以把事理描绘得更透彻，抒情更尽兴。连用的形式较多，比喻的连用较常见。例如，"天上的云，千姿百态。有的像羽毛，有的像鱼鳞，有的像棉絮，还有的像羊群和奔马"。

1. 倒装、排比再与倒装的连用

例如，聂绀弩的《一个高大的背影倒了》（节选）：

一个高大的背影倒了，/ 在无花的蔷薇的路上，/

那走在前头的，/ 那高擎着倔强的火把的，/ 那用最响亮的唱着歌的！/

那比一切人都高大的背影倒了，/ 在暗夜里，在风雨连天的暗夜！//……

2. 连用比拟

例如，郭小川的《团泊洼的秋天》（节选）：

矮小而年高的垂柳，用苍绿的叶子抚摸着快熟的庄稼；/

密集的芦苇，细心地护卫着脚下偷偷开放的野花。//……

秋天的团泊洼啊，好象在香甜的梦中睡傻；/

团泊洼的秋天啊，犹如少女一般羞羞答答。//

3．连用比喻

例如，艾青的《给乌兰诺娃——看芭蕾舞"小夜曲"而作》：像云一样柔软，/像风一样轻，/比月光更明亮，/比夜更宁静——/人体在太空里游行。//不是天上仙女，/却是人间的女神，/比梦更美，/比幻想更动人——/是劳动创造的结晶。//

5.2.5.2 兼用关系

兼用是将多种修辞方式交织在一起，即一个词句身兼数职，有机结合，互相补充，浑然一体。兼用的形式多样，例如，比喻、夸张、对偶、排比等可以应用在一个句子中。

1．博喻与排比的兼用

例如，艾青的《桥》：

当土地与土地被水分割了的时候，/当道路与道路被水截断了的时候，/

智慧的人类伫立在水边，/于是产生了桥。//

苦于跋步的人类，/应该感谢桥啊。//

桥是土地与土地的联系，/桥是河流与道路的爱情，/

桥是船只与车辆点头致敬的驿站，/桥是乘船者与步行者挥手告别的地方。//

2．起兴、重复和借喻的兼用

例如，广西民歌：

风吹云动天不动，水推船流岸不流。刀切藕断丝不断，我俩生死都不丢。

这首民歌的前两句是对偶句。第三句"丝不断"是思念不断的谐音双关。大多数民歌都是综合应用多种修辞方法。开头两句往往是触景生情，见物起兴，用来起韵或作比喻。

3．对偶、比喻和夸张的兼用

例如，毛泽东《长征》：

红军不怕远征难，万水千的只等闲。五岭逶迤腾细浪，乌蒙磅礴走泥丸。

金沙水拍云崖暖，大渡桥横铁索寒。更喜岷山千里雪，三军过后尽开颜。

借助整齐匀称的对偶形式，对绵延的山岭以形象的比喻并以藐视的心态夸张。抒发了"万水千山只等闲"的英雄豪情。

5.2.5.3 套用关系

套用，即一个主要的修辞方式中套用一个次要的、从属的修辞方式。例如，设问是主要方式，而答句用比喻、排比等，增强了设问的力量。

1．呼应中套用反复、婉言象征

例如，余光中的《乡愁》：

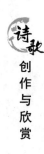

小时候 / 乡愁是一枚小小的邮票 / 我在这头 / 母亲在那头 //

长大后 / 乡愁是一张窄窄的船票 / 我在这头 / 新娘在那头 //

后来啊 / 乡愁是一方矮矮的坟墓 / 我在外头 / 母亲在里头 //

而现在 / 乡愁是一湾浅浅的海峡 / 我在这头 / 大陆在那头 //

2. 比喻中套用借代、拟人

例如，郭小川的《团泊洼的秋天》：

秋风象一把柔韧的梳子，梳理着静静的团泊洼；/ （比喻）

秋光如同发亮的汗珠，飘飘扬扬地在平滩上挥洒。//

高粱好似一队队"红领巾"，悄悄地把周围的道路观察；/ （借代）

向日葵摇头微笑着，望不尽太阳起处的红色天涯。"// （拟人）

3. 排比中套用反复

例如，臧克家的《三代》：

孩子 / 在土里洗澡 // 爸爸 / 在土里流汗 // 爷爷 / 在土里埋葬 //

又例如，余光中的《昨夜你对我的一笑》：

昨夜你对我一笑，/ 到如今余音袅袅，/ 我化作一叶小舟，/ 随音波上下飘摇。//

昨夜你对我一笑，/ 酒窝里掀起狂涛，/ 我化作一片落花，/ 在涡里左右打绕。//

昨夜你对我一笑，/ 啊！/ 我开始有了骄傲；/

打开记忆的盒子，/ 守财奴似的，/ 又数了一遍财宝。//

5.2.5.4 综合运用

修辞方法的综合运用是错综复杂的，连用、兼用、套用关系之间相并用的形式也是常见的，只有充分认识理解，才能在使用中得心应手。例如，《天安门诗抄》中的《不尽歌》：

滴不尽怀念总理悲咽泪，痛不尽顿足捶胸肝欲碎，望不尽浩气贯虹像生辉，

怀不尽耿耿丹心鞠躬瘁，赞不尽兢兢业业功殊伟，学不尽沥血呕心德高贵，

心往神追。// （用了反复、排比、夸张和比拟）

恨不尽妖魔切齿谤忠骨，烧不尽革命烈火焚污秽。（用了对偶、比喻、借代、移就）

啊！恰更似滔滔黄河扬子水，波涛滚滚不尽追。（宽式对偶、比喻）

喜看来日开不尽，开不尽啊，杜鹃怒放红遍地，神州尽朝晖！（反复、顶真、象征）

用说不完、道不尽的不尽歌，尽情地表达人民怀念总理的真切感情。

第 6 章　诗的风格

　　诗是心灵的涌泉，承载着激越奔放的情感，不同的文化背景和精神追求，形成迥异的艺术风格。诗人对于眼前的同一客观事物有不同的审美感受，也就是说对同一处风景、同一件事，有不同的情感反映，有的是惊奇，赞不绝口，有的却淡漠，无动于衷；有的被感动得眼泪夺眶而出，有的却若无其事。这些却关乎诗人的个性。

　　诗人的个人气质、世界观（思想信仰，艺术修养等）和美学观念等形成了个性，将个性化的语言和话语方式融入了诗作中，逐渐形成了艺术个性，这种艺术个性就是诗人的艺术特色，称为诗的风格。它是个性对语言结构的改变，也是个人经历与社会发展过程的结合。形成了独特艺术风格的诗人，即便在作品中不署上名字，熟悉他的读者可以根据诗的表现特点也能猜出他是谁。作为偶像崇拜一个诗人的时候，就是崇拜他的作品的风格。

　　风格是风神韵致，是神韵，是物质以外的一种心气，例如，雄浑、豪放、典雅、绮丽、清新、恢宏、朴实、高远、旷达、秀逸、洒脱、沉郁、幽深、庄重、奇伟等等，不胜枚举。不同的风格表现不同的境界。诗的风格表现在体裁和格调方面，包括句式的语气、抑扬起伏的节奏、声律韵律和思想意识等，按其特性分为艺术风格和语言风格两大类。凡大诗人在风格上都显出其独特的创造性。例如，李白的浪漫飘逸，杜甫的深切沉郁，王维的含蓄壮美，王之涣的雄浑壮阔，孟浩然的明丽隽永，白居易的温婉蕴藉，苏轼、辛弃疾的豪放豁达，柳永的温婉细腻，等等。

6.1 诗的艺术风格

　　艺术风格是诗人的精神品格。艺术风格是艺术独创性的反映，是诗的个性，没有独创就没有风格。而独创意味着要不断继承、借鉴，刻苦地探索和追求，进行大量艺术实践，千淘万漉，才能吹尽黄沙始到金。

　　诗的艺术风格是诗人艺术性情的表露，是个性的各自张扬。不同的作者在创作上

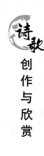

表现出创新精神和绚丽多彩的艺术风格。艺术风格有豪放、雄浑，有悲怆、婉约；有高淡、清朗，有浪漫、风趣，有含蓄、朦胧等等。艺术风格丰富又复杂，只是概略地分列而已。

6.1.1 豪放与婉约

豪放，表现气势磅礴、高昂豁达、穿越时空、胸襟宽阔、气概豪迈。而婉约的诗篇含蓄蕴藉，常常表现离愁别忧，以婉曲的方式表达情感。其特点是结构深细缜密，形式委婉绮丽，语言圆润，有时清新绮丽，有时沉郁凄凉。豪放与婉约是（宋）词的两大风格，辑有《豪放词》和《婉约词》以及情爱相思的《花间集》。当然再细细分辩，婉约也有感伤凄婉、缠绵绮丽、温雅妩媚、从容闲远等差别；豪放也有雄浑苍凉、郁怒勃发、俊爽旷达、疏快流岩等不同。尽管声情与词调有某些关联，但作品情意的表达还是依赖于语言本身。也有超越常规的，如《西江月》词调可用于情调柔婉、也可用于豁达疏旷，具有刚柔兼济的特点。对于作者而言，豪放诗人也有细腻之作，婉约诗人也有阔大篇章。

6.1.1.1 豪情奔放

1．豪放

豪放是眼界开阔，胸次磊落，气魄阔大，狂放不羁的性情，有吞吐天下的气概。怀有豪放情调的诗篇，具有"笔落惊风雨，诗成泣鬼神"的气势。

豪放风格的作品，思想感情大气、向上，胸襟宽阔，形象波澜壮阔，气势恢宏。语言悲壮激越有奔泻的气势和节奏。意境恢弘阔远，博大新奇，独抒性灵。例如，李白的"黄河落天走东海，万里写入胸怀间"有不可遏止的气势，淋漓尽致的抒怀。豪放绝不是字面上空洞的"豪言壮语"。苏轼（号东坡）的豪放风格是人们熟知的，他的诗给人以独特的感受和韵味。

例如，苏轼的《念奴娇·赤壁怀古》：

大江东去，浪淘尽、千古风流人物。故垒西边，人道是、三国周郎赤壁。

乱石穿空，惊涛拍岸，卷起千堆雪。江山如画，一时多少豪杰！/

遥想公瑾当年，小乔初嫁了，雄姿英发。羽扇纶巾，谈笑间、樯橹灰飞烟灭。

故国神游，多情应笑我，早生华发。//

这首词被誉为千古绝唱，是豪放风格的代表作。以空前的气概、非凡的艺术概括力，给读者带来意境开阔、气势恢宏的艺术冲击力。作者抓取了悬崖峭壁、惊涛雪浪等可视性强的宏大形象，大手笔，纵描横抹，着意渲染出一派雄奇壮阔的战场风云。即使在描绘人物形象时，作者也是用浓墨重彩着力地刻画了周郎公瑾，展现他从容儒雅、雄姿英发的翩翩风姿，谈笑自若、决胜千里的恢宏气度，使人深感气势夺人，豪情奔放。

2. 豪爽

豪爽是豁达直爽的性情。例如，北朝民歌《敕勒歌》：

> 敕勒川，阴山下。天似穹庐，笼盖四野。
>
> 天苍苍，野茫茫，风吹草低见牛羊。

这是一首歌唱草原的牧歌，苍劲豪爽，明朗畅达，境界开远，气势雄壮。静中有动，动中有静，充满生命活力。

苏轼的作品也具有气魄豪爽，飘逸旷达的基本特色。云天做幕，对月高歌，笔力奇突异常，感情无可羁绊。跳荡自如，具有能放能收的结构和豪爽潇洒的韵味。

例如，苏轼的《水调歌头·明月几时有》：

> 明月几时有，把酒问青天。不知天上宫阙，今夕是何年。
>
> 我欲乘风归去，惟恐琼楼玉宇，高处不胜寒。起舞弄清影，何似在人间！/
>
> 转朱阁，低绮户，照无眠。不应有恨，何时长向别时圆？
>
> 人有悲欢离合，月有阴晴圆缺，此事古难全。但愿人长久，千里共婵娟。//

诗篇想象丰富，立意高远，境界壮美。丙辰中秋，欢饮达旦，构思大开大合。以咏月为中心，表达了既向往天上游仙，又留恋人间情怀，豁达自适的人生态度，以及共享人间的美好愿望。

3. 豪迈

豪迈是昂首阔步、勇往直前的气概，表达高昂壮阔、豪放旷达的壮志情怀。

例如，初唐诗人王勃，七岁神童，诗文负有盛名，四杰（杨炯，卢照邻、骆宾王）之一。王勃的送别诗《送杜少府之任蜀州》风格豪迈：

> 城阙辅三秦，风烟望五津。与君离别意，同是宦游人。
>
> 海内存知己，天涯若比邻。无为在歧路，儿女共沾巾！

一般的送别诗抒发的大都是依依不舍的忧伤之情，而王勃却洋溢着旷达雄豪的壮志情怀，胸襟广阔可以囊括整个世界。少年的气度和文采写下了发光的诗句"海内存知己，天涯若比邻"。

又例如，清代龚自珍的组诗《己亥杂诗》中第125首，用风神、雷神作比喻，气势宏大，用语生动，激情洋溢。风格豪迈：

> 九州生气恃风雷，万马齐喑究可哀。我劝天公重抖擞，不拘一格降人才。

注：九州：古代中国分九州，此处泛指中国。生气：生机勃勃。恃：依靠。齐喑：都不做声、缄默，比喻死气沉沉。不拘一格：不受常规限制。

前两句用风雷和齐喑的万马作比喻，暗示中国要出现新的生机，必须实行雷厉风行的改革，才能改变死气沉沉的社会局面。后两句用奇特的想象、浩大的气魄，拟人的手法，表现了热烈的希望，期待着杰出人才的涌现。激情洋溢，别开生面。

4. 豪壮

豪壮是情绪激昂，表达雄壮或悲壮的豪情。

例如，毛泽东在 1949 年 4 月写的《七律·人民解放军占领南京》：

钟山风雨起苍黄，百万雄师过大江。虎踞龙盘今胜昔，天翻地覆慨而慷。

宜将剩勇追穷寇，不可沽名学霸王。天若有情天亦老，人间正道是沧桑。

表现了威武雄壮的人民解放军挺进江南，乘胜追击，解放全中国的豪迈气概。

又例如，高适的《别董大》：

千里黄云白日曛，北风吹雁雪纷纷。莫愁前路无知己，天下谁人不识君。

用前两句的悲愁情调作反衬，在末句"天下谁人不识君"中表现出昂扬的精神、豪壮的气概。

再例如，王之涣《凉州词（出塞）》和王翰的《凉州曲》都表现神采飞扬，壮怀激烈的情感。

词曰：黄河远上白云间，一片孤城万仞山。羌笛何须怨《杨柳》，春风不度玉门关。

曲曰：葡萄美酒夜光杯，欲饮琵琶马上催。醉卧沙场君莫笑，古来征战几人回。

注：杨柳：北朝乐府曲《折杨柳》，用其意。词云："上马不捉鞭，反折杨柳枝。下马吹横笛，愁杀行客儿。"

6.1.1.2 婉转隐约

通常借景用物抒情，用意象暗示表现生命的体验和感悟，间接婉转而又客观含蓄。意象暗示避免了浪漫的直抒，是一种象征诗的典型手法。例如："邻院的花香随着晚风飘来""无声的荒草变了颜色""双燕的影子掠过我的胸口"等等。体现出"曲、柔、细"的特点。曲，即曲径通幽；柔，即情牵意缠；细，细软如丝。当然，婉约也分不同层面，有清婉、温婉、柔婉、轻婉、凄婉、哀婉等。

例如，徐志摩的《沙扬娜拉十八首（其十八）》，抒发的是柔婉的温情：

最是那一低头的温柔，/ 像一朵水莲花不胜凉风的娇羞，/

道一声珍重，道一声珍重，/ 那一声珍重里有蜜甜的忧愁——/ 沙扬娜拉！//

注：沙扬娜拉：日语"再见"的音译。

例如，柳永是宋代婉约词派的代表，典型的词作《雨霖铃·寒蝉凄切》，将抒情、叙事、写景融为一体，达到了"状难状之景，达难达之情"的高度。柔细婉约出之以自然：

寒蝉凄切，对长亭晚，骤雨初歇。都门帐饮无绪，留恋处，兰舟催发。

执手相看泪眼，竟无语凝噎。念去去千里烟波，暮霭沉沉楚天阔。/

多情自古伤离别，更那堪、冷落清秋节！今宵酒醒何处？杨柳岸，晓风残月。

此去经年，应是良辰好景虚设。便纵有千种风情，更与何人说？//

注：都门帐饮：都城外帐篷设宴。兰舟：传说用木兰树雕凿成船的美称。凝噎：悲痛气塞，说不出话来。去去：分手后越走越远。暮霭：傍晚的云气。楚天：古时长江中下游属楚国，泛指南天长空。虚设：经年不见，最好的美景也是形同虚设。

全词围绕悲秋写离愁别恨。"今宵酒醒……"是婉约的代表，渲染别后的凄楚。明写眼前景，隐含别时情，含蓄深沉。在另一名篇《八声甘州》中"渐霜风凄紧，关河冷落，残照当楼"也同样体现作者婉约的风格。豪放派诗人苏轼，也有婉约风格。

例如，苏轼 1075 年的《江城子·梦亡妻》：

> 十年生死两茫茫，不思量，自难忘。千里孤坟，无处话凄凉。
>
> 纵使相逢应不识，尘满面、鬓如霜。/
>
> 夜来幽梦忽还乡，小轩窗，正梳妆。相顾无言，唯有泪千行。
>
> 料得年年断肠处，明月夜、短松冈。//

上片写入梦之前，十年来对亡妻的思念以及人生的忧伤。下片承接梦中情状，展现乍见而喜、喜过而悲的感人场面，情真意切，感人至深。这首婉约词以白描手法取胜，无论是叙事写景，还是抒情，寥寥几笔，生动传神，景中寓情，因情生景。梦境中，以虚映实，虚中见实。梦是虚幻缥缈的，感情却是真挚深沉的。凄婉哀伤，具有很强的艺术感染力。

词人李清照是宋代婉约词派的代表作家之一，有大量抒写离情别愁的作品，其中广泛流传的《声声慢·寻寻觅觅》是她晚年的代表作名篇。

6.1.2 含蓄与直率

含蓄是诗艺术的重要特点之一，用象征和暗示为支撑，烘云托月，言不穷尽，意在言外；常用比喻、比拟、借代等修辞方法创造意境。含蓄是含有深意，藏而不浅露，句中有余香，篇中有回味。诗中若有哲理意识的闪现，那是十分可贵的智慧结晶。把作者的心思藏在形象中，而形象和语言或聚或散，或浅或深，常称为象征主义诗歌。直率是秀（show），是爽快，是一种巧美；含蓄是隐，是婉言，是一种意美。

20 世纪 20 年代开始，技巧全新的象征主义的诗作，像春花一样开放。象征也可分为情调象征和意念象征，具有多层面性、多义性和不确定性。过分浓厚的象征、过多的不确定性，"含蓄"将会走向"朦胧"。如果朦胧得隐晦，则使读者不知所云，如雾里看花，一片茫然猜不透。

直率就是精神直白，自然浅露，一览无余，而含蓄的用意也需要在否定词语或设问中提供线索。例如，朱庆余《宫中词》中的"鹦鹉笼前不敢言"，李商隐《瑶池》中的"穆王何事不重来？"等。如果在前言后语中没有线索或端倪，就不知所云。

6.1.2.1 含蓄蕴藉

含蓄的内容需要用不同手法表现。有一些题旨是不愿意明言、不能明言或不敢明言，那么可以利用借代、暗示或印象连缀等手法，故意说得隐约含糊，让人捉摸不透。形象忽隐忽现，语言含蓄韵致，精神思而得之。读者参与审美再创造，受到感染和陶冶。

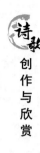

1. 点明含义，欲吐半吐

有些可以点明含义，但欲吐半吐，不直接告诉其真正的内容。

例如，李白的《山中问答》：

问余何意栖碧山，笑而不答心自闲。桃花流水杳然去，别有天地非人间。

首句设问，第二句却笑而不答，但又并非拒绝回答，因为第二联作了部分回答：这里环境好，非同一般。但究竟好在何处？有什么不一样呢？诗中没有说明。

相类似的还有陶渊明的《饮酒（其五）》：

结庐在人境，而无车马喧。问君何能尔，心远地自偏。

采菊东篱下，悠然见南山。山气日夕佳，飞鸟相与还。

此中有真意，欲辨已忘言。

虽然说出了"心远地自偏"，但在结句中还是不用明言而以"忘言"代之。

杜甫的《秋兴八首（其四）》，前面三联景物描写和抒发感慨，对所思内涵略知一二，但是尾联的结句"故国平居有所思"中，未告知所思内容。另外，像辛弃疾的《采桑子·书博山道中壁》，李商隐的《锦瑟》等都是应用此类含蓄手法。

2. 婉转抒发，含义明显

蓄含深涵，也可以是将内心的情感化作可以感触的具体形象加以描绘。例如，朱熹的《观书有感二首（其一）》：

半亩方塘一鉴开，天光云影共徘徊。问渠那得清如许？为有源头活水来。

首先描绘一个池塘，池水清澈明净，像一面镜子将天空倒映在水面，只因为有活水不断从源头流来，才会如此清澈明净，映射出变化无穷的蓝天白云。形象地告诉人们，只有不断读书学习、增加新知识，才能使思想不陈腐、僵化，适应时代的发展。这类象征主义的诗句饱含哲理意识，具有强盛的生命力。

又例如，宋代诗人林升的《题临安邸》：

山外青山楼外楼，西湖歌舞几时休？暖风熏得游人醉，直把杭州作汴州。

以及陈与义的《牡丹》：

一自胡尘入汉关，十年伊洛路漫漫。青墩溪畔龙钟客，独立东风看牡丹。

这两首诗都是抗议南宋朝廷不图恢复、苟且偷安，表达要求收复失地的爱国情怀。前者是通过杭州与汴州的对比，含蓄地表达；后者是通过"看牡丹"，含蓄地表达思念故土之情，江南的牡丹不同于沦陷于金人之手的洛阳牡丹。

再例如，林耀1946年的《听闻一多讲演》：

夜里／听大雷雨在演讲／闪电一次／我看见一次路…… //

早晨／在原野散步／碑上的名字／被雨水冲得晶光 //

野草／迎着阳光／含着希望的泪珠／开花…… //

通篇只有夜里的"演讲"二字，像灯塔一样导航读者，联想到那一次以生命为代价所作的著名演讲。它引导广大学生和青年认识现实，向往光明。

精炼的三节诗篇是用"雨"丝将三个意象（闪电、碑和野草）贯穿在一起。闪电照亮前进的道路；雨后晶亮的碑，让人们永远纪念烈士英名；野草在雨后阳光下开花，暗喻广大青年因闻一多演讲牺牲而觉醒。用寥寥数语反映了一个具有强力冲击波的爆炸性事件，意象充满张力，不枝不蔓，散而有绪，意蕴饱满，主旨突出。

3. 抒情叙事，寓意深沉

诗的想象创造了象征，象征反过来又扩大了想象，一切不明说的，都在不言中表白了，这就是含蓄的真谛。有一种方法是通过其抒情叙事，明显感到诗人并非就事论事，而有内在的深刻蕴涵，但又无法指出实体，甚至也没有线索。例如，戴望舒的《雨巷》，把"丁香"与姑娘的形象联结，产生了更丰富的意象和诗意。

丁香是一种落叶灌木或常绿小乔木，南北方有所不同。有丁香花和丁香籽，都有香味，日常生活中，将丁香树、丁香花和丁香籽简略称为"丁香"。在南唐李璟《摊破浣溪沙》词中，有"青鸟不传云外信，丁香空结雨中愁"的诗句，丁香的饱满的籽夹比喻为愁心，而经过戴望舒的稀释和转化，在《雨巷》中，将丁香花（或树）表现为抒发情思的对象——结着愁怨的姑娘，象征与古典的融会，泛出忧伤与惆怅的情调。诗中并没有目睹这位女郎的真实面貌，但确实彷徨在这寂寥的雨巷，默默地走近过你，却又飘飘然地离你而去。含蓄的诗句形成了虚实交织情思隐约的意境，带来了流动美和朦胧美感。为什么《雨巷》倍受关注和广泛赞赏，在于它含蓄风格的充分展露，是意象化的象征诗。

情景交融而含而不露的送别诗，例如，李白的《黄鹤楼送孟浩然之广陵》：

> 故人西辞黄鹤楼，烟花三月下扬州。孤帆远影碧空尽，惟见长江天际流。

前两句扣题叙事，后两句写景抒情，寓送别依依之情于长江风景之中，以景代言。诗中并未出现"友情"二字，而巧妙地将惜别深情寄寓在景物的动态描写之中，含而不露，余味无穷。

此外，王维的《九月九日忆山东兄弟》，李商隐的《锦瑟》《嫦娥》，李贺的《雁门太守行》，韩翃的《寒食》，李白的《玉阶怨》，等都是此类手法。

6.1.2.2 对比隐含

对比，可以是对立的事物或者是同一事物的不同方面，放在一起比照。一般情状下对照是很明显的，例如"仰望远处，蓝天白云，空气清新；扑面而来的是绿叶红花，清香温馨"。而含蓄的对比存在于一种比拟、衬托、象征等的演绎中。例如，余光中的《中国结》：

你问我会打中国结吗？／我的回答是苦笑／你的年纪太小了，太小／你的红丝线不够长／怎能把我的童年／遥远的童年啊缭绕／也太细了，太细／那样深厚的记忆／你怎么能缚得牢？／／

你问我会打中国结吗？／我的回答是摇头／说不出什么东西／鲠在喉头和心头／这结啊已够紧的了／我要的只是放松／却不知该怎么下手／线太多，太乱了／该怎么去寻找线头／／

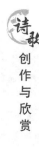

诗篇的风格是用虚拟问答、时空对比的手法，简洁的形象和朴素的语言，蕴含着深刻的情意。

在描写爱情、友情、乡情时，语言可以繁丰或简略，却不能是"爱"字、"情"字的堆砌，而要体现在深情缱绻，细腻缠绵。语句蕴涵着纯洁、真诚。优秀的诗篇貌如一池清水，实为深潭，清澈而不见底。

6.1.2.3 坦率直言

坦率直言与含蓄相反，是显豁、直白的方式点明题旨，毫不隐晦，毫不朦胧。从题材上可以扩大范围，更好地反映现实生活的丰富多彩和多样性，表现不同事物、人物的多种特征。从语言上看，浅显不等同于肤浅、干涸，是有清澈见底的感觉。浅显直白也是一种美。淋漓尽致，直截了当，也是社会生活的一种反映。写平常人的细致感受、复杂情感，坦率直言也是大众化的追求。例如，李昌符的《行思》：

千里岂云去，欲归如路穷。人间无暇日，马上又秋风。

破月衔高岳，流星拂晓空。此时皆在梦，行色独匆匆。

此诗快率直陈，一生如一路，行色总匆匆，毫不掩饰地吐露真感觉。

又例如，杜甫的《戏为六绝句（其二）》：

王杨卢骆当时体，轻薄为文哂未休。尔曹身与名俱灭，不废江河万古流。

这是杜甫针对当时讥讽前贤的年轻人所作的文艺批评。直截了当，这些人只是一时的聒噪不休，无损于四杰的名声，四杰的名字像江河流水一样万古长存。诗人的情绪激动，就会迸发，就会直言其词。

又例如，张灿的《手书单幅》：

书画琴棋诗酒花，当年件件不离它。而今七事多更变，柴米油盐酱醋茶。

"书画琴棋"可算是雅事，而"柴米油盐"可算是俗事。由于生活所迫，放弃雅趣，关心开门七件事，诗人的辛酸和懊恼表现得坦率真切，给人一种警觉感，别具妙趣。

再例如，白居易的《卖炭翁》《买花》《采地黄者》等都是写身边琐事，吟寻常百姓，抒发人生感慨。还有杜甫的《闻官军收河南河北》《石壕吏》《草堂》等；结构平直顺畅，诗意表达显豁，语言浅切，充分表现出直叙其事、直抒其情的质朴风格。从这类优秀诗篇中可以看到他们炉火纯青的功力，刻意追求的苦心，在诗句中蕴含丰富的情感和深刻的思想。显豁不是肤浅，直白不等于粗率。

6.1.3 浪漫与现实

浪漫是在不满足理想状态下寻找新的精神寄托。这种社会情绪反映在文学创作领域，便产生了浪漫主义文学。李白和李贺的浪漫主义的风格在诗史中散发着奇光异彩，他们用不同的方式（梦境仙界和地府鬼魂）抒发心中的不满忧愤和抗争情绪。

浪漫的热情如"血液的激荡"，而现实的知性如"神经的穴位"。诗应该是一种情绪和智慧的抒发。现实主义诗歌的情感来源于客观现实，以写实为主，反映生活的本来面貌；而浪漫主义的情感来原于主观自生（非当下现实的感应，是综合积累的衍生），注重主观表现，以象征为主，常用想象（或夸张）来塑造形象。法国浪漫主义先驱雨果在1828年说过："诗的领域无限广阔。在现实世界之下，还存在一个理想世界，对于那些善于沉思、能够透观物界的人来说，理想之界更光耀夺目。"神话，是古代人民用幻想表现理想的典型的浪漫主义的方式。

当今的现实主义是一种"物感"的定义，注重事实或现实，反对不切实际或空想的思想和行为，只是一种初级的或朴素的唯物论。浪漫中的"大力神"是一种精神意志，有史以来那么多的神话传说，都是人类精神意志的流行，而且以不朽的姿态流传千年、万年。从这个意义上说，泛神论思想的浪漫不是唯心论，而是历史长河淘洗出来的金子般的"现实"。个人定义为溯源唯物论，用于区别于常说的（现实）唯物论。"今人不见古时月，今月曾经照古人"是一种美妙的写照。

6.1.3.1 浪漫旷达

浪漫风格的基本特点是以充满激情的夸张方式表现理想和愿望。浪漫主义擅长奇特的艺术想象，有各种表现形式：有上天入地的浪漫，也有托古喻今的浪漫；既有神和人同台的浪漫，也有人类现实生活的浪漫。无论哪种形式，其灵魂都是追求强烈的理想主义精神，表现作者的个性和感性。例如，屈原的《离骚》中"路漫漫其修远兮，吾将上下而求索"，表现了作者对理想的强烈追求。没有理想，就没有浪漫主义。

李白的豪放风格被贺知章惊叹为"谪仙人"，称其诗可"泣鬼神"，因而誉满京师。例如，浪漫主义诗风的代表作《蜀道难》，这首乐府诗是奠定李白"诗仙"地位的浪漫主义杰作。以雄健奔放的笔调，展开奇特的想象和夸张，描绘由秦入蜀的路途艰险，句式长短多变，随心所欲，语言奔放，写得瑰丽而又神奇，表现出高超的艺术构思，充满浓郁的浪漫主义色彩。

又例如，李白的《望庐山瀑布》："日照香炉生紫烟，遥看瀑布挂前川。飞流直下三千尺，疑是银河落九天。"运用浪漫主义的手法，描绘了一幅雄奇瑰丽的庐山大瀑布壮景。表现豪迈气概和乐观情绪。一个"生"字，化静为动；一个"挂"字，化动为静。惟妙惟肖地展示了瀑布的遥看景象。飞流直下三千尺，极度夸张水流的湍急、凌空而下。一个"疑"字，用得空灵虚幻，银河落九天，比喻新奇，增添神奇色彩。

浪漫主义诗篇常用夸张的手法和大胆的比拟，以丰富的想象构成虚幻境界；其语言奇特华丽，具有磅礴的气势和澎湃的激情。诸如李白的《月下独酌》《行路难》《梦游天姥吟留别》等都是具有浓烈浪漫主义色彩的名篇佳作。

在自由诗方面，郭沫若、徐志摩是浪漫风格的代表。天上地下，古往今来，雄浑高昂的声浪、深远的意境构成了独特风格。像雄鹰、像海燕，翱翔在海阔天空；像

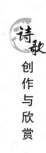

海洋、像长江、像大河，奔腾在峡谷山川。例如，郭的《天狗》，用传说中的"天狗吞月"，抒发爆发的激情：

我是一条天狗呀！／我把月来吞了，／我把日来吞了，／

我把一切的星球来吞了，／我把全宇宙来吞了，／我便是我了！……

6.1.3.2 现实时空

现实的存在是诗作的依赖，远离现实的呼喊和呻吟是天马行空。《死水》是 20 世纪 30 年代现实主义诗人闻一多的代表作。作者严肃地关注着社会和人生。恢宏而又致密的总体构思，严格而又开放的格律、韵律是该诗的特点。诗句精练，诗意凝重。

现实主义注重对生活的观察、体验，力求使艺术的描写在外观上、细节上符合实际生活的形态、面貌和逻辑；通过真实的细节表现生活的本质。感动人心的想象落到实处，但并不是现实的复制。细节在构筑形象体系中具有重要作用和意义，这是现实主义创作的前提。

艺术的生命在于真实，真实依托于细节。现实主义除了细节真实之外，还要真实地再现典型环境中的典型人物。现实主义风格的特点有二：一是捉住现实，踏着时代的鼓点，忠实记录大众的情绪和愿望。二是走大众化的道路，诗篇为大众喜闻乐见，为大众所用、所爱。以个人化的操作达到了非个人化、即大众化的效应。

现实主义诗歌反映生活的方式，主要是揭示抒情主人公的情绪、情感，是以抒情为主的情感世界的典型化。

现实主义诗人的心总是与时代的脉搏同步，与现实社会呼应，产生的诗篇贴近现实，揭示生活本质和社会发展动向。真正的现实主义应该是，既不主观地粉饰现实，也不躲避现实。

在 1933 年 11 月《文学》期刊上茅盾对臧克家第一部诗集《烙印》就是这样评论的。现实主义的诗在其字里行间展现时代的精神步履，传达时代的心路历程。按照现实生活的本来面貌反映现实。在表现现实生活题材时，并非有闻必录，而是利用象征、比喻的艺术技巧，将叙事与抒情紧密结合，形成多元的审美思路（正面形象和反面形象在艺术上都有审美价值），广泛而深刻地表现社会状态，揭示社会问题的本质。

例如，杜甫的《茅屋为秋风所破歌》是一首典型的现实主义诗作，是流畅的歌行体古诗，句式长短不同，韵脚多次转换，有一种曲折跌宕的感觉，也有助于表达生活坎坷、漂泊悲凉的心情：

八月秋高风怒号，卷我屋上三重茅。

茅飞度江洒江郊，高者挂罥长林梢，下者飘转沉塘坳。

南村群童欺我老无力，忍能对面为盗贼。

公然抱茅入竹去，唇焦口燥呼不得，归来倚杖自叹息。

俄顷风定云墨色，秋天漠漠向昏黑。布衾多年冷如铁，娇儿恶卧踏里裂。

床头屋漏无干处，雨脚如麻未断绝。自经丧乱少睡眠，长夜沾湿何由彻！

安得广厦千万间，大庇天下寒士俱欢颜，风雨不动安如山！

呜呼！何时眼前突兀见此屋，吾庐独破受冻死亦足！

同样，白居易的《琵琶行》也是一首脍炙人口的现实主义杰作，也是古代叙事诗中的精品。

现实主义的诗不仅是真实的现实，又是想象中的现实。客观的现实是一种捕捉，心理的现实是内心积聚的开发。将两者合而为一，达到一种超常观察的境界。其本质是心灵的超越、高度概括、认识深刻。缺乏理想的现实主义是枯燥的。现实主义诗歌创作的艺术思路是生活—想象—抒情。例如，臧克家在20世纪40年代作的《三代》：孩子在土里洗澡/爸爸在土里流汗/爷爷在土里葬埋//三句诗、描绘了三幅现实人生的画图，既勾勒出三代人各自的命运，又是农民从少年到老年、与土地相依为命的人生历程的写照。语言朴素自然，意义深刻精炼。

例如，李季的《王贵与李香香》，用信天游民歌方式，以比兴的手法，叙事与抒情同步，充满浓郁的时代气息，表现了一个新世界的新人物。现实主义风格中闪烁着浪漫主义的火花，朴素而有灵性，产生强大的生命力，形成一个整体性象征意境，深化了现实主义艺术的内涵。

现实主义诗歌，通过塑造抒情主人公的典型形象，深刻概括历史特征、时代的社会典型情感、典型情绪，精心刻画环境和情感细节等艺术手段，感动和震撼一代又一代的读者。在阅读和欣赏中可以获得历史的启示、思想教益和文学审美的愉悦。

在某些历史时期，现实主义诗作又被分为主流、支流和逆流，其依据是思想意识、政治态度和阶级立场。主流是导向的，是革命的；逆流是倒行逆施的反动，受到尖锐的社会批判和人身攻击。姑且将主流和逆流的现实主义诗作，看成出自动荡的激情时代的思想家型的诗人之手，那么被划分为支流的诗作，则出自艺术家型的现实主义诗人之笔。这似乎忽视并扼制了诗人那种与众有异的独立个性和特殊风格。现实与写实在某种意义上是有区别的。写实可以体验不同人物在不同环境中的生活情调，放开眼界，获得更多的诗创造的资源。

6.1.3.3 象征移情

象征主义是思想的知觉化，或称为感觉移借、通感转化。小而言之是一种描绘类的修辞方法。宽泛地理解为感觉对象与主观情感世界的融合，即用客观事物来表现内心的复杂情愫（用单一的比喻不能充分地表达其情感的深度和广度）。20世纪30年代诗人戴望舒、李金发的诗，具有典型的象征主义风格。戴望舒的代表作《雨巷》，化用李璟的《摊破浣溪沙》词作中的象征诗句"丁香空结雨中愁"，通过稀释和再造，成就了负有盛名的经典诗作："撑着细纸伞，独自/彷徨在悠长，悠长/又寂寥的雨巷，/我希望飘过/一个丁香一样地/结着愁怨的姑娘。//……。"

象征派诗歌的艺术特点是奇特、交错的意象组合，大跨度的观念联络，在暗示、象征中隐现着情绪与感觉的潜流。注重"画面感"的光和影、色彩和构图，经过精巧

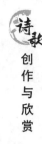

安排，从而体现诗歌的绘画美。

象征主义诗风倚重意象的创造和应用，不直接叙述和抒情，而是通过意象的中介，将主观情绪客观化、具象化，充满审美情趣。主观情绪以各种形式强烈地渗入、融会在这些意象中。从意象的复杂交错、碰撞和转化中流淌出真挚的诗意和情感，也可以用一个简洁、单纯的意象，代替千言万语的直抒或铺叙，给思想以翅膀，给情感以衣裳，蓬勃自然，真切感人。

6.1.4 雄浑与风趣

6.1.4.1 苍劲雄奇

苍劲雄奇，是境界雄伟，气势劲厉，立意奇特；音调高亢，铿锵有力，直抒胸臆。例如，李贺《梦天》中的"遥望神州九点烟，一泓海水杯中泻"。飞上天空看尘世，那人世间极其渺小，九州小得像九个烟点，大海小得像一杯水。

又例如其《箜篌引》中有"女娲炼石补天处，石破天惊逗秋雨。"，以奇幻的想象力将乐曲中的高音之强，以致能震裂补天之石，雨水从裂缝中漏下来，其形象动人心魄。

又例如，初唐诗人陈子昂（659—700）的诗《登幽州台歌》：

> 前不见古人，后不见来者。念天地之悠悠，独怆然而涕下。

前两个"不见……"句，纵贯古今，一条茫茫的历史长河。"念天地……"句，凝练地勾勒出苍天的广袤无垠，将时间和空间的雄浑宏大高度概括，展示了通晓古今之变，阅尽人间沧桑的历史视野，抒发了独立苍茫、沉郁悲壮的情感。那苍茫无际的浑沌一气，体现了横绝太空、充盈天地的雄浑风格。

又例如，毛泽东的《沁园春·雪》："望长城内外，惟余莽莽；大河上下，顿失滔滔。山舞银蛇，原驰蜡象，欲与天公试比高。"气魄雄浑，情调豪迈，意境高妙。下半片的抒情，更是一气呵成，唤起一种雄壮自豪的情感。同样在《念奴娇·昆仑》中，一座巍然屹立的昆仑山，写得突兀奇妙，"安得倚天抽宝剑，把汝裁为三截"，使人惊叹那非凡的想象力和雄伟的气魄。用最壮美的含蓄，写山不尽是山，写出了改变世界的大无畏神力。

6.1.4.2 浑厚壮美

浑厚壮美，是雄浑、沉着，高昂而庄重，具有深沉的含意和雄伟的气势。盛唐边塞诗人的诗作表现军旅生活，气势雄浑。例如，王昌龄的《从军行（其四）》：

青海长云暗雪山，孤城遥望玉门关。黄沙百战穿金甲，不破楼兰终不还。

注：青海：青海湖。雪山：祁连山。楼兰：汉代对西域鄯善的称呼。

时间纵越千年，空间横跨万里，气象苍凉雄浑。表达了雄浑豁达的感情。

在自由诗方面，例如，1983年叶延滨的《想飞的山岩——惊心动魄的一瞥》：

一只鹰，一只挣扎的鹰／向江心伸直尖利的嘴吻／爪子陷进山腹／

两个绝望而又倔强的鹰翅上 / 翼羽似的松林 / 在凄风中颤动 /

一块想飞腾的山岩 / 数百年还是数千年啊 /

永远只是一瞬 / 浓缩为固体的一瞬 / 想挣扎出僵死的一瞬 //……

将一块突兀而立的雄奇巉岩，演化为展翅欲飞的雄鹰。又将心中飞腾的雄鹰凝固在山崖上，飞跃的岩石象征着自由的希望。要飞腾、要挣扎、要挣脱凝固的梦境，那是多少年以来的心痛。也许，犹如对岸俯看江面的神女，泪已干，心已死，风雨不动。鹰的飞腾需要付出代价，要么耸立千年的禁锢，要么一场山崩地裂，更有跌入大江的牺牲，只有灵魂在上空骄傲地盘旋，不愿离去。

6.1.4.3 深沉悲慨

悲慨，即悲痛感慨。在悲慨这一类风格中，根据情感不同还可细分为悲壮、悲痛、悲愤、悲赞和悲哀、悲愁、悲悼等不同的层面。

1. 悲壮

悲壮，即悲中有壮，例如海啸汹涌，生灵俱灭，例如地崩山摧，伤生害命。这类风格的诗篇，通过叙事兼抒情，敬仰英雄的献身精神，表达一种怀念痛惜的心情。

例如，杜甫的《蜀相》：

丞相祠堂何处寻？锦官城外柏森森。映阶碧草自春色，隔叶黄鹂空好音。

三顾频烦天下计，两朝开济老臣心。出师未捷身先死，长使英难泪满襟。

杜甫这首诗，是在事业和生活上处于艰难之时，公元760年，安史之乱后的一个春天，来到武侯祠，缅怀诸葛丞相，吟诵《出师表》，感慨万端，泪满衣襟，于是将怀念诸葛亮的内心，化作笔底波澜，表达悲切伤感之情。尾联写得深沉悲壮，千古传诵。

2. 悲痛

心情痛苦如欲死去，寻求内心的慰藉而不可得。例如楚因的《丁酉年》：

谈虎容颜变，飘摇一叶舟。祸惊天外降，泪咽肚中流。

禹贡临秋肃，圣朝多楚因。万民期雨露，大劫几时休。

3. 悲愤

鲁迅的《忍看朋辈成新鬼》是典型的悲愤诗。当鲁迅获悉殷夫、柔石等人被杀害的消息后，愤然命笔，怒向刀丛觅小诗：

惯于长夜过春时，挈妇将雏鬓有丝。梦里依稀慈母泪，城头变幻大王旗。

忍看朋辈成新鬼，怒向刀丛觅小诗。吟罢低眉无写处，月光如水照缁衣。

这样的愤怒诗篇反映了在白色恐怖下的艰险和压抑，揭露了言论自由被扼杀的现实。当寒流风霜盖天下，心有不平时，纵有雄才也枉然，发出愤慨。悲中有愤。

4. 悲赞

一首悲赞的正气歌《匡庐》：

巨霆动地热风吹，脚底云山赤燎飞。明镜犯颜惊海隅，刚峰如剑触天成。

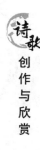

尚书已赴珠崖郡，大内新颁元祐碑。他日徐观真面目，香炉峰上染斜晖。

体现作者精神不屈，铁笔刚锋，力透纸背，伸张正义。诗风磅礴，展现了一种富于民族正气的人格。历史是公正的，竟然真有"他日"的到来，给予平反。

6.1.4.4 风趣澄清

风趣在诗歌中大多指幽默、天真有情趣，见地有意趣。以小见大，澄清中妙趣横生，也许让人从中得到启发或美感。

1. 风趣

风趣是生动活跃、舒畅的动态美。例如，南宋杨万里的风景诗《小池》：

> 泉眼无声惜细流，树阴照水爱晴柔。小荷才露尖尖角，早有蜻蜓立上头。

从细处着眼，用脱颖而出的想象、拟人的手法，朴实细腻地描写了小池自然景物的特征。是风景诗中的小品，四个动词"惜、爱、露、立"的使用，生灵活现地跳跃着鲜明的形象，妙趣天成。是画面美、动态美与温柔情感的完满结合。

又例如，王维的《杂诗》："君自故乡来，应知故乡事。来日绮窗前，寒梅着花未？"

两个复合句都用探问的语气，聊一聊家乡的状况。并没有论天下大事，只着眼于细节和情趣，用绮窗衬托寒梅的一个画面，表达了雅洁逸趣，同时也有一定的象征性和含蓄意味。（绮窗：用绸绢糊贴的窗户，如同穷人用纸糊的纸窗）

再例如，唐代诗人王湾的情景诗《次北固山下》：

> 客路青山外，行舟绿水前。潮平两岸阔，风正一帆悬。
>
> 海日生残夜，江春入旧年。乡书何处达？归雁洛阳边。

全诗写景逼真，抒情自然，相得益彰。冬尽春来，潮平风正，旭阳东升，令人赏心悦目。诗人触景生情，思念故乡的情趣表现真切，也因此而名闻天下。再例如，杜甫的《春夜喜雨》，贾岛的《题诗后》等名篇都有充满情趣的佳句。例如："好雨知时节……润物细无声。""两句三年得，一吟双泪流。"等等。

自由诗中，也有妙趣横生。例如，1982年韩东的《山民》：

> 小时候，他问父亲／"山那边是什么"／父亲说"是山"／
>
> "那边的那边呢"／"山，还是山"／
>
> 他不做声了，看着远处／山，第一次使他这样疲倦／／

用淳朴的语言讲述了山与海的故事。在澄淡的递进中寄寓着一个生命传承的深刻道理，一个改变人生命运的道理。

2. 旷达

旷达是坦然，是另一种自趣、澄清。人间常有碰壁失意之时，能回心转意，澄清感悟，称为旷达人生。旷则能容，达则能悟，置一切于度外，自宽、自解、自趣。顺逆适心，随遇而安。旷达并非悲观颓放。

例如，清代赖钟俊的《不第返家》，写出了名落孙山回家的乐景乐趣，表达了坦然之心：

行程无间隔，时至自还家。驿路到乡尽，炊烟出户斜。

欢言三亩宅，喜见一庭花。慰藉来邻叟，翻然动感磋。

诗中一扫忧愤愁苦，反倒宽慰来访亲友邻舍，旷达人生表现得淋漓尽致。

6.1.5 清淡与朦胧

清淡，就是清秀奇丽，本色自然，往往带来幽雅清淡的意境，美不胜收。陶渊明、孟浩然的山水田园诗风格较为典型的清新自然。清朗、清越，以自然现象本身那样呈现、运行的方式表述。字不雕琢，句不锤炼，格不整饬，平淡自然。例如，"池塘生春草，园柳变鸣禽"。初读时给人有一种漫不经心的、质朴疏淡的感觉。细细品味时又感到朴中含华、平中出奇、淡中有味。又例如，贺知章的"不知细叶谁裁出？二月春风似剪刀"更是"清淡风流"，为人所倾慕。当然，清丽风格有时也离不开用"清"字来表达。例如："荷风送香气，竹露滴清响""松月生夜凉，风泉满清听""野旷天低树，江清月近人"等。呈现清水潺潺、清风徐徐的清绝境界。

清丽、清朗，是一种物境、情境；淡泊是一种意境。当诗人产生一种寄托的思想意识，进入淡泊人生时，其诗作才有致远淡泊的风格，抒发淡泊明志、宁静致远的情感。

6.1.5.1 清朗淡远

清朗淡远，即是"清水出芙蓉，天然去雕饰"。出落在清水之上的荷花具有天成之美，是一种淡雅之美。东晋诗人陶渊明，倾誉为"田园诗之祖"，他的作品内容真切，感情深厚，用朴素自然的语言，描写田园风光。无夸张和华丽的修饰。浅中寓深，淡中出味，充分体现出他的清新淡远的风格。例如，陶渊明《归园田居》：

种豆南山下，草盛豆苗稀。晨兴理荒秽，带月荷锄归。

道狭草木长，夕露沾我衣。衣沾不足惜，但使愿无违。

又例如，南朝诗人王籍的山水诗《入若耶溪》：

舲艎何泛泛，空水共悠悠。阴霞生远岫，阳景逐回流。

蝉噪林逾静，鸟鸣山更幽。此地动归念，长年悲倦游。

这首诗创造了极幽、极静、极美的意境，景情相融，静极生动，形成了由无我之境向有我之境（最后两句）的转换，产生强烈的艺术震撼力和感染力。

又例如，孟浩然《春晓》："春眠不觉晓，处处闻啼鸟。夜来风雨声，花落知多少？"

诗的语言浅显自然，但是春意浓烈。诗句不仅表现了春的气息，有春的温暖、温馨，还有喜悦欢畅的鸟声，而且又感叹落花的怜惜。"花落知多少"这一句构思巧妙，表面上是急转直下，实际上是情感升华的蓄势。既是自问，也像问他人，极富情趣，带来无穷的联想。

这些作品都是仔细观察大自然的声响、色彩、线条、形体之后，形成的意象。风格清丽自然的诗篇很多，例如：张九龄的《望月怀远》，贺知章的《咏柳》，杜牧的《山

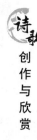

行》，王维的《相思》，王昌龄的《采莲曲》，王之涣的《登鹳雀楼》，等等；又例如，崔颢的《长干行》，李清照的《点绛唇·蹴罢秋千》等，侧重人物心理和生活细节的描写，生动明快，节奏轻松，清新自然。自由诗中也不乏清新风格。

例如，雷抒雁的《雨》：

　　五月的雨滴／像熟透了的葡萄，／一颗、一颗／落进大地的怀里！／

　　这是酿造的季节呵！／到处是蜜的气息。／到处是酒的气息。／／

又例如，沙鸥的《新月》：

　　新月弯弯，／像一条小船。／／我乘船归去，／越过万水千山。／／

　　花香，夜暖，／故乡正是春天。／／你睡着了么？／我在你梦中靠岸。／／

此外，还有一种清朗称风骨。如飞鸟振翼，练于翅骨，其情含风。诗句高爽透着骨气，刚健充满志气。诗的结语端直，意气骏发，清辉熠熠。风骨的气度创造诗歌的生命力。例如，苏轼的《定风波·谁怕！（三月三日沙湖道中遇雨，……）》：

　　莫听穿林打叶声，何妨吟啸且徐行。竹杖芒鞋轻胜马，谁怕！一蓑烟雨任平生。／

　　料峭春风吹酒醒，微冷。山头斜照却相迎。回首向来萧瑟处，归去。也无风雨也无晴。／／

词作表达的是：不必去理会那淋淋雨水滴打树叶发出的声音，不妨一边吟诗长啸，一边悠然慢走。柱竹杖、穿草鞋，轻捷胜过乘马；怕什么！一身蓑衣，足以在风雨中度过一生。料峭的春寒觉醒酒醋，有些凉意，但山头那边的斜阳却殷殷相迎。回望从风雨中走过的艰难历程，不管风吹浪打，胜似闲庭信步。从中看到作者屡遇艰危而不悔，在逆境中泰然、旷达，对平生经历的感悟和反思，隐含着淡泊和爽朗。

6.1.5.2 宁静淡泊

1. 平淡

平淡是用朴素的语言说出深厚的情感和丰富的思想，是萦绕脑际的韵味（虚）。不同于平庸和无情无舌味（实）的平淡。有的诗句表面看似平淡、容易看懂，但是深入浅出，意蕴却精辟深厚。做到平淡而圆熟并不容易。

例如，陶渊明《吟雪》中的"倾耳无窾声，在目皓已洁"。

又例如，梅尧臣的诗句："客心如萌芽，忽与春风动。又随落花飞，去作江西梦。""春风无行迹，似与草木期。高低新萌芽，闲户我未知。""春风不独开春木，能促浪花高于屋。"等等。

写春风、写朋友，语言质朴平淡却有新意。正如他所说："作诗无古今，欲造平淡难"。唐代的贾岛是位穷愁苦吟的诗人，韩愈说他的诗"往往造平淡"。平淡是贾岛所追求的艺术境界。以平常用语，抒写实际情景，清淡朴素。例如，唐代贾岛的《剑客》：

　　十年磨一剑，霜刃未曾试。今日把示君，谁为不平事？

2. 淡泊

在红尘滚滚的市井之外，诗人淡泊自安地默默坚守在旷野，感触天地生息的微妙，呼吸寰宇之气，像丹顶鹤在绿草甸自由自在地坦荡飞转。在溪水旁、竹林里倾听大自然的音响。宁静得如一尊雕像，微风轻轻地吹拂着他的衣衫。

例如，王维的《山居秋暝》：

> 空山新雨后，天气晚来秋。明月松间照，清泉石上流。
>
> 竹喧归浣女，莲动下渔舟。随意春芳歇，王孙自可留。

表达了山居归隐的自得其乐的情感。柳宗元的《溪居》《渔翁》《江雪》均表达了被贬后的淡泊情怀，萧疏清静，意境清幽，寄意清远。

再例如，陆游的《鹊仙桥·无名渔父》：

> 一竿风月，一蓑烟雨，家在钓台西住。卖鱼生怕近城门，况肯到、红尘深处？/
> 潮生理棹，潮平系缆，潮落浩歌归去。时人错把比严光，我自是、无名渔父。//

字句浅显，却深刻地表现了淡泊名利的超然境界，在物欲横流、人心不古的处境中，默守"皓皓之白"尤为可贵。

3. 高逸和空灵

高逸是从自然中来、又回到自然中去，仿佛时空消歇，连心灵都没有律动的无人寂境。高逸是一种离俗风格，大都具有静谧幽深的自然意境。俗气和拙实，被空灵和幽雅所取代。例如，王维的《辋川集》中字字入禅，平淡雅致，如同飘逸的白云清风，无迹可寻。诗意往往只能意会，难于穷尽，也就是难以实指，体现诗人的神采风韵。

例如："深林人不知，明月来相照。""空山不见人，但闻人语响。""秋来山雨多，落叶无人扫。""出入唯山鸟，幽深世无人。""明月松间照，清泉石上流。""泉声咽危石，日色冷青松。"

高逸的风格大多出自禅诗。中唐著名诗僧皎然是代表人物之一，奠定了禅诗的基础，使文人诗在这方面也有所发展（例如，号称"诗佛"的王维、"诗圣"的杜甫、"诗仙"的李白等），逐步形成了诗的新风格"高"和"逸"。随之，皎然著有《诗式》，升华了禅诗的经验。从"有我之境"到"无我之境"，也即从"看山不是山，看水不是水"转变到"看山只是山，看水只是水"的无我无物的禅悟境界。禅诗语言淡雅无奇，意境却静谧幽深。

例如，《唐诗三百首》中，僧皎然所作的一首诗《寻陆鸿渐不遇》：

> 移家虽带郭，野径入桑麻。近种篱边菊，秋来未着花。
>
> 扣门无犬吠，欲去问西家，报道山中去，归来每日斜。

注：陆鸿渐：即陆羽，字鸿渐。作者好友，著有《茶经》，号称"茶神"。

又例如，王维的《辛夷坞》：

> 木末芙蓉花，山中发红萼。涧户寂无人，纷纷开且落。

注：木末芙蓉花：树杪盛开辛夷花，因芙蓉与辛夷花色相近。辛夷即木笔树。

诗句进入了何等静逸空灵的至高境界。涧户"寂无人"和红花"开且落"，人和自然同根同步，生发了、又凋零了，有生的欢乐、更有死的悲哀。从那里来又回到那里去，一切服从自然法则。寥寥五绝，却充满禅的意境美。

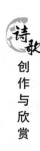

再例如，苏轼的《水调歌头·明月几时有》，此名篇的上片写得天马行空，借用奔月的传说，抒发高深茫茫的月宫遐想，突显空灵。下片结尾用"但愿人长久，千里共婵娟"怀念其弟苏辙，用圆月衬托别离七年的手足之情。

6.1.5.3 朦胧迷惘

朦胧，是在意象抒情的发展过程中，视点多变，意象奇接，结构自由跳跃，让人感到意蕴模糊，指向不明，具有一定的飘忽性、模糊性和不确定性。并没有围绕一个或几个中心意象深入地展开，而是在众多联想方向上攫取"毫不相干"的意象，自由地大跨度地跳跃。

朦胧，又似乎在面纱后面深藏着一双会说话的眼睛。体现了"不着一字，尽得风流"的朦胧美。朦胧诗是把轻纱烟笼，薄雾淡罩的朦胧美作为美学境界的刻意追求。是将真实与想象之间的交合达到似真似幻，多元曲折的地步，形成一种隐显适度的半透明状态，让人从潜意识中去理解诗的多元化的意义。

在格律诗中也有朦胧诗名篇，例如，李商隐的《锦瑟》：

锦瑟无端五十弦，一弦一柱思华年。庄生晓梦迷蝴蝶，望帝春心托杜鹃。

沧海月明珠有泪，蓝田日暖玉生烟。此情可待成追忆，只是当时已惘然。

注：锦瑟：装饰华美的瑟。庄生：庄周。望帝：周朝末年蜀国君主，死后魂化为杜鹃，用此典故表达思念。珠有泪：传说南海有鱼一样生活水中的鲛人，哭泣时眼泪能变成珍珠。蓝田：陕西蓝田，出产玉石，传说有玉石的地方会笼罩着可望而不可即的烟雾。惘然：迷惑，若有所失。

作者面对瑟上的五十根弦，想想自己快到五十岁了，一弦一柱都唤起逝水流年的回忆。用庄周蝴蝶和望帝心悲的典故象征内心的伤感，用"珠""玉"自喻怀才不遇，一切都成追忆。诗意朦胧，婉曲回旋，意蕴深厚。用比兴、用典和象征手法，从多个不同的角度抒写了人生道路上的坎坷和由此产生的感伤。

在自由诗中，例如，何其芳1933年的《圆月夜》，对那种如烟似梦的忧郁情思并不直抒，而是将树叶、月光、珍珠等意象加以暗示。扑朔迷离，充满美丽的忧伤。共四节，以下摘录第一节：

圆月夜散下银色的平静，／浸着青草的根，如寒冷的水。／

睡莲从梦里展开它处女的心，／羞涩的花瓣尖如被吻红了。／

夏夜的花蚊是不寐的，／它的双翅如粘满花蜜的黄蜂的足，／

窃带我们的私语去告诉芦苇。／／

又例如，戴舒望的《雨巷》，属于局部细节清晰，整体朦胧，亦实亦虚。节录后两节：

在雨的哀曲里，／消了她的颜色，／散了她的芬芳，／

消散了，甚至她的／太息般的眼光，／她丁香般的惆怅。／／

撑着细纸伞，独自／彷徨在悠长，悠长／又寂寥的雨巷，／

我希望飘过／一个丁香一样地／结着愁怨的姑娘。／／

《圆月夜》《雨巷》是偏重于情感抒发的朦胧诗，由于隐藏度较小，较明朗淡远，容易感受其内涵。

有些朦胧诗却隐曲深沉，让读者如坠入五里云雾之中，甚至如瞎子摸象。时空疾变、视点跳跃，纷乱的意象有风马牛不相及之感。虽然感觉有弦外之音、言外之旨的存在，却不易捕捉和破译，如雾里看花、似水中赏月，充满诱惑、更有诸多困惑。例如，北岛《古寺》。

例如，戴舒望的《烦忧》：

说是寂寞的秋的悒郁，说是辽远的海的怀念。

假如有人问我烦忧的原故，我不敢说出你的名字。……

诗句中寂寞的相思，其内涵难于捉摸，但是又以“秋”和“海”的形象比附衬托。常常使读者只能获得一种情绪感染，而具体感染的来源或对象是什么，却怎么也说不真切，回味一下，有一种“跟着感觉走”的味道。

在有些文学评论中，将此类风格归类为现代主义，主张文学不一定要表现生活，而是从人的心理感受出发，表现生活对人的压抑和扭曲。因而其作品中的人物是变形的，事件是荒诞的……其特点是：前后语句的思绪矛盾或摇摆；描述的生活和故事组合了多种可能性而导致荒谬；行文的随意性和不连贯性导致有太多的头绪；比喻的极度引申而偏离上下文；描述的现象是虚构和现实的结合。因此，初次阅读诗行时会产生丈二和尚摸不着头脑的感觉。

朦胧的成功与否（能否让人们广泛的接受和赞许），关键是把握一个“朦胧度”，不管有多深奥，其一要有美感，其二总要留一点线索，有一个抽头的地方，让人有一个顺藤摸瓜的机会。正如爆竹的燃放，也需要导火索一样。如果普通意象词语的堆砌和叠加，使所指的关系处于间接或不确定的象征状态，诗意的模糊性、暗示性过强，常常难于将作者的思想感情传达给读者，使读者一头雾水，不得不放弃。因此，模糊不能迷离、不能晦涩，有必要提供顿悟其内涵的可能性的指向标。迷离只是个人的语感，却远离了读者希望得到的情感和意境的享受。

一首较为成功的诗，总存在某些门径，让读者得以进入其幽深的灵魂世界。适当的含蓄、朦胧甚至“晦涩”，可以给诗歌带来特有的内力和深长的意味。

6.2 诗的语言风格

诗歌的意象是要通过语言来表现的，诗的语言风格就是辞采的美学趣味。辞采之美基于词语的情感特征，例如，浓与淡，刚与柔，热与冷，喜与悲，雅与俗等等。

语言的风格各式各样，例如，浓烈壮美，磅礴浑厚，婉约清丽，淡雅清新，婉

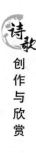
转含蓄、旷达直率、婉雅沉郁、缜密精辟、清朗风趣、空灵秀逸、疏野隽爽、奇巧玄妙、清远洒脱、淡枯纯朴等等。诸如此类的语言风格是表现一个诗人的美学情趣，有利于形成浓淡相宜，刚柔相济，急缓适度，玲珑奇巧，优美恬淡，清新自然等氛围。情致韵味，服务于主旨意境。

语言是诗人主观审美情绪在客体上的投影，体现诗人的审美情趣、心理意向（包括情怀、素养等）。要求用精湛的技艺和深邃的思想擦亮语言的光泽，呈现一种独抒性灵的具有生命力的语言。有的掷地有声，有的细腻轻柔，有的柔婉顺畅，有的缠绵忧郁，有的舒缓轻盈，等。

例如，李白的飘忽凌云、空灵妙悟；李商隐的浓艳华美，王维、贾岛的朴实无华，孟浩然的雅洁韵远，白居易、李绅的通俗真切，苏轼、辛弃疾的刚劲豪迈，秦观、柳永的婉约柔美，李贺、韩愈的恣意奇巧，等等。

在结构上，有偏重于语意的对照与配合，有追求倾心语汇的流动与转换，有侧重于词语的色彩与情调的搭配等。语言风格也称为格调，格调高的可以把艳情诗写得美好、雅致，没有淫秽、肮脏的感觉。格调低的会把庄重的题材写得十分媚俗，充满粉脂气，甚至厚颜无耻。

律诗的韵律和谐，对仗工整，语言新奇而流畅，既感性又有理性。在自由诗的语句中推敲内在的节奏、韵味和乐感。这些有赖于诗人对事物的敏锐感受和准确捕捉。格调高雅的诗应该是豪放壮美有骨气，婉约柔美有精神，清丽秀美有情趣。语言精炼，情意深远。

6.2.1 简约与繁丰

简约，又称简练、简洁、简略，洗练，不是稀疏而是幽深，言少意多。繁丰，又称繁富、细致，繁详，详细明了，淋漓尽致。实质上要求合二为一，达到言简意繁，辞约义丰的总体要求。简约的要求是明确主题，分清主次，剪裁恰当，精益求精。丰繁的特点是实字多、转折多、层次多。简约与繁丰是对立又统一的，各具特色，不能走极端，处理须恰当。

例如，杜牧的《清明》：

清明时节雨纷纷，路上行人欲断魂。借问酒家何处有？牧童遥指杏花村。

曾有前人戏说此诗不够简约，虚字、闲字多，可以减缩成五言句。例如"清明雨纷纷，行人欲断魂。酒家何处有？要问杏花村。"清明已经是一个重要的时节了，何必再用"时节"重复；行人必定在路上，又说一遍在路上，似乎五言句就可以表达作者的心情了。更有甚者说还可精炼，可改成三言句："雨纷纷，欲断魂。酒何处？杏花村。"诗句固然简略了，但失去了风貌的美感和村野的情趣，也缺乏了诗的韵味。过犹不及，弄巧成拙。

500

6.2.1.1 简约

简约是凝练，是含蓄而有力地抒发情思。简约是小而广，短而丰，少而精。追求诗意结构的精美极致。多少千古名句都是简洁的典范。无论是叙述还是描绘，都力求干脆利落，句式短捷，言简意赅，没有拐弯抹角、拖泥带水。一派行云流水、一气呵成的势态。惜墨如金，高度概括，简洁出张力。例如，初唐诗人陈子昂的《登幽州台歌》：

> 前不见古人，后不见来者。念天地之悠悠，独怆然而涕下。

简约使文句洗练，而抒发的感情纵贯古今、格外深长，给人以雄浑博大、沉郁悲壮的艺术美感。洗练可谓简洁明了，而又意蕴深沉。如沙出金，如铅出银，洗练是去除杂质的冶炼。诗句清透的表达，深感一尘不染，一丝不杂。把天地的客观自然与诗人的精神熔于一炉，铸为一境，融会于一体，从语言的洗练风格升华到雄浑的艺术风格。

例如，王维的《使至塞上》：

> 单车欲问边，属国过居延。征蓬出汉塞，归雁入胡天。
>
> 大漠孤烟直，长河落日圆。萧关逢候骑，都护在燕然。

注：单车：简装车骑。居延：居延海附近。萧关：古代陇山关，在甘肃平凉。候骑：侦察骑兵。都护：军事长官。燕然：山名，在外蒙境内。

以简练的笔墨写了此次出使的行踪，叙事写景中表达出内心的情感。简约就是纯粹、精致、轻灵，每个词组的语言带来音乐感，有轻烟袅袅的感觉。

简约可以表现深奥的平白。例如，鲁迅的诗句"去的前梦黑如墨，在的后梦墨一般黑"。简洁，深刻，后一句给人以更浓重、更深沉的感觉。再例如，鲁迅的《人与时》：一人说，将来胜过现在。／一人说，现在远不及从前。／

> 一人说，什么？／时道，你们都侮辱我的现在。／
>
> 从前好的，自己回去。／ 将来好的，跟我前去。／
>
> 这说什么的，／我不和你说什么。／／

诗篇语言风格简约，语句平白简短、含蓄，内蕴极为丰富。正如泰戈尔的《飞鸟集》是国外典型的简约小诗，对中国的诗歌发展曾经起过重要影响。

语言的删繁就简、精益求精，轻快短促，会陡增诗意的雄厚，而多余的诗句会减小诗的张力，尤其是不妥当的形容词更有限制气势的可能。中国的小诗在 20 世纪三四十年代抗日战争时期，曾经称为街头诗。不仅起到了宣传鼓动的效果，而且洋溢着形象生动的诗歌意蕴。

6.2.1.2 繁丰

一首诗的情绪模式可能是单一的，但是最终的表现可以十分丰富，从简单走向复杂，从直觉的线性结构发展到立体结构。从单纯的直率的呼唤，经过选择和综合安排发展成为表面平坦而实质的深厚。例如，郭沫若的《天狗》，是一首典型的繁丰情绪诗。那么多突兀、繁复的情绪显赫地闯入语言流中，而每个语句都有一个主语"我"，打破了平衡、和谐，产生了生命深处的冲动，如爆竹烟花般繁茂，超越现实的

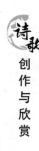

羁绊，自由、激动、兴奋，浑身充溢着无穷的能量。营造一种激烈、紧张的氛围，充满了昂扬的浪漫主义的情绪，达到了"物我交融"的自我解放的境界。

再例如，戴舒望的《我的记忆》体现了一种繁茂的风格。

> 我的记忆是忠实于我的，/忠实甚于我最好的友人。//
> 它生存在燃着的烟卷上，/它生存在绘着百合花的笔杆上，/
> 它生存在破旧的粉盒上，/它生存在额垣的木莓上，/
> 它生存在喝了一半的酒瓶上，/在撕碎的往日的诗稿上，在压干的花片上，/
> 在凄暗的灯上，在平静的水上，/……。//

艾青的《巴黎》尽管同类风格，但情绪范围、情绪形态（激越雄壮，或纤弱温柔等）、情绪流动方式等方面有相当程度的差异，要从不同侧面去体会。

再例如，流传千百年、一直脍炙人口的古诗——北朝时代的《木兰诗》，在结构安排上，详两头、略中间，详略得当、简繁互映的特点有助于展示主题，体现一种结构美。其形象表现、语言艺术等手法已达到相当完美的高度。叙事诗中的繁丰，体现在细节的描写和典型环境中性格特征的展示，诗中较多段落采用复沓回环的句式。

在古诗中最详尽的叙事长诗是汉乐府中的《焦仲卿妻并序》，全诗分十四节，五言诗共计289句，通过汉末庐江郡小吏焦仲卿和妻子刘兰芝的恋爱婚姻的不幸，描述了一个哀艳动人的悲剧故事（俗称孔雀东南飞）。整个故事结构完整，首尾衔接，前后呼应，详略得当，成为汉乐府中完美绝伦、具有浪漫色彩的长篇叙事诗。

6.2.2 沉郁与明快

沉郁使人感到深沉，委婉曲折，使人感到有话不直说，而明快是有话直说，毫不隐晦，使人感到直截了当，明朗舒畅。明快又称显豁、直率。宋代词人李清照一生，前期生活优裕，词作明快妍丽，后期境遇孤苦，词作哀沉。

6.2.2.1 沉郁和沉着

1. 沉郁

沉郁中的沉，是沉而不浮，不见浮光掠影；郁是指浓厚不薄，或情绪抑郁，是深思熟虑，不是走马观花。往往有千言万言积压在胸，而后沉吟再三，最后用顿挫转折流发于笔端，曲折地透露沉重深厚的内容和激愤的感情。沉郁的更进一步是沉哀。屈原的诗偏于沉郁。而浪漫豁达的李白也有沉郁之作，例如，李白的《宣州谢朓楼饯别校书叔云》：

> 弃我去者，昨日之日不可留，/乱我心者，今日之日多烦忧。/
> 长风万里送秋雁，对此可以酣高楼。/蓬莱文章建安骨，中间小谢又清发。/
> 俱怀逸兴壮思飞，欲上青天览明月。/抽刀断水水更流，举杯销愁愁更愁。/
> 人生在世不称意，明朝散发弄扁舟。//

诗篇抒发了作者怀才不遇的抑郁苦闷之情，最后只好"散发弄扁舟"过一种隐居生活。诗句并非送别，而是沉郁的感怀。结构起落无端，断续无迹，深刻地表现了诗人矛盾的心理。

杜甫最早一篇沉郁之作《奉赠韦左丞丈二十二韵》，运用了对比和顿挫曲折的表现手法，将胸中郁结的情思写得如泣如诉，真切动人，其中"读书破万卷，下笔如有神""致君尧舜上，再使风俗淳"两句为传世名句。后句意为促使君臣们超过古代圣人明君，把已败坏了的社会风尚再回到淳朴正派的年代。开首四句（纨绔不饿死，儒冠多误身。丈人试静听，贱子请具陈：）喊出了愤懑不平的呼声，开门见山，揭示全篇主旨。开始了四十句的泣诉。1300年前的名篇阐明了一个社会发展的道理，惊叹之余，若有所思。杜甫在《春望》中，"感时花溅泪，恨别鸟惊心"也是沉郁婉转地抒发了国家残破、亲人离散的满腔愁情。

又例如，辛弃疾的《贺新郎·别茂嘉十二弟》，用鸟的悲鸣声渲染气氛，用一连串凄切的离别故事，表达对茂嘉十二弟被逐的同情以及自己被压抑的愤慨。抑扬顿挫，沉郁苍凉，令人回肠荡气。

2. 沉着

相对于忧国忧民的沉郁悲愤，还有一种是不闻世间尘嚣嘈杂声而只听鸟鸣的幽独沉着和沉毅。笔力豪劲、内容深沉，意气豪迈，可称为沉着。从地上、天空的环境，到人情世故的风貌都会带来深深的思考或思念。无论是动态的壮美或汹涌，还是静态的优美或沉寂，都会给心房带来平静的宽慰。其诗句不浅露直白，但是意境坦荡，神形兼备。

例如，杜甫的《房兵曹胡马》：

竹披双耳峻，风入四蹄轻。所向无空阔，真堪托死生。

头两句赞扬马的外表和能力，好马的双耳上尖下小，像用刀削过的竹管，奔跑轻快，四蹄生风。后两句写出了马的那种所向无前的豪迈气概，以及生死可托的尽忠精神。"真堪托死生"的结尾，表现出沉厚的思考力，形成了沉着的风格。

又例如，云南诗人梅绍农的《忆江南·思念》：

潇潇雨，茅屋寄行踪。望断千山不见人，灵犀一点枉相通。照影忆惊鸿。

其中的深沉执著就是沉着。

沉着和沉郁是相对于浮躁而言，都讲究内容深沉。沉着的笔力强健，意气飞扬，感觉畅快；而沉郁的语句抑扬曲折，低沉含蓄，情感郁积深厚，感觉顿挫。（顿挫好比用毛笔写字，把笔锋按下去，称为顿，顿后使笔锋稍松而后转笔称为挫。）顿挫是思想感情随事物发展变化而形成的，感情的矛盾状态没有直接说出来，只是通过叙说透露在字里行间。

6.2.2.2 明快

相对于沉郁而言，诗句用清新、隽永、感人肺腑的语言和旋律，吟赋人生的悲欢

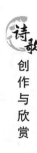

离合。明快常常是直抒胸臆，直言其事。明快意味着语体晓畅，平易活泼。节奏明快，如飘逸的流云；亮爽绮丽，如雨后的彩虹。语言纯净透彻，如蜻蜓点水的轻灵跳跃。

例如，李白的《早发白帝城》是一首有名的快诗：

> 朝辞白帝彩云间，千里江陵一日还。两岸猿声啼不住，轻舟已过万重山。

写景、抒情畅快淋漓，形象逼真，体现了天空清朗、江上水急船快、心情轻松愉快的特点，被誉为历代七绝之首。又例如，杜甫的快诗《闻官军收河南河北》：

> 剑外忽传收蓟北，初闻涕泪满衣裳。却看妻子愁何在，漫卷诗书喜欲狂。
>
> 白日放歌须纵酒，青春作伴好还乡。即从巴峡穿巫峡，便下襄阳向洛阳。

流畅的诗句表达了渴望胜利已是太久太久，最终还是得到了满足，喜悦之情，气势畅快，一气呵成。誉为杜甫平生第一快诗。

1. 清朗

清朗如雨后的清新，日出的天高云淡。例如，王维的《杂诗》：

> 君自故乡来，应知故乡事。来日绮窗前，寒梅著花未。

语句质朴，诗味浓郁。一味发问，不写回答。突出异乡异客的急切的思乡之情，一旦故乡来客，迫不及待地想打听故乡的人和事，用窗前寒梅是否开花的关切问句，代表了一切，体现了诗人明快的清丽情思。

又例如，闻一多的《秋色》中，在语言上字斟句酌，像绘画般生动鲜明，色彩斑斓：

> 紫得像葡萄似的涧水 / 翻起了一层层金色的鲤鱼鳞。//
>
> 几片剪形的枫叶，/ 仿佛朱砂色的燕子，/ 颠斜在水面上 /
>
> 旋着、掠着、翻着、低昂着…… //
>
> 肥厚得熊掌似的 / 棕黄色的大橡树叶，/ 在绿茵上狼藉着。/
>
> 松鼠们张张慌慌地 / 在叶间爬进爬出，/ 搜猎着他们过冬的粮食。//
>
> 成了年的栗叶 / 向西风抱怨了一夜，/ 终于得到了自由，/
>
> 红着干燥的脸儿，笑嘻嘻地辞了故枝。// ……

诗句强烈地渲染秋天的成熟，洋溢着醉人的秋意，给人以美的情趣。

2. 清新

清新就是清秀不落俗套。语言清丽、情感舒缓。往往意境优雅，如同雨后柳色青青，翠绿色荷叶上晶莹的水珠闪闪发亮，荷花散发沁心的芬芳，飘荡着阵阵清新雅丽之风。

例如，贺知章的《咏柳》："碧玉妆成一树高，万条垂下绿丝绦。不知细叶谁裁出，二月春风似剪刀。"散发出生活的气息和大自然的温馨。

在徐志摩的《再别康桥》中，"轻轻的我走了，正如我轻轻的来；我轻轻地招手，作别西天的云彩"，轻快的节奏，有如足尖踮起、悄悄地轻轻地走路，音乐化的风度翩翩，清新自然，淡雅柔丽，飘逸而美妙。在个人的小天地里发出奇想，思想活跃，浸染着清新轻盈的情调，金柳、青荇、榆荫等多种意象，传递一种神妙的感觉，一种起伏消长的流动美。康河也是素雅淡白，浮藻草也是清新淡雅。他是在自然中寻找内在的节奏，呈现特有的轻巧清新。

再例如，孟浩然的清新诗句："春眠不觉晓，处处闻啼鸟。夜来风雨声，花落知多少。"充满自然内蕴，有一种清纯之美。自由诗佳作中，清新诗句也很美，例如："蝈蝈停在南瓜叶的翠绿与花朵的嫩黄之间，发出儿歌般的鸣叫。碎瓦片下的蟋蟀在"唧唧，唧唧"地应和着。"

3. 绮丽

通常用华丽多彩的词藻写得景情相生，明爽自然，可喻称为风光绮丽。

例如，杜甫《九日蓝田崔氏庄》："蓝水远从千涧落，玉山高并两峰寒。"写出了蓝田玉山的绮丽和壮阔。又例如，杜甫的《蜀相》："映阶碧草自春色，隔叶黄鹂空好音。"一个"空"字，使碧草、黄鹂的绮丽转而产生一丝凄凉之意。

当然，构成绮丽风格的不只是靠色彩渲染，主要还是看如何构成意境的诗句结构。例如，李白的"烟花三月下扬州"，用"烟花"二字写出了最美春光。再例如，白居易的《钱塘湖春行》：

孤山寺北贾亭西，水面初平云脚低。几处早莺争暖树，谁家新燕啄春泥。

乱花渐欲迷人眼，浅草才能没马蹄。最爱湖东行不足，绿杨阴里白沙堤。

不用带色彩的字，而用早、暖、新、春、乱、迷、浅等，诗句依然绮丽自然。还有杜甫的诗句，例如："岸花飞送客，樯燕语留人"，"穿花蛱蝶深深见，点水蜻蜓款款飞"，等等，工细而绮丽。又例如"绿垂风折笋，红绽雨肥梅"更是绿垂红绽的清新艳丽。

4. 轻快流转

轻快如经轮转动，流转如脚蹬汲水灌田的戽水车，它的箱板不停地翻转，水从低处向高处流动。这只是浅层的表现。对于诗句，深层的一气流转，应该是意境美的流动，即韵调流畅自然，感情充沛。例如，李白的《春夜洛城闻笛》：

谁家玉笛暗飞声，散入春风满洛城。此夜曲中闻《折柳》，何人不起故园情？

注：洛城：即洛阳。折柳：古人临别时有折柳相赠的风俗，表示留念（柳和留是谐音）。句中《折柳》，指笛子乐曲名《折杨柳枝》。北朝乐府就此曲，填有歌词为"上马不捉鞭，反拗杨柳枝。下马吹横笛，愁煞行客儿。"上马折柳，下马吹笛表达离愁。

再例如，元代僧人天祥的《榆城听角》：

十年游子在天涯，一夜秋风人忆家。恨煞楪榆城上角，晓来吹入《小梅花》。

注：楪榆：今日大理。小梅花：当地的乐曲名。

上述两首诗的意境相似，用乐曲的流动反衬绵绵的思念之情。

6.2.3 朴实与工丽

朴实，又称"平易""质朴"，类似绘画中的素描、速写。尽量少用比喻、夸张等

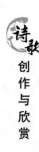

形象描绘类手法。工丽，是工整而艳丽。艳丽又叫华美、富丽，绚烂、绚丽等，多用比喻、夸张、摹绘等修辞方式进行描述。犹比绘画中的彩色工笔画。

朴实与简约有关，风格的核心是朴实无华、简洁典雅、率真自然，达到平淡而饱满的境界；艳丽与繁丰相关。繁丰是着眼于内容和形式上的多少，而艳丽着眼于描绘的生动细致，光彩夺目，让人感受到格调精美，文采飞扬。而朴实往往从艳丽中走来，成熟的艳丽更会创造出平淡。这是一种相反相成的语言风格。

6.2.3.1 朴实

语言朴实指的是词语简淡、自然，含意却充满真挚的热情和温柔的敦厚。即使是痛斥、悲凉……却使用的语言还是内刚外柔。用朴素平淡词语，说出别人想说却说不出来的话语，内涵却充实而又深邃。抒情写景之美在于素描一般的平易朴实，也不讲求音韵规则，却能达到深刻、生动的境界。丰富的内涵透射出睿智和真诚。

例如，孟郊的《游子吟》是诗人出自肺腑的一个典型例子：慈母手中线，游子身上衣。临行密密缝，意恐迟迟归。谁言寸草心，报得三春晖。朴实是对自然和生活的真实体验和感受，俯首可得，用不着苦心思索寻找。

例如，马端麟的《烧焦的树》：

荒凉的废墟上，/留下半棵烧焦的树。/

像个怵目惊心的感叹号，/像枚仰天长啸的音符。//

"半棵烧焦的树"是废墟的形象。用"惊叹号"和"怒吼的音符"作比喻，自然朴实，毫不雕琢，却充满火一般的愤怒力量。

又例如，王维的《相思》："红豆生南国，春来发几枝。愿君多采撷，此物最相思。"语言更是朴实无华，韵律柔美。（红豆：又名相思子，呈鲜红色的扁状小豆）。

再例如，其名作《渭城曲》：

渭城朝雨浥轻尘，客舍青青柳色新。劝君更尽一杯酒，西出阳关无故人。

同样是语言朴实，形象生动，景情交融。

朴实的又一种表现是自然真切。例如"夕阳如有意，偏傍小窗明"创生出一个美的意境。例如"山路原无雨，空翠湿人衣"描绘出深山中绿树浓荫、翠色欲滴的幽深气氛。

例如，范成大的《四时田园杂兴（六十之一、二）》：

其一，梅子金黄杏子肥，麦花雪白菜花稀。日长篱落无人过，惟有蜻蜓蛱蝶飞。

其二，乌鸟投林过客稀，前山烟暝到柴扉。小童一棹舟如叶，独自遍拦鸭阵归。

诗作朴实清丽，笔调轻灵明畅，展现田园风光的幅幅小品。又例如，孟浩然的《春晓》："春眠不觉晓，处处闻啼鸟。夜来风雨声，花落知多少！"言浅意浓，脍炙人口，千古名篇。诗的语言平淡自然，韵味却醇美绵厚，寄寓着对春天勃勃生机的无限珍惜之情。再例如，李绅的《悯农二首》：

其一：春种一粒粟，秋收万颗子。血海无闲田，农夫犹饿死。

其二：锄禾日当午，汗滴禾下土。谁知盘中餐，粒粒皆辛苦。

语言淳朴明快，形象鲜明，无论是深沉忧虑的感叹，还是真挚情感的凝聚，无不散发出千秋万代传诵的久远魅力。

朴实，另一种表现是语言直率，诗句形式朴拙连环，性情真诚不深沉，着于眼前的景致。在南北朝乐府《木兰诗》中，充满辞拙而意工的朴实美感。

如出征一段："东市买骏马，西市买鞍鞯，南市买辔头，北市买长鞭。"

如返乡一段："爷娘闻女来，出郭相扶将。阿姊闻妹来，当户理红妆。小弟闻姊来，磨刀霍霍向猪羊。"

如此详尽的叙述，正是为了突出木兰代父从军胜利归来的喜悦，气氛表现热烈。

又例如，杜甫的《草堂》中，也有此类手法：

旧犬喜我归，低徊入衣裾；邻舍喜我归，沽酒胡芦携。

大官喜我来，遣骑问所须；城郭喜我来，宾客临村墟。

以排比复沓的结构，表达重回草堂的喜悦心情。诗写"实境"（又称写境）也是一种传统风格。

6.2.3.2 典雅

典雅意为优美不粗俗。典雅的诗句体现的是淡泊名利，不染卑俗。如果用"花"来拟态的话，那就是："落花啊、它们没有一句言语，人啊、淡雅得似竹篱笆内盛开的菊花，没有大红大紫的艳丽"。其核心价值观是落花无言，人淡如菊。呈现的是无言之美，淡泊之怀。

例如，陶渊明《归园田居五首（其一）》：

少无适俗韵，性本爱丘山。误落尘网中，一去十三年。

羁鸟恋旧林，池鱼思故渊。开荒南野际，守拙归田园。

方宅十余亩，草屋八九间。榆柳荫后檐，桃李罗堂前。

暧暧远人村，依依墟里烟。狗吠深巷中，鸡鸣桑树颠。

户庭无尘杂，虚室有余闲。久在樊笼里，复得返自然。

"不愿为五斗米折腰"的陶渊明回归故里，投入大自然的怀抱，感受到人生有一种莫大的轻松。农田、草屋，榆柳、桃李。暮色下的村落、袅袅升起的炊烟，狗吠、鸡鸣、乡村景象、素朴无饰，构成一幅远近相间、动静交错的优美风景画。

6.2.3.3 艳丽和工丽

1. 艳丽

艳丽是指词藻华丽浓郁，色彩绚烂，如同画家的工笔重彩，其秾丽的画面给人留下一个细腻而"强烈"的印象。例如，谢朓的古诗"余霞散成绮，澄江净如练"。用丝织的绮、练来比喻余霞和澄江的美。词语的色彩可以表达不同的感情。红色可以表达热烈，也可用"愁红"表达忧虑；绿色可以表现生生不息，也可用"寒绿"表达短少；金黄可以表达豪华、温暖，也可用"枯黄"形容衰亡等等。完全可以按作者的感情需求加以发酵酿造，成为一种醇香美酒。宋词中，婉约词派的作品，特别善于用浓艳的

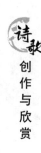

语言、细笔重彩描景抒情。

例如，欧阳修《南歌子·弄笔偎人久》：

凤髻金泥带，龙纹玉掌梳。走下窗来笑相扶，爱道"画眉深浅入时无"？

弄笔偎人久，描花试手初。等闲妨了绣工夫，笑问"鸳鸯两字怎生书"？

例如，初唐诗人骆宾王的《昭君怨》中，用词极为浓艳：

敛容辞豹尾，缄恨度龙鳞。金钿明汉月，玉箸染胡尘。

古镜菱花暗，愁眉柳叶颦。唯有清笳曲，时闻芳树春。

八句诗中用了十个艳丽的词语：豹尾、龙鳞、金钿、汉月、玉箸、古镜、菱花、柳叶、清笳、芳树，其中豹、龙点出宫阙的壮丽；胡尘、清笳具有典型的塞北特征。声光色泽，无不写到。关注细节，尽其精微。

再例如，李白的《清平调三首》，语句浓艳，字字流葩，是语言艳丽风格的典型：

其一：云想衣裳花想容，春风拂槛露华浓。若非群玉山头见，会向瑶台月下逢。

注：描写杨贵妃的美貌。彩云像她的衣裳、鲜花像她的面容，春风吹拂着栏杆、露珠缀满了花貌。如果不是在仙山的山头上见到她，也会在瑶台的月光下与她相逢。

其二：一枝红艳露凝香，云雨巫山枉断肠。借问汉宫谁得似？可怜飞燕倚新妆。

注：用牡丹花、神女、汉成帝的皇后赵飞燕的对比，衬托杨贵妃的美貌。像一枝红牡丹沐浴着雨露散发芳香，巫山的神女面对她、也只能空自嗟伤。请问汉代宫中有哪一个美女能与她相比？连体态轻盈的美人赵飞燕也必须精心梳妆打扮。

其三：名花倾国两相欢，长得君王带笑看。解释春风无限恨，沉香亭北倚阑干。

注：犹如春风般的美人儿和牡丹才能消解唐明皇的惆怅。牡丹花和倾国美佳人都令君王笑脸相迎、满心欢喜，在沉香木建造的亭阁内，倚着栏杆相依相偎，一消君王的惆怅而春风满面。

再例如，杜甫的《江畔独步寻花七绝（其六）》：

黄四娘家花满蹊，千朵万朵压枝低。留连戏蝶时时舞，自在娇莺恰恰啼。

四句诗呈现一幅绚烂的画面。声态形态俱美，双声、叠音、象声、迭映（如千朵万朵）并现，和谐悦耳，声情并茂。

2. 工丽

工丽即工致丽密，"工"是指语句对偶工整，"丽"是指文采丰富，讲究词藻华丽。工丽与绮丽、工巧有些类似。例如，杜甫《观山水图》中"红浸珊瑚短，青意薜荔长"，形成一幅色彩鲜明的画面。又例如，李白的"烟花三月下扬州"，是心情豪爽，意境开阔的"千古丽句"。《花间集》《婉约词》等词集中，很多作品真挚热烈，入骨入神，浓丽感人。例如，柳永笔下华艳绮丽的西湖情景，有《望海潮·东南形胜（杭州）》：

东南形胜，江吴都会，钱塘自古繁华。烟柳画桥，风帘翠幕，参差十万人家。

云树绕堤沙。怒涛卷霜雪，天堑无涯。市列珠玑，户盈罗绮竞豪奢。//

重湖迭𪩘清嘉。有三秋桂子，十里荷花。羌管弄晴，菱歌泛夜，嬉嬉钓叟莲娃。

千骑拥高牙，乘醉听萧鼓，吟赏烟霞。异日图将好景，归去凤池夸。//

又例如，杜甫的《绝句》，好似一幅重彩工笔画，写得极为工丽：

迟日江山丽，春风花鸟香。泥融飞燕子，沙暖睡鸳鸯。

再例如，李商隐的《无题》诗：

来是空言去绝踪，月斜楼上五更钟。梦为远别啼难唤，书被催成墨未浓。

蜡照半笼金翡翠，麝熏微度绣芙蓉。刘郎已恨蓬山远，更隔蓬山一万重。

诗句工整，造词新颖，辞藻华丽，也是千年传诵的名篇。其余的《无题》诗中的第二联也都写得工丽，例如："春蚕到死丝方尽，蜡炬成灰泪始干""身无彩凤双飞翼，心有灵犀一点通""扇裁月魄羞难掩，车走雷声语未通""沧海月明珠有泪，蓝田日暖玉生烟"等等。

6.2.4 纤秾与奇巧

6.2.4.1 纤秾

纤秾，即诗中景物的语言风格既清秀细腻又秾郁润厚，只纤细不秾郁则显柔弱，只"秾"不"纤"则显堆垛。这种风格的诗境里，有水有风，有柳有桃，有谷有莺，有景有人，有声有色，有浓有淡。一派清亮、蓬勃，莺歌燕舞、曲径探幽的盎然生机。

1. 清丽

清丽也称明丽，是音节的声韵流畅又婉转，讲究天成而不推崇词藻香艳，丽极而清。李白诗云："吴盐如花皎如雪。"吴地产的海盐质量上乘，如花如雪，写得至明至清，感受到海盐细美而晶丽的状态。例如，陶渊明的诗："采菊东篱下，悠然见南山。山气日夕佳，飞鸟相已还。"清丽中蕴含着深意。

又例如，周邦彦的《少年游·并刀如水》：

并刀如水，吴盐胜雪，纤手破新橙。锦幄初温，兽香不断，相对坐调笙。//

低声问向谁行宿，城上已三更。马滑霜浓，不如休去，直是少人行。//

上片描写状态，何其甘秾；下片话家常，句句出自红唇皓齿间。难怪周邦彦将李白的诗句点化为"并刀如水，吴盐胜雪，纤手破新橙"，用来比喻美女。全词不用艳词写"美人"，却处处有美人的情、美人的心，十分清丽。（兽香是形状如兽的香炉中飘出的气味）

又例如，杨万里的《晓出净慈寺送林子方》：

毕竟西湖六月中，风光不与四时同。接天莲叶无穷尽，映日荷花别样红。

这首荷花诗，内容简洁清新，创造出意趣盎然的秀丽景色，风格明丽。笔者在20世纪60年代观西湖"曲院风荷"一景时，对心旷神怡的美之极，深有感受，却难于用最美的词语来表达，唯有用"无穷"和"别样"来形容嫩绿的荷叶和粉红的荷花，才有淋漓尽致的满足。

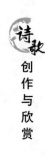

再例如，张若虚的《春江花月夜》中：

　　春江潮水连海平，海上明月共潮生。滟滟随波千万里，何处春光无月明。

　　江流宛转绕芳甸，月照花林皆似霰。空里流霜不觉飞，汀上白沙看不见。

　　江天一色无纤尘，皎皎空中孤月轮。江畔何人初见月？江月何年初照人？

　　……

用流畅而又婉转地语言，描绘月夜春江的清丽景色，十分柔美。秀美委婉的表达情感，可以通过与本意不相关的事物的象征，通过想象的情景，或者采取相关的对比等手法。其本质是情语的转折，可以想象为语意上画出了一条优美的弧线。

2. 清幽

清秀中还有清幽，即清静而又幽深，表面看似平淡，仔细品味倍感深远。

例如，王维的《鹿柴》："空山不见人，但闻人语响。返景入深林，复照青苔上。"前两句不见人影反而能闻人语声，表现山林深广空荡；后两句用夕阳斜照，看到阳光下的青苔葱葱郁郁，反衬空山不见人的空灵和幽深。

又如《鸟鸣涧》："人闲桂花落，夜静春山空。月出惊山鸟，时鸣春涧中。"

又如《秋夜独坐》："独坐悲双鬓，空堂欲二更。雨中山果落，灯下草虫鸣。"

这三首诗中，写的都是幽静的意境，用的是同一个"空"字，却在多方位捕捉神韵，表达清静悠闲的心境。又例如"洒空深巷静，积素广庭闲"，将大雪描述得清新脱俗，十分新奇。

再例如，南宋僧志南的《绝句》：

　　古木阴中系短篷，杖藜扶我过桥东。沾衣欲湿杏花雨，吹面不寒杨柳风。

格调雅致清丽，意境朴实温和，结句的转意和提升，一扫由孤独引发的"枯瘦感"情调。产生一种热爱生活的意趣。

3. 清奇

清奇风格表现为神情高雅奇异，气韵淡泊，如黎明之际的月色，如初秋洁净的天气，如雪后初晴的山河，如山前隔溪的渔舟，淡亮中不失绮丽。其手法是不用抽象的语言，而把许多形象结合起来。通常用很多比喻（博喻），形成一种悠悠的氛围。这里清奇的"清"是清秀，"奇"是不通俗。例如，李商隐的《锦瑟》：

　　锦瑟无端五十弦，一弦一柱思年华。庄生晓梦迷蝴蝶，望帝春心托杜鹃。

　　沧海月明珠有泪，蓝田日暖玉生烟。此情可待成追忆，只是当时已惘然。

注：庄生……句：庄生即庄周。《庄子·齐物论》说：庄周梦见自己为蝴蝶，醒后茫然。不知是自己的蝴蝶梦，还是蝴蝶梦庄周。望帝……句：传说中古蜀国的君主，名杜宇。他死后魂魄化为杜鹃，春天悲啼不止。春心：伤春之心。珠有泪：传说南海有鲛人，哭泣时眼泪化成珍珠。玉生烟：据传蓝田县的玉山在阳光下散发烟霭似的玉气。可待：岂待。

诗篇前六句用锦瑟弹奏各种乐曲，托蝴蝶、托杜鹃，珠有泪、玉生烟，众多形象寄托或隐寓情思。后两句抒发情态，发出感叹：不必等待回忆，当时已经迷惘。但愿他的诗作会具有"玉生烟"的生命力。此诗风格清奇，自叹伤感，意境伤心悲凉，情致深切委婉。

6.2.4.2 奇巧

1. 新巧

在诗歌创作中，极力追求遣词造句的新巧。例如，韩愈的《早春呈水部张十八员外》：

天街小雨润如酥，草色遥看近却无。最是一年春好处，绝胜烟柳满皇都。

还有如"江作青罗带，山如碧玉簪""啾啾窗间雀，不知已微纤"等。

又例如，杜甫的《水槛遣心》：

去郭轩楹敞，无村眺望赊。澄江平少岸，幽树晚多花。

细雨鱼儿出，微风燕子斜。城中十万户，此地两三家。

2. 奇妙

奇妙，在语言上将无形幻化为有形，抽象喻为实体。产生妙不可言的效果。例如，"三更风作切梦刀，万转愁成系肠线"，其中将无形的风幻化为一把切梦的刀，而将愁思奇想为系断肠的线。由抽象情思转化可触摸的实体。

例如，李贺的《苏小小墓》，更显其奇谲的语言风格："幽兰露，如啼眼。无物结同心，烟花不堪剪。草如茵，松如盖，风为裳，水为佩。油壁车，夕相待。冷翠烛，劳光彩。西陵下，风吹雨。"词语别出心裁，幽奇光怪。兰花上的露水成了啼哭的眼泪；翠烛的火焰也是冷的，烟花也不堪一剪；无形的风也成了鬼魂的衣裳；水也固化成玉佩；等等。无形化有形、虚冥化实像、幽寂化光彩，想象力之丰富达到奇极之境。

3. 奇特

在语言上将抽象喻为实体，将情感推向神奇。例如，李白《蜀道难》中的"飞湍瀑流争喧豗，砯崖转石万壑雷"，李贺《雁门太守行》中的"黑云压城城欲摧，甲光向日金鳞开"，辛弃疾《鹧鸪天》中的"壮岁旌旗拥万夫，锦襜突骑渡江初"。

6.2.4.3 谐趣

谐趣的诗句形成有趣的意象，雅俗共赏。有时开怀大笑，笑傲中忘形；有时让人啼笑皆非；有时则拍手称快等。诙谐幽默之中不乏深意。在诗句中有模棱两可的谐趣时，欢欣与哀怨往往同时存在，也即啼笑皆非。诗的诙谐是否有美感，在于是否出于感情的深切。陶潜和杜甫都是有诙谐风趣的诗人。

1. 风趣

风趣，是善于细致地描摹生活的神态，让人开心逗乐，包括日常生活中或戏剧表演中的话语、动作、形态等。风趣不只是滑稽可笑，而是话语天真，含意深刻，反映一种思想或情感风貌。正如阵阵徐缓的轻风吹皱了一池静水。同时也可能表现出惊奇。一个饱含谐趣的形象是具有美感的，例如，可怜又可爱的"三毛"，聪明伶俐的"一休"等。

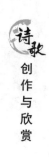

例如，陶潜的《挽歌辞》：千秋万岁后，谁知荣与辱？但恨在世时，饮酒不得足。
在风趣中见豁达，在穷饿之中或失意之中，既不疯狂也不堕落。

又例如，苏轼的《东栏梨花》：

　梨花淡白柳深青，柳絮飞时花满城。惆怅东栏一株雪，人生看得几清明！

惆怅与叹息寓于梨花白的风趣中。

2. 诙谐

诙谐，在诗句中大多指幽默或讽刺。它是一种原始而又普遍的让人产生快乐心态的活动，也称游戏。例如杂技团表演的小丑，戏剧中的丑角等。用词轻松自然，有时用来对某些现象进行嘲讽。看下面诗句：

"夜半的垃圾车忙于转运红包、黑袋。/ 高台阶下排着长队问病候诊，……"

"墙上芦苇，头重脚轻根底浅；/ 山间竹笋，嘴尖皮厚腹中空。"

读了这样的语句，可以体会到诙谐不仅是冷幽默，更是犀利的寒光，酸楚羞涩的凝结，看到了作者的心海泛着哀伤的涟漪。幽默来自忠厚，似乎又像一把匕首。

再例如，杜甫的《将赴成都草堂途中，有作先寄严郑公（其四）》：

　常苦沙崩损药栏，也从江槛落风湍。新松恨不高千尺，恶竹应须斩万竿。

　生理只凭黄阁老，衰颜欲付紫金丹。三年奔走空皮骨，信有人间行路难。

注：也从江槛落风湍：也害怕药栏随风落入湍急的大江。生理只凭黄阁老：日常生活只好全托付严武阁老（官员互称阁老），严武是杜甫的朋友，客称严郑公。三年：此时杜甫与严武已分别三年。

全篇诗句幽默诙谐，自嘲，情感鲜明强烈。"新松……"句表达了对风风雨雨的社会现状的爱憎感情。"信有人间行路难"句更是表现世路艰辛，人生坎坷的无限感慨。

6.2.5 刚遒与柔和

自然美有两类，刚性美和柔性美，可简化比喻为日光之丽和月色之柔。刚性美如高山、大海，狂风、暴雨、沉寂的夜空、无垠的沙漠等等，有骏马奔驰塞北之气概。柔性美如清风皓月、暗香疏影，聚眉的山、媚眼的水等，有春风杨柳江南之飘逸。

阳刚豪放不粗鲁，阴柔婉曲不纤弱；阳刚和阴柔表现在语言风格上是相对的，但其共同的特点是都能产生文学艺术美。大作家、大诗人则能刚能柔，刚柔兼善，但略有偏重。例如，李白、郭沫若、毛泽东等擅长刚健雄壮。对于宋词，很多诗评中都笼统地分为"豪放词派"和"婉约词派"。豪放派有范仲淹、苏轼、辛弃疾等，豪放者其词气象恢宏，感慨豪迈。婉约派有温庭筠、欧阳修、晏殊、柳永、李清照、周邦彦等，婉约者情致深婉。

从另一个层面看，柔和刚也表现为轻与重。轻与重也是相对的。轻是温柔飘逸的生动；重是深沉的信仰，刚遒可以表现铿锵的良知和责任心。例如，徐志摩的《再别康桥》、戴望舒的《雨巷》等，如柔和的春风、和煦的阳光，或如天边飘逸的云彩、氤氲静谧的细雨。再例如，闻一多的《红烛（序诗）》《一句话》等，无不听到了金属般的撞击声，让人震惊。

6.2.5.1 雄健

雄健，即劲健，遒劲有力，开朗豁达，气魄豪放，表现出开阔的境界和磅礴的气势。语言的劲健是阳刚之美，用富有时代精神的豪言壮语，短促有力的句式，大胆的艺术夸张、浮想联翩的博喻，以及慷慨激昂的声调、气势雄健的韵律等。万马奔腾、一往无前如入空旷之境，运行气势如天体飞转永不停息。

阳刚是有魄力，有豪气，是大江东去的奔腾，金戈铁马的刚健，是沉稳、勇敢和激情奔放。常用来表现惊心动魄的场面，慷慨激昂的气氛，狂风暴雨的阵势，荡气回肠的激情。如李白、杜甫，苏轼、辛弃疾的诗词大都有一种阳刚之气。

例如，毛泽东《七律·长征》：

> 红军不怕远征难，万山千山只等闲。五岭逶迤腾细浪，乌蒙磅礴走泥丸。
>
> 金沙水拍云崖暖，大渡桥横铁索寒。更喜岷山千里雪，三军过后尽开颜。

全诗表现红军的艰苦卓绝、勇往直前的大无畏气概，充满阳刚之气。

阳刚美不仅体现在开朗的基调、明亮的色彩、高大粗壮的形态，豁达的气概，磊落的风骨，还体现在速度、气势、极强的动态感。毛泽东的大部分诗词都是像一股势不可挡的洪流，气势豪迈，充满浪漫主义的崎岖突兀的艺术气象。比如"四海翻腾云水怒，五洲震荡风雷急""高天滚滚寒流急""多少事，从来急；天地转，光阴迫。一万年太久，只争朝夕"等等。岳飞的《满江红》表现出一种浩然正气，其中的"怒发冲冠"是悲壮和义愤的阳刚之美。

6.2.5.2 柔婉

柔婉，是凄婉、柔厚、幽怨，也称婉约、婉转。对情景和情感的表现细致入微、细腻生动，淡雅有神韵。淡雅之下定有余味包蕴，浓艳尽头必定是枯萎。在词语、句式、声调、韵律的选用上，委婉曲折，深沉细致，纤细柔嫩，沉郁顿挫，沉婉沉着，清丽婉转等。只有淡雅的语言才能表现出情致意深、出神入化的意境。在内容上，表现儿女情长、离情别绪，风花雪月、莺歌燕舞、小桥流水、徐风细雨等。

1. 凄婉

常常表达凄艳柔婉的幽怨之情，笔调宛转哀伤，无论是春愁还是秋怨，情深而孤往。例如，李煜的《浪淘沙·帘外雨潺潺》：

> 帘外雨潺潺，春意阑珊。罗衾不耐五更寒。梦里不知身是客，一晌贪欢。//
>
> 独自莫凭栏，无限江山。别时容易见时难。流水落花春去也，天上人间。//

上片写凄寒失眠听雨声，下片怀念故国抒离情，"别时容易见时难"，情深而不拔，心情幽怨。与其《虞美人·春花秋月何时了》《相见欢·无言独上西楼》的愁苦、悲

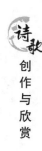

哀、凄清孤独是一脉相承的，对故国思念的愁苦，"恰似一江春水向东流"，一直处在思念哀叹之中，无法消解。

2. 婉约

阴柔是一种优美。阴柔是婉约、含蓄和娇柔、秀美，是一种气质，是一种神韵，是清秀摇曳的风韵。例如王维、孟浩然的诗，温庭筠、李清照的词大都是柔美的代表。又例如，秦观的《春日》：

> 一夕轻雷落万丝，霁光浮瓦碧参差。有情芍药含春泪，无力蔷薇卧晓枝。

傍晚的雷雨阵阵，窈窕艳浓的芍药和繁英温香的蔷薇经不住风吹雨打，只能含泪凋谢或依附枝头，用轻雷细雨的映衬，透露出婉约凄美的情思。

又例如，陆游的《卜算子·咏梅》：

> 驿外断桥边，寂寞开无主。已是黄昏独自愁，更著风和雨。//
>
> 无意苦争春，一任群芳妒。零落成泥碾作尘，只有香如故。//

梅花处在风雨侵凌、凋残零落碾作泥的状态，体现了忧愁、凄凉和悲戚的心情。此词不是从正面诉说，而是用梅花的境遇象征悲凉情感。此外还有《临安春雨初霁》《钗头凤》等婉约之作。陆游的诗歌既有阴柔婉约，也有阳刚奔放，在《书愤》中则刚柔兼而有之。

3. 婉转

婉转是一种动态结构，在宛转中以求尽意。如走在羊肠小道，曲折回转前行；如溪中细流潺潺流淌，声韵婉转如意；又如流水漩涡回转起伏，萦绕盘盘。

例如，云南诗人师道南的《苍山》：

> 滇山无不奇，苍山称奇最。飞来鬼国间，长作蜿蜒势。
>
> 雄吞百二关，翠压三百寺。缥缈十九峰，一峰一天地。
>
> 更有十八溪，一溪一龙治。青天无片云，忽洒雨珠怪。
>
> 长夏暑不生，时见雪花坠。影倒入洱河，蛟螭骇俱避。
>
> 我本好山人，恨未峰峰至。去作苍山樵，日与神仙醉。

婉转绮丽是通过想象来体现大自然的和谐静穆，又用想象的方式曲折地表达思念之情，有如"何当共剪西窗烛，却话巴山夜雨时"的情意。设想当一个樵夫，曲折婉转表达爱山的深情。又例如，汉代蔡邕《饮马长城窟行》："青青河畔草，绵绵思远道。远道不可思，宿昔梦见之。梦见在我旁，忽觉在他乡。他乡在异县，展转不相见。……"这是婉曲动人的心理刻画。

4. 柔厚

柔厚是指阴柔而富于情味。例如，周邦彦的《玉楼春·独寻黄叶路》：

> 桃溪不作从容住，秋藕绝来无续处。当时相候赤栏桥，今日独寻黄叶路。
>
> 烟中列岫青无数，雁背夕阳红欲暮。人如风后入江云，情似雨余黏地絮。

首联写的是别后思情：梦中与仙女在桃溪短聚，别后藕断丝连的情思。次联接着写情，怀念当时在红桥约会，而今却独寻不见。三、四联还是以景托情，用青山、夕阳渲染，衬托暮鸦之忧。"人如……"与"情似……"句，表达了人不能永留，情不能已、深情缠绵不能忘。深思妙笔的诗情，表现出翩翩凌云的雅致，其韵用的是仄声，也体现柔美，富有阴柔之美。

再例如，陶渊明的田园诗，也具有秋潭月影，澈底澄莹，马放南山，心旷神怡的温情之美："种豆南山下，草盛豆苗稀。晨兴理荒秽，带月荷锄归。……"

6.2.6 高雅与通俗

高雅和通俗是有鲜明的社会性。不同时代，不同的历史阶段有不同的语言和文风，对大众化、通俗化也有不同的认识。例如，当代文学语言比古典文学语言更通俗，白话文体比文言文体更通俗，自由体诗歌比格律体诗歌更通俗。高雅是高洁古雅，与粗拙卑俗相对立。

6.2.6.1 高雅

高雅是超尘拔俗、典雅整饬的气派。高雅是一种清淡，有浓郁的茶香茶味，高雅是清正、明洁。其语言雅健清新、雅洁韵远，例如，孟浩然的《宿建德江》：

> 移舟泊烟渚，日暮客愁新。野旷天低树，江清月近人。

用清淡的笔墨简练地勾勒出大自然清幽的景象，营造一种静谧的氛围，抒发异乡异客的孤单情感。这一切除了结构上的翻叠外，主要是通过清丽幽远的语言来实现的。

又例如，王维的《山居秋暝》，也是语言雅洁秀美的范例：

> 空山新雨后，天气晚来秋。明月松间照，清泉石上流。
>
> 竹喧归浣女，莲动下渔舟。随意春芳歇，王孙自可留。

作者用秋天傍晚新雨后的疏朗清新，与澄澈高洁的情思相辉映，语句格外的雅致情纯，赏心悦目，充满山居生活的情趣。以动写静，以景寓情，寄托着高洁的情怀，出人意料的妙趣横生。浓浓的诗情画意，呈现一派生机盎然。

高雅是居高临下，俯视一切、真骨凌霜、高风跨俗。例如，马子云的《玉龙山白雪歌》：

> 玉龙西来江上蟠，昂首嘘气成白云。白云无心若有意，时与白云相吐吞。
>
> 日中一片出山去，归来雪赤山初暾。曾否作雨遍天下，明朝依旧光缤纷。
>
> 朝朝暮暮雪楼上，人间得失何足云！

与人格化的玉龙雪山进入"物我同一"的境界，体现心同古雪不渣滓，身与白云无是非，一腔超尘拔俗心态。也是弃绝功名、谢绝卑俗的自我解脱，充满高洁情怀的精神寄托。

6.2.6.2 通俗

通俗就是浅显易懂，平易近人，有亲近感。诗句可以是平白如话的口语，俗白而亲切，浅显而直觉，却别开生面，让人耳目一新。通俗中更有诙谐和幽默。例如，前

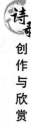

面举例杜甫的《草堂》，"旧犬喜我归，低徊入衣裾。……"。又如，他的口语诗："田翁逼社日，邀我尝春酒。叫妇开大瓶，盆中为我取。回头指大男，渠是弓弩手。……"用粗豪的口语写出了农民的质朴，表现了大盆喝酒，大块吃肉的气派，心口如一的气度，形象鲜明。将"俚俗语"写得生动感人。词语的雅俗给诗句带来了不同的表象，但经过互相转化，变得新奇，变得雅致温馨。例如，白居易的《问刘十九》："绿蚁新醅酒，红泥小火炉，晚来天欲雪，能饮一杯无？"全诗土俗、直白，表现老友之间不拘形迹、无须客套的真情。最后"能饮一杯无？"这一句点铁成金，俚语不见俗，心底里感到坦诚和温馨。

例如，陈克的《江柳》：

江头柳树一百尺，二月三月花满天。裛雨拖风莫无赖，为我系着使君船。

用末句"为我系着使君船"，描述在风雨天依靠百尺柳树系住了送客船，留住了客人，充满了人情味。化俗为雅，翻空出奇。

再例如，刘半农的《母亲》：

黄昏时孩子们蜷着睡了，/后院月光下，静静的水声，/是母亲替他们在洗衣裳。//这三句诗，语言亲切自然，情感深厚，亦俗亦雅，让人惊讶。

诗句是凡俗生活的细节、普通心灵的最恰当的承载体。平淡朴实，语言明朗，不讲究平仄韵律，潇洒随意，通畅活泼，自然为美，尽管内蕴丰厚，但一读就明白。是利用内在情绪的节奏产生音乐感。

6.2.7 谨严与疏放

谨严，是章法井然，严谨缜密，字斟句酌，也是一种简洁凝练。疏放，是遵循自然，随意写说，不拘一格，自由奔放，也是一种通俗。韵文比散文严谨，诗歌中格律体比自由体严谨。疏放是开放性、灵活性的体现。

6.2.7.1 谨严

文学作品都要求构思严谨、文体结构缜密。在诗歌的意象发展中也应该缜密无间，旅途之远不能存有疏忽，曲径之幽也须慢慢品赏。例如，杜甫的《月夜忆舍弟》：

戍鼓断人行，秋边一雁声。露从今夜白，月是故乡明。

有弟皆分散，无家问死生。寄书长不达，况乃未休兵。

诗篇整体层次清晰，结构严谨；节奏鲜明，韵律和谐；承转圆熟，一句一转，一气呵成。首句"断人行"，末句"未休兵"，互相照应，自然顺畅。景情结合，条理清晰，线索可寻，思维前后连贯，绵密而细致。词语丰富不呆板。"露从今夜白，月是故乡明"，情深意切。同样，自由体诗，也讲究严谨，要求音节整齐，句式匀称。例如，闻一多的《死水》，不仅齐整美，而且深感有一种力量所在。

6.2.7.2 疏旷

疏旷也称为疏放、疏野、萧疏，其特点是体现作者性情的率真而无拘谨。诗句悠悠自然，相期与来，但是疏旷不是粗疏，率真不是任性。疏放也不是颓放。在不少诗篇中，有"断桥残雪""孤塔夕照""残荷断梗"等萧疏的景象描绘，但是也充盈着美的情态。在格律诗方面，杜甫有不少随意发挥的疏放的诗篇。例如，《江山值水如海势，聊短述》：

> 为人性僻耽佳句，语不惊人死不休。老去诗篇浑漫与，春来花鸟莫深愁。
>
> 新添水槛供垂钓，故著浮槎替入舟。焉得思如陶谢手，令渠述作与同游。

注：水槛：靠水木围栏。故著：特意设置。浮槎：漂浮在水面的木筏（槎）。替入舟：代替进出的渔舟。焉得：哪里能找到。陶谢：指晋代诗人陶渊明和南朝诗人谢灵运。渠：他，他们。

诗篇以虚带实，出神入化，言在题外，意在题中。

又例如，《茅屋为秋风所破歌》中，作者随意挥洒，亦庄亦谐，酣畅淋漓。开首"八月秋高风怒号，卷我屋上三重茅"，盘旋飞动。全篇虽属七律诗体，但是在最后一节不拘诗句字数，一派声节慷慨，疏野跌宕：

> 安得广厦千万间，大庇天下寒士俱欢颜，风雨不动安如山！

疏放的另一个层面是不拘泥于景象的外形逼真，而要以形传神，以形求神，是抓住基本特征，如漫画家笔下的人物肖像，活灵活现刻画出其人其脸的表情。什么是疏旷？写风云要写出它的变态苍茫，写花草要写出它的蓬勃精神，写大海要写出它的波澜壮阔，写高山要写出它的险峻峥嵘。

6.3 诗歌风格的形成

诗歌风格多种多样，如同在交响乐中，有小号的昂扬激越，小提琴的清新秀丽，单簧管的飘逸婉转，大提琴的沉郁雄浑……丰富多彩。诗篇概略地分为阳刚与阴柔两大类。阳刚，则形态激荡，意境壮美，有气势有气魄，快言直进，一唱三叹。阴柔，则铺叙委婉，清淡冷隽，典雅清趣，含蓄蕴藉，飘逸静谧，若隐若现，欲露不露，等等。风格不同，则韵致不同。实际上，诗的形成是情感和感觉的综合，包括地域特征、自然形态、生活方式以及与之密切相关的文化心理结构的相互交融。是对生活的深层次理解的一种思想观念和思维方式。由此而发自内心的独特感受体现了诗歌审美的多元化，其语言风格呈现多姿多彩。比如，恢宏浑厚，质朴诚挚，苍健沉约，质朴诡奇，词语犀利，淡泊空灵，美丽清秀，沉雄潇洒，深沉纯净，唯美睿智，悠远静穆，奇巧缜密，等。

6.3.1 社会环境因素

每一个时代的诗作，都凝结着当代人的情感和意识。诗歌发展的社会环境因素中包括：时代风云，民族风情和历史地理风貌等。这些社会环境因素对诗歌的题材和风格，产生内在的、更为持久的影响。人说，唐诗表达情致，宋词充满理趣，那是一种简单化的评论，从本质上看，诗词是社会环境影响一代人的一面镜子。写一首诗要感动人，尤其要感动一群人，必须与这批人的生活经历息息相关，与社会现实紧紧相连。

6.3.1.1 时代风云

诗歌正像人一样，是有生命的，一个时代的活力总表现在一个时代的诗歌里，诗的意境不可避免地烙上时代的印记。诗歌记录了时代的气魄，诗歌也是时代的回声。诗人是有一种特殊领悟能力的人，比平常人看得更透，理解得更彻底。一个时代的精神和性格可以在真正的诗作里闪现。诗人应体察时代、了解时代、把握时代。诗作应反映时代的精神。

诗歌作品的时代精神并不等同于表现时代事件，而是这一代人的属于人性的东西，即喜、怒、哀、乐等思潮的涌动。鼓声响起，应声起舞，而不是空气的流动，是融会、体现了一个时代的思想文化特征。流传千年的经典是历史的沉积，也是历史经验。成为后人的一面镜子。

雄劲奔放，或悲凉激越的诗风，大多出在民族危难深重之时，有志于救国匡助的诗人，多有慷慨激昂之语存于诗篇中，更有抒泄激愤不平之气，形成天然流畅的喷射。浓烈而含蓄，凝练又强力，闪烁着社会群体的激情，充分表现出诗人渴望实现人生价值的雄心壮志。

社会的政治文化形态和人们的生态往往决定了诗歌的生态。在"写什么"问题上形成不同的创作理念，在"怎么写"的问题上，语言机制、审美情趣产生差异。诗应是社会的良心。诗是婴儿的哭声，诗是座右铭，诗也是墓志铭，诗是一个"四面洞开、八方来风"窗户。

英国诗人雪莱说过："一些个伟大的民族觉醒起来，要对思想和制度进行一番有益的改革，而诗便是可靠的先驱、伙伴和追随者。……诗人们以无所不包、无所不入的精神，审视人性的内涵，探测人性的奥秘，而他们自己对于人性的种种表现，也许感到震惊。因为这与其说是他们的精神，不如说是时代的精神。……诗是镜子，反映未来向现在所投射的巨影；诗是言辞，表现暂时还不能理解的事物；诗是号角，为战斗而嘹亮；诗是力量，要推动一切，而不被任何东西所驱动。"

时代是人生的世界，世界说大也大，大如无边宇宙；说小也小，小似如来巴掌。诗是历史篇章的"眉批"，各抒己见。时代风格体现在时代情绪、时代词藻、时代诗形等几个方面，进入网络时代产生了丰富多彩的网络词汇，让前一代人应接不暇，不知所措，确有鱼龙混杂，泥沙俱下的感觉。让后一代人莫明其妙，其中包括了各式各样的独特的社会形态。

6.3.1.2 民族风情

诗人不仅置身于时代环境里，也扎根于民族的土壤中。一个民族的子孙，无论是否接受过其他民族文化的教育或影响，其思想本质却离不开本民族的根，这就是民族性。诗是心灵的歌，是民族的魂；诗是既受传统精神本质的制约，又受各种外在因素的影响而向四周延伸，这就是诗歌的民族性。民族性包括民族精神，民族性情，文化心理，思想意识，审美理趣，等等。中西文化的融会，现代化和民族特点的统一发展，才能体现具有世界意义的民族性。

在中华大地上，以知识分子的现实感受和不同的视角透视，其赋予诗歌一种深层次的文化意蕴，即以家国为本的人世情感和民族心理。民族传统的审美特征与文学风格的关系最为密切。从古到今的诗人们，无不触摸着社会与人的血脉，在冷月和暖阳的映照下，诗句中折射出万千的精神气象。

从农耕发展而来的现代社会，农民依然是民族的脊梁，肩挑着亿万民众生存的大筐。让人心酸流泪的感人的事例，层出不穷，无不让诗人拥抱，用镌刻在骨子里的民族情感，赞美着中国农民的纯朴、忠厚、勤劳、勇敢、无私的献身精神，无不透射出民族的坚强品质，从民族脊梁中感受到民族的力量和希望，也带来民族心灵的丝丝震颤。

诗应该是民族心灵的投影与回声，不仅是诗人的体验，也是大众的体验。诗力求个人感受与大众心志相沟通，个性与社会性有机的结合。诗的民族特点是一种传统，传统也不是孤立地存在，而是与时俱进地继承和发展。发展并非统一格式或程式，而是像音乐调式那样具有共识的科学多样式的模化，有利于表达基本的情感类别。笔者认为宋词的词牌有情感调式的底蕴。中国的四言、五言、七言诗，长短句的词以及欧洲的十四行诗是符合起承转合的要求的，在诗歌发展史上起过重要作用。创新也应该在民族文化的基础上创新。

6.3.1.3 历史地理风貌

历史地理的特点体现在山川名胜、历史文化、风土人情等方面的乡土气息。一方水土养一方人，不同地域的人们、生活环境是不同的，其性格特征、表达感情的方式也各不相同。天南地北的直率朴实的民歌、民谣，直接影响诗人的风格，例如，江南水乡的清朗秀美，西北大漠的强悍粗犷，黑土地的深沉坚毅，黄土高坡高亢豪放，等等。地域的差异不仅体现在地貌和气候等自然地理，也体现人文地理带来的独具一格的生活方式、价值观念和心理意识，这一切都为诗人提供丰富的文学资源。诗人所居住的地域不同，诗篇所呈现的气派自然也不同。有北方的粗犷和豪放，有南方的婉约、细腻等等。

神州大地，到处搏动着地域的命脉，有与水结下不解之缘的诗句滴出水声；有沼

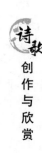

泽绿地之上鹤群的生态啼鸣；有森林再造、沙丘变绿的吟唱。诗的题材通向五湖四海的生态文化深处，呈现生命的智慧和情调，是对人类生存与命运的深度回味，诠释了各个民族的文化精神。边塞诗、田园诗、大漠诗、山水诗等等，按地域特色分类。这只是按欣赏习惯所作的随意区分，是满足寻找欣赏情感的需要的一种指示，犹如民间音乐素材往往成为主题音乐的主旋律，在诗风的形成中，民间文艺起着重要的作用，民歌无不唱响神州大地。

6.3.2 个体因素

诗的产生除了与社会心态、审美意识和民族文化心理有关之外，也与作者的个体因素密切相关，诗是人生经验的表现，例如，生活经历、知识结构、性格气质以及对生活的认识和敏感程度等等。诗的风格在某种意义上就是品格，即人格或人品，也是由为人处世的言语和形态转化而来。诗歌风格的形成因素是多方面的，有外部因素和内部因素。内因通过外因起作用，表现为从个人角度开掘灵魂深处的暗河，涌出折射时代辉光的清泉。

文如其人，诗歌风格是人格的反映。独特的风格是作家成熟的标志。它来自刻苦学习，千锤百炼。刻苦学习，即学习名著的风格及修辞特点，找出规律；千锤百炼，则是独具慧眼，比别人看得更深入一层。在遣词、造句和修辞方式上，创造性地应用各种表现方法，说出别人想说却又说不出的感受。正确选择词语、用得恰如其分，创造性地使用语言修辞手段，体现出非意识形态化的个性，就有了独特的风格。风格是生命，是用热血酿成诗歌的美酒。

一个诗人要把双脚坚定地插入生长的沃土，与大地同呼吸，深切地感受到跳动的脉搏，又能清醒地保持自我的信念；不随波逐流，不用涂脂抹粉改变自我的脸谱，不受各式各样的诱惑与牵制，而丧失表达真实的能力。细节处显露真理，小我里有大我，让人赞叹不已。

6.3.2.1 人格形态

高尚的人格应该是，肺腑之言淳朴，热情之词深切。脚踏实地，实事求是。忠诚谦和，虚怀若谷。廉洁奉公，光明磊落，其高妙之处尚不可仰攀，其平常之处却倍感亲切。

对于人格形态而言，诗是灵魂的数码打印，是契合时代的心灵波澜，是一个人内心情绪起伏过程的历史记录。写诗如同找到了地下水喷涌的泉眼，成为积聚在内心的焦虑的输出渠道。有一个被硬暴力和软暴力鞭笞而患精神分裂症的人，通过诗歌的写作，神奇地从精神危机中解脱出来，获得了生命和灵魂的自我拯救。

每个人都有属于本身的灵魂，多情善感的灵魂注定要比常人承担更多的痛苦和煎熬，除非作为一种特需商品。生活中太多的残酷令诗人感到了生命的无奈，历来如此，于是诗人把内心摆在眼前，仔细观察，看一看自身的灵魂是如何背负命运的苦难以及被无情的摧残，看到了深层的历史经验。

诗人用心和血写出来的诗体现了诗人的气质，焕发人格的光辉。诗的风格是人格的体现。"路漫漫其修远兮，吾将上下而求索。"的诗句感人肺腑，看到了屈原忧国忧民的爱国主义情怀。是主体的张扬，自由的呼唤。诗是一种胸襟气韵，也是一种情趣。

6.3.2.2 性格气质

气质是人的一种心理状态，例如，有的冲动外露，有的沉静内向，有的蕴藉回环，等等。人如片片树叶千差万别。无论是诗人还是普罗大众都有个性，如刚烈、文静，暴躁、耐心，忠厚、奸诈，正直、圆滑，等等，随之有的富有想象力，有的富有观察力等。诗歌也就有了不同的风格。无论是豪放还是沉郁，是直率还是婉约，……都会以不同方式、不同程度地反映作者的心态，表露了个性主义的灵魂。此处的风格在基本层面上没有高下之分，而在于自成一格和达到何等极致的状态。诗的风格是在一生的整个创作过程中逐渐形成的。

少年的生活背景和记忆足可以影响人的一生。父母给予的言传身教，或者由于多种原因失去父爱和母爱等等，使诗人形成孤独忧郁的性格，这种性格善于幻想，下意识地走上寂寞孤僻的充满梦想的情感之路，憧憬着"我要织一个美丽的梦，把我的未来织在梦中"。

当趋向诗的世界时，往往逃避残酷的现实，展现理想主义的浪漫风格，抒写个人的幻想、感觉和情思。有青春的寂寞感伤，有爱与美的渺茫，有无端的欢欣和苦闷，有幻灭和追求的连绵变换，等等。诗作将体现纯粹的艺术美。

内敛性格的向外倾泄和外放性格的向内沉思，形成不同形态的情感特征和诗的意境。诗的想象的翅膀也有不同的形态。有的个人性情豪爽，富有进取精神，诗句也多有肝胆照人，神采烨然；而有的则淡泊明志，但不甘寂寞虚度，默默耕耘。

由于天生的脾气秉性、后天的人生际遇，铸就了诗人心智结构中的禅宗思想。喜欢禅宗故事、闲游古刹胜境，遂对佛经道藏产生浓烈的兴趣，促成其诗作中显现虚空的禅趣。

不同的心理状态，就有不一样的情感抒发。例如，同一时代的李白和杜甫的两首诗作比较：

李白的《独坐敬亭山》："众鸟高飞尽，孤云独去闲。相看两不厌，只有敬亭山。"

杜甫的《绝句二首》其一："江碧鸟逾白，山青花欲燃。今春看又过，何日是归年？"

前者说鸟都飞走了，一只都不留下；后者说鸟在江上盘旋，这儿是它们的家，撵不走。前者说山上一个人闲情逸致和幽思，即使云彩都飘走了，还是无限热爱这静谧的山水；后者说山上草木茂盛，杜鹃花盛开像火一样在燃烧。尽管这青山绿水花红的景色，充满无限生机，还是有很多牵挂在心的事情，让他急迫地期待归家的日子来临。

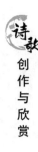

又例如，徐志摩和闻一多两位诗人的气质是不同的，随之诗的抒情窗口不同，情思状态也不同。一个是温情如一汪春水；一个是炽烈的火山熔浆。

徐诗具有崇尚性灵的观念，表现的是个性主义的灵魂飘荡，对西方现代文明充满了理想的憧憬。因而较少与现实碰撞，涌动的是一种理想的心灵潮汐；常常以超然的神思，迂回在梦的轻波里，悠然荡漾，或者在和风细雨中飘逸轻扬。不少爱情诗、景物诗皆是具有独特魅力的绝唱，爱的追求和理想自由的期盼表露得淋漓尽致。宣扬的是"五四"时代的个性解放精神，因而被广泛流传。

闻诗却具有强烈的民族情怀，爱祖国、爱人民，表现一种极度的民族文化的自尊与自傲。在《死水》《静夜》《一句话》等篇章中，充分表露出他的梦魂牵绕着古老的华夏大地和民众，在风雨寒暑的现实空间奔走呼号。视野阔达，情感厚实，不仅展示内心的激情波澜，充满强烈的民族自尊心和骄傲感，而且在不同程度上折射出时代之光。

两位诗人无论是从感性或理性的层面出发，都创造了诗的物我合一的美妙境界。徐诗以我写物，化物为我，呈现主观情感模式，体现西方文化的特征；而思绪的扩展使一切客观物象熏染着飘逸、温婉的气韵，热烈奔放或轻盈柔美。而闻诗是以物写我，化我为物，具有客观的情感特征，表现出中国传统文化的痕迹，使客观形象中蕴含着诗人的理性意志和信念，凝重沉郁，慷慨激昂，荡气回肠，俯仰可观；孑然独立，岿然挺出。

感性和理性是灵魂的两面性，情感的冲动支配着欲念，如果未能被理性所制导，将会走向不可抑制的死亡，无论是诗还是诗人。不是吗？不应该过早离开的顾城、海子，却早早地离去了。留下了永远闪光的"黑眼睛"，面朝着大海，凝视着涌动的春潮和欲燃的春花。

6.3.2.3 生活阅历

人生的经历是文化，尤其是曲折多难的经历。这种特殊的文化积累，很容易酝酿出饱经风霜的情怀与独到的人生体验，而这种情怀和体验，又往往是一个诗人十分可贵的精神资源。

如果作家的青春岁月曾经是在农村度过的，经历泥土摸爬滚打过的作品必然有泥土气息和庄稼汉的情感，才有"汗滴禾下土"的形象和"粒粒皆辛苦"的感慨。"孩子在土里洗澡""黄昏溶进了归鸦的翅膀"这样的诗句是从土地里生长出来的，只能出自"柴门土屋人"之手。个性化的意象凝聚着诗人的人生经验和深刻的情绪。

有的作者上过战场，经受过枪林弹雨的生死考验，有过相当艰苦的戎马生涯，把个人命运与祖国的命运交融在一起，把爱国主义的诗篇写得气势豪迈，掷地有声，展现英雄的慷慨激昂性格。例如，宋代文天祥的《过零丁洋》，其中"人生自古谁无死，留取丹心照汗青"展露了视死如归的气魄和悲壮激昂的力量。

有的作品是作者个人的恋爱史的实录，又是渴望理想爱情的抒发，因而从多视角写出了爱的追求和困惑、甜蜜与悲伤。有热情奔放地对爱情的勇敢追求，有爱高于一切的不弃不离，更有追求的幻灭、相会的冷漠、痛苦的别离、抛弃的哭诉等等。

例如，戴望舒的抒情诗大半都是表达爱情，语言缠绵而细腻，情绪迷茫而忧虑。其代表作《雨巷》中所期盼的那样难于捕捉到的爱情，源于他对好友旋蛰存的妹妹施绛年的一段没有结果的苦恋。而"丁香姑娘"的意象出现来自于传统诗词的学习，并不是原本照搬一种物象，是化用"青鸟不传云外语，丁香空结雨中愁"，"芭蕉不展丁香结，同向春风各自愁"的诗句[分别是南唐李璟（916—961）词《摊破浣溪沙》和晚唐李商隐（813—858）的诗句]。用拟人化诗句泄露隐秘的灵魂，寻找情感的外在寄托。戴望舒的《雨巷》（包括在舞台上改编的舞蹈《雨巷》），构成了一种特殊的氛围，透着一层轻柔的雨幕薄雾，情感在韵律中延伸，产生一种空虚和惆怅的意境。这类融会中国传统诗词艺术与西方文艺思想的创作风格，让人眼前一亮。戴望舒也因此成为中国现代诗歌发展史上最为杰出的诗人之一。

6.3.2.4 虚和实的信仰

无论有多少种信仰，归根结底，信仰可分为虚与实两类。虚即空，实即满。空即为时间和空间，滔滔江水东逝水，一去不复返。实是世间万物的构像，人生的纽带，错综复杂。虚与实之间既近又远，既是同类又是异群。

诗的意境是诗人心灵的深刻反应，将实体形象化为思想的象征，转实为虚。这种虚境是一种美。例如，雄伟、壮阔是一种意境。当你第一次站在长城脚下抬头看的时候，产生的"雄伟"意识，就是享受了长城的壮美。

当你读着一篇优秀的诗作时，其情感的浓烈也让你产生一种意象，那也是一种虚的意境。例如，读着《三国演义》开篇，明代杨慎的词《临江仙》"滚滚长江东逝水，浪花淘尽英雄，是非成败转头空。青山依旧在，几度夕阳红"的诗句，就会产生一种"壮阔"的意境美。继续读下片，转眼的情景是："白发渔樵江渚上，惯看秋月春风。一壶浊酒喜相逢。古今多少事，都付笑谈中。"转到诗的现实境界。结尾道出一个真理，意味深长。

意境是一种"妙悟"之境。这是作者或读者的个性和气质、通过诗篇形象的激励而形成的意蕴，是虚中之实，实中之虚；是意外之意，象外之象。是一个具象转化为抽象的思维过程（如雄伟、壮阔这样的概念）。再例如，苏轼的《定风波·遇雨》：

> 莫听穿林打叶声，何妨吟啸且徐行。　　　　（吟啸：吟诵以下三个排句。）
>
> 竹杖芒鞋轻胜马，谁怕？一蓑烟雨任平生。
>
> 料峭春风吹酒醒，微冷。山头斜照却相迎。
>
> 回首向来萧瑟处，归去。也无风雨也无晴。　　　　（向来：刚才。）

不难看出实中有虚，虚实相生，体现了一种复杂的思想信仰。

6.3.2.5 艺术修养

中国几千年的历史，形成了巨大的丰富的东方文学宝库。古典文学修养丰厚的诗人常将古典诗词的精彩之处复活在字里行间。借用之贴切、化用之神妙，令人感叹。

使诗的题材、形象、意境、情调都具有浓郁的中华民族气息和神韵。

诗的风格与诗人的艺术修养有着密切的关系，直接影响诗人的审美意识和创作倾向。例如，杜甫的现实主义沉郁风格受益于《诗经》的熏陶。郭沫若的豪放、雄浑风格，得益于他推崇的惠特曼的诗歌风格。

诗的形象和意境都是通过富于特色的语言表达出来的，诗人生活的节奏气势、运用语言的习惯和方式都直接影响诗的风格。在诗篇中体现了思想的深刻程度，例如，有的用自然明快的词语表现为清新幽静，有的用朦胧隐晦的词语表现为奇崛幽冷，等等，形成了不同的风格。

从探索人生哲理和个性气质出发，在情感主调中融入历史经验，增加情感的深度、广度和力度，实现情和理的浑然一体。对于一首作品，如果注重诗的局部诗意和整体结构，注重通篇的氛围和境界的创造等等，就可以用"炉火纯青"四个字形象地解释"艺术修养"的境界。

诗的发展，主要是开拓新思维和创造诗艺术的表现空间，即在内容和形式层面的创造，诸如题材、形象、语言、节奏等方面。产生新的构思、新的形象和新的意境。

文学的个人化自然产生了诗化的各种风格。例如，郭沫若的奔放，李金发的怪诞，闻一多的激昂，戴望舒的凄婉，艾青的豁达，郭小川的雄浑，臧克家的朴实，贺敬之的豪迈，李季的质朴，何其芳的缠绵，穆旦的沉雄，杜运燮的机智，舒婷的清柔，北岛的冷峭，废名的淡远，韩东的幽默等等。在诗坛无不留下了具有突破性审美的篇章。再回首千年前的诗人风格，会有何种感慨呢？

参考书目

1. 郑乃臧．诗苑折枝 [M]．南京：江苏人民出版社，1980.

2. 宋振华，等．现代汉语修辞学 [M]．长春：吉林人民出版社，1984.

3. 王力．诗词格律 [M]．北京：中华书局，2000.

4. 吴丈蜀．词学概说 [M]．北京：中华书局，2000

5. 朱光潜．诗论（1943）[M]．北京：北京出版社 2005.

6. 李扶乾．现代汉语语法 [M]．北京：北京求实出版社，1982.

7. 包忠文，等．文学初步 [M]．上海：少年儿童出版社，1983.

8. 袁明光，等．写作辞林 [M]．北京：北京出版社，1982

9. 中华函授学校．语文学习的基础 [M]．北京：商务印书馆，1980.

10. 中华函授学校．阅读与写作 [M]．北京：商务印书馆，1980.

11. 吴翔林．英诗格律及自由诗 [M]．北京：商务印书馆，1993.

12. 徐中玉，等．大学语文 [M]．上海：华东师范大学出版社，1999.

13. 李怡．中国现代诗歌欣赏 [M]．北京：高等教育出版社，2004.

14. 江锡铨．中国现实主义新诗艺术散论 [M]．北京：北京大学出版社，2005.

15. 骆寒超，等．中国诗学（形式论）[M]．北京：中国社会科学出版社，2009.

16. 陈云路．听朱光潜讲美学 [M]．西安：陕西师范大学出版社，2009.

17. 刘春．一个人的诗歌史 [M]．桂林：广西师范大学出版社，2010.

18. 卞之琳．人与诗——忆旧说新 [M]．合肥：安徽教育出版社，2007.

19. 布瓦洛．诗的艺术 [M]．范希衡译，北京：人民文学出版社，2010.

20. 方文山．关于方文山的素颜韵脚诗 [M]．北京：作家出版社，2008.

21. 亚里士多德·诗学 [M]．陈中梅，译注．北京：商务印书馆，2009.

22. 亚里士多德．诗学·诗艺 [M]．郑久新译，北京：中国社会科学出版社，2009.

23. 诗刊社．诺贝尔文学奖获得者诗选 [M]．北京：中国文联出版公司，1986.

24. 乔治·汤姆生．马克思主义与诗歌 [M]．袁水拍，译．北京：三联书店，1950.

25. 北岛．时间的红玫瑰 [M]．南京：江苏文艺出版社，2009.

26. 余建忠．古代名诗词译赏 [M]．昆明：云南大学出版社，2008.

27. 谢枋得．千家诗 [M]．北京：宗教文化出版社，2001.

28. 谭德晶．现代诗歌理论与技巧 [M]．北京：中国言实出版社，2009.

29. 张有根，等．中国诗歌艺术指南 [M]．桂林：广西师范大学出版社，2008.

30. 陆澄．中国朗诵诗经典 [M]．上海：上海百家出版社，2009.

31. 屠青，等．题画禅语备览 [M]．郑州：河南美术出版社，2006.

32. 韩作荣．诗歌讲稿 [M]．北京：昆仑出版社，2007.

33. 蓝华增．诗论 [M]．昆明：云南人民出版社，2010.

34. 徐有富．诗歌十二讲 [M]．长沙：岳麓书社，2011.

35. 徐英．诗法通微（1943）[M]．合肥：黄山书社，2011.

36. 吴思敬．诗探索（理论卷）2007—2011 年度 [M]．北京：九州出版社.

37. 吴思敬．吴思敬论新诗 [M]．北京：中国社会科学出版社，2013.

38. 简政珍．台湾现代诗美学 [M]．北京：北京大学出版社，2014.

39. 曹雪芹，高鹗．红楼梦 [M]．长春：时代文艺出版社，2002.

40. 张建均．读西厢记 [M]．天津：百花文艺出版社，2009.

41. 黄永武．中国诗学 [M]．北京：新世界出版社，2012.

42. 王力．音韵学初步 [M]．北京：商务印书馆，1980.

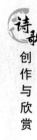

作 者 简 介

学名李桂春，字关椿，浙江海宁人，生于 1943 年 10 月。1965 年，作为毕业设计，参加用于核爆试验的 250 万幅／每秒等待式高速摄影机的研究设计工作。完成了核心部件高速转镜的研制。1966 年，从浙江大学光学仪器系毕业，分配到原七机部第 701 研究所工作，后为航天部北京空气动力技术研究所，现为航天科技集团公司航天空气动力技术研究院。任航天空气动力技术研究院研究员，属航天气动力技术研究院专家组成员。

数十年来，一直致力于实验空气动力学风洞试验和测量方法的研究，设计了多种类型的风洞流场测量和显示仪器，包括光波光学、光子光学及高速摄影等专业光学领域。曾任中国光学学会高速摄影与光子学专业委员会委员。1983 年举办全国高速摄影技术应用学习班，主讲《高速摄影技术应用方法》和《纹影仪》，在国内多个技术科学研究领域中，推动了高速摄影技术、光波光学与光子光学的应用和发展。

在几十年的科研工作中，在高速摄影、气动光学以及气动表面压力光学测量方法研究方面，不断取得国内领先的成绩，1993 年曾获中国光学学会高速摄影与光子学专业委员会通知，提名申报增选中国科学院院士职称，……。而后，当告别科学人生的时候，表达对光学科研工作的不舍之情，从理论到实验，总结数十年多方面研究成果基础上，由国防工业出版社出版五部专著：

《气动光学》(2006)　　　《风洞试验光学测量方法》(2008)

《光子光学》(2010)　　　《气垫船气囊与气垫》(2011)

《光波光学》(2012)

至此，了却一个薪火相传的心愿。

文学是中学时代的爱好，阅读诗歌是美的享受。向科学人生告别的时候，开始了梦寐以求的文学人生，用诗歌描绘中国航天事业六十年的风雨征程。从一个个动人的侧面，歌颂航天人勇敢拼搏，乐于奉献的壮美精神。创作了中国航天史诗——《甲子飞天梦》。真实地记录了艰苦创业的辉煌历史，体现了中华民族自强不息、屹立于世界民族之林的宏伟气魄，表达了中国人民实现民族复兴的坚强决心。

为了写史诗，努力学习诗词知识。(1987 年—1988 年，曾参加中国作家协会鲁迅文学院函授部学习结业。) 在连续不断的学习过程中写下了大量的读书笔记。如今，编撰成五个集子，一是《诗歌创作与欣赏》，二是《百首常识常用（宋）词词调》，三是《宋诗选读 750 首》，四是《选读 81 首常用元曲小令曲牌》，五是《韵语与韵味》。用科学研究的思想方法，叙述诗词的艺术特点和语言结构方式。

拼博的一代渐渐远去，留下了难以忘怀的篇章；后继的一代承前启后，开创更加辉煌的未来。

笔尖似刀剪，磨砺不误功。

裁得万行诗，不负五年躬。

进屋先入门，读写为实用。

年过七旬白眉梢，墨笔枝头春意闹。

若要问我为什么？诗志词情藏神妙。